KB112032

수레바퀴 IV

수레바퀴 Ⅳ

발행일 2020년 5월 22일

지은이 정신안
펴낸이 손형국
펴낸곳 (주)북랩
편집인 선일영　　편집 강대건, 최예은, 최승헌, 김경무, 이예지
디자인 이현수, 한수희, 김민하, 김윤주, 허지혜　　제작 박기성, 황동현, 구성우, 장홍석
마케팅 김회란, 박진관, 장은별
출판등록 2004. 12. 1(제2012-000051호)
주소 서울특별시 금천구 가산디지털 1로 168, 우림라이온스밸리 B동 B113~114호, C동 B101호
홈페이지 www.book.co.kr
전화번호 (02)2026-5777　　팩스 (02)2026-5747

ISBN 979-11-6539-235-2 04810 (종이책)　　979-11-6539-236-9 05810 (전자책)
979-11-6299-113-8 04810 (세트)

이 도서의 국립중앙도서관 출판예정도서목록(CIP)은 서지정보유통지원시스템 홈페이지(http://seoji.nl.go.kr)와 국가자료공동목록시스템(http://www.nl.go.kr/kolisnet)에서 이용하실 수 있습니다.
(CIP제어번호: CIP2020020868)

수레바퀴

모든 영혼에게 바치는 위로와 공감의 헌사
저마다의 짐을 지고 굴러가는

정신안 에세이

북랩 book Lab

2017년 11월 말, 문서가 전부 사라졌다. 다시 처음부터 쓰기 시작했다. 그러나 쓸 수가 없었다.

아침에 전화가 왔다.

친구 P였다. 그는 집으로 전화를 했는데, 내가 받지 않아서였는지 끊어버린 듯했다. 내가 다시 걸었다.

- 어제 우리 운동을 잘 끝냈다고 전화했어.
- 그래, 매년 눈 오고 비바람이 불어서 공을 못 쳤는데….
- 시어머니는 괜찮아?
- 괜찮기는? 어제 새벽 2시에 밥을 먹고, 무엇이 없다며 잠자는 나를 깨웠어. 오늘 아침 9시에는 저녁이라면서 수면제 먹어도 되느냐고 물었어.
- 어쩐다냐? 아침에 자면 새벽에 너 또 깨우겠다.
- 네가 준 만두를 끓여줬더니 혼자 다 먹었어. 치매가 있어도 맛에는 귀신이라니까? 네가 싸준 만두소에, 네가 준 밀가루 반죽을 밀어서 만두를 만들었어.

그 다음 냉동실에 모두 넣었더니 뿌듯하더라.

- 만두피 파는 것으로 만들어도 되는데?
- 그래도 그거와는 다르지. 이제 만두소는 할 수 있을 것 같은데, 반죽은 어려울 것 같아.
- 아냐, 다음에 할 때 가르쳐줄게. 너 지금 뭐하냐?
- 시어머니가 일 저질러서 그거 치우고 있어.
- 너 이번에 세금 많이 나 왔지?
- 아니, 사실은 타워펠리스 팔았어.
- 왜?
- 인도네시아에 사업 투자했던 곳에 불이 났어. 갑자기 불이 나는 바람에 은행 융자나 여러 가지가 힘들었어. 빚지고 살면 힘들잖아. 그래서 팔아서 정리했어.
- 얼마에 팔았어? 이십억은 받았냐?
- 아니 급하게 십오억에 팔았어.
- 세금은?
- 삼억 칠천.
- 너 그렇게 힘들어서 저번에 봤을 때 말랐구나.
- 응. 그래도 이번에 세금은 얼마 안 나왔어.
- 그래, 몸 건강한 것이 제일이야. 몸 챙기고 다음에 만나자.

P는 96세인 시어머니를 모셨다. 시어머니는 수시로 똥과 오줌을 싸서 일을 저질렀다. 그렇게 저지른 일을 P가 치웠다. 그의 아들은 지금 집에서 쉬고 있었다. 언제까지 쉴지는 몰랐다. 며느리는 직장에 다녔다. 애기는 어린이 집에 다니고 있었고, 아들이 돌봤다.

P는 아들을 가여워했다. 어느 때는 초밥을 사서 아들네 집 근처에

서 전화했다. 초밥을 사 왔으니 함께 먹자고. 아들은 절대로 자기네 집에서 먹으면 안 된다고 했다. 며느리가 시어머니를 집으로 오게 하면 안 된다 했는지도 모르겠다. 어쨌든 그날 아들은 집 밖으로 나와 차를 타고 밥 먹을 곳을 찾아갔다. 차가 막혀 도로는 꽉 찼는데, P가 속에서 화가 나서 끓어올랐다고 했다. P는 며느리를 얻을 때도 그랬다. 아들이 유학을 갔지만, 정작 졸업장을 못 땄다. 남편은 아들이 졸업을 못하고 오자 P와 아들을 국제사기단으로 치부했다.

그때 P는 혼기에 찬 아들이 전문학교 나오고 순한 며느리를 얻기를 바랐다. 그러나 아들은 아버지나 동생에게 공부가 부족하다는 암시적 묵계를 벗어나고 싶은 마음이 있었던지, 유학한 곳에서 만난 친구가 소개해 준 훌륭한 대학의 석사 학위를 소유한 여자와 결혼했다. P와 같은 고향 시골 출신이라 P와 비슷하겠거니 생각했던 모양이다. 그렇지만 며느리는 달랐다. 며느리는 P네가 부자였고, 서울 강남에서 사니 그의 아들이 멋지고 좋았을 것이다. 둘은 만난 지 얼마 되지 않아 결혼했다. 그때 아들은 인도네시아에 있는 친척의 사업장에서 일했다. 아들은 결혼 전 미리 처갓집 식구를 인도네시아에 초청해서 구경시켰다.

아들은 결혼 후 인도네시아에 신혼집을 얻었다. 그때도 모든 비용은 P네가 냈다. 집세, 생활비 일체를. 거기서 살다가 아들 부부는 다시 서울로 옮겼다. 서울 근방에 집을 얻어주었다. 다달이 생활비를 주었다. 일 년 후에 아들 부부에게 애기가 생겼다.

아들은 사업을 했다. 프렌차이즈 음식점이었다. 사업은 쉽지 않았다. 일 년 넘게 아들만 고생했고, 적자가 계속되었다. 결국 접었다. 몇 억은 날아갔다. 그런데 아들은 여기저기 손을 댔다. 그러나 별로 신통치가 않았다. 그 사이 며느리는 몸이 약해 자주 병원에 입원했다. 시골로 내려가서 치료를 받았다. 며느리는 파출부를 두었고, 그 비용은 P가 냈다. 그리고 세월이 흘렀다. 애기도 컸고. 그때 며느리는 집에서 애기만 볼 때였는데, 파출부를 두고 있다는 것을 직장 다니는 시누이가 못마땅하게 생각했다. 그러나 며느리는 몸이 약해서 파출부를 두어야한다고 말했다. P는 젊은 며느리의 태도가 못 마땅했지만 참았다. 며느리는 파출부 비용을 시댁에서 안 주면 친정 아버지에게 파출부 비용을 요청했다고.

그렇게 아웅다웅 하는 사이 세월은 저만치 가버렸다. 이번엔 애기가 폐렴에 걸려서 병원에 입원했다. 그 사이 며느리가 직장에 취직을 했기 때문에 아들은 친정 쪽 병원에 애기를 입원시켰다. 아들은 P에게 전화했다. 애기 보러 와 달라고. P는 시골의 큰 병원으로 달려갔다. 아들은 큰 특실에 애기와 나란히 누워 있었다. 어미 P는 아들을 보고 언제 철들 것인가를 생각했다. 아들이 바쁜 엄마를 부른 것은, 처갓집에 자신의 체면을 보여주기 위해서였다. P는 모든 비용을 냈다. 아들 먹으라고 만들어간 반찬이었지만 아들은 안 먹는다면서 장모님에게 모두 주었다. 그리고 곧 애기는 퇴원했다. P는 완전히 녹초가 되었다.

그렇게 세월은 지나갔다. 그 사이 인도네시아 친척 사업장에서 불이 났다. 그곳에서 아들이 뿌리내릴 수 있도록 사업장에 친척과 함께 투자했다. 그곳에서 아들이 결혼했으니까 자리를 잡고 독립하기를 바랐다. 그러나 아들네는 그곳에서 적응하지 못했다. 일 년 후 아들네는 그곳을 떠나 한국으로 돌아왔다.

결국 남의 손을 빌려 계속하던 사업장에 불이 났다. 손해가 되는 부분은 P네가 전부 책임져야 했다. 은행에서 빌린 돈을 갚기 위해 그동안 남겨 두었던 돈을 모두 써야 했고, 그것으로도 모자라 결국 타워펠리스를 팔아 빚진 것을 모두 청산했다.

한국 어머니의 일생을 생각했다.

친구 P는 한국의 어머니 길을 걷는 거 같았다. 우리 친정어머니는 삼십 년 전부터 아들에게 사업자금을 주었다. 돈이 있어서 주는 것은 아니었다. 그동안 어머니가 꿍쳐둔 돈과 빚을 내서, 아니면 친척에게 빌리거나 은행 빚을 내서였다. 그러던 어느 날, 그 사업이 망쳤다. 어머니는 오랫동안 그 빚을 갚느라 한 세월 보냈다. 그 후 아들은 취직을 했고 잘 사는 듯했는데, 며느리가 또 부모님 집을 팔아 무얼 하고, 아파트를 분양받겠다면서 등치 큰 집을 처분했다. 이미 아파트를 어머니가 사 주었지만, 그것도 모두 사라진 상태였다. 결국 어머니의 본채를 팔아 분양 받은 49평은 몇 년 후 또 다시 사라졌고, 집안은 풍비박산이 났다. 빚더미로 인해 아들 부부는 이혼했다. 아들은 아이들을 데리고 중국으로 갔다. 다행히 회사 지점장으로 갔다. 그곳에서 애들 둘 대학 졸업시키고 취직까지 시켰다.

그사이 나이가 들어 어머니의 아들은 퇴직했다. 그러나 셋째 애가 중국에서 아직 대학을 다녔다. 아들은 무엇인가를 해서 돈을 벌어야 했다. 아들은 다시금 사업을 벌였다. 아들은 또 다시 어머니의 마지막 쌈짓돈까지 박~ 박~ 긁어서 훑어갔다. 과연 아들은 그 사업을 성공시킬 수 있을까? 사업 자금은 계속 들어갔고, 돈은 벌리지 않았다. 어머니 나이는 90이 되었다. 그는 시골에서 죽을 날만 기다리면서, 아들의 사업이 번창하기만을 바랐다.

어머니와 아들의 관계는 어머니가 죽어야 끊어질 수 있는 관계였다. 어머니는 아들의 손에 이끌려서, 손을 잡고, 물속으로 끌려 들어가면서, 결국 자신의 몸을 바쳐야 끝이 나는 모습이었다. 그것은 어머니의 사랑이라 말하면서 말이다.

*

나는 가끔 '뭘 쓸까?'를 생각했다. 아침에 일어나면 '뭘 먹을까?'를 생각하듯이. 그러다가 어떤 사건에 대한 생각이 함께 겹쳐오면 갑자기 참을 수 없는 감정이 폭발했다가 사그라드는 것을 쓰는 경우가 많았다. 그러지 말고 '평화롭고, 고요한 것들을 쓸 수는 없을까?'를 생각했다.

팔월 중순 작은 빌라가 있는 강화도에서 잠을 잤다.

그 날 섬의 바람은 멈췄다. 하늘은 먹구름으로 가득 찼다. 온 천지는 고요했다. 그동안 대기는 계속 뜨거운 열기를, 막바지 더위를 가져와 우리를 힘들게 했다. 숨을 쉬면 숨이 막혔다. 호수와 바다에서 몰려오는 습기가 열을 머금어 수증기처럼 일어났다. 들과 산에 있는 나무와 풀은 신이 나서 씩씩했다. 나뭇잎들은 푸르다 못해 검푸르게 보였다. 들에는 익은 벼들이 통통했다. 담장에 붙은 대추나무에 대추가 주렁주렁 열려 있고 가지들이 수양버들처럼 늘어졌다. 밤송이는 꽃처럼 송이송이 붙어 있었다. 자연은 풍요로웠다. 우리는 호숫가를 거닐었다. 사람들은 낚시질을 하느라 바빴다.

해가 서산으로 기울어지고 있었다. 멀리서 어둠과 함께 산 밑으로 불빛이 보였다. 금세 어둑어둑해졌다. 호숫가의 별장 화단은 하루 종일 태양열을 받아 모은 전열구가 저녁이 되면서 발열등으로 바뀌어, 주변을 환하게 비추었다. 나는 호숫가를 따라 북쪽을 향해 걸었다. 맨 끝집에 붙은 신호등 장식 전등에 빨강, 파랑불이 번갈아 가며 불이 켜졌다. 그 집에는 국시집이라는 간판이 붙었다. 사람들은 없었다. 창 넘어 식탁은 조용했다. 국시집 앞을 지나 어두운 산모퉁이를 돌았다. 어둠속에 깔린 몇 구의 산소 자리에서 귀신이라도 내려올 듯한 느낌 때문에 나는 얼른 몸을 되돌려 걸었다.

호수는 잔잔했다. 잔주름처럼 바람에 따라 물결이 일어났다. 호숫가, 수풀 속에서 베스가 울었다. 베~ 베~ 소리는 탁하고 컸다. 내 발자국 소리가 들리면 베스 울음소리는 멈췄다. 갑자기 물속에서 펄떡거리고, 물소리가 요동을 쳤다. 물고기들이 싸웠다. 먹고 먹히는 싸움으로 물속은 전쟁 중일 것이다. 한바탕 요동을 치더니 다시 호수가 고요해졌다. 산책로 뚝은 콩잎과 들깻잎이 무성했다. 나는 그 잎을 손으로 만졌다. 잎들은 억세고, 거셌다. 모두 잘 자랐구나. 어느 농부가 이렇게 호숫가 자투리 땅에 콩과 깨를 잘도 심었나 생각했다.

산책 중에 그 뚝길로 계속 차가 들어왔다. 차들은 국시집 앞마당에서 멈췄다. 그곳은 차와 사람으로 가득 찼다. 길을 따라 걸었다. 캄캄한 학교 건물이 어둠을 지켰다. 그곳을 지나자 멋지게 장식된 예쁜 정원을 가진 작은 집이 있었고, 그 옆에는 나이든 농부가 살고 있는 농가가 있었다. 그리고 그 앞에서 원두막이 호수를 보고 있었다. 먹구름은 거쳤고, 하늘의 별은 총총히 박혀서 빛이 났다. 원두막과 이어진 빈 땅은 그동안 논이었는데, 어느 날 밭이 되었다. 밭에는 콩, 고구마, 고추로 가득 채워졌다. 군데군데 개를 세워 밭을 지켰다. 사람이 지나가면 개는 멍멍거리며 주인을 불렀다. 호수에는 낚시꾼이 많았다. 어느 낚시꾼이 물고기를 잡아 차로 옮겼다.

- 아이고, 커라!
- 아저씨, 이게 무슨 고기에요?
- 가물치요.
- 아이고, 크네요. 정말 커서 팔뚝보다 큰데요?
- 이거 작은 거유. 나는 이거 두 배만한 거 잡으려했는데요?
- 어휴, 대단하네요. 몸집이 돼지 새끼만 한데요?

가물치는 팔딱팔딱 거렸다. 물고기를 구경하고 어둠속을 지나 불빛이 보이는 큰 길로 나왔다. 면사무소 옆에 불 하나 없는 어둠의 건물이었던 건물에서 불빛이 새어나왔다. 나는 남편에게 말했다.

- 어? 생전 불이 없던 건물에 전등불이 켜졌네요?
- 저 건물이 이제 살아났나?
- 일 층, 이 층, 삼 층, 사 층 전부 전등불이 환하게 들어왔어요.
- 그러네?

큰길 옆 차돌베기 짬뽕집에는 사람이 가득 했다. 건너편 통닭집도 시끄러웠다. 짬뽕집 옆 약국에도 차가 줄을 서 있었다. 나머지 농자재 가게와 다른 가게는 불이 꺼져 있었다. 그러나 맛나 슈퍼는 사람들로 꽉 찼다. 내가면 시장통이 살아나려나? 역사가 있는 시장통이었다는데…. 시장 공터에는 빈차들이 가득 서 있었다. 공터 주변에 줄지어 선 상가들은 어둡고 칙칙했다. 상가 건물은 낡았고 허름했다. 다른 약방은 문 닫은 지가 오래였다. 다른 슈퍼들도 마찬가지였다. 고깃집, 세탁소, 여인숙, 요구르트집, 중국집 등의 간판이 예전에는 화려했음을 말해주고 있었다. 우리는 빈 시장터를 지나 골목길로 접어 들었다. 길 따라 심겨진 깻잎이 가로등 밑에서 우리를 반겼다. 깻잎은 튼실하고 싱싱했다.

다시 샛길을 따라 들어가면 빌라 한 동이 있었다. 빌라는 4층짜리인데 초저녁부터 불빛이 없었다. 할아버지, 할머니는 불을 켜지 않았다. 그들은 귀가 잘 들리지 않았다. 일찌감치 불을 끄고 누웠다. 내일 새벽 들녘에 가서 일찍부터 밭일을 하려고. 우리는 조심조심 현관으로 들어갔다. 모기 떼가 우리 몸에 붙어 들어올새라 현관문을 빨리 닫았다. 방은 작지만, 평화롭고 고요했다. 작은 방 창가로 밤바람이 호수에서 불어왔다. 바람은 시원하고 상쾌했다. 안방 베란다에는 빌라와 일반 주택 사이의 골바람이 들어왔다. 온몸이 시원했다.

어둠 속에서 등을 방바닥에 대고 누웠다. 모두가 평화로웠다. 남편은 수면을 위한 CD를 틀었다. 은은한 음악이 들렸다. 캄캄한 어둠이 편안한 몸을 감 쌓았다. 이것이 세상의 행복이지 않을까? 지금 나에게 자유, 평화, 평온, 고요가 함께 존재했다. 그리고 잠이 들었다.

*

수요일은 농협 하나로에서 세일을 하는 날이었다.

나는 저녁을 먹고 슈퍼로 갔다. 배 한 상자, 토마토 한 상자가 30% 세일을 했다. 나는 이것저것 들고 갈 수 있을 만큼만 샀다. 계산대에서 줄을 섰다. 내 앞에는 젊은 부부가 계산을 하려고 서 있었다. 남자는 키가 훤칠하고 쌍꺼풀이 있는 잘생긴 호남형이었다. 그의 부인은 예쁘지는 않으나 매력이 있는 수려함을 지닌 여자였다. 그들은 이것저것을 계산했다. 남편은 계산중에도 핸드폰 문자에 집중하고 있었다. 아홉 살에서 열 살쯤 되는 아들은 카운터에 있는 막대기 사탕을 만지작거리며 사탕을 사고 싶어 했다. 그러나 아이의 아빠는 그것을 무시했고, 아들의 요청을 매몰차게 거절했다. 그들의 계산이 끝난 다음 내 계산을 마쳤고, 우연히 그 가족 뒤를 따라가게 됐다.

나는 먼 발치에서 그들 뒤를 따라 가는데, 아빠가 갑자기 아들 귀와 따귀를 길게 늘여서 잡아당겼다. 나는 깜짝 놀랐다. 아들은 아파하면서 아빠를 멀리했다. 아빠가 아들을 사랑하는 모습이 아니었다. 그 옆에서는 여자아이인 동생이 엄마 손을 잡고 따라 갔다. 그 가족은 걸어 가다가 문방구에 들어갔다. 가족이 모두 함께 들어갔다가 나왔다. 그들은 건널목을 걸었다. 나도 그들 뒤를 따라갔다. 같은 아파트에 살고 있기 때문에 함께 걸을 수밖에 없었다. 아들이 아빠에게 무슨 이야기를 했다. 갑자기 아빠가 아들의 등을 둥글게 만 종이로 내려쳤다. 무식하게 반복해서 내려쳤다. 아들은 아버지가 내려치는 종이말이에서 벗어나고자 엘리베이터 쪽으로 달려갔다.

이상했다. 그것은 아버지의 따뜻하고 자상한 태도가 아니었다. 그는 소설 속에 나오는 의붓아버지 같았다. 그 아버지를 보니 내 사위가 고마웠다. 자기 새끼라고, 사위는 아들이든 딸이든 자식을 대할 때면 사랑이 철철 넘쳐났다. 항상 아이들을 귀히 여겨주는 것이 고마웠다. 자식이 아무리 어려도, 부모가 함부로 대한다면 자식들은 그것을 마음속에 간직하게 된다. 그리고 큰 상처가 될 것이다.

*

나는 바빴다.

9월 중순 테니스 게임을 진하게 했다. 첫 게임을 5:5로 fainal까지 해서 게임을 마쳤다. 보통 30분이면 게임이 끝나는데 50분 정도 게임을 해서 모두가 지쳤다. 다시 두 번째 게임을 했다. 그 게임도 힘들었다. 이기려는 자와 지지 않으려는 자의 싸움은 치열했다. 상대편의 로브(높이 뛰어서 보내기)는 우리를 괴롭혔다. 공격하려고 전진했던 몸을 뒤로 물려서 받아냈고, 공격수인 내 짝은 공이 오면 상대편 사이드로 공격했다. 치고, 공격하는 공은 쉽게 죽지 않았다. 누군가 자기 공을 실수로 라인 밖으로 내보내던가, 아니면 공격한 공을 못 받아서 놓쳐 버려야 그 공이 죽었다.

게임 공은 쉽게 죽지(out - x) 않았다. 내 편이 득점을 하려면 상대편이 실수를 해줘야 했다. 우리 편이 계속 지게 되면 나는 주문을 외웠다. 상대편을 향해서. “야 ~ 같이 좀 가자!”라고. “함께 가자, 일찍 방을 빼면 , 집에 일찍 가지 않냐?"라며 몇 번이고 같이 가자고 요구했다. 그럴 때면 상대가 실수하는 경우가 생겼다. 그리고 다시 비등하게 스코어가 진행됐다. 그리고 그 게임도 그렇게 5:5게임이 되었고, fainal 게임으로 이어졌으며, 끝내 우리 팀이 이겼다. 그럴 때 상대팀은 말했다. "언니의 같이 가자는 주문 때문에 졌다."라고 말했다. 게임 시간은 질기게도 한 시간을 넘겼다. 우리는 게임의 승패 여부를 떠나 그런 게임을 두고 성공한 게임이라 말했다. 공 하나로 그렇게 오랫동안 즐겼고, 온몸을 땀으로 적셨으니 말이다. 나는 연속 게임에 지쳤다. 두 시간을 계속 뛰었다. 서로 지지 않으려고 악을 쓰며 상대편을 공격했던 힘은 나를 탈진하게 했다. 멤버 회원들은 나보다 어린 친구들이었다. 그래도 그 친구들도 거의 육십을 넘긴 사람들이었다. 나는 그 회원들에게 "야~ 우리들 모두가 장하다!"라고 말했다. 육십이 넘어서 이렇게 즐겁게 운동을 하다니 말이다. "맞아요, 언니." 그렇게들 말했다.

나는 게임을 마치고 남편과 집으로 돌아왔다. 지쳐서 저녁 식사를 하고 싶지 않았다. 이럴 때면 나는 햄버거처럼 간단한 음식을 만들어 우유와 함께 먹었다. 양배추를 썰고, 토마토, 햄, 치즈, 올리브, 견과류와 과일, 달걀 프라이를 식탁에 차렸다. 운동을 했으니 막걸리를 한 잔 따랐다. 남편은 매실주로 대신했다. 우리는 건배를 했다. 나는 먹는 시간이 짧았다. 남편은 먹는 시간이 길었다. 그가 음식을 먹는 동안 나는 주변정리를 했다. 화분에 물을 주고, TV나 가구 주변 먼지를 물티슈로 닦아냈다. 바닥도 물걸레로 훔쳐냈다.

막걸리 한 잔을 마시면 나는 몽롱해졌다. 힘들고 지친 것이 사라졌다. 취중에 청소는 쉬웠다. 그래. 건축 노가다 하는 사람들이나 시골 농사짓는 사람들이 막걸리를 한 잔씩 하는 이유를 이해할 것 같았다. 다시 쓰레기를 수거하여 쓰레기봉투에 넣어 밖에 있는 쓰레기통으로 옮겨서 버렸다. 음식물 쓰레기도 쓰레기봉투에 싸서 버렸다. 세탁기에 운동한 옷을 넣어 돌렸다. 그것이 끝나면 베란다에 빨래를 널었다. 그 사이 남편 식사가 끝나면, 나는 커피를 한 잔 주고 설거지를 했다.

그렇게 저녁 일이 끝나면 우리는 소화를 시킬 겸 산책을 했다. 아파트 주위를 두 번 돌고 와서 조용히 잠을 자면 되는 일. 그런데 남편이 현관문을 나가면서 노래방을 가겠다 했다. 나는 심리적으로 거부했다. 힘들고 짜증이 났다. 이 밤에 술 한잔을 걸치니 남편의 끼가 발동한 것이다. 나는 속으로 힘든 것을 참고, "그래 가봅시다." 하고 말했다. 나는 허름한 옷인 운동복 차림이었고, 남편은 미리 작정을 하고 외출복을 입었던 것이었다. 남편은 신사가 됐고 나는 거지처럼 보였다. 그러나 어둠으로 모두를 가렸다.

노래방에 가면서 남편은 이웃에 사는 친구 부부를 부르겠다고 했고 나는 안 된다고 했다, 너무 늦어서 안 된다고. 그냥 혼자 실컷 부르는 게 좋겠다고. 그렇게 결론을 내리고 노래방으로 갔다. 노래방은 한산했다. 노래 부르는 사람들은 없었다. 적당한 방을 얻었다. 남편은 노래를 불렀다. 옛날 노래, 학창시절 노래, 그리운 노래, 하고 싶었던 노래 등을 줄줄이, 목이 쉬도록 불렀다. 나는 눈이 감겼다. 남편은 혼자 끊임없이 잘도 즐기며 불렀다. 한 시간이 지나자 목이 가라앉으며 쉰 소리가 났다. 그는 나에게 한 곡을 부르라 했다. 나는 내가 좋아하는 노래, '바램'을 선택했다.

그 노래는 쉽지 않았다. 들을 때는 부를 수 있을 것 같았는데, 음정을 맞추며 부르기가 힘들었다. 다시 마이크를 남편에게 넘겼다. 그는 또 다시 한 시간 내내 즐기며, 노래를 불렀다. 노래는 다양했다. 윤시내의 '열애'. 김추자의 '님은 먼 곳에', 배인숙의 '누구라도 그러하듯이', 진성의 '안동역에서', 최희준의 '빛과 그림자', 박강성의 '문 밖에 있는 그대', 김수희의 '잃어버린 정', '멍에' 등을 선곡하고 불렀다. 그는 목이 쉬고 목소리가 갈라졌다. 노래방 기기가 끝을 알렸다. 카운터를 나오면서 노래방 사장님에게 물었다.

- 사장님 이 사업 얼마나 하셨어요?
- 내가 마흔 하나에 시작했고, 지금 예순 하나이니 꼭 이십 년입니다.
- 아이고, 대단하십니다.
- 이제 그만해야 하는데….
- 아이고, 무슨 소리에요. 이렇게 건강하신데요. 집에 있으면 아플 일이 많아요.
- 그건 그래요.
- 그럼 수고 하셔요.

몸은 지쳐서 천근만근이 됐다. 그래도 곧 잠이 들어서, 푹 잤다. 이튿날 아침은 화창했다. 아침으로 남편은 해장국 겸 만둣국을 주문했다. 나는 냉동실에 비치해둔 만두소와 피를 꺼냈다. 적당히 전자레인지에 녹여 만두를 만들었다. 냄비에 조갯살과 마른 새우 등을 넣고 끓이다가 내가 만든 만두와 야채 등을 함께 넣었다. 간으로는 소금과 새우젓을 사용했다. 시원했다. 식사가 끝나고 나는 딸 네 집으로 뛰었다. 손자를 데리고 학교로 갔다. 손자가 자기는 아직 마음의 준비가 안 되어서 할머니가 바라다 줘야 한다고 했다. 그때 딸은 작은 애를 유아원으로 데려다 주었다.

그 후, 나는 좀 쉬어야 했다. 누워서 이 책, 저 책을 읽다가 다시 잠들었다가 하면서 몸을 굴렸다. 몸에 뜨거운 팩을 해서 몸을 지졌다. 등줄기에 촉촉이 땀이 배었다. 몸이 가벼워졌다. 시간은 흘러갔다. 다시 점심 때가 되었다. 남편은 갑자기 매운탕이 먹고 싶다고 했고, 나는 그러겠다고 했다. 냉동실에서 매운탕거리를 찾았다. 삶아 놓은 고사리와 나물을 찾았다. 쇠고기, 버섯, 파, 마늘, 마른 새우 등과 함께 압력솥에 푹 고았다. 거기에 다시 콩나물과 숙주나물을 넣어 끓였다.

매운탕은 맛있었다. 식사 후 나는 노래교실로 노래를 배우러 가야 했다. 친구들의 권유로 노래교실(매주 목요일)을 다니는 중이었다. 남편은 설거지를 해주겠다고 나섰고 나는 고맙다고 했다. 주민센터로 차를 몰고 빠르게 갔다. 거기서 한 시간 반 동안 노래를 배우고 집으로 오는 중에 사건이 터졌다. 도로 한가운데에서 차가 멈췄다. 신호등이 바뀌었는데 차가 움직이지 않았다. 시동을 껐다. 다시 시동을 켜고 엑셀을 밟았다. 차는 앞으로 나가긴 했지만 아주 느리게 촛불 꺼지듯이 부르릉거리다가 이내 사그라 들었다. 아무래도 안 되겠다. 나는 차를 간신히 살살 몰고 가면서 이면 도로 쪽에 세웠다. 그리고 견인차를 불렀다.

견인차는 신기했다. 대형 트럭처럼 생겼다. 트럭 위에서 견인하기 좋은 레일 같은 것이 땅으로 내려왔다. 내 차를 줄로 이어서 레일 위로 올렸다. 차를 위에 올린 레일은 다시 트럭 위로 올라갔다. "와…." 신기했다. 그런 모습을 우리 손자가 보면 틀림없이 입을 벌리고 박수를 쳤을 것이었다. 나는 기사와 그 대형 트럭 앞 좌석에 올라탔다. 그 트럭은 빽빽이 서 있는 10차선 도로 속으로 물밀 듯 서서히 쉽게 끼어들었다. 곧 파랑 신호등이 켜지자마자 다른 차들과 함께 사거리를 건넜다.

사거리 건너서는 노랑 학원 차들이 사방에서 밀려왔다. 그런 거와 상관없이 대형트럭은 우회전해서 골목길을 거꾸로 들어갔고, 다시 좌회전해서 뒷걸음쳤다. 그곳에서 더 작은 골목에 위치한 카센터에 내 차를 내려놓았다. 그리고 작고 작은 골목을 자기 집 대문을 드나들듯 빠져나와 대로 쪽으로, 그렇게 긴 차를 기사는 빠르게 몰고 나갔다. 신기했다. 기술의 위대함을 느꼈다. 이미 해는 서쪽으로 기울었고, 자동차와의 실랑이는 끝이 났다. 나는 부랴부랴 집으로 돌아와서 집에 있는 것을 모아 부침개를 만들어 저녁으로 먹었다. 그리고 또 다시 청소와 빨래를 하며 하루를 마무리했다.

이렇게 바쁘게 사는 것이 행복일 것이었다. 내 주위에 나와 비슷하게 나이를 먹은 사람들 중 태반이 아파서 누워있거나 병원에서 고통을 호소하고 있다는 걸 생각하면, 나는 정말 행복한 사람이구나 하고 생각했다.

*

"내가 못 살아."
나는 미쳐 갔다.

부부 모임으로 저녁을 맛있게 먹고 왔다. 시집 못 간 작은딸이 부엌 바닥에 앉아 있었다. 순간 딸이 술을 먹었구나 하고 생각했다. 딸은 자기 방으로 들어갔다. 나는 외출복을 벗고 실내복으로 갈아입었다. 딸의 방으로 갔다. 딸에게 말했다.

- 너 술 먹지 말랬지?
- 나 집에서 한 방울도 안 마셨다구. 밖에서 먹었다구.
- 너, 적당히 먹어야지. 그렇게 많이 먹지 말라구.

제발 술 먹지 말라고 소리쳤다. 그러다가 서로를 밀치면서 싸움이 시작됐다. 나는 딸이 미웠고, 딸은 온 세상의 부정적 에너지로 나를 꼬집고 집어먹을 것처럼 나를 밀치며 때렸다. 우리의 싸움은 이내 짐승의 싸움이 됐다. 이런 것이 무슨 철학이며, 학벌이며, 인격인 것인가? 무식한 딸과 무식한 어미의 전투. 우리는 한참을 싸웠다. 174㎝의 키에 70㎏의 거구는 어미를 깔아뭉갰다. 어미가 대응해 바야 새발의 피였다. 내 몸은 공중으로 날아갔다. 안경은 뒤집혔고 몸은 휘둘려서 휘청거렸다. 우리는 실랑이를 했다. 제발 술 먹지 말라면서 대들었다.

온몸에 상처가 나고 피가 났다. 상처는 따끔거렸다. 이제 힘이 없어서 싸울 수도 없었다. 딸은 나를 방 밖으로 밀쳐내고 방문을 닫았다. 그리고 싸움은 끝이 났다. 내 생각은 멈췄다. 시집 못 간 딸을 어떻게 대해야 할지 몰랐다. 저런 여자를 어떤 남자가 데려갈지 걱정이었다. 과연 시집이나 갈 수 있을지? 부부 모임에서 다음 달 초 친구네 딸아이가 결혼한다고 발표했다. 다른 친구 부인이 우리 딸을 걱정했다. 나이가 제일 많은 우리 딸을 걱정해주는 것이다. 나는 말했다. 결혼 못하면 어쩔 수 없이 엄마, 아빠 늙어서 똥 받을 수밖에 없다고.

그러나 집에 와서 한바탕 드잡이를 하는 거 보면 우리는 헤어져서 각자 알아서 살 수밖에 없겠구나 하고 생각하게 된다. 되도록 함께 더불어 살려고 노력하지만, 그것이 그렇게 쉬운 일이 아니었다. 부처님이 말했다는, 자식은 부모에게 빚을 받으러 왔다는 말이 맞는 것이 아닌가 하고 생각했다. 어쨌든 내가 낳은 내 딸이지만, 나는 작은딸을 이해할 수 없었다. 평생 남편이 먹고 즐겼던 술을 그 딸이 그대로 즐기고 있는 모습을 보면 내가 전생에 많은 죄를 짓고 살았나 보다 하고 생각할 수밖에 없었다. 그래도 마음을 가라앉히고 작은딸의 핸드폰으로 팔뚝에 상처가 나서 멍든 사진과 문자를 보냈다.

- 2017년 12월 3일. 너에게 뒤지게 맞은 날.

너, 37년간 밥 먹이고, 공부시키고, 지금까지 테니스 레슨 시켜 건강하게 만들었다. 오늘 너에게 술 먹지 말라고 했더니 나를 밀고 꼬집더니 발로 차서 나를 넘어뜨렸다. 넌 사람이 아니라 짐승만도 못한 동물이었다. 우린 이렇게 못 산다. 엄마가 술 적당히 먹으라고 했잖냐. 그랬다고 엄마를 적으로 보고 밀치고 때려? 너 내 딸 맞냐? 그리고, 너 술 먹지 말라고 하면, '그러겠습니다.' 하면서, '잘못했습니다.'라고 말하면 안 되냐?

제발 사람들에게 예쁜 소리만 하고 나쁜 소리 좀 하지 마라. 예쁜 소리는 복이 저절로 들어온다. 나쁜 소리는 너의 흑역사만 쌓이는 거잖아. 차라리 말을 하지 말고 들어만 줘라. 그래도 너에게 복이 들어오겠다. 왜 쓸데없이 나쁜 개소리, 소 소리를 해대서 상대방을 괴롭히냐. 입 좀 조심하고 가만히 있어. 그럼 얼마나 좋냐고.

문자를 보내면서 나는 '그래도 내일 다시 태양은 떠오르겠지?' 하고 생각했다.

*

부엌에서 계속 달그락거렸다.

한밤중이었다. 나는 신경이 쓰여서 잠을 잘 수가 없었다. 솥에서 국을 퍼먹는지, 라면을 끓여 먹는지 냉장고 문이 열렸다 닫히는 소리가 났다. 작은딸은 계속 달그락거렸다. 갑자기 딱 ~ 딱 ~ 툭 ~ 툭 ~ 소리가 들렸다. 나는 방문을 열고 나가서 부엌에 대고 소리쳤다.

- 야! 너 이 밤에 뭐하는 거냐?

- 뭐야, 시~ 물건이 떨어지면 안 되는 거야? 어때서?

이미 딸은 술에 취해서 제정신이 아니었다. 나는 머리가 아팠다. 더 이상 막장 소리는 안 하는 게 좋을 듯싶었다. 식탁에는 빵부스러기, 두부 조각, 김 조각이 흐트러져 난리가 나 있었다. 딸애는 그 부스러기들을 행주로 닦았다. 나는 한바탕 소리를 지르고, 안방으로 들어왔다. 그리고 문을 꼭 닫았다. 그래도 식탁인지 바닥인지 알 수는 없지만, 계속 탁 ~ 탁 ~, 툭 ~ 툭 ~ 소리가 계속 났다. 딸의 몸은 비틀거렸고, 벽에 몸이 부딪히는 소리도 함께 들렸다. 그리고 중얼거렸다.

- 그렇게 사세요.

- 그렇게 살라구요.

나는 미쳐 가는 일이었다. 저라고, 시집 못 갔다는 것에 스트레스가 없겠는가? 제 생활이 자연스럽지 못하니까 부정적 상황이 일어나고, 돌발 상황을 일으키는 것이겠지. 하지만 지금 그가 이럴 때인가? 과연 시집을 갈 수나 있을 것인가? 어미로서 나는 그가 걱정스러웠다. 내 속은 시커멓게 타 들어갔다. 더 나쁜 상황으로 가는 것 같아서 겁이 났다.

*

이달 마지막 주 월요일 여고 골프 모임에 가는 날이었다.

총무로부터 차를 함께 타는 사람을 선정해서 문자로 보냈다. 우리는 오가는 멤버를 보고 환호했다. 우리 조는 친구인 K, S, D, 그리고 나였다. K가 운전했다. K는 헌신적 사랑을 항상 우리에게 베풀었다. 우리는 그 사랑을 받았고, 그 사랑에 대한 고마움을 다시 그에게 돌려주고자 하는 마음이 강했다. 그래서 자동차 속 분위기는 즐거웠다. 이럴 때 나는 더 시끄럽게 이야기하며 떠들었다. 그동안 못했던 이야기가 쏟아졌다. 다른 친구들도 마찬가지였다. 다음 주에 추석명절이 있었다. S가 말했다.

- 우리 성당 교우가 성실하고 맏며느리로서 일을 잘 했어. 그 며느리는 시댁에 평생을 헌신하며 살았지. 서울로 제사를 옮겨와서 삼십 년을 지냈어. 시동생들도 돌보고 보살폈어. 그 덕으로 그 시동생은 판사가 됐어. 그 뒤부터 시어머니는 맏아들 중심에서 둘째 아들인 판사를 중심으로 가정 내 모든 행사를 주관했어. 맏며느리인 그 교우 입장에선 화가 날 일이지. 결국 머리 뚜껑이 열려

버렸어. 맏며느리는 즉시 모든 제사를 성당 미사로 바꾸고, 모든 시댁 행사를 끝내버렸어. 그리고 시댁 식구와 시어머니, 모든 형제가 맏아들네 집으로 올 필요가 없게 만들어버렸어. 결국 시어머니의 정치가 잘못되어 집안이 망친 것이야.

- 그래, 그랬구나. 집안 어른들이 정치를 잘해야 해.
- S야, 너 이번 추석에 추석 쇠러 가냐?
- 시아주버님이 쓰러지셨어. 회사 운영도 잘하시고, 큰형님이 간호학과 출신이라 음식 등도 철저히 챙겨주는데 말이야. 어느 날 회사에서 회의도 잘 끝내고 일처리도 잘했다는데 회의 끝내고 나오면서 쓰러지셨고, 곧바로 병원으로 갔어. 큰형님은 항상 남편을 위해 좋은 거라면 뭐든 다 만들어서 먹였어. 간호사 형님이라 아는 것도 많았어. 시아주버님이 필요한 것을 모두 섭취하게 했어. 그런데 갑자기 쓰러진 거야. 그래서 중환자실로 갔고, 거기서 깨어난 거야. 시아주버님은 깨어나서 슬퍼했어. 나는 술과 담배 등을 절대로 하지 않았고, 절제하며 살았는데 무엇이 문제라서 내가 이렇게 쓰러졌는가 한탄했다니까? 그래서 처음으로 추석, 명절 제사를 금지했어. 가족에게 아픔이 있으면 제사 지내지 않는 거라고 해서.

우리는 이런 이야기 저런 이야기로 꽃을 피웠다. 운전을 잘하는 K가 운동을 하고, 저녁 먹고 다시 운전하면 졸음이 올 것 같았다. 나는 운전자를 위해 노래를 신청 받았다.

- 내가 유튜브 노래방을 열겠습니다. 신청해 주세요.
- 김광석의 서른 즈음에.

또 하루 멀어져간다.

내뿜는 담배연기처럼
작기만 한 내 기억 속에
무얼 채워 살고 있는지….

- 너무 아픈 사랑은 사랑이 아니었음을.

그대 보내고 멀리 가을새와 작별하듯
그대 떠나보내고 돌아와 술잔 앞에 앉으면
눈물 나누나….

- 다음은 운전자 K가 좋아하는 이선희 노래, 정승환 노래를 틀어줄게.
- 우리 남편은 노래를 좋아해. 특히 뽕짝을 좋아해. 어쩌다 나는 친구 따라 지금 노래교실을 다니고 있어. 그런데 나는 노래교실만 가면 잠이 오더라구. 가기만 하면 잠이 쏟아진다니까? 어떤 때는 노래 책과 연필이 졸다가 또르르 굴러 떨어진다니까? 남편은 이해가 안 간다고 말하더라고.

D가 말했다.

- 저번에 새로 골프 치러 들어온 Y, 4차원 아이 같았어. 심성이 강해보였어.
- 응. 그 친구 맞아. 강하고 확실한 친구지. 그 친구는 자신을 드러내고, 뭔가 보여주고 싶은 친구야. 캐디가 잘못하면, 용서 못하지. Y의 행동도 옳고, H의 말도 옳아. Y는 마땅히 돈 주고 캐디를 쓰니까 우리 권리를 찾아야 한다고 하고, H는 우리 자식 같은 애에게 잘못한다고 잔소리할게 뭐냐 하고.

이렇게 쓰는데 목적이 있을까? 평생 동안, 어떤 형태로든 공부를 했다. 책을 읽고, 논문을 쓰기도 하고, 공부를 해서 학생들을 가르치기 위해 교안을 만들고, 학생들을 위한 지침서나 레포트를 체점하고, 시험지를 처리하는 등의 일만 평생을 했다. 그리고 사회에서의 모든 일을 끝내고 나자, 나는 할 일이 없어졌다. 내가 할 수 있는 것을 찾았다. 그 결과 내게 가장 가까운 일이 바로 이렇게 글을 쓰는 것이었고, 이게 제일 쉬운 일이었다. 내적으로 거대할 것도 없고, 그저 심심함을 풀기 위한 소일거리로 내가 지금 처해 있는 즐겁고 고통스런 일상을 소소하게 기록하는 것이었다.

속이 상해서 미칠 것만 같은 일도 이렇게 쓰고 나면 치유가 되었다. 절대 일어날 수 없는 일이 일어나는 경우도 많았다. 내가 언제까지 건강하게 살지는 모르지만, 살면서 내게 가장 중요한 것이 바뀌어가는 것은 신기했다. 나이를 먹을수록 더욱 그랬다. 그동안 중요하게 여겼던 것들이 묵은 때와 같이 쓸모없어지는 것을 보고, 나는 시대에 맞게 변화할 수 있어야함을 깨달았다. 그런데 내 주변 친구들은 그때와 같은 묵은 지식을 지혜로 바꾸지 못하고 목숨처럼 붙들고 늘어졌다. 나는 그것을 보면 속이 터졌다. 그런데 자식들은 내가 쥐고 있는 낡은 것들을 보고 얼마나 속 터져 할지 생각했다. 나는 날마다 그것을 반성하며 글을 쓸 것이다.

*

나는 웅이(외손자)를 사랑했다.

아침이 되면, 나는 뒷산을 한바퀴 돌고 와서 식사를 하고 쉬었다. 그러나 올해 봄부터는 손자인 웅을 학교에 바래다 주었다. 웅이 동생이 어린이 집을 가기 때문에 딸 혼자서는 둘 모두를 제시간에 데려다 줄 수가 없기 때문이다. 아침 식사 시간은 바빴다. 우리 집에서 500 미터 거리에 있지만, 8시 십 분 전까지 맞춰 가려면 나는 거의 달려 가야 했다. 내가 딸 네 현관문을 똑똑 거리면, 딸이 문을 열었다. 그때 애기들은 숨어 있다가 나에게 "캬~! 캬~!" 하고 공룡소리를 내며 놀래켰다.

- 할머니, 거북 새우가 부화했어.
- 어디?

유리병에 작은 털 달린 새우들이 꼬물꼬물 거렸다. 탁상용 불을 더 가까이 유리병에 비췄다. 갓 깨어난 새우들이 바지락거리며 움직였다.

- 오늘 우리 무슨 책을 읽을까?
- 우리 몸에 대한 이야기.

웅이가 책꽂이에서 책을 가져와 책을 읽었다. 책은 면역성에 대해 설명했다. 바이러스에 대해서도 설명했다. 비만이 있으면 당뇨, 고혈압이 생긴다고 설명했다. 몇 페이지를 읽고, 학교에 갈 준비를 했다. 환절기라 웅의 눈에 알레르기가 생겼다. 그의 눈에 물약을 넣었다. 그리고 말했다.

- 고혈압? 아빠는 고혈압 병이 생겼네?
- 그러니까 너는 몸이 뚱뚱하면 안 돼. 너 키가 얼마지? 몸무게는 얼마고?

- 키는 140㎝, 몸무게는 40㎏.
- 그럼 140 - 105 = 35 이다. 네 몸무게가 35㎏ 정도야야 하는 거야. 그럼 너는 비만인 거지.

딸이 나에게 말했다.

- 엄마, 애기라서 몸무게를 줄일 수는 없고요. 몸무게는 늘리지 않고 키만 크게 하려고요.
- 그래, 그래야겠다.
- 자, 책가방 가지고 학교에 가자.
- 응.

우리는 작은 골목길로 나왔다.

- 너, 책 중에서 무슨 책이 재미있니? 곤충류? 파충류? 먼저 번 동물원 가서 할머니에게 거미에 대해서 알려줬잖니? 네가 책을 읽으니까 잘 알더라. 우리가 책을 통해서 아는 거야. 학교 선생님이 전부 다 가르쳐줄 수는 없거든. 우주에 관한 책도 재미있을 걸? 별자리도 있고, 지구에 관한 것도 있어. 그리고 저런 예쁜 꽃나무에 관한 책도 있고.
- 나 이번에는 우주에 관해서 책을 볼까? 아니면 지구에 관한 것? 아니야. 우주로 해야지.
- 그래, 네 맘대로 해. 그런데, 너 할머니가 언제까지 학교에 바래다줘야 하는 거야?
- 아직 마음의 준비가 안됐어.

- 그래, 알았어.

- 아, 파랑 신호등이다. 빨리 달려가자.

우리는 뛰었다. 숨이 찼다. 곧 정문에 도착했다. 보조가방, 책가방, 신발주머니를 웅이에게 넘겨주었다. 그것들은 꽤 무거웠다. 나는 손을 흔들며, 헤어졌다. 나는 돌아오면서 생각했다. 나중에 웅이가 커서 20대, 30대가 되어 내가 사라져도, 할머니와의 따뜻한 사랑이 좋은 에너지로 바뀌어 웅이가 힘든 삶을 잘 극복하기를 바랐다.

*

딸을 보면 달마를 본다.

결혼을 하든 안 하든 무엇인가를 죽을 때까지 하고 살다 가는 것이 행복일 것이었다. 여태까지, 여자의 일생은 집안일을 하고 애기들을 돌보는 것이었다. 아이들이 자라면 결혼을 시켰다. 그리고 아이는 어른이 되었고, 엄마는 늙어서 죽었다. 예전엔 60세를 넘기가 어려워 환갑잔치를 하며 축배를 들었다. 그런데 지금은 100세 시대가 되었다. 60세가 되고도 30~40년을 더 살아야 하는 만큼, 돈이 필요했다. 결혼한 아이들도 먹고 살기 힘든데, 부모의 용돈과 생활비를 결혼한 아이들에게 요구할 수는 없었다.

지금까지 나의 시대는 친정부모, 시부모 가리지 않고 어떠한 형태든 생활비를 만들어 그분들을 부양하며 평생을 살아 왔다. 여기에 우리의 자식들은 결혼했지만, 부모인 우리에게 도움을 받고 살기를 원했다. 우리는 끼인 세대가 됐다. 그런데 남편들은 60세가 되면 퇴직을 했다. 그 후 우리는 경제적 삶이 어려워졌다. 결혼하지 못한 자식들은 생활이 온전하지 못했다. 그 자식들은 캥거루 새끼처럼 우리와 함께 살았다. 결국, 우리의 책임이 되었다. 나는 고민했다. 그 애가 뭘 해서 평생 먹고살아야 할지 말이다. 그리고 그 애에게 말했다

- 너, 책을 좋아하니까 동화 작가가 어떠니?
- 엄마, 내가 아무리 좋은 책을 내도 소용없어.
- 왜?
- 햄버거를 더 잘 만들고, 맛있게 한다고 잘 팔려? 메이커 있는 것들은 맛이 없어도, 방송매체, 기업홍보 등으로 맛이 떨어져도 잘 팔리는 거야. 더구나 출판계는 더 심할 걸?
- 넌 너무 똑똑해서 탈이야. 넌 너무 논리적이야.

다른 때 같으면 나는 화를 냈을 것이다. "야, 넌 그래서 탈이야!", "그러니까 시집을 못 가는 거라구!" 등등. 하지만 오늘은 딸과 싸우지 않고 잘 대처했다. 나는 나를 칭찬하고 싶었다. 나는 어디에서 들었던 나만의 주문을 외웠다.

'옴 아모카 살바다라 사다야 시베훔.'

이 주문이 무슨 뜻인지 나는 몰랐다. 다만 어느 스님이 이것을 외우면 마음이 평안해질 것이라 했다. 그냥 외우고 외웠다. 내 마음은 고요해졌다. 다시 딸에게 말했다.

- 내 친구, K 아줌마 너 알잖아. 그 아줌마가 솜씨가 좋잖아. 검정 고무신에 꽃 그림을 그리고 장식을 해서 아줌마들에게 나누어주는 거야. 그렇게 계속 말

이야. 그런데 재료비가 너무 많이 드는 거야. 그래서 내가 말했지. 올해는 재료비 포함 만오천 원씩 받고, 내년부터는 이만 원씩 받으라 했어. 그리고 내년부터는 공방을 집에서 차리라 했지. 그 아줌마 집이 예쁘거든. 그렇게 기능을 나누다보면, 뭔가가 보이는 거지. 그런데 너처럼 꼭 그렇게 부정적으로 이야기 하는 것은 아름답지 않지.

- 엄마, 난 기본적으로 동화 같은 거 쓰고 싶지 않아.
- 그럼 그것은 아니네, 네가 하고 싶은 것만을 해야지.
- 나는 돈 벌고 싶지 않아. 테니스만 치고 놀고 싶다고. 원래 나는 그렇게 태어난 인간이라고.

나는 어이가 없었다. 언제까지 캥거루 새끼가 되어 부모를 괴롭힐 것인지에 대해 생각했다. 우리가 결혼한 지 사십 년이 넘었다. 그런데 작은딸은 아직도 결혼을 못했으니 말이다. 나는 작은딸을 피해야 살 수 있었다. 내 방으로 들어갔다. 책상 위의 달마대사 조각품을 쳐다봤다. 그것은 동남아 여행 중에 산 것이었다. 얼굴은 둥글고, 몸은 뚱뚱했다. 배가 불쑥 올라와 배불뚝이였다. 배꼽에는 가슴과 연결된 염주가 걸려 있었다. 두 손으로 입을 막았고, 눈은 가늘게 떴다. 가부좌를 틀고 앉아 있는 모습은 푸근하고, 모두를 용서하는 것 같았다.

'달마대사여! 모두를 용서하고, 수용하며, 잊으라고? 그리고 조용히 입을 닫고, 침묵하라고?'

한참을 달마 조각을 보았다. 내 안의 속에서 일어났던 분노가 사라졌다.

'달마대사여, 나에게 자비심을 주소서!'

*

나는 컴퓨터로 한 페이지 이상을 더 쓰지 못했다.

몸이 비틀리고, 머리와 허리가 아팠다. 힘들어서 쓰기 싫었다. 일단 쓰기를 그만두었다. 거기에 편안하고 즐거운 것들에 대한 글은 쓸 수가 없었다. 그러나 즐거운 추억은 쓸 수 있었다. 그렇지만 즐거운 추억도 전부 잊혀져 갔다. 쓰기가 없으면 너무 무료하고 자신만의 일이 없어져서 내가 사라질 것이었다. 그래서 옛날 노인들이 뜨개질하듯이 나는 그렇게 그냥 쓰는 것이었다.

대공원 가는 날.

웅이가 저녁에 전화를 했다.

- 할머니 내일 수영장 가기로 했는데, 어린이 공원 가면 안 돼?

- 되지.

- 그럼, 할머니. 내일 어린이 공원 가.

- 그러지.

이튿날, 애기들이 우리 집으로 왔다.

- 할미, 어린이 대공원 가자.

- 그래.

- 난 안 갈 거야. 수영장 가기로 했잖아! 앙앙앙!

작은 애, 예가 울기 시작했다.

- 앙앙! 난, 수영장, 갈 거라구!

예는 5살이었다. 눈물을 펑펑 쏟으며 강짜를 놓았다. 예는 나를 난감하게 했다.

- 웅아, 어떻게 된 거야?
- 어제 예도 같이 가겠다고 말해 놓고 그래.
- 너 그러면 안 돼지. 오빠랑 하겠다고 그랬다면서.
- 난, 안 갈 거야. 수영장 갈 거라구.
- 너, 그럼 수영복 가져왔어? 안 가져왔잖아. 그럼 어떻게 가? 발가벗고 수영할 거야?
- 앙앙~! 나는 수영 갈 거야.

나는 딸에게 전화했다. 그리고 전화를 예에게 넘겼다. 소리가 들렸다.

- 너, 어제 오빠랑 동물원 간다고 했잖아.
- 아니야! 수영장 갈 거야. 앙앙!
- 너, 집에 가면 엄마한테 혼날 줄 알아.

그리고 전화가 끊겼다.

- 엄마한테 나 혼내지 말라고 해줘, 할미.

- 알았어.

우리는 그렇게 합의를 보고 대공원으로 갔다. 주차장은 이미 차로 꽉 찼다. 차를 세우고 동물원 입구 쪽으로 걸어갔다. 리프트 타는 곳이 보였다. 리프트를 타고 가보자고 제안했다. 웅이가 말했다.

- 할미, 무서워 보여서 갈등 생기네.
- 그냥 타 보는 거야. 할미를 꼭 잡으면 된다고.

우리는 리프트를 탔다. 처음에 웅은 무서울 것 같아 스스로 걱정했다.
- 야, 저거 보이니? 원숭이 있다. 그렇지? 좋지?
- 응. 좋아, 할머니. 근데 저기 높은 데는 무서울 거 같아.
- 괜찮아. 할머니가 꽉 잡아 줄게.

우리는 무사히 리프트에서 청년의 도움을 받아 내려왔다. 동물원 입장권을 사고 입장했다. 안내장을 받아 대충 훑어보았다.

- 너, 어디 가고 싶어?
- 난 곤충관과 파충류관에 가고 싶어. 할미, 나 곤충과 파충류를 읽었어.
- 그래? 그럼 가 보자. 근데 곤충과 파충류가 어떻게 다른데?
- 곤충은 날 수 있고요, 다리가 6개고요, 파충류는 비늘이 있고, 날지 못하고, 다리가 4개야. 양서류는 물과 육지에 사는 거야. 할미.

우리는 곤충관으로 갔다. 벽에는 곤충보다 곤충 그림이 많았다. 뱀,

누렁이, 아나콘다 등을 차례로 돌아봤다. 곤충관은 어둡고 침침했다. 굽이진 굴 속 관을 빠져나왔다. 밖은 햇빛이 비쳐 환했다. 공룡 놀이터가 보였다. 그곳에 아이들이 많았다. 웅과 예가 놀이터로 달려갔다. 그들과 함께 어울렸다. 미끄럼을 타면서 내려오고 다시 기어서 올라갔다. 벽은 울퉁불퉁, 공룡의 등 같았다. 아이들은 재미있어 했다. 땀을 뻘뻘 흘렸다. 나는 애들을 불렀다. 음료수를 먹였다.

다음은 조류관으로 갔다. 조류관에는 붉고 억센 새와 파랑새 등 많은 새가 있었다. 2층에서 아래층으로 내려갔다. 거기는 악어들이 있었다. 사람들이 많았다. 더워서 힘들었다. 애기들도 힘이 드는지 얼굴에 짜증이 일어났다. 예는 졸린지 눈이 감기기 시작했다. 매점을 들려 솜사탕을 사서 주었다. 물개관 등은 문이 닫혀 있었다. 대충 넓은 공간에 있는 낙타와 원숭이, 코끼리 등을 보고 코끼리 열차를 타고 주차장으로 갔다. 주차장으로 가면서 예는 말했다.

- 할미, 수영장이 더 좋을 것 같아.

- 너, 아침에 리프트 타면서 여기가 좋다고 했잖아.

- 아니라고.

애들은 왜 수영장을 더 좋아하는지에 대해 생각했다. 그것은 자기 스스로 하는 것을 더 즐기고 좋아하는 것이기 때문인 것 같았다. 동물원에서도, 공룡놀이터에 아이들이 바글바글 많았다. 그곳에서 자기 몸을 써서 오르고 내려오고 다시 공룡 등을 타고, 기는 것을 좋아했다. 그렇다. 우리 어른도 자기 몸을 써서 하는 것이 재미있을 것이었다. 아이들도, 남이 그려놓은 그림이나 동물의 몸짓 등을 멀리서 보는 것보다 스스로 몸을 써서 하는 것을 좋아했던 것이다.

*

추석이 왔다.

명절이 오면 남편의 기분은 침체되었다. 이번에도 역시 그는 우울해져 있었다.

왜? 배가 고파서? 몸이 아파서? 가을이라서?

그가 왜 우울해지는지 나는 몰랐다. 나는 열심히 그가 원할 것 같은 음식만 해주었다. 그래도 명절이라고 그는 그가 먹던 제사 음식을 즐겨 찾았다. 동그랑땡, 동태전, 숙주나물 무침, 시금치 무침, 도라지 볶음, 고사리 볶음 등을 열심히 만들어서 상차림 했다. 그는 식사를 하며 한잔을 곁들였다. 그는 기분이 나아졌다. 일찍부터 친정 엄마는 시골에서 추석 쇠러 왔다. 나만 보면 엄마는 나를 붙들고 이야기보따리를 늘어놓았다.

- 미자(큰외삼촌 딸)가 눈을 다쳐서 병원에 일주일 동안 입원했다는구나. 그리고 이번에 추석 벌초 때 그것들(조카들)이 왔는데, 누나 집을 내가 사줘야 한다고 했거든. 그런데 글쎄 이원 이모가 아파트 15평이 좋다고, 그거 사주면 된다는구나. 왜 쓸다리없이 그런 소리를 하는가 모르겠구나. 큰 외숙모가 죽으면서 아들들은 모두 큰 아파트를 사줬구먼. 그 딸이 외숙모를 20년이나 모셨으면, 당연히 쓸 만한 아파트를 사줘야 하지 않겠냐고 말했다. 20평은 넘어야 미자 애들이나 사위, 며느리들이 들어가서 자고 가지. 그런데 이놈의 아들들이 꿈

쩍을 안 하는 거야. 사준다는 소리도 없고. 그래서 미자는 나이 많은 큰 고모가 해결해 주고 죽었으면 좋겠는 거야. 그래서 내가 영기(큰외삼촌 큰아들)에게 누나 집을 사주라고 했어. 그랬더니 엄마가 남긴 돈 4,000만 원이 있고 누나에게 준 돈 700만 원이 있다고 하길래, 그거 보태서 누나가 살고 있는, 지금 엄마 집을, 전세 놓아서 사주라 했지.

- 상진(엄마네 둘째 남동생)이 외삼촌에게 말해서 미자 집을 사주라하면 되잖아요?
- 상진이에게 상의하니까 말하기가 곤란하다면서 누나 밖에 없다고 하더라. 그래서 그것들(미자 동생들)에게 15평은 안 되니라. 20평은 넘는 것을 사주라고 했고, 꼭 시내 가운데가 아니더라도 괜찮으니 사주라고 해놓았어. 미자에게 집을, 좀 돌아다녀서 미리 봐두라 했어. 그리고 영기(미자 동생) 전화 번호 좀 써놓고 가라 했지. 그래야 내가 전화를 해서, 집 사주라고 재촉을 한다 했어. 막내(외삼촌)가 시골에 와서 나에게 십만 원을 호주머니에 넣어주고 갔어. 그런데 그 막둥이 부인이 우리 마루에 있는 작은 생수통 물 박스를 보고 있다가 집에 갈 때 물 2병을 가져가야겠다고 하더라. 그래서 '그래, 가져가라.' 했지. 그리고 속으로 생각했어. 그것들이 저런 생수 물도 안 사먹고 사는데, 나에게 돈을 십만 원이나 주었네. 나에게 돈을 주었구나. 그러다 보니 이것이 얼마나 아까운 돈이겠나 생각했다. 결국 그것들은 보는 눈이 많아서 그 생수통을 못 가져가더구나. 이번에 가을걷이를 해서 들깻잎 장아찌를 담아서 상진이네 한 통, 막둥이네 한 통 하고, 곶감을 만들어서 갔다주었잖아. 너네 집 올 때, 호영이(남동생)가 그 외삼촌네 들려서 왔다. 그곳에 갔더니만 외숙모들이 호영이(엄마 아들)에게 '아이고, 고마워라. 너, 엄마 말도 잘 듣는구나.' 그라더라고.

그날 남동생이 엄마 모시고, 큰외삼촌, 막내외삼촌 네를(엄마가 만든 것을 가지고) 들렀던 것이다. 엄마는 노인이기는 하나 당신이 받았으니 뭔가 주고 싶고, 갚고 싶은 마음이 강했을 것이다. 그것을 먹어보고, 외숙모가 뭘 넣었는지 맛있다고 했다고. 엄마는 다시마와 멸치를 넣어 끓인 물에 갖은 양념을 해서 들깻잎을 담았다고 답했단다. 큰외삼촌은 엄마가 만든 음식을 좋아했다. 그리고 자기 부인 음식을 타박했다. 그럴 때 엄마는 외삼촌에게 말했다. '네 마누라가 오줌을 끓여줘도 군소리 없이 먹어라.'라고.

- 동네 사람 중에 요양원에서 열흘 있다 온 사람이 있어. 그 사람이 가스 불도 못 켜고 그래. 벌써 여러 번 태웠어. 그런 거 보면 남자는 혼자 살기 어려워. 아들네가 있는데, 며느리가 없으니까 이 노인네가 왔다갔다 하더라구. 진득하게 혼자 있지를 못해. 재문이라고 그 동네 강 서방은 소리 없이 아주 잘 살아. 개토 벌이를 하며, 옥천 갔다가 이원 갔다가 하더라고. 그런데 이 사람은 돈 든다고 안 하더라고. 그러면서 들락날락 하는데, 늙은이가 어디 가면 별 수 있남? 내 집이니까 좋은 거지. 똥 싼다고, 오줌 싼다고 누가 뭐래? 어디를 가도 별 수 없어. 부부가 살아도 별 수 없어야, 등허리가 가려우면 긁어줄 뿐이지. 나이 어리면 돈은 없는데 애들 키우느라 고생만 하잖아. 그네 엄마는 시집을 3번이나 갔단다. 애들을 두고. 그것이 미친년이 아니냐?

엄마의 입에서는 횡설수설 온갖 이야기가 나왔다. 당신 하고 싶은 이야기는 다 쏟아져 나왔다. 나는 이해할 수 있는 것과 이해할 수 없는 것들이 엉겨서, 알아들었다가, 못 알아들었다가 했다. 그래도 엄마는 신이 나서 새벽부터 말이 터졌다.

- 이순이(엄마 작은아버지의 큰딸) 신랑 집에 살던 식모가 전부 털어 가서, 이순이

신랑이 생 거지가 되었단다. 그 신랑이 불쌍하고나.

이순이는 나보다 나이가 어렸다. 외할아버지는 형제가 셋이었다. 그중 막네 할아버지가 이순이의 아버지였다. 막내 외할아버지는 우리 아버지와 동갑이었다. 엄마는 맏이인 외할아버지의 맏딸이었다. 그래서 엄마도 막내 외할아버지와 연배가 비슷했다. 아버지는 외가에 가면 이순이 아버지와 짝짜꿍이 잘 맞았다. 내가 가면 이순이 엄마는 나를 자기 집으로 불러서 꼭 맛있는 밥을 해 먹였다. 하얀 쌀밥에 김치국, 그리고 달걀찜을 해서 먹였다. 그런데 그 집은 딸 부잣집이었다.

이순이는 나보다 한두 살 어렸다. 그렇지만 여동생이 많아 항상 등에 동생을 업고 다녔다. 아마도 시집가기 전까지 그는 그렇게 육체적으로, 경제적으로, 그의 짐을 지고 있었을 것이다. 그 이순이가 나보다 시집을 일찍 갔다. 시집 가자마자 아들 쌍둥이를 낳았다. 모든 집안사람이 그네 어머니에게 소원을 풀었다고 했다. 거기다 그 신랑이 사업을 잘했고, 집안이 풍족했다. 이순이는 자기 동생들을 모두 건사했다. 세월이 흐르면서 이순이의 아버지이자 막내 외할아버지는 술을 좋아하게 됐고, 결국 술독이 생겼다. 그 결과 간경화로 가버렸다.

이순이는 동생들을 자기가 사는 인천으로 데려와서 공부시키고 취직시켰다. 남편의 사업은 날로 번창했다. 쌍둥이 아들들은 가정교사를 두고 공부시켰다. 가족행사에 참여하는 이순이는 멋진 옷을 입은 귀부인이었다. 그 후, 우리는 오랫동안 서로 못 봤다. 그는 소문에 딸을 하나 더 낳았다는 모양이었다. 남편의 택시 사업은 날로 번창해서 택시 60~70대를 운영했다고. 그리고 세월은 흘러갔다. 이순이가 아프다는 소문이 떠돌았다. 그리고 어느 날 이순이가 죽었다고 했다. 엄마의 말로는 그것이 친구에게 칠억을 빌려줬는데, 그 돈을 못 받아서 가슴앓이를 하다가 암에 걸려 죽었다고.

죽고 나서 그 집에서 일하던 식모가 집안일을 이리 왈, 저리 왈 하다가 그냥 안주인으로 눌러 앉았다. 그리고 어느 날 그 식모가 모든 돈을 털어서 가버렸다고. 이제 이순이 신랑은 늙었다. 힘도 없었다. 그래서 그는 거지가 된 것이다.

이번 추석에 주무시면서, 엄마는 말을 많이 했다.

- 너 세 살 때, 네가 없어졌다. 내가 앞 도랑에서 빨래를 했고, 사람들은 김칫거리를 씻었다. 강둑 밑에서는 옷에 검정물을 들이는 사람들이 있었다. 그런데 네가 없어져서 나는 속을 태웠다. 하다만 빨래를 내 팽겨두고 너를 찾아 헤맸다. 신장로를 따라 걸었고, 걸어서 기찻길을 따라 찾았다. 한참을 찾으니 네가 철로를 넘어가서 울어쌌는 거야. 간신히 너를 찾은 거야. 너를 못 찾았으면 내가 이렇게 호강하지도 못할 뻔 했잖냐? 내가 젊었을 때 작은 집에 세를 살았다. 어느 날 그 안집에서 그 작은 집을 주인에게 반반씩 사자했어. 그러면 나보고 살고 싶을 때까지 실컷 살게 해주겠다고. 그래서 집 값의 반을 주었어. 그 집 신랑 앞으로 이전한 거야. 그런데 한 일 년 사니까, 그 놈이 박 씨인데 우리보고 나가라는 거야. 내가 숙맥이지. 함께 샀으면 지금처럼 무슨 계약서라도 써놓아야 하는 건데 바보였던 거야, 내가. 결국 그냥 맨손으로 나왔어. 그리고 남의 집 웃방살이를 다시 했어. 그 후 초가집을 사서 갔구만. 집 살 때 돈을 빼앗겼지만, 그것도 좋은 일인지 다른 이웃사람이 우리 짐을 다 맡아주고 했어. 그 후 초가집을 사서 이사 오고 구원(아버지 사촌 동생)이 삼촌

과 그의 큰누나가 웃방으로 이사 왔지. 그 누나는 지금은 대한통운인데, 그때는 마로보시라 했어. 그 마루보시를 다녔는데, 아버지보다 월급이 3배 정도 더 많았어. 그런데 왜 그리 철도청에서 근무하는 사람들은 밤 새워 노름을 했는지. 밤일을 많이 하니까 심심해서 그것을 디다보는가 보더라구.

- 청량리 고모부가 서울 지하철 소장으로 오면, 월급도 많고 여유가 있다면서 형님 서울로 오시라고 해도 너의 아버지가 안 가더구나. 내가 초가집에서 빚을 내서 시내 쪽으로 옮겼구나. 그곳에서 하숙생 일곱 명을 치렀구나. 그 학생들이 쌀로 하숙비를 냈고나. 그래서 내가 쌀이 많아졌고, 그것을 전에 살던 동네에 내놓아서 장려 쌀로 늘렸고나. 그런데 그것이 늘어나서 돈이 많이 되더구나. 그 돈으로 아버지 친구 집을 샀구나. 그 집을 대흥동 고모부가 설계해서 방이 많은 집으로 지었고, 그곳에 여인숙을 차린 것이지.
- 그런데 어떻게 여인숙을 하겠다고 생각한 거요?
- 아버지 친구 집을 가게 되었다. 그 친구 집이 요상했다. 집에 작은 쪽방을 들였고, 다른 곳에 다른 방을 들이는 식으로 방을 많이 만들었다. 거기에 여인숙 간판을 내서 돈을 쏠쏠하게 벌어 애들 학비를 대고 반찬값을 쓰고 사는 것을 보고 내가 따라한 것이지. 너의 할아버지가 와서 날벼락을 쳤구나. 양반네 가문을 먹칠한다고. 그렇지만 먹고 살아야 하고, 애들 학비를 대는 것이 중하다 생각했지.
- 아이고, 잘하셨어요. 엄마 훌륭하네요.
- 너 시집보내는데도 대흥동 고모가 여인숙 딸이라고 신랑이 없을 거라 큰 걱정을 했는데, 네가 이렇게 시집을 잘 가서 탈 없이 사는 것이 얼마나 고마운지 모르겠구나.

아직 나만 보면 엄마는 말씀이 많아졌다. 한 이야기를 또 하고, 다시 하고, 또 다시 했다. 그렇게 말을 하는 것이 엄마의 일이며, 살아있다는 자신의 존재를 알리는 일인 것이었다. 나는 가끔 짜증났다. 다행히 나는 지금 모든 일에서 물러났고, 이제 조용히 나를 위해 살아가는 시기였다. 그 전에는 바빠 죽겠는데 나를 붙들고 이야기를 계속하고 자신의 이야기를 되풀이하는 엄마를 보면 머리가 터질 것 같았다.

*

작은 추석 날이었다.

친정어머니는 아침부터 동생들에게 전화했다. 언니가 음식 장만을 하는데, 빨리 와서 도우라고. 어머니는 줄기세포를 놓았던 무릎이 많이 아프다 했다. 운동을 하려 해도 일어설 수가 없었다. 화장실의 일을 보는 것도 쉽지 않았다. 누군가 팔을 끼고 화장실 일에서 일 보는 걸 도와주어야 했다. 엄마는 아침에 일찍 일어나면 먼저 혈압약을 먹었고, 아침 식사 후에는 심장약을. 그 다음으로 진통제를 두 알 먹었다. 그리고 어머니는 TV를 켰다. 그는 아침 드라마를 10시까지 계속 보고 그 자리에서 꼼짝을 안 했다. 누가 뭐라 해도 못 알아들었고, 상관하지도 않았다. 그러나 내가 외출복이라도 입으면, 눈초리가 달라지면서 내가 어디를 가는가를 궁금해 했다.

나는 어머니 귀에다 큰소리로 산책 가면 산책이라 말하고, 슈퍼 가면 슈퍼라고 말했다. 그러면 어머니의 눈은 편안해지며, 다시 보던 TV에 열중했다. 가기 전, 나는 쟁반에 빵, 떡, 과일, 우유, 콜라, 물컵, 물 등을 차례로 나열해 놓았다. 과일 중에서 사과와 배는 반으로 갈라 씨를 빼고, 그릇에 올려놓았다. 둥근 수저로 긁어 먹기 좋게 옆에 놓았다. 내가 밖에서 돌아오면 어머니는 과일을 긁어 먹은 뒤였고, 껍질만 가죽처럼 앙상하게 남겨져 있었다. 드라마가 끝나면 당신은 엉금엉금 기어서 화장실에 들러 볼일을 보고, 작은 방으로 들어가서 잠을 잤다.

나는 다시 어머니를 깨웠다. 지금 자면, 저녁에 잠을 못 잔다면서. 다른 TV의 프로를 켜 당신이 즐겨보는 '인간극장'을 틀어주었다. 이번에는 몸이 몹시 불편한 모양이었다. 명절 음식 만드는 것을 좋아하는데, 이번에는 짜증을 냈다. 나는 어머니를 살살 달랬다. 치매가 안 걸리는 일은 손과 몸을 많이 써야 한다고. 온몸이 아프고 쑤셔도 머리만 온전하면 된다고. 나는 미리 전날에 나물, 부침이, 송편 등을 하루 종일 만들었다. 어머니 옆에 동그랑땡과 동태전 등을 만들어 주고 스스로 만들게 했다. 전기판과 프라이팬에 기름을 두르고 그것을 굽게 했다.

TV에서는 '나는 농사가 좋아요'가 흘러나왔다. 15살 농부의 삶이 TV에 드라마처럼 나왔다. 어머니는 그것을 보고, 즐기며 일을 했다. 나도 그 옆에서 함께 했다. 그 일이 끝나고 다시 내가 방앗간에 가서 불린 쌀을 빻았다. 그것을 집으로 가지고 가서 익반죽을 했다. 소를 만들어 송편을 빚어서 쪘다. 저녁 때가 되어서야 제사 음식 준비가 끝났다. 제사는 지내지 않지만, 남편은 제사 음식을 원했다. 그것은 추억인지, 그리움인지, 아니면 맏이로서의 책임을 다하지 못한 회한인지 알 수가 없었다. 여하튼 남편의 속마음은 명절만 되면 복잡했다.

친정어머니는 예전에 이미 제사를 없앴다. 큰아들은 이미 죽었고, 둘째 아들이 회사를 대신해서 중국의 법인장으로 갔을 때 둘째 아들 며느리는 살림을 거덜냈다. 거기에 바람이 나서 집안은 풍비박산이 났다. 어머니는 오랫동안 슬프게 울었고, 제사를 전부 절로 옮겨버렸다. 그 후 친정어머니는 우리 집으로 명절을 쇠러 왔다. 처음에는 딸네 집에서 명절 쇠는 것 자체가 남사스럽다고 울었고, 당신 스스로 심신이 괴로워서 슬피 울었다. 당신이 죄가 많아서 그렇다고 울었다.

10년 후, 세상이 바뀌었다. 이모나 외삼촌들의 나이가 팔십이 넘으니 자기네 아들들에게 제사를 물려주려 했지만, 물려줄 상황이 아니라 하여 너도 나도 제사를 절로 옮겼다. 당신들의 몸을 쓸 수 없으니 그것이 좋다했다. 그 후 어머니는 심신이 안정되었고, 내가 일찍 제사를 옮기길 잘했다고 스스로 위로했다. 이제 딸네 집에서 명절 쇠는 것도 싫어하지 않았다. 분명, 이제 제사나 제사 음식 등도 모두 사라질 것이다. 그리고 그 음식들은 추억의 음식이 될 것이다.

*

'기독교를 믿지만, 제사 음식이 그리웠다.'

남편의 친구인 Y 사장은 소원이 명절에 제사 음식을 만들어 먹는 일이었다. 그 집안은 기독교를 믿었다. 그는 어렸을 때부터 어머니가 기독교 신자라 제사 음식 없이 추도미사를 올렸다. 그러다보니 아주 어렸을 때 큰집에서 먹었던 제사상이 그립다고 했다. 어쩌다 부인에게 제사음식을 차려서 미사를 하자하면, 작은 동서에게 혼나려고 하느냐면서 부인한테 혼이 났다. 평생 안 하던 제사 음식을 차리는 것은 쉬운 일이 아닌 것이니까.

이번에 친정어머니는 나에게 '얘, 제사도 안 지내는데, 왜 음식을 만드냐?'라고 물었다. 나는 음식을 만들면 식구들이 맛있게 먹어서 좋고, 명절 기분도 나서 좋지 않으냐고 답했다. 거기에 음식 만드는 것이 경제성 있는 것이라고도 했다. 그거라도 해 놓으면, 명절에 여러 식구들이 편안히 먹고 즐길 수 있지 않느냐고. 작은 추석 날 아침부터 막내 여동생이 왔다. 오자마자 나는 막내와 지하상가 쇼핑을 갔다. 상가는 적당히 바빴다. 사람들은 고향에 가져갈 선물을 샀고, 선물을 산 사람들은 꾸러미를 만들어 어깨에 짊어졌다.

나는 동생 것, 내 것, 딸 것 등을 사서 부지런히 집으로 왔다. 점심을 차려 먹고, 만두소와 만두피를 만들었다. 거실에 넓게 신문을 깔았다. 집 식구들이 모여 만두를 빚었다. TV 채널을 돌려 인간극장을 선택했다. 제목은 '죽굴도에 사는 그대와 둘이서'였다. 1편부터 5편까지 보면서 우리는 만두를 만들었다. 5편이 끝나자 세 개의 채반이 만두로 가득 찼다. 식구들이 모여들었다. 남자 동생과 그의 딸들, 중국에서 온 조카, 국내에 있는 조카, 여자 동생네, 딸네 식구들, 총 열댓 식구가 넘었다. 우리는 곧 만두를 물에 삶았다. 그리고 만두 파티를 했다.

행복이라는 것은 모든 식구가 모여 함께 맛있게 식사하고, 즐거운 이야기를 하며, 헤헤, 호호하고 웃는 것이다. 식사 후 후식으로 과일과 아이스크림을 먹으며, 우리는 한바탕 잔치를 했고, 장롱 속에 있는 이불을 모두 펼치고 모든 식구가 TV를 보다가 잠들었다.

*

추석 날 새벽에, 남편은 시어머니에게 전화했다.

- 어머니 저에요.

- 응, 그래, 힘들어 죽겠다. 내가 이게 무슨 짓이냐? 둘째 며느리에게 내가 얼마나 잘했는데, 저것이 그냥 나를 배반한다냐? 둘째 그것이 왜 제사를 안 가져간다냐? 가져가야지. 못 살겠구나. 이번에 제사할 때 내가 이제 그만 할란다 하고 말할 거다. 천당에 가서 내가 제사 지낼 거라고 말할 거다. 둘째 애미가 아주 못됐구나. 왜 그란다냐? 넌 잘 지내고? 감기는 안 걸리고? 이번에 저녁으로 오뎅탕 해서 밥을 먹었다. 셋째는 허옇게 늙어서 불쌍해 죽겄드라. 오늘 새벽 3시에 일어나서 간신히 나물 무치고 일을 했구나. 정말 힘들어 죽겄구나. 너 조상님에게 경건하게 보내라. 그리고 마누라한테 잘 하거라. 그래도 마누라 밖에 없으니까. 그래 몸 조심해라.

- 네.

전화는 끊겼다. 남편은 조용했다. 날은 훤하게 밝아오고 있었다. 나는 벌떡 일어나 부엌으로 나갔다. 햅쌀과 찹쌀을 섞어서 전기밥솥에 앉혔다. 압력솥에 무와 쇠고기, 새우를 넣어 무국을 끓였다. 온 식구가 다시 아침상을 차려서 맛있게 먹었다. 후식으로 과일과 커피를 마셨다. 남은 음식은 모두에게 골고루 싸서 챙겨주었다. 조카와 엄마는 막내 여동생 네로 이동했다. 동생하고 조카들은 몰래 책상 위에 찬조금을 놓고 떠났다. 우리는 고마웠다. 나는 대충 집안을 정리했다.

명절의 짐이 몸에서 떨어져 나가는 기분이었다. 남편과 나는 몽마르뜨 공원으로 나들이를 나갔다. 사람들은 많았다. 아이들, 할아버지, 할머니들, 젊은 부인들이 산책을 했다. 한 할아버지는 재혼을 했는지 젊은 여성과 함께였다. 할아버지가 돈이 많았나? 부인이 할아버지를 보필하며 걸었다. 또 다른 어떤 가족은 힘들어 보였다. 아버지는 숨이 가빴고, 가다 쉬고 가다 쉬었다. 그의 부인은 젊었다. 오십 대 중반 같았다. 딸은 대학을 갓 졸업했을 거 같은. 아버지는 중환자 같았다. 그들 가족은 얼굴에 수심이 가득 했다. 우리는 그 가족 뒤를 따르며 소나무 숲을 거닐었다. 나는 남편에게 말했다.

- 자기는 어머니를 만나면, 속이 터져서 미리 죽을 거예요. 안 만나는 게 다행이에요. 아니 이렇게 훌륭한 아들이 있는데 제사를 가져가라 하지 않고, 왜 둘째에게 준다는 거예요? 말이 돼야지. 어머니 때문에 미쳐 죽어요. 그리고, 둘째가 형님이 살아있는데, 형님이 가져갈 건데 자신이 제사를 왜 가져가느냐고 하는 것도 당연해요. 이해할 수 없잖아요? 그래서 어제 만두 만들 때, 처제가 형부네 시동생들 웃긴다잖아요. 말이 되느냐고요. 왜 시어머니에게 말을 못하냐고요. 그 시동생들 뭐하는 거냐고요. 박사 아니라 박사 할아버지들이면 뭐하느냐고 말이요.

남편은 아무 말이 없었다. 그 양반도 왜 속이 없겠는가. 당신 어머니의 부당한 처사를 모르겠는가. 어쩔 수 없이 참을 뿐인 것이다. 우리는 소나무 숲을 두어 바퀴 돌았다. 건강 체조를 했다. 그리고 집으로 돌아왔다. 나는 둘째 네가 명절을 잘 지냈는가를 물어보려고 전화했다. 그는 전화를 받지 않았다. 휴일이 길어서 둘째 동서는 아마 시골 친정 나들이 갔을 것이다.

*

'엘리제를 위하여.'

빼꾹, 빼꾹 왈츠가 강화도 작은 방에 퍼졌다. 연휴가 길어서 우리도 새벽부터 서울의 묵은 명절 찌꺼기를 날려버리려고 차를 타고 달려왔다. 아침은 기내식(차 속에서 대충 먹고 요기하는 것)으로 해결했다. 명절 때 먹던 음식을 도시락으로 챙겼고, 냉장고에 넣어두었다. 우리는 석모도 상봉산을 향했다. 상봉산 주차장은 보문사 때문에 이미 차로 꽉 찼다. 차 한 대가 주차장을 떠나고 나야 우리 차가 주차할 수 있었다. 시간이 많이 걸려서 주차할 수 있었다. 우리는 보문사 옆길로 산행했다.

초입에 공동묘지가 있었다. 묘지에는 성묘객들이 다녀가서 과일과 소주병이 무덤 앞에 차려져 있었다. 그대로 방치되어 모양이 안 좋았다. 보문사는 사람들이 꽉 차서 사찰 내가 시끄러웠고, 계곡을 따라 시끄러운 소리가 나무 사이로 번졌다. 날씨는 청명했다. 햇살은 뜨거웠다. 나무 그늘은 선선하고 서늘했다. 산을 오르면 바다와 갯벌이 보였다. 도로는 차로 가득 차서 개미가 줄지어 가듯 나란히 기어갔다. 하산하는 젊은이가 왕벌들이 많으니 조심하라고 일러주었다. 왕벌이 오면 어떻게 대처하는 것이 좋으냐고 물었다. 함부로 쫓지 말고 천천히 무시하고 지나가라 했다.

등산을 하는 일은 조용히 자연과 함께하는 일이었다. 마음은 텅 비고, 감정의 고조가 없었다. 나는 산이 주는 것을 보고, 듣고, 함께했다. 바람이 불면 시원했고, 햇빛이 따가우면 몸은 알아서 그늘 쪽으로 이동해 걸었다. 두꺼운 엄지만 한 두께를 가진 녹색 애벌레가 나뭇잎에 붙어 연한 잎을 갉아 먹었다. 어쩌다 떨어진 애벌레가 땅에서 기었다. 멀리 바닷물은 썰물이 되어 모래가 몸을 드러냈다. 모래 사이의 작은 수로가 된 물길을 따라 통통배가 항구 쪽으로 오고 있었다.

우리는 산을 오르며, 쉬었다가, 저 멀리 바다를 보고, 하늘을 보며 오르고 올랐다. 상봉산 꼭대기는 아담했다. 작은 바위들이 촘촘히 박혀 있었다. 꼭대기 바위 중간에 산의 이름을 써 놓았다. 그곳에서 나는 기도했다. 하늘과, 땅, 바다를 보고. 하산을 하면서 적당한 나무 그늘을 찾았다. 그것은 소나무 그늘이었다. 그곳에서 우리가 싸간 도시락을 먹고 하산했다. 묘지 초입의 평평한 곳은 아침부터 성묘객이 돗자리를 깔고 음식을 먹었는데, 지금은 새로운 가족이 그 곳에서 음식을 먹고 있었다. 할머니, 할아버지, 아들, 딸, 그들의 애기들이 모여 음식을 먹는 것 같았다. 정말 오랜만에 보는 풍경이었다. 도시에서는 볼 수 없는 풍경이었다. 여름휴가 때 갔던 멕시코에서 본 풍경 같았다. 멕시코인들의 가족 나들이는 대가족이 뭉쳐서 원을 이루는데, 그것이 가족의 끈끈함을 보여주었다. 추석 명절에 서울의 며느리들은 해외 나들이를 떠나는 경우가 많았다. 며칠 전 친구가 말했다.

- 내 딸이 명절 휴가에 애기 데리고 해외에 갔어.

- 그럼 시댁 명절은? 외아들이잖아?

- 응, 시어머니가 그러라 했어.

나는 말을 못했다. 그러다가 시어머니가 대단하다고 했다.

- 그 시어머니 대단하시네.

- 응, 그런 것을 다 용서해줘.

- 다행이구나. 그러나 모든 것은 장단점이 있는 거지, 뭐.

며느리가 직장을 다녀서 시어머니 입장에선 안타깝게 생각했을 것이다. 그렇기는 하나, 결혼한 지 얼마 안 되었으니 가족 모임에 함께해야 정이 들고, 사람 관계가 형성되어 완전한 가족관계가 이루어질 것이다. 새 며느리가 시댁과 거리를 두면 항상 남남같이 살아갈 것이고, 결코 좋은 관계가 이루어지기는 힘들지 않을까 하고 생각했다. 인간은 사회적 동물이다.

사람은 함께하고 어울리고, 부대끼면서, 서로를 이해하고 사는 것이 행복인 것 같았다. 혼자 저 잘나서 멋대로 사는 것은 그 스스로 외롭고, 고독하며, 인간답지 못한 것 같았다. 침팬지, 원숭이들의 삶을 보면, 그들은 만나면 먼저 서열을 매기고 어울려서 사는 방법을 알고 있었다. 그곳에서 이탈한 동물들은 쉽게 죽었다. 인간도 그럴 것으로 보였다.

하산을 해서 주차장 근처 노점상에서 마른 조갯살을 사려 했다. 그런데 한 달 전 그렇게 많던 조갯살이 없었다. 주차장에서 주차한 차를 빼는 것도 쉽지 않았다. 석모도에 다리를 놓은 후부터 전국 차들이 모였다. 간신히 차를 이동시켜 미네랄 온천으로 갔다. 거기도 사람이 많았다. 우리는 그곳에서 나와 외포리항으로 이동했다. 바닷물이 서서히 들어왔다. 5시가 되면 밀물이 만조가 되는 시기였다. 사람들은 뚝에 서서 낚시질을 했다. 신기했다. 뻘이던 곳이 바닷물로 꽉 찼다.

다시 젓갈 시장으로 들어갔다. 왕새우가 한창이었다. 거기서 왕새우와 추젓을 사서 집으로 돌아왔다. 오자마자 프라이팬 위에 은박지를 깔고, 소금을 넣고, 그 위에 왕새우를 넣었다. 구운 새우는 달았다.

우리는 막걸리로 축배를 들며 심신을 풀고 샤워했다. 온몸의 피로가 깔끔히 사라졌다. 캄캄한 밤은 도시의 밤과 달랐다. 창밖의 밤은 불빛이 없었다. 애들이 공중에 먹물로 색칠한 것처럼 온통 새까맣게 물들었다. 나는 이런 밤이 좋았다. 빛이 없는 곳. 그런 곳은 나를 더 깊은 꿈나라로 가게 했다.

이튿날 아침, 나는 하얀 쌀밥을 했다. 밥에서 하얀 기름이 차르르 흘렀다. 뜨거운 하얀 김이 식탁 위에 서렸다. 하얀 쌀밥 위에 자른 김을 얹어 밥을 말아 입에 넣었다. 다시 엄마가 담가준 깻잎 장아찌로 밥을 말아서 입에 넣었다. 짭조름하고 칼칼한 맛이 흰쌀밥과 어울렸다. 생두부탕은 양념장을 발라 먹었다. 정말 맛있었다. 그 날, 우리는 물 때를 확인했고, 동막 해수욕장으로 갔다.

만조 05:28 + 821, 17:49 + 838. 간조 12: 08 -822.

12시 10분경부터 물이 들어올 것이다.

나는 진흙 밭을 들어갔다. 진흙은 내 발을 붙들었다. 나는 한 발 한 발 옮겼다. 조개 밭까지 가는 길은 멀고도 험했다. 수렁에 빠진 발을 빼서 옮기는 게 쉽지 않았다. 저 멀리 진흙 위로, 자동차로 사람을 태워 날랐다. 그리고 뻘에다 사람을 하차시켰다. 나는 그들과 너무 먼 거리에 있었다. 나는 열심히 걸었다. 한 시간 갔다가 다시 해변가로 돌아올 예정이었다. 조개는 찾을 수 없었다. 되돌아 와야 물속에 빠지지 않을 것이었다. 그런데 사람들이 빠르게 걷는 곳이 보였다. 나도 그쪽으로 갔다. 그곳은 수로였고, 육지에서 흘러가는 물이 수로 위로 흘렀다. 그 곳은 진흙이 아니었다.

나는 그 수로 위로 빠르게 갔다가 밀물이 들어오기 전에 다시 해변으로 나왔다. 밀물은 빠르게 들어왔다. 저 멀리서, 자동차가 조개 캐는 사람들을 실어 날랐다. 물 때를 이겨야 자동차가 살 것이었다. 나는 그 진흙 밭을 오전 내내 산책했고, 진흙 속에서 버티고 서거나 다리를 빼고는 등 무리를 한 탓에 몸이 무거웠다. 조개를 캐는 어부들에게 우리는 감사해야 했다. 그렇게 어렵게 캐는 것을 나는 처음 알았다. 모두에게 감사할 뿐이었다. 우리는 다시 몸을 추스르고 바다를 향해 '잘 있어라. 다음에 만나자!'를 외치고 서울로 돌아왔다.

*

2017년 11월 중순, 예술의 전당에서 슈베르트 음악을 감상했다.

슈베르트는 빈 출생. 신성로마제국 시대에는 언어보다 음악으로 표현된 것이 많았다. 빈은 음악으로 승부를 봐서, 유럽을 통일하려 했다. 음악가는 빈으로 몰려들었다. 베토벤, 슈만, 요한 스트라우스 등이 빈으로 왔다. 모차르트는 짤즈 태생으로 황제의 궁중 음악보다는 자유사상을 가졌다. 그래서 왕실이 싫다고. 모차르트가 죽은 후부터 자유사상이 일어났다.

슈베르트 형제는 10명이었다. 입을 줄이기 위해 빈 합창단에 들어갔다. 왕립이라 살리에리에게 배웠다. 그리고 변성기인 16세에 그곳에서 쫓겨났다. 집으로 돌아와서 교장인 아버지 일을 도와 온갖 궂은일을 다 했다. 그러나 그 일은 그에게 맞지 않았다. 1812년 러시아의 침입으로 자유사상이 일어났다. 빈 회의에서 합스브르크가 패권을 잡아보자고 했고, 슈베르트는 시대의 영향을 받아 좋아하는 일만 하자고 아버지에게 말했다. 결국 아버지인 교장한테 쫓겨났다. 친구들의 집을 돌아다니며 음악을 공부하고 작곡했다. 괴테의 시에 곡을 붙였고, 마왕을 괴테에게 보냈다. 그러나 괴테는 낭만적인 것을 싫어했다. 그가 보낸 음악을 치워버렸다.

슈베르트는 괴테의 답장만을 바랬다. 그는 답장이 안 오니, 실망했다. 슈베르트는 남의 집을 돌아다니면서 작곡했다. 다른 사람은 짝이 생겼는데, 그는 짝이 생기지 않았다. 그는 싼 유곽에 다녀서 매독에 걸렸다. 몸이 점점 나빠졌다. 베토벤을 존경했으나 그를 찾아가고 싶어도 갈 수가 없었다. 베토벤이 죽어갈 때, 그가 갔다. 베토벤은 너를 알고 있는데 왜 늦게 왔냐고 물었고, 그는 몸이 안 좋아서 그랬다고 답했다. 둘은 27년이나 나이 차이가 났다. 베토벤의 시대, 슈베르트는 외로움 속에서 살았다. 베토벤의 죽음에, 슈베르트가 횃불을 들고 갔다. 슈베르트는 겨울 나그네 24곡을 작곡했다. 작곡한 것을 친구들에게 들려주었다. 친구들은 보리수만 좋다고 했다.

그 당시 가곡은 유명하지 않았다. 이태리곡만 유명했다. 독일어는 아름답지 않다고 인식했다. 그런데 겨울 나그네에 나오는 '안녕~ 안녕~'이란 말이 아름답다고 독일 사람들은 처음으로 생각했다. 슈베르트가 죽고 나서 슈만이 형을 찾아가서 그의 작품을 찾았다. 이번 영화는 겨울 나그네를 부르는 장면이다. 토마스 크바스토프가 부른다. 그는 독일의 베이스 바리톤 성악가인데, 그는 모친의 심한 입덧 때문에 구토 방지제로 탈리도마이드를 처방받아 복용한 탓으로 장애를 안고 태어났다.

그는 팔이 거의 없고, 손가락도 없거나 있는 것은 갈퀴 모양이었다. 그를 보면 눈물이 났다. 어머니가 법대로 진학시켰고, 최종적으론 은

행원으로 만들었다. 다시 음대를 가고 싶었지만 못 갔다. 그는 교회에서 연습했고, 노래를 너무 잘했다. 그 후 베를린 홀 등지에서 노래를 불렀다. 그의 노래는 부드러웠다. 영화는 음악을 미술과 접목시켰다. 목탄화를 그리면서 겨울 나그네를 불렀다. 사람들의 반응이 좋았다.

우리들은 휴식으로, 맛있는 것을 즐긴 후, 다시 다음 편을 즐겼다.

다음은 카르멘으로 1875년 비제 작곡의 오페라를 보았다.

1. 전주곡, 2. 아바네라 - 사랑은 제멋대로인 한 마리 새. 3. 투우사의 노래. 4. 꽃의 노래.

전통적 여성 이미지와 도덕을 뛰어넘은 여자 카르멘. 안달루시안의 집시, 최하층 노동자 계급의 여자 카르멘. 유럽 남성들은 음탕했다. 부인으로 세컨드, 써드를 두었으면서도 작가를 비속하다고 비난했다. 결국 비제는 심약해서 죽었다. 그러나 카르멘은 다른 나라에서 유명해졌다. 여기에서 공연하는 불란서 무대장치는 멋졌다.

그 내용은 이렇다. 스페인 군인 호세는 미카엘라와 약혼한 사이지만, 집시 여인 카르멘에게 마음을 빼앗기고 만다. 이때 카르멘이 호세를 꼬셔 쟁취했다. 호세는 모든 것을 잃었다. 호세는 파탄의 길을 걸었다. 키르멘은 호세에게 찌질한 남자 필요없다고 했다. 곧 호세에게 싫증이 난 카르멘이 투우사 에스카미요에게 끌리자 이에 절망한 호세는 극단적인 선택을 하고 만다. 호세는 칼로 그녀를 찌르고, 허무한 듯한 표정을 지으며 죽음을 맞이하는 카르멘을 물끄러미 바라봤다.

친구 P 덕분에 예술의 전당에서, 예전에 공연했던 예술 작품 등을 감상하고 예술을 이해할 수 있다는 것은 축복이었다. 친구 P는 예술에 조예가 깊었다. 그 방면에 삼십 년 이상을 근무했다. 그는 동창에게 많을 것을 보여주고, 알려주고, 함께 공유하려 했다. 그 친구 덕분에 나는 예술이 무엇인가를 배웠다. 이제 나도 예술을 사랑하는 중이었다.

*

삼십칠 세인 딸을 보면 속이 터졌다.

아침부터 작은딸이 심장 쪽에 담이 와서 숨이 막히듯이 아프다고 소리쳤다. 처방해서 약을 주었다. 두 번 먹었다. 그 다음부터는 약을 거부했다. 낫지 않는다고.

- 병원에 다시 가라.
- 괜찮아.
- 네가 의사냐? 너는 아는 게 많으니 돗자리를 깔아야겠구나.

계속 딸은 아프다고 고통을 호소했다. 그런데 병원은 안 가겠다고. 그러면 어쩌라는 것인지… 나는 만두를 만들었다. 딸은 그것도 거부했다. 결국 만두도 남았다. 나는 남편에게 말했다.

- 딸 친구인 정원이가 결혼한 지 일 년이 넘었는데 애가 없대요.
- 결혼하면 애가 없다고 난리, 애기가 생기면 또 뭐가 어떻다고 난리, 애를 나면 잘못 키운다고 야단이라니까.

- 넌 너 걱정이나 하라고. 자연스럽지 못한 삶을 언제까지 하려는 건데? 넌 너무 논리적이고, 수학적으로 따지는데, 너나 잘하라구.

나와 딸은 말을 피하고, 서로 대면이 없어야 살 수 있었다. 딸이 하는 것은 무조건 옳고, 남이 하는 것은 모두가 틀렸다는 식의 태도가 못마땅했다.

- 아이고, 딸은 누구를 닮았는지. 내 속이야.

남편은 우리와 관련된 화제를 피했다. 다시 자기가 어제 갔던 노래방의 불평을 했다.

- 친구가 자기네 노는 노래방으로 찾아왔는데, 그놈이 오자마자 안주를 시키고, 술을 시키는 거야. 그 친구가 낸다면서. 그 친구를 사람들이 꺼리는데 무조건 밀고 들어온 거야. 나이도 칠십이 넘은 놈이 그러니까 꼴불견이더라구. 필요한 것은 무조건 밀어붙이더구만. 또 다시 술을 시키고, 안주를 또 시켰지. 그놈아가 완전히 미친놈이더구만. 노래 부르는 것도 저만 혼자서, 하지도 못하는 노래를 계속 부르고 말이야. 모든 게 끔찍스러워졌다고. 다른 친구가 할 수 없이 노래방에서 데리고 나갔다니까? 결국 술값과 안주값은 내가 내야 했고.
- 자기가 그렇게 노래방을 좋아하더니 잘 됐네요.
- 그런 것은 아니었다구.

우리가 얘기하는 사이 딸은 핸드폰 검색에 열중했다.

- 야, 넌 여자 친구도 없고, 남자 친구도 없으니, 걱정이구나. 더구나 시집도 못 가서 죽는 것이 안타깝구나.
- 아니라구요. 나는 이게 좋다구요. 이게 영광이라구요. 지금까지 너무 잘 살았다구요.
- 뭘 그리 잘 살았는데? 먹고 자고 놀고 한 거? 너 테니스 친 것 밖에 없잖아. 그런 인생이 그렇게 좋냐?
- 아이고, 내 속이야!

우리는 만나면 부딪혔고, 싸웠다. 나는 딸애를 속 터져 했고, 딸은 나를 비꼬면서 괴롭혔다. 언제 이 생활이 끝날 수 있는지 나는 알 수 없었다.

*

아침부터 전화벨이 요란하게 울렸다.

나는 거실 전화기로 달려갔다. '우리 엄마겠지, 뭐.' 하고 전화번호를 확인했다. 7014번이었다. 남편을 향해 '전화 왔어요!'라고 소리쳤다. 시어머니 전화였다.

- 응. 저에요. 예. 예. 힘드니까 천천히 하세요. 예. 예.

그리고 끊었다. 한 달만 있으면 추석 명절이 돌아올 것이었다. 시어머니는 제사 음식을 벌써부터 준비하는 모양이었다. 평생 그것이 재미있어서 죽겠다는 양반이었다. 추석이 오면 모든 가족이 모였고 음식을 장만했다. 그리고 제사를 지냈다. 그러나 이제 추석이와도 둘째 며느리와 막내 며느리만 참가했다. 셋째는 갈 때도 있고, 안 갈 때도 있었다. 선생을 하는 넷째 며느리는 어머니와 드잡이를 했고, 어느 날 시어머니는 교육청으로 달려가서 며느리를 자르라고 했다는 소문까지 들렸다. 그 뒤부터 넷째 며느리는 시어머니를 안 보고, 가지 않았다.

뭣 때문인가는 몰랐다. 그래봐야 돈 문제일 것이었다. 시어머니가 생활비 늦게 준다고, 아니면 아직도 붙이지 않았다고. 그래서 넷째 며느리가 못됐다면서 교육청에 대고 '목을 잘라라'라고 하지 않았을까 싶었다. 동서는 그것이 말이 되느냐면서 분개했을 것이다. 그 뒤부터 넷째 동서는 시댁의 제사나 명절에 참가하지 않았다. 물론 생활비도 내지 않았다.

거기에, 삼십 년 동안 한결같이 명절 쇠러 가는 나를 시어머니는 내쫓아냈다. 온갖 이유를 대서 자기 집에 오지 못하게 했다. 그는 큰며느리를 내쫓고, 3년 동안 큰아들과 큰며느리를 신나게 욕하면서, 즐거워했으리라. 그는 고것이 죽일 년, 못된 년, 불효를 저지른 년이라면서 밑에 있는 동서들을 선동했고, 시동생들과 합세해서 나와 남편을 욕했을 것이다. 아마 재미도 쏠쏠했을 것이다. 그러면 자식들은 당신에게 어머니가 최고라며, 당신 앞에 엎어지고, 결속하고 당신에게 충성을 외치며, 즐겁게 살았으리라.

그러나 시간이 4년, 5년, 6년 흐르면서 그것도 재미없는 일이 되었다. 시어머니의 다음 타자는 둘째 며느리로, 그녀를 잡고 흔드는 일에 집중했다. 그 후 둘째 동서는 나에게 전화해서 못 살겠다고 울었다.

나는 둘째 동서에게 말했다.

-너도 별 수 없다. 나같이, 어머님을 떠나라. 그리고 어머님에게 생활비를 드려라.

그러나 둘째 동서는 착한 사람이었다. 시어머니는 문을 잠그고 그를 집으로 들어오지 못하게는 하지 않았다. 그래서 그는 가야 했다. 미리 시댁에 가서 음식을 준비하고 마련할 일은 없었다. 당신이 웬만큼은 다 준비해 놓았다. 시집에 가서 식구들이 모이면 음식이 있으면, 있는 대로 밥상을 차리고 먹으면 되었다.

아침부터 시어머니가 남편에게 전화하는 것은, 이제 당신이 말할 사람이 없다는 뜻으로 보였다. 시어머니가 자신을 내치든 어쩌든, 남편은 한결같이 어머니를 대했다. 자기 어머니에 대한 사랑으로 말이다. 나는 아무리 친어머니라도 그렇게 처신하면 불같은 화를 내고 다시는 보지 않을 것이지만, 남편은 달랐다. 오로지 사랑하는 어머니일 뿐이었다. 그러니 말할 자가 없어도 시어머니는 큰아들에게 하고 싶은 말만은 당신의 뜻대로 쏟아냈다. 나는 남편에게 말했다.

- 신안동 엄마(나의 친정 엄마)가 자기네 식구들 모두 못됐다고 욕해요. 우리 친정은 아버지와 작은 아버지가 배다른 형제이지만, 때(명절)가 되면 형수님 찾아오고, 전화로 문안 인사하며, 찾아와서 삼겹살 사주고, 건강하시라고 위로하며 지내는데…. 자기네 형제는 어머니가 그럴망정 오랫동안 만나지 못하는 맏형에게 해가 바뀌거나 명절 때가 와도 전화 한 통이 없다는 게 말이 되냐고 욕한다구요. 그게 무슨 형제냐고요. 사실, 시어머니는 당신네 형제들끼리 만나는 것도 못마땅하게 생각하면서, 노골적으로 싫어하잖아요. 권력자들을

살펴보면 그런 거 있잖아요. 왕 밑의 신하들이 서로 친하면 권력자들이 참을 수 없어서, 그들을 잡아다가 이용하고, 죽이잖아요. 어쩌면 그 꼴하고 같은 이치잖아요. 시어머니도 독점욕이 강해서 왕처럼 자기에게만 잘하라 하잖아요. 자기(당신 아들)가 사회적 직위가 높아지고, 주변에서 자기를 존중하고 존경해주는 꼴을 당신이 참을 수 없으니 자기를 내치고 싶은 거지 뭐유. 거기에 나도 덩달아 높아지는 것이 싫은 거지요.

- 모두 다 자기가 만든 죄야.
- 아무도 형제들이 만나서는 안 되고, 자기를 중심으로 모이고 헤어지는 일에만 집중해야하는. 그런 시어머니가 있는 집안은 잘되기 힘든 거라구요. 둘째가 또다시 울면서 하소연하는 게 이번 명절이 돌아왔음을 알리는 것이라구요. 웃기는 일이잖아요?

내가 아무리 떠들어도 남편은 조용했고, 말이 없었다. 남편은 그런 사람이었다.

*

내가 생각하는 잣대가 달라졌다. 육십이 훌쩍 넘어서.

훌륭한 삶을 사는 이들은 자기가 하고 있는 일을 열심히 하고 사는 사람들이었다. 그들은 대부분 허드렛일들을 하는 사람들이었다. 우리 아파트 복도를 열심히 닦는 칠십이 넘는 할머니도 훌륭했다. 칠십이 넘어 집안에서 힘들다며 아들이나 며느리를 불러 잔소리로 괴롭히는 사람보다는 아침부터 물 뿌리고, 계단을 쓸고, 닦아 청소하는 할머니가 훌륭해 보이는 것이다. 딸네 집, 작은 아파트의 경비원 할아버지도 그랬다. 그는 분명 어떤 직업을 가졌다가 퇴직했고, 경비로 재취업한 할아버지였다. 그는 성실했다. 아파트 주변에 떨어진 쓰레기와 나뭇잎 등을 새벽부터 쓸었고, 자동차가 미끄러지지 않도록 눈을 쓸었다. 애기들을 보면 좋은 하루 보내라고 인사 했다. 그는 주민들의 보호자며, 심부름꾼이었다.

금요일마다 아파트 주차장에서 시장을 서는 생선가게, 야채가게, 두부와 견과류 등을 파는 아저씨, 아줌마들도 훌륭했다. 그들은 모두 삼십 년 이상 그렇게 장사했다. 애들도 잘 커줬다. 그 아줌마, 아저씨들이 이제 칠십이 넘었단다. 그들은 아파트를 돌며 평생을 장사했다. 두부를 사며, 나는 그들에게 말했다.

- 이렇게 오랫동안 일을 하니 사장님들이 짱이에요. 훌륭해요. 여기 사는 사무직, 전문직 사람들은 이제 할 일이 없어요. 일찍 퇴직하고 집에서 놀잖아요?
- 우리도 이제 칠십이 넘으니 몸이 아파요.
- 집에 있어도, 몸은 아파요. 집에 있어서 아프나, 일을 하며 아프나 몸 아픈 것은 똑같아요.
- 그래요, 차라리 몸을 움직이면서, 있으면, 몸이 덜 아프기는 해요.
- 그렇다니까요.

나는 두부를 사서 집으로 갔다. 뒤에서 두부 아저씨가 말했다.

- 오늘 많이 행복하세요.

- 네, 고마워요.

옛날, 지금부터 이십 년 전만해도, 우리는 할머니와 할아버지 눈치를 보며, 그들이 원하는 대로 행동했고, 그들의 뜻에 순종했다. 그 시대 나이든 이는 갑이 되었고, 나이가 그들보다 적으면, 무조건 을의 입장이 되었다. 소위 유교사상에 젖은 사회적 흐름이 강했으리라. 그러나 어느 시기부터 젊은이들이 어른을 존중하고, 존경하는 시대는 사라졌다. 그들은 제멋대로 행동했다. 그것은 전부 우리의 책임이기도 하고, 사회적 흐름으로 인해 변해가는 과정이기도 했다. 젊은이들은 어른들에게 반항하며 대드는 일이 잦았고, 남을 의식하지 않고 자기식 대로 사는 것을 즐겼다.

지하철이나 버스에서 젊은이들은 절대로 자리를 양보하지 않았다. 오히려 중늙은이가 노인들을 배려해서 자리를 양보해주었다. 젊은이들은 앞에 노인이 서 있어도 핸드폰에 집중하고 노인은 나 몰라라 했다. 시대는 계속 변해갔다. 옛날에는 좋은 대학을 졸업하고, 좋은 직장에서 훌륭한 일을 하다가 퇴직한 사람들에게 주변 사람들이 존경을 보냈다. 요즘은 그런 사람이 있어도 대부분 관심도 없고 상관하지도 않았다. 예전에는 그런 사람들에게 어려운 일을 상의하고, 조언도 구하며, 협조하며 조화롭게 살기도 했는데 말이다.

필요한 모든 것을 인터넷으로 해결하면 되는 시대가 되었다. 사회의 흐름은 또 다시 변화해 가고 있는 것이다. 거기에 인간도 기계화되어 인간미가 사라져 갔다. 아이들은 모이면 핸드폰에 집중했다. 어른들도 모이면 핸드폰에 열중했다. 나이가 많은 노인들이나 이바구할 뿐이었다. 인간이 가지고 있는 진정한 감정이나 본성을 기계에게 빼앗기고, 자신이 해야 할, 아니면 하고 싶은 것을 모두 기계에게 빼앗기며 살았다. 그러다가 기계에 중독되어 헤어나지 못하면, 그 중독자는 사회 부적응자가 되었다.

나는 오히려 허드렛일로 먹고 살았던 사람들이 인간답고, 인간적이라는 것을 알았다. 그들은 사람에게 친절하고, 따뜻했다. 그들은 기술이 필요 없었다. 오로지 성실하고, 건강하면 되었다. 그들은 죽을 때까지 하고 싶을 때까지 일을 할 수 있었다. 내 주변 사람들은 이제 대부분 퇴직했다. 대부분 훌륭한 대학교를 졸업했다. 그들은 직업도 좋았다. 행정가로서 한 부처의 장이나 차관, 사법부의 판사나 검사로 삼십 년 이상을 근무했고, 교육계에서는 교장, 총장으로 일했다. 모두가 그들을 성공한 인생이라고 말했다.

그런데 이제 수명이 긴 시대가 되었다. 퇴직이 60세인데, 수명은 90세~100세가 되었다. 삼십년 이상의 시간 동안 무엇을 하며 살 것인가가 중요해졌다. 물론 각자가 자기 인생을 알아서 재설계하면 되었다. 그들에 비해 기술직을 가졌던 기술자들은 나이 들어서도 자기 기술을 이용해서 베풀거나 돈을 벌면서 살았다. 육십이 넘어서 젊은이 같은 힘은 없었고, 그렇다고 죽음을 기다릴 만큼 힘이 쇠약한 것도 아니었다. 노후에, 이제 누구든 또 다른 행복한 삶을 추구해야 했다. 각자가 그 행복을 찾아 노력할 것이다.

그렇게 찾은 각자의 행복을 다른 사람에게 강요할 필요는 없을 것이다. 이런저런 생각을 하다 보면, 나는 그동안 가졌던 생각의 잣대가 달라졌음을 알았다. 나는 집안에서는 평생 허드렛일을 하고 살았다. 반면에 주변 내 사람들은 파출부를 끼고 살았다. 똑같이 바빴지만 그들은 여유가 있었고, 나는 여유가 없었다. 젊어서 나는 그들을 부러워했다. 시간이 더 있으면 내 할 일을 더 많이 할 수 있을 거라고 생각했다. 하지만 지금은 나 같은 무수리가 좋았다. 나는 시간이 많아졌다. 나는 하기 싫을 때만 제외하고, 나는 아무 때나 아무 일을 내가 할 수 있어서 행복했다.

*

우리 아파트 단지 내에는 매주마다 금요 시장이 열렸다.

시장 사람들은 삼십 년 이상 물건을 팔았다. 내가 젊을 때는 사느라 바빠서, 물건을 사고파는 일에만 집중했다. 시장 사람들은 파는 사람, 나는 사는 사람일 뿐이었다. 퇴직하고 조용히 쉬는 시간이 많았다. 나는 그들의 삶을 다시 보게 되었다. 시대도 많이 달라졌다. 젊어서 그들은 물건 파는 아저씨, 아줌마였다. 지금은 각자 사장님이 되었다. 그들은 이제 칠십이 넘은 사람들로, 자기 일에서는 달인이 되었다. 생선 파는 사장님은 간고등어 맛을 잘 냈다. 사람들이 줄을 서서 간고등어를 사갔다. 조금 늦으면 이미 다 팔리고 없었다.

내가 그들에게 물건을 사러 가면, 엄지를 내밀고 사장님들에게 짱, 짱이라고 칭찬했다. 전문직을 가졌던 사람들은 이미 10년 전에 퇴직했다고. 이제는 삼십 년을 쉬고만 있어야 한다고. 쉬엄쉬엄 일하면서, 자기가 하고 싶을 때까지 자기 일을 할 수 있는 것이 축복이라면서 엄지를 올려 최고라는 표시를 해줬다. 나의 몸짓은 별거 아니지만 그들은 기분이 좋아졌고, 감사하다고 표현했다.

그들은 젊어서 분명, 하대를 받으면서 장사를 했을 것이었다. 제대로 교육도 못 받았고, 먹고 살 수 없어서, 이 일을 시작했을 것이었다. 그러나 이제 고생을 넘어서 자식들을 떳떳하게 키웠고, 독립시켰으며, 자식에게 손 벌리지 않기 위해 하던 일을 계속하며 사는 것이었다. 나는 수시로 그들을 위로하고, 훌륭하다고 칭찬했다. 살다보니 인생이 웃겼다. 어느 날 음지는 양지가 되었고, 양지는 음지가 되었다. 세월은 빠르고, 시대는 계속 변화되었다.

나는 이제, 교육 철학도 바뀌었다. 나는 삼십 년 동안 내 딸들이 공부를 열심히 해주지 않아서 속앓이를 하고 살았다. 공부를 잘하고 못하고를 떠나서, 자기 최선을 다하는 모습을 보지 못해서 안타까웠다. 우리 시대는 학생의 신분을 지키며 최선을 다해 공부에 전념하는 학생을 최고의 학생이라 생각했다. 딸애들의 공부 태도는 내 기대에 차지 않았다. 그들의 공부하는 모습은 내가 봤을 땐 불량스러웠다. 열심히 하는 모습이 없었다. 학교는 그냥 습관대로 가는 곳이고, 습관대로 집에 오는 것이다. 나는 공부를 열심히 하기를 바랐다.

성적이 아주 밑바닥은 아니었다. 나는 그들이 열심히 공부해서 맨 앞은 아니더라도, 앞쪽으로 가기를 원했다. 그러나 그들의 성적은 중간에서 조금 앞쪽 어디에서 서성대다 끝을 냈다. 대학도 그렇게 졸업했다. 그리고 제대로 된 직업도 가지지 못했다. '그래, 공부하기 싫으면, 공부는 내가 하마.'라고 생각했다. 그들은 항상 주변 언저리에서 서성대는 사람으로 살아갔다. 결국 큰딸은 여행사 아르바이트를 하다가 여행사를 차렸다. 둘째 딸은 수학 학원 아르바이트로 일했다.

그래, 인생은 그렇구나. 각자의 삶은 각자가 창조할 일인 것이었다.

인생은 길고 길었다. 자기의 삶을 어떻게 창조할 것인가는 각자의 문제였다. 나는 손자와 손녀에게 우리 딸들에게 한 것처럼 공부를 강요하고 싶지 않았다. 지금 시대가 강요한다고 되는 것도 아니었다. 스스로 좋아하고, 즐길 수 있는 것을 찾아 직업으로 삼는 것이 좋을 것이었다. 내가 본, 인도 영화 '아프'와 일본 영화 '카지'가 생각났다. 그 영화를 보면, 인생을 알 수 있다. 각 영화의 주인공인 아프와 카지는 평생 동안 무엇인가 이루어질 것이라는 생각을 한 채 인생을 살았다. 그러나 결국 그 주인공들은 아무것도 이루지 못하고 슬프게 죽었다.

그렇다. 우리의 인생은 그런 것이다. 그들(영화)을 보고, 주변을 보면 너무나 똑같고, 사실적이었다. 우리 인생은 슬프게 죽어갈 뿐인 것이다. 그래서 나는 진정으로 자기가 좋아하고, 좋아하는 일을 하다가 죽는 일이 행복인 것이라고 생각했다. 그것은 공부를 잘하는 일과는 상관이 없었다. 내 친구들, 그중에서 공부를 아주 잘했던 친구들이 그랬다. K는 중·고등학교를 수석으로 입학했고, 졸업했다. 그는 서울대를 입학했고, 졸업했다. 그는 친구들 사이에서 영웅이었다. 먼발치에서 만나도 영광이었다. 그는 선생님들의 기쁨이고, 희망이며, 친구들의 특별한 존재였다.

그 후 세월은 지나갔다. 모두가 사느라 바빴다. 10년 후 그의 삶은 어둡게 그려졌다. 다시 십년 후, 그의 삶은 더 어둡다는 소문을 타고 다녔다. 육십을 훌쩍 넘어 육십 중반이 되었을 때, K는 파킨슨병으로 커피잔을 들 수조차 없다고 했다. 그의 몸은 완전히 망가졌고, 거동을 할 수가 없다고. 그런 이야기는 나를 슬프게 했다. 이럴 때 새로운 생각을 해봤다. 너무 최선을 다해서 내 몸을 망가뜨리면서 살 필요는 없다는 것을. 적당히 내가 스트레스 좀 덜 받을 만큼만 해야 한다는 것을.

*

- 아이고, 어서 오세요.

엄마의 89세 마지막 달인 12월 중순에 가족 모임 겸, 엄마의 이별 잔치를 미리하자는 뜻에서 막내 여동생 네 집에서 잔치를 벌였다. 내가 찬조를 조금 하기로 했다. 그날은 토요일이었다. 우선 토요일 점심은 조개 칼국수 집에서 모여 먹기로 했다. 둘째 외삼촌이 대전에서 미자, 끝임 이모, 짐순 이모, 외숙모를 데리고 막내 여동생 집으로 왔다. 외삼촌의 나이는 76세였다.

미리온 나와 남편, 신당동 이모와 그의 아들, 나의 남자 동생이 그들을 맞이했다.

- 아이고, 어서 오세요. 노인 외삼촌이 애 쓰셨어요.
- 막내네는?
- 막내 외삼촌은 음식점으로 바로 온대요.

우리는 다시 조를 짜서 차에 탔다. 차 3대에 옮겨 탈 수 있었다. 젊은이들이 운전하기로 했다. 젊은이라고 해봐야 60대 초반이었다. 식당까지는 십 분쯤 걸렸다. 식당에는 사람이 많았다. 미리 예약한 자리에 막내 외숙모가 기다리고 있었다. 우리를 반갑게 맞이했다.

- 막내 외삼촌은?
- 응, 진주 결혼식장에 갔어. 나도 가야 하는데, 서로 갈라져서 왔어.

- 그랬구나.

우리는 칼국수와 만두를 시켰다. 한참을 뜨겁게, 맛있게 먹었다. 아까 오던 식대로 차를 타고 막내 여동생 네 집으로 돌아왔다. 그 집은 시골에 예쁘게 지은, 별장처럼 아름다운 집이었다. 마당에는 잔디와 사과나무, 포도나무 등을 심었다. 동생이 이사온 지 3년이 넘었다. 배꼽에 닿던 담장나무 키가 어느새 우리 키를 넘었다. 이모와 외삼촌, 조카들은 거실에 모이자마자 각자 이바구를 시작했다. 무슨 이야기인지는 모른다. 다만 시끄럽기가 하늘을 찔렀다. 엄마가 89세, 그 밑의 신당동 이모가 87세, 그의 아들 64세, 80대에 삶을 마감한 큰외삼촌과 외숙모 대신 그의 딸 미자가 왔다. 짐순 이모가 78세, 그 밑에 둘째 외삼촌, 외숙모가 76세, 막내 끝임 이모가 74세, 그 다음 막내 외삼촌 네가 육십대, 조카들, 나와 남편이 육십대 후반이었다. 그나마 젊은 측은 50대 후반, 제일 젊은이가 이 집 주인(막내네)으로 오십대 중반이었다.

총 13명이 모였다. 대부분 엄마의 형제였다. 시골에서 소를 키우는 심천 이모(셋째 이모)가 빠졌다. 그는 소 때문에 집을 비울 수가 없었다. 올해에는 다해서 3번을 만났다. 봄인 5월 엄마 생일 때 강화도에서, 여름에는 끝임 이모가 그동안 너무 얻어먹어 미안하다며 한턱을 쏜다고 유성호텔에서 1박 2일로 잔치를 벌였다. 그리고 올해 마지막을 장식하기 위해, 이렇게 모였다. 막내 여동생 네 아들들이 이달 말, 제대하기 전에 하겠다고. 사람들은 이 날을 7월 잔치 후부터 손꼽아 기다렸다. 이모들은 이제 대부분 홀로 살았다. 저마다 자기식 대로 혼자 잘들 살았다.

- 너네 엄마는 내가 전화를 하면 온 동네 사람 이야기를 하루 종일 한다. 앞집 이야기, 뒷집 이야기, 새로 이사 온 사람 이야기들을 끊이지 않고 말한다. 나중에는 내가 말한다. 언니 내가 전화했잖아? 나 한마디 좀 하고 언니가 말하면 안 될까? 그래야 한마디 말할 수 있다니까?
- 하하, 정말 웃긴다, 이모.
- 너네 엄마가 그래.

그들은 다시 쉼 없이 이바구를 했다. 나는 그들이 좋아하는 이성당 팥빵을 10박스 주문해서 가져왔다. 동생네 저녁 메뉴는 LA갈비였다. 젊은 층은 동네 한 바퀴 산책을 하기로 했고, 이모들은 집에서 계속 이바구 하기로 했다. 집안은 시끄러웠다.

밖은 아주 싸늘했다. 마을은 조용했다. 넓은 벌판은 추수가 끝나서 황량했다. 밭에는 거두지 못한 고추가 가지에 붙어서 찬 서리를 맞고서 있었다. 옆 밭고랑은 무와 배추가 얼어서 엉겨 붙었다. 무는 실했다. 내가 무를 뽑았다. 언 무는 나무토막 같았다. 아까웠다. 배추잎도 실했다. 배추잎을 뜯었다. 질긴 가죽 같았다. 밭 뚝길을 지났다. 멋진 소나무가 제법 큰 밭을 가득 채웠다. 정원수 사이로, 담 너머 있는 동네 마을 어귀에서 개들이 합창을 하며 짖어댔다.

- 컹컹, 캥캥.
- 쟤들도 얼마나 심심하겠냐?
- 밥 먹는 값을 해야지.
- 그래, 짖어라. 그래야 주인에게 밥값을 하는 거야.
- 더 짖어라. 그것도 운동이니라.

산책하는 팀에서 제각각 한마디씩 했다. 길가에 눈이 쌓였다. 호수를 거쳐, 산 밑까지 걸어갔다. 다시 돌아서 호수 쪽으로 걸었다. 호수 옆에 새 길을 냈고, 새 별장을 지었다. 정원과 인공호수를 다시 조성했다. 우리는 그 집을 통해 다른 쪽 계곡으로 갔다. 물이 깊은 계곡 아래 경운기가 머리를 구기고 쑤셔 박혀 있었다.

- 어? 이게 뭐야? 왜 그렇지?
- 아마 농부가 술을 먹고, 산에서 내려오다가 계곡으로 잘못 떨어진 것 같은데?
- 어? 정말?
- 그렇겠네.
- 맥없이 저렇게 아래로 곤두박질 칠 일이 없을 거네.

모두 구겨진 경운기를 보고 한마디씩 했다. 우리는 계곡을 돌아 집으로 갔다. 산 밑은 해저녁이 빨랐다. 어둠이 금방 왔다. 날씨는 더 매서웠다. 집으로 오는 도중 집 가까이에서 꼬부라진 신당동 이모가 지팡이를 짚고 절름거리며 걸었다. 그는 귀가 잘 들리지 않았다.

- 이모, 여기서 뭐해?
- 나 점심을 너무 많이 먹었어. 그래서 걸어야 해.

그는 몸이 가늘었다. 속빈 강정처럼 몸에 창자가 빈 사람 같았다. 그의 등은 반으로 휘어졌다. 고개를 들고 눈만 크게 떴다. 내가 말을 걸으니 노인 쉼터 의자에 앉았다. 그리고 나에게 말했다.

- 내가 글쎄 시집가서 나무를 하고 살았어. 나무를 해서 머리에 이고 오는데, 네 외할아버지가 우리 집을 오는 거야. 얼마나 챙피하고 부끄럽던지. 내 나이가 이렇게 많은데 그 나무했던 것도 도움이 될까.
- 그럼, 그럼. 그것도 도움이 되지요. 이 나이에 이렇게 걷고 다니면, 성공이야요. 이모 치매도 안 걸렸잖아. 지금 나이가 87세인데. 아이고, 이모 성공. 성공이야요.
- 내가 시집 올 때 작은 시동생은 잘 살았어. 땅도 많았고, 시동생이 돈도 잘 벌었지. 그런데 그 시동생 네가 망했어. 거기에 그 부인이 이번에 큰 수술을 했어. 돈도 없고 이번이 마지막일 텐데, 한 번 가봤으면 싶은데, 저놈아(당신 아들)가 나를 안 데려가네?
- 이모, 조금 더 걷다가 와요.

나는 그렇게 이모에게 말하고 집안으로 들어왔다. 거실은 계속 시끄러웠다. 제부는 마당에서 고기를 구워서 계속 날랐다. 미리미리 갈비를 구워 식탁에 쌓아놓았다. 날씨는 찼다. 손이 시렸다. 끝임이 이모는 옆집 밭으로 갔다. 고추 넝쿨을 모아 밭뚝에 버려진 곳이었다. 거두지 못해 서리 맞은 빨강 고추를 한가득 따서 손에 쥐고 왔다. 그것을 내가 비닐에 넣었다. 다시 비닐을 달라했다.

나는 이모를 따라 나섰다. 버려진 고추 가지의 고추가 실했고, 서리를 맞아 빛깔이 고았다. 고추 가지와 줄기는 질겼다. 거기에 붙은 붉은 고추도 질겼다. 오징어처럼 말라서 고추 따기는 쉬웠다. 고추가 제법 쓸만했다. 나도 고추를 한 주먹 따서 부엌으로 들고 갔다. 고추를 입으로 베어 물었다. 몹시 매웠다. 청국장을 끓이고 있는 곳에 쫑쫑 썰어 넣으려 했는데, 너무 매워서 노인들이 먹을 수 없을 것 같았다.

나는 그 고추를 씻어서 부뚜막에 놓았다. 일하던 여동생은 내가 모아온 고추를 쓰레기통에 넣었다. 그리고 말했다.

- 왜 남의 밭에 가서 이런 것을 따 와?

엄청 혼을 냈다. 끝임 이모랑 나는 멀쑥했다. 밭 뚝에 버려진 거라서 가져왔다고 했다. 그 사이 이모는 따온 고추를 자기 가방에 넣었다. 냉동실에 넣어서 안 매운 고추랑 섞어서 먹으면 좋을 것이라고. 나는 그러라고 했다. 막내 이모는 모두를 아꼈다. 돈을 쓰지 않았다. 몇 년 전 여동생이 이 집을 지었다고 집들이를 했다. 집들이로 온 그 이모가 봉투에 넣은 돈은, 단돈 만 원이었다. 남동생 딸이 북경 칭화대에 입학했다. 그 이모가 그 딸에게 용돈을 준다고. 우리는 대단하다고 했다. 그들과 헤어지고 용돈을 얼마 줬냐고 물었다. 그때도 단돈 만 원이었다.

우리는 그 이모의 면모를 알았다. 그런데 이번에 나에게 봉투를 주었다. 그 속에는 15만 원이 들었다. 기절할 일이었다. 나는 걱정이 컸다. 이런 큰돈을 받는 것이 힘들었다. 내가 다시 그 봉투를 돌려주려 했지만, 이모가 화를 내면서 받으라 했다. 이 돈은 무슨 의미일까? 이상했다. 산책을 하며 동생들에게 물었다.

- 얘들아, 그런데, 왜 15만 원이냐?
- 대부분 10만 원, 아니면 20만 원인데?
- 무슨 의미야? 10만 원은 너무 적고, 20만 원은 너무 커서 15만 원이 제격인 거야?
- 언니, 그게 맞을 거야. 엄마에게도 언젠가 그런 거 같았어.

- 그냥 받아둬. 언니가 열 번은 더 이 사람들을 모이게 해서 잔치했으니까. 그런 거라고.
- 그거 우리가 어디 갈 때 당신도 데려가 달라고 한 거 아니야?
- 언니, 됐어. 이제 그만해도 돼.

그래서 나는 돈을 받았다. 처음 받는 돈이라 불편했다. 그날 저녁 모두가 모여 우리는 축배를 들었다. 이모들은 제각각 밤새워 이야기했다. 막내 이모부가 작년에 죽었으니 이모들은 모두 남편이 없었다. 모두 혼자 사니까 말할 일이 없었던 것일까. 어찌 그리 말들이 많은지. 말 속에서 잠들고 말 속에서 깼다. 아침이 밝아왔다. 아침에 미자가 고모들을 위해서 국을 끓이기로 했다. 자기가 봄에 회사 친구들과 다슬기를 잡아서 냉동시켜놓은 것을 가져다가 끓였다. 올갱이에 아욱을 넣어 끓였는데, 노인들이 얼마나 좋아하는지 그들은 두 그릇씩 비웠다.

식사 후 또 다시 그들의 이바구가 시작되었다. 그 사이 막내 여동생이 햇빛에 잘 담은 된장을 한 가구당 한 집씩 셈해서 비닐 팩에 싸주었다. 깨 인절미와 기피 인절미도 팩에 싸서 뭉텅이를 만들었다. 신당동 이모는 아들 것과 딸 것을 챙겼다. 엄마는 신당동 이모가 욕심을 부린다고 욕했다. 다시 생 배추 한 포기씩, 내가 사온 이성당 팥빵 한 박스씩을 안겨주었다. 그리고 미자가 가져온 아모레 샴푸 세트를 그들에게 나누어 주었다. 그때도 신당동 이모는 다른 사람에게 주는 것을 왜 나는 안 주느냐면서, 미자가 더 주고 싶은 사람에게 주는 것을 자기가 뺏어갔다. 젊은 층들은 '아이고, 신당동 이모가 욕심 많다.'고 욕했다.

말을 하다보면, 나이 든 층과 젊은 층이 의견 충돌을 일으켰다. 그럴 때 나는 말했다. 나이 든 층인 노인들에게는 '거기대로 사시고요.' 라고. 젊은 층에게는 '여기대로 사시라.'고. 자기가 원하는 대로 살라고. 간섭하지 말라고. 각자 알아서 자기가 좋아하는 대로 살면 된다고. 상대방을 괴롭히지 말라고. 짐순이 이모는 내 편을 들었다. 그래, 각자 자기 좋은 대로 살아가는 게 좋겠다 했다. 각자에게는 나름대로 고충이 있었다.

둘째 외삼촌은 지금 나이가 76세였다. 그는 제주도에 친구 따라 땅을 샀다. 그 땅을 융자내서 샀다. 융자금의 이자는 연금의 반이 넘었다. 삼촌은 사는데 현금이 부족해서 힘들었다. 땅을 팔자니 땅값이 더 오를 것 같았고, 거기에 세금을 더 많이 내는 것이 아까워서 팔 수 없었다. 그 땅을 지키려면 부대비용이 많이 들었다. 귤 농사를 지으면서, 사람 시키고, 농약을 주는 비용으로 일천만 원씩 들었다. 그런데 생산한 그 귤에 병이 들어 상품으로 팔 수 없었다. 결국 매년 적자를 보며 땅을 유지했다.

미자는 젊어서 남편하고 이혼했다. 남편의 의처증으로 죽다 살아난 적이 많았다. 그네 부모는 그를 이혼 시켰다. 미자는 병든 어머니를 10년간 모셨다. 몇 년 전 어머니가 돌아가셨다. 어머니가 남동생에게 지금 사는 집을 정리해서 누나에게 작은 집을 사주라고 했는데, 지금까지 남동생은 말이 없었다. 살고 있는 엄마 집은 가격이 높았고, 집도 커서 관리비가 많이 나왔다. 미자는 엄마 집에서 나와, 독립하여 살고 싶었다. 그러나 미자는 큰 남동생이 자신에게 얼마를 줄지 몰랐다. 그의 엄마 집은 남동생 셋, 모두가 눈독을 들였다. 몰래 큰 남동생이 그 집을, 자기 이름으로 이전했고, 그것으로 남동생들끼리 암투가 일어났다. 미자는 어쨌든 고민이었다. 과연 동생이 집을 사줄까,

어떨까? 몰랐다. 우선 큰고모가 미자 동생에게, 이십 평 대로, 집을 사줘야한다고 강조할 뿐이었다.

막내 외삼촌 네는 누나들의 지탄을 받았다. 내가 가족 모임을 수시로 열 번쯤 주선했고, 그때마다 외숙모는 즐겁게 참가했다. 그리고 누나들도 돌아가면서 한 번씩 잔치를 벌였다. 그런데 막내 네는 한 번도 밥을 사지 않았다고 누나들은 그들을 욕했다. 그런데 큰외숙모도 연금 있고, 자식들도 잘 키워서 사회의 중역이 되었지만, 한 번도 밥을 안 샀고, 돈이 아까워서 벌벌 떨다 어느 날 갑자기 죽었다. 여기에 막내 외숙모는 내 후배며 교사 동료였고, 내가 중매한 사람이었다. 그는 똑똑하고 지혜로웠다. 말을 잘했고 매사 판단력이 뛰어났다. 이모들은 뒷구멍에서 그를 욕했다. 저렇게 똑똑하고 뛰어난데, 왜 밥 한 끼 안 사냐고. 누나들은 모두가 배우질 못했는데도 냈다고. 그것들은 최고의 학력을 가졌고, 연금도 타고, 돈도 많은데 그런다고. 돈 없으면 바라지도 않는다고. 그러면서 이모들은 또 다시 그 외숙을 욕했다.

나는 이모들에게 말했다. 저런 사람이 있어서 심심하지 않다고. 심심한데, 심심풀이 땅콩처럼 욕할 사람이 있어서 더 즐거운 것이라고. 그들은 욕하면서 열을 냈다. 그들의 온몸에 흐르는 피가 머리로 오르는 것이다. 다시 된장, 고추장, 배추 등, 각자 짐을 점검해서 쌌고, 나는 거마비로 조금씩 용돈을 나누어주었다. 모두가 기쁜 마음으로 점심 식당으로 향했다. 여동생은 오늘 점심 메뉴가 갈비탕이라 했다. 가족이 타고 온 자동차는 모두 식당으로 이동했다. 막내 외숙모에게 말했다.

- 자기는 어떻게 해?

- 여기 올 때처럼 고속버스 타고 가는 거야?
- 아니 삼촌에게 올라오라 했어요. 올 거예요.
- 다행입니다. 이 짐들이 무거운데.

우리는 갈비탕을 맛있게 먹었다. 가격은 시골이라도 비쌌다. 우리는 모두 악수를 하고, 차에 탔다. 남동생이 막내 외삼촌한테 전화해 막내 외숙모와 짐들을 옮겨주기로 했다. 손을 흔들며, 서울로, 시골로 각자 자동차로 떠났다. 나와 엄마, 제부 네는 한 차를 타고 여동생 집으로 돌아왔다. 돌아오면서 우리는 막내 외삼촌 네를 욕했다.

- 언니, 막내 외삼촌이 진주로 결혼식에 갔다는 것이 말이 돼? 그런데다, 오늘 여기까지 어떻게 오냐고요. 그리고, 어제 외숙모가 무슨 고속버스를 타고 와서, 구글을 찍고 여기 칼국수 집을 찾아오냐고요. 외삼촌이 데려다준 거지.
- 그래, 그거 맞을 거야. 야, 저기 가는 외삼촌과 이모들도 다~ 알아. 그냥 속아주는 거지. 팔십 넘어봐라. 눈치가 모두 백단이다. 아마도 저희 아들이 사는 광명에서 자고 왔을 걸? 막내 외삼촌?
- 언니, 그런 거 같아.
- 그리고 우리가 준 떡과 빵을 가지고 다시 아들한테 갔을 거야.
- 그런데 왜들 그렇게 사는 거야? 이해할 수 없다니까.
- 야, 그냥 그러다 죽을 거야. 큰 외숙모도 밥 한 번 안 사고 지독을 떨다가 갔잖아. 그냥 그러려니 하며, 그들이 죽지 않고 함께 해서 고맙다 생각하라구.

우리는 다시 동생네 집으로 왔다. 때마침 남동생이 막내 외숙모를 외삼촌에게 인계하고 돌아왔다. 다시 막내 삼촌에 대해 얘기했다.

- 야, 막내 외삼촌은 인간이 왜 그러냐?
- 사회생활을 정년퇴직까지 했는데 왜 그러신지 이해를 할 수 없어요.
- 그 삼촌이 무슨 진주 결혼식이야? 여기 근방. 제 아들 집에 있다가 다시 와서 제 마누라만 데려가는 거지.
- 맞아. 여기서 얻어간 것 다시 제 아들 가져다주고 내려가는 거야.
- 그걸 모르겠냐? 이모들 눈치가 100단이라고 아까도 말하고 욕했잖아.
- 늙은 형, 그것도 저보다 10살이나 더 먹은 형이 자기 여동생, 조카까지 데리고 운전하고 오게 하는 것이 맞냐고. 저 혼자 오면서 제 마누라만 데려다 놓고 가는 것이 사람이냐?
- 아예, 마누라도 안 오는 게 맞는 거지.
- 여기가 재미있어서 오는 거야.

남편은 말했다. 우리는 이제 남을 괴롭히는 일이 없어야겠다고. 우리가 이런 모임을 하지 않으면 싸울 일도 없는데, 자기네 형제끼리 싸움을 만들어 주었다고. 그런 것은 우리가 잘못이라고. 그래도 큰 외삼촌은 우리에게 항상 고마워했다. 자기네 형제들을 이렇게 만나게 해줬고, 즐겁게 해주었다고. 우리가 없으면 만나지도 못하고 죽을 것이었다고. 자기네는 돈만 모으다가 죽을 것이었다고. 큰누님(우리 엄마) 덕에 이렇게 모였고 행복했다고.

내가 쓴 글이 컴퓨터에서 사라졌을 때, 나는 한동안 바보가 되었다. 어찌 이럴 수가 있는가 하고 말이다. 그 양은 많았다. 일 년 동안 썼던 것이 사라진 것이었다. 그 후 아무것도 하기 싫었다. 맨붕 상태가 되었다. 컴퓨터가 무서웠다. 시간이 가면서, 사람이 죽고도 사는데 뭘 그런가를 생각했다. 전쟁이 일어나면 전부 끝인데. 전부 사라지는 것임을 다시 생각했다. 오늘은 몸 컨디션이 좋아졌다. 그동안은 몸 상태도 안 좋았다. 아무것도 하지 못하고, 할 수 없으며, 하기 싫었다. 삶의 의미가 사그라들었다. 그것은 나 스스로를 괴롭히는 일이었다. 왜 이런 마음이 드는 것일까? 거기에 눈은 안개가 껴서 시야가 흐렸고, 나 자신의 삶에 대한 의욕은 더 떨어져 괴로웠다.

지금 나는 최상의 컨디션이 되었다. 바로 이거야. 이거 무엇이든 할 수 있고, 하고 싶은, 그래서 즐거움을 가질 수 있는 마음. 이런 것이 축복이리라. 몸이 날아갈 것 같았다. 희망이 보였고, 내 안의 기쁨이 일어났다. 목표가 아니고, 목적이 없이, 그냥 조용히 존재하지만, 아무 생각이 일어나지 않는 것, 그것이 명상 아닐까 하고 생각했다.

*

동갑내기 고모한테 전화가 왔다.

- 오늘 크리스마스이브 날인데 너 뭐하니?

- 그냥 집에 있어.

- 셋이 있는 거야?

- 응.

- S(딸), 좋은 사람 없니?

- 응.

- 네 딸 결혼 안 한다니?

- 있으면 벌써 했겠지. 이젠 몰라. 가든지 말든지.

- 우리 준(고모 아들)이도 결혼 안 한다더라구.

- 돈이 있어야 하지. 고모, 오늘은 쉬네?

- 응, 오늘하고 내일 쉬지. 넌 좋겠다. 연금도 나오고. 네 팔자가 제일 좋구나.

- 206호, 306호, 506호, 906호…. 전부 사는 게 똑같다고 탈렌트들이 이야기 하잖아. 고통의 양은 똑같은 거야.

- 그래도 아니지. 난 네가 제일 부러운 거야.

고모의 어투는 내 속을 긁어 놓았다. 전화가 오면 내 속에서 불이 났다. 세상 물정을 모르는 사람 같았다.

- 너, 연말에 어디 가니?

- 아니.

- 어머니는 시골에 계시고?

- 응.

- 이번에 보낸 사과 맛있니? 내가 너한테 매일 얻어먹어서 보냈는데 어떤지 몰라.

- 아니 맛있었어. 안 보내도 되는데. 우리 집에서 나만 먹으니까. 너무 많아. 아무도 안 먹어.

- 우리도 준이는 사과를 안 먹어.

- 우리 딸도 안 먹어. 걔는 고구마도 안 먹어.

- 고구마가 얼마나 맛있는데.

- 글쎄 안 먹어. 사과도 안 먹고.

- 여자인데 이상하네.

- 아빠네 닮아서 그래.

나는 더 이상 말을 하고 싶지 않았다. 언제 이 전화가 끊길지 몰랐다. 시간은 자꾸만 갔다. 그때 나는 TV영화를 보고 있었다. 고모는 계속 길게 이야기를 늘어놓았고, 나는 빨리 끊고 싶어 했다.

- J(큰딸)는 여행사 잘 한다냐? 지금까지? 너와 네 남편의 인맥이 좋아서지?
- 아니야, 우리가 퇴직한 지 10년이 넘었는데 무슨 소리? 세금도 못 내서 내가 보태야 된다고.
- 그래도 네 주변에는 도와줄 사람이 많잖아.

아이고, 속 타라. 그만 이야기하고 끊었으면 좋겠는데. 고모는 말꼬리를 물고 늘어졌다.

- 너, 요즘 하루를 어떻게 보내냐?
- 뭐 아침에 손자 학교에 데려다주고.
- 손자? 걔가 벌써 학교에 입학했어?
- 응.
- 올해 내내?
- 응. 아직 마음의 준비가 안 됐다나? 둘째는 어린이 집에 가야 해서 딸이 데려가고.
- 너 좀 만나서 이야기도 하고, 놀러도 다녀야 하는데, 시간이 없어서.

나는 아무 소리도 안 했다. 전화 끊기기를 기다리면서. 그는 날마다 주식을 했다. 주식에 빠져서 시간을 낼 수가 없었다. 다행이었다. 만나면 나는 괴로웠다. 나와 모든 것을 비교하고 자신이 슬프다고 한탄했다. 그는 고통을 달고 다녔다. 옆에 있으면 그의 고통 에너지가 나에게로 옮겨왔다. 나는 그에게 희망을, 기쁨을 말하려 애썼다. 그러면 그는 다시 그것을 자기의 고통으로 비하하면서 나를 혼냈다. 자기 처지를 이해 못한다고. 그것이 심하면 그는 울어버렸다.

나는 그를 만나는 것이 싫어졌다. 그가 지금 주식에 정열을 바치는 것이 다행이었다. 그는 사심과 사행심이 강했다. 나는 도통 그런 것에 관심이 없다. 나는 그런 것이 자신의 에너지를 갉아먹는 것이라 생각했다. 그는 머리가 있어서 주식을 살금살금 잘했고, 자기 용돈을 벌어서 쓰는 것을 즐겼다. 정말 다행이었다. 그래서 그는 시간을 낼 수 없었고, 나를 만날 수 없었다.

- 넌 좋겠다. 난 네가 부러워.
- 고통의 양은 똑같다니까?
- 난 아직 부양할 가족이 많아. 양쪽 어머니들도 있고. 너네 시어머니 건강하시냐?
- 응.
- 그럼 됐네.
- 그래도 할 일은 많아.
- 그렇기는 하지. 나는 그런 것은 다 떠나서 좋아.
- 고통의 양은 똑같다 생각하라니까? 무조건 나 자신 건강하면 축복이라 생각하라구.
- 너, 허리는 안 아프냐?
- 아프다 말다 해.
- 운동은 하니?

- 응.
- 허리 아파도? 테니스를 치니?
- 응. 아프면 안 하고. 안 아프면 해.
- 너랑 봄에 만나야 하는데. 너 골프 치지.
- 응, 그것은 해야지. 고모, 건강해야 돼. 우리 친구들 파킨슨 병 걸린 애가 많아.
- 그래.

그리고 끊었다. 나는 시원했다. 할 말도 없이 되풀이 되는 것이 지겨웠다. TV 영화 보던 것을 다시 돌려봤다. 조금 있다가 다시 전화가 울렸다. 받고 싶지 않았다. 전화벨은 계속 울렸다. 결국 전화를 받았다.

- 야, 언니가 팔이 떨리고 다리가 떨려서 넘어졌다는데, 그것도 파킨슨 병이냐? 증세가 어떤 거야?
- 손이 떨린다던데. 종합 진찰을 받으면 나오겠지. 큰 고모가 몇 살? 74살?
- 아이고, 큰일이다.
- 고모도 컴퓨터 모니터 보기 전에 운동 좀 하라고. 아침에 1시간, 저녁에 1시간 걸으라고.
- 시간이 있어야지. 시간이.
- 그냥 병원 물리치료 받는다 생각하고 하라고.
- 그래야겠다.

전화는 끊어졌다. 다음에 고모가 만나자해도 나는 힘들 것 같았다.

그럴 때는 무조건 걷기 운동으로 지치게 해야겠구나 하고 생각했다.

그 고모는 아버지 사촌 동생이었다. 그 고모네 집은 도시에 있었다. 아버지는 말하자면 작은 아버지네 집에서 학교를 다녔다. 작은 아버지는 공무원이었다. 아버지는 가끔 학비를 자기 집과 작은 아버지한테 두 번을 몰래 타서 썼다. 그 후 전쟁이 났고, 작은 아버지는 시골에서 농사를 지었다. 대신 아버지가 도시에 자리를 잡았다. 그 고모네 오빠와 동생은 우리 집에서 학교를 다녔고, 직장을 다녔다. 전화한 고모는 내 또래 나이였고, 그 동생은 나보다 나이가 어렸다. 그들은 시골에서 살았다. 우리는 형제처럼 살았다. 그 고모는 교육대를 졸업했고, 초등학교 선생을 하다가 서울로 시집을 왔다.

고모는 부잣집 아들과 결혼했으나, 지금은 사업이 망가져서 삶이 고달팠다. 그 집 딸과 우리 둘째 딸은 동갑내기였다. 고모는 그 둘을 비교했고, 항상 경쟁했다. 나는 고모의 그런 태도가 못마땅했다. 지금은 당신 딸이 시집을 갔고 잘 살아서 마음을 편안하게 하고 있지만, 항상 내 작은딸이 멋진 남편감을 얻을 것이라는 불편한 마음에 조바심을 가지고, 경계하듯이 딸애의 동태를 확인하고 점검했다. 딸애는 그 고모를 싫어했다. 그의 전화가 오면 도망갔다. 딸에게 좋은 남자 없느냐면서, 꼬치꼬치 따져 묻는데 질색을 했다. 고모는 집요했다. 끈질기게 따지고, 묻는 것을 즐겼다. 나는 그 고모를 보면 머리가 아팠다.

나는 고모를 만나면 묻지도 말고, 따지지도 말며, 그냥 있는 대로 보고 즐기기를 바랐다. 그는 나만 보면 비교하고, 분석하며, 부족하면 자기를 한탄했다. 그리고 계속 나를 자기의 처지에 대입시켰고, 자신의 속상함을 끄집어내 난도질하며 나를 비교했다. 그러다가 더 속상하면 울었다. 어쩌다 나의 잘못이 나타나면 나를 주변 사람과 함께 공격했다. 자기가 뛰어남을 나타내고 싶어 했다. 나는 고모를 만나면 피곤했다. 고모는 너무 욕심이 많았다. 그러다보니 그는 그의 에고로 모두를 괴롭혔던 것이었다.

나는 이제 그런 굴레를 벗어나고 싶었다. 그런데 고모는 이제 다시 나를 인생의 수치로 확인하고 싶어 했다. 주식으로 자신에게 여유가 생긴 것인가? 고모는 내가 어떻게 살고 있는가를 체크하고 싶어 했다. 그리고 계속 물었다. 넌 하루를 어떻게 보내느냐고. 나는 뭐, 날마다 먹고, 놀고, 잠자고 싸는 거라고 답했다. 그러면 그는 네가 제일로 부럽다고 했고. 나는 고통의 양은 똑같다고 했다. 이런 이야기의 반복은 그만하고 싶었다. 좀, 재미있는 이야기, 생산적인 이야기, 건설적인 이야기를 할 수 없을까를 생각했다.

*

2017년 2월 중순, 큰 사위가 웅과 예를 데리고 아침 일찍 10시경에 왔다.

어제 예술의 전당 스케이트장에 가보자고 손주들과 약속했다. 초인종이 울렸다. 나는 문을 열었다.

-엄마는?

-아직 일이 있어서요.

남편과 나는 두꺼운 옷을 입었다. 애기들은 스키복장으로 왔다. 가방에 물과 먹을 것을 챙겨 스케이트장으로 갔다. 매표소에서 티켓을 샀다. 어른 둘, 애기 둘. 그리고 신 사이즈, 모자 사이즈가 맞는 것을 찾아 룸으로 들어왔다. 밖은 추웠고, 바람이 찼다. 가장 작은 사이즈도 예에게는 너무 컸다. 신을 끈으로 조율해서 신겼다.

나는 예를, 남편은 웅을 데리고 스케이트장에 입장했다. 우리는 애기들을 데리고 얼음 위의 벽을 잡고 걸어보도록 시켰다. 웅과 남편은 벽을 잡고 열심히 걸었다. 예와 나는 계속 얼음 위에서 넘어졌다. 얼음과 스케이트 칼이 쉽게 서지를 못했다. 나는 힘이 부대꼈다. 예전에는 그런대로 얼음지치기를 했지만 말이다. 예를 붙들고 함께하는 것은 어려웠다. 미끄러지고, 춥고, 몸이 뒤집히니까 예는 몇 걸음을 가다가 싫다며 울었다. 무서워서 싫다 했다. 나는 티켓 값이 아까웠다. 예는 '싫어, 싫어.' 소리치며, 땡깡 부리며 울었다. 나는 예를 데리고 나와서 편안한 밴치에 앉혔다.

예는 스케이트 타는 것을 구경하게 했다. 다시 웅과 나는 손잡고 벽을 따라 걷다가 미끄럼처럼 타면서 스케트이트 타는 법을 터득하게 했다. 또다시 할아버지와 웅이가 한 바퀴를 더 돌았다. 마지막에는 손을 붙잡지 않고, 걸을 정도가 되었다. 웅이는 온몸이 땀으로 범벅이 되었다. 스케이트장 밖에서, 애기 엄마들은 앉아서 놀았다. 그들은 친구들이랑 이바구하며 과자를 먹었다. 그들의 애기 아빠들은 스케이트장에서 자기네 애들을 가르치고, 이끌고, 함께 스케이트를 탔다.

나는 내 딸을 가끔 이해할 수 없었다. 시간이 나면 애들을 키즈 카페에 데려가서 놀게 한 뒤, 저는 저대로 친구들과 놀았다. 주중에 애기들이 어린이 집에서 하루를 보내는 것도 안쓰러운데 말이다. 휴일에도 대충, 슈퍼 탐방, 아니면 키즈 카페에 머무르게 했고, 저 자신은 테니스 치러 가는 날이 많았다. 나는 그런 것이 못마땅했다. 요즘 엄마들은 애기와 남편 중심의 생활보다 자신의 편익을 중심으로 행동하는 경우가 강했다.

어느 날, 학교 앞 커피 카페 유리창을 보았다. 엄마와 어린이가 그곳에서 빵을 먹고 앉아 있었다. 나는 웅이를 학교에 데려다주는 중이었다. 그 엄마는 그곳에서 아이와 아침식사를 해결한 뒤 학교에 보내려고 하는 것 같았다. 동네 빵집도 마찬가지였다. 뭐, 사정은 있었겠지만, 아침 일찍부터 빵을 사 먹여서 학교 보내는 모습은 아름답지 않았다.

이러거나 저러거나 세월은 흘러갔다. 그리고 시간은 짧았다. 벌써 12월이 와서 학교 길에 눈과 얼음이 쌓였다. 웅이가 눈 위로 올라갔다가 내려왔고 얼음 위를 발로 비볐다. 그러면서 스케이트 타는 시늉을 하고 이번에 다시 가자고 약속했다. 애기들은 무럭무럭 자랐고, 우리들은 서서히 늙어가고 있었다. 나는 천천히 아름답고, 우아하게 늙어가기를 바랐다.

*

내가 어렸을 때 본 고모네 집 사람들은 항상 귀한 사람들이었다.

어느 날 고모가 우리 집을 방문했다. 고모는 기다란 파랑색 밍크코트를 입고 왔다. 그가 오면 동네 아줌마들은 부자 고모가 왔다고 떠들썩했다. 나는 길거리에서 놀다 말고 집으로 뛰어갔다. 고모는 나를 보면 맛있는 거 사 먹으라고 돈을 주었다. 언니들이 입었던 작은 옷들을 가져다 주었다. 그 옷들은 새롭고 품질이 좋았으며, 친구들에게 뽐낼 수 있는 것이었다. 우리 집은 초가집으로 마당과 마루가 있고, 부엌과 안방, 웃방이 전부였다. 고모네 집은 양옥집으로 우리네 집과는 달랐다. 대문은 집에서 멀었다. 집벽을 돌아 현관을 통해 집으로 들어가면, 거실이 있었다.

거실은 장식장에 별별 것이 다 있었다. 멋진 찻잔과 진기한 것이 많았다. 거실 옆에는 큰 안방이 있었다. 큰 장롱과 멋진 전축, 외제 TV 등이 있었다. 거실 건너방은 다다미 방으로 손님들이 오면 그곳에서 잠을 잤다. 복도를 지나서 북쪽으로 난 작은 방이 있었다. 그곳에 언니 동생들이 함께 있었다. 복도 통로는 길었다. 통로 벽은 쌀로 가득 채워졌다. 그곳에는 밥하는 언니가 항상 있었다. 언니는 항상 누룽지를 긁었고, 그곳에 설탕을 뿌려놓았다. 거실에는 강냉이 튀긴 것과 노란 쌀 누룽지가 쟁반에 놓여 있었다. 우리는 우물에서 물을 길러다 먹었고, 고모 네는 수돗물이 나왔다.

현관 앞 유리 채양 밑에는 잉꼬들이 쌍쌍이 있었고, 나는 그 새장 속에서 새들의 알들을 보았다. 신기해하면서. 보고 또 보면, 새들은 짹짹거렸다. 우리 마당은 흙이어서, 비가 오면 진흙으로 변해 옷이 더러워졌다. 고모네는 마당이 반듯한 네모 시멘트 벽돌이 깔렸다. 비가 와도 깨끗한 물이 튀었다. 수돗가에 가서 꼭지를 틀면 물이 쉽게, 시원스레 흘렀다. 화단에 피는 꽃은 전부 특별한 꽃이었다. 우리 집은 들국화, 칸나, 다알리아 꽃, 봉숭아 꽃이 피었고, 고모네 화단은 하와이 무궁화라나? 뭐 하여튼 알 수 없는 꽃들로 가득했다.

마당에는 탁구대가 있어서 언니들은 친구들과 시끄럽게 탁구를 치며 놀았다. 그것이 지루하면 안방에서 전축을 틀어놓고 춤을 추었다. 그곳에는 자가용, 오토바이, 권총 등 내가 보지 못하고 알지 못하는 것들이 많았다. 나와 남동생은 고모 집을 그리워했다. 먼 나라의 꿈의 집, 특별한 집, 다른 세상의 별난 집으로 여겼다. 초등학교를 들어갔고, 고모네 아이들은 공부를 잘했다. 그들은 일등만 했고, 일등은 그들의 것이었다.

그들은 바빴다. 방학 내내 과외 선생님, 가정교사, 다양한 분야의 과외 등으로. 나는 그들이 왜 그렇게 해야 하는지를 몰랐다. 그리고 그들이 잠시 쉴 때, 그들은 우리 집에 들렀다. 그들이 우리 집에 오면 그들은 귀한 사람이었고, 난 그들 밑에 있는 변두리 사람이 되었다. 우리 엄마는 그들만을 위해 최선을 다했고, 그들에게 무엇이나 다 주었다. 그들은 내가 어떤지를 물었다. 아버지는 나를 자랑했다. 내가 넓이뛰기를 잘해서 상을 탔다고. 나는 그것이 쑥스럽고 창피했다. 공부를 잘하는 사람이 더 높은 사람이라 생각했다.

나는 그들만 보면 온몸이 움츠러들고 주눅이 들었다. 그들이 가진 것은 값졌고, 비쌌다. 그들의 말은 높았고, 힘이 있었다. 내 말은 낮았고, 말할 수 없는 말이라 했다. 그들은 크고 웅대했으며, 자랑스러운 말이었다. 나는 그들의 눈치를 보며, 그들이 끼워줘야 그곳에 설 수 있었다. 그들은 고종사촌. 나는 낮았고 그들은 높았다. 그들은 지시했고, 나는 그들을 따라야 편했다. 그들 곁에 있는 것은 나를 높이는 것이라 했다.

또 다른 겨울이 왔다. 쫑마리(막내) 삼촌이 나를 데리고 큰누나네 집으로 갔다. 대문 옆, 현관 쪽마루에 쌀가마가 천장까지 쌓였다. 내 눈이 휘둥그레졌다. 아침상이 나가고 황갈색 누룽지에 설탕이 듬뿍 뿌려진 것이 가득 한 큰 쟁반을 부엌 언니가 내 앞에 놓았다. 누룽지 과자는 맛있었다. 우리 엄마는 절대로 이럴 수 없었다. 누룽지를 긁어모아, 다시 누룽지 밥으로 때를 이을 것이었다.

그날 저녁, 고종 사촌들이 한 방에 모였다. 창으로 찬 바람이 솔솔 들어왔다. 밖은 바람이 차고 추워서 사람들의 발걸음이 뜸했다. 따끈한 방바닥에 발을 모아 넣고, 위에는 이불을 덮어 씌웠다. 그 위에 다시 담요를 놓고 화투판을 벌였다. 그들은 나에게 짝 맞추는 방법을 알려주었다. 색깔을 맞추고, 그림을 맞추게 했다. 그리고 일등부터 꼴찌까지 손등을 차례로 올리면 일등 위에 올라간 손등을 빨리 내리쳐서 누군가의 손등을 맞게 한다는 규칙을 내게 알려 주었다.

머리 좋은 동갑내기 고종 사촌 남자애는 항상 꼴찌를 하는 내 손등을 쳐댔다. 그러면 내 손 등은 시뻘개졌다. 옆에서 바느질하며 보는 고모는 자기 아들에게 살살 때리라고 했다. 고모는 내가 맞는 것을 안쓰러워 했다. 그러나 그 동갑내기 고종사촌은 내 손등을 사정없이 내리쳤다. 밤이 깊어질 때까지 동갑내기 고종사촌이 내리친 손등은 부풀어서 따끔거렸다. 그래도 나는 그렇게 노는 것을 좋아했다.

고모네 집 놀러 가면 나는 바보였다. 그에 비해 동갑내기 고종사촌 남자애는 천재였다. 고모부는 나와 그를 창가에 앉혔다. 고모부는 판넬에 써진 글자를 가리키며 무슨 글자인지를 물었다. 고종사촌 남자애는 글자를 잘 알았고, 잘도 읽었다. 나는 쉬운 글자만 읽었고, 복잡한 글자는 읽지 못해 부끄러워서 얼굴이 빨갛게 타 올랐다. 고종사촌 남자애는 나를 보고 바보라 했다. 읽지 못하는 바보라서 나는 미안했다. 고모부는 우리 둘에게 읽기 시합을 시켰고, 그것을 즐겼다. 당신 아들은 항상 천재였고 나는 바보였다.

고종사촌 형제는 많았다. 큰언니, 둘째 언니, 동갑내기 남자애, 여동생, 남자동생, 또 여동생. 그중에서 둘째 언니와 동갑내기 바로 밑에 여동생이 나랑 정서적으로 맞았다. 그들은 먹을 것도 챙겨주고, 상대방을 배려하면서 부드럽게 말했다. 큰언니와 고종사촌 동갑내기 남자애는 공부 잘하고 똑똑하다고 이미 소문이 났다. 그들이 가진 것과 내가 가진 것은 가깝고도 멀었다. 내 것은 그들의 것이 될 수 없고, 그들 것 또한 내 것이 아니었다.

부자 고모는 항상 내 편을 들어주었다. 그는 나에게 필요한 것들을 챙겨주었다. 그들이 즐기는 스케이트를 나에게 주었다. 그 집에서 쓰던 전화도 우리 집으로 옮겨주었다. 그들이 먹고 넘치는 것들은 우리 집으로 보냈다. 우리 친할머니는 아버지가 7살 때 죽었다. 부자 고모가 동생인 우리 아버지를 키웠다. 부자 고모는 결국 아버지의 엄마가 되었다. 부자 고모는 새어머니가 들어와서 구박을 많이 받았다. 큰고모는 남동생인 우리 아버지를 끔찍이 챙기며 살았다. 그는 모든 사람에게 베풀었으며, 불쌍한 사람들을 먹여주며 살았다.

이제 전부 사라진 세월이었다. 고모부와 고모, 고종사촌 여동생, 내 남동생 등이 이미 저세상 사람이 되었으니 말이다. 우리도 그 세상으로 가기까지 얼마 남지 않았다. 남은 여생을 조용히 아름답고 따뜻하게 보내기를 나는 바랄 뿐이었다.

*

아파트가 세 채가 되었다.

나는 처음으로 부채를 안고 멘션 아파트를 사서 기뻤다. 그러나 그곳에 들어가서 살 수는 없었다. 내가 사는 주공 연탄아파트보다 전세비가 두 배로 높았기 때문이었다. 내 아피트는 낡고 허름했다. 겨울은 춥고 여름은 더웠다. 친정아버지는 나를 안쓰러워 했다. 아버지가 퇴직하면서 600만 원을 주었다. 나는 그 돈을 두고 고민했다. 곧바로 멘션으로 들어갈 수 없었다. 그 돈으로 전세를 끼고 내가 부채를 안고 산 아파트 앞 동의 집을 샀다. 그리고 나는 춥고 힘든 곳에서 더 계속 살았다.

그 다음다음 해에 갑자기 전세비가 올랐다. 셋집에서 전화가 왔다. 계약기간이 만료되어 전세금 200만 원을 올려주고 연장해서 살겠다고. 나는 너무 기뻤다. 가슴이 두근거렸다. 이런 일이 있는 것인가? 두 집 모두 전세비가 오르면 나도 멘션으로 갈 수가 있을 것이고, 그래도 돈이 조금 남을 것이다. 나는 미리 돈을 계산하고 부동산을 찾았다. 전세금으로 가장 값이 싼 사이드에, 서양 집. 거기에 가장 작은 아파트로 부채를 많이 가진 것을 하나 더 살 수 있었다.

그렇게 나는 그 해에 작은 멘션을 3채 가지게 되었고, 드디어 멘션으로 이사를 갔다. 그동안 일어나던 심리적 고통이 모두 사라졌다. 나에게 꿈과 희망이 생겼다. 그러나 그것은 짊어질 것이 더욱 더 커지는 일이었다. 월급을 타면 집을 유지할 유지비로 반 이상을 소비해야 했다. 남은 돈은 미미했다. 나는 버티기로 작정을 했다. 매달 버티며 살아야 하는 것이었다. 월 말쯤이면 나는 옆집 성현 네에서 돈을 빌려 써야 했다. 그래야 월급 전의 날들을 넘길 수 있었다. 우리가 사는 아파트 단지는 디귿자형이었다. 양쪽 사이드는 19평 형으로 동향이었고, 남향은 23평, 34평, 45평 형으로 따뜻하고, 넓었다.

남향의 23평 형에 사는 사람들은 나이가 우리와 비슷했다. 그렇지만 남향에 사는 사람들은 분명 부유했다. 그들은 프레스토 차가 있었다. 그들은 왠지 모르게 풍족해 보였다. 그쪽으로 반상회를 가면 식탁 위 하얀 쌀밥에 파란 강낭콩이 박혀 있었고, 윤기가 자르르 흘렀다. 우리 집 밥의 윤기 없는 정부미와는 달랐다. 그들이 가진 것은 품질이 좋았다. 내가 가진 것은 품질이 나빴다. 그들은 돈이 있어 귀족이 되었고 나는 가난해서 평민이 되었다. 나는 날마다 생산적인 일을 꿈꾸었다.

생산적인 일은 쉽지 않았다. 애들은 학교에 갔다. 남편은 출근했다. 나는 토플공부를 다시 시작했다. 박사과정을 준비했다. 새로운 도전을 꿈꿨다. 필수적으로 제2외국어 시험을 쳐야 했다. 그중 독일어가 쉽다는 이야기가 학생들 사이에 퍼졌다. 나는 생전 보도 듣도 못한 독일어를 선택해야 했다. 처음에는 독일어의 발음이 어떻게 발성되는가를 알아야 했다. 노량진 학원에 수강 신청을 했다. 점심 시간에 수강하고 집에 오면 아이들과 대충 시간을 맞출 수 있을 것 같았다.

어느 날 아이들은 개교기념일이라 쉬었다. 나는 간식을 만들어놓고 아이들끼리 집에서 놀고 있어라 했다. 부지런히 학원에 갔다 오면 될 것이다. 하지만 마음은 불편했다. 수업을 듣고 뛰어서 집으로 왔다. 아이들이 말했다. 친할머니가 백 번도 더 전화했다고. 온몸에 긴장이 서리고 가슴이 떨렸다. 내가 뭘, 또 잘못했지? 전화벨이 너무 무서웠다. 나는 남편이 올 때까지 전화를 받을 수 없었다. 저녁 식사 때 전화벨이 울렸다. 남편이 수화기를 들었다. 남편의 얼굴이 붉으락푸르락해지면서 숨소리가 거칠어졌다. 그는 말없이 조용히 듣기만 했다. 희미하게 어머니의 노기 섞인 음성이 들려왔다. 주부가 집에서 조신하게 살림하지 않고 하루 종일 싸돌아다닌다며 야단을 쳤다. 남편은 밥을 먹다가 베개를 전화기 위에 올렸다. 전화가 오면 절대로 받지 말라고 애들에게 일렀다.

큰아이가 피아노를 배우겠다고 우겼다. 나는 레슨비가 싼 곳을 찾았다. 전에 살던 연탄 주공 아파트 위층에 사는, 애들 친구 엄마의 레슨비가 가장 쌌다. 그에게 딸을 부탁했다. 그곳은 큰 도로 건널목을 건너야 했고 시장을 지나가야 했다. 시장은 애들의 천국이었다. 그는 100원짜리 동전이 필요했다. 딸은 엄마의 지갑을 몰래 열어 동전을 가져가서 무언가를 사 먹었다. 어느 날, 나는 그 사실을 알았다. 나는 어떻게 해야 할지 몰라 당황했다. 내 딸이 도둑이라니? 어찌할꼬? 어쩐다냐? 나는 상상할 수 없었다. 어떻게 하나? 어떻게? 남편은 있을 수 있는 일이라고 했다. 딸은 어린 아이니까.

하지만 나는 딸을 용서할 수 없었다. 내 직업이 교육자인데, 내 딸이 그렇게 부당한 일을 한다는 것을 이해할 수 없었다. 큰애를 불러 지갑을 확인하고는 종아리를 때렸다. 처음에는 딸의 잘못이 무엇인지 알게 하고자 종아리를 때렸다. 그런데 내가 회초리로 때리면 딸애가 피했다. 딸의 태도가 나를 더 화나게 만들었다. 나중에는 나는 내가 아니었고 사정없이 때리는 자가 되었다. 딸과 나는 서로 악녀가 되었다. 아귀다툼 하듯 때리고, 피하고, 헐떡이며 딸을 막무가내로 때렸다.

지금 생각하면 나도 어리석었다. 어떻게 교육하는 것이 바람직한지를 몰랐다. 잘못을 저지르면, 무조건 매질하는 것이 최선이라 생각했다. 딸의 잘못은 내 안의 나를 최악의 악녀로 만들었다. 도둑질이라는 죄를 생각했고, 그 악의 씨를 물리치고자 하는 집착과의 싸움이었다. 딸의 손버릇이 보일 때마다 나는 딸을 때리고 설득하고 협박했다. 딸의 도벽은 쉽게 물러서지 않았다. 딸은 소유욕이 강했고, 자기가 원하는 것에 대한 집착도 강했다. 우리는 계속 엇갈리는 인생길을 걸어야 했다.

그의 고질병은 쉽게 고쳐지지 않았다. 그 고질병이 사라지는데 10년의 세월이 걸렸다. 그 많은 세월 동안 그 고질병과 싸우는 나는 고통에 시달렸다. 내 잣대는 반듯해야 했고, 딸애의 잣대는 구불구불해도 상관없었다. 내가 아무리 잣대를 반듯하게 하려 해도 딸애의 잣대는 항상 구부러져 있었기 때문에 나는 가해자가 됐고, 딸은 피해자가 되어 상처를 받았다. 결국 딸의 상처는 결혼해서 제 자식을 키우면서도 나를 공격하며 울음을 터트렸다. 그러나 나는 딸에게 말했다. 네가 지금 이렇게 반듯하게 잘 사는 것에 나는 감사할 따름이라고. 지금에 와서 다시 반듯한 잣대를 만들 수 없을 것이라 했다.

그러나 그 후에도 우리는 각자 자기의 잣대에 맞춰 이야기하는 경우가 많았다. 그리고 자기 것이 중요하다 말했다. 그럴 때 나는 말한다. '너는 네 잣대대로 살고, 나는 내 잣대대로 살자.'라고. 서로 피해주지 말고 잘 살면 된다고. 지금은 나의 잣대가 낡았고, 네 잣대는 새롭다고. 나는 딸의 잣대를 존중하는 것이 마땅하다 했다.

*

2017년 12월 말, 온 가족이 양평 콘도로 휴가 가는 날이었다. 참가자는 큰딸네, 남동생네, 여동생네, 우리, 친정 어머니까지. 콘도에서 모이기로 했다.

토요일인데 사위가 출근을 해서 딸과 손자들은 우리 차를 타고 가기로 했다. 휴일이니까 여동생은 일찍 가자고 했으며, 우리 남편은 일찍 갈 필요 없다고 했다. 입실이 안 된다고. 내 생각에 일찍 가서 손자들 데리고 스키를 타면 좋을 텐데, 남편은 하루 종일 안 된다고 했다. 나는 수시로 몸이 안 좋아지면 큰일이니 남편의 말을 따를 수밖에 없었다. 우리는 합의를 봐서 아침 9시경에 떠나기로 했다.

동생네는 시골에서 직접 양평으로 오기로 했다. 우리는 딸네 집으로 애기들 데리러 갔다. 웅이가 작은 보라색 가방을 끌고 그 위에 곰돌이를 얹혀서 아파트 정문 쪽으로 나왔다. 우리는 딸네 짐을 차에 실었다. 바로 양평으로 달려갔다. 길은 한산했다. 첫날은 수영하고 둘째 날에 스키를 타기로 했다. 양평은 거리가 가까워서 좋았다. 콘도에서 동생들과 모두 만났다. 거기서 다시 양평시장으로 나갔다. 맛있는 곳을 찾아 점심 식사를 했다. 시장에서 칼국수와 만둣국을 잘하는 곳을 찾아 사 먹었다. 그리고 시장을 돌아다니며 구경했다.

재래시장은 천장이 있는 현대식 시장으로 바뀌었다. 나는 재래시장이 더 좋았다. 그러나 그런 시장은 사라져갔다. 어둑한 현대 건물 속으로 들어가고 싶지 않았다. 버스정류장은 할머니들이 모여 앉아 있었다. 정류장 벤치가 따끈따끈해서 나이 드신 분들이 그곳에 앉아 차를 기다렸다. 그것은 우리나라가 이렇게 잘 산다는 증표가 되었다. 노점상을 거닐면서 구경했다. 굴다리 밑에 있는 노점상에서 붕어빵을 사 먹고, 옥수수 튀긴 것을 사고, 두부를 샀다. 저녁에 구워 먹을 삼겹살은 정육점에서 따로 샀다. 그리고 시장을 빠져 나와, 차를 타고 콘도로 돌아왔다.

오자마자 방을 배정 받았다. 707호였다. 동생들에게 문자를 주었다. 707호라고. 짐을 차에서 방으로 옮겼다. 모두가 합류하고 과일을 먹으며 TV를 봤다. 30분쯤 경과하니 애기들이 심심해서 난리가 났다. 우리는 수영장으로 갔다. 그곳에서 저녁 6시까지 놀았다. 숙소로 돌아왔다. 사위가 왔고, 남동생은 감기가 들어 이불을 깔고 누워서 꼼짝을 못했다. 저녁상을 차렸다. 삼겹살에 소주, 맥주, 막걸리를 마셨다. 술은 술을 불렀다. 식사는 끝이 났는데 우리 남편과 동생의 남편은 한잔 더하겠다고 했다.

우리 부부 팀은 노래방으로 갔다. 남편과 제부는 짝짜꿍이 잘 맞았다. 둘은 노래를 즐겼다. 그곳에서 술을 마시며 즐겼다. 나와 여동생은 지겨워했다. 술은 남편의 안 좋은 습관을 일으켰다. 상대방을 공격하고, 술을 계속 먹어야 하는. 그리고 취해서 제정신이 아니었다. 그 상태에서 술을 더 시키고 노래를 부르는, 완전히 미쳐가는 것이었다. 둘이 놀든지 말든지 우리는 노래방을 나와 숙소로 들어왔다. 술은 사람들을 미친 개로 만들었다. 우리가 들어오자 친정 엄마가 잔소리를 해댔다. 신랑들을 안 데려왔다고. 여동생이 엄마에게 말했다. 엄마는 좋은 신랑 만나서 살아온 것이란 사실을 알라고. 평생을 술 먹고 난리치는 남편을 엄마가 아느냐고.

우리가 들어왔을 때, 시간은 밤 12시에 가까웠다. 양평 날씨는 서울보다 추웠다. 시골인데다 주변에 물이 많아서인지 여하튼 몹시 추웠다. 잠자리에 들었지만 잠은 오지 않았다. 눈만 감고 잠이 오기를 계속 기다렸다. 서너 시간이 지나갔다. 여동생에게 전화가 왔다. 제부가 이리 말했단다.

- 형님을 술집에서 잃어버렸어. 화장실에 갔다 오니까 형님이 없어졌어.

- 여보 당신 미쳤구나, 미쳤어.
- 큰일났네. 날씨도 추운데. 여기 양평시장 소녀상 있는 데야.
- 당신 빨리 형부 찾아, 찾으라고.
- 어떡하냐? 나는 돈도 한 푼도 없는데?
- 우리가 갈 테니까 일단 형부부터 찾아.

콘도에서 자던 사람들이 모두 일어났다. 걱정이 많았다. 큰딸이 말했다.

- 어렸을 때, 5살쯤 되었는데, 신안동 할머니네 집에서 옆집 옥실이 친구가 있었는데, 자기네 아빠가 술 먹고 돌아갔다는데 그게 무슨 말인 줄 몰랐는데. 지금 아빠를 생각하니 그럴 수 있을 것 같아.
- 야, 걱정마라. 아빠는 이제까지 그렇게 살았으니 말이다. 죽었다면 골 백 번은 더 죽었을 거다.

나는 약이 올랐다. 그리고 남편을 욕했다.

- 미쳤다. 미쳤어. 늙은 비행 소년단 같구나. 늙은이 때문에 우리가 속을 썩이고 잠을 못 잔다는 것이 말이 되냐?
- 그런데 어떻게 양평시장을 갔을까?
- 야, 원래 비행 소년들이 그런 것에는 기가 막히게 많이 아는 거 아니냐?

모두가 놀랍고 대단하다고 난리가 났다. 몸이 아파서 끙끙 앓던 남동생은 몸을 일으켰다. 몸을 감싸고 차 키를 들고 나갔다. 조카들이

- 아빠 괜찮겠어? 내가 따라갈까?

- 아니지, 내가 갈게.

여동생이 오빠를 따라 갔다. 한참 있다가 남동생이 술 취한 매형을 데리고 들어왔다. 남편은 술이 취해서 인사불성이었다. 간신히 옷을 벗기고 눕혔다. 아마 머릿속 필름은 끊겼을 것이다. 여동생은 제부에게 전화했다.

- 형부 집으로 왔으니 시장 벗어나서 택시 타고 빨리 와. 입구에서 내가 기다렸다가 택시비를 줄 테니까. 눈이 너무 많이 와서 오빠가 당신을 데리러 갈 수가 없어. 정말 미쳤어. 당신.

조금 있다가 제부와 동생이 안전하게 숙소로 돌아왔다. 친정 엄마는 계속 구시렁대면서 딸들에게 남편들을 안 데리고 왔다면서 야단을 쳤다. 막내 동생은 엄마에게 아버지가 좋은 신랑이었음을 알라고 소리쳤다. 제부는 목욕탕에 가서 한참을 씻었다. 술 취해서 몸을 가누지 못해도 항상 그렇게 씻고 잔다고 여동생은 설명했다. 그리고 모든 식구가 새벽 4시경에 다시 잠자리를 청했다.

이튿날 아침. 나는 콩나물 김치국을 끓였다. 아침 식사로 밥을 먹고 젊은 팀은 스키장으로 갔다. 술을 퍼마신 두 사람은 계속 누워 있었다. 무리를 한 남동생도 계속 아파서 이불을 쓴 채 앓는 소리를 냈다. 나와 여동생은 설거지를 끝내고 차를 몰아 양평 두물머리로 갔다. 한강은 꽁꽁 얼어 있었다. 산책로는 사람으로 꽉 찼다. 우리는 뛰다 걷다를 반복했다. 친정 엄마는 빨리 와서 남편들 밥상 차리라고 성화였다. 우리는 알아서 하게 두라 했다. 점심에 우리는 번화가를 거닐었다. 막국수 집에 들렀다. 금방 반죽한 면 반죽을 기계로 뽑아 만든 막국수는 맛있었다. 그곳을 나와 길거리 호떡을 사서 먹고 엄마가 좋아하는 엿과 남동생의 약을 사서 돌아왔다.

그날 저녁에는 모두 함께 식사를 했다. 그때 나는 선언했다. 나는 남편에게 술과 노래방에 대한 것은 졸혼하겠다고. 큰딸은 무슨 그런 소리를 하느냐고 했다. 나는 평생을 술과 그놈의 노래방 때문에 싫은 것을 함께 하는 걸 그만 하고 싶은 것이라고 했다. 그래서 함께하는 것을 졸혼하겠다고 선언했다. 아빠가 좋아하는 것은 아빠가 알아서 하라고. 나를 끼우지 말라고. 자기 친구들하고 술 먹고 즐기라고. 나를 그 속에 넣지 말라고 강하게 말했다. 딸은 '엄마, 이제 그만 하시라.' 했다. 그날 저녁은 잠이 달았다.

이튿날은 2018년 새해였다. 아침 식사를 하고 슬슬 떠날 채비를 해야 했다. 후식으로 커피를 마시고, 과일을 먹었다. 제부는 나에게 말했다.

- 이렇게 25년 동안 콘도에 초대해주신 것이 감사해요.
- 무슨 말씀을요. 함께 참여해주어서 고맙지요.
- 우리는 공무원 말단인데 어떻게 이렇게 매년 휴가를 갈 수 있겠어요.
- 나는 그래요. 돈이 있어서 떠나고 만나는 것이 아니에요. 이제는 제부네 집도 재산이 10억이 넘었으니 밥 얻어먹어도 편하게 되었네요.
- 저는 형님네가 고급 공무원이고, 강남에 살아서 돈이 항상 많은 줄 알았어요.
- 그게 무슨 소리요. 나는 항상 빚을 내서 써요. 그리고 열심히 벌어서 갚지요.
- 내가 알지. 언니네는 돈이 없어서 빚을 내서 쓰는 것을. 그러나 당신에게 말

해봐야 이해를 못하니까 말을 안 하는 거지.

- 어쩌다 강남에 살다보니 집값이 올라 그동안의 빚도 저절로 갚은 것이야. 여기 콘도 오는 것도 빚내서 오는 거야. 그동안 나는 빚을 내서 집을 샀고, 투자를 하려고 애썼지. 그래서 이자를 내고 항상 빚더미 속에서 살았지. 이제 거꾸로 집을 사는데 빚을 내듯이, 내가 필요할 때 쓰는 비용을 빚을 내서 쓰는 거라고.
- 정말 형님 존경해요. 내 머리로는 도통 맞지가 않아서요.
- 각자 제 철학을 가지고 자기식 대로 주변 사람들에게 피해주지 않고 잘 살면 성공이야.
- 우리 언니는 집 청소를 못해요. 그러나 굉장히 철저하고 꼼꼼한 스타일이야. 언니가 돈이 없어도 강남 집을 지키도록 돈을 꾸어 주었고, 안성 집 지을 때도 돈이 한푼 없는데 이자 없이 천만 원 빌려준 것이 얼마나 고마운데? 그래서 집을 지었다고.
- 나 그때도 돈 없었어. 그 돈도 마이너스 통장으로 빚내서 준 거야.
- 형님 정말 고맙습니다. 존경해요.
- 우리가 이렇게 모이고 행복하게 살면 되는 거야.

나는 집집마다 집으로 돌아가면서 짜장면 사 먹으라고 5만 원씩 주었다. 조금 있다가 상하이 조카가 나와 여동생에게 자기가 돈을 번다고 10만 원씩을 주었다. '아이고 우리 후은이가 다 컸네. 내가 돈을 다 받다니 말이다. 아빠가 퇴직해서 막내 동생 학비와 생활비도 내는데. 아이고, 착하구나.' 하고 칭찬했다. 그리고 각자 짐을 싸서 잘가라고 외치며 헤어졌다.

모두에게 즐거운 휴가가 되었으리라.

*

나는 지금 나의 어리석음을 되돌아보는 중이다.

지금으로부터 삼십 년 전이었다. 나는 대학을 졸업했고, 이종 사촌인 창순이는 고등학교를 중퇴했다. 나이 차이가 6살 쯤 됐다. 나는 결혼을 했고 창순이은 결혼하지 않았을 때다. 창순이는 속된 말로 깡시골에서 살았다. 그의 엄마와 아빠는 서울에서 살았다. 그는 가난해서 할머니를 모시고 시골에서 살았다. 거기서 초등학교를 다녔다. 그가 학교에 가는 어느 날, 미술도구를 준비해야 하는데 아무도 돈을 주지 않아서 학교를 못 갔다. 그날 창순이는 대문에서 하루 종일 악을 쓰고 울었다. 지나가는 동네 사람이 창순이를 보고 '애가 지독스럽게 울어. 아이고 지독하네.'라며 욕했다.

창순이는 학교를 가다 말다 했다. 그는 학교에 가게 되면 가고, 갈 수 없으면 안 갔다. 점심은 대부분 굶고 살았다. 세월이 지나갔다. 창순이는 어린 마음에 돈을 벌 수 있는 것이 없을까 생각했다. 밭에서 나는 야채 푸성귀를 따다가 어른들처럼 시골장에서 팔았다. 사람들은 어린 것을 불쌍히 여겨 푸성귀를 잘 사줬다. 그는 신이 났다. 장날마다 이것저것 야채를 뜯어 장에 가면 근처 아줌마가 불쌍하다면서 몽땅 팔아주었다. 그때부터 창순이는 장사를 해서 돈 버는 즐거움을 알았다. 세월은 흘러갔다. 할아버지, 할머니는 병이 들어서 죽어갔고, 창순이는 할머니와 할아버지의 똥 수발을 하며 시골 학교를 가다 말다 했다. 그냥저냥 시골 고등학교를 다닐 때, 수발하던 할머니와 할아버지가 죽었다. 그리고 창순이는 서울에 있는 엄마, 아빠네 집으로 옮겨왔다. 창순이는 공부에 뜻이 없었다. 그는 언니가 형부랑 장사하는 동대문 시장에서 심부름을 해주었다. 그는 그곳에서 시장 사람들의 돈 버는 방법을 알아갔다.

그는 작은 가게를 빌렸다. 처음에 그는 공장에서 만든 옷 중 잘 팔릴 수 있는 옷을 싸게 사들여서 적당한 이익을 붙인 뒤 도매 값으로 전국 옷가게 주인에게 팔았다. 그는 수완이 좋았다. 나날이 돈을 벌었다. 그는 돈 버는 귀신이 되어갔다. 다시 그는 옷 파는 시스템을 바꾸었다. 그가 직접 옷감을 주문하고 디자인해서 공장에 맡겨 옷을 만들었다. 그가 만든 옷은 불티나게 팔렸다. 이익도 두 배로 났다. 그는 그야말로 돈 버는 기계가 되었다. 그는 새벽 2시경 일어났다. 그리고 출근했다. 전날 만든 옷을 진열하고 손님을 받았다. 전국에서 몰려 온 손님들은 그 옷을 순식간에 모두 사 버렸다.

그의 가게가 끝이 나는 시간은 다음 날 새벽 4시경이었다. 슬슬 가게 문을 닫을 준비를 하고, 차를 마셨다. 아침식사를 하고 주변 상인들과 이바구를 하다보면 6시가 되었다. 그리고 그는 집으로 와서 못잔 잠을 잤다. 그렇게 잠들면 아침 11시경 깨어났다. 다시 출근 준비를 했다. 그는 서울에서 유명한 백화점을 순회했다. 거기서 그는 유행할 옷을 찾아냈다. 그리고 곧 옷감을 가게로 옮겨갔다. 그곳에서 옷감을 골랐다. 다시 옷 공장에 가서 머릿속에 그려진 디자인을 즉석에서 알려주며 자기가 선택한 옷감으로 몇 백 벌을 제작하게 했다. 그 옷은 바로 제작에 들어가 이튿날, 혹은 모레 새벽 2시까지 가게로 배달됐다.

창순이 가게에는 사람들이 몰렸다. 상인들은 전국에서 왔다. 그가 디자인한 옷만 팔렸다. 옷이 도착하면 자신이 만든 옷을 옆집 가게 사람들이 볼 수 없도록 하기 위해 애썼다. 그 옷이 잘 팔려 나가니까 그들은 바로 본을 따서 그 옷을 만들어 냈고, 다른 가게들이 자기 옷이야말로 진본이라며 상인들을 흔들어놓았다. 그래서 창순이는 새로 만든 옷을 감추었고 자기 고객을 지키려고 애썼다. 그는 옷을 펼치고 진열하지 못했다. 그 옷을 본 따는 사람들 때문에 그는 피가 말랐다.

그는 악바리가 되어갔다. 다른 상인들과의 싸움이 잦았다. 상인들은 그를 감시했다. 어렸지만 장사를 잘했기 때문이다. 그는 그야말로 돈을 찍어내는 기계가 되었다. 그는 가게를 샀고, 또 다른 가게를 늘렸다. 그때 우리는 안양 주공 13평 아파트에 살았다. 아파트가 낡아서 벽이나 천장이 써금써금 했다. 화장실 벽면이 세면대와 붙었고, 변기가 붙어서 움직일 수 없었다. 우리 아파트 단지 옆에 있던 넓은 비닐하우스 단지는 새로운 아파트 단지가 되었다. 창순이는 그 단지의 69평 아파트를 사서 혼자 이사 왔다. 그리고 나를 초대했다.

나는 아이들을 데리고 그 집을 찾아갔다. 들어가는 입구부터 달랐다. 내 눈에는 어느 나라 공주의 궁궐 같았다. 현관은 화려했다. 필요한 곳에서는 돈 냄새가 났다. 화장대 위에 예쁜 보석 같은 것이 진열되어 있었다. 순간 우리 애가 좋아해서 손이 탈 수 있겠구나 하고 생각했다. 창순이는 우리를 대접하려고 갈비를 굽고 맛있는 요리를 만들어주었다. 그는 나를 보며 생각이 많았을 것이다. 물론 나도 그랬다. 그는 항상 공부에 대한 콤플렉스가 있었다. 그는 책 읽는 자를 제일 미워했다. 나는 책을 좋아했으니 그의 적이고 원수였다. 그때 그는 승자였고, 나는 패자였다. 공부나 책은 돈을 벌어주지 못하고 승자로 만들어주지 않으니, 그가 얼마나 행복하고 기뻤겠는가?

나는 책 읽기를 좋아했다. 그러나 책만 읽을 수는 없었다. 젊어서는 일이 너무 많아서 책 읽을 시간을 낼 수 없었다. 지금은 읽고 싶어도 시야가 흐리고 두통이 일어나서 읽기가 힘들다. 책을 조금 읽으면 하얀 안개가 눈을 가로 막았다. 그래서 나는 시간이 나면 열심히 걷는다. 건강해야 좋아하는 일을 할 수 있으니까. 오늘 우연히 읽은 책인 오쇼의 『삶의 길 흰 구름의 길』 속에 이런 구절이 있었다.

> 종교에는 두 가지 형태가 있다. 하나는 머리의 종교이며, 그것은 죽은 종교이다. 그 종교는 신학이라고 알려져 있다. 그리고 또 다른 형태의 종교가 있는데 그것은 진실하고 자연 발생적이다. 그것은 신학적이 아니라 신비적이다. 힌두교는 그들만의 신학을 갖고 있다. 회교도 그들만의 신학을, 기독교 역시 다른 신학을 갖고 있다. 그러나 종교와 신비의 종교는 동일하다. 그것은 다를 수가 없다.

붓다와 예수, 장자와 노자, 이들은 동일하다. 그들은 모두 같다. 그들은 신학자가 아니기 때문이다. 그들은 머리로 말하지 않는다. 그들은 단순히 그들의 가슴으로부터 쏟아낸다. 그들은 논리적이지 않다. 그들은 시인이다. 그들은 성경에 적힌 그 무엇을 말하지 않는다. 그들은 그것을 위해 훈련을 쌓지도 않았다. 그들은 단순히 그대들 내면의 필요에 따라 반응한다.

그렇다. 모든 것을 머리로 말하지 말며, 내 가슴에서 쏟아지는 것을 말하고, 행동하며, 살면 자연스럽게 살 수 있음을 나는 깨닫는 것이다. 우리는 모두 사랑할 수 있다. 그러나 사랑은 노력해서 되는 것이 아니라 자연 발생적으로 일어나는 것을 말하는 것이리라. 그것은 모든 것을 교육받아, 배워야만 한다는 문제가 있는 것이다. 친구 되는 법, 사랑하는 법 등을 훈련 받거나, 방송을 통해서 듣고, 방법을 터득하는, 그렇게 해서 성공하는 것은 결국 모든 것을 잃어버리는 것이다. 그런 것은 배움의 과정이 아니다. 그것은 저절로 무엇이 일어나는 것처럼 그대로 일어나는 것이다.

다시 돌아가서, 나는 공부를 열심히 한 거지였고, 공부에 관심은 있었으나 할 수 없었던 창순이는 부자였다. 공부나 책에 대한 나의 믿음은 자랑이고 힘이었지만, 공부는 나에게 쓸모없는 전리품으로 전락했다. 창순이는 69평 아파트를 찬찬히 우리 애들과 나에게 구경시켰다. 창 너머의 새로운 세상을 창순이는 보여주며 설명했다. 분명 그곳은 나와 상관없는 세상이었다. 이종 사촌 창순이는 그동안 나에게 주눅들었던 삶을, 자기 스스로 하늘 높이 드높였다. 그에 비해 그는 나의 삶을 땅 아래로 끌어내렸다. 그곳에서 나는 어둡고 추운 말할 수 없는 상황에 처했다.

창순이는 갈비를 구워 우리에게 대접했다. 거실에서 커다란 꽃나무가 집을 지켰다. 장식은 하나도 없었다. 창순이는 미혼이었고, 돈이 되는 물건으로 그 아파트를 분양받았다. 그는 돈 냄새를 잘 맡았다. 혼자 사는 그 집은 너무 컸다. 안방 화장대에 예쁜 보석 반지가 진열되었다. 그것은 가짜 반지였다. 그것은 내 큰딸의 호기심을 불러일으키는 물건이었다. 결국 딸은 붉은 보석 반지를 옷 속에 숨겨서 집으로 왔고, 그날 딸은 나에게 종아리를 맞았다. 딸애의 손버릇 때문에 나와 그의 싸움은 계속되었다. 딸의 집착은 강했다. 나는 그것을 참을 수 없어 했다. 나는 그를 때렸고 딸은 '잘못했어요. 다시는 안 그럴게요.'를 외쳤다.

큰딸이 초등학교 2학년 때.

나는 딸의 손버릇을 고민했다. 처음부터 담임 선생님을 찾았다. 그 반에서 사용할 시험지 용지를 한 묶음 사서 들고, 면담을 했다. '우리 애는 마음이 여린 것과 별개로 가지고 싶은 것은 반드시 손에 넣으려 하는 집착이 강합니다. 그 집착으로 나쁜 손버릇이 생길 수 있으니 잘 보살펴 주세요. 잘못이 있으면 혼내주시고, 변상할 일이 생기면 변상하겠습니다. 잘 부탁합니다.'라고. 선생님은 '착한 애이니까 걱정마시라.'라고 했다. 그리고 우리 애는 무사히 2학년을 끝마쳤다.

나는 왜 큰애에게 손버릇이 생겼을까 생각했다. 그것은 친할머니 탓도 있었을 것이다. 시어머니 집은 일수놀이를 했고, 항상 돈 통이 방바닥에 놓여 있었다. 그 돈 통에는 100원짜리 동전이 가득 했다. 시댁에 가면 딸은 수시로 그 돈 통 속에서 돈을 꺼내다가 가게로 가서 사 먹고 싶은 것을 사 먹었다. 그곳에서 그는 사고 싶은 것은 무엇이든 살 수 있었다. 시댁에서 함께 살 때 길든 습관이 나이 들어서도 유지되었고, 자기 욕망을 채우기 위해 엄마 지갑을 여는 등의 행동을 하는 것으로 생각했다.

그렇게 혼나고 종아리를 맞아도 그 병은 계속 도졌다. 지갑에 있던 동전이 몽땅 사라졌다. 학교에서 돌아온 딸 아이를 확인했다. 딸은 그 돈으로 자기의 욕망을 채웠다. 나는 어떻게 그 버릇을 고쳐야 할지 고민했다. 나는 그의 머리카락을 잘랐다. 그가 좋아하고 사랑하는 머리카락이었다. 나는 그를 붙들고 경찰서로 가겠다고 협박했다. 그는 울면서 다시는 안 그러겠다고 다짐했다. 그렇게 우리는 또 다시 악녀와 악동이 되어 싸워댔다.

큰딸과 나는 싸울 일이 많았다. 딸은 먹는 것을 좋아했다. 있는 대로 먹어치웠다. 그는 비만이 되어가고 있었다. 다리와 다리가 딱 달라붙어서 걸을 수가 없었다. 나는 딸을 보면 '그만 먹어.' '먹지 마.'라는 말을 입에 달고 살았다. 친척들이 오면 딸은 아이스크림을 사 달라고 졸랐고, 나는 절대 안 된다고 버텼다. 무조건 쭈쭈바 같은 얼음과자만 허용했다.

큰딸은 키가 결코 작지 않았다. 그러나 몸이 뚱뚱해서 예쁜 옷을 입을 수 없었다. 몸통은 중학생이고 키는 초등학생이라 그런 옷을 찾아야 했다. 그가 입고 싶은 옷은 몸에 맞지 않았다. 그는 심통을 부렸다. '그러게 많이 먹지 말라니까.' 하는 말도 그에게 늘 하던 말이었다.

작은놈은 적당량, 먹을 만큼만 먹었다. 작은애가 옷을 입으면 날씬해서인지 전부 어울렸다. 그 옷은 공주님 옷이 됐다.

작은놈이 소풍을 갔다가 아파트 담벼락을 거닐더니 이내 사라졌다. 분명 10층 위에서 그의 T셔츠를 봤었기에 의아했다. 1시간 후 에도 나타나지 않았다. 이상했다. 가보니 그는 담벼락에서 소풍에 싸갔던 백을 펼쳐놓고 음식을 먹고 있었다. 집에 오면 언니가 전부 뺏어 먹어서 자신은 먹을 수가 없을 것이라면서.

나는 어느 날 학부형 모임에 참가했다. 그곳에서 작은애 친구의 모친인 윤 엄마를 만났다. 그는 큰애에게 피아노를 가르치고 있었고, 작은애에게도 피아노를 가르쳐주기로 했다. 그는 우리가 살던 주공 아파트 4층에 살았다. 그 엄마는 영리하고 똑똑했다. 그는 부동산에 관심이 많았다. 윤 엄마네 둘째 시아주버니 부인은 강남 부동산의 달인이었다. 그 둘째 큰엄마는 강남에 투자를 많이 했고, 시아주버니는 국정원 소속이라며 대단한 사람이라고 자랑했다. 윤 엄마도 큰엄마 못지않게 그쪽으로 눈이 빨랐다. 움직임도 잽쌌다. 그는 학원비를 저렴하게 해주면서 나를 꼬드겼다.

나는 매사에 어리숙했다. 나는 느렸고, 둔했다. 지리를 몰라 힘들었다. 경기도는 나와 맞았다. 반대로 서울은 빠르고 힘찼으며, 폭발해야 사는 곳이라 무섭고 두려웠다. 더구나 강남은 나와 상관없는 먼 곳이었다. 그곳은 남의 나라, 남의 동네일 뿐이었다. 그는 나를 데리고 강남으로 갔다. 강남의 끝은 산이었다. 산 밑에 먼지 낀 길이 열렸고, 차가 없었다. 길 옆에 낡고 허름한 작은 연탄 아파트가 옹기종기 모여 있었다. 내가 전에 살던 아파트와 똑같았다.

그곳은 이름만 강남이었다. 그곳은 나와 친밀했고, 나와 가까운 세상이었다. 마음이 편안했다. 윤 엄마는 부동산을 찾았다. 그는 우리 이름으로 함께 아파트를 사자고 했다. 나는 '예?', '그래요?' 하고 무슨 뜻인지를 되물어야 했다. 그러다 얼떨결에 '그럼, 그러지요.' 했다. 친구 따라 강남을 간다더니 내가 그랬다. 모든 절차를 그가 진행했고, 돈의 비용을 1/2씩 내기로 했다. 지금 기억으로 집값에 전세 자금을 빼면 200만 원쯤 되었고, 부대비용에 여러 가지 잡비를 합쳐서 둘이 나누면 150만 원씩 들었다. 그것은 남편의 8개월치 월급이었다. 나는 그것을 어떻게 감당했을까? 친정에서 빌렸던지 그랬을 것이다.

그때부터 윤 엄마는 계속 집을 샀다. 산 밑에도 사고, 개울 건너 언덕빼기 쪽, 학교 근처도 샀다. 그는 잘도 샀다. 윤 아빠가 회사를 옮기면서 퇴직 정산을 한 돈이라 했다. 그는 가끔 나를 불러 새 곳을 사려할 때 나를 끼워주었다. 내 남편 이름을 빌리고자 할 때, 나는 그 의미를 몰랐다. 그가 내 남편 이름으로 샀고 이번에도 비용을 1/2씩 내자하면 고개를 끄덕이고 그렇게 했다. 그리고 내가 읽은 책처럼 10채를 사서 10년 후에 5채를 파는 것이 합당한 일이라 생각했다. 그것만이 희망과 꿈을 실현하는 길이었다. 해가 갈수록 전세금은 올랐고, 전세금을 받으면 윤 엄마와 나는 집을 샀을 것이다.

어느 해 봄. 윤 엄마는 강남으로 이사를 갔다. 윤 엄마는 아이들이 강남의 좋은 학군에 있는 중학교 배정을 받으려면 초등학교 3학년부터 다녀야 한다고 했다. 아이들이 강남 쪽 학교를 다니면 좋은 대학에 쉽게 갈 수 있다는 것이었다. 그 당시 서울 근교 학부형들은 강남 학교에 목을 맸다. 그들 따라 나도 우리 애들을 잘 키우겠다는 생각이 짙어졌다. 우리가 사는 아파트 사람들도 애가 학교에 입학하면 곧 서울로 떠났다. 나도 그들이 간 곳을 따라 가야 하는 것이라 생각했다.

윤 엄마가 이사 간 곳은 작지만 무척 비쌌다. 나와 함께 산 집보다도 가격이 월등히 높았다. 그가 산 집을 하나 팔고도 다른 직장으로 옮길 때 받은 퇴직금을 합쳐야 나올 수 있는 액수였다. 나는 고민했다. 내가 살고 있는 집을 팔아도 강남에 있는 가장 작은 아파트의 전세금에도 못 미쳤다. 나는 머리를 굴리기 시작했다. 내 주위에 누가 돈이 있는지를 생각했다. 그리고 청량리 고모를 꼬드겼다. 그 고모의 남편이 돈을 잘 벌었다. 한일 건설 소장이었다. 서울역 지하철 공사를 관장했다. 전에는 사우디 건설장에서 근무했다.

나는 고모에게 제안했다. 강남 쪽 아파트를 사서 우리에게 전세를 놓으면 어떻겠냐고. 그 대신 남편 이름으로 사면 어떻겠냐고. 고모는 며칠을 생각했다. 그리고 그러겠다 했다. 고모네 집은 청량리에 대형 주택으로, 연속극에 나오는 화려한 집을 짓고 살았다. 나는 강남 쪽에 집을 사되 지방으로 이동하기 좋은 쪽, 교통이 편리한 쪽을 선택했다. 가장 작은 곳, 관리비가 적은 곳, 초등학교가 가까운 곳을 선택했다. 청량리 고모가 집을 사되, 우리가 전세를 사는 것으로.

윤 엄마가 이사 간 후 우리도 뒤따라 이사를 갔다. 그의 집과 우리 집은 거리가 멀었다. 그는 강남의 남쪽 끝, 우리는 강남의 북쪽 끝에 있었다. 거리가 멀어서 소통하는 일이 드물었다.

게다가 강남의 물가는 비쌌다. 30% 이상 식품가가 높았다. 나는 과일을 살 수 없었다. 내가 산 집의 숫자는 많았지만, 생활은 더 쪼들렸다.

*

아버지가 폐암으로 가는 날, 아버지는 나를 찾았다. 나는 아이들을 데리고 아버지가 계신 시골 국립병원으로 달려갔다. 아버지는 가늘고 긴 몸체로 뼈만 앙상했다. 그는 고통으로 온몸을 흔들었다. 나는 수시로 따뜻한 수건을 가지고 아버지 몸을 닦았다. 당신은 그것을 좋아했다. 기침이 일어나면 자지러졌고, 기침이 멈추면 몸을 비스듬히 누었다. 다시 기침이 솟구쳤고, 몸은 하늘로 솟으며 자지러졌다. 차마 볼 수 없는 광경이었다. 그리고 숨이 멈췄다. 의사가 왔다. 쇳덩이를 가슴에 올려 진동으로 압박했다. 아버지의 몸이 몇 번 하늘 높이 몸이 솟구쳤다가 내려앉았다. 그리고 맥박이 머졌다.

고통과 싸우는 아버지를 그냥 보내고 싶었다. 내 얼굴을 보고 싶어 했지만, 아버지는 내 눈만 마주치고 그대로 갔다. 그가 죽을 때 그는 이미 작은 뼈가 이어진 철사의 이음줄이었다. 당시 아버지의 나이는 59세였다. 죽기 전에 며느리를 맞이하겠다는 것이 당신의 뜻이었다. 아버지의 죽음은 이 세상을 텅 비게 한 장소가 됐다.

아버지의 부재는 모두를 허하게 했다. 옆구리가 허했고, 보이는 것들이 부실해졌다. 마음이 오그라들고 내 안의 나는 춥기만 했다. 동생들도 불쌍했고, 어머니도 불쌍했다. 모든 것이 가냘프고, 기운 없어, 모두가 사라질까 두려웠다.

동생이 죽었을 때와 달리 어머니는 강했다. 매사를 빠르게, 즉시 정리했고, 명확히 할 일과 못할 일을 구분했다. 아버지가 죽기 전, 아버지는 새 아파트에서 살고 싶어 했다. 어머니는 현대 아파트를 구입해서 아버지가 그곳에서 살게 했고, 그곳으로 식구들이 몽땅 이사를 갔다. 그곳에서 작은 아들을 결혼시켰다. 거기서 아들네와 막내 동생 등이 함께 살았다. 처음 아파트에 입주해서 아버지가 사실 때, 아이들을 데리고 친정 나들이를 가면 우리는 그렇게 행복할 수가 없었다. 넓은 공간, 겨울은 따뜻하고 여름은 시원했다. 항상 뜨거운 물과 찬물이 나오는 목욕탕이 있었고, 손자들 말을 잘 들어주는 하부(외할아버지)가 있었기에….

아버지의 첫 제삿날, 우리 식구가 전부 참석했다. 아침부터 바빴다. 그날 12시가 넘어서야 며느리가 일어났다. 그거를 보고 나는 가슴이 떨렸다. 며느리로서 이것은 아니지 않는가? 이런 날 적어도, 며느리는 일찍 일어나서 아침상을 차릴 줄 아는 사람이어야 하지 않는가? 어찌 손님들이 있는데, 며느리가 12시 넘어서 일어날 수 있을까? 나는 며느리를 이해할 수 없었다. 그런데 우리 어머니가 아무 소리를 못하는 것이 더 웃겼다.

강한 우리 어머니가 왜 아무 말도 못하는 것일까?

며느리가 회사를 다니는 것도 아니고, 특별히 애를 가진 것도 아니었다. 그런데도 그는 늦게 자고 늦게 일어나야 몸이 풀린다고 했다. 그의 친정 아버지, 어머니는 부지런했고, 사람다웠다. 그런데 그 집 막내딸은 그렇지 못했다. 우리 아버지가 죽기 전, 아버지의 성화로, 아들이 연애하던 여학생과 빨리 결혼을 시켰던 것이다. 그 후 그 아파트에서 동생네는 한참을 살았는데, 남동생은 직장을 서울로 옮겼다. 어머니는 집을 사야 한다면서 먼저 계약금 300만 원을 나에게 주고 서울로 간 며느리에게 전달하라 했다. 그래서 그 계약금을 주었다.

그 후 전세 계약하는 날, 며느리는 그 계약금을 모두 다 써버렸다 했다. 나는 뒤통수를 맞는 기분이었다. 아니 어찌 이럴 수가 있는 것인가 말이다. 그때부터 며느리에게 문제가 있다는 편린이 보였지만 우리는 몰랐고, 평생 그 며느리 때문에 우리 집은 힘들었던 것이다. 결국 내가 13평 주공 아파트를 살 때, 그들에게 건너편 맨션 34평 아파트를 엄마가 사주었다. 그때부터 모든 재산은 며느리 손에서 흩어졌던 것이었다.

아버지가 죽고, 아들은 서울로, 막내는 우리 집으로, 엄마는 시골 친정, 외할아버지 댁으로 갔다. 그곳에서 엄마는 외할머니, 외할아버지가 90세를 넘길 때까지 보살폈다. 그리고 그곳에서 우리 어머니도 지금까지(올해로 90세) 살고 있다.

*

2014년 12월 말, 눈이 너무 많이 쌓였다.

그날은 남편과 내가 역사를 쓴 날이 됐다. 그날 우리는 축령산을 올랐다. 우리가 다니는 등산로는 사람이 잘 다니지 않는 곳이었다. 항상 가던 익숙한 길이지만, 눈이 너무 쌓여서 길이 보이지 않았다. 산길은 눈만 쌓였다. 눈이 무릎까지 올라왔다. 한 사람의 발자국이 보였다. 그 발자국을 따라 올랐다. 그 발자국이 사라졌다. 산 쪽의 눈과 계곡 쪽의 눈은 평평했다. 눈 위에 나무만 서 있었다. 길과 산과 계곡에 눈이 있을 뿐이었다. 난감했다. 일단 계곡을 따라 오르고, 산 쪽의 익숙한 바위를 목표로 정했다.

왼쪽 산줄기 끝 바위벽과 오른쪽 계곡 바위 끝이 마주치는 곳에서 왼쪽 산줄기를 따라 오르면 될 것 같았다. 눈과 계곡바위를 번갈아 밟으면서 걸었다. 우리는 최초의 눈밭을 걷는 역사를 찍는 기분을 느꼈다. 눈밭을 찍는 다리는 무겁고 힘겨웠다. 발자국은 깊었고, 한 발 한 발 이동할 때마다 눈이 엉겨서 쇠뭉치를 달고 가는 것처럼 힘들었다. 시간이 지나갈수록 몸은 더 무거워졌고 지쳐 갔다. 목표점을 지났다. 우리가 가고자 하는 길을 우리는 갈 수 없었다. 눈이 알 수 없는 길로 우리를 내몰았다.

우리는 계획을 수정했다. 우리가 자주 들렀던 숯 가마터를 찾았다. 그곳에서 뜨거운 차로 몸을 달랬다. 다시 목표를 수정했다. 항상 쉬던 바위 쪽으로 올라갔다. 길은 없었다. 바위도 눈으로 덮였다. 저 높이 공중에 서 있던 소나무 숲 바위가 보일 뿐이었다. 우리는 상하구분 없이 눈을 밟고, 보이는 바위를 향해 계속 전진했다. 우리가 가던 길이 아니었다. 가장 가파른 곳으로, 평소에는 갈 수 없던 길을 우리는 눈을 바닥삼아 기어올랐다. 그 길은 갈 수 없는, 상상할 수 없는 길이었다. 어떻게 이럴 수가 있을까?

공중 소나무 바위까지 올라왔다. 나는 그곳에서 하늘과 땅, 건너편의 산, 마을, 나무, 숲, 산등성이를 향해 기도했다. 우리가 이 산을 무사히 안전하게 잘 올라갔다 내려오게 해달라고. 온 천지에 바람 한 점이 없었다. 세상이 고요했다. 이곳은 분명 지상의 낙원이었다. 거기에는 고요, 평화, 깨끗함, 적막, 침묵이 있었다.

이곳에서만 느낄 수 있는 세상이 있었다. 나는 이곳이 좋았다. 이곳은 누구를 지배하고, 예속하는 공간이 아니었고, 욕심으로 세상을 만들지도 않았다. 있는 그대로 공존하며 서로를 알면 되었다. 여기를 왔다 가면 마음이 평화로웠다. 소나무는 소나무이고, 나는 나일 뿐이다. 바위는 바위이고, 바람은 바람이다. 시원한 바람이 내 얼굴을 스치면 상큼하고 신선했다. 매서운 바람이 일어나서 나를 휘몰아 가면 그것으로 끝이었다.

햇빛이 스며드는 헬기장에서 쉬었다. 자리를 깔고 보온병에 싸간 떡국으로 허기진 배를 채웠다. 헬기장은 사람으로 꽉 찼다. 곳곳을 무리지어 온 사람들이 차지했다. 사람들은 시끄러웠다. 그곳은 조용할 수 없었다. 우리는 잠시 쉬었다가 하산했다. 우리가 가는 길은 샛길이었다. 계곡과 계곡 사이로 짐승들이 오고갔다. 작은 발자국, 큰 발자국. 그 짐승들이 지나간 계곡은 얕고 평평했다. 그곳을 따라가고 싶었다. 굴곡진 험한 계곡이지만, 발자국은 용케 이동할 수 있는 쉬운 길이었다.

그 길은 분명 사람들이 갈 수 없는 길이라 했는데, 동물들이 눈 위에 그들의 길을 새겼고 우리가 따라갈 수 있는 길로 보였다. 어쩌면 인간의 길보다 동물의 길이 쉬울 것이다. 인간의 길은 산허리를 깎아서 만든 길이었고, 동물의 길은 굴곡진 산등성 험한 길 중 그들만의 길로 만들어 길들인 곳이었다. 인간은 너무나 인간 중심적으로, 자연을 훼손했다. 동물처럼 자연에 맞춰 자기의 길을 찾으려 하지 않았다. 자연에게 미안했다. 그리고 우리는 이렇게 많은 눈을 무사히 넘어 하산했다. 후에 이 눈은 메마른 한강물을 풍요롭게 할 것이었다.

한 주가 지나서 멈췄던 글을 쓰려고 하면, 쉽게 적을 수가 없었다. 글을 쓰려 하면 할수록 글이 없어졌다. 말이 엉키고 생각이 뒤섞였다. 이쪽을 쓰려면, 저쪽이 나왔고, 저쪽을 따라하려면 이쪽이 글을 막았다. 차라리 잘 기억나는 것을 낚아채야 했다.

*

12월 중순, 남편의 행대 대학원 동기 모임에 참석했다.

부부모임을 하면, 사무총장 부인을 중심으로 이야기를 하게 됐다. 그의 딸과 사위들은 의사였다. 큰 사위가 소개해서 작은 사위를 봤다. 사위 둘은 의대 선후배였다. 큰 사위가 후배를 소개 했을 때, 결혼을 빨리 재촉했다. 장모님이 무서운 사람이므로 빨리하지 않으면 안 된다 했다. 딸 둘도 의사였다. 큰딸은 한의사, 작은딸은 양의사였다. 사무총장 부인이 두 사위를 볼 때, 그 집안은 말 그대로 경사가 났다. 한 집에 의사가 4명이었으니 말이다. 정말 대단했다. 의사 한 명 만들기도 쉽지 않은 일인데. 그래서 그 부인은 훌륭한 어머니였고, 장모님이었다. 그의 어깨에 훈장을 달아주어야 했다.

나는 그 부인을 만나면 마음을 졸였다. 같은 처지였고, 같은 남편의 동료이지만 내가 키운 자식은 그들에 비해 형편이 없었다. 그의 자식은 높았고, 나의 자식은 낮았다. 나도 열심히 내 애들을 훌륭하게 키워보려 애썼지만 전부 허사였다. 우리 애가 어렸을 때 우리는 공부가 최고였고, 공부만 열심히 시키면 선두주자가 될 것이라 믿어 의심치 않았다. 그러나 우리 애들은 공부를 싫어했다. 싫어하는 공부를 억지로 시켰으니 애들과 나는 항상 싸움을 해야 했다.

나는 공부, 공부, 공부하며 집착했다. 큰애는 틈만 생기면 나를 피했고 헛짓에 집착했다. 다른 집 애들은 잘하는 공부를 우리 집 애들은 마지못해 했다. 애들은 엄마에게 혼나지 않으려고 할 수 없이 공부했다. 남편은 아이들 공부 잘하는 것이 소원이었다. 남편은 수련장이 없어서 밤을 새가며 남의 수련장을 베끼면서 공부했다. 우리 애가 사달라는 수련장을 모두 사주었다. 그러나 그 수련장은 어느 날 하나도 풀지 않고 그대로 쓰레기통으로 들어갔다.

'어찌할꼬? 어찌할꼬?'

연말연시 가족모임 때 도착한 우리 애의 성적표는 바닥을 쳤다. 남편은 가족모임 가려고 입었던 외출복을 그대로 벗고 모임을 취소했다.

큰애가 중학생이 되었다. 나는 컸으니 좀 나아지길 바랐다. 하지만 큰애는 공부를 더 멀리 했다. 그는 머리에만 신경 썼다. 젓가락으로 머리를 돌돌 말았다. 아침마다 머리를 핀으로 말아 고데기한 것처럼 만드는데 시간을 보냈다. 나는 딸을 이해할 수 없었다. 나는 중학생일 때 영어 단어 메모지를 가지고 외우면서 학교에 갔고, 외우면서 집으로 돌아왔다. 어떻게 하면 공부를 더 열심히 하고 잘할 수 있을까에 집중했다. 그때 반 뒤에서 서성이던 날나리 학생들은 머리와 교복, 남학생에게만 신경 썼다. 그런데 내 딸이 머리 말기에 집착하다니….

어느 날, 딸애가 다시 목욕탕 거울을 보며 머리를 매만졌다. 학교 갈 시간이 촉박했다. 나는 딸에게 말했다.

- 잘 됐다. 너 좋아하는 미용사 하면 되겠다.

- 나 미용사 안 해.

- 아니, 네가 좋아하는데 왜 안 해?

- 아니라구, 안 해.

그리고는 빠르게 학교로 달려갔다. 큰딸은 어릴 때부터 피아노를 배우겠다고 노래를 했고, 피아노를 쳤다. 배울 때 약속했다. 하다가 안 한다 하려면 배우지 말라고. 그럴 일 없다 해서 배우게 했고, 중학교에 들어가서도 계속 레슨을 받았다. 나는 큰딸이 공부가 아니면 피아노 쪽으로 전공시키겠다고 다짐했다. 서울에 있는 좋은 대학이 아니라 지방대 피아노과라도 졸업하면, 나는 피아노 10대를 사주고, 학원 레슨자가 되기를 바랐다.

큰딸이 고등학교 2학년 때였다. 피아노 학원 원장이 나에게 레슨비를 못 받겠다 했다. 딸이 오랫동안 피아노 레슨을 받지 않았다고 했다. 나는 딸을 이해할 수가 없었다. 그래서 물었다. 왜 레슨을 받지 않고 레슨비만 주었냐고. 딸은 만일 피아노 전공을 하려면 이미 유학을 갔어야 했다고 답했다. 딸과 나는 정서가 맞지 않았다. 나는 딱딱한 직선적 사고라면, 딸은 자유 분방한 유연한 사고를 가진 아이였다. 그는 자기 맘대로 자유롭게 흘러가야 하는 아이였는데… 나는 직선적 사고로 얼핏 보면 무질서해 보이는 딸의 유연한 사고를 이해할 수 없었다. 우리는 항상 서로 충돌했고, 불편한 관계를 가진 어미와 딸이 되었다.

어느 날 딸은 이과로 옮겼다. 왜 옮기냐는 내 말에 딸은 의사가 돈을 많이 벌겠다고 했다. 나는 비웃었다.

- 야, 임마 너 욕심이 많구나. 의사는 아무나 되냐? 네가 싫어하는 공부를 한다고?

딸은 그렇게 고집을 부려, 이과로 고등학교를 졸업했다. 큰딸은 수학이 부족했다. 그리고 학교마다 낙방했다. 재수를 해도 쉽게 대학에 들어가지 못했다. 결국 문과로 바꾸고 영어 만점을 얻어 특차로 한 번에 대학에 입학했다. 그가 간 인문계 학과는 철학과였다. 그가 대학에서 어떻게 철학 공부를 했는지 나는 모른다. 그의 머리 속에 철학이 들어있다? 노자, 공자, 맹자? 그가 그렇게 어려운 공부를 어떻게 했는지 알 수 없었다. 그러나 무슨 책에서 철학과는 인생을 철학적으로 아주 잘 살 것이라는 말을 들었다.

그는 대학에 가서 열심히 아르바이트를 했다. 음식점의 서빙, 베스킨 라빈스 등, 용돈을 벌어 그의 욕망을 채웠다. 신을 샀고, 옷을 샀다. 그리고 제 머리를 멋대로 파마하고, 마음에 안 들면 풀었다. 나는 그가 항상 못마땅했다. 학생은 학생답게 공부를 해야 하는 것이라 나는 생각했다. 그래서 그와 나는 항상 거리가 멀었다. 그는 고리타분한 엄마가 싫었고, 나는 최선을 다하지 않는 그가 싫었다. 그가 쫓는 길은 나에게 보이지 않았다. 그가 있는 곳이 대학이니까, 나는 그가 가는 길을 뒤따라 갈 뿐이었다. 그는 고집이 셌고 질겼다. 그의 질긴 고집은 그를 잡고 길게 끌고 다녔다. 내 속이 썩어가고 있다는 것을 그가 어찌 알 수 있을까? 나는 그가 서 있는 자리에서 최선을 다하기를 바랐고, 그는 그런 것과 상관없이 살았다.

내 딸에 대한 이런 생각이 떠 오른 것은, 부부 모임에서 과거로 돌아가 먼 옛날의 것을 말하기 시작했기 때문이다. 우리도 이제 많이 늙었구나. 더 나이 들면 이런 기억도 없어질 것이다. 그래서 기억날 때 써 두고 싶었다. 기억이 사라지면, 다시 내 삶을 되돌아봐야 할 테니까.

*

2015년 새해가 되었다.

글을 써보려고 하지만 머릿속은 하얗고, 쉽게 써지지 않았다. 며칠 전인 2014년 12월 31일, 콘도로 겨울 여행을 갔을 때가 생각났다.

나는 매년 여름과 겨울에 가족행사를 했다. 처음 콘도를 분양할 때였다. 신문에 공고된 콘도가 무슨 뜻인지 몰랐다. 그런데 그것이 돈이 될 것이라는 의미로 받아들였다. 처음에 200만 원의 계약금을 내야 했다. 나는 그때 전세금을 받아 어딘가에 투자를 해야 했다. 그러나 투자할 곳이 마땅찮았다. 30년 전 이야기다. 우선 가장 작은 19평형

설악 콘도 분양 계약금을 냈다. 그리고 한참 후 신문지상에서 계약금이 사라진 사건으로 난리가 났다. 나는 순간 '아! 내 계약금이 사라졌구나.' 하고 생각했다. 그리고 어느 날 남편과 설악산으로 달려갔다. 그곳에는 내가 분양받을 콘도를 짓기 위해 땅을 파고 있었다. '사라지지는 않겠구나.' 하고 생각했다. 그래도 정확히 콘도라는 개념을 몰랐다.

우리는 그 근처 한화콘도를 둘러봤다. 그리고 휴양하는 곳이 콘도임을 알았다. 계약금이 사라지지 않은 것에 감사하고 집으로 돌아왔다. 그 후 분양 대금을 힘들게 지불했다. 그렇게 하면 무엇인가 대박이 날 수 있을 것이라 생각했다. 몇 년 후 콘도로 휴양을 오라는 팜플릿이 집으로 배달되었다. 그때 남편과 나는 서로 일하느라 바빴다. 그래서 그해 동생네 식구들이 함께 휴가를 갔다 왔다. 그리고 환상적이라고 말했다. 그 후부터 우리는 조를 짜서 콘도로 휴가 갔다. 그렇게 가족 모임으로 콘도 가는 일을 몇십 년 동안 했다.

올해도 그 행사를 했다. 시골에서 온 친정어머니(86세), 남동생(중국), 여동생네, 결혼한 내 딸네, 총 11명. 우리가 먼저 떠나고, 후발대로 동생네, 그리고 최후미로 사위네가 출발했다. 겨울 여행이니 당연히 날씨가 추웠다. 하얀 눈이 온 천지를 덮었다. 바람은 거셌다. 하얀 눈가루가 바람을 타고 차창을 스쳤다. 멀리 논과 밭 위에 눈가루가 일어나면서 하얗게 공중으로 휘날렸다. 이럴 때 따뜻한 차 안에서 창밖의 풍경을 보면 그렇게 행복할 수가 없었다. 차는 눈길을 조심스럽게 달렸다. 도로에 차가 많지 않아 밀리지 않았다. 여름 휴가철과는 달랐다. 하지만 콘도 입구에는 사람들이 많았다.

차와 사람들이 뒤섞였다. 저 멀리 산꼭대기에서 내려오는 스키어들이 스키를 타고 줄줄이 내려왔다. 하얀 눈을 타고 미끄러져 내려왔다. 그들은 우리를 환상의 세계로 이끌었다. 계속 곤돌라는 산꼭대기로 향했다. 그곳에 앉아 있는 스키어들은 스키 폴대를 손에 쥐고 산꼭대기로 올랐고, 다시 차례를 기다리며 내려올 준비를 했다. 정상에서 내린 스키어들은 빠르게 스키를 타고 내려왔다. 그들은 다시 곤돌라를 타고 올라가야 할 것이다. 스키장 밑 주차장은 차와 사람으로 가득 찼다.

그곳은 산속의 별장이었다. 분명 새로운 세계였다. 도로 옆 식당들은 한산했다. 식당으로 들어가는 것이 꺼려졌다. 그런 곳은 바가지요금을 요구할 때가 많았다. 스키장 쪽에 달린 푸드 점을 찾았다. 그곳은 사람이 많았다. 울긋불긋 화려한 네온사인으로 온 천지가 불빛이었다. 그곳은 한겨울의 음울함과 삭막함이 없었다. 그곳은 기쁨의 잔치와 젊음의 빛으로 온 세상을 빛나게 했다. 온 천지가 사람으로 가득 했다. 거기서 왕돈가스와 우동으로 식사를 했다.

그곳은 몇 십 년 동안 우리 가족이 다녔던 스키장이었다. 스키장을 다니면서 우리 애들을 키웠다. 그 다음 열한 살 차이가 나는 내 여동생의 애들을 그곳에 다니면서 키웠다. 우리 애들이 대학에 갔을 때 동생네 애들이 태어났고, 그 애기들은 콘도에서 밤새워 울었다. 시끄럽고 더운 콘도가 싫다는 것이었다. 그 애들이 자라서 대여섯 살이 되었을 때 우리 남편은 그 애기들에게 도깨비 귀신 이야기를 했고, 울고 짜증을 내면 도깨비귀신이 잡아간다고 으름장을 놓으면 울음을 딱 그쳤다. 이제 다시 손자가 태어났고, 그들 또한 그곳에서 밤새워 울었다. 동생네와 우리는 옛날 동생네 애들을 생각했다.

겨울 휴가는 우리를 행복하게 했다. 휴가라고 해봐야 토요일과 일요일. 어쩌다 샌드위치 휴일이 끼면 훌륭한 휴가가 되었다. 바쁜 사람들은 다음 날에 왔고, 더 바쁘면 가기 전날 저녁에 와서 합류했다. 짧지만 가족이 함께하고 맛있는 요리를 함께 만들어 먹는 것은 정말로 행복한 일이었다. 그곳의 풍경은 항상 화려했다. 산꼭대기 산장에서 산 아래 콘도까지 불빛, 별빛, 새 하얀 눈과 오르락내리락 하는 곤돌라 등은 젊음을 불렀고, 뜨거운 가슴을 불태웠다.

한밤중이 되면, 산 정상으로부터, 스키어들이 슬로프를 따라 횃불을 켜고 지그재그로 꽃을 그리며 횃불잔치를 했다. 눈 위에 설치된 무대에서는 가수와 관객이 함께 춤추고 환호했다. 그곳은 모든 사람에게 환희와 꿈을 주는 별세계였다. 어른은 아이들을 업었고, 아이들은 두꺼운 옷 속에 파묻혀 손을 흔들었으며, 음악에 따라 몸을 움직였다. 참가한 모든 사람이 환상 세계를 즐겼다. 노인들은 베란다 창문을 열고 박수를 쳤고, 공중으로 솟구치는 불꽃놀이에 환호했다.

나는 겨울이 되면 주변 사람들을 불렀다. 우리 엄마의 친구가 되어줄 시누이(나의 고모), 아니면 어머니의 동생(이모), 이모의 딸(이종사촌)들, 아이들의 친구들, 사촌들, 이웃 친구들, 제부네 동생 가족, 우리 딸의 사돈네까지. 해마다 멤버는 바뀌었다. 주요 멤버 중에서 심심해하는 우리 엄마와 아이들 중심으로 짝을 맞추어 주었다. 사람이 많을수록 나와 내 막내 여동생은 부담이 컸다. 식솔이 많으면 먹는 양이 커졌고, 거기에 걸맞게 만들어야 하는 음식이 많아졌다.

대략 15명이 가면, 불고기를 넉넉히 1인 300g으로 치고 5kg을 재워 갔다. 돼지고기는 현지에서 조달했다. 2박 3일이 기본이었다. 대략 5끼를 챙겼다. 가는 날 점심은 휴게소에서 우동, 김밥, 구운 감자 등으로 취향에 맞게 먹었다. 콘도에 가서 방을 배정받으면, 세 팀으로 나눴다. 큰 방 팀, 작은 방 팀, 거실 팀으로. 거실은 노인부터 중노인까지, 큰 방은 젊은이들이, 작은 방은 남성들이 잠을 잤다. 가는 날은 불고기로 식사를 했다. 신문지를 거실 바닥에 깔고, 그 위에 불판을 두 개 두고 옆에는 밑반찬을 내려놓았다.

내가 만든 부드러운 오징어 볶음, 멸치볶음. 동생네는 딱딱하고 찰진 오징어와 멸치조림, 김치, 백김치. 친정 엄마가 해온 명태 코다리찜, 깻잎 장아찌, 머우나물. 딸네가 해온 고추조림, 시금치 무침, 두부조림 등이 푸짐하게 차려졌다. 솥에는 밥을 한가득 했다. 그리고 저녁 잔치를 벌였다. 주류는 각각 달랐다. 소주 팀, 맥주 팀, 와인 팀, 콜라 팀, 막걸리 팀. 각자 원하는 음료로 건배를 했고, 하고 싶은 말이 오고 갔다. 이야기는 길었고, 즐거운 이야기는 많았다.

태어나서 처음 콘도에 왔을 때 밤새며 울던 제부의 애가 어느새 대학 3학년이 되었고, 그 동생이 이번에 대학에 들어갔다. 이제 내 딸의 큰 애기가 5살, 그 동생이 2살. 돌이 막 지났으니 오늘 밤새워 울 것이다. 이것이 역사인 것이구나. 20년이 지나서 새 사람이 이곳을 다시 채워가는구나. 친정어머니가 87세. 당신이 우리와 함께 콘도에 처음 왔을 때가 내 나이였을 것이다. 당신은 이맘때가 되면 기다렸다. 이놈들이 콘도에 갈 때가 됐는데? 야들이 왜 연락이 없지? 그는 손가락을 세며 기다렸을 것이다.

올해도 가기로 했지만, 날짜가 미정이었다. 사람 수에 비해 콘도가 작았다. 3세대가 가야 했으니 말이다. 그래서 콘도 회원 관리자에게 부탁했다. 넓은 평수를 이용할 수 있게끔. 그 부탁이 아직 미정이라 말할 수 없었다. 다행이 그 연락이 왔다. 나는 급히 동생들에게 연락했다.

- 콘도 예약됐어. 네가 어머니 시골에서 모시고 올라와.
- 응, 알았어 누나. 누나가 엄마한테 연락해서 내일 오후에 갈 테니 준비하고 계시라 해요.

나는 다시 전화했다.

- 엄마 콘도 예약됐어요.
- 응. 그랬구나.
- 내일 걔(남동생)가 엄마 모시러 갈 거요. 준비하고 있으셔요.

저녁을 먹으며 우리 식구들에게 말했다.

- 저 시골 양반 오늘 저녁에 잠 못 잔다. 내일 아들 따라 서울 가려니 이것도 준비하고, 저것도 준비 해야 하고. 콘도 가서 먹을 머우 삶은 것, 깻잎 장아찌, 명태찜 준비해야지. 지금 한창 바쁘다 바뻐.

아이들은 웃었다. 둘째 딸도 신나했다. 콘도 못 갈 거라 생각했던 모양이다.

- 콘도 갈 수 있다. 야, 신난다! 신나!

나도 바빴다. 식사 후 슈퍼에 갔다. 불고기감, 야채, 과일, 먹을 과자 등을 샀고, 집으로 오자마자 불고기를 재웠다. 그리고 부지런히 준비물을 챙긴 것이었다. 쌀 5kg, 된장, 고추장, 상추, 깻잎, 마늘, 멸치, 감자, 양파, 다시마, 고춧가루, 간장, 소금, 야외용 식기, 젓가락, 수저, 커피, 종이컵 등을 싸서 보따리로 챙겼던 것이다.

다시 잠시 쉬었다가 아이들 스키복, 우리 부부의 스키복, 내의, 양말, 치약, 칫솔, 비누 등을 챙겼고, 많은 이가 즐겨 쓰는 때밀이 수건(친정어머니가 좋아했다)도 챙겼다. 그해의 마지막 날인 31일 오전에 떠날 팀은 우리 집으로 집합했다. 우리는 딸네와 함께 떠났고, 오후에 남동생네가, 그 다음 여동생네가 어머니 모시고 오고, 마지막으로 사위가 회사일을 마무리하고 오후 늦게 오기로 했다. 우리는 선발대로 떠났고, 점심 먹을 곳을 찾았다. 자주 찾던 식당은 사라졌다. 줄섰던 휴게소는 사라졌고, 도로는 바뀌어 우리가 오가던 길이 아니었다. 우리가 오가던 길은 거의 이삼십 년을 오가던 길이었다. 그 길에 변화가 생겼고, 도로 변경으로 음식점과 휴게소가 폐쇄됐다. 결국 콘도 내 식당으로 가야 했다. 콘도 식당도 많이 변했다. 예전에는 비쌌고, 가격 대비 먹거리가 빈약해서 실망스런 일이 많았다. 이번에는 그렇지 않았다. 비쌌지만 내용물이 충실해서 만족스러웠다. 그곳의 왕돈까스가 대박이었다.

방을 배정받았다. 사람들이 많았다. 줄지어 선 사람들 중에는 젊은 층이 많았다. 이곳에서는 우리가 주인공 세대가 아니었다. 60세가 넘은 이들는 모두 물러서야 했다. 그곳은 아들, 딸을 따라오는 노인층의 어머니들이 있을 뿐이었다. 이곳에서도 역사의 흐름은 나타났다. 오후에 동생네와 어머니가 합류했다. 저녁 파티가 열렸다. 바닥에 신문지를 깔았다. 그곳에 음식을 나열했다. 우리는 여러 번 건배를 외쳤고, 즐겁게 식사를 했다. 그것은 곧 축복이고 행복이었다.

다섯 살 손자는 시간이 나면, 돈을 넣고 장난감을 뽑는 기계에서 서성댔다. 두세 번을 뽑았지만 자꾸 자꾸 더 뽑겠다 했다. 그러면 안 된다고 어른들은 손사레를 쳤다. 나는 손자를 설득하여 큰 장난감을 사주었다. 바이클 론즈, 인도네시아 산이었다. 손자는 그것을 귀히 여겼고 즐겼다. 그것을 가지고 변신을 하며, 오무렸다 폈다 했다. 그는 2천 원짜리 장난감을 가지고도 3시간 이상을 집중해서 놀았기 때문에 기특했다. 그 보상으로 더 크고 좋은 장난감을 사주었던 것이다.

밤 12시, 재야의 시간이 됐다. 밤샘을 하겠다느니, 불꽃놀이, 가수들의 무대잔치 등에 참여하겠다느니 하는 사람들은 젊은이 빼고 없었다. 올해는 모두 조용했다. 불꽃놀이에도 팔십대 노모만 '어! 오! 어!' 했다. 그날 밤 후발대로 오기로 한 사위는 오지 못했다. 식구들은 사위가 다니는 회사를 욕했다. 큰 회사도 아닌 것이 사원들의 피를 빨아먹는 악덕회사라 욕했다. 사위는 입사 7년이 되도록 승진을 하지 못했다. 만년 말단. 부장들은 모두가 칼퇴근을 했다. 그들은 성실한 사위에게 모든 것을 떠넘겼다.

주말도 그랬다. 부장들은 지시만 했고, 말단은 그들의 일까지 모두 해야 했다. 사위는 속이 썩었다. 회사에서 일어나는 이익은 부장들의 것이 되었고, 손실은 말단의 것이 됐다. 하지만 사위는 회사를 그만 둘 수 없었다. 애가 둘이었고, 가정이 있었다. 그는 한창 고민 중이었다. 이대로 끝까지 회사에서, 말단으로 노예처럼 살 것인가, 아니면 사표를 쓰고 다시 새 삶을 개척할 것인가를. 우리는 사위에게 말할 수 없었다. 모든 것은 자기가 책임지고 결정해서 살아가야 하는 것이었다.

언젠가 남동생네에 문제가 생겼다. 그때 남동생 집안의 가정 경제는 엉망이었다. 남동생 월급보다 올케의 씀씀이가 컸다. 올케는 자기 충족을 빚을 지는 것으로 채웠다. 곳곳에 빚이 많았다. 카드빚을 해결할 수 없어서 나에게 빚을 내려했다. 나는 그가 미쳤다고 생각했다. 집을 늘려가는 것도 아니고, 애기들 학비를 내는 것도 아니었다. 게다가 집은 부모가 이미 사준 상태지 않은가? 그가 미쳤다고 나는 생각했다. 나는 남동생에게 말했다.

- 너, 아무래도 이혼해야겠다. 그렇지 않으면 너 파산이 올 것이다.

- 나도 알아요.

- 안다고? 너, 애들 셋이잖아! 너, 어쩔 것인데?

그는 말이 없었다. 7년 후, 결국 올케는 스스로 이혼하고 나갔다. 그는 집안을 산산히 부수어놓고, 아이 셋만 남기고 가버렸다. 그년은 미친년이었다. 꼴에 바람까지 피웠다. 애들 앞에서는 항상 힘이 약해서, 심장이 약해서, 죽을 것처럼, 자신을 왕비처럼, 소녀처럼 꾸몄다. 그년만 생각하면 사지가 떨렸다. 엄마는 며느리가 천하의 죽일 년이라고 했다. 처음에 서울로 분가했을 때 전세계약금이 300만 원이었다. 삼십 년 전이니까 정말로 큰돈이었다. 그 돈으로 집을 계약하지 않고, 다 먹었을 때부터 알았어야 했는데….

그 후 어머니는 새로 집을 장만해 주었다. 내가 사는 경기도 지역에 있는 작은 연탄 아파트에 세 들어 살 때, 동생네는 큰 아파트 맨션을 사주었다. 나는 연탄불에 데운 물로 스뎅 다라에 물을 받아 애기들 목욕을 시켰다. 그런데 올케는 맨션 목욕탕이 맘에 안 차서 일요일마다 아이들을 데리고 대중탕으로 나들이 다녔다. 주중에는 아이 셋을 데리고 미장원에서 살았다. 그들의 머리는 화려했다. 머리모양은 오글오글 하다가 길게 펴지다가 다시 오글오글 했다. 엄마머리, 애기들 머리는 지지고, 볶고, 색깔을 냈다. 나는 100원을 아껴 정류장을 걸어야 했다. 올케는 머리와 몸, 신발에서 빛이 났다.

가끔 시골에서 친정어머니가 올라 왔다. 어머니는 속에서 천불이 났다. 아이들 신발, 며느리 신발 몇 켤레가 신발장에서 나왔다. 색깔별로, 철따라, 운동화, 샌달, 털 구두, 쓰레빠 등등. 그 후 나는 친정아버지의 도움으로 19평 맨션으로 이사했다가 다시 고모의 도움을 받아 강남에 있는 아파트에 전세로 이사했다. 그 뒤부터 올케와는 특별한 날에만 만났다. 1년 후, 올케는 부모가 사준 집을 팔았다. 조그만 셋방 집으로 이사를 갔다. 그 다음에 작은 빌라로 이사를 갔다.

다시 몇 년 후, 아버지의 대저택 100평 기와집을 팔아 49평을 분양받았다. 어머니가 가진 집 3채 중 2채를 그가 팔아먹었다. 어머니의 생계를 책임졌던 세를 둔 여인숙 집마저 아들에게 넘길 참이었다. 나는 절대로 안 된다고.

어느 날 동생은 올케에게 빚이 얼마인가를 물었다. 그는 없다고 했다. 어머니가 자기 아파트를 팔아서 사준 맨션에서 살았을 때였다. 몇 년 후, 올케에게 빚쟁이가 매일 아침마다 전화를 했다. 돈 달라고. 동생은 결국 그 집을 팔아서 빚잔치를 하고 사글세 방으로 옮겼다. 다시 몇 년 후 시어머니를 꼬드겨 일반 주택인 큰 기와집을 팔아 큰 평수 아파트를 분양 받겠다고 했다. 사실은 제 빚을 감당할 수 없어서 시골 작은 동네에 집을 분양받고 남은 돈으로 빚을 갚을 속셈이었으면서 말이다.

그들은 그렇게 망가지고 또 망가지면서 살았다. 남동생이 왜 그걸 모르겠는가? 자기도 어쩔 수 없는 일인 것을…. 동생은 그들의 꼬드김에 넘어가 이미 오래전에 올케네 외삼촌의 회사로 옮긴 지 오래됐다. 처음 회사를 만들 때 그 회사와 함께했다. 회사 규모가 작으니 월급이 적었다. 그곳에서 세일즈를 했고, 회사를 위해 노력했다. 올케는 외삼촌만 보면 못마땅해서 웅얼거렸다. 월급이 적다고. 날마다 돈 많은 회사로 옮기라고 남편을 꼬드겼다. 올케는 배우였다. 온갖 수단과 방법으로 자기 것을 챙기는 불여시였다. 동생은 그 여시와 결혼했고, 결국 집안도 말아먹었다.

남자들은 한심했다. 여자들의 헛짓을 알지 못했다. 물론 각자의 기호가 달라 무엇이 옳고 그르다고 말할 수는 없지만, 적어도 자기 인생을 망쳐버리는 일은 없어야 하는데…. 나는 남동생에게 말했다.

- 넌 나쁜 사람 증후군을 가졌다. 네가 좋아하는 사람들은 나쁜 사람들이라는 것이다. 거짓으로 널 홀리는 여자를 좋아하니까. 넌 여자를 선택하면 또 망할 수 있다. 꼭 주변 여자가 추천하는 여자를 선택해야 한다.

올케는 사리분별이 없었다. 그는 저 좋아하는 일에만 열중했다. 밥하기, 빨래하기, 청소하기를 싫어했다. 어느 여자가 허드렛일을 좋아하겠냐만, 그는 자기 일을 방치했다. 아이들이 학교를 가거나 말거나 저 혼자 저녁 늦게까지 비디오 보고 싶은 것을 보고 즐기다가 새벽에 잠을 잤다. 애들이 학교에 가려고 해도 엄마가 일어나지 않았다. 밥을 주지 않았다. 학교 갈 수가 없었다. 애들이 입던 팬티는 구석에 모으고 모았다. 없으면 새 팬티를 사서 입혔다. 입었던 팬티는 물러서 썩었다.

김밥과 샌드위치를 사다가 냉동실에 가득 채웠다. 시어머니가 보낸 청국장은 베란다에서 썩었다. 결국 시댁의 중소도시 기와집을 팔아서 시골 동네 논두렁에 지은, 넓고 큰 아파트를 분양 받았다. 그리고는 가족들을 초청했다. 화려한 커튼, 외제 더블 냉장고, 대형 귀족 식탁, 대형 가족사진, 방마다 장식된 공주 옷장, 침대 등. 그야말로 영화 속의 한 장면처럼 그곳에 새 장면이 살아 있었다. 그는 그곳을 새 살림으로 새롭게 가득 채웠다.

*

2018년 1월 마지막 주, 나는 상하이를 방문했다.

추운 겨울은 지루했다. 집에서 빙빙 돌아야 하는 시간이 길었다. 감기가 심해서 밖에 나가는 것도 쉽지 않았다. 매연도 심했다. 찬 공기는 기관지를 조였고, 몸살 기운이 몸에서 떠나지를 않았다. 이런 때는 한 번 해외를 다녀와서 우리 몸을 추스르고 머리를 회전하며, 사회의 흐름을 이해하는 것도 좋을 듯했다. 그래서 조카가 근무하는 상하이를 선정했다. 그러나 남편은 'NO! NO!'를 외쳤다. 지금 사드 보복이니 뭐 어쩌느니 해서 갈 수 없다고. 나는 '그래요, 당신은 북한이 쳐들어오면 손바닥으로 막고 있어요. 나는 상하이에 갈 테니.'라고 했다.

그 후 어떻게 합의를 해서 우리는 함께 상하이로 왔다. 삼십 년 전의 상하이가 아니었다. 높은 빌딩은 뉴욕 맨하턴의 중심가 같았다. 조카인 후는 상하이 점장으로 와 있었다. 그는 바쁜 와중에도 우리를 마중 나왔다. 택시를 타고 집으로 왔다. 빌딩 밑은 호텔, 위는 오피스텔이었다. 후네 숙소는 상하이역 근처였다. 지하철역이 붙어 있었다. 황포강 지류를 따라 성처럼 아파트 빌딩이 리조트처럼 줄지어 서 있었다. 사각형, 원형, 별 모양 등 빌딩의 모양은 다양했다. 화단은 야자수 나무, 소철 나무들로 장식됐다. 화단 바닥은 노란 꽃이 하나둘 울타리를 둘러치고 피었다. 강물은 탁해서 흙탕물이 한가득 흘렀다. 그래도 경관은 훌륭했다.

후는 퇴근 후 우리를 남경동로 쪽으로 안내했다. 그곳에서 훠꺼라는 음식을 대접해 주었다. 넓은 도자기에 육수가 화로에 올려졌다. 각종 야채와 육류를 넣고 끓여서 먹었다. 오이는 양념에 초절임한 것이었다. 나는 음식이 니글거렸다. 한식의 깔끔함이 없었다. 나는 그 음식이 식성에 맞지 않았다. 그러나 남편은 좋아했다. 술을 한잔씩 곁들이면서 식사를 했다. 식사 후 와이탄 쪽 시가지를 거닐었다. 그곳은 역사가 있는 구 시가지였다. 그곳은 공장투성이였던 곳이었다. 그곳에 스토리텔링이 있는 개발붐을 일으켰다. 건물들은 사교클럽, 레스토랑, 명품샵으로 바뀌었다. 그곳에 구 영국 총영사관이 있었다.

여기는 1849년 청나라가 영국과의 아편전쟁에서 패배했던 곳이었다. 그래서 영국이 전쟁의 승리자로서 전리품인 이곳을 챙겼다. 이곳은 근대 상하이의 시작점이 되었다. 여기는 난징동로로 최초의 신작로였고, 최고의 쇼핑가가 되었다. 황포강 건너편은 푸동으로 신 시가지가 형성되었다. 이쪽이 구 시가지로서 중국의 치욕적인 역사가 살아 있는 곳이라면, 푸동은 상하이의 자존심을 지켜주는 곳이었다. 이곳에는 역사적 건물 위에 중국 국기를 건물마다 높이 세웠다. 빨강 깃발이 대거 펄럭거렸다. 이곳을 사람들은 와이탄이라고 불렀다.

강 건너 푸동은 불빛으로 화려했다. '동방의 빛나는 진주'라 하는 동방명주가 있었고, 그것은 상하이의 자존심을 나타냈다. 그것은 경제적 상징이며, 2007년 세계에서 3번째로 높은 탑이라며 중국이 자랑했다. 1992년 푸동 개발 계획 후 와이탄을 내려나보는 동방명주를 건설했다. 그것은 영국에게 진 치욕을 물리치고자 함을 상징했다. 그 옆으로, 뒤로, 앞으로 빌딩 숲이 가득 찼다. 상하이 세계금융센터가 눈에 들어왔다. 이곳은 분명 경제중심지였다. 미국 뉴욕 맨하탄과 같았다. 야밤에도 야경 때문에 사람들은 많았다. 우리는 황푸 강변을 따라 산책했다. 그곳은 중국 시골에서 온 여행자, 외국인 여행자, 상하이 주민이 뒤섞여 있었다.

전시되는 야경은 한 폭의 아름다운 그림이었다. 황포강 위에는 대형 화물선, 여객선, 관광선 등이 많았다. 강줄기는 양쪽으로 바다를 통했다. 물줄기가 불빛에 불어나서 흔들리는 물결은 장관이었다. 보라색, 파랑색, 노란색… 제각각 자기 몸에서 발하는 빛은 환상적 그림을 그렸다. 와이탄 건물에서 펄럭이는 중국 국기는 치욕적인 역사에서 벗어나려는 외침으로 보였다. 갑자기 한국의 광화문에 서 있던 조선총독부가 생각났다. 우리도 이렇게 그 건물을 보존하고 치욕을 상기했어야 하는데….

정치인들의 짧은 소견이 역사를 훼손하고, 자기네의 주장만을 앞세운 것으로, 역사를 보존하지 못했다는 생각이 들었다. 역사의 잘못을 부정하지 말고, 다시는 그런 치욕이 일어나지 않도록 해야 하는 것인데 말이다.

처음에 내가 후네 집에 왔을 때 나는 깜짝 놀랐다. 후가 이렇게 좋은 집에 살다니 말이다. 그것도 회사에서 모두를 지원하고 있어서 더 좋았다. 후는 고생을 많이 했다. 후를 생각하면, 나는 눈물이 났다. 제 어미 잘못 만난 죄로 어릴 때부터 마음고생이 컸다. 이젠 그 불량 어미도 챙겨야 했다. 그가 어려운 과정을 거쳐 북경대학을 졸업했다는 것만으로도 나는 기특했다. 그는 졸업 후 CJ의 인턴 사원으로 들어갔다. 대기업이라고 경력을 쌓으면 좋을 것이라 생각했다.

그곳에서 2년 넘게 온갖 궂은일을 다 했다. 월급 없이 그 회사는 인턴 사원으로 후를 부려먹었다. 그리고 그는 바로 잘렸다. 중국어를 잘하는 새 인턴 사원으로 교체했다. 대기업의 행태에 나는 분개했다. CJ는 그렇게 갑질을 했다. 다시 빅뱅 가수를 보조하는 회사에 입사했다. 밤낮으로 중국 탐방을 하며, 아이돌 가수를 위해 허드렛일을 했고, 중국 취향에 맞게 일했다. 그러나 월급은 최하급으로 한국의 전문대 졸업생이 받을 법한 보수였다. 후의 북경대 학벌은 중국에서는 최고로 알아주었다. 그러나 한국에서는 그 학벌도 기업들이 유용한 노예로 사용하기 위한 도구에 불과했다. 그 회사의 인맥에 눌리고, 기존 세력 다툼과 질투에 눌려서 제대로 할 일을 할 수 없는 지경이 오자 그는 그곳을 퇴사해야 했다.

용케도 선배의 소개로 그를 필요로 한 작은 회사로 옮겼다. 그곳은 규모가 작았지만, 그의 눈에는 큰 비전이 보였다. 그는 지금 점장으로 상하이에 왔다. 회사에서 그는 중요한 역할을 담당했다. 현장 감독으로 출장이 잦았다. 바빠서 눈코 뜰 사이가 없었다. 한국의 막힌 경제로 인해 회사는 계속 어려웠다. 그러나 중국 쪽은 발전했다. 지금은 한국 회사원 백 명을 중국에서 벌어 지원하며 회사를 먹여 살리고 있었다. 다행이었다. 아직 보수는 미미하지만, 자기를 높일 수 있는 가치 있는 일에 헌신할 수 있어서 만족했다. 그는 말했다.

- 고모, 한국은 너무 규모가 작아요. 한국은 몇 억에 초점이 맞춰져 있어요. 중국은 몇 백억을 창출할 수 있어요. 한국은 너무 비좁고 돈도 안 돼요. 중국시장은 규모가 커서 한국과는 비교가 안 돼요. 나는 한국이 안 맞아요. 상하이가 맞아요.
- 그래, 네가 만족해서 다행이구나. 넌 분명 훌륭하다. 지금 아주 잘하고 있구나.
- 나는 고모, 회사의 경영을 배웠어요. 사장이 밤잠을 못자는 이유를 알 것 같아요. 지금은 더 많은 것을 배울 수 있어서 좋아요.

후는 똑똑했다. 나는 그를 믿을 수 있었다. 그때까지 나는 그를 못 믿었다. 성장과정에 많은 흑역사가 있었고, 우리 사이에 힘든 일도 많았다. 오래 참고 견딘 것이 후를 성장하게 했고, 그렇게 자라준 것이 고마웠다. 그리고 그의 덕으로 우리(남편과 나)가 그의 집에서 기숙하고 있었다. 회사에서 주는 집은 상해역 근처 깨끗하고 아름다운 집이었다. 복층으로 된 집이었다. 침실이 2층에 2개, 아래층은 업무용으로 사용할 수 있었다. 거실 겸 부엌으로 딱 맞는 공간이 적당히 베치되어 있었다.

처음에, 일상적으로 상하이에서 살아보기라는 주제로 여기에 왔다. 숙소와 지하철은 거의 붙어 있었다. 숙소 아래는 호텔이고, 상가였다. 길 건너 전철역이 있었다. 후가 출근하면, 우리는 전철을 탔다. 지도상 4호선을 타야 했고, 한국의 명동 거리처럼 생긴 시내로 가려면 10호선으로 바꿔 타야 했다. 처음에는 동으로 가야 할 것을 서쪽으로 가는 차를 타서 가던 길을 멈추고 곧 동쪽 가는 차로 바꿔 타야 했다. 전철은 깨끗했다. 전철비도 쌌다. 편도가 3원, 우리 돈으로 600원이었다.

전날 갔던 황포강 주변을 다시 산책했다. 저녁은 화려했지만 낮에는 여자들이 화장 못한 민낯을 그대로 보여주었다. 색깔은 칙칙했고, 어둑했다. 여행자들 틈에서 우리도 여행자가 됐다. 화려한 여행자 거리 뒷골목으로 들어갔다. 그곳은 공장, 가게, 일꾼들의 터전이었다. 사람들은 길거리 음식으로 허기를 채웠다. 나도 그러고 싶었는데, 먹을 만한 음식이 마땅찮았다. 다시 여행자 거리 쪽으로 나왔다. 사람들의 출입이 많은 큰 식당으로 들어갔다. 그림에서 본 만두와 면을 시켰다. 가격은 저렴했다. 음식은 고기 맛이 강했다. 야채는 없었다. 그곳은 물과 밑반찬이 없었다. 우리나라 스타일과 달랐다.

그날 저녁 우리는 슈퍼를 찾았다. 그곳에서 온갖 야채와 과일을 푸짐하게 사서 저녁 찬으로 맛있게 먹었다. 역시 내가 해 먹는 것이 제일이었다. 그래야 개운한 맛이 났고, 제대로 식사를 한 느낌이 났다. 그날 늦게까지 출장 갔다 돌아온 후도 저녁을 굶고 집으로 왔다. 고모가 틀림없이 맛있는 한식을 만들어놓았을 것이라고 생각한 듯했다. 그는 하얀 쌀밥에 고추장을 비벼, 상추쌈과 오이 절임을 곁들여서 한 그릇을 뚝딱 먹어치웠다. 그는 중국 음식이 기름져서 힘들다 했다. 대표님이 국수를 좋아해서 같이 간 임원진들도 국수 먹는 날이 많았고, 그가 싫어하는 국수를 먹는 날이 많아 힘들다 했다.

*

다시 이야기를 돌리자.

어느 날부터 올케는 부동산을 해보겠다고 학원을 다녔다. 그는 열심히 학원에 다녔다. 그는 학원만 다니면 부동산 자격증이 그대로 그에게 올 것으로 생각했다. 나는 그가 공부 머리가 아님을 알았다. 그가 하는 것은 헛짓이었다. 그 후 그는 부동산업을 했고, 곧 빚더미만 남았다. 그 당시 그가 직원은 구했는지, 사무실은 냈는지 알 수 없었다. 명절쯤에 올케 집으로 갔다. 집에는 아이들만 있었다. 올케는 늦게 왔다. 저녁 찬으로 그가 이미 주문해 놓은 해물찌개를 불판에 올렸다. 허접한 찌개가 불판 위에서 끓었다. 나는 그것이 못마땅했다. 그는 그것이 맛있다고 강조했지만, 허술한 찌개를 먹는 우리 식구들은 얼굴을 찡그렸다.

나는 삶의 진실을 원했다. 음식을 못한다면 있는 대로 야채는 씻어서 벌려놓고, 고기나 생선은 불판에 소금 넣고 구우면 되는 것이었다. 그를 보면 그는 헛짓을 참말로 말했고, 눈속임을 진실이라 강조했다. 나는 그런 것이 싫었다. 그는 항상 가족모임에 불참했다. 늦어서 못 오고, 일어날 수 없어서, 아니면 몸이 아파서 못 왔다. 그는 그가 필요한 것에만 집중했다. 살이 찌니 빚을 내서 살 빠지는 제품을 사야 했다. 몸이 안 좋으니 몸에 좋은 제품을 샀고, 남이 사는 옷, 그릇, 가재도구 등을 부자들처럼 사야 했다.

그는 사고, 다시 사는데 집중했다. 외제 냉장고를 샀고, 백화점 가구와 커튼을 새로 장만했다. 시어머니 집은 금세 날아갔다. 시골 논두렁에 분양받은 대형 아파트는 가치가 하락했다. 허우대만 멀쩡했다. 건물 내부를 값진 것으로 채웠지만 몇 년 후 모두 쓰레기가 되었고 빚만 남았다. 남편이 중국 지점으로 출장을 가게 됐다. 그러자 그는 자신에게 집중했다. 살림을 멀리 했다. 애들은 애들끼리 놀았다. 저는 저대로 즐겼다. 들리는 소문은 시끄러웠다.

그는 노래를 즐겼다. 노래방에서 놀다가 늦게 귀가 했다. 그의 친정 부모는 엄했다. 그는 막내딸이었다. 그는 수단이 좋았다. 부모를 살살 긁으며 하고 싶은 것만 하고 살았다. 그의 언니는 고지식했다. 그리고 성실했다. 둘은 차이가 많았다. 언니는 동생을 부러워했지만, 자기 일에 충실했다. 그는 그가 원하는 것에 집중했고, 그것을 위해 배우가 됐다. 부모는 그의 헛짓을 알아채지 못했고, 그 기질은 결혼을 한 뒤에 나타났다. 그는 남편에게도 배우였다. 시어머니에게도 그는 배우였다.

나는 그의 눈속임을 알았다. 식구들은 그의 입에 놀아났다. 애들은 애들대로, 남편은 남편대로 말이다. 나는 그가 틀렸다는 것을 알지만, 모두 그가 옳다 했고, 나는 시누이라 옳지 않다 했다. 그는 자기 일에 집착했다. 그의 집착은 그를 돈을 빌리는 행위로 몰아갔다. 그는 제 언니, 오빠, 친정 엄마 등에게 돈을 빌렸고, 또 빌렸다. 다시 동네 아줌마들, 친척들로도 모자라 카드빚에 허덕이었다. 어느 날, 밤늦게 시누이인 나에게 카드빚을 갚아달라고 전화했다.

- 너 미쳤냐?
- 네가 돈을 모아 집을 샀냐?
- 애들이 이제 초등생인데 대학 학비를 대는 것이냐?
- 카드빚이 웬 말이냐?
- 너 말이라고 하느냐?

그렇게 호통을 치고 끊었다. 그 후 사촌 올케가 나에게 일렀다. 형님이 돈을 백만 원 빌려가서 안 준다고. 그것을 받아내는 데 몇 년이 걸렸다고. 나는 오랫동안 가슴이 저렸다. 사촌네는 정말 힘들게 사는 집이었다. 사촌인 'ㄴ'은 일찍부터 부모가 이혼했고 시골에서 농사를 지으며 떠돌이가 되었다. 그의 아버지는 바람을 피웠고 자기 집을 들개 마냥 들어갔다 나왔다 했다. 늙은 할머니가 사촌을 데리고 살았다. 애들은 학교를 가고 싶으면 갔고, 가기 싫으면 안 갔다. 스무 살이 되어 이혼한 어미가 'ㄴ'을 데려다가 중학교를 졸업시켰다.

지하철 공사에서 소장으로 있던 고모부가 'ㄴ'을 데려다가 막일을 시켰고, 거기서 짝을 찾아 결혼을 시켰다. 둘은 부족하지만 알뜰하게 살았다. 허드렛일로 몇십 년을 살다가 운전면허를 따서 개인택시 기사가 됐다. 나는 그를 보면 불쌍했지만 잘 살아내는 것을 보면 그렇게 고마울 수가 없었다. 'ㄴ'은 성실했다. 나만 보면 '누야, 누야.'하고 잘 따랐다. 나는 그의 등을 두드려주며, '그래. 넌 훌륭하구나. 정말 훌륭하구나.'를 외치며 칭찬했다. 지금은 늙어서 떠돌던 아버지가 시골집으로 들어왔고, 객지에서 공장에 다녔던 엄마를 시골로 보내 합쳐서 살게 했다. 매달 60만 원씩을 생활비로 지불했다. 내가 듣기로, 보통 집 아들을 의과대학까지 졸업시켜 전문의사를 만들었다고 했다. 그리고 당신의 집을 팔아 병원을 차려주었지만, 용돈으로 15만 원씩 받기가 힘들다고 들었다. 이것은 수간호사가 말한 통계적 숫자였다.

그런데 가난하게 사는 'ㄴ'에게서 돈을 빌린 것으로도 모자라 갚지 않아서 애를 태우게 만들었다니 말이 되냔 말이다. 가족 모임이나 명절에 아이들에게 주는 용돈을 남동생네 애들이 돼지 저금통에 넣어 꼬박꼬박 저축했다. 어느 날, 그들 엄마가 그것의 배를 갈라 저축한 용돈을 몽땅 가져가서 썼다. 애들의 어미라 말할 수 없었다. 그는 어미가 아니었다. 미친 악녀였다. 그는 자기가 불리하면 아파서 누웠다.

금방 죽을 것처럼. 가슴이 터져서 숨막혀 죽는 사람처럼 시늉했다. 자기는 오래 못산다고 애들에게 호소했다. 어린 애들은 어미가 죽을까봐 발발 떨었다. 그는 그렇게 애들을 세뇌교육 시켰다. 애들에게 어미는 죽을지도 모르는 불쌍한 어미이니까 모두에게 용서하라 했다.

나는 그가 웃겼다. 그의 식대로 한다면 그는 이미 죽었어야 했다. 그러나 그는 멀쩡히 잘 살고 있었다. 그는 속임수의 왕이었다. 그는 온 사람을 속여 저는 왕비가, 공주가 됐다. 그는 빚내는 데도 선수였다. 제 남편을 꼬드겨서 퇴사를 시켰다. 사업을 하면 돈이 그냥 떨어질 것이라 생각했다. 우리는 동생을 닦달했다. 다시 회사로 돌아가라고. 동생은 빚만 잔뜩 지고, 그 회사로 다시 돌아갔다. 빚쟁이들은 올케에게 돈을 달라고 서서히 조여 왔다. 그 당시 회사는 중국으로 진출한 상태였다. 중국에서의 일은 바빴다. 그곳에서 회사를 설립했고, 오랫동안 회사일로 인해 중국 체류가 길어졌다.

올케는 신이 났다. 게으른 사람에게, 남편의 부재는 제격이었다. 김밥 사면 애들 밥은 해결되었다. 냉장고에 필요한 일회용 편의점 물건을 꽉 채우면 됐다. 아이들은 애들끼리 놀면 됐다. 그는 밤을 새워가며 자기가 좋아하는 비디오를 봤다. 애들은 알아서 학교에 갔다. 엄마는 항상 아픈 사람이었다. 12시경에 일어났고 오후가 되면 힘이 났다. 출장 간 아줌마들끼리 뭉쳤다. 노래방에서 남자들과 어울려 즐겼다. 그곳에서 그는 명가수였다. 그는 노래로 음대를 지원해볼까 해서 미국을 들락날락 했던 사람으로 소문났다.

새 아파트 분양 받아간 그곳에서 다시 빚을 내기 시작했다. 시부모님의 두 번째 주택을 팔아 빚잔치하고 시골 논바닥에 대형 아파트를 분양받아 갔으니, 그는 그곳에서 새로운 마나님이 되었을 터였다. 그는 그곳에서 멋있는 사모님이 되었고, 부동산에 들러 공부를 시도하다가 부동산 업자와 결탁을 했는지 여하간 그곳에서 일을 했다. 그는 멋진 차가 필요했다. SM5를 남편 이름으로 부금을 내는 조건으로 뺐다. 그는 열심히 사모님 행세를 했다. 멋진 애인도 두었다. 그러나 그가 쓴 빚과 자동차 부금은 월급으로 충당되지 못했다.

언제부턴가 아파트 관리비도 못 냈다. 그의 빚은 빚을 불렀고, 온천지에 빚쟁이들이 아우성을 쳤다. 동생은 중국에 있어서 몰랐다. 아니, 알면서도 모르는 척했을지도 모른다. 아이들은 학교에 갈 수 없었다. 아이들은 집에 꼭꼭 숨었다. 어미는 어디 갔나 했더니 없어졌다. 애들 셋은 관리사무소에서 찾으면 사람이 없는 것처럼 숨었다. 그렇게 살 수는 없었던지 올케는 애들 셋을 데리고 시골 친정집으로 내려갔다. 그리고 그 소문이 나에게 들려왔다. 올케가 빚쟁이들 때문에 친정에 갔다고.

이 소식을 들은 시어머니이자 내 어머니는 사지를 벌벌 떨었다. 어찌 이럴 수가 있는가?

나는 친정어머니에게 화를 벌컥 냈다.

- 마지막 임대료 받는 여인숙 집도 아들에게 주신다면서요?
- 집 두 채 주어서 해먹으면 됐지. 전부 다 줘야한다면서요?
- 그렇게 잘난 며느리 얻었다고 차 사줘, 집 사줘, 며느리에게 차를 운전시킨다더니 말이요.
- 애가 안 생긴다고 보약, 환약에 온갖 정성을 들이더니만….
- 나는 딸이라고 보약 한 번 져주는 일 없더니만….

그날 오후 어머니는 등산용 지팡이를 짚고 시골 사돈댁을 찾아갔다. 그리고 아파트 현관문을 때렸다.

- 네 년이 며느리가?
- 네 년이 우리 집에 들어와서 우리 집 다 망했구나. 망했어.
- 온갖 집 다 팔아먹고 네년이 사람이가?

그렇게 몇 시간을 두드리고, '아이고~!' 땜을 하고 돌아왔다. 쇠 지팡이는 모두가 망가졌다. 그 후 아이들은 제 집으로 왔고 올케는 사라졌다. 관리소와 빚쟁이는 수시로 현관문을 두드렸다. 아이들은 이불을 뒤집어썼고, 물소리 없이 조용히 숨죽이고 그들이 갈 때까지 기다렸다. 엄마도 없어졌고, 애들은 어미를 찾아 전화를 자주 했다. 어느 날 엄마와 통화 했다.

- 응, 여기 호주야.
- 몸이 안 좋아서. 죽을 지도 몰라.
- 죽기 전에 잠시 쉬러 왔어.

애들은 엄마가 죽을 것 같아서, 죽으면 안 되니까 엄마를 용서했지만, 난 시누이였기에 용서할 수 없었다. 시누이인 내 입장에서 그년은 미친년이었다. 또 빚잔치를 해야 하는데 무슨 돈으로? 어떻게? 어떤 놈을 꿰차고? 그년은 잡년이었다. 우리 집을 말아 먹으려고 시집온 년이었다. 나는 남동생을 욕했다. '아이고, 썩을 놈, 여시같은 여우에게 홀려서 집안을 말아먹다니! 어쩌면 좋을까?'를 반복했다. 애들 외할머니는 큰딸의 애들을 돌봤다. 애들의 큰 이모가 학교 선생을 했고, 외할머니에게 애기 보는 값을 주면 그것으로 생활비를 했다.

작은딸 애들을 돌볼 수도 없었고 학교를 보낼 수도 없었다. 나와 내 여동생은 남동생 애들이 학교에 다니지를 않으니 미쳐 죽었다. 어찌 남동생과 며느리가 애들을 학교에 보내지 않고 방치를 한단 말인가? 우선 애들을 여동생이 데리고 왔다. 여동생 애들 2명과 남동생 애들 3명을 자기 집에서 학교에 보내기로 했다. 그리고 오빠 월급을 동생 통장으로 이전 시켰다.

*

상하이 여행 셋째 날, 나는 허리통으로 움직일 수 없었다.

허리통으로 몸을 일으켜 세울 수 없었다. 화장실에 가려면 기어야 했다. 내가 나를 세워서 버틸 수 없으니 낭패였다. 어디서 무리를 했는지 알 수가 없었다. 후는 휴일에 우리랑 황산을 가겠다고 예약했다. 나는 아침 일찍 취소를 요청했다. 허리통이 얼마동안 나를 괴롭힐지 몰랐다. 나는 계속 누워 있었다. 찜질팩으로 몸을 다스렸다. 이럴 때 생각은 많아졌다.

- 그래, 움직일 수 있음에 감사하자.
- 몸이 허락하는 한, 돈과 시간을 아끼지 말고 내 주변 사람들과 항상 즐겁게 생활하자.

- 내 몸과 마음이 자유로운 것에 감사하자.

- 몸의 고통으로 인해 모든 것을 잃어버릴 수 있음을 잊지 말자.

그렇게 하루가 지나갔다. 이튿날 아침 몸을 뒤틀어서 힘을 주어 벽을 잡고 일어났다. 숙소는 복층이었다. 침실은 2층이고, 부엌과 거실은 아래층이었다. 벽을 잡고 계단을 내려왔다. 허리를 끈으로 꼭꼭 묶고 힘을 줘서 나를 일으켜 세웠다. 굽히지는 못해도 설 수는 있었다. 한 손으로 싱크대를 잡고, 가스대에 냄비를 올리고 달걀을 삶았다. 다른 냄비에 신 김치와 돼지고기를 넣고 찌개를 끓였다. 이층에서 잠자다 말고 후가 내려왔다. 김치찌개 냄새에 먹고 싶어서 잠을 깼다고. 그는 밥을 말아먹고 남경으로 출장 갔다.

오랫동안 동생들을 밥해 먹였고, 이젠 졸업해서 혼자 사는데, 회사에서 먹는 중국 음식에 진력났다고. 대표님들이 면을 좋아해서 면으로 식사를 하는데 후는 그것을 싫어한다고. 밥을 굶는 일이 많다고. 나는 후가 좋아하는 음식을 챙겨주고 싶었다. 밖은 눈이 오고 있었다. 평생 눈이 없는 곳이라 했다. 한국은 지금 영하 14℃~15℃도라 했다. 창 너머 눈발이 하얗게 서렸다. 아파트 빌딩은 계곡 같았다. 계곡 아래 황포강 지류가 흘러갔다. 지류는 바람이 불면 물살이 빨라졌다. 바람이 잦아들면 수면은 고요했다. 밤에는 강변에 초록 불빛과 노랑 불빛이 빛났다.

그 다음날도 눈이 계속 쏟아졌다. 밤 12시경 후가 문자 보냈다.

- 고모 먼저 주무세요. 눈이 많이 와서 기차 속에 갇혔어요.

다음날 새벽 6시에 집으로 왔다.

- 너 기차 속에서 잠을 잤어?
- 응, 고모. 여기는 차비를 안 돌려주려고 그냥 차 안에서 재워.
- 진짜 미치는 일이구나.
- 그냥 쭈그리고 눈 감고 밤을 새는 거야.

그는 샤워하고 다시 침대로 가서 잠을 잤다. 잠을 자다가 핸드폰이 울리면 일처리를 했다. 그는 계속 잠자다가 일하다를 반복했다.

나는 한낮에 내 몸을 세울 수 있어서 진통제를 복용하고 살살 움직이기로 했다. 전철을 타고 예원을 탐방했다. 그곳은 명·청 시기의 대표적인 강남 정원으로 1559년 명나라 관료였던 반윤단이 아버지의 안락한 노후를 위해 만든 곳이었다. 예원의 상징은 물 위로 건너는 다리가 아홉 번 직각으로 꺾인다는 구곡교였다. 원래 반은의 침실로 가는 다리였다. 세도가였던 반 씨에 의해 죽은 자가 많아, 죽은 자들의 귀신이 더디게 침입할 수 있도록 만들었다 했다. 그 당시 귀신인 강시는 한 방향으로만 뛸 수 있었다고 믿었으며, 그래서 지그재그로 만든 구교는 침입할 수 없다고 믿었다 했다.

예원 한가운데, 회경루가 있었다. 아름다운 물과 기암괴석, 정자들을 물 위의 다리로 이은 아름다운 곳이었다. 그곳은 멋진 인공 호수, 인공 산, 꽃이 만발한 누각으로 가득 했다. 누각은 아름다운 건축술을 자랑했고, 산 위에는 전망대를, 오르고 내리는 길은 바위와 나무, 꽃으로 장식됐다. 바닥은 육각형 틀에 보석을 박아넣듯이 작은 돌로 채웠다. 그곳을 감상하고 출구로 나왔다. 예원 밖은 예원 상성으로 더 화려한 상업단지가 있었다. 선물가게, 먹거리 가게가 사람들로 꽉 찼다. 우리는 그 길을 따라 샛길을 거쳐 근방에 있는 조용한 공원을 산책했다. 대나무 숲으로 이어진 산책길이 있었다. 그 길 옆은 작은 천이 길을 따라 흘러갔다. 그곳에서 몸과 마음을 휴식하고 숙소로 왔다.

*

글을 왜 쓰는가? 써서 어쩌려고? 나를 드러내려고? 어느 글쓰기 책에서 말했다.

> 나를 표현하고, 쓰고 싶은 것을 써라.

그 글을 봤을 때 나는 기뻤다. 그냥 쓰면 그 나름대로 내공이 쌓인다는 것으로 이해했다. 그러다가 막상 글을 쓰려 하니 글 쓸 것이 없었다. 뭘 쓸까? 쓸 것이 무엇인가? 갑자기 머릿속이 하얗고, 까맸다. 그러다가 김병완의 『기적의 글쓰기』라는 책을 읽었다.

> 결국 글이란 당신에게서 흘러나오는 또 다른 당신인 것이다. 당신 자신에 대해 당신은 강한 신념을 가지고 있어야 하며 당신의 내면에 존재하고 있어야 한다.

지은이의 말을 듣고 힘이 났다. 그래서 내가 겪은 일, 내게 보이는 일, 남에게 보이는 내 모습을 쓰기로 했다.

다시 앞으로 가서.

여동생이 조카 셋(여자)을 데려다가 자기 집에서 제 아들 2명과 함께 5명을 키웠다. 학교에 보내고, 학원에 보냈다. 동생은 슈퍼 가는 것도 일이었다. 아이 다섯은 쇠도 부술 수 있는 먹성을 가졌다. 우유, 음료는 하루가 멀다하고 박스 채 사라졌다. 그는 열심히 밥해 먹이며 키웠다. 여자 애들이라 작은 고모를 잘 따랐다. 작은 고모 덕분에 조카들은 가족이라면 어떻게 사는 것이 행복한 것인가를 알았다. 조카들은 제 집에서 다니던 마실(동네 나들이)을 더 이상 다니지 않게 되었고, 공부가 중요함도 알았다. 그동안 방치한 학교 공부는 학원에서 채웠다.

제부와 동생은 공부를 소홀히 하면 혼냈다. 그들은 조카들의 공부길을 잘 안내했다. 큰애는 좋은 중학교에 합격했고, 작은애도 늦지만 잘 따라갔다. 남동생은 여동생에게 고마움을 느낌과 동시에 미안함을 느꼈다. 남동생의 모든 재산이 사라졌다. 빚만 남았다. 올케는 바람을 따라 사라졌다. 월급은 여동생네로 입금되었다. 아이들은 잘 자랐고, 그런대로 생활은 이어졌다. 나는 큰누나로서 걱정이 많았다. 학비를 절약해서 남동생이 기틀을 잡을 수 있기를 바랐다. 그러나 그럴만한 돈이 없었다.

올케는 어느 날 바람 따라 왔고 바람 따라 가버렸다. 제 애들이 보고 싶다고. 여동생은 애들이 어미 보고 싶은 것이 당연하다며 만나게 했다. 나는 그것을 용서할 수 없었다. 집안을 망가뜨리고 무슨 낯으로 새끼를 보러 오냐고. 여동생과 나는 자주 싸웠다. 여동생은 조카들이 어미를 사랑하는 것이 당연하다며 만나게 해줬다. 나는 그 미친

년을 만나면 검게 물들어서 안 된다 했다. 공중에 뜬 남동생네 가족의 호적을 내 집으로 이전시켰다. 결국 그 미친년의 빚더미가 우리 집으로 날아 왔다.

빚더미를 보면 나는 속이 탔다. '이 많은 빚을 어떻게 갚을꼬.'를 외쳤다. 그년은 수시로 여동생네 집을 찾아와 애들을 만났고, 여동생은 어미라고 용서했다. 그년의 빚은 내 빚이 됐고 나는 그년을 용서할 수 없었다. 그년은 나를 제 빚더미에 넣고 당연히 큰고모가 제 빚을 갚아줘야 한다고, 애들에게는 세뇌 교육을 시켜 큰고모가 나쁘고 부당한 사람이라 만드려고 했다. 그년은 배우였다. 자기 잘못은 잘못이 아니었다. 큰고모는 나쁜 년으로, 애들 아빠도 나쁜 놈으로, 저는 나약해서, 어쩔 수 없는 심장이 약한, 금방 죽을 수도 있는, 약하고 착한 여자일 뿐이었다.

아이들은 내 눈을 피했다. 작은 고모와 짝짝이를 맞췄다. 나는 여동생이 하는 행동을 옳다 여기게 됐지만, 그것이 최선이라고는 결코 생각할 수 없었다. 나는 수시로 그 미친년을 욕했다. 그는 자기 몸만 살리려 했고, 이거 저거 온갖 물건을 사서 카드빚으로 남았다. 그는 그의 물건과 물품에 집착했다. 그는 남의 것은 내 것이 되고, 내 것도 내 것이 되게 했다. 그는 보는 대로 샀다. 그에게 절제는 어려웠다. 그의 몸은 항상 무거웠고, 아파서, 수시로 병원에 입원했다. 그는 주말마다 찜질로 몸을 데웠고, 뜨거운 목욕탕에 가야 몸이 살아났다. 나는 그를 이해 못했고 그는 나를 이해 못했다. 우리는 간격이 멀었고 서로 닿을 수 없었다. 나는 그들이 잘 살아서 나를 부르지 않기를 바랐다. 그러나 그들의 허물은 내 것이 됐고, 그들의 잘못도 내 것이 됐다. 나는 나대로 심적 고통으로 인해 미쳐가고 있었다.

*

그런데 나는 지금 그의 딸인 상하이에 있는 후네 집에서 숙박하고 있는 것이다.

우리는 많이 굴곡진 역사를 다시 되돌아보며 이야기했다. 후는 작은 고모네 집에서 공부하다가 20년 전에 아빠를 따라 중국으로 이사 왔다. 그는 중국 국제 고등학교를 졸업하고 한의대를 다녔다. 2년을 마치고 그는 재수를 했고, 북경대에 다시 입학해서 들어갔다. 그 당시 나는 또 다시 후 때문에 미쳐 죽었다. 2년 동안 보낸 학비가 허사가 되었으니 말이다. 나는 그를 욕했다.

- 동생도 둘이나 있는데, 네가 미쳤구나?
- 네가 무슨 재벌 집 딸인 줄 아느냐?
- 한국에서 한 사람 유학생을 보내려면 그 당시 30억이 있어야 하는데, 빚쟁이에 돈도 없으면서 3명을 유학시키는 것이 말이 되느냐?

그렇게 욕했다.

상하이 방문 일곱째 날.

상하이는 오늘 휴일이라 우리는 후와 함께 마사지를 하러 갔다. 후는 허리가 아픈 내게는 그것이 최고라 했다. 등과 발을 오랫동안 마사지 했다. 나는 구부리지를 못했다. 후는 나를 케어 했다. 바지를 입혀주고 나를 붙잡아서 쓰러지지 않게 했다. 몸은 시원했다. 숙소로 오면서 남편은 말했다.

- 야, 너 한의대 나온 거보다 방송학과 나온 것이 낫다.
- 고모부, 그래요. 한의대 나와 봐야 한국 가서 힘 못써요. 그 친구들 다시 미국으로 가서 자격증 따서 한국에 가야 돼요. 그래도 한국에서 밀려나요.
- 그렇구나.
- 야, 나는 그때 네가 미워 죽겠더라구. 2년 학비가 다 날아갔잖아? 너라면 네 조카가 학비 2년 치 다 없어지면 넌 괜찮겠니?
- 고모, 나 이해해요. 나도 그랬을 거예요. 그때 비하인드 스토리가 있어요.
- 어떻게?
- 학교를 바꾸려고 아예 학원을 찾아 갔어요. 가서 200만 원을 빌려 달라했어요 다달이 받는 용돈으로 갚겠다고. 그리고 나는 북경대에 꼭 합격하겠다고 말했어요. 그랬더니 빌려주더라고요. 그리고 그 학원에서 공부했어요.
- 어쨌든 너 잘하긴 했다. 고모 속이야 썩었지만. 그래서 이렇게 네 덕을 볼 줄 알았겠냐?

갑자기 작가 박범신이 「유리」에서 말한 이치를 생각했다.

> 하나의 원주에 수백 수천의 선을 그을 수 있듯이, 크든 작든 세상에도 수백 수천의 길이 있고 그것들은 또한 한시도 머무는 법이 없었다. 맺어지고 흩어지면서 길은 밤낮없이 흐르고 있었다. 땀과 눈물, 고통에 찬 환란과 유쾌한 속임수, 무성한 생성과 쓸쓸한 소멸이 덩어리 덩어리져 하나로 흐르는 게 바로 길이었다. 누구인들 어찌 그것에 흘리지 않겠는가.

이 구절은 나와 후와 그의 어미를 이해하며, 용서하는 길이 되었다. 모두 지나간 역사의 길이었다. 나는 나의 길을 가는 것이고, 후는 후의 길을, 그의 어미는 그의 어미의 길을 가는 길이었다. 나의 길이 옳을 수 없었고 그들의 길이 옳을 수 없었다. 그냥 자기가 가는 최선의 길을 갈 뿐이었다. 나는 자연스럽게 나만의 길을 나 스스로 따라가기를 바랐다. 누구의 간섭도 없이 자유롭게 즐기며 갈 수 있는 길이면 더 좋겠다. 누구든 서로 조화롭게, 편안히 내 길을 함께 가도 좋았다.

*

후의 어미는 제가 만든 빚더미를 스스로 포기하고 바람처럼 사라졌다.

시어머니를 꼬드겨 집을 팔았고, 그 돈으로 다시 분양받은 큰 아파트는 몇 년이 되지 못해 다시 빚잔치를 해야 했다. 두 번째 대형 빚잔치가 됐다. 빚잔치를 갚기엔 버는 돈이 턱 없이 모자랐고, 고스란히 시어머니와 내가 물려받아야 했다. 그는 스스로 이혼 서류를 만들었고, 스스로 물러났다. 빚과 애들이 남겨졌다. 이혼 후 한 달이 지나 그는 다시 사기를 쳤다. 이혼 전에 만들어놓았던 주민등록등본을 가지고 은행으로 갔다. 거기서 남편이 출장 중이라 월급이 나오지 않는다면서 생활비로 1,000만 원을 융자내서 가져가버렸다. 그 고지서는 우리 집으로 날아왔다(아빠와 애들이 우리 집 주소로 이전되었기 때문에).

나는 그를 죽이고 싶었다. 온 천지에 빚, 빚. 애들과 홀로 있는 시어머니까지, 전부 내 책임이 었다. 또 다른 사기로 나를 얼마나 더 힘들게 할 것인가? 나는 바로 남동생을 호출했다. 나는 그 사기 행각을 용서할 수 없었다. 그는 시도때도 없이 다른 사기를 쳐서 돈을 먹을 여자였다. 나는 남동생에게 말했다.

- 난 더 이상 너의 빚을 감당할 능력도 없고 더 어떻게 할 수 없구나. 이것은 경찰의 도움을 받아야 한다.

남동생은 마음이 여렸다. 그러나 더 큰 분란을 방지하기 위해 그를 고발했다. 후네 어미는 경찰서로 끌려갔다. 후네 어미는 남편을 보자마자 울면서 까무러쳤다. 애들의 어미는 명배우였다. 후네 어미는 남편을 읍소작전으로 쾌오시켰다. 나는 동생을 욕했다. 그놈은 그년을 불쌍해서 용서했다고. 새 빚은 엄마와 내가 다시 질 짐이 됐다. 미친년과 미친놈의 것을 왜 내가 책임져야 하는가? 나는 엄마도 꼴보기 싫었다. 무슨 일만 있으면 나에게 '넌 큰 애가 아니냐?'라면서 책임을 떠 넘겼다.

엄마네 집을 넘겨줄 때는 말없이 잘도 넘겨줬으면서 말이다. 자기들끼리 작당하고 일을 벌였으면서 잘못된 것은 모두 내 책임이 됐던 것이었다. 그 후 어느 날, 미친년이 어느 잡놈과 연애를 했다. 그리고 애들을 만나러 왔다. 남편 이름으로 몰래 뺀 차를 가지고. 거기에는 이상한 사랑의 CD 판이 있었고, 그 잡놈이 있었음을 애들이 확인했다. 그 소문은 나에게까지 들려왔다. 나는 그 미친년을 그렇잖아도 어떻게 할 수도 없어서 분통이 터졌는데, 이번엔 잡놈까지? 나는 다시 심적 고통으로 미쳐갔다. 그년은 애들에게 이메일을 자주 보냈다.

- 나는 너네 아빠를 제일로 사랑한다.
- 너네가 보고 싶다. 엄마는 이 세상에서 너네를 제일 사랑한다.

이메일 속에서 애들은 제 어미가 잡놈에게 보낸 사랑의 편지를 읽었고, 제 어미의 연애 사건이 들통 났다. 그래도 애들에게 제 어미는 천사였고, 큰고모는 악녀, 제 아빠도 악부가 되어 있었다. 미친년의 세뇌교육은 오래 갔다. 그년만 생각하면 피가 거꾸로 솟구쳤고, 살이 떨렸다. 다시 일 년 후, 아이들은 아빠가 있는 중국으로 보내졌다. 남동생은 나에게 먼저 학비를 원조받았으면 한다고 간청했다. 후불로 월급을 타서 지불하기로 했다. 아이들 셋은 방학이 되면 우리 집으로 되돌아왔다. 방학 내내 우리 집에서 기거했다. 나는 애들이 오면 백지에 약속을 기록했다.

〈 각서 〉

1. 엄마를 만나지 않기.
2. 학비를 나중에 꼭 갚는다.
3. 북경에 집을 산다.
4. 학비를 보탠다.

2009. 7. 1. 후. 사인

1. 엄마를 만나지 않는다.
2. 졸업하면 나중에 돈 꼭 갚는다.
3. 북경에 집을 꼭 산다.
4. 알바로 돈을 번다. 그 돈 고모 준다.

2009. 7. 1. 채. 사인

1. 엄마를 만나지 않는다.
2. 학비를 나중에 꼭 갚는다.
3. 북경에 집을 꼭 산다.
4. 돈 모으면 고모한테 먼저 줘서 보관해 달라고 한다.
5. 되도록 알바해서 학비를 번다.

2009. 7. 1. 다. 사인

절대 사표 안 씀.
60세까지 근무함

2009. 1. 23. 15:55 호. 사인

나는 애들 아빠를 중심으로 각서를 쓰게 했고, 애들에게도 각서를 쓰게 해서 생활 리듬을 알리려 애썼다. 너희들이 대학 졸업 후 돈을 많이 벌어서 너희 엄마에게 가져다다 줄 수 있을 때 만나야 한다고 강조했다. 검은 물에는 쉽게 물들 수 있고, 그 순간 그들의 삶을 망칠 수 있을 것이라 생각했다. 나는 애들을 지키려 애썼다. 그러나 시간은 순조롭고 조화롭게 흘러가지 못했다. 어느 날, 그 어미의 핸드폰 값 100만 원 이상이 큰딸 후의 앞으로 날아왔다. 그 고지서가 우리 집으로 왔을 때 나는 다시 또 미쳐죽을 지경이 되었다.

후는 각서와 상관없이 제 어미를 만났고, 그 만남을 통해 또 돈 잔치를 했다. 그리고 핸드폰 값은 후의 앞으로 청구되었던 것이다. 당연히 난 그런 사실을 전혀 몰랐다. 오로지 후의 어미의 못된 행위이었을 것으로만 생각했다. 후도 제 이름으로 지불 못한 핸드폰 비용이 그렇게 많이 나올지는 몰랐던 것이었다. 100만 원은 후가 생각해도 학비만큼이나 큰돈이었다. 그 비용을 갚지 않으면 그는 그 자리에서 신용불량자가 될 판. 후도 미칠 지경이었다.

내가 더 미치는 일은, 이들 식구들이 안 만난다고 했음에도 저희들끼리 내 눈을 속이며 몰래 만났다는 것이다. 그리고 그들이 만나면 사단이 나는 일이 반드시 생겼다. 그리고 그들은 그들끼리 서로를 헐뜯으며 대판 싸웠다.

*

상하이에 하루 종일 눈이 내렸다. 있을 수 없는 일이라 했다. 숙소에서 건너편으로 동방명주니, 상하이 빌딩이 다 보였다. 눈과 비가 와서 공기가 좋아졌다. 후는 이제까지 그 빌딩을 본적이 없다 했다. 연기가 자욱하게 온 세상을 덮었던 것처럼 하얀 구름처럼 온천지를 덮었다. 심할 때 앞에 있는 사람도 보이지 않았다. 그렇게 공기가 나빴다. 우리나라에서 먼지 지수가 134까지 오르면 테니장 멤버들 사이에서는 난리가 났다. 절대 테니스를 칠 수 없다고. 그런데 여기 상하이는 자고 나면 실내 공기 지수가 보통 134였다. 청정기를 돌려야 오십 이하로 떨어졌다.

나는 한국의 쾌적한 공기에 감사했다. 우리나라만큼 살기 좋고 아름다운 곳도 없는데, 사람들은 그것을 모른다는 것이 안타까웠다. 이념에 불타서, 우리는 좋은 놈, 너네는 나쁜 놈, 따위를 외치는 일만 없으면 좋겠다. 우리나라 사람이 가진 생리인 걸까? 여하튼 모두가 지혜롭게 살아갔으면 좋겠다. 무조건 죽일 놈을 찾지 말고 서로 양보하면서 조화롭게 살기를 바랄 뿐이다. 그래도 나는 멕시코를 여행하고 한국의 정부, 정치구조가 훨 낫다고 생각했다.

멕시코는 16세기 스페인에 정복된 뒤 카톨릭을 믿을 걸 강요받고, 노동력과 재산을 착취당했으며, 천연두라는 질병으로 많은 사람이 죽었다. 17세기에 식민지로 이주해온 스페인 귀족들은 원주민의 노동력을 이용해 부를 쌓았다. 식민 경제가 300년간 이어지면서 정착민과 원주민의 혼혈인 메스토소가 널리 퍼졌다. 1821년 스페인으로부터 독립은 했으나 결국 멕시코 출신 스페인인들이 멕시코의 지배층이 되었고, 원주민과 메스토소는 멕시코의 하층민으로 살아가고 있다. 결국 이주한 스페인이 멕시코 전체를 소유하고 지배하고 있는 것이다.

반면에 우리나라는 이쪽이든 저쪽이든 한국 사람이라는 것이 중요하다. 그들이 서로 권력다툼을 하고 싸우지만, 결국 같은 민족이다. 만일 역사가 변하지 않았다면, 일본의 식민지에서 독립했다 해도 일본인이 지배층에 있었을 것이고, 한국인은 피지배층으로 영원히, 평생, 노예로 끝나가는 삶을 살아가게 됐을 것이다. 오! 정말 끔찍한 일이 아닌가. 나는 윤봉길 의사, 안중근 의사 등 수많은 독립운동가에게 감사했다. 그분들이 일제강점기에 폭탄을 던져 거사를 치르며 독립운동을 했으므로 우리나라가 이렇게 존재하고 있지 않은가?

제발 정치인들이 자기 권력을 위해 나라를 파는 일이 없기를 바랄 뿐이었다. 나라의 근본은 국민에게 있다는 걸 잊지 않고, 지배층이 진실을 가지고 자신의 권력을 탐하지 않으며, 진정한 나라를 세우고자 하는데 힘써주기를 빌 뿐이다.

*

어미와 후는 대판 싸웠고, 후는 신용불량자라는 이름을 남기고 다시 중국으로 갔다.

나의 단속은 어미를 잊게 하지 못했다. 애들은 어미를 만나고 헤어지는 것을 반복했다. 그들의 만남은 항상 검은 먹물을 남겼고 먹티는 내가 뒤집어써야 했다. 그래도 세월은 흘러갔다. 애들은 조금씩 중국에 적응하면서 성장했다. 남동생도 애들과 함께 어미와 아빠 역할을 담당하며 잘 견디며 살았다. 애들은 국제학교로 등교했다. 회사와 1시간 반이나 걸렸다. 수시로 애들을 케어하며 먼 거리를 왔다갔다 했다. 공산 국가라 외국인 치안은 철저해서 다행이었다.

아이들끼리 그곳에서 그런대로 잘 적응했다. 아침은 두유와 빵으로 했고, 점심은 학교에서 주었다. 저녁은 아빠가 밥통에 밥을 해 놓았다. 파출부가 와서 청소했고, 가정교사를 두어 언어와 모자라는 공부를 가르쳐주었다. 그렇게 하루하루를 잘 견뎠다. 첫째와 둘째는 연년생이나 막내는 6~7세 차이가 났다. 텀이 긴 막내가 항상 문제가 됐다. 혼자 있을 경우가 문제였다. 어느 때인가 친할머니를 중국에 모셔 놓고 막내를 돌보게 하려 했더니, 어머니는 농사 때문에 안 된다했다.

당신이 낯선 곳에서 TV도 안 되고 하루 종일 집에만 있어야 하는 고역을 참을 수 없어 했다. 당신은 무조건 깨 농사 때문에 안 된다고, 빨리 가야 한다고 했다. 집안에만 혼자 있는 생고생을 당신은 참을 수 없었던 것이다. 해마다 방학이 되면 그들은 우리 집으로 돌아왔다. 방학 내내 우리는 싸우고 미워하면서 더불어 살았다.

어느 봄 날. 우리 집으로 남동생 이름으로 된 3천만 원의 빚이 신용회사에서 날라왔다. 이게 무슨 소린가? 나는 하늘이 까맣고 심장이 떨어져 나갔다. 이상한 빚은 나를 다시 땅속으로 묶었다. 출처는 후네 어미의 소행이었다. SM5를 남동생 이름으로 할부해서 샀고, 그 자동차를 이용해서 여기저기 담보를 끌어다 돈을 썼다. 그중 하나가 신용회사로 넘어갔고, 그 결과 생긴 3천의 빚을 동생이 갚아야 했다.

담보 회사와 후네 어미는 사기꾼의 달인이었다. 서로 짜고 빚을 만들었다. 신용을 주고 다시 그 차를 담보로 더 많은 빚을 주고 이자를 만들어 냈다. 차 값은 2천만 원 조금 넘는데 빚과 이자는 7천이나 됐다. 나는 동생을 욕했다.

- 아이고, 썩을 놈, 아이고, 미친년, 이집 것들이 나를 다시 또 죽이는구나!'

살만하면 빚이 날아왔고, 살만하면 다시 빚이 넘어오니! 잘못된 미친년 때문에 우리는 평생 빚더미 속에서 벗어날 수 없겠구나. 그래서 나는 방학에 우리 집으로 오는 애들을 붙잡고 다시 각서를 써야 했다.

그래도 세월은 흘러갔다. 그 시절 어떻게 모든 빚을 갚았는지는 생각이 나질 않았다. 죽을 것 같던 일들이 영화처럼 사라졌다. 그것이 이제 역사가 됐다. 애들도 다 자랐고, 이제 제 할 일을 하고 있으니 제 어미를 만나든 말든 나는 상관하지 않았다. 함께 무덤 속으로 가든 말든 자기의 길이었다. 나는 이제 그들의 인생에서 방관자였다. 각자의 길은 각자가 가는 길이라 생각하니 마음이 편했다. 내가 최선으로 그들을 도왔다는 것, 그 자체로 나는 감사했다.

*

중국에 가면 나는 겁이 났다.

중국은 대평원에 수없이 그림을 그리듯이 아파트만 지어갔다. 규모도 커서 한국의 도시 하나 정도의 지역이 새로 형성되었다. 백화점이 들어서면 또 다른 소형도시가 그 주변을 장식했다. 사람도 많고, 집도 많고, 소비자도 많았다. 그에 비하면 우리나라는 나라가 아니었다. 나는 중국이 발전하고 일어서는 나라가 되어 그것이 무서웠다. 그들의 발전은 우리나라를 집어삼킬 것 같은 느낌이 와서 더 크게 무서웠다. 2010년이나 2011년에 내가 방문 했을 때, 현대 중공업은 번창했다. 대형 중장비가 넓은 평원을 가득 채웠다. 그 중장비는 한 대에 1억 원이었으며, 불티나게 팔렸다.

그 후 몇 년 사이 중국은 그런 중장비를 손쉽게 만들어냈고, 현대 중공업과 다른 한국기업들은 힘을 못 썼다. 중국은 차츰 돈의 나라가 되어갔다. 어디든 돈의 냄새를 풍겼다. 그중 도시 건설은 하루하루가 달랐다. 시내 중심가에 있는 고풍스러운 아름다움을 간직한 옛 집과 상가, 수로를 따라 거래하던 상인들의 거리 등이 사라졌다. 아름다웠던 옛 거리는 쉽게 뒤집혔다. 그곳에 돈이 되는 다른 것들을 만들어 갔다. 거대한 물건은 거대한 돈을 불렀고, 거대한 돈은 다른 나라를 넘봤다. 그래서 작은 우리나라는 더 위험해졌고, 그것을 느낀 나는 중국의 도시를 보면 불편했다.

나는 이번 상하이를 방문하면서 해리 덴트의 『2019 부의 대절벽』이라는 책을 읽었다. 그 책을 보면서 중국의 실체를 확인해 보았다.

> 무지한 경제학자들은 요즘 중국의 국가주도 자본주의 모델을 미래의 새로운 모델로 극구 칭찬하고 있다. 과연 그럴까?
>
> 이전의 구소련과 같이 중국 정부는 국가가 책임져야 할 여러 필수 기능을 수행하지 않고 있다. 중국은 국민을 대변하지 않으며, 자본주의를 통해 얻은 이익을 그들에게 적절하게 배분하지도 않는다. 그들은 자본주의에 필요한 법을 만들지 않고, 법이나 규제, 공정거래를 집행할 법

적 시스템도 제공하지 않는다. 그들은 환경오염 등 자유시장이 고려하지 못하는 문제를 규제하지 않고 있다. 그들은 매우 해로운 일을 벌이고 있다.

지나치게 급격한 도시화 : 다른 많은 선진국과 달리 중국 경제는 소비자의 수입과 지출을 경제성장의 동력으로 삼지 않고, 주로 정부주도 사업에 의존했다. 중국은 다른 신흥국들과 비교할 수 없을 정도로 극단적으로 자본을 투자했는데, 소비 수요가 늘어나지 않았다. 그것은 상명하복식 공산당의 오랜 부패 때문이다. 그로인해 중국은 과잉투자 버블이 역사상 가장 크게 일어나 재앙이 될 것이다.

고령화되는 중국 : 중국의 한자녀 정책 때문에 출생자 수가 4억 명, 약 1/3 감소한 것으로 추정된다.

중국의 유례없는 부동산 버블 : 중국의 버블은 무책임한 중국 정부의 전례없는 과잉 투자와 중국인들, 부유층들의 매우 높은 저축률이 만들어낸 것이다. 여기에 중국의 백만장자들은 절반 이상이 재산을 지키기 위해 이민을 고려하고 있다. 더 무서운 것은, 중국은 강력한 도시화 정책을 두 배로 강화하여 2025년까지 2억 5천만 명을 이주시키려는 미친 정책을 추진하려 한다는 것이다. 지금 도시 주택의 24%가 비어 있다. 심지어 100만 명을 수용할 수 있는 도시가 비어 있다.

다른 문제들 : 막대한 부채를 통해 과잉 건설과 도시화를 달성했다. 붉은 용은 최대의 화폐 발행국가가 됐다. 중국의 금융부채는 재앙을 향해 돌진하고 있고, 터무니없는 인프라 버블을 만들고 있다. 중국을 자본주의 모델로 생각해서는 안 된다. 붉은 용은 폭발 직전이다.

내가 생각했던 것과 너무나 다른 중국의 실체를 확인했다. 겉면만 화려한 것이었다. 주도하는 정부가 어떻게 정치하느냐에 따라서 국민이 잘 살 수 있는가를 알 수 있다. 제발 우리나라의 정치인들도 자각하기를 빈다. 다시는 몽고의 침입이나 일본의 침입처럼 외적의 침입이 없기를 바라며, 북한의 침입으로 나라가 사라지지 않기를 바란다. 그런데 우리나라 정치인은 자기 권력만 탐하지 않던가? 욕심을 버리고 국가와 국민을 위해서 힘써주기를 바랄 뿐이다.

*

나는 노래교실을 다녔다.

노래교실은 동네 주민센터에서 열렸고, 나는 그곳에서 노래를 배웠다. 친구 따라 강남 간다고 동창이 다녀서 나도 따라갔다. 시간은 매주 목요일 2시였다. 점심식사를 하고 2시까지 가는 것은 바빴다. 아침을 빵으로 먹고, 점심은 찌개, 생선구이를 챙겨 남편과 함께 밥을 먹어서 더 바빴다. 거기에 몸도 둔해서 이거저거 준비하는 것이 느리고 답답했다. 마음은 급한데 몸이 무거워서 꼼지락거리다 보면 시간이 금방 지나갔다. 간신히 설거지를 하고 늦어서 차를 몰고 갔다.

노래교실은 5층에서 열렸다. 이미 할머니 부대로 가득 찼다. 친구와 간신히 끝 라인 자리를 잡았다. 친구와 다닌 지가 거의 5~6개월이 되었다. 매주 갈 수는 없었고, 수시로 결석했다. 그 때마다 일이 생겼기 때문이다. 이곳은 트로트를 가르쳤다. 나는 평생 트로트를 부른 적이 없었다. 그것은 그냥 부모 세대가 즐기는 것으로 알았다. 나는 학창시절부터, 통기타와 발라드풍 노래에 길들어 있었다. 트로트는 시골 농촌 사람들 아니면 노동하는 사람들의 흥얼거리는 노래로만 이해했다.

그러다가 이곳에서 가르쳐주는 트로트를 배우는데 그렇게 어려울 수가 없었다. 내가 좋아하지 않는다는 것도 문제였고. 여하튼 익숙하지 않으니 따라 부를 수가 없었다. 이제는 흥얼거리며 책을 따라 읽듯이 읽을 수는 있었다. K 선생은 할머니 부대를 열심히 가르쳤다. K 선생은 이름 있는 가수였다. 그는 처음에 강변 가요제에서 수상을 했으나, 군대 갔다 오니 자기가 설 수 있는 무대가 없었다고 했다. 먹고 살 길이 없어서 자살도 하려 했다고. 그러다가 선배의 권유로 트로트 선생이 됐다고 했다. 원래 자기는 발라드 가수가 되기를 바랐다고 했다.

그는 노래교실 선생으로 20년을 일했다. 이제는 그 직업을 고마워했다. 그는 돈을 잘 벌었다. 그는 노래교실 강사로 11군데를 다녔다. 한 곳의 회원은 150명 정도였다. 우리는 한 달에 일만 원을 강사료로 냈다. 150명의 강사료는 150만 원일 것이고, 거기에 다시 11군데라면 매달 수입은 1,650만 원이 될 것이다. 그러면 적어도 필수적으로 소비하는 비용을 빼면 년 1억 5천의 수입은 될 것이다. 어쨌든 K 선생은 항상 자기 일을 고맙게, 행복하게, 감사하게 생각했다. 오래 하다 보니 대박이 났던 것이다. 요즘엔 연봉 1~2억이 쉽지 않았다. 더구나 노래를 불러서 그만큼 수익을 얻는 것은 무척 힘들 것이다.

K 선생은 가수를 섭외해서 우리를 즐겁게 해주는 것을 잘했다. 더구나 이곳에서 가수가 노래를 하고 선보이고 가면, 그 가수는 대박이 났다. 가수들은 이곳에 와서 노래를 부르고 싶어 했다. 이번 주에 온 가수 U도 이곳에 오는데 4년이 걸렸다 했다. U는 예쁘고 아름다웠다. 키

도 컸다. 몸도 가늘고 길었으며 탤런트처럼 멋졌다. 노래도 끝내주게 잘 불렀다. U는 어렸을 때부터 판소리를 공부했고, 판소리로 모든 상을 휩쓴 재원이었다. 그는 국악대학을 졸업했다. 그리고 콘서트에서 활동했다. 국가적 콘서트는 국악인을 양념을 치듯 입장시켰다.

어느 날 콘서트에서 판소리를 불렀다. 대중은 환호하지 않았다. 그 다음 차례인 비주류 가수에게 환호했고 대중은 열광했다. 내가 수십 년 공부한 국악은 대중에게 가깝게 다가설 수 없었다. U는 콘서트장을 내려오면서 마음을 바꿨다. 대중이 좋아하는 트로트로 바꾸기로. 그렇게 U는 트로트를 부르게 됐다. 그의 목소리는 판소리를 부르던 가락이 있어 음질은 높았고, 고왔으며, 씩씩했다. 나는 그가 정말 잘 되기를 빌었다. 아직도 그 뒤에서 그를 응원하는 어머니는 매니저로 그를 지키고 있었다.

노래교실에서 나는 인생을 배웠다.

나는 그동안 몰랐던 세계를 알았고, 가수들의 삶에서 우리의 삶을 이해할 수 있었다. 그곳은 그야말로 인생의 철학이 있는 곳이었다. 내가 처음에 갔을 때 초청가수는 IM이었다. 그는 실용음악과를 나왔다. 그가 좋아하는 노래는 발라드였다. 졸업하고, 군대를 제대했다. 그는 아르바이트로 용돈을 벌어야 했다. 그는 전국노래자랑에 참가했다. 거기서 발라드를 불렀다. 별반 성적이 좋지 않았다. 그는 계속 참가했다. 그래도 신통치 않았다. 그러다 오지에서 노래자랑이 열렸다. 그곳에는 노인이 많아서 그들이 좋아하는 트로트를 불러야할 것 같았다.

그는 그곳에서 트로트 노래를 불러서 우승했다. 상금으로 150만 원을 받았다. 적당히 용돈으로 쓸 수 있었다. 그렇게 그는 전국 노래자랑 트로트 부분에서 여러 번 우승했고 상금 150만 원을 여러 번 탔다. 그리고 트로트 가수가 됐다. 자기가 좋아한다고 그것이 인기몰이를 하고 돈이 되는 것이 아니라는 것을 나는 배웠다.

다음 주 초청가수는 UN이었다. 그는 의과대학을 졸업했다. 의대에서 수술하고 열심히 의사로서 일했다. 1년이 채 되지 않아 의사는 자기적성에 맞지 않다는 것을 깨달았다. 그는 의료계를 떠났다. 그리고 가요계로 뛰어들었다. 여기서 노래하는 것이 행복하다 했다. 나는 그의 말을 듣고 그의 부모를 생각했다. 의대를 보내기 위해 부모가 얼마나 힘들고 돈을 지불했겠는가를. 그러나 어쩌겠는가? 자기가 할 수 없다는데. 부모로서 자식에게 부모가 좋아하는 직업을 가지게 해서는 안 된다는 것을 깨달아야 했다.

기억에 남는 가수는 많았다. 그중 San이 생각났다. 그는 유명한 비뇨기과 의사였다. 의사이면서 노래에 대한 끼를 주체할 수 없었다. 그는 10년 전에 돈을 털어 가수활동을 했다. 그런데 전부 말아 먹었다. 배운 것이 의료업이라 다시 개업을 했다. 그렇게 10년을 열심히 벌었고, 다시 가수활동을 했다. 그러나 가수 활동으로는 경제활동을 할 수 없었다. 오히려 가수활동으로 자기의 경제를 망쳤다. 그래서 그는 할 수 없이 다시 의사로 돌아와서 자기 경제를 살렸다. 그 후 10년이 되었다. 그는 자기의 끼를 참을 수 없어서 마지막으로 가수활동에 자기의 삶을 걸었다. 인간의 본성은 하고 싶은 일을 하고 사는 것이 가장 큰 행복일 것이다.

사람들은 하고 싶은 일에 집착하고, 그것을 하기 위해서 가족을 희생하고 자기의 삶을 추구하려는 이가 많다는 것을 나는 깨달았다. 나는 나에게 그런 예술적 끼가 없음에 오히려 감사했다. 어찌할 수 없는 끼 때문에 인생을 망치고 인생을 끼 속에서 방황하는 예술가를 보면 나는 애처로웠다.

어느 날 대형 가수 Na가 콘서트를 10년 만에 한다고 발표했다. 나는 그런 것에 관심이 없었고, 그쪽에 대한 어떤 것도 알지 못했다. 노래교실 K 선생은 가수 Na가 대단함을 설명했다. 올림픽공원에서 공연하는 일은 특별하다고. 삼만오천 장의 표가 7~10분 만에 매진됐다고. 30대가 51%, 20대가 21% 정도의 표를 샀다고. 가수 Na의 공연을 생중계하기로 하면서 MBC에서 13억을 주었다고. 13억이라니…. 그것은 우리가 평생 생각할 수 없는 돈이었다.

'가수활동이 돈이 되는 것이구나. 그래서 사람들이 자기 끼를 부려 대박 나기를 바라며 가수에 목을 메는구나.' 하고 생각했다.

가수활동을 하는 사람은 3만 명 이상이었다. 그들이 돈을 벌어 경제를 책임져야 하는 사람들은 많았다. 그중에는 평생 운동선수를 했고 운동선수로 자기의 길을 개척했지만, 몸을 다쳐서백수가 된 사람들도 있었다. 그런데 우연히 자기가 좋아하는 노래를 부르다가 가수가 된 운동선수도 있었다. 더러는 외국에서 전통 클래식 공부를 하고 열심히 매진하다가 한국으로 돌아와서 가요계로 뛰어드는 가수도 있었다.

강원도 산골에 먹을 게 없어서, 노래로 먹을 것을 찾기 위해 노래한 가수도 있었다. 그는 돈이 없어서 여관비를 아끼려고 찜질방을 전전했고, 밤업소를 찾아다니며 노래를 불러 돈을 벌었다. 이런 가수의 이야기는 휴먼 다큐의 소재가 될 수 있었다. 그래도 고생 끝에 낙이

온다고, 그 가수는 외과 의사인 멋진 남편을 만났고, 아들과 딸을 낳고 잘 살고 있다 했다. 더러는 아버지와 어머니의 DNA를 닮은 딸과 아들이 나타났다. 유명한 가수들의 자식은 그들의 부모를 닮아 가지게 된 끼를 풀며, 살았다.

또 어떤 가수는 어렸을 때부터 트로트만 들으면 아픈 머리가 맑아졌다고 했다. 사람들은 어릴 때부터 그를 꼬마 가수라 말했다. 그러니 가수가 될 수밖에 없었다. 이제 제2의 젊은 가수들이 다시 명성있는 유명한 가수의 뒤를 이어가고 있었다.

나는 노래교실에 다니면서 그곳이 작은 사회, 휴먼 다큐가 살아 있는 곳임을 알았다. 나는 그곳에서 나와 다른 새 인생을 배워가고 있었다. 가수들은 그들 자신만의 노래를 추구했고, 자신의 노래에 자신의 삶을 창조하며, 자신의 인생의 길을 열어갔다.

*

오랜만에 고향 친구가 서울에 있는 딸네로 놀러 왔다.

친구가 오면 나는 노래교실에 가는 날 모이자 했다. 그날 주민센터 근처에서 12시에 만나자고 했다. 그때 만나고 싶은 여고 동창도 함께 불렀다. 친구가 모이면 근방에 있는 맛집을 찾아 맛있게 먹고 다시 커피와 빵을 먹으며 이바구를 하다가 노래교실로 입장했다. 거기서 두어 시간 노래를 배우고, 초청가수의 노래를 듣고 헤어졌다. 그러면 우리의 만남은 즐겁고 행복했다.

어쩌다 그 함께한 고향친구가 저녁을 사겠다 했다. 나는 망설였다. 그러면 그 친구는 남편과 함께 맥주를 함께 하자했다. 그러자대학 동창들과 자주 맥주 마셨던 생각이 났고, 오케이 사인을 보냈다. 갑자기 근처에서 살면서 딸 애기 보는 친구가 생각났다. 나는 H에게 전화했다.

- H야, 나야.
- 응.
- 우리 오늘 저녁에 맥주 한 잔 할래? J랑. 야, 내 딸을 보니까 저네 식구끼리 매주 집에 애들도 데려가서, 피자 시키고, 치킨 시켜서 술 먹드라고. 너도 네 손자 데리고 오라고. 우리가 무슨 죄를 짓는 거는 아니잖아?

그 날 우리는 모였다. H의 손자는 신이 났다. 반짝이는 맥주집 홀을 돌아다니며. 사람들이 많은 그곳은 좋은 놀이터였다. 서빙 하는 언니들은 애와 잘 놀아주었고, 과자와 사탕을 주고 업어주고 안아주며 놀아줬다. 우리는 신나게 건배를 부르고 맥주를 마셨다. 몇 십 년 만의 대학 동창 만남 같았다. H는 그 사이 교직에서 퇴직까지 했으니 말이다. 우리는 모두 열심히 살았다. 그런데 이제 다시 딸의 애기를 봐주며 구속 아닌 구속 생활이 됐던 것이다. 시간은 짧았다. 한두 시간은 금세 갔다.

'야, 이제 우리 남은 잔을 건배로 하고 끝내자.' 하고 제안했다. 딸과 사위가 오면 우리는 경양식 집에서 고기 먹으며 맥주 한 잔 한 것으로 손자에게 이르도록 시켰다. 하지만 그 녀석이 어떻게 이야기할지는 몰랐다. 다섯 살배기는 말을 엄청 잘했다. 보고 듣는 귀와 눈은 발달했으니 걱정이 많았다. 그 녀석의 어미는 제 자식을 끔찍이 사랑했는데, 잘못하면 오해의 여지가 있을 터였다. 그리고 우리는 헤어졌다.

이날, 나는 여고시절 가슴을 두근거리며 몰래 극장 구경을 갔다가 선생님에게 들켜 정학을 당할까봐 걱정하는 학생이 되었다. 나는 속으로 웃었다. 이 나이에 봉사하며 눈치 보는 할머니가 되다니! 그래도 즐거웠다. 몰래 술을 마시는 경험은 특별했다.

*

세월은 또 다른 시간을 말했고, 올해의 구정이 다시 오고 있다고 알렸다.

17년 전 함께 살고 테니스 치며 즐겼던 멤버가 오랜만에 카톡을 보냈다(그동안 거의 만나지 못했다).

시어머니 완승(최신판)
어느 며느리가 시부모에게 보낸 편지 내용과 그에 답하는 시어머니 편지 내용

- 아버님, 어머님 보세요.
- 우리는 당신들의 기쁨조가 아닙니다. 나이 들면 외로운 게 맞죠. 그리고 그 외로움을 견딜 줄 아는 사람이 성숙한 사람이고요. 자식, 손자, 며느리에게서 인생의 위안이나 기쁨이나 안전을 구하지 마시고, 외로움은 친구들이랑 달래시거나 취미 생활로 달래세요. 죽을

땐 누구나 혼자입니다. 그 나이엔 외로움을 품을 줄 아는 사람이 사람다운 사람이고, 나이 들어서 젊은이 같이 살려고 하는 게 어리석은 겁니다.

- 마음만은 청춘이고 어쩌고 이런 어리석은 말씀 좀 하지마세요. 나이 들어서 마음이 청춘이면 주책바가지인 겁니다. 늙으면 말도 조심하고 정신이 쇠퇴해 판단력도 줄어드니 남의 일에 훈수드는 것도 삼가야 하고, 세상이 바뀌니 내가 가진 지식으로 남보다, 특히 젊은 사람보다 많이 알고 있으니 대접받아야 한다는 편견도 버려야 합니다.
- 나이 든다는 건 나이라는 권력이 생긴다는 게 아니라 자기 삶이 소멸해 간다는 걸 깨닫고 혼자 조용히 물러나는 법을 배우는 과정임을 알아야 합니다. 그리고 전화를 몇 개월에 한 번을 하든 아니면 영영하지 않든 그것이 뭐가 그리 중요하세요. 그것 가지고 애들 아빠 그만 괴롭히세요! 마지막으로 이번 설날에 승훈이랑 병훈이 데리고 몰디브로 여행가니까 내려가지 못해요. 그렇게 아시고 10만 원 어머니 통장으로 입금해 놓았으니 찾아 쓰세요.

시어머니 답장 편지 내용

- 고맙다 며늘아….
- 형편도 어려울 텐데 이렇게 큰돈 10만 원씩이나 보내주고….
- 이번 설에 내려오면 선산 판 거 90억하고 요 앞에 도로 난다고 토지 보상 받은 60억 합해서 3남매에게 나누어 줄랬더니….
- 바쁘면 할 수 없지 뭐 어쩌겠냐? 둘째하고 막내딸에게 반반씩 갈라주고 말란다.
- 내가 살면 얼마나 더 살겠니? 여행이나 잘 다녀와라. 제사는 이 에미가 모시마.

그 다음 며느리 답장 내용

- 헉. 어머니, 친정 부모님한테 보낸 메시지가 잘못 갔네요. 친정에는

몰디브간다고 하고서 연휴 내내 시댁에 있으려고 했거든요.
- 헤헤^^ 어머니! 좋아하시는 육포 잔뜩 사서 내려갈게요. 항상 딸처럼 아껴주셔서 감사해요.
- P.S 오늘은 어머님께 엄마라고 부르고 싶네요.

시어머니가 다시 보낸 답장

- 사랑하는 며늘아!
- '엄마'라고 불러줘서 고마운데 이걸 어떡하면 좋니?
- 내가 눈이 나빠서 '만' 원을 쓴다는 게 '억' 원으로 적었네?
- 선산 판 거 60만 원, 보상받은 거 30만 원 해서 제사 모시려고 장 봐놨다. 얼른 와서 제수 만들어다오! 사랑하는 내 딸아! 난 너 뿐이다.

새 버전 종결편 대박. 시어머니의 똑 부러진 마지막 답장

- (하하) 며느리 보아라. 네가 세상을 몰라도 한참 모르는 것 같구나.
- 우리는 너희를 기쁨조로 생각한 적 없다.
- 가끔 너희가 마지못해 인상 찌푸리고 집에 왔다 가면 며칠씩 기분이 상하고 짜증이 난단다. 이제는 올까봐 금요일부터 걱정하고 있다는 사실을 몰랐다면 답답한 네 머리를 아이가 닮을까 두렵구나.
- 며늘아 인생은 60부터란 말 모르느냐?
- 젊어서 고생은 사서도 한다니 즐거운 마음으로 살아라.
- 우리는 외로울 틈이 없다. 조선팔도 맛집 찾아다니기 바쁘고, 세계 유명 명승지 다니느라 너희들 생각할 틈도, 전화 받을 틈이 없단다.
- 시애미 전화 기다리지 말거라. 무소식이 희소식이란 말을 잊지 말거라.
- 애 맡길 생각은 아예 생각지도 말고.
- 너희 자식이니 니들이 키우는 것은 당연한 것 아니냐.
- 살던 집과 재산은 우리가 쓰고 남으면 누구든 우리 부부에게 즐거움을 주는 자가 있다면 넘겨줄 것이고 아니면 사회환원하기로 했다.
- 죽을 때 혼자인 것 모르는 사람도 있다드냐? 너나 잘 새겨 명심하

고 늙어서 니 자식한테 부담주고 주책부리지 말거라.

- 그리고 참, 너희 결혼식 때 보태준 일 억은 그냥 준 것이 아니고 차용해준 것이니 조만간 상환계획서 작성해서 금년 말까지 은행금리 적용해 상환하기 바란다.
- 분명히 말하건데, 앞으론 명절이니 제사니 핑계로 우리 집에 와서 행여 유산이나 챙기고 경제적으로 도움을 받으려는 환상은 버리는 것이 좋을 것이다. 우리는 너희가 결혼했을 때부터 이제 더 이상 자식이 아니고 사돈 정도 밖에 안 된다고 마음먹고 실천하고 있단다.
- 이번 설은 남미여행 가기로 했으니 그리 알고….
- 참 네 통장에 5만 원 송금했으니 찾아서 설이나 쇠거라.
- 며늘아! 너 역시 지금 이 순간도 늙고 있다는 것을 기억해라. 세월은 잠시다.

이런 카톡은 우리의 현실을 잘 반영하고 있었다. 주변 친구들에게 함께 식사하며 돌려보고, 읽으면서 우리는 웃었지만 사실은 슬픈 생각이 들었다. 옛날에, 부모는 한 푼을 모아 학비를 마련해서 자식을 가르쳤다. 그 후 자식은 한 푼 없이 병든 부모를 최선을 다해서 모셨다. 부모자식 간에는 구별이 없었다. 자식은 부모를 제 몸처럼 위했고, 부모 또한 자식을 그렇게 사랑하며 살았는데….

카톡은 계속 문자로 소통했다.

- Na : 너무 재미있어요. 감사합니다.
- S : 안녕들 하세요? 진짜 재미있네요. 모두, 보고 싶네요.
- No : 네. 한 번 만나요.
- Na : 나도 반가워요. 날 잡아서 테니스 한번 쳐봐요.
- No : 너무 보고 싶어요.
- S : 네, 한 번 뵈면서 운동하면 좋은 시간 되겠네요.
- No : 전 구경만 할게요.

- S : 그런데 No 총무님은 운동을 안 하셨죠?
- No : 그럼요. 그런데 라켓은 가까이 있어요.
- S : 저는 요즈음 출근하는데요. 모래 휴무인데 목요일에 시간 가능하신지요. 추워서 운동이 어려우시면 그냥 보는 것도 괜찮을 듯한데요.
- No : 흐흐흑. 멀리 있습니다.
- Na : 저는 목요일 3탕 뜁니다. 백수가 엄청 바빠요 ㅎㅎ
- No : 뭐하세요? 궁금하네요.
- S : 모두 바쁘게 지내시는군요. 무엇을 하는지는 국가 기밀이라.
- Na : 노래교실도 다니고, 문화 사랑방 모임도 하고, 날마다 테니스 치고, 날 따뜻하면 골프도 치고, 등산하고, 여행하고 이번에 상하이에서 10일 놀다 지금 왔으니 못 만난 친구 만나고, 음력 설 준비해야지요. 제사 인원 방문객까지 25명은 훨 넘게 우리 집에 오니까요. 바쁩니다, 바빠~!
- No : 하고 싶은 것 다 하시네요. 체력 대단해요.
- S : 좋으시네요. 바쁘게 보내시니요.
- Na : 그리고 허리 아프면 15일 누워 있어요. 꼼짝을 못하죠. 노화현상이랍니다.
- No : 노화현상이 아니라 과부하네요.
- Na : 그렇기도 하고요. 일단 설 쇠고 수요일 날 우리 아파트로 라켓 들고 오셔요. 아파트 코트가 비니까요.
- S : 저는 쉬는 수요일 있으면 놀러 갈게요.
- Na : 그러세요. No 형도 함께 오세요.
- No : 네 그러죠.
- Na : 오케이.

이렇게 17년 전의 옛 테니스 멤버들과 수다를 떨었다. 오랫동안 함께 운동했고, 그들과 과거를 생각하며 웃었던 일이 머리로 몰려왔다. 멋진 추억을 생각하게 하는 일은 행복이었다. 그날 그렇게 우리는 행복을 말했고, 다시 행복을 기약했다. 다시 만나는 날을 나는 기대했다. 그들은

17년 동안 어떻게 변했을까? 어떻게 곱게 늙었을까 하고 생각했다.

*

노래교실에 가기 전, 후배를 만났다.

후배 선과는 오랜만에 만나게 되었다. 나이가 오십이 다 되어가는데 일이 풀리지 않았다. 아직도 월셋방을 살고 있으니 말이다. S 여대를 나왔고, 처음에는 비행기 승무원으로 잘 나가는 젊은이였는데 결혼을 잘못하는 순간부터 일이 잘 풀리지 않았다. 성실하고, 매사에 철저하며 꼼꼼한데다 인간적인데 하는 일이 그렇게 번창하지를 못했다. 오히려 빚을 막지 못해 신용 불량자가 되었다. 지금은 회복 단계라 힘들다 했다. 재혼을 했고 그의 애기가 8살이었다. 어쩌다 일을 하고 늦으면 애기는 전화했다.

- 엄마가 보고 싶어요.
- 그래, 엄마 빨리 갈게 잠자고 있어.
- 그래도 엄마가 보고 싶어요. 빨리 와 주세요. 엄마가 보고 싶어 잠이 안 와요.

그는 그렇게 사랑하는 아들을 남겨두고 여기저기 직장을 다니며 일거리를 찾았다. 정규직은 쉽지 않았다. 허나 나는 그를 도울 수 없었다. 그의 나이든 남편은 시인이었다. 물론 이거저거는 하지만, 돈이 되지는 않았다.

그와 점심때 만났다. 나는 그에게 맛있고 영양가 있는 것을 사주고 싶었다. 날씨가 몹시 추웠다. 우리는 유명한 곰탕집을 찾았다. 거기는 사람들로 가득 찼다. 우리도 자리를 차지했다. 곰탕은 금방 나왔다. 그런데 곰탕이 예전 같지 않고 썰렁했다. 나는 좀 따뜻하게 해달라고 말했다. 다시 왔지만 똑같았다. 우리는 대충 먹었다. 음식점이 진실하지 못했다고 나는 욕했다.

다시 커피숍을 찾았다. 눈에 띄지 않았다. 여기저기 돌아다녀서 간신히 찾았다. 예전의 유명한 신사동이 아니었다. 그곳에서 커피를 마시며 나는 그에게 강조했다. 이제부터 자기네는 중요한 시기이라고. 투 잡을 하든, 쓰리 잡을 하든 이제 머리로 자격증을 따서 무엇인가 이루려 하지 말고 무조건 잡일, 예를 들어 경비라도 해서 단돈 100만 원이라도 벌어서 사는 것이 나은 것 같다고 말했다.

우리 시댁 둘째 시동생은 사업이 망하고 나이 드니까 결국 경비원을 하더라. 그것이 자기 스스로 부끄럽고 용서할 수 없는 일이었을 텐데, 그래도 오랫동안 그 일을 해서 단 돈 100만 원이라도 집에 보태니까 형편이 나아지더라. 이제 학벌, 체면, 자존심 등은 소용없는 것 같더라. 그것이 밥 먹여 주지 않는다. 정신 바짝 차려야 애를 키울 수 있을 것이라 했다. 그도 고개를 끄떡였다.

그는 그동안 사회복지 자격증을 땄으며, 실습을 했고, 다시 저렴하게 대학원을 가면 교육할 수 있는 길이 열릴 것 같다고 했다. 말하자면 교수가 될 수 있는 길이 열릴 것 같다고. 그럼 다행이라고 했다. 고민을 하다보면 무엇이 보일 수 있다고 했다.

그리고 우리는 헤어졌다. 후배는 직장으로, 나는 노래교실로 갔다.

노래교실은 이미 사람으로 붐볐다. 친구가 내 자리를 마련해두었다. 트로트가 시작됐다. 두어 곡이 반주되면 K 선생이 먼저 노래했고 할머니 부대가 따라 불렀다. 나는 배운 노래를 집에서 부를 수 없지만, K 선생과 함께 부르면 나도 가수가 됐다. 그것이 나는 신났다. 노래가 끝나면 K 선생은 인사를 했다. 이렇게 추운데도 어머니들이 K 선생을 보러 나와 감사하다고 고개 숙여 인사했다. K 선생은 말했다.

- 제가 자랑해도 될까요? 들어주실래요?
- 네.
- 제가 신곡을 발표해서 30년 만에 떴습니다. 진짜 떴어요. 전에는 '제 노래를 방송국에 틀어주세요.', '노래를 틀어달라.' 해도 해주지 않았어요. 신문사에 기사를 써달라 해도 써주지 않았죠. 그런데 요즘에는 저절로 노래가 나오고, 신문사에서도 부르더라고요. 이번에 7080 가요무대에 나가려 합니다. 그런데 곡이 중요하더라고요. 나갈 수는 있는데 PD가 부를 노래는 '38선의 봄'이랍니다. 그런데 솔직하게 그 곡은 나랑 안 맞아요. 그래서 그 곡이 안 맞아서 못 나간다고 했죠. 그리고 후회했습니다. 아! 나간다고 할 걸! 그런데 다시 PD가 전화했습니다. 이 노래 어떠냐면서요. 그런데 추풍령. 그것도 안 맞습니다. 거절하고 또 후회하며 부를 걸! 그리고 또 전화가 왔습니다. PD한테. 조경수의 '아니야'는 어떠냐고요.

K 선생은 인터넷을 뒤져 그 곡을 들어봤다고 했다. 생각보다 괜찮아서 PD에게 오케이 사인을 보냈다고 했다.

- 그런데 보통 PD에게 노래가 안 맞다고 거절하는 일은 없어요. PD가 선곡해주면 무조건 가수들은 그 곡을 공부해서 부르거든요. 하지만 나는 가수로서

뜨기를 바라지 않습니다. 노래강사를 90까지 할 것입니다. 돈도 되고, 어머니들이랑 신나게 노래하는 것이 많은 행복을 불러오니까요. 그런데 나와 맞지 않는 곡을 가지고 방송을 하면 부작용을 가져올 거라 생각했습니다. 그러느니 차라리 방송을 안 하는 것이 낫다 생각했습니다. 그런데 내가 떠서 이렇게 맞는 선곡을 해서 방송에 나가게 됐습니다. 이것이 다 어머니들 덕분입니다. 그러니 방송하는 노래를 들어주실래요?

- 네.

우리 노래교실 할머니 부대는 박수를 치며 노래를 들었다. 그리고 앵콜을 부르며 또 박수를 쳤다. 이번 시간에 배우는 노래는 김연자의 '아모르 파티'였다. 이 노래는 2013년에 K 선생이 이미 가르쳐준 노래라 했다. 그가 처음 이 노래를 듣고 이 노래가 뜰 것이라 생각해서 노래를 선정하여 노래책을 만들었다. 그리고 가르쳤다. 그런데 4년 후 지금 그 노래가 떴다. 초등생까지 이 노래를 알고 있다고 설명했다.

- 이 노래는 EDM 음악입니다. 그것은 전자음악으로 춤이 저절로 나오는 음악이고, 춤추는 것을 참을 수 없는 음악입니다. 음악이 나오면 전염병처럼 춤을 추게 만듭니다. 마성처럼 춤을 추게 되는 것입니다. '아모르 파티'의 뜻이요? '아모르'는 사랑하다는 뜻이고, '파티'는 운명이라는 뜻입니다. 그러니까 '운명을 사랑하다'라는 뜻입니다. 김연자는 대단한 가수입니다. 트로트에 EDM 음악을 접목했다는 것이 대단합니다. 유명한 말 춤을 추는 싸이가 강남스타일에 그 음악을 접목시켜서 세계적인 음악을 만들었는데, 그보다 더 앞선 선택을 했던 사람이죠.

K 선생은 신이나서 설명했다. 그리고 우리는 한 시간 동안 입이 바

쁘게 이 노래를 배웠다.

나는 노래교실을 다니면서 인생을 배웠다. 음악계에서도 남보다 다른 음악색깔을 창조해야하는 것을. 그리고 자기에게 맞는 음악을 선정하는 것이 중요하다는 것을. 예술을 창조해서 돈이 되는 것은 어려웠다. 예술성과 돈은 쉽게 일치하지 않았다. 재주가 있는 가수들이 모두 잘살고 풍요롭지 못했다. 그림 그리는 화가, 유명한 건축가, 음악가 등 대부분 가난했던 기억이 많았다. 그러나 그들의 힘이 사회에 이바지하는 일은 많았다. 오늘도 새로운 인생의 길을 배우고 나는 노래교실을 떠났다.

*

2003년 7월 23일, 일본학회에 참가했다.

저녁 7시경 도야마에 도착했다. 비가 쏟아졌다. 도시는 깨끗했다. 버스를 타고 호텔로 갔다. 호텔은 1인용이었다. 그곳은 깨끗했다. 짐을 대충 풀었다. 저녁 식당을 찾았다. 내가 먹고 싶은 우동은 찾을 수 없었다. 정식은 800엔, 보통은 250엔~850엔 정도이고 초밥은 1300엔부터였다. 나는 비슷한 우동을 먹었지만 내 입맛에는 맞지 않았다. 식사 후 24시간 편의점에 들렀다. 이것저것 샀다. 물은 보통 300엔이었다. 물 값이 비쌌다. 한국에서는 어디든 공짜였는데…. 3,000원씩이나 지불하다니. 아까웠다. 숙소 뒤에는 전철과 기차 철로가 뒤엉겨 있었다. 그 옆으로 지상 버스 정류장이 함께 어우러져 있어서 역사

주변은 복잡했다. 숙소로 와서 TV를 보고 샤워하고 잠잤다.

이튿날 하늘은 맑고 햇살은 따가웠다.

태양열이 강렬해서 온몸을 태웠다. 뜨거움은 살 속을 파고들었다. 숙소 위치는 전철역 근처였다. 그곳에는 지상 전철이 있었고, 사람들은 그걸 버스처럼 사용했다. 나는 그 전철을 타고 좌회전 한 번 우회전 두 번을 타고 대학교 정문에서 하차했다. 전철비는 200엔이었다. 그럼 2,000원? 너무 비쌌다. 주변의 집은 야트막하고 내가 영국 가서 살았던 게스트 하우스 같았다. 대학으로 가는 길에 큰 강이 있었다. 강물은 맑고 깨끗했다. 도시도 작지만 맑고 깨끗했다. 나는 학회 세미나실로 입장했다. 나의 소속을 등록했다. 혹 실수할까 손이 떨렸다.

세미나는 아침 9:30부터 오후 6:30까지 계속 논문 발표가 있었다. 나는 나의 학문의 길을 찾아야 했다. 발표는 계속되었다. 점심과 저녁은 도시락으로 배달됐다. 배달된 도시락은 내 취향이 아니었다. 하얀 쌀밥에 굵고 비린 생선 한 토막과 야채 조각이었다. 생선은 날 것이었다. 나는 먹을 수 없었다. 저녁 식사도 비슷했다. 난 먹을 수 없었다. 논문 발표는 지루했다. 발표자는 그 짧은 시간에 자신의 연구 업적을 알리고 드높여야 했기에 지루하도록 오랫동안 발표했다. 저녁 후에도 논문 발표는 이어졌고, 길고 지루했다.

그 날 J 교수와 K 교수가 나에게 조언했다. 15~16세기 자료를 정리해라. 그리고 그중에서 원본과 언해와 구결을 비교·검토 하라고. 그것으로 학문적 기회를 포착할 수 있다고. 나는 그들의 조언을 깊이 새겨야 했다. 발표를 듣느라 힘들었지만 보람된 하루였다.

세미나 둘째 날.

6시에 기상, 30분간 운동, 7시에 호텔에서 K 교수, N 교수와 함께 식사를 했다. N 교수는 교수들의 대빵이었다. K 교수는 부인이 10년 동안 교직 생활을 하다가 퇴직했다고. K 교수는 젊었다. 그 부인은 지금 퇴직한 것을 안타까워했다고. N 교수는 K 교수의 스승쯤 됐다. N 교수의 부인은 아침 5시부터 저녁 10까지 유명한 아동복 브랜드를 만들고 판매했다고. N 교수는 서울 강남에 5층 빌딩을 만들었다. 그곳에 세미나실을 설치했고, 후배나 동료들과 함께 그곳에서 세미나를 개최했다. 그 교수는 학문적 깊이가 깊었다. 그의 학문적 주장은 강했고, 대쪽같이 가팔랐다. 그의 학문적 성취는 나의 스승인 D 교수와 비등했다.

젊은 교수들은 N 교수를 싫어했다. 고집스럽고 편협적이라고. 그와 비슷한 Y 교수도 그와 비슷한 학자였다. 그러나 그들은 학문적으로 유능했고, 후배를 위한 연구비 조달에도 유능했다. 연구비를 따내려고 그들이 연구하는 연구 업적을 만들어서 제출했고, 거대한 연구비를 받아서 가난한 후배들이나 신참 연구자들이 연구 실적을 쌓을 수 있도록 연구비를 지원해 주었다. 이번에 참가한 이는 교수, 학자, 강사, 대학원생 등으로 다양했다. 이곳에 참가한 교수, 연구생들은 그들의 연구비로 많은 지원을 받았을 것이었다.

유명한 학자들, 교수들, 연구진, 대학원생 등과 숙박하고 세미나를 하다 보니 사람들의 성향이 나타났다. 집안이 부유하든 부유하지 않든, 오로지 학자로서 자신의 연구에 열중하며 인격을 갖추어 만인의 존경을 받는 학자가 나는 좋았다. 그들은 자신의 학문에 열정을 가지고 최선을 했으며, 제자들에게도 따뜻했다. 정말 존경스런 스승이었다. 그러나 그런 분은 흔치 않았다. 그래도 나에게 그런 스승이 있다는 것이 감사했다. 그 밖에는 학문은 높은데 인격이 낮은 부류, 학문이 높지도 않은데 인격도 좋지 않은 부류, 학문이 낮은데 학문이 높다고 자신을 드러내는 부류 등이 있었다. 그들 중에서, 나는 학문의 깊이도 없으면서 오만과 독선으로 후배 교수에게 지적을 하는 교수가 가장 괴로웠다.

학회는 즐거웠다. 그곳에서 나는 학문적 깊이를 알았다. 그리고 그곳에서 나만의 새로운 학문을 구축할 수 있을 것 같았다. 이번 학회에서 일본어와 중국어의 중요성을 알았다. 그들의 언어를 통해 그들이 가진 학문과 한국이 가진 학문을 서로 비교할 수 있고, 내가 필요로 한 학문적 답을 이끌어 낼 수 있었다. 이번 학회에서 원시종교가 갖는 학문적 의미를 이해했다. 거기에 백제 문화를 백제 언어와 문자로 확장시켰다. 이렇게 보면 학문도 새로운 창조였다.

나는 새로운 학문적 영역을 찾아야 했다. K 교수와 J 교수가 조언해주었다.

1) 불경문헌 15~16c 자료 명칭, 이름 등 차자명을 찾아 정리.
2) 언해본 말고 '법화경' 토 달린 것, '원각경' 토 달린 것 정리(한문 중 모르는 것은 언해본을 비교).
3) 경서에 토 달린 것을 정리.
4) 국립도서관에 가서 경서, 언해본, 구결 등을 정리.

5) 한문에 토 달린 것을 정리하면, 문제점이 발견되는 것을 논문으로 정리.
6) 백제 이체자 연구 - 백제 표기 이두가 있었을 것이다(어순, 단어, 조사 발달 이전단계 연구).

셋째 날.

아침에 몸이 찌푸둥했다. 약간 몸살 기운이 있었다. 몸이 무거웠다. 호텔 식당으로 식사하러 갔다. 접시를 들고 차례를 기다렸다. 내 뒤에 Y 교수가 있었다. 나는 그 교수만 있으면 불편해졌다. 음식을 선택할 때도 눈치가 보였다. 그럴 필요가 없는데, 내 손놀림이 부자연스러웠다. Y 교수가 나타나면 눈치보고, 마음이 엇갈리고, 흩어졌다. 그 교수는 사람을 불편하게 하는 무엇이 있었다. 그는 학문적인 경지는 높을지 모르지만, 곁에 있기에는 불편했고 무조건 피하고 싶었다. 그런 사람에게 불편 지수가 특별히 있는 것일까?

그날은 산행하는 날이었다.

다테야마(立山)의 꼭대기는 장관이었다. 정상에는 흰 눈으로 가득했다. 산은 흰 눈으로 벽을 바른 것처럼 보였다. 높이는 3,015미터였다. 우리는 버스로 2,450미터까지 올라갔다. 올라가는 길에 호수가 보였다. 호수는 짙은 초록색이었다. 아니 검정색에 가까운 호수였다. 호수는 맑고 깨끗했다. 유럽의 스위스 같았다. 정상으로 오르면서 산소가 부족해서인지 계속 현기증이 일어났다. 주변은 진정으로 아름다웠다. 그런데 조금씩 구린내가 났다. 유황냄새라 했다. 냄새는 지독했다. 산은 뭉게구름처럼 김이 서려서 안개가 자욱했다.

산을 오르는 길은 가팔랐고, 지그재그 길이 차를 안내했다. 길 옆 계곡은 낭떠러지로 험악했다. 눈으로 확인하면 오금이 저렸다. 금방 차가 굴러떨어질 것 같았다. 일행은 한숨을 쉬고 정상에 올랐다. 하얀 연기가 정상 깊이 파인 구덩이에서 누렇게 피어올랐다. 유황의 냄새는 역겹고 숨쉬기가 힘들었다. 나는 주변 경관을 구경하고 하산했다. 그날 저녁은 일본 음식이 싫어서 맥도날드 햄버거로 먹었다. 햄버거 값은 비쌌다. 가격이 6,100원이었다. 약간의 쇼핑을 했다. 그곳은 쇼핑할 때마다 텍스가 붙었다. 기분이 나빴다.

다섯째 날.

시간이 지루했다. 집에 가고 싶었다. 어제 저녁 교토(京都)로 왔다. 시내는 복잡했다. 이곳은 옛 수도였고, 사람이 많았다. 중간에는 석산사를 들렀다. 기도하는 장소가 많았다. 나도 기도했다. 중심가인 기온거리를 거닐었다. 그곳은 소설 속 거리였다. 길거리는 화려했다. 일본 전통 옷을 입고 다니는 사람이 많았다. 일본식 고로케를 샀다. 먹을 수 없었다. 속에 든 소스가 입에 맞지 않았다. 나는 차라리 서양식 소스가 내 입맛에 맞았다.

오전에는 버스를 타고 '경도대학 인문과학 연구소'에 갔다. 그곳은 한자 정보센터 기능을 했다. 연구소가 주택가 가운데에 있어서 특이했다. 그것은 북경에 연합군을 파병하고, 청나라로부터 받은 배상금으로 건립했다. 거기에는 중국 여러 고전을 보관한 서고로 50만 권의 한적 장서가 있었다. 3층으로 웅장한 철제 책꽂이에 정말 잘 정돈 되었다. 가운데는 통풍으로 책을 보호하는 보호 장치가 있었다. 청나라가 망할 때 학자들이 교토로 망명했다. 교토의 학자와 교류했다. 이곳은 청의 고증학 중심이 됐다. 외무성 기관으로 지리, 철학, 언어, 미술 등으로 세계에서 제일 세밀한 것을 발행했다. 그것은 인터넷으로 인용할 수 있었다. 연구소는 문헌을 꼼꼼히 읽어서 주석을 다는 것을 특색으로 했다.

1. **초당집** : 색인(선종) - 선종어록에서 가장 오래 됨.
2. **경부** : 좋은 해석이 많았다.
3. **사부** : 중국의 지방지로 가치는 옛날보다 못하다.
4. **총서** : 영인본, 원본, 옛날 가치가 있다.
5. **영락대전 실물** : 사건 전에 영국이 쳐들어왔다. 영락 대전에는 성점이 붙어 있었다.

- 영락대전은 명나라 망하고 청나라 궁중에서 약탈했다. 복원할 때 성점을 찍어 읽혔다.
- 서하문 : 징기스칸 때문에 죽은 서하문화, 티벳문화, 위그루는 통치 문자로 한자를 변형시켰다.

*

2018년 2월 15일, 오늘은 작은 설날이었다.

모든 식구가 8년 만에 만나는 날이었다. 그동안 가족의 분란으로 어머니 집에서 설은 쇠지만 분위기가 어느 사회주의 집단 같아서 명령하는 시어머니와 그 명령을 따라야만 하는 가족이 있을 뿐이었다.

시어머니는 명령만 했다. 이거 해라 저거 해라. 이것은 어떻게 하고 저것은 저렇게 해야 한다. 아들 , 며느리, 손자, 손자며느리는 무조건 '예, 예.'만 해야 했다. 그런데 올해부터는 맏아들인 남편 덕에 제사가 우리 집으로 옮겨졌다. 옮기는 과정은 복잡했고, 시어머니의 반란과 셋째 아들의 시비, 둘째 아들의 어머니에 대한 반란이 있었다. 결국 둘째 아들이 형님에게 당연히 제사가 가야 한다는 주장을 함으로써 제사는 우리 집으로 옮겨졌다.

시어머니와는 몇 개월 전부터 밀당이 시작됐다. 그는 제사를 오겠다, 안 오겠다 계속 번복했다. 다시 일주일 전부터는 남편에게 차표가 없어서 제사를 지내러 못 오겠다는 말을 했다. 나는 남편에게 시골에서 오는 서울 표는 항상 있는 것이라 했다. 그리고 다시 다음 날에 그는 서울로 올라가겠다고 통보했다. 나는 아직 며칠 더 밀당이 있어야 한다고 봤다. 8년 전에도 입으로는 차마 우리를 쫓아낼 수 없었고, 우리가 음식 준비하러 시골로 가면 시어머니는 문을 잠그고 나가버렸다. 여하튼 우리는 몇 번이나 쫓겨났고, 그 결과 명절을 서울에서 보냈다. 사정도 모르고 동생들에게 시어머니는 형수와 형이 오지 않는 것이라며 우리를 악으로 만들었고, 그들끼리 악담을 해가며 말의 잔치로 명절을 즐겼다. 그들은 몇 년 동안, 악이 된 우리를 입에 올리면서 시어머니의 입담에 함께 박수를 치며 가족의 화합을 이루었을 것이다. 세월이 가면서 그런 것도 시들해졌다. 그런데 자기들끼리의 충돌이 생겼고, 그들은 어머니를 중심으로 싸움을 키웠다. 시어머니 나이가 88세를 넘으면서 당신 스스로 힘에 부쳤다. 당신은 이제 힘들어서 제사를 차릴 수 없었던 것이다. 그러나 당신은 제사비를 오롯이 챙기고 싶었다. 이십만 원씩 아들 다섯이면 100만 원이 되었다. 시어머니는 생활비 말고 그것이 탐났던 것이다. 시어머니는 둘째네에게 제사를 주고 당신이 참견을 하고 싶어 했다.

둘째 아들은 형님이 있는데 왜 제사를 내가 하느냐고 했다. 형님이 못한다면 하겠다고. 그러자 집안싸움이 벌어졌다. 원인은 제사를 누가 가져가느냐는 것이었다. 그래서 첫째 며느리인 내가 제사를 모시겠다 했다. 그러면 시어머니는 제사비를 챙길 수 없었다. 그것이 원인이 되어 시어머니는 자기 말을 거역한 둘째 며느리를 그의 원수로 몰았다. 당신의 말을 거역했다고. 그리하여, 집안 식구들은 충돌했고, 시어머니를 중심으로 시비가 붙어 갈등이 일어났다. 그렇지만 제사는 결국 우리 집으로 옮겨오게 되었다. 이제 집안의 질서와 체계가 원 위치로 돌아가게 됐다. 둘째 동서와 그의 큰아들 식구가 시골에서 새벽에 떠났다. 그들은 아침 8시에 우리 집에 도착했다.

우리 집에 오는 사람은 거의 20명이 넘었다. 우리 집은 34평이었다. 안방에서 여자들 5~6명, 거실에 5~6명, 화장실 앞 복도에 2~3명, 작은 방 4명 더 작은 방 2~3명 이렇게 계산을 했다. 밥상도 거실에 시어머니와 아들들, 작은방에 젊은이들, 복도에 애기들, 식탁에 며느리들로 상차림을 하자했다. 일주일 전부터 집 청소를 했다. 목욕탕, 안방, 작은 방, 거실, 베란다, 다목적실까지. 내 작은딸은 엄마를 욕했다. 엄마 청소하는 거 처음 봤다고.

일주일 전부터 음식을 준비했다. 깨를 볶아 강정을 만들었다. 식혜, 물김치, 곰국 등을 끓였다. 하루 전부터 전 부칠 재료를 샀고, 과일, 매운탕을 준비했다. 차례 음식인 미역국, 떡국 등도 마련했다. 제사 음식보다 가족이 먹을 음식 준비가 큰일이었다. 그들이 즐기는 음식으로 삼겹살과 LA갈비, 술, 음료 등을 따로 준비했다. 시어머니는 고집스럽게, 평생 미역국과 밥으로 명절 차례와 제사를 지냈다. 설날에는 떡국인데 말이다. 제사 정권이 교체 되어서 내가 제례 교본대로 떡국을 끓이자니, 평생 동안 미역국을 먹은 형제가 떡을 싫어할 수 있었다. 차라리 그 입맛에 맞게 미역국으로 하는 게 좋다 했다.

우선 아침에 온 둘째네 식구들 상차림을 했다. 그들은 밥을 우거지 매운탕에 말아 맛있게 먹었다. 여자들은 곧 전을 준비해서, 프라이팬에 지져 냈다. 둘째네 큰손자 며느리가 설거지를 하고 거들었다. 나는 손사레를 치며,

- 아니다 아녀, 너네는 놀러 나가라. 너네 서울 구경하고 와라.
- 네?
- 너네 서울 구경하고 와. 옛다, 이 돈 가져가서 애기들 좋아하는 짜장면도 사주고 나가서 놀다 오라구. 요기 가면 신세계 백화점도 있고, 지하상가도 있고, 저기 가면 한강도 있다구.

손자며느리는 눈이 휘동그레졌다. 뭐가 뭔지 몰랐다. 그 사이 시간이 지나서, 막내 삼촌이 시어머니를 모시고 집으로 왔다. 모두가 허리를 굽히며 시어머니를 모시고 대동했다. 나는 전을 부치다 말고 그들에게 인사했다. 시어머니는 쌩하면서 거실로 들어왔다. 남편은 모든 식구를 불렀다. 그리고 한꺼번에 절을 하자고 제안했고, 시어머니를 향해 모두가 절을 했다. 시간은 거의 낮 12시에 가까웠다. 나는 점심상을 차리자 했다. 손자며느리에게

- 야, 너희 나가서 밥 사 먹느니 여기서 점심 먹고 가는 게 낫겠다. 돈 준 거는

청주에 가서 사 먹어라.

- 네 큰 어머니. 그런데 어디를 가지요?

- 인터넷 찾아봐. 너네 가고 싶은데 가면 되지.

- 야!! 고구마 전 좀 가져와라.

거실에서 시어머니가 부엌을 향해 소리쳤다. 나는 갑자기 부아가 났다.

- 아니, 당신이 평생 고구마 전을 한 번도 부치지 않았으면서 웬 고구마전?

나는 어이가 없었다.

- 이 집 식구는 고기만을 좋아해서 고기전만, 부쳤구만.

거실에 상차림을 했다. 이거 저거 내가 만든 음식을 차렸다. 시어머니가 다시 소리를 질렀다.

- 야, 식초 가져와라. 식초. 물김치에는 식초를 넣는거야.

- 웬? 식초?

- 여기, 식초.

그러나 아무도 식초를 물김치에 넣지 않았다. 당신만 식초를 들어부어 먹었지만, 당신도 먹다 말았다. 시어머니가 참 별스럽기는 했다. 시어머니를 중심으로 아들들이 밥을 먹었고, 며느리들은 식탁에서 며느리끼리 식사를 했다. 둘째에게 나는 말했다.

- 셋째(며느리)가 안 온다 하던데?

- 예? 언제요?
- 어제 점심때쯤?
- 형님, 셋째에게 빨리 오라고 문자 넣어요.

나는 문자를 보냈다.

- 둘째네 왔어. 차도 안 밀리고. 너도 빨리 와.

시간은 금세 지나갔다. 사람이 많으니 나는 정신이 빠져나갔다. 무엇을 어떻게 해야 할지 몰랐다. 시어머니는 내 작은딸에게 말했다.

- 야, 너는 왜 시집도 안 가고 그러냐?
- 할머니는 오랜 만에 만나서 그런 소리를 꼭 해야겠어요?

마침 셋째 며느리가 집으로 들어왔다. 잘 왔다고. 점심 같이 먹자했다. 서로 인사하며 식사를 함께 했다. 거실에서 또 다시 옥신각신 말이 오가며 식사가 끝났다. 이거저거 심부름하면서 노인, 청년, 애들, 며느리 등의 말이 오고갔다. 다시 넷째 삼촌이 혼자 현관으로 들어왔다.

- 아니 넷째는요?
- 네, 혼자 왔어요.

나는 넷째 동서에게 전화했다.

- 야, 너 왜 안 오니?
- 네, 형님. 미안해요. 내가 맨스를 하는데 근종으로 하혈을 합니다. 그래서 못 갔어요.
- 그래? 그렇구나. 알았어.
- 응? 형님, 그놈의 근종은 이십 년 전부터 있었던 거라구요. 하는 소리가 맨 날 똑같아요. 하여간 못 말려요.

둘째 동서가 넷째를 두고 말했다. 부엌일은 며느리들, 손자며느리까지 4명이 일을 서둘러했다. 설거지와 제사음식 일은 금방 끝이 났다. 손자며느리는 둘째네 큰아들의 부인이었다. 애기가 둘로, 아들과 딸을 낳았다. 나는 그들이 연애할 때부터 이름으로 불렀다. 내 자식처럼 며느리 이름인 쫑란이라 부르는 게 나에게 편했다.

- 쫑란아, 애들 데리고 너희 식구 서울 구경하러 나가라.
- 엄마, 우리 함께 다 같이 지하상가 가고 뉴코아 가고, 패밀리 타운도 갑시다.
- 그래 그럼 그렇게 하자.
- 며느리 부대끼리, 너네끼리 가고, 아빠랑 삼촌이 거실에서 시어머니 보살피면 되겠다.

예전 같으면 이런 일은 있을 수 없는 일이었다. 시어머니 주변에 모든 식구가 둘러앉아서 당신만을 칭찬하고 애쓰셨다고, 어머니가 최고라고, 계속 되풀이해야 했다. 당신은 흐뭇하게 웃으면서 자신이 힘들어도 어머니 본인이 해야 조상님이 좋아한다고, 자기는 절대로 며느리를 시키고 싶지 않다고, 내 며느리들은 딸이라고 동네방네 떠들면서 자신을 드러내야 했다. 당신은 대장이고, 며느리는 당신의 시종으로서 당신을 보필해야 했다. 우리가 모든 일을 끝내고 저녁 식사를 끝마친 뒤 며느리들끼리 초등학교 운동장으로 산책하러 가는 꼴도 당신은 싫어서 얼굴을 찡그렸다.

그는 항상 자기 엉덩이 주변에서 모든 식구가 들러붙어서 당신을 왕비처럼 모셔야 했다. 그러지 않으면 사단이 났다. 그렇게 그는 평생을 살았고, 아들 다섯은 그렇게 보필했다. 물론 며느리는 그 집 가풍에 길들여졌다. 그리고 시어머니는 제사가 당신의 권력이기 때문에 맏아들에게 줄 수 없었다. 맏아들을 몰아내야 했다. 결국 우리는 시어머니에게 밀려 났고, 그 후 당신은 맏아들과 맏며느리를 나쁜 놈이라며 공격했다. 우리는 시어머니의 공격을 받으면서도, 부모이기 때문에 무조건 머리를 조아리며 '어머니 잘못했어요, 우리를 용서해주세요.'를 백만 번 해가며 용서를 구했다.

당신의 마음이 풀어져야, 자식들의 죄가 용서가 되었다. 그런데 사실 내가 뭘 잘못했는지 나는 몰랐다. 다달이 보내드리는 생활비는 정확히 시어머니의 통장으로 입금되었고, 명절이 되면 바리바리 싸서 명절 전전날에 시댁에 도착해서 명절을 쇠기 위한 준비를 했다. 시어머니 생신날이 되면 전날에 가서 밤새워 음식을 만들어 새벽에 생신상을 차려주고 출근했다. 그렇게 30년 이상을 봉사했고, 그것이 인생이라 생각하고 평생을 살았기 때문이다. 그러나 이번에는 달랐다. 나는 당당히 며느리를 그만두겠다고 선언했다. 내 나이가 육십이 넘었으니 나를 호적에서 빼달라고. 나는 당신의 맏아들과 이혼하겠다. 그리고 전화를 끊었다. 그 이후로 10년이 되어 둘째 내외의 반란으로 제사가 우리 집으로 옮겨온 것이었다.

이제 제사의 정권이 바뀌었다. 나는 남편에게 하고 싶은 대로 하라 했다. 남편은 율곡의 제례법을 연구했다. 시어머니의 엉터리 이북식 예법을 마음에 안 들어 했다. 뭐든 시어머니 마음대로였다. 일단 우리는 모두 쇼핑하러 떠났다. 나랑 며느리들도 이제 할머니가 됐다. 손자들이 초등학교 3학년이 되었으니, 우리가 사실 시어머니에게 혼나면서 살 나이는 아닌 것이다. 그런데 우리 시어머니는 평생 아들과 며느리를 혼내며 당신의 뜻을 받들어라 했다. 그것이 효도이며, 그것이 집안을 살리는 길이라 했다. 그렇지 않으면 당신은 집안을 뒤집고, 시끄럽게 하여 당신의 위세를 세우고자했다.

함께 모인 가족들은 신이 났다. 애들은 애들끼리 구경하고 자유롭게 쇼핑했다. 우리는 우리끼리 이거저거 구경했다. 둘째 동서는

- 쇼핑할 게 뭐가 있어?
- 아이고 형님, 보다보면 살게 생겨요.
- 안 사도 돼. 쇼핑하는 거 자체가 즐거운 거야. 여기서 저기 백화점까지 다 갈 수는 없어. 허리 아파서. 너도 허리 무릎 아파서. 나중에 집에 못가. 우리는 반만 돌고 가자고. 저녁 상 차릴 시간 전까지만 하자고. 저녁 먹고 찜질방에 가게.
- 형님, 찜질방은 안 가도 돼요.
- 아니야. 우리는 육십 넘은 사람들이야. 우리 몸을 풀어줘야 돼.
- 형님, 이거 좋아 보여요.
- 셋째야, 너 좋으면 사라. 내가 사줄게.
- 다 돌아보고 살 거예요.
- 야, 만 원씩이다. 내가 더 좋으면 그것도 사 줄게. 사라구.
- 아니야요.

- 둘째야, 너 그거 맘에 들면 사.

- 둘째 형님, 그거 너무 길어. 사지 마.

우리는 지하상가를 돌며 이거저거 많이 샀다. 둘째는 신발을 세 켤레 샀다. 9,900원씩이니 싸서 행복했고, 시골이라도 이런 것은 없다면서 샀다. 시간은 빠르게 지나갔다. 볼 게 너무 많았다. 추석 명절에 다시 사자면서 집으로 돌아왔다. 시댁에 갔다가 온 내 딸네까지 합쳐 식구 수가 이십 명은 훨 넘었다. 저녁상을 차렸다. 거실에 시어머니와 아들네 상, 작은 복도에 애기들상, 작은방에 결혼했거나 결혼 안 한 사촌들, 손자며느리, 사위까지 열댓 명의 상, 식탁에 며느리들의 상. 정말 대단했다. 우리는 불판 넷을 가동했다.

불판에 LA갈비와 삼겹살을 구웠다. 한쪽은 가위로 썰었다. 한 시간 동안 구웠다. 그런데 나중에 청년들이 하나도 못 먹었다 했다. 다시 한 시간을 더 구워서 우리도 함께 먹었다. 그리고 전부 치웠다. 작은방 사촌들은 술이 술을 불렀다. 그들은 젊은이였다. 거실과 복도 식탁만 정리했다. 작은방은 너희들이 책임지라 했다. 시간은 7시경이 됐다. 거실에 계시던 시어머니는 후식으로 식혜 한 사발을 드시고 소파에서 말하며 자다 깨다를 했다. 늙은 며느리들은 전부 치우고 찜질방으로 갔다.

찜질방은 한산했다. 한두 명 정도 있었다. 우리는 온탕과 냉탕을 즐겼고, 뜨거운 불가마에 들어가 온몸을 지졌다. 나는 팔을 올릴 수 없었다. 이 기회에 팔뚝과 허리를 불가마에 뜨겁게 달구었다. 땀이 송송 났다. 몸이 개운했다. 힘들면 불가마를 나와 휴식처에 누워 이바구를 했다. 셋째가 말했다.

- 막내 여동생은 돈이 많은데, 돈 너무 많은 게 좋지 않아요. 얼굴이 예쁜데 손을 대다보니 자꾸 자꾸 수술을 하더라구요. 그러다 보니 얼굴 모양이 다르더라구요. 엉덩이는 봉끗하게, 가슴도 탈렌트처럼 가슴이 봉긋하게. 애기 엄마가 왜 그런지….
- 셋째네 딸이 몇이야?
- 넷이요.
- 왜, 셋째 딸 혼자된 동생은?
- 혼자 살아요.
- 에이, 그때 일찍 재혼했어야하는데….
- 뭐하고 살아?
- 무슨 디자인하고 살아요.
- 힘들겠다.
- 왜, 둘째 여동생은?
- 자궁암 걸려서 수술하고 항암치료 받아서 5년 되어 좋다고 했는데, 다시 유방암 걸려서 또 수술 받았어요. 다행이 전이가 된 것은 아니라네요. 그리고 보험을 잘 들어서 돈이 다 나온대요. 그래서 돈이 많이 안 들었어요.
- 정말 다행이다.
- 그리고 신랑이 돈을 잘 벌어요.
- 그것도 더 좋고.
- 야, 우리가 이 나이에 암이 안 걸린 게 정말 다행이야. 축복이라고. 이제 우리 감사하고 살자고. 그리고 너네 아들, 딸, 다 결혼하면 우리끼리 놀아야 하는 거라고. 친정부모, 시어머니 다 죽으면 놀 사람 없어야. 그리고 지금까지 시어머니 욕하면서 사는 우리가 재미있는 거야. 못된 시어머니 죽으면 재미없다고들 사람들이 말하더라.
- 둘째네 큰 남동생은 어디 살아?

- 당진에.

- 그전에 땅 샀다면서.

- 그래서 거기에서 농사를 져야 한다해서 거기서 사는데 그 농사가 쉬운가요? 거기서 혼자 살면서 회사 다녀요. 애들은 남양주에 살고. 그전에 구리에서 슈퍼를 했으니까요.

- 그 밑에 남동생 , 늦게 결혼한 동생, 말이야. 애기는?

- 둘이에요.

- 애기를 낳았는데, 직장이 잘렸다면서. 뭐해?

- 인천 연수동에서 슈퍼해요.

- 아니, 어떻게 거기까지 간 거야?

- 거기서 마누라가 직장을 다녔잖아요. 그런데 남동생 친구가 그곳에 살아서 놀러갔다가 하루 만에 슈퍼 자리가 나와서 계약하고 이사를 갔어요.

- 그랬구나. 다 잘들 살면 되는 거야.

우리는 11시 넘어서 찜질방을 나왔다. 집으로 돌아왔더니 모두가 깔개를 깔고 자리에 누웠다. 안방만 남겨놓고 거실, 복도 부엌, 작은 방 등이 사람으로 가득 찼다. 늙은 며느리들은 안방 침대 위에 대충 가로로 누웠다. 나는 다시 부엌으로 갔다. 미역국 끓일 것, 밥할 쌀 등을 씻어서 소쿠리에 받쳐두고, 사태를 미리 솥에 넣고 40분 가량 삶아 놓았다. 피로 회복제를 복용하고 자리에 누웠다. 새벽 4시경 눈을 떴다. 몸이 무거웠다. 그냥 자리에 누워 몸의 피로가 풀리기를 기다렸다.

5시경 일어났다. 할 일이 너무 많아 맨붕상태가 일시적으로 일어났다. 나물 다섯 가지를 무치고, 밥과 국을 하고 차례상을 차렸다.

그래도 시어머니는 나물볶음을 할 때 부엌으로 와서 나에게 소리를 질렀다.

- 야, 고사리를 볶기 전에 다시 삶아. 그러는 거야. 삶아서 다시 볶아야 되는 거야.

볼멘소리로 냅다 소리치며 야단을 치고 부엌 쪽에서 거실로 갔다. 나는 다시 부아가 났다. 작은 소리로 말했다.

- 지금 너무 삶아져서 걱정인데 이걸 다시 삶으면 죽이 되라고? 하여튼 알 수 없는 일이야.

늙은 며느리들은 소리 없이 볶고 무치고 삶아서 차례상을 차렸다. 남편은 누가 선물한 병풍을 처음 개봉했다. 반야심경을 붉은 색지에 필사해서 멋지게 병풍한 것이었다. 병풍을 치고 목기에 음식을 차례상 순서대로 배치했다. 시어머니는 그것이 자기식이 아니라고 시비를 걸었다. 조기 입을 자르지 않았다는 둥, 홍백이 다르다는 둥 큰소리가 오갔다.

나는 또 싸움이 일어나겠다고 생각했다. 그때 작은딸이 할머니를 공격했다. '이것은 율곡선생의 책에서 나오는 것으로 여기가 홍동, 저기가 백서라고요.' 하면서 아빠를 거들었다. 할머니는 손녀딸을 이길 수 없었다. 전날 저녁에도 딸하고 한 판 했다.

- 야, 이년아 넌 왜? 시집 안 가냐. 시집이나 가라.
- 오랜만에 그게 할 소리에요? 시집 안 가는 거는 내 인생이에요. 할머니는 할

머니 인생이나 잘 사세요.

- 너 여자인데 그렇게 술 먹으면 안 돼.
- 이거도 내 인생이라구요.
- 난 새끼들 때문에 술 한 번을 못먹었다구.
- 거봐요. 그거는 잘못 산 인생이네요.
- 그거는 맞아. 내가 잘못 산 인생이구나.

그들은 싸웠다. 그러나 둘은 맞았다. 작은딸의 DNA는 시어머니의 DNA와 똑 같았다. 그들은 뭔가 통했다. 나중에 시어머니는 작은딸을 남편에게 칭찬했다. 그 애는 순수하다고. 우리는 이해할 수 없는 일이었다. 차례 후 세배를 하고 세뱃돈을 나누어 주었다. 다시 시어머니 용돈을 챙겨주었다. 식사 후 내가 준비한 이성당 빵 한 박스씩을 모든 가족에게 챙겨주고 모두들 즐겁게 떠났다. 그리고 문자가 왔다.

- 한 달 동안 감기 몸살로 입맛을 잃었는데 형님네 집에서 너무 맛있게 잘 먹어서 원기 회복했어요. 준비를 너무 많이 하셔서 몸살 나지 않으려나 걱정돼요. 형님, 몸살 나지 않게 조심하셔요. 항상 감사합니다.
- 형님 이번에는 명절 쇤 것이 아니라 멀리 여행 갔다 온 거 같아요.
- 형수님, 저는 잘 먹고 잘 쉬고 왔는데요. 형수님은 몸살 나지 않으셨나 모르겠네요. 건강 유의하세요.

이렇게 이번 명절을 모든 식구가 즐겁게 행복하게 지냈다는 것이 다행이었다. 남편은 당신 어머니 때문에 모든 식구가 평생을 고생했고, 억압당한 것이 불쌍했다고. 이제부터 정말로 즐겁고 행복한 명절이 되길, 가족모임이 되길 빌었다.

*

나는 조용한 시간에 명상 책, 오쇼 라즈니쉬의 『삶의 길 흰구름의 길』을 읽었다.

말의 목적은
뜻을 전하기 위함이다.
뜻이 이해되면
말은 잊혀진다.

이것을 삶의 근본 법칙으로 기억하라. 의미를 깨닫지 못했는데 어떻게 말을 떨쳐 버릴 수 있겠는가? 말과 싸우지 말라. 그 대신 의미에 이르기 위해 노력하라. 사념과 싸우지 말라. 그것들이 들어오면 들어오게 두라. 그것들이 가면 가도록 두라. 그대는 아무것도 하지 말라. 다만 무관심하도록 하라. 사념이 지나가도 목격자로 남아라. 그리고 사념이 멈출 때 내면의 목소리가 들어온다. 모든 것은 내면에 있다. 신은 하늘에 존재하는 것이 아니라 내면에 있다. 그러나 사념은 항상 그대를 지배하는 조절자다. 사념에 무관심해라. 말 없음과 침묵의 순간이 올 때마다 마음이 끼어들면 돕지 말라.

명상이 그대의 자연스러운 삶, 여유로운 삶, 도가 되면 그때 나는 그대와 말할 것이다. 그대가 침묵할 때면 언제나 그들이 그대 주위에 있었음을 알게 될 것이다. 제자가 준비될 때면, 스승이 나타난다. 그대가 준비될 때면 언제나 진리가 그대에게 전해질 것이다.

내가 읽은 책은 어려웠다. 의미를 이해하려 했다. 그리고 실천해 보는 것이다. 자주 명상을 하는 것이다. 명상할 때 들어오는 사념이 나를 지배하는 자라는 것이다. 나는 항상 마음이 나를 지배하고 나를 조종한다는 것을 이해했다. 마음을 벗어나려 하면 그 마음이 더 나를 집착하게 만들고 조종하는 것이다. 그냥 마음이라는 것에 무관심하라는 것이다. 그러면 구름처럼 마음은 들어왔다 나가고, 지나간다는 것이다. 마음을 나는 지켜보는 방관자가 되라는 것이다. 그렇게 명상이 자연스런 삶이 되면, 어느 날 진리가 일어난다고. 스승이 나타난다고. 그러나 모든 순간은 사라져야 한다고.

여하튼 이해했다고 느꼈을 땐 다시 원위치로 가버려서 나는 책의 내용을 이해할 수가 없었다. 그러나 이 책을 읽으면 마음이 편안해졌다. 깨달음의 진리는 모르지만, 내 마음의 지배자가 되지는 않을 수 있을 것 같았다.

*

일본 세미나 다시 돌아가서(경도 대학 인문과학 연구소).

- 춘추좌전 : 송판, 원판. - 연구소에서 오래된 책이었다.
- 음부근보 : 원판으로 원~명나라 : 잘 쓰여진 사전이다. (주태조가 좋아했다) - 대동음부근보의 원조이다. → '東'자 : 우리나라에 들어왔다. → 로마시대 14C 정도 → 선종 중이 가져온(불교, 유교, 시문) 것으로 중국에서 얻어 온 문자였다. 그때 옥편에 운서를 달아서 가져왔다.
- 남송판 : 후한서로 외전 책 중 하나. 이것은 불전이 많았다. - 이것은 선종 사원에 있다. 그것은 후필로 주서를 달았다. → 책 크기가

작은 것은 상업판, 책 크기가 큰 것은 조선판으로, 이것은 영리 출판이 아니었다.

- 평안 시대: 10C전 구결이 보인다. - 불교연구가 없었다.
- 대동서역기 : 훈점이 있었다. 12C 일본 티가 나는 글자였다.
- 동대사 사본 (굉장히 많다)
- 에도시대 이후 17C 이후 정판이 많았다.
- 원나라 불교 책임자는 서하(티벳)사람이었다.
- 갑인자(1434? 추정) : 처음 엮은 책은 한국에 있다.
- 종합 도서관 10책 일부 : 비단표지, 왕실에서 쓴 책, 세종이 직접 본 책이었다.
- 갑진자 : 조그만 글자, 부수가 많은 글자 → 지방마다 보내고 보급 → 복각 : 원본과 같다. 다만 종이가 다르다.

연구소를 탐사하니, 나는 학문에 대한 열정이 일어났다. 뭔가 나만의 연구 작업을 할 수 있을 것 같았다. 학문을 통한 기쁨도 생겼다. 연구소에서 교토에 있는 호텔 'marukuin'으로 이동했다. 호텔 옆에 편의점이 있었다. 호텔방에서 생선 비린내가 났다. 방은 협소했다. 침대는 내 몸에 딱 맞았다. 내 몸을 반으로 접어, 잠을 자야 제격이었다. 누워서 손을 뻗으면 양쪽 벽이 손에 닿았다. 욕탕은 우물 항아리를 구석에 세워놓은 모습이었다. 나는 그 항아리 속에서 물이 튀지 않도록 샤워를 해야 했다. 침실에서도 비릿한 생선 냄새가 강했다. 나는 구토증이 일어났다.

일곱째 날.

아침은 맑지 않았다. 호텔에서 조식을 간단히 하고 주변을 산책했다. 아파트 단지는 낮았다. 아마 지진 때문이리라. 단지 내는 잘 조성

되었다. 이곳은 고급 주택단지일 것이었다. 숲속에서 새소리가 들렸다. 그런데 새소리는 아닌 것 같았다. 매미소리? '스즈꾸~!' 매미도 일본 말을 하나? 그렇지. 한국 매미는 '맴맴~!'하니까. 여하튼 이곳 매미가 더 시끄러웠다. 홍덕사, 오층탑, 삼층탑을 들려 동대사로 갔다. 거기서 박물관을 들렀다.

부처님 상의 얼굴은 전부 서구적이었다. 신기했다. 눈과 가슴, 머리 등이 모두 서양 부처 모습이었다. 주석으로 된 부처는 파키스탄과 합작된 작품이었다. 인도의 스님을 모델로 했을 테니까 서구적일 것이다. 주변 공원은 사슴들로 가득했다. 사람만 보면 사슴은 달려와서 먹을 것을 달란다. 오후에 다시 자료관을 들러 목판본을 확인했다. 나는 그것이 그거고, 이것이 이거였다. 노 교수들의 관심 있는 부분을 귀동냥으로 들어 이해하려 애썼다.

다음날 나라에서 머물렀다.

이곳은 방이 넓고 목욕탕도 넓어서 상쾌했다. 숙소는 JR 나라역 근처였다. 이곳에서 자유시간이 허락됐다. 절 탐방, 정원 탐방, 박물관을 다시 탐방하며 여유시간을 가졌다. 차츰 집 생각이 났다. 거기서 그곳 시장을 탐방했다. 시장에서 양상추, 쌀밥, 오이를 사서 고추장에 쌈을 싸 먹는 걸 즐겼다. 그러나 나는 과식을 하게 되었다. 그날 새벽에 우리 일행은 교토로 이동했다. 문헌조사를 했다. 황금으로 그린 그림은 환상적이었다. 은으로 쓴 글의 색상이 탈색되었다. 측천문자를 비롯하여 여러 가지 고문헌을 관찰했다. 노 교수들은 경서가 중요함을 시사했다.

마지막 날.

나라에서 교토를 거쳐 8시간 버스를 타고 도쿄로 왔다. 숙소는 우라시마 호텔. 이곳은 작은 거인이 머무르는 장난감 집 같았다. 손바닥 넓이를 삼각으로 잘라 침실, 거실, 욕탕으로 금을 그어 나눈 느낌이었다. 모두 손을 뻗으면 닿았다. 오늘은 온전히 자유 시간이었다. 노 교수님들과 택시를 타고 동행했다. 긴자에 갔고, 미쯔꼬시 백화점에도 들렀다. 젊은 교수들은 가방을 사고, 티셔츠도 샀다. 우리는 경양식 집에서 식사를 했고, 고서점, 현대 서점에 들려 책도 샀다. 나는 일본어를 몰랐고, 일본 책을 읽을 수 없었다.

나에게, 다시 일본어를 공부하는 것은 힘든 일이었다. 나는 나에게 맞는 학문을 하는 것이 맞을 듯했다. 노 교수들과 팥빙수를 먹고, 황궁을 구경하고, 일본 전철을 타봤다. 그리고 마지막으로, 택시를 타고 숙소로 돌아왔다. 나는 이번 학회에 내가 할 일이 무엇인가를 생각했다. 경서를 읽고 주석을 하는 것. 고대종교, 원시종교, 고대 역사와 고대 풍속에 관심을 가지고 원시언어를 해석해 보는 것, 공부하는 방법론 등을 다시 생각해야 할 것이었다.

*

문화사랑방 야외 나들이 모임을 가졌다.

경복궁역 5번 출구 1층 로비 10시 50분에 모임 → 국립 고궁 박물관 탐방 → 해설사를 통해 창덕궁 희정당 총석정절경도를 감상

이런 일정이었다.

희정당의 총석정절경도는 1920년경 해강 김규진의 산수화 대작으로, 희정당 동쪽 벽을 장식했다. 그 작품은 배를 타고 바다로 나와 해금강을 바라본 광경을 그린 것으로 화폭 중앙의 언덕 위에 여러 그루의 소나무로 둘러싸여 있는 총석정의 모습이 실로 장관을 이룬다. 뒤로는 산봉오리를 배경으로 바다에 솟아있는 절벽이 병풍처럼 펼쳐져 있으며 도안화된 방식으로 물결을 표현했다. 강원도 통천군 해안가에 위치한 총석정은 육각형 돌기둥이 무리지어 늘어선 주상절리 지형을 조망하는 누정으로 금강산 절경 중 하나이자 관동팔경에 속한다.

만물초는 외금강을 대표하는 절경으로 세상만물의 모든 형상을 닮았다는 데서 그 명칭이 유래할 만큼 각양의 화강암 봉우리가 모인 기암괴석군이다. 파노라마처럼 넓게 펼쳐진 화면에는 만물초의 광활한 풍경이 부감하듯 이어지며 웅장한 풍경을 연출한다. 공필과 화려한 채색을 사용한 장식적 표현은 왕실 가족이 거하는 장소에 위엄을 부여하는 궁중 회화의 전통을 계승하고 있다.

금강산 만물초승경도는 희정당 서쪽 벽을 장식하고 있다. 이것도 김규진 작품이다. 순종의 명을 받아 금강산을 여행하면서 그린 초본을 바탕으로 금강산의 기세와 빼어난 절경을 눈에 보이는 그대로 옮기는 화법으로 그렸으며 사실주의에 충실했다. 금강산의 가을 모습을 비로봉을 중심으로 약간 위에서 내려다본 듯한 각도로 그려내 금강산 일만이천 봉을 모두 화폭에 담고 있는 듯하다.

이들 그림은 나라를 다시 한 번 생각하게 했다. 순종은 조선 제27

대 왕이자 대한제국의 제2대 황제였다. 1907년 일제의 강요와 친일정객의 매국 행위로 고종의 양위를 받아 황제로 즉위하였다. 4년간의 재위기간은 임금을 허위의 황제로 만들었고, 일제는 1909년 7월 '한일합병 실행에 관한 방침'을 통과시켰으며, 결국 대한제국을 멸망시켰다. 이 일에는 친일 매국노인 이완용, 송병준, 이용구 등이 협조했다. 순종 주변에는 친일 매국대신과 친일 내통분자만이 들끓어서 왕권을 행사하지 못했다. 결국 일제의 무력으로 폐위되었고 순종은 창덕궁에서 망국의 한을 달래며 1926년 4월 25일에 승하하였다.

오늘 아침 신문을 보면서 다시 우리나라에 닥친 위기가 순종의 위기와 똑같다는 생각을 했다.

'천안함 폭침 주범이 평창을 온다!'라는 신문 제목이 그랬다. 북한의 고위급 대표단에 포함된 김영철이가 2010년 천안함 폭침과 연평도 포격 등 각종 대남도발을 한 장본인이다. 그를 현 정권에서 찬양하며 북한 정책을 수용하는데 혈안이 되었다면, 야권과 천안함 유족들은 46명의 목숨을 빼앗아간 인물을 용서할 수 없는 일이었다. 나라는 지금 일제 침략기와 같았다. 현 정권은 북한을 찬양하고 적극적으로 친북을 외치고 있다. 야권은 그 반대를 외쳤다.

보이지 않는 적들은 온 나라를 들쑤셨다. 적들은 무적의 용사였다. 그들이 북쪽으로 가고 싶으면 북쪽으로 갔다. 필요하면 다시 남쪽으로 왔다. 그들은 필요에 따라 남쪽에서 놀다가 다시 북쪽을 들려 남쪽에서 살면 됐다. 그들은 보이지 않았다. 남쪽의 정치 지배자들은 그들을 영웅이라 말했다. 현 정치인은 항상 '촛불을 위해서', '노동자를 위해서', '서민을 위해서'를 외쳤다. 서민은 현 정치인이 그들을 위한 자라며 만세를 불렀다.

나는 어느 것이 진짜인가를 몰랐다. 정치인의 외침은 똑같아 보였다. 그런데 지금 벌어진 평창 동계올림픽에 북쪽 인사를 초대하려고 안달을 하는 모습은 자연스럽지 못했다. 북쪽만을 찬양하며 아부하는 꼴은 나라를 통째로 북쪽으로 되돌려주고 싶어하는 꼴이었다. 내가 눈뜨고 보는 것이 안타깝다.

나는 정치권이 정직하기를 바랐다. 우리 시민은 모두 나라가 살기를 바랄 뿐이었다. 이념으로 싸우지 말고 진정한 나라 살리기를 원할 뿐이었다. 우리 인생에 이념으로 색칠하는 것이 없기를 원했다. 정치인은 자기의 욕심을 버려야 했다. 자기 욕심을 채우기 위해 국민을 끌어들여서 이분법으로 국민을 몰아가 정치에 이용하기를 바라지 않았다. 가끔 그들은 공산당처럼, 부자와 가난한 자로 패를 갈라 부자는 나쁜 놈, 가난한 자는 좋은 놈이 되게 하는데, 이 또한 자기들의 욕심으로 서민을 위한 방편을 만들어 선거에 이용하려는 수작으로 보였다.

나는 제발 내부의 적으로 인해 나라가 망하는 일이 없기를 빌 뿐이었다.

국립 민속박물관으로 다시 구경을 갔다.

그곳은 평창올림픽 특별전으로 1번 기획 전시실의 테마는 겨울나기였다. 입구에는 눈이 펑펑 쏟아졌다. 온 천지에, 벌판과 시골집, 장독대에… 영상으로 보이는 겨울 시골 풍경은 우리가 자라날 때의 풍경이었다. 어린이에게 색동 꼬까옷을 입히고 경복궁을 나들이 하는 모습을 외국 화가가 그림으로 그려서 구들방에 걸어 놓았다. 친구들은 그 구들방으로 들어갔다. 창문으로 보이는, 하얀 눈이 쏟아지는 장면은 우리를 추억 속으로 빠지게 했다. 방에는 지글지글 타오르는 화로가 있었다.

방바닥은 따끈했다. 벽에 둘러앉아 쪽문을 보면 장작이 가득 쌓였고, 산봉우리에 쌓인 눈이 보였다. 친구들은 화로에 둘러 앉아 이바구를 했다. 꼭 우리는 여행하고 숙소로 들어온 자들처럼 편안했고 행복했다. 여기저기를 관람했지만, 그중 이곳이 좋았다. 어디를 가고 싶지 않았다. '그래. 우리도 이제 나이가 많이 들었구나.' 하고 생각했다. 아픈 몸을 끌고 온 친구들은 더 힘들 것이라 생각했다. 어느 친구는 스스로 3개월 인생이라 말했고, 어느 친구는 눈에 보이게 몸을 떨었으며, 말이 어눌했다.

이제 우리 몸은 우리 것이 아닌 것 같았다. 병명이 드러난 이나 드러나지 않은 이나 모두가 시들어가는 인생이었다. 조금 빨리 가든지 다소 늦게 가든지 하는 일이었다. 그러나 우리네 부모들, 그중 시어머니들이 내일모레면 100세라느니, 99세라느니 하며 그들을 모시고 사는 친구들이 여기에 있었다. 그런 친구들은 힘들지만 훌륭했다. 후세에는 정말 있을 수 없는 일일 것이다. 어쨌든, 여고 동창들과의 뜻깊은 만남은 행복했다.

*

친구들을 보며 나는 자극을 받았다. 파킨슨병이 무서웠다. 그 병으로 10년 넘게 고통 받은 친구는 커피 잔조차 들을 수 없다 했다. 몸과 손을 떨기 때문이다. 파킨슨병을 앓은 지 6년 정도 된 친구는 몸이 전체적으로 흔들리기는 했지만 그런대로 함께 거리를 거닐 수 있었다. 하지만 자기 생각을 말해도 생각이 제대로 전달되지 않았다. 나는 그 친구를 보며 안타까워했다. 물론 계속 치료하고 약을 복용하고 있지만, 상태는 계속 나빠질 것이었다. 그 친구와 가장 친한 또 다른 친구도 발병했다. 아직 일 년이 채 되지 않았음에도 걱정스러웠다.

그 친구는 운동을 좋아했는데, 운동을 못하고 손자 돌보미로 10년을 헌신했다. 그것이 탈이 된 것인지 그 병에 걸린 것이 안타까웠다. 며느리가 의사라서 손자 돌봐 주는 것이 자신의 행복이라지만, 자기 몸을 망치면서 손자 돌도미가 되는 것은 어리석은 일이라 생각했다. 물론 그만한 사정이 있을 거라는 생각이 들긴 하지만 말이다. 어쩌겠는가? 각자의 사정과 처지에 따라 살아가야하는 것을….

모든 것을 훌훌 털고 주변 가족들에게 폐를 끼치지 않으려면 극기훈련으로 나를 살리고 몸을 살리는 일을 해야 했다. 남편과 나는 이번 주말에 높은 산을 타기로 했다. 겨울 내내 감기로 앓았고, 날씨는 영하 10~20℃라 어디도 갈 수가 없었다. 이번 주말은 처음으로 영상이라 했다. 주말 아침에 우리는 보온밥통에 떡국을 쌌다. 그리고 아이젠을 가지고 떠났다. 축령산을 선택했다. 춘천 고속도로는 한산했다. 설 명절로 지친 사람들이 잠시 쉬고 있는 것 같았다. 그래서 동해로 가는 복잡한 차도가 비었다는 생각이 들었다. 축령산 주차장도 비어서 좋았다.

오랜만의 산행이라 즐거웠다. 공기부터가 달랐다. 공기가 신선하고 달았다. 하늘은 부연 나쁜 공기로 가득 찼을지 모르나 산 밑의 공기는 차고 시원했다. 바닥은 눈으로 가득 했다. 눈이 엄청 깊게 쌓여 있었다. 도시 한가운데서 볼 수 없는 눈이었다. 반가웠다. 이렇게 눈이 많다니 말이다. 마음과 몸은 달랐다. 마음은 빠른데 몸은 무거웠다. 천근만근이 된 몸은 쉽게 이동하지 못했다. 물젖은 솜덩이를 등에 맨 사람처럼 발을 옮길 때마다 몸이 무거웠다. 내 나이를 돌아봤다.

이제 내 친구들과는 함부로 산행할 수 없었다. 작년에도 여고 동창을 데리고 등산하다가 그 친구가 하산하면서 발을 삐끗했고, 결국 119를 불러 그 환자가 된 그 친구를 하산시켰다. 친구들이 그러니 같은 연배인 내 몸이 무겁고 힘든 것도 당연하리라. 나는 힘들지만 쉬엄쉬엄 산을 올랐다. 계곡은 눈으로 하얗게 덮었다. 산길이 보이지 않았다. 남편과 나는 익숙한 길을 더듬고 찾으며 항상 보았던 바위를 향해 올랐다.

지치면 쉬고 다시 기면서 올랐다. 거친 숨을 몰아쉬는 나를 힘들다는 생각이 지배했고, 그 생각은 나를 더 힘들게 했다. 어느 정도 오르니 구름에서 벗어난 해가 눈을 녹였다. 그 눈은 내 신에 달라붙었다. 그것은 내 발의 무게를 더 늘려 무겁게 짓눌렀다. 그렇게 한 시간 동안 눈이 붙은 발을 옮기면서 힘겹게 산을 올랐다. 발에 붙은 눈은 거미줄처럼 붙은 채 떨어질 줄 몰랐다. 나는 그 발을 나무에 털었다. 그러면 발은 시원해졌다.

가다가 힘들면 따뜻한 바위 위에서 잠시 쉬다가 다시 걸었다. 걸은 지 2시간이 넘었다. 그런데 신기했다. 갑자기 몸이 가벼워졌다. 발이 빨라졌다. 어? 이럴 수가? 하여튼 즐거웠다. 발과 몸이 산에 적응하면서 빠르고 가벼워졌다. 그리고 곧 헬기장에 도착했고, 따뜻한 곳에서 점심식사를 했다. 식사 후에는 정상에 올랐다. 하산은 몸이 가벼워 쉽게 이루어졌다. 계곡에는 버들가지가 피었고, 나무줄기에는 초록색

물이 올랐다. 바닥은 눈과 얼음이지만, 나무는 봄을 준비했다.

우리도 이제 봄을 준비하고 행복해하면 되었다. 그리고 더 자주 산행을 해서 스스로의 건강을 지켜내면 그것이 행복이지 않겠는가? 건강도 하루아침에 생기는 게 아니라고 누군가 말하지 않았던가.

*

2017년 11월 중순, 남편과의 갈등이 생겼다.

새벽이 어둑했다. 강화도는 밤이 길었다. 닭 우는 소리가 간간히 들렸고, 멍멍이 소리도 멀리서 들렸다. 남편이 물었다.

- 몇 시야?

- 6시 15분.

- 일어나?

- 응. 그래야 빨리 산행하고 차가 막히지 않게 집으로 가지.

나는 일어났다. 생두부를 삶고, 보리개떡에, 배추 샐러드, 과일, 우유, 햄, 등으로 상차림을 했다. 나는 상차림을 끝냈다. 남편은 꾸물거렸다. 그리고 면도를 했다. 면도를 하면 음식이 식어서 맛이 없는데…. 그래도 어쩔 수 없었다. 기다릴 수밖에. 남자들은 대부분 그랬다. 예전에 이모부도 출근하기 전에 이모가 뜨거운 밥상을 차리면 음식이 다 식은 뒤에 와서 먹었다. 외삼촌들도, 아버지도, 할아버지도 그랬던 것 같았다.

청국장을 보글보글 끓이고 생선을 구워 놓으면 제깍 와서 밥을 먹으면 얼마나 맛있겠는가? 그러나 남자들은 그때부터 자기 일을 천천히, 꼼꼼히 했다. 그리고 자기 일을 끝내고 나서 밥상머리에 앉았다. 이미 모든 음식이 다 식어버린 후다. 지금이야 집이라도 따습고 기온이 따뜻하지, 옛날에는 왜 그리 춥고 힘들었던지. 그 당시 남자들은 여자들의 애를 많이 먹였다는 생각이 들었다.

남편의 일이 끝나고 우리는 부지런히 식사를 했다. 식사가 끝나고 작은방 창문에 달린 방충망을 떼어놓기로 했다. 그 방충망은 탈부착하는 허름한 방충망이었다. 겨울이 와서 그것을 떼고 창밖 풍경을 즐길 수 있었다. 그런데 창 위로 올라온 단풍가지가 멀리 있는 호수를 가렸다. 나는 이때다 싶어 작은 단풍가지를 잘라내서 창밖 풍경을 훤하게 하고 싶었다. 하지만 멀리 뻗은 단풍가지는 쉽게 손으로 잡을 수 없었다. 내 주위에는 단풍가지를 창 쪽으로 끌어당길만한 것이 없었다. 그때 내 눈에 보이는 것은 작은 옷걸이였다.

나는 옷걸이에 걸린 옷을 내려놓고 거꾸로 잡은 옷걸이를 뻗어 단풍나무 가지를 끌어당겼다.

- 그거 안 돼. 바닥에 붙은 플라스틱은 조립된 것이라고. 빠진다고.

나는 모르세 하면서 열심히 나뭇가지를 끌어당겼다. 여지없이 옷걸이 받침이 빠져버렸다.

- 에이 조금만 잡아당기면 됐는데….

- 그거 보라니까? 내 그럴 줄 알았다.

나는 속에서 불이 났다. 아침 새벽에 일어날 때도 나는 남편에게 물었다.

- 겨울 김치 담아서 강화도 베란다에 놓을까?
- 안 돼. 여기는 따뜻해서 10도가 넘어.
- 불기가 없어서 괜찮을 거야.
- 안 된다니까.
- 그래, 모자라면 사 먹지. 뭘.

그렇게 포기했다. 그는 내가 뭘 하자고 하면 '안 돼.', '하지 마.', '없어.', '뭣 하러 하냐?' 등의 말만 했다. '그려, 이곳은 당신 집이니까. 당신 마음대로 하쇼.' 했다.

그리고 나는 그가 신을 신고 땅으로 가서 흩어진 옷걸이 플라스틱을 주워오겠거니 했더니 주워오지도 않았다. 그는 남자답지 못했다. 나는 얼른 내려가서 그것을 줍고 복도 벽에 있던 물청소용 긴 나무 솔을 가져왔다. 다시 단풍나무 가지를 청소도구로 잡아당겨 칼로 베어냈다. 속이 시원했다. 창 너머에 있는 호수가 잘 보였다. 지금 남편은 세포가 줄어들면서 자기중심적으로 이동 중이었다.

*

둘째 딸이 순응하며 살기를 바랐다.

테니스 멤버가 우리 딸에게 사람을 소개시켜주겠다 했다. 그런데 딸과 나이 차이가 많다 했다. 직업은 변호사였다. 남편은 나이 차이(10살 정도)가 너무 많다고 달가워하지 않았다. 나는 100세 시대인데 어떠냐면서 한번 만나보게 하자고 제안했다. 그리고 멤버에게 OK사인을 보냈다. 그 다음 딸에게 물었다.

- 너 선을 보겠냐? K대 나왔고 법대 졸업했대. 지금 변호사래.
- 사진 보고 하겠어.

소개 엄마한테 핸드폰 문자를 보냈다.

- 우리 딸이 사진을 보고 선을 보겠다고 합니다.
- 네, 그럴게요. 그런데 말하는 사람이 그 사람, 키 크고 잘 생겼다합니다. 사진 보냈어요.

나는 딸에게 신랑감 사진을 보내줬다. 딸이 보더니

- 이게 잘 생긴 거야? 나 안 볼 거야.

나는 딸애 뒤통수에 대고 주먹질을 했다. '어이고!' 하고 내 가슴을 쳤다. 이제 다시는 누구에게 소개시켜달라고 말할 수 없었다.

또 다른 친구가 남자를 소개하겠다면서 신경외과 의사를 말했다. 나이도 비슷해 남편과 나는 좋다고 했다. 그런데 나중에 그 중매장이 친구가 말했다. 그 신랑감한테 문제가 있다고. 어떤 여자와 결혼 했다가 한 달도 안 돼서 이혼했다고.

- 엉? 이건 뭔 소리여?

그러자 그 여자에게 유전병이 있었다고 했다. 그래서 이혼을 했다고.

딸의 나이는 많았다. 하자가 있지만 나는 그래도 내 딸의 짝으로는 괜찮아 보였다. 자식이 있는 것도 아니고. 남편과 합의를 해서 딸에게 말했다.

딸은 또 사진을 요구했다. 나는 중매친구에게 말했다. 그 친구는 사진을 보여달라고 하면 상대편이 너무 부담스러워할 거 같아서 대충 얼버무렸다 했다. 그러다가 아빠는 딸이 사진에 너무 집착을 하니까 그 행동이 못마땅하면서 다툼이 일어났다.

- 그냥, 만나고 맘에 들면 하라고.
- 얼굴 꾸미고 가는 것이 구찮아.
- 그럼, 넌 결혼할 의사가 없는 거잖아. 넌 나를 속이고 있다.
- 너 나가라. 이렇게는 못 산다. 나가되, 테니스 지원 없고, 모든 것을 네가 알아서 생활하라. 그동안은 네가 나가서 살아도 집에 와서 생필품을 지원 받았는데, 이번에는 그럴 수 없다.

그러자 작은애가 급 저자세로 말했다.

- 알겠어요. 그냥 커피숍에서 만나면 돼요?
- 그래라.
- 꼭 결혼 안 해도 되죠?

- 그래.

그런데 선 볼 남자로부터 전화가 오지 않았다. 중매자는 친구에게 우리가 어디 사는지만 물었다. 그리고 우리 집에 재산이 얼마나 있는가에 집착했다. 나는 속으로 그렇게 재산에 집착하는 그들을 쓰레기로 보았다.

나이 많은 자식과 같이 산다는 것은 고통을 수반하는 일이었다. 머리가 커져서 그들은 부모를 이겨 먹었다. 그리고 차츰, 부모를 이용하는 악동으로 변해갈 뿐이었다. 일본의 할머니가 컴퓨터 중독자인 아들에게 구타당하며 먹을 것을 사서 바쳤다는 사실이 신문으로 폭로되었다. 결국 부모는 아들을 경찰에 신고해야 했다. 그래야 당신들이 살 수 있었다. 이제 한국도 그런 시대가 되어갈 것이었다.

머리가 커진 자식과는 반드시 분가하고 살아야 할 것이다.

*

장자는 말한다.

진리 자체를 이해하라. 이 세상에 태어날 때, 그대는 태어나기 위해 무슨 노력을 했는가? 숨을 쉬기 위해 지금 무슨 노력을 하고 있는가? 모든 것이 스스로 이루어진다. 그런데 왜 걱정하는가?

삶이 그 자체로 흘러가게 하라. 그러면 휴식할 수 있다. 투쟁하면서 물결의 상류로 거슬러 올라가려고 하지 말라. 그저 흐름에 내맡긴 채 흘러가라. 그 흐름이 그대를 어디로 데려가든 자신을 맡기라. 하늘에

> 흘러가는 흰구름이 되라. 목적지도 없고 특정한 방향도 없이 그냥 흘러 갈 뿐. 그 흘러감 자체가 궁극의 깨달음이다.

위 글을 읽으면 마음이 편안했다. 누가 어떻고, 누구의 행동이 마음에 안 들며, 그들이 싫다느니 하는 것은 나의 문제였다. 내가 흰구름이 되듯이 그냥 주어진 대로, 그대로 흘러가면 되는 것이었다. 무엇을 하자고 하지도 말고, 무엇이 힘들게 주어졌다 해도 그것은 지나갈 과정이라 생각하자. 그러면 마음의 평화가 생길 것이다.

2018, 2월의 끝.

나는 퇴직을 하고 퇴직금으로 세를 받을 수 있는 집을 여러 채 샀다. 그래야 시댁이든 친정이든 양쪽 부모님의 생활비나 병원비를 보조할 수 있을 것 같았다. 세를 주는 집은 마음의 고통을 주는 일이 많았다. 부모님 같은 나이든 양반들은 세를 내지 않으면서 나를 살금살금 피하거나 속였다. 삼년 이상 세를 내지 않고 몰래 도망 나갔다. 관리비를 내고 가면 그나마 다행이었다. 관리비도 내지 않고 수백만 원을 물리게 하는 늙은 사람들도 있었다.

처음은 부모 같아서 말 못하다가 몇 번 당하자 욕이 나왔다. 늙은 이들이 더 사람 속을 썩이는 사기꾼이라고. 나는 늙으면 사람들이 더 마음이 곱고 푸근하며 따뜻해질 것이라 생각했다. 그러나 늙을수록 집착이 강하고, 이기적이며, 자기중심적이었다. 나는 나이 들면서 마음 공부를 해야 했다. 그래서 아침이 되면 나를 버리는 공부로써 조용히 책을 읽었다. 그리고 그 글귀를 새겨보았다. 그것이 고요히 쉬는 일이었다.

오늘 이야기할 셋집은 303호였다. 그곳에는 학생이 기거했다. 그런데 윗층인 403호에서 물이 샜다. 새는 물의 양이 많아서 큰 플라스틱 다라를 채웠다. 학생은 그 물을 양동이로 옮겨서 목욕탕에 버렸다. 그 모습을 핸드폰 동영상으로 촬영해서 보냈는데, 정말 기절할 일이었다. 그 후 303호 학생은 이사를 갔다. 나는 403호 주인을 찾았다. 핸드폰으로 연락했다. 주인은 전화를 받지 않았다. 수소문 끝에 주인이 그 집을 4년간 방치하고 있다는 사실을 알았다. 우리 집을 관리해주는 부동산 사장은 나에게 내용증명서를 내라했다.

그러면 소통이 될 것이라고. 내용증명서를 냈다. 집주인은 여자였다. 곧 답변서가 왔다. 자기가 그 집에 수리할 사람을 보냈는데 자기네 집에서 물이 떨어지는 게 아니라고, 403호 바닥에는 물이 없다고 책임이 없다고 문서로 답장을 보냈다. 나는 미치겠다는 표현밖에 할 수가 없었다. 물이 이렇게 줄줄 새는데 말이다. 그럼 그 물이 하늘에서 떨어진다는 것인가? 부동산 주인은 403호 주인이 나타나야 해결할 수 있다고 했다. 그러나 그 주인은 나타나지 않았다. 나는 물이 천장에서 쏟아지는 모습을 동영상으로 찍어 403호 주인에게 보냈다. 그리고 핸드폰으로 문자 다툼을 했다.

- 303호 집입니다. 아무리 403호의 바닥이 마르고 물이 샐 일이 없다고 말씀하셔도 위에서 떨어지는 이 물은 403호와 관련이 있지 않겠습니까? 지금 303호 집을 수리해야 하는데 불안해서 걱정입니다. 이거는 아니지 않습니까?
- 집을 어떻게 해주셔야 303호에 세를 놓는데 제발 참고 좀 해주세요.
- 물이 밑으로 빠지니까 403호는 곰팡이만 서리고 303호는 물바다잖아요.

- 403호 주인은 안 오고 방바닥 곰팡이 있는 사진만 보내는 거는 아니지 않습니까?
- 집 도배하는데, 집이 물로 젖었어요. 부직포 천장도 전부 물에 젖었어요. 그거 전에 실크로 수리해서 1,000만 원 들여서 한 것이라구요. 벽도 물 범벅이고요.
- 내용증명서인 답변서 잘 받았습니다. 303호 세들은 사람에게 더 이상 피해를 주지 않으려면 나는 당신을 만나서 하자인 곳을 점검하고 우리 집도 점검해야 합니다. 해마다 이런 일을 겪는 것은 용서하기 힘든 일임을 알려드립니다. 이번 해에 또 이런 일이 생길까 걱정입니다.
- 현재 303호는 더 이상의 누수는 멎은 상태인가요? 누수가 완전히 멎었으면 점검할 사람을 보내겠습니다.
- 미안하지만 나는 그 점검자를 믿을 수 없군요. 우리가 함께 진단하고 치료할 수 있는 의사 같은 사람이어야 재발을 방지할 수 있다고 생각합니다. 몇 년 동안 계속 그런 상태임을 말하고 싶습니다. 책임이 있는 집주인끼리 만나고 전문가를 불러 정확한 원인을 발견하는 것이 필요하므로 날짜를 정해서 만납시다. 대리인을 보내서 처리하는 것은 문제해결에 도움이 되지 않습니다.
- 누수가 멎긴 했는지요? 저는 일하는 사람이라 시간이 없어 사람을 보냅니다. 점검이나 집수리는 내가 할 수 있는 일이 아닙니다. 만날 때 그쪽에서 점검할 분과 동행해서 점검하십시오.
- 그러면 다음 주 수요일 오전 10시 30분경 S부동산에서 만납시다. 점검자를 그쪽으로 보내주세요.

우리는 403호 집에서 만났다. 현관문을 여니 썩은 내가 진동을 했다. 벽과 천장은 썩어 있었다. 곰팡이가 더덕더덕 붙어 있었다. 천장은 스티로폼 판이 찢어져서 구멍이 났다. 바닥도 곰팡이가 슬었다. 정말 귀신이 나올 법한 집이었다. 점검자는 모든 물을 차단했다고 했다. 물이 샐 이유가 없다고. 하지만 그의 말과 우리의 말은 멀었다. 그는 그의 말만 했고, 우리는 우리의 말만 했다. 말은 이어지지 않았고, 혹여 붙더라도 엉길 뿐이었다. 말이 엇갈리니 소통할 수가 없었다.

나는 그 집을 사서 다시 수리해 볼까까지 생각했다. 그러나 그 집은 수리할 수 없었다. 그 집이 그리 된 원인은 옥상에서 내려오는 물 때문이었다. 대충 수리했지만 완벽하지 못했다. 그것은 그 건물에 사는 모든 구성원의 공동책임이었다. 그러나 아무도 그 책임을 함께 할 수 없었다.

점검자의 말은 이랬다. 그 집을 주인이 사서 수리를 했다. 그런데 수리하던 중에 현 집주인의 남편이 갑자기 죽었다. 그때부터 수리하던 집을 내팽개칠 수밖에 없었다고. 부인은 직업 전선에 뛰어들어 일해야 했고, 그 결과 이 집은 골칫거리가 됐다고 했다. 집을 팔고자 해도 살 사람이 없었다고.

나는 그 부인이 불쌍했다. 나이도 50대 초반이었다. 결국 나로서는 어떻게 할 수 없었다. S부동산 사장은 집 수리 비용에 대한 손해 청구를 하라 했는데 그런 것도 필요 없었다. 다만 물이 새지 않도록 해달라는 요구만 하고 그곳을 떠났다. 또 언제 새로운 일이 터질지 모를 일이나, 그때 가서 해결할 일이었다.

*

울 엄마는 이제 나이가 90이었다.

당신이 혼자 시골에서 방 한 칸에 몸을 돌려 자기의 삶을 지탱했다. 당신은 몸을 쓰기가 힘들었다. 방바닥은 따뜻했다. 싱크대를 붙들고 일어섰고, 거기서 가스 불에 밥을 했고, 물을 끓였다. 당신이 먹고 싶은 것을 이거저거 만들어서 반찬으로 먹었다. 나는 항상 엄마한테 요구했다. 물에 밥을 말아서 후룩후룩 마시지 말라고. 단백질을 먼저 먹으라고. 두부를 먹든 달걀을 먹든 밥보다 먼저 먹으라고. 그래야 몸이 산다고. 당신은 그러겠다고 했다.

당신은 항상 요강을 방구석에 놓았다. 댓돌을 거쳐 화장실을 가기가 힘들었다. 날씨는 춥고 계단이 있어서 넘어지면 탈이 생길까 걱정했다. 요강이 차면 당신이 간신히 스스로 두엄에 버렸다. 엄마는 요즘 말했다.

- 야, 늙으니 내 몸이 짐이 되더라고. 이제 온 몸이 아프다. 그런데 이 나이가 그런 것이 아니냐?

나는 그게 맞다고. 그렇게 생각하시라고 했다. 당신은 지금 훌륭하게 살고 있는 거라고. 당신은 그래도 요양원에 가서 코 뚫고 있는 거보다 나은 거라고 말했다.

날이 차가워서 당신은 점심을 먹고 2시경 마당에서 햇빛을 쬔다 했다. 공연히 아침에 찬바람 쐬면 감기 걸려서 고생한다고. 당신에게 이모나 외삼촌들은 가끔 문안 인사를 했다. 나도 가끔 당신에게 문안 인사를 하면 당신은 별별 얘기를 다 했다.

- 너네 설 쇨 때 사람이 많이 와서 어떻게 잤냐? 금방 돌아오는 제사를 어떻게 지냈냐?

당신은 심심해서 알고 싶은 것이 많았다. 시골동네 할머니들도 이제 하나씩 하나씩 죽어서 당신이 나이가 제일 많다고 했다. 치매 걸린 할머니들은 요양원으로 갔고, 더러는 아들이나 딸이 그 노인들을 억지로 요양원에 보냈고 그러면 곧 죽더라 했다. 내가 전화를 하면 이거저거 말하다가 끝에 가서 전화해줘서 고맙다고 말했다.

올 겨울은 유난히 추웠다. 감기가 심해서 막내딸네 집에서 오래 기거했다. 전에는 우리 집에서 오래 있었는데, 우리 집은 시댁행사가 많아서 올 수 없었다.

다시 혼자 사는 아들네로 이동했다. 그래도 아들 집이라 당신은 편안했다. 그곳이 좋다했다. 우리 집은 퇴직한 사위가 있어 미안해했다. 날이 따뜻해지면 시골로 내려갈 것이었다. 기침이 심하고 목소리가 잠겨서 말하는 것이 힘들었다. 아파트는 아무래도 온기가 따뜻하고 일정해서 노인들에게 편안했다. 엄마는 막내딸과는 자주 다퉜다. 막내는 깔끔했다. 냄새나고 지저분한 꼴을 못 봤다. 엄마는 몸도 그렇고 깔끔함을 유지하기 힘들었다.

엄마 눈에는 막내딸이 새것을 버리고 새로 사는 것처럼 보여서 난리였고, 막내는 버리고 새로 사야 기업이 살 수 있다 했다. 나는 항상 엄마도 맞고 너도 맞다고 했다. 그리고 엄마 삶은 엄마대로 살고, 막내 삶은 막내대로 사는 것이 좋다고 했다. 나는 남을 탓하지도 말고, 뭐라 하지도 말며, 각자 자기 맘대로 사는 것이 행복이라 했다. 모두가 자유롭게 살지만 남에게 피해주지 않고, 자기가 하고 싶은 대로 서로를 도우면서 조화롭게 살면 그것이 행복이라 말했다.

*

당숙 오촌이 죽었다.

아버지의 작은 아버지 장손으로, 우리와 함께 살아서 친했다. 나이는 80세였다. 그 오촌은 교직에 몸을 담은 사람이었다. 10년 전부터 치매가 있어서 당숙모는 고생을 많이 했다. 70세에 오촌이 치매 걸렸을 때, 당숙모는 슬피 울면서 '내 인생은 뭐란 말인가?' 하고 외치며 슬피 울었다. 당숙모는 시집살이를 힘들게 했다. 시부모를 모실 때, 시부모는 요구사항이 많았다. 그들은 자신들을 끔찍이 사랑했고 자신들에게 필요한 것에 집착했다. 그들은 하루도 빠지지 않고 병원에 들렀다. 당신들이 먹는 음식을 따로 주문했고, 몸에 좋다는 것을 찾아 요구했다. 원래 당숙모는 깔끔했고 완벽했다. 시부모와 당숙모는 그런 점에 맞았지만, 그러다보니 당숙모는 손에 물기가 마를 날이 없었다.

어느 해 당숙모는 몸이 좋지 않아 수술했고, 몸은 가는 뼈만 남았다. 가는 뼈로 몸을 추스리며 시부모를 모셨고, 오촌은 모두를 위해 헌신했다. 주변 사람들은 나이든 시부모를 욕했다. 시부모는 왕처럼 행동했고, 당숙모는 몸종처럼 산다고. 그 집 시부모는 까시럽고 무섭기가 대단하다고. 그 집 며느리는 기를 펴고 살 수가 없다고. 거기에 그 집 시누이들도 대단하다고. 그런데 그 당숙모가 큰 잘못을 했다는 소문이 들렸다. 당숙모가 친정 오빠 사업에 집을 담보로 보증을 서서, 오촌네 집이 날아갔다 했다. 이런 저런 소문은 복잡했다.

친척 며느리들은 입을 모아 며느리 편을 들었다. 그 집 시부모가 까다롭고 자기들 욕심만 차려서 며느리를 힘들게 한다고 욕했다. 그 집 시누이들은 올케가 올케 친정식구들 돕는다고 나섰다가 오빠 집이 날아갔다고 욕했다. 소문은 소문을 불러왔고, 세월은 세월대로 흘러갔다. 그러면서 당숙모는 다시 폐를 반쪽 떼어냈다. 그래도 비틀거리며 집안을 잘 건사하고 살았다. 당숙모는 예쁘고, 깨끗했다. 몸이 허약했지만 시부모를 왕처럼 모셨다. 시부모님은 오랜 투병 끝에 90이 되어 죽었다. 그리고 곧바로 오촌 당숙이 치매 걸렸다. 그래서 당숙모가 울었다. 내 인생은 뭐냐고.

거의 10년 넘게 치매 걸린 남편을 돌봤다. 집을 나가면 집으로 돌아오지 못했다. 치매에 특별한 약을 먹었고, 실험 대상용 약도 복용했지만 시간이 갈수록 사람을 분간하지 못했다. 내 또래인 당숙. 그를 나는 고모라 불렀다. 그 고모가 오빠 집에 가면 이렇게 말한다고 했다.

- 누구세요?

- 어디 왔어요?

- 안녕히 가세요.

고모는 그게 슬프다 했다.

당숙모는 우리 엄마를 좋아했다. 우리 엄마는 큰집의 맏며느리고, 그 당숙모는 막내 할아버지의 맏며느리였다. 두 집의 시어머니들은 똑똑하며 유능했고, 당찼다. 보이지 않는 시집살이를 시켰다. 그런 점에 그들은 통했다. 사실 나이 차이는 많이 났다. 오촌 당숙과 10살 넘게 차이가 났다. 그래서 우리 엄마는 그 당숙모를 보면 안쓰럽고 불쌍해서 마음아파 했다. 엄마는 그 당숙모가 어렸을 때 부모가 일찍 죽었고, 오빠네 집에서 살면서 오빠네가 하는 여관집 빨래를 다 하고 살다가 오촌에게 시집왔다 했다.

엄마는 말했다.

- 쯧쯧, 엄마가 일찍 죽었으니 올케와 오빠 눈치를 보며 살았을 거 아니냐? 그러다 일찍 시집(당숙과 나이 차가 많다)왔고.
- 그 시집이 사실 대단한 집이야. 팔 남매에다 맏며느리니까. 시어머니는 또 얼마나 매섭다고.
- 잔칫집을 한 번 못 나선다잖니? 시부모가 먼저 그 잔칫집을 나서니까 자기는 갈 수가 없단다. 아이고, 불쌍한 거. 잔칫집에서 사촌 동서끼리 시어머니 욕하는 게 재미인데, 그것을 한 번 못했다니까?
- 옛말에 친정에서 대우를 못 받으면 시집가서도 대접을 못 받는다드니, 꼭 맞는 말이로구나.

그런데 그 날 당숙모 남편이 죽었던 것이다. 그 다음날 우리는 영안실로 갔다. 당숙모는 빼빼 말라서 뼈에 가죽만 입힌 모습이었다. 아들과 딸 남매가 있었다. 당숙모는 손이 떨렸다. 힘들어서인지 잠을 설쳐서인지 알 수 없었다. 남동생과 우리가 다음날 함께 간 것이었다. 가기 전에 고모 아들인 K 교수가 전화했다.

- 구언 삼촌 죽었다며?
- 응, 너 언제 갈 거야?
- 나, 내일 10시경. 너(나랑 동갑)도 점심때쯤 와. 그곳에서 밥이나 먹게.
- 너네 P 서방 뭐 하냐?
- 뭐하기는? 나이가 얼마인데? 먹고, 자고, 놀지. 이젠 쉴 때잖아?
- 넌 언제 퇴직했는데?

- 나 3년 전에 명퇴했어.

- 응, 그랬구나.

그리고 전화가 끝났다.

이튿날 우리는 장례식장에서 만났다. 모두 한 상에 모였다. 죽은 삼촌들의 형제들과 반갑게 인사를 하며 자리를 잡았다. 죽음은 슬프지만, 지병이 길어서인지 그렇게 슬프지 않았다. 오촌 당숙들은 갈 사람이 간 것으로 후련함을 느끼게 했다. 오촌 당숙인 두 번째 삼촌은 77세, 그 밑 경자 고모네 고모부가 74세, 구표 막내 삼촌이 64세였다. 막내 삼촌은 우리보다 나이가 훨씬 적었다. 그들은 지방에서 올라왔다. 그 위 누나가 내 또래인 고모로 친구 사이였다.

우리들은 정말 오랜만에 만났다. 구표 삼촌은 물었다.

- 아직 테니스 치는 거야?

- 그럼, 날마다 남편하고 치지.

- 10년 전에도 잘 쳤는데 지금도 치니 잘 치겠네. 나는 목이 불편해서 그만 두었어. 탁구를 지금 치고 있어. 부인하고.

- 잘 했네. 취미가 같은 게 최고야.

- 아! 그래서 그 부인이 예전에는 정적으로 보였는데, 지금은 동적으로 보였구나. 굉장히 명랑하고 쾌활해서 좋아 보여.

- 이제 그렇게 사는 것이 최고 행복인 거야.

나는 다시 둘째 구동이 삼촌에게 물었다. 그는 술을 좋아했다. 그에게 항상 술이 있어야 했고, 술친구와 어울렸다. 그는 세무서를 다녔다. 공무원으로 나름 최선을 다하고 살았다. 돈도 살살 모여서 일반 주택을 구입했고, 그곳에서 행복하게 살았다. 그런데 중년 이후에 문제가 생겼다. 그의 부인이 여호아의 증인인 교회에 다녔다. 그곳에서 그 부인은 중요한 역할을 맡았다. 그 집단의 꼬드김에 넘어가 그들의 소중한 집을 몽땅 교회에 바쳤다.

어느 날, 삼촌은 날거지가 됐다. 세무 일을 잘 아는 그는 직장에 사표를 냈다. 그리고 자기 집을 되찾는데 헌신했다. 그의 처남도 자기 직장을 그만두고 매형과 함께 교회에 바친 집을 찾아 나섰다. 오랜 투쟁 끝에 그 집을 찾았다. 그가 77세이니 옛날 이야기였다.

- 삼촌은 친구가 많아요?
- 이제 없어. 거의 죽었어.

옆에 있는 K 교수가 다시 물었다.

- 예? 많이 죽었어요?

내가 다시 대답했다.

- 그렇지. 우리 남편 주변 공직자들, 특히 술 좋아하는 정부 부처 사람들 다 죽었는데? 70~74세에 다 가드라고.
- 그려, 우리 친구들도 술 좋아하니까 모두 가더구만.
- 내 친구 남편들, 기자들도 다 갔구만.

- 결국 술 좋아하고 스트레스 받은 사람들은 다 죽었다구.

구동 삼촌이 집을 교회로부터 되찾았다는 소문을 들었고, 그 후 그 집터에 방을 많이 만들었다는 소문도 오래전부터 들렸다. 그 집 주위는 대학가라 원룸이 제격이었다. 나는 다시 구동 삼촌에게 물었다.

- 삼촌은 방이 몇 개에요?
- 얼마 안 돼. 15개쯤.
- 아이고, 그게 어딘데요? 거기에 연금 받으면 충분히 살고도 남겠어요.

나는 머릿속으로 계산했다. 방 하나에 삼십만 원을 받아도 450만 원인데, 서울 어느 지역이 이 정도겠는가? 적어도 사십만 원에서 오십만 원은 충분히 받을 수 있을 텐데 말이다. 거기에 공무원 연금까지. 지금 경제적으로 풍부함을 알 수 있었다. 나는 다시 물었다.

- 삼촌, 그럼 지금 어떻게 지내요?
- 아침에 부인(위암 진단을 받았다) 데리고 12시까지 침을 맞는다. 점심에 맛있는 거 사 먹고, 2시간동안 부인과 산책을 해. 그렇게 둘이 돌아다니면서 언제고 먹고 싶은 거 사서 먹고, 집에 와서 쉬다가 잠잔다.
- 최고의 삶이네요.

그때 앉아서 술을 먹던 경자 고모(구동 삼촌 동생)네 식구들이 간다고 일어섰다. 경자 고모네는 큰 빌딩을 가진 부자였다. 그들은 부자였지만, 주변 사람들과 조화롭지 못했다. 아마 두 부부가 돈이 많음에도 베풀지를 못했고, 돈에 인색하지 않았을까 생각했다. 그런데 그날 따라 그 집 식구들의 낯빛이 밝지를 못했다. 고모부는 술만을 계속 먹었다. 인상을 찌푸리면서 말이다. 달갑지도 않은데, 그 모습은 여러 사람을 불편하게 했다. 거기에다 술 먹은 사람이 고집스럽게 차를 몰고 간다는 것이 꺼려졌다. 어쨌든 그들은 떠나갔다. 이야기는 계속 이어졌다.

K교수네 부인에게 말했다. 그 집 딸과 우리 작은딸은 동갑내기였다. 고모가 살아있을 때, 우리는 함께 어울리면서 살았다. 그들은 커다란 맨션에서 살았고, 우리는 항상 가장 작은 허름한 연탄집에서 살았다. 아이들은 비슷한 또래에게 보이지 않는 차별을 겪어가며 살았다. 그들은 어디든 먼저 갔다. 우리는 천천히, 느리게 그들의 뒤를 따라갔지만, 따라잡을 수나 있으면 다행이었다. 모든 것을 빼고 생략하며, 없으면 없는 대로 세월을 따라갔다.

- 그 집 딸이나 우리딸이 시집 못가서 큰일 났다. 어쩐다냐?
- 우리는 싸우는 날이 많아. 아빠와 싸우고. 나와 싸워. 우리는 언제고 내쫓겠다고 해. 남편은 집에서 나가면 경제적 지원은 일체 없다고 했어. 너 혼자 네 힘으로 살라 했지.
- 내가 요즘 법사 공부를 해.
- 법사? 웬? 법률 공부?
- 아니, 선인능원 3년차, 법사 공부라고.
- 선인능원 지광 스님? 그 사람 학력 위조로 난리난 사람 아냐?
- 지영 엄마가 30기고, 내가 50기일 걸? 20년 차이인 셈이지.

- 자식은 부모에게 빚을 받으러 왔대. 그러니까 자식에게 그렇게 대하면 안 되는 거야. 빚을 갚는다 하고, 잘 해줘야지.

나는 웃었다. K 교수는 주변에서 밥맛없는 사람으로 알려져 있었다. 그는 자기중심적인 사람이었다.

- 그럼, 지영이는 부모로부터 스트레스 안 받아서 좋겠네.
- 아니, 그렇지는 않아요.
- 그렇게 부모가 법사인데 말이요.
- 나는(K 교수) 딸이 시집 안 가고, 머리 깎고, 스님이 되면 좋겠어. 조용히. 그러면 악업도 없어지고 다음 생에 다시 태어나는 일이 없을 테니까.
- 이거는 또 무슨 소리?

K 교수는 있을 수 없는 소리를 했다.

- 우리 친구들이 파킨슨병에 많이 걸렸어. 이제 우리가 안 아프고 만나면, 축복이야.
- 그것도 그래. 먼 선조시대 무슨 악업이 만들어져서, 파킨슨병이 걸린 거야. 그것을 낫게 하려면 앞 선조대의 악업을 없애야 낫는 거라고.
- 어쨌든 법사의 말은 틀리네.

거기서 한참을 이야기했다. 그리고 우리는 헤어졌다. K 교수는 나에게 말했다.

- 좋은 일 있으면 나 좀 불러.

- 그래.

그렇게 우리는 헤어졌다. 동생의 차를 타고 돌아오면서 남편은 동생에게 말했다.

- 이제 중국에 있는 영존(K교수 동생)이가 형네 집에 가도 되겠네. 전화해서 형이 법사가 됐으니 한국에 오면 형네 집에서 머물면 되겠다고 전화해줘라.

K 교수의 동생은 어렸을 때부터 망나니였다. 그 동생은 어머니와 K 교수를 많이 괴롭혔다. 그 동생은 그의 부인과 중국에서 살았다. 그런데 중국에서 비자를 변경하거나 한국에 일이 생기면 내 남동생네 집으로 왔다. 그는 남동생네 집에서 오랫동안 머물다가 중국으로 갔다. 그도 자기중심적이었다. 남을 배려하지 못했다. 그를 보면 주변 친척이 피했다. 그를 만나지 않기를 바랐다. 그는 혼자여야 주변 사람들이 편했다. 그는 내 남동생의 껌딱지였다. 착한 남동생은 그를 어찌할 수 없어 했다.

그는 남동생네 집으로 귀신같이 찾아왔다. 그가 오면 그는 그 집의 주인이 됐다. 더우면 24시간 에어컨을 켜고 살았다. 24시간 담배를 입에 달고 살았다. 먹는 것도 저 먹고 싶은 것만 먹었다. 남동생은 그 고종사촌 때문에 마음고생이 컸다. 그렇게 한 달을 머물다 가면, 남동생은 머리가 아파서 미칠 지경이었다. 그리고 속으로 생각했다.

'우리 아버지가 생전에 무슨 업을 쌓아서 내가 이렇게 고통을 당해야 하는가?'

그래서 내 남편은 법사가 된 그 K 교수네 집에서 머물다 가면 된다는 말을 하는 것이었다. 사연은 있겠지만, K 교수는 그 동생을 자기네 집 오지 말라고 선을 그었다. 결국 그 동생은 형 집을 갈 수 없었다.

남동생은 그날 말했다.

- K형이 너무 늦게 법사가 됐네. 진작 법사가 되어, 주변 사람들에게 좀 더 덕을 많이 쌓지.
- 그러기는 하네. 그래도 다행이네. 함께 자리라도 할 수 있으니까.
- 그런데 왜 경자 고모부는 죽을상을 하고 있다냐? 돈도 많고, 빌딩도 있다면서?
- 아까 소주 한 병 까고 차를 몰고 집에 간다잖아.
- 그거는 또 무슨 소리야?
- 모두가 말리는데, 막가파잖아.
- 소주 1병을 먹고 운전하러 간 거야?
- 그렇다니까?
- 미쳤군, 미쳤어.
- 그런데, 아무도 못 말려.

우리는 그렇게 헤어졌다. 집으로 돌아왔다. 내 또래 당숙인 막내 고모가 전화를 했다. 오촌 막내 고모는 주식을 잘했다. 날마다 주식을 보고 용돈을 벌었다. 그는 주식을 즐겼다. 그래서 고모는 날마다 주식으로 바빴다. 하루에 돈이 몇백씩 올랐다, 빠졌다 해서 그곳에만 집중하고 집착했다. 그 고모는 처음에 부잣집으로 시집가서 잘 살다가 회사가 망가져서 힘들게 살고 있었다. 고모는 교직에 있었다. 똑똑하고 욕심이 많았다. 그는 항상 나를 경쟁상대로 삼아 비교했다. 그는 젊을 때는 고모답게 후하고 따뜻하며, 배려하는 사람이었다.

나이가 들면서 모두가 퇴직했고 조화롭게 살 수 있어야 하는데, 상대적으로 자신이 부족함을 탓했다. 그는 비교상대인 나를 두고 높였다 낮췄다 하면서 자신을 비하했다. 그는 자신을 들들 볶았다. 나를 두고 빙빙 돌리면서 나를 피곤하게 했다. 그는 예전의 순수한 고모가 아니었다. 수시로 말을 꼬면서 말했다.

- 야, 넌 연금을 타서 좋겠구나.

- 넌 노후 준비가 다 되었구나.

- 나는 노후자금을 마련하지 못해서 불행하구나.

그는 내가 어떻게 놀고 사는지를 확인하고 감시하면서 스스로를 폄하하고 자책했다. 하여튼 그를 만나면 그는 자기 부정적 에너지를 쏟아내면서 나를 힘들게 했다. 그리고 자기 큰오빠 장례식장에서 만나기로 했는데, 만나지 못해서 미안해서 전화했다고 말했다. 그는 그때 전철타고 장례식장으로 가고 있는 중이라 했다. 나는 그곳에서 친척들을 만났던 이야기를 해주었다. 그리고 경자 고모부가 둘째 삼촌보다 나이가 훨 적은데 왜 그리 얼굴이 다 죽어가는 상인지 모르겠다고 말했다. 그 고모는 말했다.

- 사실은 그 고모부네 둘째 사위가, 이번에 죽었어.

- 엉? 나이가 어릴 텐데?

- 그렇지 사십 초반이지.
- 그 둘째 사위가 산악자전거 대회에 나가려고 연습을 했어. 도로에서 연습하다가 움푹 파인 곳에서 바퀴가 뒤집혔고, 사람이 튕겨 나가 중앙선 건너편으로 떨어졌지. 그때 지나가던 차에 치여서 즉사 했어. 보상금도 못 받았어. 죽은 지가 얼마 안 되었어.
- 그래서 그들이 그렇게 죽을상이었구나.
- 이번에 그 언니네, 여의도 집을 팔아서 작은딸이 사는 강남에다 큰 집을 사서, 4식구가 함께 살려고 한다했어.
- 그랬구나.
- 고모, 그러니까 누구든 고통의 양은 다~ 똑같은 거야.
- 경자 고모가 잘 살고 남부러운 게 없는데, 또 그런 일이 생기다니….
- 고모는 딸 때문에 고민은 안 하잖아. 나는 내 작은딸 때문에 고민하잖아.
- 그래 난, 상명(고모딸)이는 마음에서 비웠어. 상명이 둘째 애가 7개월 되었는데, 상명이 시어머니가 큰애도 잘 봐주고, 저녁에 와서 작은 애기 목욕시키고 9시에 상명이네 집에서 퇴근한대.
- 그것도 큰 축복이다.
- 반찬도 다 해다 준대.
- 그건 더 축복이고. 잘 됐네. 그것 봐. 세상의 사람들의 고통의 양은 똑같은 거라구.

그리고 우리는 전화를 끊었다. 그 오촌 당숙 막내 고모는 다른 사람들은 너무나 잘 살고 행복한데 자기만 불행하다고 수시로 울고 불고를 했다. 남편과 이혼하겠다는 말을 입에 달고 살았다. 그런데 요즘은 조용해졌다. 무소식이 희소식이었다. 말년에 주식이 대박 나서 고모 스스로가 행복했으면 좋겠다.

*

새벽부터 잠이 안 왔다. 남편은 새벽에 골프 갔다. 올해가 가기 전에 친구들을 불러 만두를 만들어 먹기로 했다. 2017년 11월 말이었다. 만두피를 만들 밀가루를 물에 적당히 섞어 밀폐 그릇에 넣었다. 부추 2단. 그러나 적어보였다. 다시 부추 1/2단을 추가로 씻어 물기를 뺐다. 그것을 송송 썰었다. 파, 양파, 마늘, 생강을 잘게 썰어 섞었다. 돼지고기 갈은 것 3kg을 섞고 소금, 후추, 참기름, 들기름으로 간을 해 소를 만들었다. 밀폐된 밀가루 반죽을 도마에 치대서 반죽을 했다.

거실 바닥에 채반을 깔고 도마를 놓아, 친구들이 오면 만두를 만들면 되는 환경을 만들었다. 제일 먼저 친구 P가 왔다. 각자 집으로 가져갈 만두를 만들어서 가져가라 했다. 그는 열심히 만들었다. 우리는 이거저거, 오손도손 이야기를 했다. P의 입에서 자기 속 터지는 이야기가 나왔다. 그의 아들은 몇 번의 사업 실패로 많은 돈을 날렸다. 그리고 그 아들은 집에서 자기 애기를 돌봤다. 그의 며느리는 직장을 나갔다. P는 아들이 불쌍했다. 어느 날 점심, 생선 초밥을 사서 아들네 집으로 갔다. 함께 초밥을 먹으려고. 아들에게 전화했다.

엄마가 생선 초밥을 사 왔으니, 집에서 함께 밥 먹자고. 그러자 아들은 안 된다고 했다. 애기 엄마가 싫어한다고. P가 그럼 먹고 난 도시락과 쓰레기는 자신이 가져간다고 말했지만 그래도 아들은 안 된다고만 했다. 차라리 다른데 가서 먹자고. 그리고 아들은 집 밖으로 나왔다. 차를 함께 타고 초밥 먹을 곳을 찾아 나섰다. 도로가 꽉 차서 차가 밀렸다. 엄마는 짜증이 났다. 아니, 아들네 집에서 밥을 먹을 수 없다니…. 그 집도 자신이 사준 집인데…! P는 한탄했다. 다달이 생활비를 400만 원씩 보태주는데, 며느리에게 눌려서 집을 들어갈 수 없다니 말이다.

나는 P에게 물었다.

- 네 아들은 누구를 닮은 거 같으냐?
- 응, 걔는 나를 닮아 착한 거 같아.
- 그럼 너처럼, 희생적이겠네?
- 그렇기는 한데, 묘하게 아빠를 닮은 구석이 있어. 묘한 것이 있어.
- 어떤 때는 애기를 우리 집으로 데리고 와. 그 놈이 애기를 나에게 맡기고 운동하러 나간다. 그런데, 하루 종일 아들이 안 들어오는 거야.

P는 집에서 97세의 시어머니를 보살폈다. 그런데 애기까지 돌보니 힘이 들고 짜증이 났다. 저녁이 되어갔다. 아들에게 전화했다.

- 조금 있으면 아빠가 회사에서 돌아오는데, 빨리 애기 데려가라. 아빠 오면 너 또 혼나지 않겠냐고 소리쳤다니까?

이야기는 거기서 끝이 아니었다.

- 그런데 이번에는 애기가 아픈 거야. 처갓집 옆에 있는 병원에 애기를 입원 시켰어.

아들이 자기 체면을 살리려고 처갓집 지방 병원으로 P를 불렀다고 했다.

- 나는 큰일이라고 부랴부랴 차를 몰고 달려갔지. 아들이 글쎄 애기를 특실에 입원시켜서, 커다란 방에 애기 침대, 애비 침대에 둘이 누워 있더라? 병원 침대가 어찌나 화려하던지…. 나는 속이 터졌다. 돈도 못 버는 놈이 장모에게 자기의 면모를 보여주려고, 호텔 같은 입원실에, 입원시켰다니까.

P는 어이가 없었다. 게다가 그 병원비는 P가 지불해야 했다. 가서 확인해 보니 P가 갈 필요도 없는 상황이었다. 애기는 곧 퇴원하면 되는 상태였다. P는 자기 아들이지만 남편의 위신을 신경 쓰고 권위적인 면을 닮았다고 했다. 그래서 아들은 처갓집에 자기 위치를 자랑하기 위해 P를 병원으로 불렀던 것이었다. 아들이 부르기에 혹 밥도 못 먹을까 봐 P는 온갖 반찬을 해서 바리바리 싸갔다. 아들은 그 반찬을 장모님에게 전부 주면서, 나는 안 먹으니 장모님 드시라 했다. P는 어이가 없고 허탈했다. 그리고 아들 하는 짓이 얄미웠다. P의 영감님이야 자기 몫을 하며 자신을 세우지만, 아들은 그렇지 못하면서 자기를 세우려 하니 P는 속 터져 죽으려 했다.

P와 나는 정서적으로 잘 맞았다. 그나 나나 무수리과 주부였다. 웬만하면 365일, 그날 먹을 식재료를 사서, 씻어서, 만들어서 먹었다. 주변 친구들은 대부분 음식을 하지 않았다. 그들은 음식점을 정해 놓고 먹었다. 그거 얼마를 한다고. 그리고 얼마나 먹는냐면서, 그들은 음식점에 가서, 혹은 음식을 주문해서 먹었다. 우리는 사서 먹는 것이 못마땅했다. 평생 해서 먹다보니 해서 먹어야 맛이 났다. 그런 점에서 우리는 같은 의식을 가졌다. P와 나는 그 외에도 잘 맞는 정서가 많았다.

나는 P에게 물었다.

- 큰형님 딸은 어디 다니냐?

P의 큰 시누이는 서울대를 나왔다. 그의 남편은 판사를 했다. 지금은 나이가 많았다. 그 집 딸이 결혼을 하지 않아서 혼자 살았다. 나는 그 시누이의 딸이 궁금했다.

- 직장은 다녀?
- 응.
- 직업이 뭐야?
- 박물관에 다녀.
- 결혼 안 하고 딴 살림 차린다더니.
- 응, 딴 살림 차려줬어. 아파트도 사주고, 돈도 주고해서 혼자 살아.
- 그 시누이 아들은 없어?
- 아니 있어.
- 어디 다녀?
- Y 무역회사.
- 결혼 했겠네?
- 응.
- 애기는?
- 그 아들이 유학을 했는데 졸업장을 못 땄어. 한국에 와서 어떻게 무역회사에 빽으로 넣었지. 거기서 그래도 적응을 잘 했어. 그러다가 그곳에서 일하는 직원과 눈이 맞았어. 그 둘이 결혼 하려하는데 시누이 집에서 반대했어. 그래도 결

국 결혼했지. 그런데 그것들이 애기를 안 낳는 거야. 그래서 아직 애기가 없어.

- 그랬구나. 그럼, 너네 손자가 귀한 손자이구나. 아무도 애기를 안 낳으니 말이다. 너네 작은 시누이 딸은?

언젠가 P의 작은 시누이 딸이 이혼했다는 소리를 들었다.

- 잘 살아. 돈 많고, 나이 많은 남자와.

작은 시누이도 빚 때문에 이혼했고, 그의 딸도 이혼했다.

- 작은 시누이는 아직도 꽃가게 하고?
- 응. 꽃가게 20년 하니까 저 혼자 밥은 먹을 수 있는 거 같아.
- 다행이다. 재혼은 안 하고?
- 작은 시누이는 반듯한 사람이야. 교과서적이라 절대 결혼 못할걸?
- 그렇구나. 그런데 그의 딸이 속을 썩였네. 그런데, 그 시누이 왜 이혼했어?
- 처음에 남편은 연대 나오고 똑똑했어. 그리고 삼성에 다니는 인재였지. 그런데, 삼성에서 나와 사업을 했어. 사업하면서 계속 말아먹으니까 빚지고 당해낼 수가 없었어. 우리가 사준 수서집도 다 날려먹고. 결국 이혼까지 한 거지.
- 그럼, 너네 명절 때 모두 너네 집으로 오겠네?
- 그렇지.
- 큰시누이네는?
- 그들도 제사 지낼 일이 없어. 그런데 시누이들이 음식을 못해. 시어머니가 항상 점잖게 일을 안 하고 앉아만 살았잖아. 허드렛일은 아랫것들만 시킬 줄 알고 살았잖아. 그러니 시누이들도 그럴 것이고.

- 그렇구나.

P의 시어머니는 지금도 고구마, 감자를 안 먹는다. 그것은 구황작물로 아랫것들이 먹는 주식이라 생각했다. 그의 주식은 스테이크와 맥주, 그리고 빵과 우유였다. 밥은 일체 안 먹었다. 요즘도 하루에 우유를 보통 1,000㎖이상 먹었다. 분명 P의 시어머니는 일제 강점기 때 친일파였을 것이었다.

- 내가 명절 음식을 조금 더 많이 해서 나누어 먹으면 돼. 우리가 이 나이 되서 할 것이 뭐가 있냐? 음식이라도 해서 나누어 먹는 것이 좋은 거 아니냐? 사 먹으면 좋다지만, 병 생겨. 당뇨환자들이 음식을 사 먹으면 몸의 당 조절이 안 돼서 금방 망가져.
- 그럼, 그럼, 그럴 거야.

P는 힘들지만, 일을 즐겼다. 그는 강조했다. 주부가 할 일은 밥하는 거라고. 나도 그랬다. 나이 들어 유일하게 잘할 수 있는 일이 음식하는 거라고. 우리가 밥을 한 지가 사십 년이 넘었으니 우리도 그 나름대로 달인이 되는 것이었다. 그것은 우선 생산적인 일이 됐고, 식구들 몸 챙겨서, 안 아프게 하는 이유와 목적일 수 있었다. 식구들 건강한 것이 제일의 으뜸이니 말이다. 만두는 채반으로 가득찼다. 아직 온다는 친구들은 오지 않았다. 이것들이 왜 안 오는 거야. 나는 구시렁거렸다. 때마침 친구 D가 들어왔다. 다시 뒤이어 K가 왔다.

- 야, 너네들 알아서 자기 집에 가져가는 만두를 만들어서 이 팩에 넣어가.

- 응, 늦어서 미안. 우리가 만들어 갈게.

나는 열심히 만두피를 홍두깨로 밀었다. 그들은 만두소를 넣고 만들었다. 그때 D가 말했다.

- 이번 추석 쯤, 오빠네 아들이 사라졌어.
- 응?
- 아들이 결혼했어?
- 응. 했지 애기가 둘인데.
- 그래서 찾았어?
- 아니, 몰라. 그냥 증발했어.
- 이게 무슨 소리야?
- 둘째 오빠가 캐나다에 살아. 이번에 캐나다에서 왔거든.
- 캐나다 교민들이 발칵 뒤집혔어. 오빠네는 말할 것도 없고. 오빠는 며느리네랑 따로 살아. 저네끼리 잘 살고 있는 것으로 알았지. 그런데 아들이 사라졌으니…. 수소문을 하고 경찰에 신고했는데, 아무도 본 사람이 없고, 흔적이 없대. 나이가 사십이 넘었는데….
- 야, 무슨 일이라냐?
- 벌써 오래 됐어. 북한으로 납치 됐을 가능성도 생각했어. 추석 때쯤 증발했으니까. 이번에 둘째 오빠가 왔어. 내 아는 사람이 말하는 용한 점쟁이 집 가겠냐고 오빠에게 물어봤지. 오빠가 가겠대. 오빠는 기독교 신자거든.
- 그래? 기독교신자인데 간대?
- 응. 다급하니까. 아들이 죽은 거 같으니까. 가더라구.
- 갔더니? 뭐래?
- 점쟁이가 죽지는 않았대. 아들하고, 남자 여러 명이 보이고, 여자도 보인대.

그러나 집으로 돌아오지는 않는대. 오래 있다가 돌아온대.

- 그럼 살아있는 거네?
- 그렇지. 오빠는 일단 아들이 죽지 않았으니 한숨 놓고, 살아갈 방도를 생각하는 거지. 자기 집을 팔아서, 새로 큰 집을 사서, 며느리와 손자를 데리고 살 생각을 하더라구. 아들이 돌아올 때까지.
- 그랬구나.
- 그런데 그 점쟁이가 말한 대로 요즘 조금씩 증거가 나타나고 있다는 소식을 들었어. 어디서인가 몇 명이 차를 타고 가면서 작은 숲속 가게에서 음식을 사 갔다는 이야기가 작은 신문에 보도 됐다더라구.
- 그럼 무슨 종교단체나 알 수 없는 곳에서 함께 기숙하고 하는 그런 곳 아닐까?
- 나는 조카가 결혼해서 살 때, 조카는 좀 헐렁한 편이고, 조카며느리는 야무지고 딱딱해서 조카가 견디기 힘들었지 않았나 생각이 들어.
- 그럴 수도 있겠구나. 오빠네가 걱정이 많겠구나.

우리는 만두를 삶아 먹으며, 후식으로 과일을 먹었다. 그리고 늦게 온 친구들이 가져갈 만두를 만들었다. 나중에는 만두소와 만두피를 나누어주며, 집에 가져가서 각자 해먹으라 했다. P는 힘들지만 일을 즐겼다. 주부가 할 일은 밥 하는 거라 강조했다. 나도 그랬다. 나이 들어 할 수 있는 적당히 생산적인 일은 밥하는 일이었다. 나는 박사 학위를 땄지만, 퇴직하고는 쓸모가 없었다. 학문은 끝나는 일이었다. 그리고 더 이상 내가 한 전공 공부는 하고 싶지 않았다. 나는 스토리를 좋아했다. 그러다 보니 소설책을 좋아했고, 남의 살아가는 이야기가 재미있었다.

이렇게 음식을 만들며, 맛있게 먹고, 미리 저녁거리도 만들면서 친구들의 이야기를 들으니 으스스한 한기가 느껴졌다, 그렇지만 그 이야기는 이런 시대에 있을 수 없는 신비스런 이야기였다. 친구들은 재미있는 이야기를 들으면, 호호, 헤헤 웃었다. 슬픈 이야기를 들을 때는 눈물을 흘렸다. 이런 것이 우리의 진정한 삶이 아닐까? 나는 이렇게 함께하는 것, 그것이 바로 행복이라 생각했다.

*

2018년 2월 말, 시어머니가 난동을 피웠다.

시작은 아침 8시경에 시외삼촌의 전화였다.

- 아이고, 이렇게 아침부터 전화를 해서 미안합니다.
- 아니에요.

내가 조카며느리니까 시외삼촌이 내 핸드폰으로 연락을 하니 미안해했던 것이다. 남편 핸드폰은 아침이라 켜지지 않았다. 나는 얼른 남편에게 내 핸드폰을 주었다.

- 외삼촌이에요.
- 네, 삼촌.
- 야, 내가 지금 느 어머니(우리 시어머니)로부터 전화 받았는데, 미칠 것 같아서 전화했다.
- 네, 잘하셨어요.

- 어제 저녁 누나와 전화를 아주 잘 했다. 네 집에서 제사를 지냈는데, 너랑 넷째인 학천이가 짜고 자기를 따돌렸다고 하더라. 그것들이 이불도 안 깔아줘서 소파에서 잤다고 하더라. 그리고 돈도 네가 100만 원 준다하더니 주지 않았다고 하고. 그래도 얘기는 잘 끝냈다. 그런데 오늘 아침 7시에 전화해서 대뜸 욕을 하더라? '야! 이놈아! 너 설날 큰애네 집으로 왜 안 왔냐? 네놈이 설날에 안 올 수가 있냐? 누이한테 인사를 왔어야 하지 않냐? 네놈 큰애랑 짜고 나를 찾아오지 않았지? 그리고 빨리 나를 차에 태워 시골로 내려 보낸 거여. 이 나쁜 놈 같으니!' 그러면서 느 어머니가 나한테 쌍욕을 하는데, 나 참 어이가 없어서 말이다. 내가 지금 참을 수가 없어서 너에게 전화를 했구나. 그렇지 않으면 나 미칠 것 같구나.
- 아이고, 잘하셨어요. 어머니는 이제 7살 어린애입니다. 그걸 외삼촌이 아셔야 해요. 제가 이부자리를 새로 마련해서 깔았는데, 당신이 소파가 편하다고, 그냥 거기에서 주무신다고 주무셨어요. 그런데 이부자리도 없다고 하면 안 되는 거지요.
- 그래. 누이는 정말 말이 안 되는구나. 내 나이가 내일 모레면 팔십인데 나에게 쌍욕을 하면 어쩌다는 거냐? 그리고 누이가 너희를 계속 욕하는구나. 나는 네가 그럴 사람이 아닌 것을 아는데.
- 저에게, 어머니가 설 쇠러 오면 100만 원을 달라더라구요. 그래서 제가 '제사를 지내러 오는 사람들이 이십 명이 넘는데, 먹고 자고 차례 지내려면 돈이 많이 들어서 그렇게 많이는 못 드리지만 성의껏 드리겠습니다. 그리고 저도 퇴직한 지가 오래 됐어요. 그런 돈이 어디 있겠습니까?' 했어요. 그랬더니, 어머니도 '그래, 그렇겠구나' 하면서 서로 합의를 봤는데, 100만 원을 안 줬다고 욕하면 안 되는거지요. 이제 어머니 말씀은 어린아이가 떼쓰는 소리로 여기셔야 합니다. 전부 다 투정으로 여기셔야 합니다.

- 글쎄 그렇구나. 너희 형제들을 모두 이간질하여 그렇게 시끄럽게 만드는 것이 누이더구나. 주범이 누이였어.
- 맞아요. 외삼촌, 그래서 평생 힘들었던 것이에요. 외삼촌, 너무 속상해 하지 마세요. 그냥 어린애가 제멋대로 투정부렸다 생각하셔요. 그 투정을 무조건 다 들어줄 수도 없고, 무조건 나무랄 수도 없잖아요. 외삼촌이 감안해서 속상해 하지 마셔요.
- 아침 일찍 전화해서 미안하다.
- 괜찮아요. 속상하면 전화하세요.
- 이제 속이 트이고, 머리가 터질 것 같은 것이 사라졌다.
- 네, 언제고, 힘들면 전화 하세요.
- 나 사실 학교 다닐 때 누나한테 하나도 도움 받은 거 없어야. 중학교 때 누나에게 500원 꿔가면서 내일 아침에 주겠다고 했는데, 이튿날 누나가 500원 꾼 것 받으려고 교문에서 기다려서 그때 얼른 갚아줬어야. 그런데 어느 날 누나가 나에게 그러더라? 네가 이렇게 잘살 줄 알았으면 너 학교 다닐 때 잘해줄 걸 그랬다고. 그런데 지금 누나가 그런 소리를 할 때냐?
- 어머니는 지금 머리가 왔다 갔다 하고, 자기 머릿속의 생각을 마구 쏟아내는 거라구요. 그러니까 삼촌이 적당히 가감해서 듣고 속상해 하지 마셔요. 속상할 때는 저에게 전화하시고요.
- 알았다. 이제 속이 시원하다. 전화 끊는다.

전화가 끊겼다. 나는 남편에게 말했다.

- 어머니 그 버릇은 젊어서나 지금이나 똑같다구요. 우리 집에서 잘 대접받고도, 집에 가면 동서들에게 큰 애미 욕해서 나쁜 사람으로 만들어왔잖아요.

이제 며느리들과 소통이 안 되니까 아들 욕하면서 외삼촌에게 아들끼리 작당했다고 욕하는 거지요. 그게 그의 대화법이요. 욕하고, 헐뜯고, 폭풍으로 성질내서, 상대방을 깔아뭉개는 거. 그것이 어머니의 대화법이라구요. 그러니 어느 자식이 좋아하겠냐구요. 모두가 도망가는 거지요.

*

나는 대학 동창 계모임을 했다. 친구들은 곗돈이 모이면 여행을 가자고 했다. 곗돈이 모였고, 친구들의 의견에 따라 미국을 선택했다. 그게 2003년 8월 7일이었다.

우리에게 미국은 꿈의 나라였다. 집안 사정이 좋은 아이들은 미국으로 유학도 가겠지만, 우리와 비슷한 나이 대의 사람들은 미국이라고 하면 먼 달나라 같은 이야기로 여겼다. 내 남편도 우리 동창 계모임에 동참해서 함께 가기로 했다. 남들은 미국 출장도 잘 가더구만, 남편은 그런 주제가 못 됐다. 철학이 완고해서 그 철학대로 사는 이였기 때문이리라. 그래도 남편이 우리 여행에 함께 할 수 있어서 다행이었다. 나는 부푼 꿈을 가지고 아침 6시경 집을 떠났다.

8시경 인천공항에 도착했다. 우리는 수속을 밟고 11시경 인천 공항을 출발했고, 일본 나리타 공항에 도착했다. 거기서 7시간을 기다리다가 미국 항공기로 갈아타야 했다. 한국에서 직행으로 가면 훨 비쌌다. 한 사람당 70만 원씩 차이가 났다. 경유하는 비행기를 열 명이 이용하면 700만 원의 돈이 더 생겼다. 그러면 현지 가서 즐겁게 쇼핑하며 즐길 수 있을 것이었다. 우리는 그렇게 거쳐서 가기로 결정했다. 그리고 일본도 구경하자 했다. 거기서 비행기를 갈아타고, 하와이에 아침 8시경 도착했다. 하와이는 제주도와 비슷했다.

가이드는 우리에게 진주만을 소개했고, 바람이 많은 바람산을 함께 올랐다. 그리고 호텔로 들어가 숙소를 정해 잠시 쉬게 했다. 우리는 피곤해서 잠이 들었다. 모두 잠을 푹 자고, 저녁을 먹고 쇼를 관람했다. 우리가 보게 된 건 매직 쇼로 환상적이었다. 그러나 크게 만족스럽진 않았다. 뭔가 2% 부족했다. 전통적인 하와이 춤도 어설프고 프로적이지 못했다. 관람료는 75불이었다.

쇼가 끝나고 우리는 카페에서 맥주를 마셨다. 친구 중에 장이와 선이가 끼를 발동했다. 춤을 추고 노래를 하고 싶어 안달이 났다. 남편이 밴드를 섭외해서 춤추고, 노래할 수 있었다. 밴드가 노래를 연주하면 외국인들도 덩달아 춤을 추었고, 우리들과 함께 어울리며 즐겼다.

8월 8일.

아침은 뷔페 식사로 해결했다. 하와이 섬의 동쪽에서 북쪽을 거쳐 민속촌 등을 둘러보았다. 멀리 파란 바다가 보였다. 주변 나무는 이국적이었다. 바람은 바다를 타고 강하게 섬으로 불었다. 중간중간 분화구가 보였다. 태양은 뜨겁고 강렬했다. 우리는 그곳의 사진을 찍어 오랫동안 기억하기를 바랐다. 가이드를 따라 마을을 탐방했다. 그곳은 부유함과 가난함이 있었다. 그들의 삶을 보고, 다시 민속촌으로 안내를 받았다. 그곳에서 폴로네시안 토착민들의 삶을 살펴보았다. 안내인은 그들의 춤, 그들의 생활 모습, 묘기, 언어 등을 소개했다. 미국 정부는 원주민들의 주거지를 제한했다. 그들에게 적당한 돈과 생활비를 주어 삶의 본능을 망각시켜 멸망하게 하는 모습을 안내했다. 인간의 기본 본능을 말살하게 하는 정책은 무서운 정치제도였다.

나는 나를 반성해 봤다. 미국 정부처럼 우리 자녀에게 적당히 용돈을 주어 생활하게 하는 것은 자식들에게 삶의 본능을 망각시키는 일이며, 그것은 자녀를 멸망하게 하는 꼴임을 부모들이 자각해야 했다. 부모들은 미국의 정책 같은 행동을 오히려 자녀에 대한 사랑이라 착각하고 있으니 말이다. 나 역시 이 기회에 정신을 차리고자 했다.

첫째, 경제적인 지원을 해서는 안 된다.

둘째, 편안함을 주어서도 안 된다.

셋째, 자식에게 자각을 주어 인간의 본능을 일깨워 발전된 모습으로 전환시켜야 한다.

하지만 이 글을 쓰면서 나는 그 중 단 하나도 못 지켰음을 고백한다. 우리 작은딸이 십오 년이 지난 지금까지도 그 원주민같이 우리 집에서 살고 있으니 말이다.

8월 9일.

그 다음날은 자유 시간을 가졌다. 남편과 나, 그리고 친구인 영은 시내버스를 탔다. 공항을 들러, 차이나타운에서 내렸다. 주변 시장에서 과일을 사서 먹었다. 과일은 맛있었다. 우리는 주변을 돌아다녔다. 점심으로 한식 뷔페에 들어가 5불을 지불하고 먹었다. 뷔페 주인은 한국 사람이었다. 그 주인은 1960년에 이민을 왔단다. 아이들 교육을 잘 시켜서 지금 잘 살고 있다고. 그러나 그의 아들들은 한국말을 못했고, 미국식 교육을 받아 부모와 정서가 맞지 않았다고.

그의 자식들은 한국에서와 같이 자기 부모를 존경하고 부양하는 사상을 가지지 못했을 것이다. 그들은 서양의 개인주의를 익혔고, 자기들의 삶을 엮어가는데 여념이 없을 것이다. 그 주인은 자식을 1년에 한 번 만나기가 어렵다 했다. 주인 노부부의 삶은 힘들어 보였다. 평생을 어두운 가게에서 끊임없이 일해 돈을 벌고, 자식을 가르쳤다. 그리고 이제는 자신들을 지켜야 했다. 그 모습이 너무도 슬펐다. 만일 한국에서라면, 이렇게 오래 식당에서 일했으면, 아마 훨 잘 살았을 것이었다.

그들을 통해 나는 나 즐거운 일, 평생 즐길 수 있는 일을 찾아야함을 깨달았다. 어차피 늙어 죽을 때까지 일을 해야 한다면 말이다.

우리는 다시 백화점을 들렸다. 이거저거 구경을 하고 호텔로 들어왔다. 저녁으로 한식을 먹었다. 맛이 좋았다. 첫 날에도 숯불에 구운 LA갈비로 즐거움을 주었는데, 이곳은 정말 한식이 맛있었다. 내가 다른 나라에서 먹는 한식은 그야말로 짜가 한식이었다. 거기에는 국적 불명의 한식이 많았다. 그런데 하와이는 진짜 한식, 한국보다 더 맛있는 한식을 먹을 수 있어서 행복했다. 저녁에는 와이키키(Ykiki) 해변에서 수영을 했다. 물은 시원했다. 바다 바람은 셌고, 파도도 높았다. 바다 속은 자갈이 많았다. 우리는 저녁마다 산책을 했다.

8월 10일.

아침에 공항으로 가서 비행기를 타고 샌프란시스코로 이동했다. 그곳 가이드가 마중 나왔다. 그는 버스에서 추억에 잠길 수 있는 샌프란시스코 노래를 들려주었다. 내가 드디어 미국 땅을 밟다니…. 책 속에서만 보던 곳이었는데…. 샌프란시스코는 다양한 민족이 살고 있는 아름다운 도시였다. 아름다운 해변과 가파른 언덕으로 도시가 형성되었다. 일 년 내내 10~20℃를 유지해 여행하기 좋은 도시였다. 우리는 배를 탔다. 바위에 붙어서 누워 있는 물개들이 신기했다. 동물원에서만 보던 물개가 바다에서 놀고 있었다.

영화 속에서 보던 금문교가 아름답게 보였다. 다리 양단에 관광객이 모여 있었다. 샌프란스코만 가운데 있는, '더 록'이라고도 불리는 알카트라즈 감옥을 둘러봤다. 이곳은 세계에서 가장 악명 높고 불길한 감옥이었다. 그 다음 다운타운 거리를 구경했다. 도시의 길은 반듯하지 않았고, 울퉁불퉁했다. 언덕같이 굴곡진 길이 길게 이어졌다. 그날 숙소인 호텔에서 영이의 방에 모여 건배를 했고 헤어져서 잠잤다.

8월 11일.

샌프란시스코에서 차를 타고 요세미티 국립공원으로 이동했다. 이동하면서 가이드가 설명했다.

- 샌프란시스코는 이민자들의 정착지이며, 꿈의 도시였다.
- 금문교를 만들 때, 중국인 이민자들이 노동력을 제공했다. 그곳에서 다리 만들 때 이민자들의 희생이 많았다. 그래서 볼모지인 바위 언덕에 차이나타운을 설립하게 했다. 그 후 어느 시점에 지진으로 모든 시설이 파괴되었다. 차이나타운만 바닥이 돌로 되어 있어서 안전했다. 그리하여 주정부에서 차이나타운 밑에 다운타운을 설립했다. 그 덕분인지 차이나타운 땅값은 금값이 됐다. 그들은 모두 부자가 됐다. 몇 십 년 동안 참고 기다린 결과였다. 한국말 중 '음지가 양지가 되고, 양지가 음지된다.'는 말이 생각났다.

버스 타는 시간은 길었다. 그리고 요세미티 국립공원에 닿았다. 산은 웅장했다. 시에라네바다 산맥에 위치한 공원으로 해발 4,000~6,000m였다. 세쿼이아 삼림과 계곡이 유명했다. 동쪽의 하프돔, 그 위 북쪽에 노스 돔 등의 바위산이 장관이었다. 주변의 웅장한 자연을 감상할 수 있었다. 다시 시에라네바다 산맥에서 콜로라도 하곡으로 뻗은 사막인 모하비 사막으로 이동했다. 그 사막은 캘리포니아주 남동부와 네바다주, 애리조나주, 유타주의 일부에 걸쳐 있다. 동쪽 끝에는 콜로라도강이 흘렀다.

모하비 사막은 거대했다. 전부 구릉지였다. 내가 생각하는 모래땅이 아니었다. 풀과 나무는 건기라서 누랬다. 산등성이는 바람을 타서 전기를 일으키는 풍력 발전기로 꽉 찼다. 전기는 모두 공짜일 것이었다. 사막 마을은 스프링쿨러를 이용해서 지역을 형성했다. 사막 지역은 대부분 수력을 이용하여 대량 농업단지를 조성하였다. 오렌지, 쌀, 과일, 포도, 아몬드 등. 농업단지는 우리나라 크기만 했다. 남은 사막을 재개발하는 중이었다. 윗부분은 농업, 중간 부분은 석유가 매장되어 있어 석유 추출기가 줄로 섰다. 그 시설이 기가 막혔다. 매장된 석유를 물 푸듯이 퍼 올렸다.

미국의 거대함에 나는 기가 죽었다. 우리는 다시 7시간 버스를 타고 프레즈노로 이동했다. 거기서 저녁식사를 했다. 우리는 그곳의 슈퍼에 들러 이거저거를 샀다. 오후 늦게까지 동창끼리 소주 파티를 했다. 술에 취하면서 내적인 갈등이 폭발했다. 그중에서 친구 순이와 현이가 맞붙었다. 서로 쌓인 감정이 술을 통해 쏟아져 나왔다. 그것은 인간 본능의 대결이었을 것이었다. 플러스적인 것과 마이너스적인 것이 함께 부딪혀서 일어나는 현상이었을 것이었다. 그 후 그들은 이십 년이 흘러도 화해하지 못했다.

8월 12일.

바스토우 지역을 탐방했다. 이곳은 미국 캘리포니아주 샌버나디노 카운티에 있는 도시였다. 이곳은 1860년대 동쪽 산맥 지역에서 금은 광산이 개발되어 광부들이 모여들었다. 철도와 도로가 사방으로 연결되는 교통의 요지였다. 이곳은 서부 민속 마을, 칼리코로 지칭되었다. 이 지역은 붉은 색상의 돌들이 구릉지를 이루었다. 인디언들이 있었던 곳이지만, 금과 은을 캐기 위해 동부인이 몰려온 곳이었다. 이곳에서 잠시 휴식했다.

우리는 다시 사막이 있는 라스베가스로 이동해 갔다. 그곳 기온은 45℃였다. 가만히 서 있으면 한증막 열풍이 우리 몸을 데웠다. 그곳은 정말 특별했다. 어찌 이런 사막에 도시를 건설했을까? 누구의 발상이었을까? 이런저런 생각이 쓸모없는 곳을 쓸모 있게 만든 인간의 힘이 위대함을 깨달았다. 우리는 베네치아 호텔에 갔다. 호텔은 환상적이었다. 천장은 하늘의 구름으로 덮여 있고, 지상은 저녁 불빛으로 온 천지를 아름답게 밝혔다. 그곳에 온 연인들은 베네치아의 곤돌라를 타고 즐겼고, 주변은 환상적인 오페라, 웅장한 전자 오르겐 리듬으로 관중을 사로잡았다.

이곳은 분명 별천지를 느끼게 했다. 화려하고 아름다운 꿈속의 도시였다. 길거리 카페에서 술을 권하며, 관광객들은 망원경으로 오페라 가수에게 찬사를 보냈다. 멋진 연인들은 보석상에서 흥정을 했다. 그곳은 환상적인 세계이며, 꿈의 세계이었다. 물 위의 다리에서 사진을 찍는 사람들은 스스로 더 놀라워했고 즐거워했다. 다시 제2의 호텔에 들어갔다. 거기에는 이집트의 환상들이 재현되어 있었다. 그곳은 웅장했고, 마치 이집트 속으로 들어온 느낌이었다. 그곳은 돈을 넣고 땡기는 오락실이었다. 우리도 그곳에서 돈을 넣고 오락을 했다. 다시 분수 쇼를 보러갔다. 이미 쇼가 끝났다. 대신에 화려한 불빛으로 현란한 그림 쇼 등을 보고, 우리는 호텔 숙소로 가서 잠을 잤다.

8월 13일.

새벽에 기상했다. 버스를 타고 그랜드캐니언으로 이동했다. 그랜드캐니언은 산을 거꾸로 뒤집어 움푹 패이게 만들어 놓은 듯했다. 우리는 뒤집힌 산을 거꾸로 등산한다고 생각했다. 망원경을 통해 콜로라도강을 확인하고 마을을 확인했다. 산 옆으로 물길도 아니고 인간의 길이 보였다. 그 길을 따라 계속 추적했다. 말을 탄 사람들이 계속 지상으로 오르는 모습이 보였다. 4가구의 집이 확인되었다. 인디언족을 말살하는 정책을 쓰지 말고, 서로 공존하는 정책을 썼으면 좋으련만…. 인간은 자신만을 앞세우며, 남을 짓밟는 본성이 강한 것인가를 생각했다.

IMaX 영화관에 들어갔다. 그곳에서 그랜드캐니언을 감상했다. 웅장하고 멋졌다. 비디오테이프를 샀다. 아이들에게 도움이 되었으면 싶었다. 아름다운 콜로라도강이 흐르는 라플린에서 휴식했다. 저녁에는 그곳에서 수영을 했다. 뜨거운 열기를 한밤의 수영으로 식혔다. 물은 따뜻했고 몸을 푸는데 즐거웠다.

8월 14일.

다시 바스토우로 이동했고, 거기서 조식을 했다. 곧 다시 출발하여

로스앤젤레스로 이동했다. 시내관광을 했고, 거기서 점심식사를 했다. 식사 후 유니버셜 스튜디오를 관람했다. 우리는 세트장을 들러보았다. 실제 영화 장면을 재현했다. 총을 쏘고, 물을 뒤집어썼다. 관객이 함께 참여하도록 했다. 갑자기 배가 뒤집혔다. 사람이 총에 맞아 2m 이상 높이에서 물속으로 빠져버리는 장면, 폭발로 인해 물과 불이 품어지는 장면, 차가 거꾸로 뒤집히는 장면 등을 그대로 재현했다. 불이 나서 다리가 끊겼고, 폭포수가 쏟아지는 장면을 그대로 맛보게 했다. 킹콩의 콧소리가 우리 코에 닿게 했다. 그것은 우리를 무서움에 떨게 했다. 상어 입 속으로 우리가 들어갔다. 그리고 물을 뒤집어 쓰게 했다. 총이 나를 쏘아 내가 맞아서 죽는 것처럼 느꼈다.

그것은 환상의 세계에서 유리를 통해 우리를 유혹했다. 우리는 그들과 함께 싸웠다. 물이 튀겨 콧등을 적셨다. 그리고 우리를 기절시켰다. 액션 영화 속으로 들어간 우리는 주인공이었다. 그곳은 우리를 주인공으로 만들고 우리 자신을 이야기와 일체화시켰다. 환상의 가상세계에서 제트기를 타고 하늘을 날았다. 무엇인가 우리 몸에 물체가 걸리면 우리 몸체도 걸려들어 몸이 떨렸다. 우리는 마법의 세계에서 살았고, 끝이 났을 때 마법에서 벗어날 수 있었다. 새로운 체험이었다.

저녁은 한식, 양식 뷔페로 즐거운 식사를 했다. 그곳에서 소주를 반주로 했다. 그런데 미국에서는 소주 1병이 15,000원이었다. 비싸다고 외쳤다. 그날 숙소로 돌아왔고, 헬스장에서 몸을 풀고 즐겁게 잠들었다.

8월 15~16일.

우리는 일찍 헬스장에서 아침 운동을 했다. 그리고 공항으로 이동했다. 비행기 티켓에 문제가 생겨서 체크인 하는데 시간이 오래 걸렸다. 그날은 비행기 속에서 일박을 해야 했다. 일박을 하면 그 다음 날이 될 것이다.

여행 내내 비가 오지 않아 다행이었다. 이번 여행은 잘 먹고, 즐겁게 즐기는 일이 많아 행복했다. 남편이 함께 있으니 편안했다. 친구 중 영이는 사교성이 높았다. 그는 매사 긍정적이었다. 나는 그런 점을 본받아야 했다. 내 정서에 안 맞으면, 나는 금방 거부반응이 일어나는데….

이번 여행에서 나는 나를 반성했다. 그리고 내가 즐기는 테니스 멤버를 비교해 봤다. 테니스 멤버들도 같이 게임을 하지만, 모두가 우호적이지는 않았다. A 그룹과 B 그룹, C 그룹이 생겼다. 실력이 에이스인 A 그룹은 A 그룹끼리 하기를 원했고, 실력이 그들보다 떨어지는 B 그룹과 C 그룹 인원은 모두 A 그룹 사람을 끼고 테니스 게임을 원했다. 그러면서 갈등이 생기고, 욕심이 많은 사람은 또 다른 욕심을 부려 싸움이 일어났다. 싸운 사람들은 서로 말을 안 했다. 그들은 최소한 1~2년은 말하지 않았다.

어쩌다 싸운 이들이 화해를 하면 그들은 시끄러웠다. 회식 장소에서 그들은 시끄럽다고 야단을 쳐야 조용히 했다. 이럴 때 그들의 모습은 초등학교 1학년 손자들 같았다. 결국 우리는 화해하면서 어울려 사는 모습이 아름다웠다. 문제는 내가 쉽게 주변 사람들과 어울리지 못한다는 것이었다. 인상이 강한 사람이 오면 나는 주눅이 들었다. 그가 다가오면 나는 어떻게 해야 할지를 몰랐다. 내 정서와 맞지 않은데 어쩔 수 없이 그 사람의 비위를 맞출 때 나는 무척 힘들었다.

나는 정서가 맞는 자연스런 만남이기를 원했다. 테니스 게임을 하다보면, 이겨야만 한다는 욕심으로 가득한 사람과 파트너가 되기도 하는데, 그럴 때면 나는 죽을 맛이었다. 내가 실수를 하나 하면 그때 내 파트너에게 나는 죄인이 됐다. 게임의 능력은 떨어지지만 서로의 파트너를 배려하는 사람이 나는 좋았다. 여행이든 테니스든 만남이 이루어졌을 때 배려가 있는 사람에게 나는 정이 갔다. 그러나 그렇지 못한 사람이 많았고, 그들과 어울릴 때, 내 스스로 어떻게 대처해야 할까 생각했다.

그런 사람들은 우선 가진 것이 많았다. 그리고 사회적인 능력도 높았다. 사람들은 그런 사람들에게 호의적이고, 굉장히 친해지려고 애썼다. 그들이 하는 일은 힘이 있었고, 당당하며, 부족함이 없었다. 그에 비해 나는 그들보다 나이도 많았다. 그리고 그들보다 부족한 것이 많았다. 나보다 나이 어린 사람들이지만 그들을 위한 말을 해야 했고, 그들의 말을 이해해야 했다. 어떤 때는 이치에 맞지 않음에도 그들의 말을 나의 말로 이해하는 의식을 가져야 했다. 나는 그럴 때마다 속상해서 참을 수 없었다.

그런데 말이다. 오랜 세월 속에서 그와 같은 일들은 아무 것도 아니었는데, 그 시절 그때는 왜 그리 내 마음이 속상하고 절절하며 힘에 겨웠는지 알 수가 없다.

나는 미국 여행을 친구들과 하면서 미묘한 친구 사이의 갈등에 대해 고민했다. 서로 너무 가까워진 채 오랜 시간을 함께해 생겨나는 현상이었다. 이럴 때는 각자의 뜨거운 에너지를 식히기 위해 멀리 떨어졌다가 오랜만에 다시 만나면 될 것이었다. 나의 철학은 그랬다. 자연의 이치대로 서로가 맞으면 맞는 대로, 정서가 맞지 않으면 맞지 않는 대로 부대끼면서 사는 것이 자연스런 삶이라 생각했다. 여기서 나를 드러내며, 상대방에게 틀리다고 싫은 소리를 하는 것도 자연스럽지 않았다.

상대방이 옳지 않다고 그곳에 색깔을 넣어서 내가 참을 수 없어하는 꼴도 나답지 않은 모습이었다. 어떤 의견에 시비를 따지고 내 주장을 앞세워서 내가 옳다고 말하며 결국 이기는 모습은 보기 흉했다. 전부 자연스럽지 못한 행동이었다. 젊어서는 시비를 가려 이겨야 했던 것들이 지금은 부끄러운 일인 것이다. 늙은이들이라고 그런 일이 안 생기는 것은 아니었다. 고집 센 노인들은 젊을 때보다 더했다. 젊든, 나이가 들었든, 우리는 각자가 알아서, 자신이나 상대방 마음에 상처가 나지 않게 조심하면서 조화로운 생활을 하는 것이 중요했다. 그리고 각자 자기 마음대로 자유롭게 사는 것, 그것이 최고의 삶이라 생각했다.

*

내 친구 싱은 지혜롭다.

싱에게 딸이 애기를 낳으면 봐달라고 했는데 싱은 거절했다. 남편과 딸은 싱에게 원망의 소리를 했다. 그들에게 싱은 말했다.

- 내 인생이 얼마 남아 있는지 나는 모른다. 너희도 모를 것이다. 그런데 난 너희를 36년 동안 손에 물 한 번 묻히지 않도록 귀하게 키웠다. 그리고 결혼까지 시켰다. 내가 이제야 자유로운 삶을 살 수 있는데, 손자를 키우면 구속을 받게 된다. 그렇게는 살 수 없을 것 같다. 너희가 서운해도 나는 할 수 없다. 나를 너희가 이해해줬으면 좋겠다. 내가 너희에게 부탁하마.
- 다른 엄마들은 모두 손자를 키워주는데, 엄마는 어찌 그럴 수가 있어?
- 그래, 나는 이기주의자다. 너희가 나쁜 엄마라 말해도 할 수 없다. 나는 마지막 인생을 자유롭고 행복하게 살고 싶다. 너희가 이해해주라.

그렇게 끝냈다. 딸은 그 후 삐져서 한동안 친정에 오고가지 않았다. 딸은 파출부 아줌마를 두었다. 싱은 마지막으로 이리 말했다.

- 그 대신, 너희가 놀러가거나 특별한 일이 있는 날은 돌봐 주겠다. 그리고 애기가 학교를 가면 데려다주고 다시 데리고 오겠다.

애들은 지금 그날을 기다렸다. 그리고 딸 부부가 여행가면 애기를 돌봤다. 저번에는 딸이 일직이었고 사위는 출장을 갔다. 둘 모두 애기를 돌볼 수 없어서 싱이 애기를 돌봐줬다. 이번에 딸이 또 일직을 했다. 싱은 사위와 애기를 자기 집으로 초청해서 밥 해주고, 애기를 돌봤다.

싱과 같은 나이 친구, 공 씨는 답답했다.

공 씨는 지혜롭지 못했다. 나는 그를 보면 속이 꽉 메여 속풀이를 해야 했다. 공 씨는 헌신적이고 희생정신이 강했다. 그는 자기 손자를 자기가 키워야 했다. 주변에서 이제 손자를 어린이 집에 보내도 된다 했다. 그러나 그는 보내지 않았다. 몇 년 후, 어린이집에 그 손자를 입학시켰다. 그는 등치 큰 아이를 등에 업고 다녔다. 그의 친구들은 '얘야, 네 등 부러질라. 제발 업고 다니지 말라.'라고 했지만 그는 괜찮다 했다. 친구들은 속 터져 죽었다.

어느 날부터 친구들의 만남에 공 씨는 참여하지 않았다. 친구들은 궁금했다. 그들은 곗돈을 모아 식사를 했다. 그러나 그가 참여하지 않았다. 친구들이 공 씨를 불러도 공 씨는 '다음에.', '시간이 없어서.' 라고만 했다. 어느 해인가 공 씨는 곗돈만 지불했다. 친구들은 안타까웠다. 먹지 않으려면 돈을 내지 말라고. 돈을 냈으면 먹으라고 친구들은 닦달을 했다. 연말에 공 씨가 나타났다. 나는 그에게 물었다.

- 공 씨야, 지금 몸이 안 좋은 거 같다. 맞지?
- 응. 그래요. 나는 몸이 안 좋아요.
- 그런데, 너 병원에 가서 검사를 해도 어디가 안 좋은지 나타나지 않지?
- 예, 그래요.

공 씨는 내 후배였다.

공 씨는 몸이 계속 나빠졌다. 몸은 불었다가 살이 빠졌다 했다. 자기 스스로 몸이 아프다고 자각했다. 그렇다고 어디가 다쳐서 피가 나듯 쑤시고 고통을 호소하듯 아픈 것은 아니었다. 계속 병원에 가서 진찰을 받았다. 그곳에서도 특별하게 어디가 안 좋은지 몰랐다. 오늘도 공 씨는 현관 입구에서 넘어졌다. 팔과 발을 접질렀다. 그래서 발을 절룩거리며 다녔다. 동네 사람들이 빨리 한방병원에 가라고 충고했다. 공 씨는 발을 절룩거리며 현관 입구에서 손자가 탄 유치원 버스를 기다렸다.

동네 사람들과 그의 친구들은 공 씨를 답답하다 했다. 공 씨의 딸들은 S대를 나왔고, 모두 전문직을 가진 훌륭한 사람들이었다. 친구들은 공 씨를 욕했다.

- 미친 것, 제 딸들한테 대접도 못 받고.
- 저게 뭐하는 짓인지 몰라.
- 딸과 사위들이 돈도 잘 벌겠다, 이제 손자 보는 아줌마를 하나 붙여주면 되는 것을….
- 공 씨가 등신이구만, 등신.
- 제 엄마 죽이는 줄 모르고 새끼들이 왜 그런다냐?

지혜롭지 못하면 자기가 죽는다는 것을 사람들은 몰랐다. 손자가 예쁘고, 돌봐 주는 것이 취미 생활이기는 하나 자신이 망가지면 자식에게 피해를 줄 수 있음을 사람들은 깨닫지 못했다. 내가 있고 난 다음에 식구가 있고 주변 사람들이 있는 거지, 내가 죽고 나면 모든 것은 끝이라는 것을 사람들은 몰랐다.

*

2018년 3월 중순, 문화 사랑방.

여고동창 예술의 전당 챔버룸에서 문화사랑방을 개최한다고 공고했다. 나는 서둘러 그곳으로 갔다. 친구 방장은 오늘 보는 영화 '007 스카이폴'에서 MI6 건물을 주의 깊게 봐달라고 주문했다. MI6는 미국의 중앙정보국에 해당하는 영국의 대외 정보기구이다. '007 시리즈'의 주인공 제임스 본드가 MI6 소속 스파이로 등장한다. 초반이 공격받는 영국의 MI6와 본드, M의 추락을 나타내면서 현대적인 모던함의 007을 보여주었다면, 후반은 본드 원류이자 뿌리로 돌아오는 스코틀랜드 '스카이폴 저택'에서의 클래식한 부활을 보여주었다. 제임스 본드 본인의 추락과 자각, 그리고 비상의 단계는 50주년을 이끌어온 자기 성찰이라고 영화를 해석했다.

영화는 시작과 함께 급박한 추격이 전개되고, 그 도중 본드는 총을 맞고 다리 아래로 추락한다. 그리고 본격적으로 MI6는 위기를 겪고, 오랜 세월 익숙했던 상관 M도 그 세월만큼 약해진 모습을 보였다. 그리고 다시 돌아온 007도 세월의 흐름에 따라 퇴물 취급을 받아 젊은이에게 밀려나는 내용이었다. 마지막 장면으로, 다시 상관 M이 본드에게 끝내라는 임무를 내리고, 본드는 그 임무를 화려하게 끝냈다, 끝으로, 마지막 임무장소 앞의 그림이 나타났다. 그 그림은 큰 배가 가라앉은 끝에 해체된 그림이었다. 그림의 의미는 임무가 끝나면 해체된다는 의미였다. 결국 그림처럼, 본드도 젊은이한테 물러나는 장면이었다.

그것은 우리에게 아무리 화려한 인생이라도 결국 나이 들면 배처럼 해체된다는 의미로 다가왔다. 우리 자신도 나이가 들면 모든 것이 소멸된다는 의미일 것이다. 이제 자신이 서서히 사라져가는 조짐을 깨닫고 준비하고 있어야 한다는 것을….

MI6는 템즈강의 서쪽 강둑에 서 있다. 가장 유명한 현대 건축물 중 하나다. 그것은 로켓 미사일 공격도 받았는데, 안전했다. 그 건물은 건축가 테리파렐이 건축했다. 그는 한국의 인천공항도 건축했다고 한다. 처음 그에게 인천공항을 설계를 의뢰했을 때 그는 곧바로 한국을 방문했다. 그리고 그는 어떻게 인천공항을 지어야 할지 생각했다. 한국은 학을 사랑했다. 한국에서 학은 길조를 상징했다. 그 예로 조선의 마지막 황제 순종이 창덕궁에서 살면서 불이 났다.

새로 궁을 짓는데 경복궁을 떼어 궁을 지었다. 궁의 희정당 뒤에 내조전이 있었다. 그곳은 왕비가 살았고, 침실이 있었다. 그곳에서 왕자를 낳았다. 내조전 벽화는 대형 백학 그림이었다. 그것은 김은도가 그린 백학도였다. 백학은 길조를 상징했다. 임금은 백학 그림으로 연하장을 만들어서 보냈다. 그를 본 테리파렐은 한국의 정서에 맞도록 인천공항을 학이 날아와서 펼쳤다가 날아가는 형상으로 만들었다. 그렇게 학의 이미지를 형상화 했다.

지금 인천공항은 국제공항 중 문화가 있는 공항으로 여행객들에게 찬사를 받는 공항으로 거듭나고 있다. 인천공항을 본 따서 외국 국제공항들이 만들어지고 있다.

문화 사랑방 2부는 오페라 감상이었다.

잘츠부르크 페스티벌은 1920년에 처음 열린 유럽 최고의 음악 축제이다. 1920년 8월22일 독일 연출가 막스 라인하르트가 잘츠부르크 대성당 광장 무대에 올린 호프만 슈탈의 연극 '예더만'이 페스티벌의 시초가 되었다. 오스트리아 합스부르크의 왕가 마지막 황제 카를 1세는 '젊은 빈' 그룹에게(매년 여름 상설로 열리는 예술제를 페스티벌로 만들자는 제안) 새로운 페스티벌 개최의 전권을 위임했다. 그래서 매년 여름 오후 5시경, 페스티벌의 막이 올랐다.

그 후 부활절 음악제가 또 다시 창설되었다. 그중 카라얀은 공로자였다. 오스트리아의 지휘자이자 잘츠부르크가 낳은 세계적 지휘자인 헤르베르트 폰 카라얀은 1956년에는 주역으로, 1960년에는 축제극장으로, 33년간 고향의 음악제를 위해 최선을 했다. 그곳에 베를린 필하모니 오케스트라를 참여시켰다. 부활절 음악제도 창설했다. 부활절 음식으로 삶은 달걀은 가난한 시절 나누어 먹는 문화였다.

<카발레리아 루스티카나> 오페라 감상

작곡 : 마스카니(1863-1945)

때와 곳 : 19세기말 시칠리아 섬의 마을

등장인물 : 산투차(시골처녀, 투리두 연모), 투리두(젊은 병사), 루치아(그의 어머니), 알피오(마부), 롤라(알피오의 부인, 투리두의 옛 애인)

초연 : 1890, 5, 17, 로마.

단막 : 시칠리아 섬에 있는 어느 마을의 광장, 때는 부활절로, 서곡이 연주되는 가운데 투리두의 목소리가 막 뒤에서 울려나온다. 막이 오르면, 즐거운 합창소리가 울린다. 산투차는 투리두가 자신을 이제는 사랑하지 않는다고 의심하

고 투리두의 어머니 루치아에게 그가 어디 있느냐고 묻는다. 그녀는 술을 사러 프란코폰데에 보냈다고 대답한다. 그때 알피오가 오늘 아침 자기 집 근처에서 투리두를 보았다고 루치아에게 말한다. 그 말에 깜짝 놀랄 때, 부활절 찬송가가 나온다.

그리고 투리두가 요즘 옛 애인 롤라와 만난다고 말한다. 교회에서 투리두가 등장한다. 산두차는 그에게 자신을 사랑하는가를 묻는다. 그때 롤라가 나타나 노래하며 롤라를 놀린다. 그리고 산두차는 그(투리두)에게 울면서 간청한다. 그는 그녀를 밀치고 롤라를 따라간다. 산두차는 복수심이 생긴다. 무대는 다시 연회장으로 바뀐다. 투리두는 술집 밖에서 손님을 접대하고 알피오는 권하는 술을 거절하며, 투리두에게 결투를 신청한다.

그리고 양심의 가책을 가지고 투리두는 어머니에게 무슨 일이 있으면 산두차를 돌봐달라고 부탁한다. 곧 검을 들고 알피오를 만난다. 이윽고, '투리두가 죽었다!'는 외침이 들리고 산투차는 기절한다. 막이 내린다.

작곡가 마스카니는 1863년 이탈리아의 리보르노에서 가난한 빵집의 아들로 태어났다. 젊어서 '카발레리아 루스티카나'를 써서 세계적인 명성을 얻었다. 그 당시 오페라는 왕과 신하의 이야기가 주제가 되었는데, 이 작품은 평범한 사람들의 이야기를 주제로 했다는 것이 특별하다.

나는 사실 오페라가 뭔지 모른다. 우리 음악실 옆 큰 음악실은 우리보다 더 나이 많은 사람들이 매주 오페라 강연을 들었고, 오늘은 시험을 보는지 열심히 뭔가를 썼다. 그들은 매우 열심히 음악 공부를 했다. 대단했다. 본받을 만했다. 우리 방장은 여고 동창을 위해서 10년 이상 이곳에서 예술 공부를 가르쳐주었다. 그래서 나는 예술에 흥미를 가졌다. 나름 미술, 음악, 건축 등에 관심을 가질 수 있어서, 말년에 재미를 톡톡히 보고 있다.

인생이 뭐 특별하겠는가? 다른 사람들, 특히 예술인들의 삶을 추적하는 것으로 예술적 영감을 얻기 위한 그들만의 고뇌와 그 결과 얻는 그들의 예술적 즐거움을 보면서 나는 감동했다. 각자 자기의 예술적 감각을 일으키려고 찾아헤매는 과정을 보면서 나는 그들의 인생을 배웠다. 나는 그런 예술 스토리가 재미있었다.

우리는 예술 공부를 끝내고 점심식사를 한다. 그리고 커피숍에서 차를 마신다. 열 명 넘게 긴 의자를 합쳐놓고, 우리는 수다를 떤다. 그렇게 수다를 떨며 우리는 모든 스트레스를 푼다. 친구들 중에는 속으로 아픈 사람들이 있다. 폐암 말기로 항암치료 수십 번을 거쳐 4년차가 된 친구, 파킨슨 병을 앓고 있는 친구들이 함께 있다.

- 내 딸은 박사를 땄다. 애기가 3명인데, 아빠가 이제 네 애기를 우리가 모두 케어했으니 네가 해라 했다. 그랬더니 엄청 힘들어 하더라. 내가 도와줄 테니 공부하라고는 했는데, 당장 강의할 데도 없고 해서 남편이 이제 애기나 보라 했지. 잘못하면 딸이 우울증 걸리겠더라고.
- 요즘 애들 제 새끼 보는 거 모두 힘들어 해.

나는 딸 박사를 둔 엄마가 너무 돈이 많아서 탈이 생기는구나 하고 생각했다. 시집 간 딸이 스스로 애기를 돌보고 키우는데 심혈을 기울이는 마인드가 사라진 것이다. 물론 부모가 파출부에 새끼 파출부까지 두고 애기를 돌보니 자신은 안 해도 되는 일이 된 것이다. 그러다 보니 애기 돌보는 일에 익숙하지 않고, 자기가 하는 공부에 더 숙달하게 되며 그쪽 방향으로 가는 것이 쉬운 길인 것이다. 그러나 부모 입장에서는 '이게 아닌데?' 하면서 당황하게 되는 것이다.

다른 예로 남편 친구 부인이 말했다. 그의 사위는 외과의사, 딸은 한의사였다. 자기 딸이 제 애기가 몇 학년인지를 모른다고. 자기가 미친다고. 애기가 어떤 옷을 입고 학교 가야 하는지를 모른다고. 거기에 자기 딸은 한의학 책을 쓰는데 혈안이 됐다고. 그거 써봐야 팔리지도 않는다고. 책표지 하는데 100만 원 주고, 책값으로 얼마 내고, 그래 봤자 책도 안 팔리는데 왜 그 짓을 하는지 모르겠다고. 옆에 있던 친구 부인이 그것은 당신이 전부 다 해주니까 그렇다 했다.

우리시대 자식은 무조건 좋은 직업을 가져야 한다며 딸이든 아들이든 그쪽 방향으로 공부를 시켰다. 그러나 원하는 직업을 가진 자식들이 과연 행복하게 살고 앞으로도 행복할 수 있는 것인가 하는 문제에 봉착했다. 내 친구의 딸 둘은 나이가 들었는데 결혼을 안 했다. 큰애는 회사에 다니고, 둘째는 의사였다. 부모 입장에서 딸을 외과의사로 만든 것은 위대한 일이었다. 그러나 그 딸은 자기가 불행하다 했고, 언니가 부럽다 했다.

이제 100세 시대이다. 결혼을 시키면 끝인 시대가 아니었다. 결혼하고 얼마나 오랫동안 자기들끼리 탈이 없이 살아가는가도 부모의 걱정거리가 되었다. 거기에 그들 각자가 행복하면서 살아가는 모습을 오랫동안 지켜봐야 하는 그런 시대가 되었다. 우리 어머니들은 많이 배우지 못했고 오로지 헌신하며 세상의 이치대로 순응하며 살았다. 적어도 우리 세대는 배운 사람이 많았고, 경제력도 대단해서 자식에게 간섭하며, 자기 기호대로 자식을 지배하는 경향이 강했다.

우리 동창들은 아무래도 살아온 경륜이 많아 아는 것도 많을 것이고, 자식보다 모든 것이 우위를 차지하고 있으니 자식을 지배하려는 경향이 짙었다. 자식이 사십이 되어가지만 부모는 그들의 하는 행동이 어설프다 생각했다. 그러니까 부모는 자식을 무의식적으로 간섭을 많이 하고, 어쩌다 자식과 충돌이 생기면 부모자식 간에 갈등이 크게 일어난다. 하기사, 한세대 위인 우리 친정 엄마와도 내 나이가 육십이 넘을 때까지 그랬다. 내 친구에게 전화가 오면 '그 친구랑 놀지 마라.', '추우니 지하철 탈 때 옷 든든히 입어라.', '너 일찍 집에 와라.' 그렇게 잔소리를 해대서 나는 지겨웠다.

지금 애들은 부모 잔소리를 참지 못하고 폭풍 화를 냈다. 어느 날 나는 자식에게 관심을 끊기로 했다.

그래 너희는 너희대로 살고, 우리는 우리대로 살자.

그 후 큰애가 나에게 무엇인가를 물었다. 나는 그에게 대답했다. 네가 마음속 깊이 네가 하고자하는 일이 불편하면 하지 말고, 네 마음속 깊이 그 일이 기쁘게 생각이 들면 하라고 했다. 이제부터 네 나이도 사십이니 네가 결정하고 네가 하고 싶은 대로 하라 했다. 그 후 나와 자식 사이의 갈등은 사라졌다.

나는 삶을 솔직하게 살고 싶다. 기면 기고, 아니면 아니라는 의식으로 말이다. 옳은 것을 옳다, 그른 것은 그르다 할 수 있도록. 되도록 옳은 쪽 방향으로 가되 틀리면, 곧 방향을 틀 수 있는 가능성을 두고 자신을 빨리 옳은 것으로 변화시키는 것이다. 틀린 것을 자기가 원하는 것으로, 자기 식으로 만들고 그것이 옳다고 주장하는 것을 나는 혐오한다. 나는 모든 것이 투명하고, 깨끗하며, 쉬운 길을 가고 싶다. 누가 그랬다. 쉬운 길이 도의 길이며, 옳은 길이라고.

다시 돌아가서.

어느 친구가 과일과 빵, 주스를 음악실에 가져왔다. 친구들은 '고맙다. 맛있게 먹을게.' 했다. 다른 친구가 말했다.

- 얘, 봉사로 태어난 사람은 봉사로 살아야 한대. 봉사하고 살아야 해.
- 그래? 그렇구나. 너 봉사하고 살아.

나는 그렇게 말하는 것이 미웠다. 그 태도, 립서비스하는 친구들의 모습은 아름답지 않았다. 또 다른 친구가 말했다.

- 야, 넌 어떻게 이런 걸 가져올 수가 있냐? 아침에 나오기도 바쁜데 말이야. 너를 보면 난 배우는 게 많다니까?

같은 여고 동창이지만 말하는 게 예쁘다. 나는 그 친구한테 배운다. 말하는 게 예쁘면 떡이 하나 더 생길 거라고.

- 내가 외손자가 보고 싶어 수원 어린이집에 갔어. 그랬더니 이제 만 세 살이 됐는데, '할머니 왜 왔어? 나 이제 컸어. 형이야. 애기가 아니라고.' 그러더라니까?
- 네가 얼마나 보고 싶으면 수원까지 갔겠냐?
- 내 친구는 손자가 보고 싶어 비행기 타고 미국에 갔단다. 그 후 나는 손자 보고 싶으면 담 너머 있으니 몸이 귀찮아도 달려간다니까.
- 그런데, 그 외손자가 우리 집에 왔어. 그래서 '나, 네가 보고 싶었어.' 했지. 그런데 현관으로 들어오던 손자가 나를 보고 눈을 흘기며 '흥!' 하는 거야. 그 주에 손자가 나를 기다렸는데 데리러 안 왔다고.
- 하하, 그랬구나.
- 이번에 성당에서 공지영이 강의해서 들었는데, 솔직히 공지영 훌륭했다. 처음에 그는 말했다. 자기는 3번 이혼한 사람이라고. 이혼을 하고 자기는 주님을 원망했다. 자기에게 구원이 없었다고. 10년 동안 천주교에 가지 않았고, 기도하지 않았다. 자신에게 남겨진 게 없었다고 했다. 어느 날 수녀님을 만났는데, 수녀님은 날마다 5가지 감사기도를 찾으라 했다. 그날부터 감사기도를 5가지 찾았다. 오늘은 해가 떠서 고맙다. 전쟁이 일어나지 않아서 고맙다. 건강해서 고맙다. 그렇게 날마다 기도제목을 찾았단다. 한 달, 두 달 후 마음이 달라졌다고. 그래서 성당을 찾았다고. 그리고 삶의 희망이 보였다고 했다. 신도들은 그가 너무 인간적이라 그를 좋아했다. 그 다음 연설은 공지영이 한국 성당이 너무 부자라고, 그것은 잘못이라고, 주교님들과 윗분들이 돈과 권력을 내려놓아야 한다고 강조했다. 그것을 공지영은 신랄하게 비판했다. 그는 그렇게 비판하며 강의했다. 그래서 성당에서 초청강연 자리를 주지 않았다. 내가 들은 강의에서 공지영이 말하길 아는 주교님 덕에 초청강연을 할 수 있었고, 그런 자리를 주어서 고맙다고 했다. 주교님들이 내가 모든 성당을 비판하니까 나를 멀리하는데, 여기 주교님도 나를 버릴 줄 알았는데 그러지 않아서 고

마웠다고. 공지영이가 똑바른 소리를 제대로 하니까 신도들도 즐거웠다. 그가 그렇게 씩씩하게 강연을 해서 행복했어.

시간은 흘러갔다. 우리의 이바구는 끊이지 않았다. 이제 모두 저녁 준비하러 가야 했다. 우리는 자리를 일어섰다.

- 야, 이제 우리 임무지로 가자.

그래. 그것이 행복이라고. 모두가 손을 들고 헤어졌다.

2019년 10월 3일. 광화문 집회가 열렸다.
세월은 흘러갔고, 조국에 대한 반발로 온 나라는 쑥대밭이 되었다.

공지영은 검찰이 조국을 압수수색을 했고, 관련자 소환을 했다고 비난했다. 그리고 수사 후 조국 지지자들은 수사팀이 대규모로 수사를 했음에도 아직까지 진실로 밝혀진 것이 없다고 했다. 거기에 이해찬 대표를 비롯한 모든 수사에서 밝혀진 것이 아무것도 없었다. 조국이 만들어낸 불법, 의혹, 불법, 편법, 사모펀드, 입시부정, 허위 자취 등이 하나도 보이지 않는다. 이것은 조국스런 지지자들의 전형적인 이들의 모습이었다. 조국의 방배동 자택을 수사하는 것에, 지지자들은 '군인이 조국에게 탱크를 들이미는 식이다.'라고 했다. 그들은 조국 비판자를 무조건 수구세력이라고 비판하는데, 그들이 어떻게 우리나라의 지식인으로 대우받고 있는 것인지 모르겠다. 그것은 창피한 일인 것이었다.

그리고 조국을 어떻게 국민과 동일시 할 수 있는가? 그것은 국민을 모욕하는 일이었다. 그들은 검찰이 고발에 따른 직무를 수행하는 것을 군인의 쿠테타라 말하는데, 그런 사람들이 무슨 지식인인가? 공지영의 글을 보면 윤석열은 배신자이며, 그 죄를 어찌 갚을 수 있을지 모르겠다고 비난했다. 그리고 한겨레 신문을 욕하며, 이제 끊겠다고 했다. 피눈물을 흘리며 반성하라고 신문에 주문도 했다. 조국 지지자들은 언론, 검찰은 우리의 적이라고 했다.

공지영과 지지자들은 왜 반대를 하는 것인가? 조국의 위선, 의혹, 불법, 편법은 분야도 다양했다. 금융, 교육, 논문, 입시부정, 웅동학원, 장학금, 그들의 불법은 역대급이었다. 그런데 무조건 지지자들은 의혹이 사실로 밝혀진 것이 하나도 없단다. 그들은 전형적인 모습으로 믿는 대로 사실 증거 필요 없이 맹신하는 종교 집단인 것이다. 그들은 그렇게 조국을 엄호하고 있었다. 우리는 이들 조국 지지자와 진보자들의 수준을 알 수 있었다. 이들 여권 지지자들은 조국의 검찰 진실이 없다 하는데, 사실을 조사한 것을 보면 단국대 논문 등재, 고대 제출서류 목록, 키스트 2011년 3주 인턴십 등이 있다. 3일 방문하고 3주 했다고 거짓말을 한 것이다. 그 학교에서는 인턴십을 한 적이 없다고 하는데. 단국대 병리학 공주대 등에 고등학생이 1저자로 등재 되기도 했다. 그 연구자들이 땀 흘리며 몇 년 동안 연구한 논문이 취소되었는데 문제가 없다니…. 조국의 거짓된 것이 너무 많다는 것이 드러났는데. 지지자들은 믿지 않았다. 결백하다고 했다. 나는 그들을 이해할 수 없었다. 나는 그들이 정말 정신 좀 차리기를 바랐다. 그들이 맹목적 믿음에서 벗어나기를 바랄 뿐이었다.

*

나는 이시마루 지로(石丸次郎)의 인터뷰를 보면서 속을 썩였다.

우리 특사단의 김정은 면담 성과 발표가 있은 뒤였다.

- 북한 정권은 '경제적으로는 어려워도 핵무기를 가진 군사강국'이라는 선전으로 지탱해 왔다. 핵무기를 빼면 정권의 축이 무너진다. 그런 북한과의 핵 폐기 협상이 현실적으로 진전될 수 있을까?
- 제재 압박이 계속될 경우 북한의 장래가 안 보인다. 말라 죽게 될 것이다. 만일 제재에 굴복해 비핵화 회담을 한다는 말이 확산되면 김정은 정권이 흔들릴 수 있다. 때문에 북한은 '핵 보유국으로 미국과 대등한 협상을 한다.'라고 선전할 것이다.

일본 오사카 출신인 이시마루 지로는 대학생 시절 좌파 운동권에 몸을 담았다. 그는 한국에서 말하는 북한정보는 '반공(反共)에 의해 왜곡된 것'이라 봤다. 그런데 김 씨 세습독재에 의한 인권 참상이 공개됐다. 내가 이해할 수 없는 것은, 한국 민주화를 위해 싸웠던 운동권 출신들이 북한의 이런 모습을 보고도 싸우지 않는다는 것이다. 그들은 이중잣대를 들이댔고, 오히려 북한 정권의 편에 섰다는 것이다.

그는 1993년 여름 두 달 동안 압록강에서 백두산을 거쳐 두만강까지 북·중 국경을 따라 여행했다.

- 조선족 경비대가 운전하는 지프차로 정상에 올라갔다. 북한 경비병을 만났다. 몰골이 형편없었다. 사과, 빵, 맥주를 들고 같이 먹자

고 말하기 전에 그들은 내손에서 빵을 빼앗아 봉지를 뜯고 얼굴을 처박고 먹었다. 그는 그것에 충격을 받았다. 다시 북한 병사가 '하나 더 달라.'라고 했다. 그때까지 갖고 있던 북한에 대한 생각이 무너졌다.

- 1995년 단체 관광에 끼어 평양에 다시 갔다. 평양 여행은 자유가 없고 보여주는 곳만 볼 수 있었다. 그는 여행객으로 위장을 하여 계속 북한을 방문했다. 대체 저 나라에서 무슨 일이 일어나고 있나, 자신의 눈으로 직접 확인하고 싶었다. 북한에서 계속 체류하는 외국인으로서 많은 걸 봤지만, 여전히 한계가 있었다. 정보의 핵심에 접근할 수 없었다.
- 1998년 연길에서 함께 지내던 탈북자가 비디오카메라를 달라고, 자신이 찍어오겠다고 했다. 그때 KBS를 통해 세계 최초로 꽃제비 동영상이 공개됐다. 나는 운동권 출신이지만, 운동권적인 해석이 필요 없었다. 팩트(사실)가 모든 걸 말했다.

그는 탈북자들에게 촬영장비 작동법과 취재 기법, 윤리를 가르쳤다. 그는 2008년 '림진강' 창간을 했다.

- 당신과 연락하는 협력자는?
- 10명쯤. 보수를 송금해준다. 나는 조선반도를 알아가는 그런 인생을 살 것이다. 젊은 시절부터 꿈이었다. 인생을 걸고 할 것이다.

내가 인터뷰를 보고 참을 수 없어하는 것은, 운동권자들이 북한 시민을 위해서 싸우는 대신 김정은에게 협력한다는 것이다. 그들이 민주화를 주장하며 이중잣대를 들이대는 것이 못마땅하다는 것이다. 여기에 젊은 사람들은 그 운동권자에게 정치·경제권을 모두 주었으면 한다고 외친다. 정치와 경제는 제대로, 바르게 세워야하는데, 그들의 편익대로 판을 짜는 것이다. 우리나라는 너무 노동자한테 휘둘리는 것 같다. 노동자들의 권력형 정치가 과연 올바른 것인가?

요즘 일을 많이 하면 노동법규가 달라져서 형사처분을 한다 했다. 전자기기 만들 때 시초가 다르게 일을 해야 신 모델 핸드폰을 출시한다는데, 그 일을 하면 형사처분이라니? 세계 어느 나라가? 어디에도 없다. 그런 나라는. 우리나라는 지금 거꾸로 가고 있는 것이다. 회사 직원이 말했다. '나는 문재인을 찍었고, 지금도 69% 지지율인데 왜 나에게는 혜택이 없지?'라고. 그런데 어떻게 69%가 나온 걸까. 내 주변에는 그렇게 나올 일이 없는데 말이다. 그것은 방송 조작일 가능성이 높았다.

사람들은 말했다. 지금 정치권에 있는 이들은 운동권자라서 생산적인 일을 해본 일이 없다고. 오로지 숨고, 도망만 다녔다고. 그들은 정조관도 없었다고. 오로지 동지로서 섹스도 함께 나누었다고. 공산당처럼. 미투 운동이 일어났지만, 사실은 서현진을 앞세워 여권에서 야권을 내치려다가 여권이 내쳐지고 있다고. 지금은 경제가 없다. 청와대는 경제를 아는 사람이 없다고. GM은 망해야 한다고. 문 닫아야 한다고. 민주노총은 한국정부가 GM을 살려내라고 요구했다. 3,000만 원씩 주식을 달라고 했다. 그것은 경영권을 맘대로 주권행사 하겠다는 뜻이었고, 부실한 GM에 정부 돈을 넣으라고. 그 회사는 다른 나라에게 그렇게 술수를 써서 회사가 망가지면 회사돈만 챙겨갔다고.

GM은 그 나라 정부의 세금을 밀어넣어 다시 회생하지 못하고 망가지면, 조용히 철수했다. 그런 나라가 한둘이 아니었다. 아마 우리나라에서도 그럴 것이다. 지금 정치적으로 표가 거기서 많이 나왔다. 전라도끼리 똘똘 뭉쳐서 정치적인 힘을 앞세워 그 회사 살리라고 압력을 넣고 있으니, 아마도 우리나라도 그럴 것이라고 모두가 걱정했다. 사실 박정희 때도 그랬다. 경상도에 공장을 세웠고, 이후락이 울산이 고향이라 현대니 뭐니 그곳에 다 새웠다.

그 정권이 무너지고 이후락이 미국으로 도망가서 아무 탈없이 조용히 잘 살았다고. 그 후 야당 국회의원들이 돈을 다 먹었고. 다시 전두환 정권이 5년 후에 물러났다. 그때 오일쇼크가 있었지만 경제는 잘 살렸다. 그 다음 정권 노태후는 쓰자주의였고, 기분 좋게 쓰면서 살았다. 그리고 김대중 정권 때 IMF가 터졌고, 그 위기를 김대중이가 잘 극복했다고. 이번 정권이 끝나면 브라질처럼 될 거란다. 나라가 어떻게 될까 걱정이 크다고 모두가 입을 모았다.

*

아침에 시어머니에게서 전화가 왔다. 남편은 시어머니 전화를 오랫동안 받으면서 '예. 예.'만을 되풀이 했다. 계속 듣다가 남편이 처음으로 조용히 말을 했다.

- 어머니, 나는 내가 하고 싶은 말을 하고 싶지만, 나는 하지 못합니다. 어머니에게는 딸이 하나 있었어야 해요. 자세히는 말할 수 없지만, 동생들도 어머니에게 대항할 수 없어요. 우리 집은 그런 분위기가 아니라구요.

둘은 언성을 높여 갔다. 시어머니는 외삼촌을 욕하면서 그놈이 자기 결혼 때 돈을 대달라고 했는데, 안 대줘서 나에게 지금 보복을 하고 있다면서 욕했다. 남편은 그동안 시어머니가 전화를 해서 누군가를 욕하면 아무 소리도 하지 않고 그냥 듣고만 넘어갔다. 이번에는 달랐다.

- 어머니가 외삼촌을 그렇게 나쁜 놈이라 욕하면 안 되죠. 때마다 어머니가 요구하는 용돈 다 보내주고, 수시로 외삼촌이 용돈 주고 하는데. 외삼촌이 어머니 맘에 안 든다고 그렇게 욕하면 안 되죠. 어머니는 그동안 내가 맘에 안 들면 외삼촌을 붙들고 나를 욕했을 거 아닙니까? 그런 어머니가 어디 있습니까? 이렇게 외삼촌을 욕하고 하려면, 어머니와 얘기 안 하는 게 좋아요. 그동안 어머니가 말하면, 그것은 법이었고, 모든 동생이 그 말을 따랐잖아요. 동생이나 내가 무슨 얘기를 할 때, 어머니 생각과 다르면 어머니는 무조건 나쁜 놈으로 몰았죠. 뭔가 얘기를 할 수가 없잖아요. 모든 것이 어머니가 옳고, 자식은 틀린 거잖아요. 그러니 누가 어머니에게 가까이 가겠습니까?
- 왜 우리 집안이 이렇게 된 거냐? 왜 자식들이 나를 왕따 시키고 그런 거냐?
- 반대 얘기만 하면 나쁜 놈이 되니까 얘기할 수 없는 거예요.
- 야, 너, 나 우울증 있는 거 아느냐?
- 우울증은 모두에게 있어요. 어머니 혼자만 있는 게 아니에요. 나도 우울증으로 죽기 직전까지 갔다왔구요, 우리 식구 모두가 우울증 가졌어요.
- 외삼촌에 대해, 나에게 뭘 캐서 얘기하려는 거잖아요. 어머니. 그런 거 다 필요 없어요. 외삼촌에게 한 말씀 올렸는데, 시끄러운 소리는 모두가 어머니가 하신 말씀이더라구요.
- 그럼, 내가 다 잘못한 거구나.

- 사실, 삼촌이 아니라, 지나간 이야기들을 나한테 지금 캐보려고 하는 거잖아요.

시어머니는 자기가 자식들한테 왕따 당한다는 사실에 집착했다. 자기가 왜 왕따 당해야 하는 지를 큰애비(내 남편)와 만나서 죽기 전에 그 이유를 알고 죽고 싶다했다. 시어머니는 남편을 집요하게 물고 늘어져 그 이유가 뭔가를 캐려고 작정을 했다. 시어머니가 자식들이나 주변 식구들과 이야기를 할 때 쓰는 대화법은 특이했다. 그의 언행은 상대편을 공격하는 스타일이었다. 만나면 무조건 지적질하며 공격해서 자신의 권위를 높이는 형태랄까? 여하튼 당신의 졸개처럼, 졸병처럼, 만들어내는 스타일이었다. 예를 들어 둘째가 나에게 보낸 문자는 이랬다.

- 형님, 어머님이 묻지도 따지지도 말고 50만 원을 보내라고 하시네요.
- 형님, 이번 명절에 또 폭탄이 터졌어요. 시골이라 식사하고 전화할게요.
- 조용히 있어만 주시면 자식들이 알아서 모실 텐데. 벌써부터 본인이 하고 싶은 대로 안 된다고 울고불고 하니 명절날이 조용히 지나가겠습니까?
- 조용한 명절을 위해서 우리는 아무 말도 하지 말고 있어야 될 거 같아요.
- 드라마를 그렇게 많이 보시면서 그렇게 말을 한다는 것은, 도대체 그걸 어떤 생각으로 보시는지 어머니의 뇌 구조를 이해할 수가 없어요. 자식들 열 받게 하는 데는 어머니가 최고예요. 형님.

나는 생각했다. 시어머니의 생을. 분명 시아버지의 영향력이 있지 않았나? 6·25시절 시아버지는 소대장이셨다. 육사 8기였고 전투에 능했다. 전우들이 시아버지를 존경했다. 그 시절 결혼했고 시어머니는 최고의 대접을 받았다. 내가 결혼 했을 때도 전우들은 시아버지와 시어머니를 영원한 대대장으로 여겼다. 그리고 한 달에 한 번 만나서 함께 싸우던 시절을 떠올렸고, 부하들은 대대장님을 높이고 존경했다. 물론 시어머니도 대대장과 같았다. 그들은 죽을 때까지 시아버지의 졸병이었고, 당신들의 상관이며, 지휘관이었다.

그처럼 시어머니는 자기 자식과 그의 줄기들이 시아버지의 부하들처럼 영원한 졸병이어야 했고, 당신은 영원한 지휘관이며, 상관이어야 했던 것이 아닐까? 시어머니의 모든 자식은 그의 부하로 살았던 것이다. 시어머니의 나이가 이제 내일모레면 90이 되고, 그의 아들들은 어느새 70대에 이르렀다. 어느새 21세기가 되었다. 하지만 우리 집안 구조는 아직도 민주적이지 않았고, 구성원들은 시어머니의 독재 밑에서 사십 년 이상을 견뎌왔던 것이다. 이제 정권이 교체되면서 다시 혼란기를 겪고 있는 중이었다. 시어머니의 제사가 큰아들에게 넘어오고 민주주의 형태로 바뀌면서 시어머니의 반란이 시작된 것이었다.

다시 돌아가서, 시어머니는 말했다.

- 내가 너를 어떻게 키웠는데, 네가 그럴 수가 있는 거냐?
- 어머니, 잘 키워주신 건 감사드려요. 그런데 그런 얘기로 그렇게 자주 사용하시면 안 돼요. 그런 말 안 하셔도 자식들이 더 잘 알아요. 내가 내 자식들에게 그런 말하면 자식들 다 도망가요. 그리고 저 평생 한마디도 안 했어요. 그래서 이번에 한 말씀드립니다. 자식, 며느리들 어머니한테 상처가 많아요. 어머니의 언어폭력에 다들 말을 안 해서 그렇지, 모두 힘들어요.

- 내가 개들 때리기를 했냐? 무슨 소리냐?

- 어머니, 말은 칼과 똑같아요. 자식들이, 제가 알기로는 다들 상처가 커요. 때리는 것보다 말로 하는 것은 백 배 더 커요. 어머니는 진실을, 사실을 알아야 해요. 차라리 때리는 게 나아요. 그건 별거 아니에요. 그런데 마음에 상처가 있어서 모두 힘들다구요. 어머니가 어머니 성질대로 전화로 욕하고 공격하면서 화내는 거, 자식들에게 상처가 된다구요. 제가 처음으로 하는 말이에요. 어머니의 언어폭력은 자식들에게 굉장히 큰 상처를 준다구요. 서로 못보고, 어머니를 피하는 것은 그래서 그래요. 왕따가 아니고, 자식들이 어머니에게 접근을 못해요. 왜 왕따를 시켜요. 어머니 곁에 있으면 힘드니까 어머니에게 못 가는 거예요.

- 자식들이 나를 왕따를 시킨 거지, 그게 무슨 소리냐?

- 그게 아니라니까요. 자식들이 상처가 커서 그렇다니까요. 제가 큰아들이라 말하는 거고요. 모두, 수도 없이, 어머니의 큰소리 때문에 울고불고 한 사례가 많다니까요.

- 상처받은 사람이 많다니? 내가 폭언을 해서? 나는 뭣도 안 했다?

- 그게 아니라니까요? 내가 처음으로 어머니에게 말씀드리는 거예요.

- 나는 너희들 열심히 키웠고, 너네들한테 잘하며 키웠다.

- 어머니가 자식들에게 따뜻하게, 마음을 편하게 했다면 왜 자식들이 어머니를 피하겠어요.

- 나는 아무 생각 없이 그랬다. 내가 뭘 잘못했다는 거냐?

- 그럼, 어머니가 말씀하시는 자식들이 어머님을 왕따 시킨다는 게, 어떤 자식이 어머니를 왕따 시켜요? 어느 놈이. 어머니를 그럴 놈이 있기나 해요? 그것은 어머니가 바라는 해결책이 안 되요. 이제 그냥 조용히 가야 하는 거예요.

- 우리가 어쩌다가 십 년 동안 거리를 두고 살았는가 모르겠다. 모두 며느리들이 잘못 들어와서 그런가보다. 특히 큰며느리가 잘못 들어와서 이 집안이 이

꼴이 되고 있는 게 아니냐? 너랑 나랑은 헤어지지 말고 살자. 너, 큰애미 때문에 너도 고충이 많을 거다. 나는 너를 받아 줄 수 있다. 네가 큰애미를 떠나도, 나는 네 애미니까 못 떠날 거다. 나와 너랑만 긴밀하면 되는 거잖니.

- 어머니는 더 이상 얘기 안 하시는 게 좋겠네요. 큰며느리가 잘못 들어와서 그랬다니. 평생 큰며느리가 잘못 들어와서 그랬다고 하면 문제가 안 풀려요. 큰애미가 이제까지 우리 집안사람들 어려울 때 도와주고 그랬는데. 뭘 그렇게 잘못한 것이 있다고 말씀하려 하시는지 모르겠네요. 그러시면 안 되죠. 큰애미가 뭘 그렇게 잘못했는지 어머니가 제대로 알고나 계십니까? 안다는 거? 결국은 어머니 입맛에 맞지 않은 거지요. 어머니는 제대로 아는 게 없어요. 며느리나 자식들이 맘에 안 들면, 모두가 나쁜 놈이잖아요. 사실을 말한다면서 다 거짓이고, 우리 사이를 이간질하는 사람은 딴 사람이 아니라 어머니라구요.
- 내가 언제 그랬냐? 나는 그런 적이 없다.
- 어머니가 지금 자기 동생을 나에게 욕하잖아요. 그런 경우가 어디 있어요. 그리고 다시 삼촌에게 전화해서 또 내 욕을 하고. 그동안 그랬을 거 아니에요?
- 우리 주변에 주변 사람 욕을 해? 내가 언제?
- 어머니, 지금 삼촌 욕하듯이 지난번에 둘째 명일이 욕하고, 명일이한테는 큰형 나쁜 놈이라고 하지 않았냐구요. 내가 큰 아들인데 제사를 둘째 명일이한테 주고…. 그런 경우가 어딨어요?
- 그래서 네가 외삼촌과 조정해서 제사를 뺏어갔구나? 나를 왕따 시키면서?
- 무슨 조정을요? 나는 그런 적도 없구요. 명일이가 알아서 했어요. 그리고 큰애미가 제사 지내겠다 했고, 큰애미가 주위 사람들 욕하지 말고 살자고 했다구요. 어머니, 아무래도 이야기가 안 되네요. 전화하지 말아요. 얘기 끊을래요.

그 이야기를 들은 작은딸의 말은 이랬다.

- 할머니는 우리 집에서 설 잔치를 한 것이 너무 화려하게 잘 지낸 것이랑, 형제나 손자들이 즐겁게 지낸 것이 못마땅했다.
- 할머니네 집에서는 자식과 며느리도 잘 참석 안 했고, 여기만큼 즐겁게 명절을 잘 지내지도 못했다. 그것이 화가 났다. 결국 할머니는 시기, 질투가 났던 것이다. 그리고 왜 자기 집에서는 즐거운 명절이 안 됐을까? 그것을 이제 아빠한테 찝자를 붙으며 시비를 걸은 것이다.
- 할머니는, '내가 너를 어떻게 키웠는데?' 하며 마구 떼를 쓰고, 공격하고, 왕따시켰다고 따졌다. 세상에 그런 놈이 어디 있냐고. 그 원인이 뭐냐고.
- 본인은 계속 피해자라고 하는 것이다. 그리고 자기편을 붙들고 아빠를 욕해야 하는데, 누구를 붙들어서 아빠를 욕할지 고민하다 떡볶이 할아버지(시외삼촌 - 애들에게 떡볶이를 잘 만들어줘서 그들이 붙인 이름)에게 아빠를 다시 욕했던 것이다. 그런데 그 할아버지가 할머니의 말을 부정했고, 이제 거꾸로 아빠를 붙들고 떡볶이 할아버지를 욕한 것이다. 그리고 아빠랑 다투게 된 것이다.

그 후 전화는 불통됐다. 한 달 후 둘째네에게 전화가 왔다.

- 처음에 설 쇠고 집에 와서 남편(직장 때문에 설에 참석 못함)에게 어머니가 전화했어요. 설에 네 애미가 10만 원 주고, 큰 손자가 10만 원 주고 해서 잘 먹고 잘 있다 왔다고. 그러다가 그것들이 어머니를 왕따 시켰다고 한바탕한 거 같더라구요. 그때 애 아빠가 다시 어머니를 한참 설득하더라구요. 그리고 다시 며칠 후 어머니에게 전화가 왔어요. 어머니가 고기를 방에서 구워먹는 프라이팬을 사달라고 하더군요. 그래서 내가 인터넷으로 샀어요. 그런데 어머니는 산 프라이팬이 싫대요. 애 아빠가 갑자기 어머니는 이제 초등학생 같다며, '어머니가 얼마나 사신다고 좀 더 좋은 거로 사라. 어머니가 원하시는 걸로 다

시 물어봐서 사 줘라.' 했어요. 그래서 다시 어머니와 통화했어요. 그랬더니 어머니가 아무거나 된다고 했어요. 그래도 또 물었지요.

- 'TV에 나오는 거예요? 어머니?'
- '응, 그래.'

- 다시 반품을 했고, 위아래로 불이 들어와서 고구마도 구울 수 있는 것으로 샀어요. 그런데 내가 출근하고 바빠서, 시간이 안 맞아, 어머니 집에 가져가는데, 일주일이 걸렸어요. 그랬더니 어머니가 갑자기 전화를 해서 나에게 폭언을 하더라고요. 네가 산 것이 싼 것이라 애비가 좋은 것으로 바꾸라 해서 바꾼 것이 7일이나 걸렸느냐고 야단을 치시더라고요. 그리고 '쓰기 편한 것으로 하랬더니 이게 뭐냐. 고구마고 뭐고 이것은 못쓰것다. 당장 가져가라.' 그러면서 애 아빠를 욕하고, 나를 소리치며 욕하더라구요. 날마다 드라마를 그렇게 많이 보면서. 나는 어머니를 이해할 수가 없어요. 이번에 어버이날, 이십만 원씩 붙이고 오지 말래요.
- 그러지 뭐. 이제 모든 걸 어머니 아들들이 수발하고 책임지라 하자고. 우리만 보면 못 잡아먹어서 안달이 나니까.

아직도 집안 전쟁은 진행 중이었다. 시어머니는 수시로 폭탄선언을 했다. 그래야 직성이 풀렸다. 설 쇠고 둘째네에게 프라이팬 사건을 일으켰으니 다음은 어떤 일을 만들어낼지 아무도 몰랐다. 그 양반은 그렇게 평생을 살아왔다. 그것이 시어머니의 대화법이고, 살아가는 재미가 된 것이다. 시어머니의 머릿속은 '어떻게 하면 시외삼촌에게, 아니면 자식들에게 돈을 뜯어낼까?'라는 생각으로 가득 차 있는 것 같았다. 그 궁리가 그의 삶이며, 재미였다. 자식들은 평생 시어머니를 받들며, 혼이 났고, 복종했다. 식구들은 그의 시종일 뿐이었다.

나는 이럴 때 속 시끄러운 것을 잠재울 수 있는 책을 읽었다. 오쇼 라즈니쉬의 『삶의 길 흰구름의 길』이었다.

〈가장 훌륭한 예의는 형식으로부터 자유롭다〉

한번은 공자가 장자의 스승인 노자를 만나러 왔다. 공자는 형식적인 예절의 상징이었다. 그는 세상에서 가장 위대한 형식주의자였다. 세상은 아직까지 공자보다 더 뛰어난 형식주의자를 알지 못했다. 그는 형식과 문명과 예의범절, 바로 그 자체였다. 그런 그가 정반대의 노자를 만나러 온 것이다. 공자는 나이가 많았다. 노자는 그처럼 나이가 많지는 않았다. 형식적으로는 공자가 왔을 때, 노자는 그를 맞이하기 위해 자리에서 일어나야만 했다. 그러나 노자는 그대로 앉아 있었다. 공자는 믿을 수가 없었다. 그는 그것을 지적해야만 했다.

(…중략…)

공자는 매우 혼란에 빠졌다. 이 사람은 위험하다고 제자들에게 말했다. 공자는 형식을 통해서 세상을 보고 있으며, 노자는 어떤 형식도 구속되지 않고 무한 속에서 살고 있다. 그래서 노자는 '가장 훌륭한 예의는 모든 형식으로부터 자유롭다.'라고 했다. 그의 제자인 장자도 말한다.

'완전한 행위는 관계로부터 자유롭다.'

그때 모든 행동은 사랑에서 나온다. 그때 그대는 사랑하기 때문에 정직하다. 사람들은 말한다. 정직이 최선의 정책이라고. 그러나 정책은 정치적이다. 그리고 정직은 종교적인 것이다.

나는 깨달았다. 현자는 순간순간을 살며, 결코 계획하지 않는다는 것을. 현자들의 삶은 하늘에 떠가는 흰구름과 같이 자유롭게 산다. 현자는 말했다. 진정한 것은 여행이다. 그것은 실로 아름답다. 여행은 삶이고, 삶은 끝없는 여행이다. 모든 것은 여행이며 길이다. 가고 있는 것은 아름답다. 그것이 곧 존재가 짐이 아닌 이유다. 나는 이런 책을 통해서 나만의 의식으로 나를 억압 하지 않고, 나 스스로 자유로울 수 있는 사랑의 묘법을 터득하는 것이었다.

*

나는 새벽 4시에 알람의 소리를 듣고 일어났다. 일어나자마자 쌀을 씻어 압력솥에 밥을 했다. 그리고 냄비에 콩나물 두부국을 끓였다. 다시 프라이팬에 생선을 구웠다. 찌개가 끓으면, 시금치나 다른 나물을 삶든지, 밑반찬으로 멸치 조림, 우엉 조림을 했다. 식탁 위에 밥을 퍼서 그릇에 담았다. 3, 3, 3 식으로. 남편과 애들 둘이 먹을 밥을 아침, 점심, 저녁으로 말이다. 식구들은 각자 알아서 밥을 챙겨먹었다. 직장에서 혹은 학교에서 밥을 먹는 식구들은 자기 몫을 랩으로 씌워서 냉장고에 넣었다.

시계가 5시를 알렸다. 나는 콩나물 두부국에 밥을 말아서 쉽게 후루룩 마셨다. 그 후 샤워를 대충하고 화장을 했다. 5시 30분경 책가방을 챙겨 현관문을 열고 복도를 빠르게 걸었다. 우리 집은 맨 안쪽 복도 끝에 있었다. 창문 쪽 벽은 전부 깜깜했다. 10호 라인 창문은 밝았고, 그 집 큰아들은 이미 10년 전부터 공부를 열심히 했다. 나는 그 집 아들이 대견했다. 그렇게 심혈을 기울여 공부하는 모습이 사랑스러웠다.

나는 현관을 나오면서, 급한 마음에 달리기 시작했다. 우리 아파트를 지나, 다른 동 아파트를 지나, 언덕바지를 통과했다. 도로 건너편에 고속버스 터미널이 보였다. 신호를 기다렸다가 파랑불이 들어오자 어둠을 뚫고 뛰었다. 그리고 터미널에서 6시 첫차를 티캣팅 했다. 고속버스 앞좌석을 차지하고 나서야 마음이 놓였다. 고속버스가 출발하고, 나는 조금 있다가 잠이 들었다. 8시경이 되어 나는 잠에서 깼다. 차는 이미 T 도시 터미널에 정차해 있었다.

나는 다시 시내버스를 타고 H 대학으로 갔다. 나는 도서관으로 바로 향했다. 그곳에서 자리를 잡고 책을 봤다. 논문 쓸 공부도 하고, 강의할 책도 공부했다. 이미 후배들은 정교수가 되었고, 늦깎이 공부로 박사학위를 딴 나를 후배 교수들이 힘들어 할 수 있을 터였다. 나는 그 정교수들을 피했다. 차라리 스승인 노 교수들을 만나는 것이 내 마음을 편하게 했다. 그 교수들은 나에게 많은 배려를 해주려 애썼다. 나는 늦게라도 내가 좋아하는 공부를 할 수 있어 만족했다. 단지 공부할 시간이 없어서 안타까웠다. 그러나 나 스스로 강의할 수 있는 내 인생에 만족했다.

강의는 많았다. 거리가 멀어서 후배 조교들은 나에게 강의 시간을 몰아주었다. 내려갈 때마다 8시간씩 채웠다. 아침 9시부터 저녁 6시까지 풀 타임이 주어졌다. 그래야 간신히 교통비와 기름값이 빠진다는 것이었다. 그래도 나는 고마웠다. 늦깎이 박사가 강의해서 용돈을 벌 수 있는 것도 행복했다. 오후 6시가 되어 퇴근을 할 때, 나는 미리 저녁을 먹어야 했다. H 대학 후문 간이식당 이모네 집에서 된장찌개를 시켜 밥을 먹었다. 거기서 버스를 타고 버스 터미널에 하차해서, 서울 버스를 탔다.

버스를 타면 나는 곧 잠이 들었다. 그곳은 나의 진정한 휴식공간이 되었다. 서울에 오면 10시경이 되었다. 나는 얼른 씻고 잠을 잤다. 그 다음날은 D 도시의 S 대학, 그 다음 날은 Y 시의 S 대학, 서울의 H 대학 등 일주일 내내 강의를 했다. 일주일은 강의 시간으로 꽉 찼다. 나는 열심히 강의했다. 토요일, 일요일은 독서실에서 공부했다. 강의 목록을 작성했고, 강의록을 정리했다. 시간을 허투로 쓸 수 없었다. 친구들이나 친척하고 전화로 수다를 떨면 시간의 구멍을 메꿀 수 없었다. 그날 저녁은 잠을 자지 말아야 했다.

학기가 바뀌면 학교 측이 요구하는 강의 책을 작성해야 했다. 그들은 다시 강의할 수 있는 자격이 갖추었나를 심사했다. 1년에 3편씩, 자기 논문을 논문지에 발표했는지를 확인했다. 학회지에 내 논문을 게재하려면 공부가 필수였다. 방학은 쉬는 것이 아니었다. 방학 내내 책을 쓰고, 강의할 것을 복사해서 끼우고, 강의 책을 만들었다. 전자기기가 발전하면서 어느 학교에서는 방송 강의를 요구했다. 미리 학교 측에 내가 강의할 것을 파워포인트로 작성해서 조교에게 보내면, 조교는 그 강의 목록을 컴퓨터에 올렸다. 나는 방송 강의 시간에 내가 쓴 파워포인트에 맞춰 강의했다.

야간 학생들의 경우 방송 강의를 한 것을 집에서, 컴퓨터를 통해 수강하게 했다. 어느 학교에는 날마다 파워포인트 강의를 작성해서 조교에게 보내야 했다. 그리고 날을 잡아 방송실에서 강의를 찍었다. 그리고 컴퓨터로 학생들에게 전송했다.

내가 존경하는 노 교수님은 말했다. 너의 방송 수업이 부럽다고. 당신도 그런 수업을 한번 해보고 싶다고. 나는 깜짝 놀랐다. 이 작업이 얼마나 귀찮고, 사람의 애를 태우며 힘들게 하는 작업인데…. 이런 것을 훌륭한 교수님이 왜 부러워하는 것인가.

여하튼 나는 지금 그때했던 생각을 다시금 떠올렸다. 그리고 그 시절을 더듬었다. 내가 처음 강사를 하던 시절, 나는 무척 궁핍했다. 강사료를 받아서 차비, 부대비, 기름값, 책값으로 충당하면 남는 게 없었다. 나는 열심히 공부했고, 어떻게든 돈을 벌어보고자 애썼지만 돈은 남지 않았다. 생활 터전에서 나를 버티게 할 수 없었다. 어느 때는 목이 말라도 음료수를 사 먹을 돈이 없었다. 오히려 용돈을 받아쓰는 학생들이 나보다 부자였다.

후배인 S 교수가 생각났다. S 교수는 주임교수가 됐다. 그는 빠른 성장으로 주임교수가 됐다. 가족도 단란하고 행복했다. S 교수는 욕심이 많았다. 다른 교수들이 유학을 떠났다. S 교수도 가족을 데리고 미국으로 유학을 갔다. 그곳에서 행복하게 지냈다. 몇 년 후 S 교수는 한국으로 돌아왔다. 가족은 미국에 남겼다. S 교수는 가족을 위해 돈을 벌어서 많이 송금해야 했다. 그는 이거저거 사업을 벌였다. 그러나 사업은 망가졌다. I 교수, L 교수, K 교수 등에게 돈을 빌려 돌려막기로 버텼다. 그리고 그의 모든 것이 망가졌다.

이미 가족과 헤어진 지 오래였다. 은행에서 S 교수의 월급을 차압해 갔다. S 교수는 노부모에게 얹혀살았다. 어느 세미나에서 돌아오는데, S 교수는 후배에게 밥 좀 사달라고 했다. S 교수의 주머니에 단돈 일만 원이 없었던 것이었다.

인생은 웃겼다. 교수 자리를 맡기 위해서 얼마나 많은 노력과 심혈을 기울였는데 말이다. 결혼도 잘 했고, 잘 살다가 유학을 갔고, 그곳에 식구들을 남겨두고 자기 혼자 돌아와서 교수로 살았다. 하지만 이내 빚더미에 쌓여 온 식구가 망가져서 이제 회생할 수 없는 처지가 됐던 것이다. 이제 그 교수는 불쌍한 사람으로 전락했다. 자기가 만든 자기의 성을 잘 지키며, 만족하고, 행복하게 살아가는 것이 얼마나 중요한가를 나는 깨달았다. 그리고 욕심은 부리지 말자고 다짐했다.

*

나는 지금, 이십 년 전의 나를 살펴보고 있다(1998년 10월 말).

오늘부터 노트가 바뀌었다. 오늘은 자신이 행복하고, 자신이 살아 있음을 확인해 볼 것이다. 남동생 H가 캐나다에 갔다 왔다. 고종사촌 작은 언니네의 삶을 전해줬다. 언니와 형부는 슈퍼에서 아침 6:30부터 오후 12:30 까지 일하고 살았다. 한국 집을 팔아 전세 2칸짜리 세를 들어 살았다. 매형과 언니가 일을 너무 험하게 해서 심하게 늙었다 했다. 모든 한인이 그렇게 살았다. 그러다 20~30년 동안 돈을 벌면 큰 빌딩, 모텔을 사서 경영한다 했다.

고종 사촌 언니네는 한국에서 잘 살았다. 번듯한 아파트에서 자식들과 취미생활을 하며 재미있게 행복하게 살았다. 언니 위에 있는 큰 언니네가 캐나다에 사니까 그곳을 별천지로 여겼는지, 그 바람을 따라 캐나다로 갔다. 그리고 그렇게 살았다. 나는 가슴이 아팠다. 좀 더 편하게 살기를 바랐다. 남동생, H는 말했다. 그들에 비해 우리는 너무 일을 하지 않고 사는 것 같다고. 우리 좀 더 열심히 살아야겠다고 마음먹었다.

노 교수가 논문 심사로 내 논문을 봐주셔야하는데, 도무지 연락이 없으시다. 나는 속이 탔다. 당신에게는 별일 아닌데 말이다. 이번 주에 빨리빨리 찾아 논문을 수정하고 완결해야 할 텐데…. 머릿속이 복잡했다. 노 교수들의 의중이란 확실하고 명쾌하지 못했다. 제자는 항상 그들의 미지근한 의중에 속을 태웠다. 여기에 이번 달은 월급이 턱 없이 부족했다. 주택 융자 이자로 전부 소비되었다. 그래도 이렇게 살 수 있어서 감사했다.

시어머니가 전화했다. 전화에 대고 울음보를 터뜨렸다. 내가 며느리 밥을 먹고 살 나이인데 내가 뭐하는 짓인가 모르겠다면서 나를 혼냈다. 그는 울면서 한탄을 했고, 당신의 팔자를 한탄했다. 그렇게 당신은 30분간 나를 붙들고 나를 흔들어댔다. 그리고 전화를 끊었다. 나는 나를 다스렸다. 그래, 당신은 아직 건강하시다. 당신이 울음을 터뜨리고 나를 혼내는 것은 당신이 건강하다는 증거라고 나는 이해했다.

시어머니의 부정적인 에너지는 나를 힘들게 했다. 그렇잖아도 추석 쇠고 그 후유증으로 눈이 침침해서 글자가 잘 보이지 않았다. 나는 좀 더 공부에 집중하려 하지만, 몸이 따라주지 않았다. 내 몸이 많이 허약해진 탓일 것이다. 사실 요즘은 공부하는 것이 아니라 자료 뽑는 데 시간을 많이 허비했다. 나는 그래도 학자로서 최선을 하는 것이 의무라 생각했다. 그 의무를 다하지 못하면 나는 죄의식에 빠졌다.

'아냐, 나는 더 잘 할 수 있을 거야.'

나는 공부에 최선을 다할 것을 다시 다짐했다.

의자에 오래 앉아 있으니 허리 통증이 또 일어났다. 약을 먹고 견뎠다. 그래도 참을 만해서 다행이었다. 이럴 때 일수록 공부에 더 집중해야 했다.

구결문장을 오랜만에 익혔다. 15C 형태론을 조사했다. 무척 재미있는 부분을 발견했다. 학문의 오묘함을 느꼈다. 조사 과정은 힘들지만, 학문적 흥미를 발견했다는 것은 나에게 재미있는 것이었다.

'이거야, 이거.'

이런 학문적 축복이 나에게 와 닿을 때 기쁨이 샘솟는다. 매일은 아니더라도 이러한 기쁨이 자주 들어주면 좋겠다. 무엇인가 제시해줄 것 같은…. 지루한 자료를 떠나 손에 잡힐 듯한…. 그 느낌은 정말 좋다. 순수하고, 깨끗하며, 사심이 없는….

사실 학회에서 벌어지는 학자들의 여러 심리적 갈등은 나에게 회의적인 것이 많았다. 그들의 암투는 말할 수 없는 부정적 에너지를 발산했다. 그들은 일반인보다 더했다. 보이는 것과는 많이 달랐다. 나는 그와 같은 악감정을 빨리 지워버리려 애썼다. 좋은 부분만을 보이도록 노력했다. 그러나 학자들의 이기심과 속성, 그리고 그 자신들의 업적에 대한 자만을 그들은 드러냈고 자신을 드높였다.

그들의 부정적인 면이 보이더라도 나는 빨리 맑은 강물에 오물을 버리듯 버리려 애썼다. 그리고 나에게 주입시켰다. 그들은 위대한 학자며, 천재라고. 나는 그들에 비해 바보라고. 나는 그들의 허물을 볼 수 없다고. 나이 든 노학자들을 위해 나 같은 바보들이 그들의 잔치에 들러리를 서주고, 그들이 떨어뜨린 것을 주어서 사용하면 된다고. 나는 그들의 등대지기로 마냥 서 있기만 하면 된다고. 우선 3년 동안 서 있어보자고. 수도승처럼 되려면 먼저 삼 년 동안 물 깃고, 밥 하고, 빨래하고, 나무를 해야 한다 하지 않았든가?

나는 그들이 그들의 자리를 비우고 더 이상 채울 수 없을 때까지 열심히 공부하며 세월을 따라 가면 되는 것이다. 산을 오를 때 처음에는 힘들고 지루하지만, 가다 보면 내가 산을 오르는지 산이 나를 오르게 만드는지 알 수 없게 된다. 그리고 시간이 지나서 드디어 정상에 오를 때 기쁨을 누리듯이, 학문도 그리 되리라 생각한다.

나는 지금 내가 살아가는 것에서 벗어나서 내가 과거에 어떻게 살았나를 되돌아보는 것이 재미있었다. 다른 사람들도 과거의 추억을 생각하면 즐거우리라. 물론 과거의 어두웠던 시절이 생각나서 슬프고 괴로울 때도 많지만 말이다. 내가 동생이 죽었던 그 시절의 기록을 보며 글로 옮길 때 눈물이 펑펑 쏟아졌다. 그러나 울고 나면 내적인 시원함을 느꼈다. 인생은 세월이 가는대로 함께 흘러가는 작용일 뿐이었다.

나는 누구에게 내세우려 글을 쓰는 것이 아니다. 내 작품을 읽으면서 그 시대의 같은 영상을 공유하고, 내가 어려웠던 것을, 그리고 나 스스로 극복한 것을 독자들도 극복할 수 있기를 바라는 것이다. 내 성향이 다른 사람들에게 비판을 받아 마땅하지만, 나는 적어도 바르게 살려고 노력했으며, 최선을 했다는 것. 그 사실만으로도 글을 쓰면서 나는 치유받았다. 다만 집 식구들과 주변 사람들에게 나를 드러내다보니 그들에게 상처를 줄까 그것이 두려웠다.

한때 남편이 나에게 권고했다. 우리가 죽고 나서 이 글을 발표하라고. 우리 집 내장과 창자를 모두 보여주는 것이 부끄럽다고. 그것은 사실이었다. 그러리라 생각했다. 그런데 사는 재미가 없어졌다. 글을 쓰고자 할 때는 매사가 흥미롭고 관심을 가질 수 있었는데, 쓰는 일을 하지 않으니 관심도 없어지고 사는 재미도 없어졌다. 나는 남편을 설득했다. 우리 나이에 컴퓨터 하는 사람이 없다고. 우리 또래는 책을 좋아하지 않는다고. 그리고 눈이 아파서 책을 읽을 수 없다고. 친구들은 지금 항암치료를 받고 있고, 파킨슨병으로 차를 마실 수 없다고. 그냥 죽음과 함께 가는 세월 속에서 내 취미생활을 이해해 달라고. 그렇게 강제로 허락을 받았다.

그러나 내가 글을 써서 책을 낸다는 것을 시기의 대상으로 삼는 부류의 사람도 있었다. 나는 그들에게 미안했다. 그래서 나는 그들에게 나임을 밝힐 수 없었다. 그런데 그것도 자연스러운 현상이었다.

나는 부정적 에너지가 나에게서 나오면 치유하기 위해서 책을 읽었다. 그리고 나 스스로 서서히 치유하고 이해하는 마음을 가졌다. 나는 글을 써서 재능을 어찌해보겠다 해서 글을 쓰는 것이 아니었다. 원래 글재주도 없었다. 책을 좋아했고, 그 누구의 스토리라도 즐겼다. 누군가 자기 얘기를 하면 그 이야기에 빠졌다. 나는 장미가 꽃을 피우면, '아! 아름답다.' 그것으로 끝이다. 지나가는 사람들이 장미의 향기를 맡지만, 장미는 꽃을 감상하는 사람들을 위해서 피어나지 않는다. 그것은 스스로 피어날 뿐이다. 나도 장미처럼 그러기를 바라는 것이다.

*

1998년 12월 초.

큰딸 진이가 학교 문제로 복잡한 심경에 빠졌다. 그에 대한 실망, 기대 등…. 내 친구들의 자녀들은 모두 훌륭했다. 내 딸은 그들에 비해 뭣이든 부족했다. 공부도 부족하고, 생각도, 그리고 마음 씀씀이도 그랬다. 첫째는 뭐든 열심히 하지 않았다. 나는 그것이 못마땅했다. 내가 학교에 다니던 시절, 학생들은 정말 열심히 했고 하려 했던 마음이 강했다. 공부든 뭣이든. 그런데 내 딸은 매사에 최선을 다하지 않는 것이 나를 괴롭혔다. 그러나 모든 것이 부모의 헛된 욕심으로, 자식을 괴롭히는 것일 수 있을 터였다.

오늘 진이는 중요한 대화를 했다. 그에게 정신적인 깨우침이 일어나고 있는 것인가? 여하튼 그는 나에게 말했다. 오늘이 그날이고 내일이 그날이듯 그는 안개 속을 거니는 사람처럼 생활했다. 그런데 갑자기 점심식사를 함께하면서 행정고시에 도전해 보겠단다. 그전에는 공무원이 싫었지만, 지금은 권력과 지위와 위치가 마음에 든다고. 나는 그의 마음이 어디가 진실인지 모르겠다. 아니면 집안의 내력인가?

시댁에 처음 시집갔을 때, 시동생이 다섯이었다. 남편이 첫째였다. 남편이 행정고시에 합격한 사람이라 그런가, 모든 동생이 형처럼 고시를 목표로 했다. 둘째 동생만 처음부터 사업 쪽으로 갔다. 셋째는 행시 쪽을 계속 도전했다. 그리고 계속 낙방했다. 넷째는 법대를 지원했고, 법대에서 사시 쪽을 겨냥했다. 막내는 처음부터 고대 법대를 목표로 했다. 내가 봤을 때 공부가 턱 없이 부족했는데도 그곳을 지원했다. 재수, 삼수, 그러나 마지막은 지방대 국립대도 들어가지 못했다. 간신히 지방 사립대 법대에 입학했다.

나는 그들이 안타까웠다. 분수를 몰랐다. 욕심만 많아서 모두 형과 같아지겠다는 생각만 했다. 남편은 정말 진실했고 매사에 열심히 최선을 다하는 사람이었다. 나는 그 점이 훌륭하다고 항상 칭찬했다. 시동생들은 착하지만 최선을 다하는 것이 부족해 보였다. 그것이 못미더웠다. 그리고 모두 계속 낙방했다. 그런데 막내 시동생이 사법고시를 한다고 10년 동안 허송세월로 보냈다. 그의 나이가 사십이 넘어갔을 때 나는 답답했다. 시어머니는 시동생들에게 형이 돈 대주기 싫어서 못하게 한다는 말로 우리를 괴롭혔다.

나는 시동생이 사회의 낙오자로 전락해서 스스로 못 쓰는 사람이 되면 어떡할까 생각했다. 그래도 사십이 넘어 어떻게 타협점을 만들어서 그냥저냥 살아가면서 나름 잘 살아가는 것이 고마웠다.

이런 가족의 내력을 생각했고, 그래, 내가 이제까지 큰딸에게 속으면서(기대가 낮아지는) 살아왔는데, 앞으로 더 많이 속을 것인데, 그냥 믿어주자 생각했다. 진아가 큰 뜻을 가지고 사는 것은 좋은 일이다. 그것이 부족하더라도, 다른 제2의 길이 생길 수 있다. 부모의 욕심을 버리자. 그리고 진이를 열심히 믿어주자. 속는 것이 나쁜 일이 아니니까.

옆집 황 씨 때문에 속이 상했다. 그동안 서로 의가 상하지 않고 잘 지냈는데, 갑자기 그가 간사해졌다. 새로운 친구가 생기면 그런 것인지? 여하튼 나는 황 씨가 10년 동안 하지 않던 행동을 하니까 당황스러웠다. 함께 운동하는 다른 친구에게 굉장히 호의적이면서 나를 밀쳐내는 행동이 우스꽝스러우면서 혐오스러웠다. 나이 든 사람이 어린이 같은 행동을 하다니…. 지역적인 어떤 경향일까? 아니면 원래 태생이 그런 걸까? 아이고, 모르겠다. 나는 내 철학대로 살련다.

가는 사람 잡지 않고, 오는 사람 막지 말자. 이것이 내 철학이다. 황씨가 간사하거나 말거나 나는 내 자리를 지킬 뿐이다. 빨강색이 파랑색으로 변할 수는 없을 것이다. 나를 밀치든 말든, 감정의 변화가 일어나지 않아서 다행이었다. 헛된 감정에 사로잡혀 참을 수 없는 일이 일어나면 내가 힘들 텐데, 나를 밀치든 헐뜯든 그것에 무관심해지는 것에 나 스스로 감사했다. 모진 비바람에도 묘지에 서 있는 비석이 그대로 서 있듯이, 나도 그 자리에 서 있을 뿐이었다. 흔들리는 것은 간사한 인간의 마음일 뿐이었다. 나는 비석처럼 변화하지 않으리라.

다시 진이에게 10년의 계획을 세워주자. 큰 뜻을 이루도록 도와주자.

*

1998년 12월 초.

나는 지금이 인생의 전성기 두 번째라 생각했다. 새로운 각오로 새롭게 내 인생을 창조해야 한다고. 마음이 느슨하면, 편안하기는 하지만 나태한 생활에 젖어 매사를 귀찮고 거부하면서 생활의 리듬을 깼다. 이럴 때 마음을 새롭게 다잡으면서 머리를 흔들었다. 시간을 아껴야 한다. 그리고 시간을 꼼꼼히 체크해서 공부에 심혈을 기울여 마지막 학위를 통과해야 한다. 그리고 기도해야 한다. 내 마음이 흐트러져서 공부에 대한 열정을 식혀서는 안 된다. 오전에는 운동을 하고, 오후 5시까지 도서관에서 공부를 한다. 저녁에 빨래, 청소, 식사준비, 다림질까지 마무리 하자. 이제부터 날마다 시간표를 짜서 시간을 허비하지 않도록 노력해야 한다는 것을 마음에 새겨두자.

큰딸 J는 다시 마음이 오락가락했다. 우리는 J가 착실히 공부하고 자기 길을 찾기를 원했다. 그러나 J는 우리의 마음과 달랐다. 그는 공부와 상관없는 것에 더 관심이 많았다. 그럼 차라리 예술계로 가든지 할 것을, J는 마음이 왔다 갔다 했다. 나는 또 다른 헛된 욕심을 가졌다. 공부가 싫으면 예술계로 가라고. 그리고 또 다른 길을 만들어 보자고. 유학이라도 보냈으면 좋겠지만, 그것은 우리와 먼 길이라고. 나는 J가 진정한 길로 나아가기를 기도했다. 그러나 그것은 단지 부모의 마음 일 뿐이었다.

마음의 짐들이 부정적인 에너지로 다가왔다. 딸의 길이든, 나의 길이든 전부 투명하지 못했다. 앞길이 계속 불투명해서 안개 속을 거니는 모습이었다. 주변의 흐름은 맑고 깨끗하지 않았다. 묵은 때가 달라붙듯이 계속 나를 따라왔고, 그것은 괴로움과 추악함으로 변해서 나에게 붙었다. 인내하자. 전부 지나갈 일이다. 긍정적인 마음을 가지자. 틀림없이 부정적 에너지가 물러갈 것이다. 그것이 최선임을 이해하자.

날씨가 따뜻해졌다. 개나리꽃, 목련꽃, 벚꽃이 한창 무르익어 온 천지가 꽃밭이 되었다. 그래, 오늘이 2018년 4월 3일이었다. 그런데 내가 쓰고자 하는 글은 써지지 않았다. 나는 당분간 글을 쓰고 싶을 때까지 기다려야 할 것 같았다. 날씨 탓일까? 아니면 내 안의 응어리가 사라져서 일까? 과연 내가 쓰고 싶은 것이 나타나기는 할 수 있을까?

*

1998년 12월 중순, 외할머니가 돌아가셨다.

외할머니는 90세가 넘었다. 키는 물론 몸도 작았다. 한국인의 토종을 상징하는 몸체였을 것이다. 그는 하얀 틀니를 내밀었고 머리엔 하얀 수건을 썼다. 하얀 천으로 만든 치마저고리를 입었고, 겨울엔 하얀 명주천으로 목을 감았다. 목소리는 가냘펐다. '여이~. 야이~.' 하며 상대편을 불렀다. 그 작은 몸으로 어떻게 장성만한 팔남매를 낳고 키운 것이 신기했다. 자식들은 하나같이 장대만 했다. 외할머니의 몸은 자식들의 절반이었다. 그는 조그만 했고, 목소리도 작았다. 궂은일도 발 벗고 나서 일했다. 그러나 외할머니가 하는 일은 작아서 보이지 않았다. 목소리는 살금살금 기었다. 몸체도 작아서 그가 걸어도 걷지 않는 것처럼 보였다.

내가 어렸을 때가 기억 났다. 나를 외할머니가 포대기로 업었으니 나는 아주 작은 애기였을 것이다. 추운 겨울, 내가 아파서 까무러쳤던 것인지, 외할머니가 나를 업고 자갈밭을 달리고 있었다. 등에 업힌 내가 땅을 보니 강바닥의 돌이 보였다. 외할머니는 입으로 뭔가를 중얼거렸다. 바람은 차서 내 머리 위를 덮개로 뒤집어 씌웠고, 그 틈새로 나는 외할머니가 걸어가는 땅을 봤다. 분명 외할머니는 나를 용한 한방 의원으로 데려가는 중이었을 것이다. 그 후 나는 의식이 없어 아무 생각이 나지 않았다.

외할머니는 외삼촌과 내가 시골로 오면 호롱불에 밥을 다시 해서 뜨거운 밥을 먹였다. 우리가 다시 도시 우리 집으로 간다하면 머리에 무엇인가 바리바리 싸서 무겁게 이고, 기차역까지 손을 잡고 바라다 주었다. 그 전에 우리는 새벽에 일어나서 외할머니 소리를 들어야 했다.

- 여이~ 어서 일어나라.
- 날 다 샌다.
- 아이구, 기차 놓칠라.
- 빨리, 밥 한술 뜨고 가야지.

우리는 평생 그 소리를 들었고 그 소리 속에서 살았다. 나는 할머니가 돈을 이리저리 움직이는 걸 본 적이 없었다. 그는 항상 손이 물에 젖어 있었고, 앞치마를 입고 있었다.

- 여이, 밥을 많이 퍼라.
- 영월댁도 밥 먹고 가라.
- 누구네도 밥 먹고 가라.
- 사랑에 고구마 갖다 줘라.

그는 먹어라, 줘라, 더 줘라, 그라면 안 되니라 하는 작은 소리만 냈다. 그의 소리는 모기처럼 작았고, 그 소리는 이쪽과 저쪽으로 왔다 갔다 했다. 그는 돈을 몰랐다. 그러나 시골에서 사람들은 돈이 없으면 빨강 양철집으로 왔다. 동네 사람들은 그렇게 할아버지에게 학비를 빌렸고, 때거리가 없으면 할머니는 솥에서 밥을 퍼서 먹였다. 벼의

창고는 나무판으로 일에서 십까지 번호가 새겨졌다. 일번 널빤지를 열면 벼가 가득 했다. 지붕 아래까지 꽉 찼다. 나는 그것이 뭘 의미하는지 몰랐다. 외할머니는 그냥 시골 양반일 뿐이었다. 건너 마을 잔치가 생기면 온 동네 사람들이 그 집으로 달려갔다.

눈발이 휘날릴 때, 많은 잔치가 벌어졌다. 어느 날은 결혼 잔치가 열렸고, 또 어느 날은 갑자기 동네 사람이 죽어 상여를 메고 갔다. 어하 딸랑 하는 소리로 처량하게 온 동네를 울음바다로 몰고 가는 죽음의 길도 겨울에 많이 일어났다. 외할머니는 외손녀인 나를 데리고 잔칫집으로 갔다. 잔칫집에 가면 외할머니랑 나는 한상을 받았다. 부침개, 잡채, 떡, 한과 등을 큰 상에 차려서 우리 방으로 들어왔다. 거기에는 국수가 꼭 한 그릇씩 나왔다. 그 상은 내가 다 먹을 수 없었다. 나는 수건에 내가 먹던 것을 싸서 이모에게 가져다 줬다. 외할머니는 막내아들을 사랑했다. 마흔다섯을 넘겨서 낳은 아들이었다. 그 아들은 나랑 동갑내기였다. 막내 외삼촌은 순둥이였다. 그 위 막내 이모는 악둥이였다.

악둥이 이모는 늘 엄마를 이겼다. 그 이모는 욕심이 많았다. 매사에 불평했다. 순둥이 삼촌은 매사에 순응하며 조용히 살았다. 이미 다 큰 이모와 삼촌들은 출가했고, 각자 살기 바빴다. 나이든 외할머니는 악둥이 이모를 어찌할 수 없었다. 악둥이를 살살 달래서 집안일을 시켰다. 순둥이 삼촌은 우리 집에서 학교에 다녔다. 악둥이 이모는 수시로 엄마를 졸라 돈을 요구했다. 엄마는 몰래 돈 대신 쌀을 퍼줬다. 외할아버지에게는 비밀이었다.

동네 한 가운데로 상여가 가면 온 동네 사람들이 상여 뒤를 따라갔다. 앞에서 구성지게 부르는 상여 노래는 모두를 울렸다. 상여가 가는 사람을 따라, 동네 사람들은 상주처럼 울었다. 나는 어렸지만, 그들처럼 슬프게 울었다. 부모가 일찍 죽어 상주가 어리면 모두 더 슬프게 울었다. 나도 애기 상주를 보면 더 슬퍼서 눈물을 많이 흘렸다. 상여 가는 날은, 가는 눈발이 바람에 휘날렸고, 산자락엔 눈이 쌓인 날이 많았다. 그래서 춥고 더 슬펐다.

외할머니는 우리 아버지(큰 사위)가 두부를 좋아한다고 수시로 두부를 만들어서 우리 짐 속에 넣었다. 반듯한 두부를 딱딱하고 찰지게 만들어서 몇 덩이로 나누어 보따리에 함께 넣었다. 두부가 쉴까봐, 겨울 내내 먹으라고 겨울에만 만들어서 보냈다. 이 글을 쓰고 있는 지금, 갑자기 돌아가신 외할머니가 내 눈에 보였다. 하얀 옷을 입고, 두부를 머리에 이고, 추운 신장로의 거센 바람을 맞으며, 기차역으로, 우리를 데리고, 새벽에 어두운 길을 뚫고 '기차 놓칠라. 어서 서두르라.'라며 빠르게 걸음을 옮기는 것을.

내가 소속된 학회에 참여했다. 나는 아직도 학문의 체계가 잡히지 않아 오리무중이었다. 핵심파악이 어려웠다. 나의 문제가 명확하지 못했다. 내가 지금 학문의 바른 길을 가고 있는지 걱정이었다. 발표자들의 내용이 잘 들어오지 않았다. 핵심이 나타나지 않았다. 발표자에게 문제가 있는지 나에게 문제가 있는지조차 모르는 상황이었다. 나는 새로 온 낯선 교수들과 어울리지 못했다. 학회는 함께하지만 교수들과는 쉽게 어울리지 못했다. 같은 학교 선후배들이나 서로 잘 어울리지, 타 교수들은 서로 배타적인 경우가 많았다. Y 교수와 주변 강사들이 함께 토론했다.

- 구개음화 ㅅ과 ㄷ→ㅈ의 변화 시기 문제
- 음성학적으로 자리 문제
- 변화한 원인이 어디에 있는가?

많은 문제에 관심을 가졌다. 아는 교수들은 참가하지 않았다. 많은 노 교수가 물러나고 세대교체를 해서 학회가 낯설었다. 참가한 노 교수들도 그곳을 낯설어했다. 모두 마찬가지였다. 신입 회원들이나 구 회원들은 낯을 익히는 연습을 먼저 해야 할 거 같았다.

*

관가(官街)에 '미래'가 사라졌다.

신문에 나타난 커다란 제목이었다. 지난주 '적폐(JP) 지수 공포, 공무원 짓누른다'라는 기사를 쓰면서 판이해진 EPB 공무원들의 요즘이 안쓰럽다. 이 정부도 정부 부처마다 토론도 하고 회의도 많이 연다. 하지만 대다수 공무원은 지금 하는 일이 언제든 '적폐'로 몰릴 수 있다며 전전긍긍한다. 그래서 이들은 문제가 안 될 일, 지시가 있는 일에만 나선다.

나라 밖을 돌아보면, 중국은 2025년까지 세계 최고의 제조업 국가로 우뚝 선다는 목표를 세웠고, 미국과 일본은 파격적인 기업 지원책으로 경제 부활을 본격화하고 있다. 이런 판국에 현 정부는 공무원에게 '적폐가 아니냐?'라며 눈을 부라리며 손가락질하고 있다. 공무원이 과거가 두려워 손을 놓고 있는 것은 개인은 물론 국가적으로도 큰 손실이자 비극이다.

이런 기사를 보면, 나는 속에서 끓어오르는 검은 덩어리로 가슴앓이를 했다. 이 나라가 어떻게 될지 걱정스러웠다. 좌편향적 정부! 그래 좋다. 그러나 나라를 죽이지는 말라는 것이다. 이 정부가 계속 공산당 쪽으로 가고 있다는 것이 불편하다. 자유가 없고 자기네 입맛에 맞게 지나치게 가는 것은 문제가 있다는 것이다. 여론 조사할 때, 현 정부의 지지도를 전화로 물었다. 전화 받는 자가 50대 이상이면 끊었다. 젊은 층에게만 물었다. 그리고 통계를 냈다. 현 정부의 지지도가 70% 이상이라고. 그 방법은 완전히 공산당의 수법으로 해석됐다.

나는 현 정부가 걱정스럽다. 『백 년의 지혜』의 주인공인 알리스 헤르츠좀머는 생각했다. 독일인들은 문명화되고 계층을 중시했으며, 대학 졸업자도 많았다. 다들 대학 교육은 고사하고 고교를 중퇴하고 싸구려 여인숙을 전전하던 협잡꾼이 나라를 이끌게 내버려 두지 않을 거라고 믿었다. 서른아홉 개의 주를 통합했으며 귀족적이고 고등교육을 받은, 존경받는 오토 폰 비스마르크를 이상적인 지도자로 꼽은 나라가 독일이었다. 사람들은 독일인들이 히틀러와 그 떼거리가 지휘하는 것을 참지 않을 거라고 확신했다.

그리고 알리스는 독일을 믿었고 프라하를 떠나지 않았다. 그러나 유럽의 많은 지도자가 히틀러의 악마 같은 천재성을 알아차렸을 때는 이미 너무 늦어버렸다. 결국 영국 수상과 프랑스 수상은 체코와의 협정을 어기고 히틀러가 체코를 합병하는데 동의했다. 그렇게 양국

수장은 체코의 민주주의를 나치 독재자에게 갖다 바쳤다. 그 후 주인공은 유대인으로, 테레진 수용소에서 평생 공포로 살았고, 최고령 피아니스트이자 홀로코스트의 생존자가 되었다.

나는 히틀러에 대해 의구심이 일어났다. 그렇게 독일인이 똑똑하고, 이성적이며, 합리적인 국민인데, 어째서 악마인 히틀러에게 지휘권을 주었을까? 그러다가 지금 우리나라 사람들이 얼마나 똑똑한지 고민했다. 인터넷 강국이니 뭐니 하면서 말이다. 그런데 요즘 돌아가는 풍경 중에 달갑지 않는 부분이 많았다. 이 정권은 쓰기주의자지 경제를 살리는 주의가 아니라는 생각이다. 무조건 부자들을 죽이자. 그들의 돈을 뺏어서 서민에게 주자식의 흐름이 좋아 보이지 않았다. 삼성도 죽이자는 쪽에 섰다는 느낌? 그럼 국민은 손가락 빨고 살자는 것인지?

삼성을 죽이면 다른 나라는 얼씨구 춤을 출 텐데…. 중국, 일본, 미국 등은 너무 좋아할 건데…. 나는 대우 그룹을 정치계에서 죽였다는 생각이 크다. 새 정권이 살리고자 했다면, 왜 못 살렸겠는가? 삼성을 죽이자 하면 죽는 쪽으로 가게 되는데…. 우리 국민은 독일처럼 헛똑똑일지도 모른다. 나는 가끔 정치계의 흐름을 보면 두려움이 일어났다. 이 나라가 과연 어떻게 될지 걱정이었다. 국민들이 사탕발림에 현혹되지 말고 깨어나기를 빌 뿐이다. 그렇다고 내가 야당 쪽을 찬양하는 건 아니다. 그들 또한 어리석어서 그 정권이 무너졌던 것이다.

중국 시진핑은 헌법 개정을 했다. 국가주석 임기 제한을 철폐해 시진핑 주석의 장기 집권을 확정짓는 개정안이 11일 중국 전국인민대표 대회에서 99.8%의 찬성으로 통과됐다. 그 후 그는 국가주석의 연임 제한 규정을 철폐하는 헌법 개정안을 냈으며, 2,970명의 대표가 참여한 중국 인민대표대회(전인대)에서는 2018년 3월 17일 만장일치로 시진핑을 국가 주석으로 재선출했다. 그리고 국가 부주석으로 왕치산 전 중앙기율검사위원회 서기를 선출했다. 그는 시진핑의 오른팔로 불렸다. 왕 서기는 지난해 10월 중국 최고 지도부인 정치국 상무위원에서 물러나 은퇴하는 듯했으나 이날 국가 부주석으로 화려하게 복귀했다.

결국 시진핑은 시황제가 되었다는 것이다. 2기 임기는 2023년, 3월 이후 3기, 4기 집권가능성에 대해 그는 침묵하고 있으니 말이다.

러시아 푸틴 대통령은 1999년 러시아 대통령 권한대행으로 시작해, 제3대. 4대 대통령, 2008년부터 2012년까지 러시아 총리, 2012년에 제6대 대통령이 되었다. 그는 결국 2024년까지 총 24년을 집권해 러시아 현대사에서 스탈린 이후 최장기 집권의 역사를 쓰게 됐다. 그는 러시아 패권주의로 과거 사회주의 체제 수장이었던 소련의 영광을 재현하는데 초점을 두고 있는 것으로 분석된다.

'문 대통령의 호남지지율 90%넘었다'는 기사를 보면 나는 한국이 무섭다. 이 나라도 중국과 러시아같이, 아니면 북한 공산당처럼 되고 싶어 안달이 난 정부 같아서 말이다. 우리는 자유 민주 국가이기를 바란다. 이 나라가 어떻게 살았으며, 어떻게 만들어졌는지, 우리 국민은 잘 알고 있다. 나는 진정으로 이 나라를 공산당이 장악하여, 북한과

공조하며, 공산주의를 외치는 이들이 침입하는 제2의 6·25 사변 같은 사태가 생기지 않기를 바랐다.

이 나라에 다시 이순신 장군, 세종대왕, 박정희 대통령 같은 사람들이 한번 더 태어나주기를 빌 뿐이다. 그리고 모든 국민이 깨어나서 진실을 찾기를 빌 뿐이다.

나는 사회가 복잡하고 마음이 시끄러워지면, 책을 읽는다. 이번엔 오쇼의 『장자, 도를 말하다』이다.

- 한 가지 기본적인 사실을 언제나 기억하라. 자연 이상의 것은 없다. 자연보다 나은 것은 없다. 자연이 곧 전체다. 따라서 그대는 그대 삶의 문명화된 형태로부터 탈출해 자연과 본성의 흐름에 뛰어들어야 한다.
- 존재하라. 일들이 그냥 일어나게 하라. 누군가 그대를 존경한다면, 그것 역시 그의 결정이지 그대의 관심사가 아니다. 다른 누군가의 기대를 충족시켜 주기 위해 그대는 이곳에 있는 것이 아니다.
- 그대가 여기에 있는 것은 그대 자신의 존재를 실현하기 위해서다. 그것이 바로 종교의 모든 것이다. 종교의 시작이자 끝이다. 그대 자신의 존재를 충족시키기 위해서 그대는 여기에 있는 것이다. 그것이 그대의 운명이다. 그것으로부터 멀리 벗어나지 말라. 어떤 것도 그것보다 가치 있는 일은 없다.

*

2018년 4월 11일, 미국에서 친구가 왔다.

친구 H는 나에게 전화했다.

- 친구야, 나 미국에서 왔어.
- 너 언제 미국 갔는데?
- 1월 9일.
- 갔다가 온 거야?
- 응.
- 만나야지. 이번 주 수요일 쯤 점심 먹자.
- 그래.

우리는 교대 전철역에서 만났다.

- 야, 너 멋져졌다? 머리도 우아해지고 옷도 멋진데? 미국물이 좋은 거냐? 여하튼 저번보다 멋져졌다?
- 작년에는 몸이 많이 아팠잖아. 그래서 그랬지. 지금은 몸과 마음이 편해서 그래.
- 너 뭘 먹을래?
- 이번에는 내가 사야지. 날마다 너만 사면 되겠니?
- 그래, 너 우아한 사모님인 걸 보니 경제가 좋아진 거 같아. 맛있는 거 먹어보자.
- 전철역 쪽에 자연별곡 있는 거 같더라. 거기로 가자.
- 그래.

우리는 음식점으로 갔다. 사람으로 가득 차 있었다. 대기번호가 길었다. 우리보고 2시간은 기다리라 했다. 메뉴는 뷔페였다.

- 야, 그냥 나가자. 우리 나이에 많이 주어도 먹지를 못해. 소화도 못시키고. 거기에 2시간을 기다리라니.

우리는 근처 강남식당으로 들어갔다. 주 메뉴는 갈비찜이었다. 소자가 삼만구천 원이었다. 좀 비쌌다. 그는 얼른 갈비탕을 시켰다. 나도 따라 시켰다.

그는 20년 동안 미국에서 살았다. 그리고 작년에 한국으로 돌아왔다. 이번에 다시 미국 갔다가 다시 돌아왔다. 그는 캘리포니아 주도 새크라멘토에서 살았다. 그곳에 아들과 딸이 살았다. 처음에 그의 친정 식구들이 이민 갔다. 그곳에서 아들이 유학했다. 아들이 대학 졸업할 때, 친구 남편은 공무원 생활 20년을 채웠다. 그는 연금을 받게 되자 조기 퇴직했다. 그리고 아들 곁으로 갔다. 처음에 미국에 간 친구는 샌드위치 가게를 했다. 그 친구는 여동생이 많았다. 그들은 언니 가게를 넘봤다.

친구 남편은 성실했지만, 인색했다. 친구는 후덕하지만 결혼 초년부터 친정 식구들의 더부살이에 지쳐서 힘들어했다. 그의 친정어머니는 욕심이 많았다. 에너지가 넘쳐흘렀다. 항상 맏이인 내 친구를 들고 흔들어댔다. 우리가 어렸을 때도 그의 어머니는 자기 딸을 어찌해보려고 초등학교 담임선생들에게 치맛바람을 날렸다. 그 친구는 그런 어머니를 싫어했다. 그는 초등학교 때 수시로 자리를 비웠다. 그는 시간만 나면 사라졌다. 그는 조그만 만화가게에서 몰래 만화를 봤다.

그의 어머니와 내 친구는 항상 쫓고 쫓기는 삶을 살았다. 그는 여동생이 4명, 남동생이 2명이었다. 내가 그네 집을 갈 때마다 동생이 한 명씩 늘어났다. 여동생들은 모두 예뻤다. 짙은 쌍꺼풀에 갸름한 얼굴, 이국적인 모습에 하얀 피부. 그의 여동생들은 참 아름다웠다. 어머니는 애들에게 열심히 공부시키려 애를 썼다. 그러나 집안은 계속 기울어져 내가 갈 때마다 집이 작아져 이내 셋방살이로 변했다. 그의 아버지는 처음에는 지프 차를 끄는 멋진 장교였고, 그 다음엔 한없이 넓은 포도밭 주인이었다. 그 후 작은 포도밭 주인이 되었다.

그러다 어느 날 미국으로 가버렸다. 친구가 결혼할 때, 나는 그의 신랑감이 싫었다. 친구는 말했다. 자기 집이 너무 가난해서 자기는 결혼할 수밖에 없다고. 친구의 결혼 생활은 팍팍했다. 방한 칸에 사는데, 친정 식구들이 수시로 더부살이를 했다고. 그 후 우리는 연락이 두절되었다. 나는 나대로 삶에 충실했고, 친구는 친구대로 사느라 바빴다. 15년이 흐른 후, 어느 날 그는 우리 학교(대학교) 조교에게 물어서 나를 찾았다. 그렇게 연락이 되어 다시 만났다. 그는 이제 자리를 잡았다. 기반이 잡혀 탄탄했다. 나는 그때 막 자리를 잡아보려고 노력하던 시절이었다. 이미 그는 아들을 유학시켰다. 그의 남편이 공무원이라 자기는 책 가게를 해서 돈을 벌었다.

- 야, 너 책을 그렇게 좋아하더니 책가게를 하면서 책을 실컷 즐겨보고 빌려줄 수 있어서 좋겠구나. 돈도 벌고 너 좋아하는 거 하니 성공했다.
- 내가 벌지 않으면 우리 집 생활비가 없어. 월급은 몽땅 학비로 들어가서. 우리는 과일 한 번을 못 사먹어. 결혼해서 내가 좋아하는 포도도 한 번 못 사먹었어. 남편은 돈에 관해서만큼은 짠돌이야. 돈을 아끼는 것을 제일로 해.

그는 어릴 때부터 포도밭 딸이라 포도를 즐기며 컸다. 우리가 중학 시절 그의 집에 갔을 때 어머니가 갖다 준 포도를 먹었다. 나는 한 알 한 알 따서 포도를 먹었는데, 그는 포도송이를 들고 옥수수처럼 먹어치웠다. 나는 깜짝 놀랐다. 기계가 알맹이를 먹고 씨를 빼내는 모습처럼 보였다. 그런 친구가 과일을 먹지 않고 살았다니. 그는 그렇게 절약하며 애들 교육시키고 열심히 살았다.

다시 몇 년 후 그는 나를 만나자 했다. 그때 그는 미국으로 이민 간다 했다. 그가 이민 가서 몇 년 있다가, 또 그는 한국으로 와서 그의 딸이 결혼한다고 연락했다. 그때 만나고 이십 년 후 다시 한국에 와서, 작년에 만났다. 그는 말했다.

- 나 한국으로 돌아왔어. 이제 한국에서 살 거야.
- 애들은?
- 미국에서 살고. 거기서 이혼한 딸을 공부시켰고, 외손자를 키웠어.
- 그랬구나. 장하다, 너. 나는 작은딸이 결혼을 안 해서 이제까지 속을 썩인다구.
- 속 썩일 거 없어. 결혼한다고 다가 아니더라구. 우리 작은 동서 딸이 결혼했어. 그런데 그 딸이 일 년 만에 이혼하고 돌아왔지. 그리고 그 착한 동서가 그 딸 때문에 가슴앓이를 하다가 죽었어. 그래서 밑에 시동생이 나를 보며 울었어. 우리 형수님은 이혼한 딸을 데려다가 공부시키고, 그네 애까지 10년을 키우며 이렇게 살았는데 왜 죽는지 모르겠다면서 울더라고.
- 그랬구나. 그래, 결혼시킨다고 해결되는 게 아니구나. 야, 그런데, 너 저번보다 멋져졌다? 우아해졌어.
- 그때는 내가 많이 아팠잖아. 귀 잘못 수술로 입이 삐뚫어진 것도 제자리로 오고 말이야. 수술 후 마비가 와서 왼쪽을 움직일 수 없었고, 씹을 수 없었어. 그런데 내가 일부로 왼쪽으로 씹으려고 노력했더니 차츰 몸이 풀리면서 제자리

로 돌아왔어.

- 다행이다.
- 새크라맨토는 캘리포니아의 주도야. 한국인이 많이 살아. 그런데 그들은 70년대 들어온 사람들이야. 그들은 옛날 사고방식에 젖어있어. 아직도 동사무소에 들어가서 돈을 찔러줘야한다고 생각하는 사람들이야. 한국인이 만 명쯤 돼. 그들에게서는 이질감이 들어. 그들은 밑바닥을 사는 사람들이야. 그들과 어울리면 나도 그렇게 살아줘야 해. 나는 한국에서 입는 옷과 거기서 입는 옷이 달라. 군인으로 입대했던 사람들이 많아. 그들은 교육수준이 낮아. 최고가 중학교니까. 그들은 미국에 산다는 것만으로 우월감을 느껴. 더욱이 미국에서 골프를 치고 산다며, 스스로 자부심을 느끼지. 서울에서는 골프를 비싸서 못 치지만, 그곳에서는 1만 5천 원에서 2만 원이면 퍼블릭을 칠 수 있으니까. 괜찮은 거야.
- 그들과 대화가 안 맞아. 그냥 그곳에서는 가만히 있어야해. 친구는 못 사귀어. 그들은 어느 지방 사람이냐고 물어보고 그들끼리 똘똘 뭉쳐서 살아. 다른 지방 사람들은 또 밀치지. 교회에서 고향이나 정치 성향을 물으면, 그런 얘기하지 말라고 남편이 외치지.
- 딸애는 처음에 지 아버지를 욕하고 푸념을 많이 했어. 그러다가 아버지 같지 않은 멋진 사람과 결혼했는데, 살다보니 그게 아닌 거야. 아버지처럼 짠돌이로 사는 것이 옳은 거지. 신랑처럼 환상적으로 멋지게 살았는데, 그것이 어느 날 펑하고 터진 거야.
- 90세인 시아버지는 4급 장애로 도우미가 도와주고 있는데, 혼자 살아. 시어머니는 고관절로 요양원에 계셔.
- 새 시어머니가 낳은 자식은 몇 명이야?
- 세 명.
- 그럼 잘 모시겠네.
- 우리 아버님은 큰아들만 제일로 쳐. 경비는 우리가 대지.

- 그래도 넌 미국에서 성공했다. 네 딸 MBA 마치고 큰 회사 다니고, 아들은 컴퓨터 박사로 회사 잘 다니면 됐지. 손자 키우느라고 너도 고생했고. 장하고 훌륭하다.
- 이번에 미국 갔더니 손자 키가 더 컸더라고. 키가 170㎝야. 중 3인데. 가을이면 고등학생이 되지.
- 다 키웠네. 미국에는 왜 갔어?
- 우리 엄마 돌아가신지 2주기라서. 여기 사진 좀 봐.
- 어디?
- 둘째 선이 올리온주 살고, 셋째 예가 컴퓨터 박사와 결혼해서 뉴욕에 살며. 막내 영은 선교사로 필리핀에 살아.
- 선교사가 힘들던데? 어떻게 살아?
- 우선 자기가 모금을 하고, 후원자를 모집해. 대개 집안 식구들이 해. 도와주던 교회에서 도와주기도 하고. 난 교회 가는 것이 싫어. 그것도 구속이라는 생각이 들어. 그런데 너 우리 아주 어렸을 때 네가 나에게 항상 주님을 믿지 않으면 세상이 망한다 했는데, 그 생각 아직도 있는 거니?
- 그때 교회 목사가 세상이 망한다고, 모두 안전한 제주도로 가야 한다 해서 많이들 갔어.
- 너네 이모 딸 숙이는 어떻게 됐니?
- 기독교 신자였다가 어려울 때 사이비 종교로 갔어. 그래서 서로 대화를 못해. 이념이 달라졌어.
- 이번에 미국 가서 친구와 미국여행 했어.
- 어떤 친구? 네 동창?
- 아니, 신림동 옆집 사람인데, 오래 전에 함께 살았던 사람이야. 서산 사람으로 문교부에 있었어. 우리는 서로 동질감이 있었고. 그 부인은 불교, 우리는 기독교를 믿는데, 서로 편안해. 그들과 30년 전에 이웃에 살았어. 고향도 같고, 아이들도 비슷하고. 이야기하면 사람이 편안해. 그 남편이 한 살 위고, 서

로 이념이 같으니까 좋아.

- 과거를 배제하면 안 되는 거잖아.
- 요즘 너무 공산화 되어가서 무섭다야.
- 푸틴이 지금 시진핑을 좋아한다잖아. 장기 집권할 수 있게 만들었다고.
- 지금 한국도 삼성 죽이기 하니까 무섭구나.
- 셋째 예가 우리랑 안 맞아. 서울대 진보파잖아.
- 우리 엄마 집안이 6·25 사변 때 공산당 때문에 집안이 몰락했잖아. 그때 엄마가 사범대학 다니며, 외할아버지랑 장춘당 공원에서 테니스 치러 다녔는데, 공산당이 쳐들어와 모두 몰수했잖아.
- 정치가 너무 양극화되어 정말 걱정이구나. 적폐현상이 또 다른 전쟁사를 만드는 것 같아. 세상이 암적인 곳으로 변하는 것 같아 걱정이다.
- 너 요즘 뭐하고 사니?
- 내가 좋아하는 성악도 못해. 역류성 후두염으로 위산 억제제를 복용했는데, 그때 면역력이 떨어져서 많이 아팠어. 목소리가 안 나와. 눈은 노화로 40대 후반부터 난시가 생겼고. 그때부터 TV도 못 봐. 멀리 보면 피곤해져. 그래서 수술해서 수정체를 박았어. 난시 때문에 다시 안경을 써. 귀는 한쪽이 하나도 안 들려. 보청기를 껴야해. 눈, 코, 입 다 수술했어. 그래서 중요한 이야기를 못 들었어. 처음에 시아버지가 얘기하면 중요한 이야기라서 어떻게든 들으려고 '예? 예?' 했거든. 그러니까 남편이 왜 아버님한테만 가면 '예? 예?' 하냐고 하는 거야. 거기만 가면 감기가 걸리는 건가 하고 생각한 거지. 들리지 않는 것을 억지로 들으려하니까 더 힘들었던 거야. 딸이 미국에서 엄마도 공부하라고 커리큘럼을 만들어온 거야. 그런데 강의 소리를 내가 못 들어서 집에 와서 딸에게 그랬어. 나 그냥 이대로 살 거라고. 어렵게 안 살겠다고.
- 야, 이 사진 보니까 너희 엄마 생각난다. 대단하셨는데….
- 엄마 삶은 대하드라마다. 굴곡 많은 사람이야. 6·25만 없었어도 엄마는 행복했을 텐데…. 엄마가 아버지(외할아버지)와 테니스를 치고 행복하게 살았을 텐

데…. 6·25 사변으로 서울에서 많은 고초를 당했고, 집이 완전 망했어. 엄마는 1·4 후퇴 때 외삼촌 처갓집으로 피난 왔어. 거기서 아버지를 만나 보름 만에 결혼했고, 이모는 한 달 만에 결혼했지. 엄마는 피난민 시집살이를 오래 했어. 6개월이 모자라 졸업을 못한 거지. 엄마는 공산당이 무서워서 서울을 못 간 거야. 고모는 이대를 다녔고, 아버지는 홍익대를 다녔어. 그때 엄마도 사실은 대학생이었는데 말이다. 고모는 엄마에게 뜨거운 물, 찬물을 요구하며 가져오라고 시켰고, 시댁 종살이를 많이 했어. 외삼촌도 결국 의용군으로 끌려갔다가 간신히 다시 국군으로 돌아왔어. 롯데 호텔에 외할아버지 땅이 있었고, 잘 살았는데 6·25로 망한 거지.

- 엄마는 아들을 달달 볶는 형이야. 물론 딸도 달달 볶는 형이고. 당신도 힘들게 살고. 엄마는 잔소리하고, 남과 비교하며 달달 볶았지. 사실 엄마는 20살에 결혼했어. 에너지가 많은 분인 거지. 엄마가 자식을 자기 틀에 맞추려고 애를 쓰는데, 맏딸인 나는 그런 에너지도 없고 그런 유형도 아니라고. 그러니까 부딪히고. 엄마 입장에서는 힘든 거야. 부작용이 많았지.
- 나는 너무 편한 사람이라고. 그런 사람에게 엄마는 나를 부비고, 욕심을 부리니까 둘 다 힘들은 거지. 내가 결혼해서까지 엄마는 자기식대로 내가 살기를 원하는 거야. 자기가 원하는 거는 내가 다 사주기를 원하고. 당신이 사고 싶은 것도 너무 많았어. 그러나 난 그럴 수가 없지. 대학 다닐 때 내가 사고 싶은 잠바를 샀어. 그런데 엄마 맘에 안 들어. 그래서 당장 엄마가 바꾸어 온 거 있지? 우리 엄마 때문에 나도 힘들었어.
- 나는 내 딸에게 잔소리를 일체 안 해. 엄마 때문에 내가 너무 힘들었거든. 만일 엄마의 잔소리대로 살았다면, 나는 아마 굉장한 사람이 됐을 거야. 나는 엄마의 욕심을 충족시키지 못한 딸이지. 내 딸이 이혼하는 큰일을 당했을 때, 내가 딸에게 잔소리하는 엄마였으면 함께 못 살지. 내 딸과 나는 사이가 괜찮았어. 나는 우리 엄마한테 질려서, 내 딸을 방목해서 키웠지.
- 계절에 따라, 내 딸이 옷을 상점에서 골라놓고 이거 어떠냐고 물으면 나는

무조건 좋다고 했어. 나는 딸이 원하는 대로 놔두는 형이야. 이혼하고 미국에 와서 공부한다하기에 오케이 했지. 머리는 있는데 한국에서 공부를 안 해서 많이 떨어졌거든. 다시 미국에서 공부하는데 열심히 했거든. 그때 제가 스스로 '엄마, 내가 이렇게 한국에서 공부했으면 서울대 가고도 남았을 거야.'라더군.

- 아들은 컴퓨터 박사과정 끝내고 논문을 못 썼어. 쓰기 싫다나? 그런데 지도교수가 회사를 차려서 학교를 떠날 때 내 아들을 데리고 나갔거든. 지금 그 지도교수가 차린 회사를 다녀.
- 야, 너 그만큼 했으면, 성공한 인생이야. 이렇게 한국을 수시로 왔다갔다 할 수 있으니 말이다. 이제 한국에 정착하려 하니 더 성공한 거지.
- 그래. 아들, 딸이 밥벌이 하고 삼십 평 아파트에 살고 있으니 나도 내 능력을 넘었다고 생각해.
- 그럼, 요즘 한국에서 뭐하고 사냐?
- TV는 못 봐. 눈이 아파서. 그리고 귀도 안 들리잖아. 그냥 책을 봐. 옛날에는 추리소설을 좋아했는데, 머리 쓰는 게 싫어서 요즘은 읽기 싫더라고. 연애소설 읽어.
- 예전에 내가 아프다하면 남편은 아프구나 할 뿐이었어. 뭘 몰라서. 내가 머리가 아파서 힘들어 하다가 서울대 병원 갔어. 거기서 머리 뒤 신경에 염증이 있다하더라고. 내가 신경만 쓰면 아파서 눕는 거야. 친정이 힘들게 하면 짜증이 나고, 스트레스 받고 염증이 더 심해지는 거야. 결국 수술을 했고. 수술 시간이 길어지니까 남편이 '내 아내가 죽을 수도 있겠구나.' 하고 생각했나 봐. 그때부터 내가 아픈 것을 이해하더라구. 수술할 때 보호자가 수술실로 불려 들어갔어. 수술하면서, 의사가 머리 신경을 잘라야 한다 하고, 다시 다리에서 신경을 잘라서 머리에 붙인다 하니 대수술이 된 거야. 그때부터 내가 아프다 하면, 나를 이해했어.
- 미국에 가서 식당을 했어. 샌드위치 가게를. 그런데 1년 만에 팔았어. 몸이 안

좋아서.

- 손해 많이 봤냐?
- 아니, 또이또이야.
- 그럼 됐네.
- 미국에 가서 우리는 이야기할 사람이 없었어. 한국에서 직장 다닐 때 내가 남편에게 물어보면 그런 거 알아서 뭐하냐며 말을 안 하고 살았어. 거기서 남편은 말할 사람이 없으니 나와 얘기할 수밖에 없는 거야. 그렇게 하다 보니 친구가 됐어. 지금은 영원한 친구가 됐어.
- 그래 미안하지만 너 결혼 할 때, 내가 네 남편이 마음에 안 든다고 했잖아.
- 집 식구들도 그랬어. 그런데 나는 입을 줄여야 했고, 가진 것도 없었잖아. 남편 집이 그만하면 좋다 생각했지. 남편이 시청에 다녔으니 굶지는 않을 거 같고. 교장 선생님 댁이니까 나에게는 충분하다 생각했어. 결혼하고 나서 살아가는 형태는 완전히 주종관계였어. 그 사람은 고생 한 번 안 한 사람으로 살았어. 그런데 이제는 남편이 나한테 고마워해. 당신이니까 참아준 거고, 그 덕분에 이렇게 잘 사는 거라고. 이제 사고 싶은 거 하고 살라고 말해줘. 우리 시동생도 형수님 같은 사람 없다면서 이번에 2박 3일 제주도 여행하라고 여행권까지 끊어주더라고.
- 그래, 너 참 훌륭하게 살았다. 마지막은 부부가 함께 사는 것이야.
- 지금은 남편이 말이 많아. 처음에는 가오 잡으려고 그랬던 거 같아. 일부러 세게 보이려 하고. 처음 만남을 주선해 준 친구 남편이 소개해서 나는 싫다했어. 그런데 다시 그 친구 남편이 나에게 한 번만 더 만나보라 하더라구. 친구 남편은 사업을 했는데, 그 일로 시청을 들락날락하면서 시청 직원을 알게 됐고 나를 소개한 거야. 그때 나는 유치원 선생이었고. 그러면서 그 친구가 진국이라 말했어. 그래서 다시 만났고, 지금까지 함께 살은 거지. 엄마는 80 넘어서 붓글씨를 쓰다가 가셨어. 엄마 유골은 뉴욕의 예네집에 있다. 엄마가 죽으면서 아버지랑 한국 땅에 뿌려달라 했고. 크리스마스 때 예네 집에서 모여

서 이렇게 사진을 찍은 거야.

- 그런데 어떻게 너희 부모가 미국을 간 거야?
- 아버지가 원래 책임감이 없어. 포도 농사짓다가 실패하면 혼자 도망가는 거야. 일 저지르고 도망가면, 엄마랑 내가 힘들게 사는 거지. 미국에서 고모가 초청한 거야. 미국까지 갔으면 농사를 잘했어야 하는데, 잘하지 못한 거야. 엊그제도 나에게 전화했어. 땅이 어떻고 하면서. 나는 강하게 부정했어. 안 된다고. 포도의 '포'자도 싫다고. 안 되는 거 알면서 포도에 집착을 하시거든. 당신 나이가 거의 90인데 웬 포도밭이냐구. 나는 팔팔 뛰면서 안 된다고 했어. 평생을 포도밭 뒤치다꺼리하다가 식구들이 죽는 거야. 아버지 때문에.
- 내가 결혼 후 시댁만 가면 머리가 아픈 거야. 신경 쓰니까 그런지. 남편은 왜 당신은 시댁만 가면 아픈 거냐며 나한테 짜증을 내고. 그런데 난 아프니까 아프다한 거고. 나는 시댁만 가면 이방인이 되는 거야. 나는 시어머니가 우리 남편의 친어머니가 아닌 것을 몰랐던 거야. 거기에 가면 나는 완전 파출부여. 부모가 옳은 줄 알고 무조건 시집살이 한 거지.
- 이번에 친정어머니 기일에 동생들과 아버지가 만나서 함께 기도하고 어머니 생각하며 조용히 기쁘게 보내는 것을 보고 남편의 가족관계가 달라졌어. 자기네 집안에서 벌어지는 일이 잘못된 것이라는 것을 아는 거여.
- 엄마가 돌아가셨을 때, 엄마가 80세 때 써놓은 유서 읽고, 찬송가 부르고, 목사님 말씀 듣고, 문상 없이 1시간 예배하는 것으로 장례를 마쳤어. 미국의 장례 문화는 편안해. 1주기 때는 목사님 모시고, 그때 고모부가 목사님이셨거든. 목사님 설교하시고, 엄마와의 추억을 이야기 하는 거야. 그것이 즐거운 거고. 식구 모두 화기애애 하게 즐기는 거야. 그때 남편이 이것이 진짜 가족의 모임이구나 하고 생각한 거지.
- 그래, 넌 모든 걸 참고 이겨냈다. 이제 남편도 너를 이해해주고 영원한 친구가 됐으니, 성공한 인생이구나. 참, 훌륭하다.
- 우리 동생들은 욕심이 많아. 분야도 틀리지만. 동생들은 모두가 남편을 잡아.

그래서 엄마가 항상 말했어. 넌 왜 바보같이 남편을 못 잡냐고. 남편한테 꼼짝을 못하냐고. 그래서 당신이 하고 싶은 욕심을 못 채우는 거야. 나는 일부러라도 남편이 무섭다는 의식을 보여주고 싶은 거야. 엄마가 욕심이 많아서 나를 달달 볶아서 당신 욕심을 채우려는 것이 싫어서.

- 동생들은 명품 가방에, 뭐에 모두 다 사보고 해봤는데, 언니는 어려우니까 못 해봤다고들 떠들더라고. 사실 나도 할 수 있는데…. 내가 가진 게 없으면서 하고 싶은 것을 넘칠 정도로 사는 것이 나는 싫어. 한국에서 샤넬 가방이 좋다고 누구도 사고, 고모도 사고, 동생들도 사고 했다고 남편이 들은 거야. 나에게 묻더라고. '샤넬 가방이 좋아? 하나 사줘?' 내가 '에레네스는 더 좋아.' 그랬더니 '하나 사 줄까?' 그러더라고.
- '내가 들고 다니면 사람들이 가짜라고 할 걸?' 그랬지. 어느 정도 그 가방을 들고 다닐만 해야 사람들이 인정한다고. 사람들이 나를 보면 '저거 가짜 들었네.' 한다고, 나는 내 수준에 맞게 사는 게 좋다고 했어.
- 그럼, 너 좋아하는 게 뭐니?
- 나도 가방, 지갑 등을 좋아하더라. 그래서 이제 나도 내 꺼 사자 하고 미국 다니면서 적당히 좋은 거 있으면 사는 거야. 내가 그런 것을 싫어하지 않았는데, 애들 키우고 하면서 그런 것에 관심을 두지 않은 거지. 이제는 남편도 사고 싶으면 사라고 해. 어떤 때는 면세점에서 나를 위해 내가 산다니까. 내가 어느 날 지갑을 좋아하더라고. 딸이 가끔 지갑을 사다 줘. 난 주면 좋다고 받아.
- 넌 어렸을 때부터 책을 좋아했는데. 다른 것은 모르겠고 네가 방 한 칸에서 신혼을 살았다면서 지금처럼 돈을 번 것을 보면 분명 너에겐 부동산에 대한 감이 있는 것 같다. 아니면 너에게 재복이 있던지. 재테크 하는 감이 발달한 거 같아. 너의 독서가 말하자면 예감을 잡는 어떤 것? 하여튼 느낌을 잘 잡아낸달까? 그런 것이 있는 거 같아.
- 그럴지도 몰라. 남자들은 무슨 일을 저지르지를 못해. 미국 갈 때 행당동에

집을 사 놓고 가려 했어. 그런데 집 파는 사람이 계약서 쓸 때 200만 원을 올려 달라는 거야. 남편이 화가 나서 그 자리에서 파기했어. 그리고 그 돈으로 파주에다 집을 사 놓고 미국에 갔어. 20년 후 이번에 집을 파는데 손해보고 팔았다니까? 나 같으면 그렇게 안 하지.

- 그러니까 너 때문에 부자된 거네.
- 우리가 신림동에 살다가 분당으로 간 것이, 내 기억으로 로또가 되듯이 돈이 된 거야. 분당 집을 팔아서 도곡동 집을 1억 5천에 샀어. 미국 들어가기 전에 딸도 집을 사줬어. 그리고 미국 갈 때 2억 4천에 도곡동 집을 팔고 가려 했는데, 노무현 시대라 그것이 안 팔렸어. 그리고 미국으로 그냥 갔어. 그 후 2003년인가 2004년에 집값이 올라 8억에 팔렸어. 그 집에서 돈을 떼어 논현동에 집을 사서 놓았어. 그런데 그 집이 재건축이 된 거야. 돈을 많이 냈지만 그 집이 15억이 된거구. 이번에 팔려고 했는데 세금이 반이라 이제 절대로 못 팔아. 나는 작은 집에서 살려고 그 집을 팔고, 작은 아파트를 봉천동에다 이미 분양 받았는데, 이렇게 세금에 묶여서 그냥 함께 가야 하더라구.
- 어쨌든 넌 대박난 거야. 넌 어떻게 여행비를 조달하냐?
- 딸하고 살다가 우리가 한국으로 왔는데. 딸이 동생에게 아들인 네가 부모를 모셔야 되지 않느냐고 물으니까 함께 못 사는 대신 한 달에 용돈으로 500불씩 통장으로 자동이체 해놓았어. 그리고 연금 이백만 원 이상 나오고 논현동 집에서 4억 6천에 160만 원 월세가 나와. 그래서 정 안 되면 논현집을 역 모기지로 먹고 살면 돼. 지금 월세 받는 것으로 우리가 작은 집에서 월세로 살고 있거든. 미국은 부자가 가난한 사람을 욕해. 그런데 한국은 가난한 사람들이 부자를 욕하고. 한국이 잘못된 거지. 미국은 겉에서 허술해 보여 그런데 속은 단단하지. 한국은 겉에 단단해 보여. 그런데 속이 허술해. 미국으로 가면서 일찍 주민등록을 말소시켰어. 미국에서는 연금을 못 받아. 국적을 상실하고 주민등록 65세 이상 때 다시 회복했어. 미국이나 캐나다는 돈 흐름이 조심스러워 잘못하면 세금폭탄 맞아.

- 너네 동생들 중에 누가 잘 살아?
- 셋째 여동생이 잘 사는데, 매일 죽는 소리를 해. 그래도 사는 거 보면 알잖아.
- 네 애들은 어때?
- 딸은 화끈해. 그러다 보니 말을 함부로 하는 경향이 있어. 나는 싫은 소리를 못하니까 남편은 내가 딸을 무서워하는 줄 알아. 며느리는 좀 앵앵거리는 편이야. 며느리는 가까이 하는 거 어려워. 앵앵거려서 힘들어. 그냥 멀리 있는 게 좋아.
- 야, 집집이 다 똑같다잖아. 206호, 306호, 706호. 1006호가.

우리는 육십 년 세월을 하루만에 정리하고 헤어졌다. 정말 세월이 빠르게 지나갔음을 깨달았다.

*

2004년 7월 24일, 북유럽 여행을 떠났다.

터미널에서 공항버스 리무진을 탔다. 아침부터 에어컨을 너무 강하게 쐬었다. 추웠다. 잠바를 걸쳤다. 인천공항에 9시 반에 도착했다. 대한항공 마일리지 카드를 작성했다. 공항 K~L 사이에서 미팅을 했다. 그곳에서 미팅을 한 사람들은 안내를 하는 사람으로, 푸른색 양복에 와이셔츠를 입은, 항상 그 자리에서 보던 사람들 같았다. 그들은 이제 빛바랜 사람들처럼 새롭지 않았다. 오히려 청색 계열의 낡은 옷이 왠지 궁색해 보였다.

이번 여행에 나는 동요가 없이 덤덤했다. 어렸을 때 느꼈던 가슴 떨림, 홍분, 뭉클함이 있어줘야 하는데 전혀 그러지 않은 것이 오히려 이상했다. 이것을 기뻐해야 하는가? 오히려 나 스스로가 당황스러웠다. 나는 어떤 떨림의 감정을 바라면서 주변 아는 사람들의 눈길을 찾았다. 그런데 공항에 올 때 느낄 거라 생각한 신비하고 환상적이며 아름다운 기분이 나타나지 않았다. 그저 일상적인, 항상 그 자리에 그렇게 존재했던 것처럼 보였다.

나에게 자신감이 생겼고, 당당할 수 있는 자존감이 내가 잘 견딜 수 있게 해주는 것이라 여겨졌다. 아마 내가 변한 것이리라. 아무렇지도 않게 하는 힘이 무엇일까? 경제력? 사회적인 역할? 가족? 나를 도와주는 주변 사람들? 그런 것들이 나를 당당하게 만들었나? 먼 과거에는 부족함이 많았고, 부끄럼이 많았으며, 당당함이 없었다. 그런데 지금은 자신감이 있다. 두렵지 않다. 앞으로 전진할 수 있다. 스스로가 씩씩함을 확인할 수 있었다. 그래. 나는 이렇게 계속 앞으로 나아가면 될 것이다.

공항에서 비행기를 탔다. 비행기 좌석에 앉아 책을 폈다. 책의 제목은 『錢王』이었다. 그 책에서 독서를 할 때는 행동을 품위 있게 하고, 부끄러움을 알며, 신중한 언어 습관과 조심성 있는 태도를 가지라고 강조했다.

> 사업가는 처세술에 밝아야 한다. 돈 버는 방법을 연구해라. 독서를 많이 하라고. 혼자서 모을 수 있는 재물에는 한계가 있다. 전왕이 되고 싶으면 다른 사람의 손을 빌려라.
>
> 일본의 유명한 기업인 마쓰시타는 믿음으로 사람을 대한다. 그리고 침체기가 오면 정리 해고를 권유한다. 그러나 감원은 하지 않고 믿음으로 반일 근무제를 채택했다. 월급은 전일제와 동일했다. 중국의 왕치는

인재만 있으면 사업은 충분히 반전한다고 했다. 어질고 현명한 인재 초빙은 성실한 태도로 신의와 신용을 최고로 해서 초빙했다. 그는 군자금을 지급해서 그 시대에 신용과 명예를 얻었다.

책을 읽은 후, 나는 친한 친구에게 물어보기로 했다.

'너는 어떻게 임대업을 했니? 세금은 어떤가? 임대주택을 팔면 어떻게 되는가? 양도소득세는?'

2004년 7월 25일.

우리는 헬싱키 Laidson 호텔에서 묵었다. 기온은 20℃였지만 날씨는 쌀쌀했다. 호텔 앞에는 넓은 호수가 보였고, 산책로가 넓게 펼쳐져 있다. 호수는 넓고 컸다. 멀리 검은 점이 움직였다. 조금 있으니까 한 여자가 수영을 하며 우리 쪽으로 오고 있었다. 이렇게 물이 찬데 수영을 하다니? 이곳은 분명 여름이었다. 길가에 들국화가 아름답게 피어있다. 주변에 아파트가 5~6층 규모로 옹기종기 모여 있다. 그 속에 꽃과 놀이터, 슈퍼 등이 함께 있다. 아파트 입구에 버스정류장이 있고, 대여섯 명이 버스를 기다렸다. 길에는 자전거 타는 사람이 많다. 전철, 전차 타는 사람들도 있다. 시가지는 한적하다. 인구는 500만 명 정도. '시벨리우스 공원'이 발틱해와 맞닿아있다고 가이드는 설명했다.

시내 가운데 노점시장이 섰다. 체리가 3유로, 한화로 치면 4,500원 정도. 점심식사는 말레니 식당에서 한국식 찌개를 먹었다. 3.5유로였다. 밥을 먹고, 구두 숍을 봤다. 가격은 25~65 유로, 한화로 4만 원~10만 원 정도. 전차비는 한화로 3,000원이었다. 차비가 아주 비쌌다. 선생님 봉급은 2,300유로라고 했다. 헬싱키의 APT 25평~30평형이 약

5억이라고 가이드가 설명했다. 아파트 가격 상승은 없다는 설명도 덧붙였다. 기온은 쌀쌀했다.

핀란드는 600년을 스웨덴이 지배했고, 러시아가 100년을 지배했다. 왕궁은 없다. 여성이 사회를 지배했다. 대통령, 시장이 모두 여성이며, 장관의 1/2이 여성이었다. 남성이 집안일을 담당하며 아이 돌보기를 담당한다. 그 나라는 자작나무, 보리수, 붉은 소나무, 잣나무가 많았다. 백야현상이 있으며, 발틱해에 얼음을 깨는 배가 있다. 겨울에는 발틱해가 얼어붙는다. 안내를 따라 시내를 구경하고, 공원을 산책했다. 시벨리우스 공원을 탐방했다. 작곡가 얀 시벨리우스를 기리기 위해 만들어진 공원이다. 그는 조국에 대한 사랑을 주제로 한 곡을 다수 작곡해 핀란드인들로부터 많은 사랑을 받았다.

이곳에는 강철로 만든 파이프 오르간 모양의 기념비와 시벨리우스 동상이 있다. 600여 개의 강철 파이프로 이뤄진 기념비가 특히 인상적이다. 주변 바닷가에 조성된 산책로도 훌륭하다. 다음은 템플리아우키오 교회를 탐방했다. 1969년 티모와 투오모 수오말라이넨 건축가 형제가 암반을 깎아서 만든 곳으로, 템펠리아우키오 광장 근처에 위치한다. 천장과 외벽 사이에 원형으로 된 창을 만들어 최대한 자연광이 들어오도록 설계했고, 천연 암석의 느낌을 그대로 살린 건물 내부가 인상적이었다.

오후가 되면서 더 쌀쌀해졌다. 가이드를 따라 공원이 있는 높은 동산으로 갔다. 그곳에서 발틱해를 관광했다. 내려와서 항구로 이동했다. 항구에서 실리아 simpony를 타고 필란드에서 스웨덴으로 가는 것이다. 우선 음식점에 들러 두부찌개를 먹었다. 오후에 배를 탔다.

배의 6층과 7층에 선상 뷔페가 있었다. 꼭대기에는 맥주, 와인 바가 있었고, 조깅을 할 수 있었다. 우리는 밤새워 그 배와 함께 갔다.

배는 잔잔하게 움직였다. 울렁증이 일어나지 않았다. 침대에서 유리창을 통해 어둠을 봤고, 그리고 잠이 들었다. 새벽의 안개 속을 배가 지나갔고, 해가 뜨면서 바다길과 평행으로 육지가 따라왔다. 마치 꿈을 꾸는 것 같았고, 다큐멘터리 영상을 보는 것 같았다. 나는 배가 되어 바다와 육지를 오갔다. 그렇게 아침은 쉬 사라졌다.

잠자고 나니까 여행 셋째 날이 되었다.

곧 북유럽 제일 도시인 스톡홀름에 도착했다. 그곳은 물의 도시였다. 그래서 북유럽의 베니스라 했다. 말광량이 삐삐, 노벨상으로 유명했다. 날씨는 완연한 가을 날씨였다. 잠바를 입었다. 정신이 번쩍 들었다. 한국에서는 10월 하순에나 겪을 법한 날씨였다. 시내 한가운데 강이 흘렀다. 성이 있으며, 주변에는 카페와 음식점이 즐비했다. 시가지는 청결하고 화분이 아름답게 장식되었다. 영국의 백인 동네처럼 잘 짜여 있었다. 시내는 자전거 타는 사람이 많았다. 차는 드물었다..도시에 사람이 없어서 한적한 시골처럼 느껴졌다. 아침 뷔페는 단출했다.

남부 유럽이 오전 늦게 활동하고 오후 늦게까지 일한다면, 북부 유럽은 아침 일찍 성찬을 하고 일하러 간다. 오후 3시가 되면 해가지니까 점심도 성찬을 한다. 그러나 저녁은 간소화한다.

우리는 시청으로 이동했다. 시청사는 1923년에 건축됐다. 이곳은 매년 12월, 노벨상 시상식후 축하 연회가 열리는 곳으로 유명하다. 다음은 바사 박물관을 관람했다. 스웨덴에서 가장 오래된 전함으로, 바사 왕가의 구스타프 2세가 재위하고 있던 1628년에 처녀항해 때 침몰한 바사호가 전시되었다. 다시 버스를 타고 도시 언덕으로 이동했다. 스톡홀름이 다 내려다보이는 전망 좋은 곳에서 시가지를 구경했다. 시청사와 바다, 그리고 시가지가 잘 조화된 아름다운 언덕으로 전망 좋은 곳으로 유명했다. 우리는 가이드를 만날 때 삼성 핸드폰의 힘을 이용했다. 그곳에서도 삼성의 위력을 확인했다. 점심으로 김치찌개를 먹었다. 한식으로 고추장과 고추까지 있었다. 그날 저녁은 중식이었다.

그곳은 교육도시였다. 아름다운 성을 구경하고 멋진 호텔서 숙박했다.

스웨덴의 인구는 890만 명. 이 나라의 특징은 물을 사 먹는다는 것. 물에 인색하다. 유럽의 식사 문화에서의 음료가 와인이라면, 미국은 아이스티. 아프리카는 차, 소다, 콜라, 그리고 한국은 물이다. 유럽은 흡수력이 좋은 음식을 먹어서 화장실을 가지 않는다고. 유럽 음식 짜지 않게. 소금은 기압을 낮게 하고, 머리를 아프게 한다. 저혈압자는 기압을 높여야 하기 때문에 소금을 더 먹어야 한다. 저혈압자는 의욕이 안 생긴다. 소금은 귀중하다. 그래서 금값과 같다. 염전은 왕실의 전유물이었다. 짤즈브룩은 암염 지역으로 부자 지역이었고 소금으로 월급을 주었다.

우리는 버스로 이동했다. 오슬로를 거쳐 노르웨이 lirehamer를 지나 작은 도시에서 숙소를 정하고 그곳에서 숙박했다. 하루종일 태양은 강렬했다. 그것은 가을 고추를 말리는 뜨거운 태양열처럼 강렬했다. 목 등이 태양을 받아 따끔했다. 이동 중에 시크릿 가든이 들렸다. 그 음악은 아름다웠고, 마치 영화 음악처럼 잔잔하고 애잔했다. 풍경은 파란 초록색에 넓은 호수, 숲속은 잣나무, 자작나무들이 울창했다. 산줄기 산비탈에 점점이 박힌 집들이 아름다운 수를 놓은 풍경이었다. 산 속에 있는 집은 환상의 모습이었다.

지붕은 전부 뾰족했다. 한겨울의 눈 때문이었으리라. 그곳은 그림 속의 도시처럼 자유와 평화, 고요함이 존재했다. 산에서 내려온 엘크, 사슴, 여우, 토끼들이 도로를 막고 있었다. 차량은 그들이 지나가기를 기다려주었다. 우리는 올림픽 동계경기장에서 쉬었다. 여행자들은 끝없는 계단을 올랐다. 나도 그들을 따라갔다. 꼭대기에서 스키어들이 경기를 했던 곳에 섰다. 아찔한 두려움이 일어났고 다리가 후들거렸다. 그곳에서 아이들의 스키점프는 장관이었다. 그곳을 떠나 계단을 따라 다시 내려왔다.

길 옆에 판매대가 진열되었다. 판매대에는 나무에 사는 마귀요정 인형들이 진열되어 있었다. 마귀요정은 험상궂었다. 이빨과 얼굴이 흉측했다. 사 주면 애기들이 도망갈 것 같았다. 다시 버스를 타고 정해진 숙소로 들어갔다. 숙소는 통나무집이었는데, 아담하고, 포근했다. 그곳은 숲속에 자리한 환상의 집이었다. 멋진 식당과 숙소 통로가 복도로 되어 있고 촛불로 장식되었다. 그곳은 여유롭고, 사랑과 자유, 고요함이 깃들어 있었다. 숙소 밖으로 시원한 계곡물이 세차게 흘렀다.

실내에 수영장이 있었다. 실내에서 수영을 하며 창밖의 계곡물을 감상할 수 있었다. 저녁이 되어도 해는 지지 않았다. 해는 밤 11시가 되어도 하늘 높이 떠 있었다. 이런 것이 추억의 밤이 되는 것이리라.

통나무집의 조그만 세면대가 재미있다. 수도꼭지가 다르게 꽂혀있는 모습도 독특했다. 오늘처럼 계속 흐르는 멋진 음악과 함께 버스로 이동하며 멋진 풍경을 감상하는 여행도 정말 즐거웠다.

2004년 7월 28일.

브릭스달에 갔다. 그곳은 빙하가 산을 덮고 있었다. 빙하가 산을 덮었다. 색깔은 옥색과 하얀색이었다. 흘러내린 호수는 석회석이 섞인 회색이었다. 호수에서 흘러나오는 물은 시멘트가루가 섞인 듯했다. 녹은 물이 길가로 흘러 퍼졌다. 계속 물이 분수처럼 흘러 퍼져서 토목공사를 해서 물을 받았다. 햇살이 뜨거웠다. 빙하 쪽으로 우리는 올라갔다. 오르막길이 가팔랐다. 길은 지그재그로 기어올라가야 했다. 그 길을 따라 오픈카가 굴러떨어지듯 기어갔다. 드디어 빙하에 닿았다.

빙하는 딱딱하게 굳었다. 햇빛으로 계속 녹아갔다. 그러나 발로 굴러도 깨지지 않았다. 멀리 산꼭대기는 만년설이었다. 옛날 고대의 모습이 보였다. 1870년경에는 산 중턱까지 빙하였다고. 아마 백 년 후면 산꼭대기 빙하는 사라질 것이라고 했다. 그것은 안타까운 일이었다. 우리는 빙하를 볼 수 있지만, 우리의 후손은 빙하를 볼 수 없는 것이었다. 여행자들은 하산하기 시작했다. 나는 서너 시간을 하산하며, 호수와 피오르드를 지나, 야생화를 구경하며, 그곳의 산 하나를 완전히 정복하고 숙소로 돌아왔다.

숙소는 Leardal Hotel인데, 아담하고 소박하며 아름다웠다. 호수인지 바다인지 숙소 밖에는 배가 떠 있었으며, 창밖 경치가 아름다웠다. 근처에는 캠핑카가 자리했다. 나는 산책을 갔다. 물속을 보았다.

맑은 물이 투명했다. 물속 깊이가 깊었다. 물의 색깔이 새까맣다. 깊이가 깊은 모양이었다. 숙소에서의 밤은 편안하고 포근했다.

7월 29일 맑음.

아침 기온은 쌀쌀했다. 부지런히 버스를 타고 이동했다. 호텔 레르달에서 터널을 지났다. 터널 길이는 24㎞였다. 아니, 서울에서 거의 수원까지 갈 수 있는 길이의 터널이라니. 어두운 터널을 한참 지났다. 플롬역에서 기차를 탔다. 믜르달로 갔다. 게이랑에르의 피오르드를 구경했다. 피오르드는 장관이었다. 이쪽 산과 저쪽 산 그 사이에 있는 협곡! 그 사이에 우리는 배를 타고 있었다. 배를 타고 협곡에서 떨어지는 거품 폭포, 위협적인 산줄기에 목동들이 사는 아름다운 집, 방목된 양 떼, 소 떼가 대장을 선두로 산과 인접한 도로를 거닐었다.

그것은 한국의 풍경과는 전혀 다른 모습이었다. 산꼭대기에서 양 떼와 소 떼가 풀을 뜯고 자연과 어울리는 풍경은 아름다웠다. 산에는 아름다운 들꽃이 선명하게 피어 있었다. 그러나 날씨는 추운 가을 날씨처럼 써늘했다. 차가운 기운이 몸속으로 스며드는 것이 을씨년스러웠다. 그래서일까 이곳은 자살하는 사람이 많다고. 써늘하고 스산한 날씨가 자살을 충동질할 것 같았다.

지금은 오슬로로 가는 길이다. 전에는 기차를 타고(산악기차) 만년설 산의 꼭대기까지 올라갔다. 거기에는 2종류의 호수가 있었다. 한 곳은 석회석이 섞여 뿌옇고, 다른 곳은 맑고 투명한 수정 같다. 여름인지라, 설산의 꼭대기에 있는 눈은 한국의 겨울 끝에 남은 잔설처럼 땅에 남겨졌다. 그러나 땅에 항상 남아 있는 만년설이었다. 산꼭대기 풀렛폼에서 다른 열차를 바꾸어 타고 1시간가량 내려왔다. 그곳은 배와 기차가 머무는 곳이었다. 특별한 지역이었다. 이곳은 물건 값이 다른 곳보다 4배가량 비쌌다. 점심값이 2,7500원이나 되었다. 점심은 뷔페식이었다. 이곳의 연어는 싱싱하고 맛있었다. 나는 원래 연어를 싫어했는데, 이곳의 연어는 싱싱해서 맛이 있었다.

나는 이곳에서 처음으로 연어의 진정한 맛을 느꼈다. 이곳은 우유와 주스가 없었고, 과일도 없었다. 신선한 야채도 부족했다. 하산하면서 가이드는 특이한 동네를 소개했다. 그 마을은 산꼭대기 호수에 지그재그로 물길을 뚫어 전기를 일으키는 특별한 마을이었다. 200명 정도 사는 큰 마을이라고. 그들은 전국에 전기를 보내고도 남아 이웃나라에 전기를 판매해서 경제가 부강한 마을이라 했다. 그 나라는 세계에서 가장 긴 24㎞짜리 터널이 있는 것으로도 유명하다. 이 나라는 여유가 있어 통행로가 없는 나라로 유명하다.

가이드가 우스갯소리로 말했다.

- 잘 먹고 잘 사시오. 우리는 여행 잘 하고 갑니다.

어떻게 사는 것이 행복한 삶인가를 여행을 하며, 다시 생각해봤다.

1) 의리가 있으며, 신의가 있는 책임을 완수하는 삶일까?
2) 부대끼는 삶을 생각했다. 한국에서는 너무 친족이 가까워서 지겹고 힘들지만, 이 나라는 부대낄 사람이 없어서, 외롭고, 고독해서 자살하는 사람이 늘어난다고.
3) 그렇다면 외로운 자살보다는 부대껴서 지겹고, 힘든 삶이 사람 사는 맛이 있는 것이다. 그것은 누가 더 많이 가지고, 누가 덜 가졌으며, 누가 더 예쁘고, 누가 더 밉게 행동한다고 서로 비교하고, 질투

와 시기로 상대방을 비판하는, 그런 삶을 이해하는 것이다.

4) 국가에서 노인에게 필요한 모든 것을 책임져주는 삶보다, 괴롭고 힘들지만 자식들이 부모를 보살펴주는 그런 삶이 오히려 덜 외롭고 죽음을 피하는 삶이 되는 것이다.

결국 한국적인 삶이 싫지만 한국적인 삶이 우리 정서에 맞는다는 설이다. 우리는 서로 욕하고 때리며, 끈적거려가며, 상대방을 비방하는 삶이 우리 정서에 맞는 것이다. 그런데, 그렇게 싸우며 부대끼는 것이 세월을 지나서 그것들은 서로를 이해하는 굴곡진 삶을 만들어 내는 것이다. 그리고 상대방을 이해하고 용서하며 다시 조화로운 삶이 되는 것이다. 환경적인 부분에서도 그랬다. 이곳은 호수든 바다든 맑고 깨끗하며, 수정 같은 물이 흘렀다. 그에 비해 한국의 물은 흐리고 탁하지만 온갖 물고기와 미물이 함께 살 수 있다. 한국적인 삶은 모두가 함께 어우러져서 조화롭게 사는 것이다.

노르웨이는 뜨내기, 유목민의 삶이다. 그 나라는 복지가 잘 되어 있다. 그들에게는 필요한 집이 제공되었다. 식사와 그들이 필요한 모든 것을 국가가 지원했다. 노후에도 모든 것을 국가가 책임졌다. 그들은 굳이 자기 집을 지을 필요가 없었다. 그러나 그곳의 물가는 비쌌다. 그곳은 기후가 추워서 모든 식품을 수입할 수밖에 없었다. 그 나라는 식량조달이 어려운 환경을 지녔다. 그 나라는 목축업을 하되 산비탈에서 옮겨 다니는 이동식 목축업을 하였다.

그 나라 주민은 떠돌아다니는 유목민이 대부분이었다. 그래서 집의 구조도 조립식이 많았다. 그에 비해 우리나라는 농업국으로 농사를 짓고, 텃밭을 가꾸는 정착민으로 서로 협력하며 더불어 사는 삶이었다. 농민 입장에서 떠도는 부초인생을 천시할 것이고, 농업 경제를 위해 정착민을 더 소중히 여겼을 것이다. 사람이 사는 환경이 여러 가지를 지배하는 것 같았다. 이런 저런 생각을 해보면, 앞으로의 삶을 어떻게 사는 것이 나에게 알맞은 삶이 되는 것일까를 고민해 보는 것이다.

다양한 삶이 있겠지만. 나의 뿌리는 농업계의 정착민이다. 그래서 그쪽에 더 애착이 갔다. 정착해서 더 안정되고, 뿌리 내리기가 힘들지만 한 번 뿌리를 내리면 쉬 허물어지지 않을 것으로 보였다. 유목민은 자유럽고 즐거우며 홍미를 동경하는 삶이지만, 이리저리 흩어지는 삶이기 때문에 남는 것은 없고, 결국 사라지는 삶으로 보였다. 그것은 중심이 없고, 계속 떠도는 인생일 것이다.

7월 30일.

오슬로 호텔(Rdisson, SAS)에서 숙박했다. 실내는 깨끗하고 조용했다. 아침 산책을 했다. 공기는 탁했고 숨이 막혔다. 까치들이 길가에서 먹이를 찾았다. 다른 도시에서는 새를 찾을 수 없었다. 한여름이지만 날씨가 추워서 새도, 곤충도 보이지 않았다. 잔잔한 호수에서 고기를 찾을 수 없었다. 맑고 깨끗한 호수, 투명한 바다이지만, 물고기는 보이지 않았다. 손을 물속에 넣으면 차고 시렸다.

7월 31일.

덴마크의 코펜하겐으로 이동했다. 날씨는 모스크바처럼 뜨거웠다. 강렬한 태양이 내리쬔다. 몸에서 땀이 흘렀다. 중심 시가지는 파리, 뮌헨, 런던의 중심지와 비슷했다. 도로 주변에는 5~6층으로 된 옛날

집이 줄 지어 섰다. 그 옆에 현대 건물인 화려한 백화점이 함께 어우러져 있었다. 이 나라는 산업 디자인이 발달한 것으로 유명했다. 다른 나라의 오페라하우스와 서해대교 등 다양한 건물을 디자인해 돈을 벌었다. 시장 노점상에는 목걸이, 팔찌, 촛대, 컵 등 멋지게 디자인된 생활용품이 진열되었다.

여행자들은 특이한 디자인과 독특한 모양의 생활용품을 구매했다. 그것들은 여행자를 현혹시켰다. 그러나 가격은 무척 비쌌다. 컵 하나에 15만 원에서 50만 원정도라니. 정말 비쌌다. 물론 중저가 제품도 있었다. 50% 세일도 해주었다. 그래도 가격이 비쌌다. 우리는 호텔로 이동했다. 점심은 뷔페정식이었다. 식사 후, 곧 공항으로 이동하여 한국으로 돌아왔다.

*

1998년 12월 24일.

앞으로 몇 번이나 크리스마스를 맞이하게 될지 모른다. 여러 가지 생각이 들었다. 쓸쓸하기도 하고, 조용하고 편안하기도 한 것 같다. 그래도 내일 가족여행하기로 했기에 그나마 덜 쓸쓸해서 좋았다. 그동안 너무 바빴다. 공부할 시간이 없었다. 적어도 하루에 6시간 이상을 공부해 줘야하는데…. 오전에 2~3시간, 오후에 2~3시간 공부할 시간을 배당해야 하는데…. 왜 이리 복잡한 집안일이 겹치는지 말이다. 내 주당 공부 목표시간이 34시간이었는데. 그게 잘 안 되니 심적으로 고통이 생겼다.

1998년 12월 말.

한해가 끝나간다. 올해는 겨울 휴가로 마무리한다. 겨울 휴가로 스키, 테니스, 찜질방 등을 찾아다니며 그런대로 가족들과 즐겁게 지냈다. 큰딸의 진학 문제가 해결되지 않아 애를 태우기는 하지만, 부모님이 건강해서 고마웠다. 큰딸이 스스로 마음을 비우고, 진정한 삶을 살기를 빌었다. 큰딸이 학교를 떨어지는 일도 결국 극복해야 하는 것이 인생의 길인 것이다. 나는 부모 입장에서 그냥 지켜보는 것, 그 공부를 하는 것이다. 깜깜한 밤길을 걸어가 결국 그곳을 벗어나야 딸에게 자기의 길이 보일 것이다.

옆집 사는 왕 씨 부인과 소원해졌다. 10년 지기 친구로 함께했는데 말이다. 서로 만나면 외면하는 것도 우습고, 불편했다. 왜 그런 현상이 일어났는지 알 수가 없다. 나는 편안하고 평화롭기를 바랐다. 세월이 가면 좋아지겠지. 서로 큰 오점이 없으면 됐다. 세월이 지나면 괜찮을 것이다. 세월이 약이다. 오늘부터 복잡하지만, 다시 공부를 열심히 시작하기로 마음먹었다.

새해 첫 주가 시작되었다. 연휴가 계속되니 식탐이 생겼다. 과식 후 결국 몸에 탈이 생겨 고생했다. 하여튼 나는 못 말린다. 요즘 시간이 생기면 전화를 걸어 수다를 떤다. 뭐가 그리 재미있는지 전화를 하면 장시간을 허비한다. 이래서는 안 되는데…. 우선 몸 관리를 해서 탈이 없기를 바란다. 그리고 수다쟁이에서 벗어나고, 전화가 오면 조용히 간결하게 통화를 해서 시간을 아끼자. 해야 할 일이 많은데, 시간을 아껴 공부하고, 다시 열심히 논문을 쓰자.

늘어지는 생활에서 벗어나자. 아침 TV에서 전혜성을 소개했다. 그

녀의 삶에 찬사를 보낸다. 성실하고, 열심히 공부하는 모습이 아름답다. 그는 매사에 열성적이다. 60이 넘었는데도 아직까지 열심히 공부하고 있다. 20년은 더 공부할 수 있다는 그의 신념이 대단하다. 그런 신념을 본받을 수 있으면 좋겠다. 새해에는 쓸데없는 잡념이 내 몸에서 사라지기를 바랐다. 주변 일 속에서 나를 빠뜨린 결과 내가 사라지지 않기를 바랐다. 복잡한 일에서 벗어나 공부하는 일이고, 그것이 나를 살리는 길이리라.

날씨가 차츰 흐려졌다. 마음 속에 잡념이 생기면서 갈등이 일어났다. 공부를 하려고 책을 보지만, 책은 나를 멀리 했다. 이래서는 안 되는데…. 나의 마음이 맑고 투명해야 공부를 할 수 있는데…. 이럴 때는 등산을 하는 것이 좋았다. 몸과 마음을 내려놓고 겨울 산을 탔다. 항상 가는 산이지만, 산은 갈 때마다 달랐다. 눈을 밟으며 오르고 다시 바위를 타고 내려오는 일은 나를 치유했다. 문제는 산을 타고 나면 다시 과식을 하게 된다는 것이다. 위장도 안 좋은데 말이다. 아이고, 또 위장의 트러블이 몸을 뒤틀었다. 조심하자고 스스로 다짐했는데…. 뜨겁게 몸을 찜질하고 몸을 쉬며 위장을 달랬다. 몸이 나아지면, 테니스를 쳐서 몸을 단련시켜야겠다. 그런데 그런 파트너가 없다. 모두 떠나갔다. 나머지 멤버들과는 호흡이 맞지 않았다. 맞추려 해도 맞춰지지 않았다. 아무래도 나를 필요로 하는 새로운 파트너를 구해야 할 것 같다.

큰딸의 학교 문제로 욕심이 생기고 분노를 분출하면서 상처를 주게 된다. 욕심을 버리자. 내 인생도 아닌데. 그 애의 인생대로 가게 가만 놔두자. 사심과 위선을 버리자. 마음속의 쓰레기는 버리자. 정도에 맞게 바르게 살아보자. 큰애에게도 바르게 사는 길을 보여주는 것이다. 내일부터는 정말로 도서관에서 다시 공부를 시작해야겠다. 새로운 논문을 읽고, 논문 80쪽을 컴퓨터로 다시 꼭 작성할 것이다.

20년 전의 나를 돌아봤다. 그래, 그때는 힘들었지. 그래도 열심히 살고자 했음에 감사했다. 시간을 아끼려했고, 내 할 일에 최선을 하려 했음에 스스로 감사했다. 20년 후 다시 내 주변에서 일어나는 일이 내 삶이 되어갔다.

2018년 4월 말.

서울시 구 대항 테니스 대회가 열렸다는 소문이 돌았다. 함께 테니스를 치는 멤버들이 술자리에서 떠들어 댔다. 나는 그런 것에 관심이 없었다. 그런데 그 대항전에 우리 딸 둘이 참여하기로 했다는 것이다.

- 언니, 언니네 큰딸과 작은딸이 그 대회에 참여하기로 했는데 큰딸만 운영진에서 지정하는 멤버와 하기로 했어.

나는 갑자기 화가 났다.

- 그게 무슨 소리야?
- 처음에 둘이 짝을 맞추기로 했는데, 수요 어머니회에서 큰딸 하고 선수 D로 짝을 맞췄대. 이번에 50대 선수가 없어서 나에게 경영진에서 선수로 참여해 달라고 요청했어요. 수요회 어머니 회장이 자기네 멤버를 투입시키려고 둘째 딸을 뺐어요. 그 소속 클럽이 아니니까요. 실력자를 빼고 실력 없지만 자기네

어머니회 멤버로 채웠어요.

- 나는 내 큰딸이 맘에 안 든다. 저네끼리 약속을 했으면 지켜야지. 저 혼자 살자고 혼자 나가냐? 난 그런 의리 없는 사람 싫고나.
- 언니, 그런 게 아니고요. 큰딸은 잘하고 있다고요.
- 난 아냐! 그런 딸 난 필요 없다. 그래! 걔는 걔 인생을 사는 거고. 난 내 인생을 사는 거지. 그러나 아닌 거는 아닌거라구. 난 말이다. 흰색은 흰색이어야 하고 검은색은 검은색인 것이 좋아. 회색은 싫구나.
- 언니, 수요회 어머니 회장이 좀 휘두르기는 해요. 테니스 지원비를 많이 내거든요.
- 그런 거 일 없다. 대회라면 페어플레이를 해야 스포츠 정신에 맞는 거지. 그렇게 뒤흔들면서 하는 대회가 무슨 의미가 있는 거냐? 왜 그런데 휩쓸려서 대회에 참가를 하냐고. 난 그런 꼴이 맘에 안 든다고. 나 같으면 동생하고 약속했는데 못 나가면, 그런 대회 안 나가지. 당연히 집행부에서 시키면, 그것을 거절해야지. 그것이 멋있는 거지.

대회 날 비가 와서 대회는 엉망진창이 됐다. 언니는 동생을 빼고 참가하는 것을 오히려 기쁨으로 생각했다. 그들은 보이지 않는 경쟁의식이 있었다. 언니는 무엇이든 동생보다 위이기를 바랐다. 둘 사이에는 어렸을 때부터 연년생에게 생기는 경쟁의식이 존재했다. 그들은 다투고 화해하는 것을 반복했다. 언니가 결혼해서 조카가 생기고, 조카가 학교를 다녀도 언니는 결혼 못한 동생을 경쟁자로 삼았다. 그것도 테니스 실력을 가지고 말이다.

나는 애들이 어렸을 때부터 너무 많은 병치레로 고생을 많이 했기 때문에 테니스를 시켰다. 건강을 최고로 생각했다. 내 남동생이 일찍 죽고, 아버지도 일찍 돌아가셔서 건강에 특히 신경을 썼다. 햇빛과 공기를 받고 땅을 밟으며 운동할 수 있는 테니스를 시켰다. 그런데 큰딸의 집착으로 나는 가끔 머리가 아팠다. 그냥 테니스를 즐기는 것이 아니라, 그것을 통해 자기 권력을 탐하는 격이 되어 정말 괴로웠다. 큰 애는 대회에 나가 우승해서 대접받기를 바라는데, 난 그런 것이 못마땅했다.

테니스를 치며 스스로 즐기며, 행복하기를 나는 빈다. 왜 거기에 다른 사람들과 비교를 하며, 그들보다 더 높은 곳에 있는 선수가 되려는지 나는 모르겠다. 그렇게 선수가 되면 돈이 생기는가? 아니지 않나. 뭐 아파트 당첨권이라도 주나? 아니지 않는가. 난 내 큰딸이 왜 그렇게 집착을 하는지 이해할 수가 없다. 내 마음을 내 딸은 알 것이다. 그래서 딸은 나에게 당당하게 대회에 나갔다는 말을 못할 것이다. 왜 그렇게 꿀꿀하게 살까? 바르고 정당하고 깨끗하게 살지 못할까? 나는 생각했다.

테니스 대회는 웃겼다. 대회를 하면 그곳은 정치 무대가 됐다. 구청장들은 그곳을 정치 무대로 삼았다. 그들은 대회 비용을 대주면서 뒤풀이에 참가했다. 그리고 그곳에서 자기들의 정책을 알렸다. 이상하게도 정치 행사가 됐다. 그런 것 다 아는 사람들은 다 알았다. 뒤풀이하는 거, 그거 하녀 노릇하는 거로 모두 다 알고 있다고들 말했다. 작은 딸에게 코치들이 참가하지 말라고 했다. 거기서 빠지는 것을 좋아하라 했다. 그곳에 발도 들이지 말라 했다.

왜 인간 사회는 항상 순수하지 못한 것인지 모르겠다. 늘 가르고 구분하고 서열을 매겨서 인위적인 권력을 만들어내려고 했다. 이렇게 시끄러울 때 나는 책을 읽고 나를 다스렸다.

물고기는 물에서 나고
사람은 도에서 난다.
물에서 난 물고기는
연못의 깊은 그늘로 찾아 들어가면
그들이 필요로 하는 것은
모두 채워진다.

도에서 난 사람은
행위 없음의 깊은 그늘로 침잠해
다툼과 근심을 잊는다면
그는 아무 부족함이 없고
그 삶은 평화롭다.

*

2018년 5월 4일.
나는 아침에 둘째 동서에게 문자 보냈다.

- 잘 살고 있지? 집 전화를 안 받아서. 어버이날 20만 원씩 시어머니 통장으로 송금하면 되는 거냐? 어머님이 삐져서 큰아들 전화를 안 받는 거 같은데…. 이번에 시아주버님이 계속 전화를 했다는 거야. 서너 번씩 계속. 그런데 어머님이 전화를 안 받으시는 거지. 그런데 아들은 그걸 모르는 거야. '왜 안 받으시지?'라고만 하더라고. 이번에 시아주버님이 모처럼 바른 소리를 했거든. 아

마 태어나서 처음 바른 소리를 한 거 같더니만. 어머님이 그 일로 단단히 삐진 거 같아.
- 어느 날 어머님이 왜 자기 아들들이 자기를 왕따시키고 옛날처럼 그러지 않는지 큰 아들에게 따지러 서울로 온다는 거야. 그러니까 시아주버님이 그걸 모르냐고. 그거는 어머님 때문이라고 말했어. 어머님이 내가 뭘 언제 그랬냐면서 큰 아들에게 따져 묻고 난리가 났지. 서로 옥신각신하다가 시아주버님이 어머님에게 당장 말하더라고. '지금 어머님이 나에게 외삼촌 욕 했잖아요? 그것은 잘못이라구요. 어머니가 다시 외삼촌을 만나면 큰아들 욕할 거잖아요, 그런 것이 탈이 되어 결국 어머님이 그렇게 형제간에도 이간질하게 되는 거잖아요.' 그랬더니 어머님이 화가 나서 왕 삐짐을 한 거라고.
- 아이고 모르겠다. 머리 아프다. 하여튼 별일 없지? 건강이나 잘 챙기시게.

그리고 조금 있다가 다시 동서에게 전화가 왔다.

- 아이고 형님 전화 못 받아서 미안해요. 집 전화가 고장 났고, 나는 잠 들었나봐요. 핸드폰은 가방에 있구요. 그러잖아도 S네 아빠가 어머니한테 전화를 받는데, 큰형이 전화를 왜 안 하는지 모르겠다고 하더라구요.
- 노인들이 그런가봐. 우리 친구 시어머니는 97세인데, 어느 날 남편이 집에 퇴근하고 오니까 시어머니가 두 주먹을 움켜 쥐고 벌벌 떨면서 아이고 하면서 누워 우시더란다. 친구 남편이 어머니 어쩐 일이시냐면서 어머니 손을 잡고 주무르니까 더 소리치며 내가 답답해서 죽을 거 같다면서 더 크게 우시더래. 그러니까 아들은 옆에서 왜 그러시냐면서 팔을 주물렀지. 며느리가 보니까 시어머니가 아들에게 관심을 끌려는 것이 보이는 거야. 여자들은 그런 거가 잘 보이잖아. 내 친구가 볼 때 시어머니가 입상이야.
- 할 수 없이 자기도 시어머니 팔을 붙들고 왜 그러시냐고 물었지. 그랬더니 시

어머니가 팔을 뿌리치며, '야가 나를 죽이려고 팔을 아프게 주무른다.'고 큰 소리로 야단을 치더란다. 그리고 속 터지니까 아이스크림 가져오더란다. 그래서 가져다 줬다고. 그런데 그 수법을 너무 자주 써먹어서 밉다더라.

- 노인들이 왜 그렇는지 모르겠어요. 형님.
- 그러게 그런 것이 삶인가봐.
- 뻔히 우리는 보이는데, 어머니들이 그러더라구요.
- 그러게 말이야. 그럼, 이번에 시어머니 통장으로 20만 원씩 송금하면 되는 거냐?
- 그러지요 형님. 이제 저도 아빠가 처리할 건데, 나 몰라라 할 거에요.
- 그래, 남자들이 알아서 어머님과 전화하고 우리는 뒤로 물러서자고. 바쁘니까 전화 끊자고.
- 안녕히 계세요.
- 그려.

*

1999년 1월 초.

올해 들어 도서관에 처음 갔다. 공부할 시간이 없어서 공부에 좀 더 집중해야 했다. 새로운 책이 도서관에 많이 들어왔다. 볼만한 책이 많아서 기뻤다. 나와 관련된 책도 많았다. 논문에 참조할 수 있는 것이 있어서 즐거웠다. 서서히 공부의 참맛이 느껴졌다. 학문에 기쁨이 생겼다는 것이 나는 즐거웠다. 공부도 취미가 될 수 있었다. 이제야 공부하는 것에 익숙해졌다고 말할 수 있었다. 몸 상태도 괜찮았다. 허리통도 고만고만 했다. 위장 장애도 견딜 만했다. 여기에 학문적으로 성장해감을 느끼는 것은 나의 최대 기쁨이 됐다.

나는 신에게 감사기도를 하고 싶었다. 신이시여! 나에게 날마다 이런 기쁨을 주시고, 항상 내가 이렇게 도서관에서 이런 상태로 공부하며, 기쁨을 누리게 하소서! 내일도, 모레도, 이렇게 꾸준히 공부하게 하소서!

이번에는 집중적으로 모음변화를 연구할 것이다. 그리고 그 모음이 통시적으로 어떻게 변화했으며, 지역적으로 어떻게 변천한 것인가를 고찰할 것이다. 내일부터는 도서관에 8시 40분까지 도착해야 할 것이다.

며칠간 넷째네 식구들이 서울에 놀러왔다. 꼬마들이 서울 구경을 하겠다 해서 온 집안이 북새통으로 시끄러웠다. 그들과 지내야 해서 내가 가진 계획은 수포로 돌아갔다. 그들이 간 다음 이튿날 여고 동창인 S가 폐렴으로 세상을 떠나갔다. 그는 자폐증인 아들과 고등학교 1학년인 딸이 있었다. 여고 동창들은 슬퍼서 울었다. 그는 노래를 잘 불렀다. 우리는 여고 동창회에서 그가 가르쳐주는 노래를 따라 부르며 노래를 배웠다. 나도 그에게 노래를 배웠다. 그는 악보와 가사가 적힌 종이를 여고 동창들에게 나누어주고 노래를 가르쳐주었다. 그 곡은 '김종환의 사랑을 위하여'였다.

그는 세상을 떠나갔다. 그러나 그가 가르쳐준 노래는 내 가슴에 남아 있었다. 나는 그를 생각하며 나를 생각했다. 조그만 일에 분노하고 서러워 하지말며, 모두를 용서하는 마음의 공부를 해야 한다. 그리고 해탈을 배워야 한다. 나도 가고, 너도 가고, 누구나 가는 것이다. 우리는 모두 이곳에 잠시 머물렀다가 가야 하는 사람들이니, 모두에게 손을 흔들며, 그리워해야 하는 것이다.

항상 마음을 비울 준비를 해야 하며, 이 세상을 경건한 마음으로 살아야 할 것이다. 나는 나 자신을 관찰했다. 남을 속여서는 절대로 안 된다. 그러나 내가 남한테 속임을 당했을 때 나는 참을 수 없었다. 속상하고 화가 나서 나는 참을 수 없었다. 거기에 내가 믿고 의지하던 친구, 형제에게 당했을 때 더욱 그랬다. 그러나 그런 것을 나는 이기고, 극복해야 하는 것이다. 어떻게 그 분노를 잠재우고, 나 스스로를 평안하며 고요하게 하는 것인가를 생각했다. 그것은 아마도 긴긴 세월이 필요할 것이다. 시간이 흐르면 전부 맑고 깨끗한 것이 될 것이리라.

*

2018년 5월 9일.

신문을 보면 나는 가슴이 떨렸다. 거기에 적힌 칼럼은 이러했다.

- 1년을 지켜본 문재인 정권의 실체는 한마디로 '정치적 확신범'이었다.
- 연역적으로 관찰하건대 그들에게는 몇 가지 기본 룰이 있다.
- 한국 보수에 대한 국민의 실망과 환멸을 100% 활용한다.
- 박근혜 탄핵의 기류를 되도록 오래 탄다.
- 노무현 정권의 실수를 반복하지 않는다.
- 반대자는 '적폐'로 몬다.
- '촛불'로 정권을 얻었다기보다 치밀하게 준비해온 것으로 보인다. 그들의 속도와 확신이 무섭기까지 하다.

- 문재 정권은 후퇴하지 않는다.
- 한국 보수는 6·13 선거마저 내주고 나면 상당기간 긴 휴먼에 들어갈 수밖에 없다. 보수 우파는 한마디로 '망해도 싸다.'

(…중략…)

- 나라를 이끌어 가는데 적당한 확신은 약(藥)일 수 있지만, 지나친 확신은 독(毒)일 수도 있다.

나는 지금 정권을 반대한다는 의미가 아니다. 지나친 자기식 행보가 걱정스럽다. 자기네 편이 아니면 일단 적폐로 몰고 가는 점도 불편하다. 국민을 무슨 초등학생 끌고 가듯 하는 꼴이 우습다. 국민에게 이해를 구하며 함께 가는 것이야함을 말하고 싶다. 진정한 촛불이 되는 정부였으면 싶다. 거꾸로 가는 촛불이어서는 안 된다는 것이다. 푸틴과 같은, 아니면 시진핑, 김정은 같은 방식으로 촛불을 불태워서는 안 된다고 말하는 것이다.

나라가 망가져 가는 것이 보인다. 우리 차는 현대차이다. 갑자기 히터가 나오지 않았다. 24도로 올려도 찬바람이 나왔다. 언젠가는 자동차 에어컨이 고장이 났다. 나는 차를 가지고 성수동 현대 직영 서비스센터를 찾아갔다. 그곳에 갔을 때, 차를 고치는 직원은 말했다. 에어컨 사용법을 모르는 것이라고, 차는 괜찮다고. 남편은 어이가 없었다. 차를 한두 해 사용했겠냐고. 이것들이 차 고치기 싫어서 엉뚱한 소리를 하고 있는 것이라고. 결국 동네 카센터에서 해결했다.

이번에는 남동생이 우리 차를 가지고 다른 곳, 현대 자동차 직영

AS 센터를 찾아 갔다. 그곳에서도 직원들은 자동차를 수리할 의사가 없었다. 그것들은 어렵게 차를 수리하고 싶지 않았다. 하지 않아도 자기가 받을 월급은 충분히 나왔으니까 말이다. 그들은 일을 피했다. 그리고 그 밑에 있는 다른 블루멤버 센터로 차를 보내려했다. 그들은 자동차 일을 나가서 하라하는 것이다. 동생도 화가 나서 그놈들 일을 안 한다고 욕했다.

십 년 전만해도 현대 자동차의 기술자가 최고였고 직영센터는 믿을 만 했다. 이제는 일을 안 하는 나쁜 놈들이라고들 욕 했다. 노동자는 일을 하지 않고 회사 돈만 빨아먹는 기생충이 됐다. 전 세계가 자동차를 만들고 파는데, 과연 그런 노동자를 데리고 현대가 경쟁할 수 있을지 걱정인 것이다. 아무리 국산품을 애용하려고 노력해도, 젊은 이들은 다르다. 당연히 외제차를 선호하며 서비스를 받을 것이다. 노인들은 말한다 한국은 빨리 망해서 정신을 차려야 한다고. 그러나 로마처럼 나라가 망해서 사라지지는 말아야 할 텐데….

우리나라의 정치는 태극기 부대와 촛불시위로 분할 되었다. 촛불은 진보로, 태극기는 보수가 되었다. 그러다 보니 가정의 정치도 젊은이는 진보로, 늙은이는 보수로 나뉘는 것 같다. 이번 어버이날, 우리 가족은 여동생네 집에서 만났다. 나는 우연히 인터넷에 뜬 내용을 말했다.

- 이번에 김정은과 문재인이 만날 때 타고 온 벤츠 마이바흐 S600 플만가드는 일반 벤츠가 아닌, 이건희도 못 사는 아주 특별히 제작되는 차인데, 이번 남북회담에서 한국의 친구가 선물한 것이라고 벤츠 사에서 답변했다. 그 한국

의 친구는 청와대 문재인이었다는 것이다.

- 그래, 김정은이가 문재인을 공짜로 만나러 오겠냐? 그런 것들이 있으니까 왔을 것이고 아마 돈도 엄청 보냈을 것이야.
- 그거 어디서 나온 겁니까?
- 인터넷에서.
- 그런 거 보지 마십시오. 유언비어입니다.

제부의 말은 나를 복잡하게 했다. 아니 너네 공산주의식은 옳고 이쪽은 틀린거냐고 따져 묻고 싶었지만, 그네 집에서 싸움을 일으킬 수 없었다. 이제 여동생네와 멀어져야 할 것 같다고 생각했다. 비싼 밥을 먹으며 충돌하고 싶지 않고, 생각을 같게 할 수는 없지 않은가. 너네는 너네식으로 살고 우리는 우리식으로 살면 되는 것이다. 서로 아프지 말고 건강하게 독립적으로 행복하게 살면 되는 것이다.

나이가 들면서 사람들은 자기 생각에만 집착하고 다른 사람의 생각을 배척하는 삶을 살아가는 것이다. 한 세대 차이가 나지만, 그들의 나이도 이제 육십을 향해가고 있다. 그리고 자기주장에 집착하면서 의견 충돌이 일어났다. 그동안 나이 든 이들에게 종속됐던 한풀이를 하는 것처럼 강하게 주장을 앞세우면서 상대방을 깔아뭉갰다. 멀리서 보는 나는 그들의 모습에 어이가 없었다. 이제 거리를 두고 시간을 벌면서 사이를 띄워야 했다.

상대방이 그리워질 때까지 조용히 기다리는 게 필요한 것이다. 인간은 고독하다. 그래서 고독해지면 사람이 그리워질 것이다. 그때까지 시간을 두고 조용히 자기 삶에 충실해야 한다. 기다리는 것도 약이 될 것이라고 나는 생각했다.

나이든 사람과 젊은 사람이 함께하는 것은 쉽지 않다.

내 친구는 어느 날 나에게 말했다. 큰딸과 대판 싸웠다고. 학교 다닐 때, 친구는 직장생활을 하면서 대학에 다니는 딸에게 밥을 해주고, 모든 것을 다 해주었다. 그런데 시집 간 딸이 직장을 다니면서 남편의 밥상을 차려주지 않았다. 그것을 친구는 용서가 되지 않는다고 했다. 나도 그랬다. 시집 안 간, 서른여덟 살 먹은 딸에게 남편은 어린 딸처럼 모든 것을 다해주려 했고, 나는 그것이 못마땅했다. 어미가 된 여자의 마음은, 아빠인 남자들의 마음과 달랐다. 남성은 딸에게 무한한 사랑을 베푸는 것이다.

그러나 어미인 여성은 딸이 의무와 책임을 다하지 않는 것을 참을 수 없었다. 시집간 딸이 남편에 대한 의무와 책임을 다하지 않는 것을 참을 수 없는 것과 같이, 나는 38살 딸이 시집가서 애기도 안 낳고, 자기 일도 안 하고 계속 부모에게 케어만을 바라는 것을 참을 수 없었다. 거기에 남편이 외출할 때, 딸을 위한 김치나 오이지를 썰어놓아 딸이 즐길 수 있도록 만들어놓고 가자는 것이 더욱 화나게 만든다. 그러자 남편은 나에게 속 좁은 여자라 했다.

나는 말을 할 수가 없었다. 여자와 남자는 다른 것이다. 나는 '그래, 당신은 동성이 아니라 좋겠소. 나는 동성이라 괴로운데.' 했다. 친구들은 가끔 말한다. 남편들, 아니 남성들은 하등동물이라고. 여자, 아니 부인들이 왜 화가 났는지를 모른다고. 그들은 삐진 부인을 이해할 수 없다고. 세포가 다른 것을 어쩌느냐고. 친구는 막내딸에게 큰언니가 남편 밥상을 안 차린다고 하소연했다. 그랬더니 그것이 당연하다 말했단다. 자기도 그렇다고 말했다. 우리 세대는 이제 구세대가 되었다. 그러니 다시 생각해보는 것이다. 지금은 서로가 이해하는 것으로 해석되지만 말이다.

만일에 어떤 여시가 나타나서 사위를 애인으로 삼고자 온갖 정성으로 꼬드긴다면 그 남자는 결국 그 여시에게 넘어갈 수도 있지 않을까 생각했다. 인간의 본능은 '좋은 것이 좋다.'는 것이다. 이미 나는 그런 일을 겪었다. 어느 날, 사촌 언니가 외국에서 이혼했다는 설이 돌았다. 우리는 그 말이 사실일까 생각했다. 고종사촌 언니는 결혼할 때 많은 고충이 있었다. 고모부가 언니 짝인 남자를 무척 반대했다. 언니의 남편 집안은 갑부였다. 그래서 반대가 심했다. 거기에 언니는 명문대를 다녔고, 신랑은 이름 없는 대학을 다녔다. 남자 쪽은 외아들이고 부자였다. 어쨌든 언니를 돈으로 싸서 데려갔다. 언니는 외모도 연예인처럼 수려했다. 그들은 잘 살았다. 아들 둘에 딸 하나를 낳고 재미있게 살았다.

그러다가 우리나라가 북한과의 불화로, 불안한 시절, 캐나다로 이민을 갔다. 거기서도 잘 사는 집으로 잡지에 나왔다. 그리고 세월은 흘러갔다. 70이 한참 넘어 그들이 이혼했다는 풍문이 돌았다. 그때 나의 엄마는 말했다. '에이고, 남편한테 잘 좀 해주지.'라고. 엄마의 말은 여자가 아무리 똑똑해도 남자들에게 잘해줘서 한 눈을 팔지 않게 해야 한다는 것이다. 그리고 한참 후에 다시 그 언니네 큰아들이 스키를 타다 사고로 죽었다는 소리가 들렸다. 아들이 장가가서 아이가 둘이나 있었는데 말이다. 불행은 행복처럼 항상 가까이에 있었다. 늙어가며 남편과 친구 사이로 사는 것도 바쁜데, 이혼을 하고 아들까지 죽었으니 지옥이 따로 없을 것이었다.

풍문으로는 새 부인이 그렇게 새 남편에게 잘할 수가 없다고. 그녀는 자기가 데려온 아들 두 명을 키운다고. 본부인은 원래 여시 짓을 못 한다. 젊은 새 부인은 새 남편에게 온몸을 바쳐서 희생할 것이다. 과연 새 부인이 언제까지 그렇게 여시 짓을 하며 잘 살지는 모르지만 말이다.

이제 나이가 들어 서서히 죽어가는 시점에 이르렀다. 모든 가족은 이래저래 해체되었다. 생리학적으로 그 남자는 어리석었다.

아들과 딸에 대한 편견이 분명 있어 보인다. 엄마는 아들 바보가 되고, 딸은 아빠 바보가 되는 것이다. 나의 엄마를 보면 결국 죽을 때까지 자기가 가진 재산은 물론 쌈짓돈까지 아들에게 털어주었다. 아직 죽지 않았으면서, 미리 당신이 죽을 것을 생각해서 말이다. 내 친구들은 아들을 보면 불쌍하다고 했다. 얼굴만 보면 며느리에게 시달려서 안 됐다는 생각이 일어난다고. 아빠들은 딸을 영원한 공주로 생각했다. 늙어서 시집 못 간 딸에게 대접받을 생각은 못하고 손수 밥상을 차려주며 공주 대접을 해주는 것이다.

엄마와 딸이 부딪혀서 싸움이 일어나듯, 아빠와 아들이 부딪혔다. 결국은 아들이 자살했다. 그렇게 남편 친구 아들 둘이 죽었다. 훌륭한 아빠 밑에서, 그렇지 못한 아들들은 목욕탕에서 자살했다. 가족이라는 집단 속에서, 같은 동성은 서로 잘 싸웠다. 그러나 이성끼리는 같은 식구이자 동지로서 서로를 이해했다.

생물학적으로 어찌할 수 없는 부분이 분명 있는 것이다. 엄마가 시집 안 간 딸을 보면 참을 수 없는 것처럼. 왜냐하면 시집가서 가정을 이루고, 아들 딸 낳고 사는 것이 자연스럽다고 생각하기 때문이다. 그런데 그 딸에게 어린 딸 키우듯이 보살펴주는 일은 엄마에게 참을 수 없는 일이 되는 것이다. 아들이라면 대학을 졸업하고 취직해서 자기 삶을 개척해야 하는데, 집에서 어린 아들처럼 부모의 케어를 받으면 아빠는 아들을 용서 못할 것이다. 그런데 엄마는 아들이 안쓰러워서 모든 일을 해주는 것이다. 여기서 부부의 갈등이 생긴다. 아빠는 아빠대로 왜 그러냐고. 엄마는 아빠에게 또 왜 그러냐고.

그렇게 늙은 아들을 데리고 살다가 아빠는 죽고, 아들은 컴맨으로 집에만 사는 왕이 되었다. 결국 엄마는 그 아들의 시녀로 전락했다. 그리고 아들은 엄마가 제 말을 안 들으면 폭력을 휘두르는 사람으로 변했다. 그런 사회가 일찍이 일본이었는데, 한국도 그런 사회가 되어 늙은 엄마가 아들에게 맞으며 사는 사회가 된 것이다.

*

이런저런 이야기를 하다가 남편이 말했다.

- 북한은 핵을 개발해야 남한에게 손을 벌려 돈을 뜯어내는 민족이야. 예전에 고구려도 만주나 신라, 백제를 침략해서 물자를 얻었지. 북쪽 지역에는 유목민족이며, 침략자들이 많았어. 남쪽에 사는 사람들은 농경문화로 농사를 지었으며, 정착하고 사는 사람들이지.

남편은 평생 농사를 짓고 사는 사람들은 침략과는 거리가 멀다고 했다. 농사를 지어서 자급자족하며 가족을 부양하며 살았던 것이라 했다.

이에 나는 시어머니를 이해했다. 그는 평생 자식에게 손을 벌려 돈을 요구했다. 그것이 자식의 도리라고 강조했다. 시어머니는 이북이 고향이고, 성격이 강했다. 그런 것이 북쪽 지역의 성향인 것이다. 내 외가와 친가는 농경문화 속에서 컸고, 농사를 지어서 도시 사는 자식들에게 바리바리 싸다주었다. 그래서 자식들에게 손을 벌려 돈을 요구거나 자신의 욕심을 채우지 않았다. 그들은 자식에게 헌신하며 농사지은 곡식을 머리로 이어 날랐던 것이다.

한 가정에도 그 지역의 성향이 어떤 것인가가 나타났다. 하물며, 국가와 국가 사이의 배경, 환경, 타고난 성품 등은 더 많은 연구대상이 되는 것이다.

*

남편 친구와 저녁을 함께 했다. 그 친구는 당뇨가 심했다. 그는 눈이 잘 보이지 않았다. 몸이 많이 흔들렸다. 당뇨병을 10년 동안 앓았다. 그는 고집이 셌다. 말도 어눌했다. 그는 말을 계속했고, 남편에게 무엇인가 확인을 하면서 말을 시켰다. 나는 그의 말을 알아들을 수 없었다. 남편 친구들은 칠십이 넘었고, 몸이 부실한 사람이 많았다. 젊어서부터 술을 즐겼기 때문이었다. 지금 친구 A도 그랬다. 술을 좋아했고, 자기 멋대로 즐기면서 살았다. 나는 그 친구와 함께하는 게 싫었다. 그러나 친구이기 때문에 식사를 해야 했다.

나이 들어서 서로 소통하며 즐겁게 식사한다는 것은 결코 쉽지 않았다. 싫지만 만날 수밖에 없는 것이 괴로웠다. 그런데 그 친구 부인은 얼마나 힘들 것인가? 소통이 되지 않는 말을 계속하며 자기 이야기에 동조를 안 한다면서 부인에게 버럭 소리쳐 대는 남편이었다. 나는 그들을 보면 가슴이 아리면서 불편했다. 그 친구는 술을 좋아했다. 몸에 붓듯이 술을 마셨다. 남편과 나는 어찌할 수가 없었다. 그는 당뇨 환자라 술만 마셨다. 그것이 당치수를 내린다 했다. 언젠가 역사서에서 정인지가 밥 대신 막걸리만 먹었다는 문구를 읽었다. 그도 막걸리만 마셨다. 아마 그 친구의 병에 도움이 되는 것이리라.

나는 저녁시간이 빨리 끝내기를 바랐다. 더 길어지면 그 친구에게 탈이 생길까 걱정이 되었다. 우리는 그를 살살 달랬다. 그 친구는 다음에 다시 만날 것을 약속하며 일어섰다. 그는 비틀댔다. 내 남편이 그를 붙들었고, 친구에게 신을 신겼다. 그리고 서로 악수를 하며 다음을 기약하고 헤어졌다. 이제 이런 일이 우리에게 일상이 될 터이고, 남편이, 아니면 내가 그럴 것이었다. 나는 미래가 두려웠다. 나는 머리를 흔들었다. 현재를 중요시하자고 다짐했다.

나이가 들면 과거에 집착한다 했던가? 어린이들은 미래를 가지고 살고, 젊은이는 현재에 산다했는데…. 나는 생각했다. 이제 지나간 과거가 생각나면, 다시 머리를 흔들고 현재에 살리라.

2018년 5월 16일.

'사회 균형 잡는 良識의 힘'이라는 만물상 코너를 신문에서 읽었다. 요약하면 다음과 같았다.

- "이런 동영상을 남겨야 하는 탈북자의 운명이… 비참하기까지합니다."
- "만약 제가 북한에 들어가 기자회견을 한다면 100% 타의에 의해 납치됐다는 사실을 알리고 싶습니다."

- "만약의 사태에 대비하지 않을 수 없어." 2007년 입국한 김태희 씨가 복받친 감정으로 영상을 올렸다 했다.
- 민변은 '2년 전 중국 내 북한 식당 종업원 13명 탈북 사건'이 국정원의 총선용으로 기획이었다고 고발했다. 검찰이 수사에 나섰다.
- 박근혜 정부가 2016년 4월 총선을 엿새 앞두고 북한 식당 종업원 탈북을 이례적으로 공개한 것을 놓고 선거에 이용한다는 지적이 나왔다.
- 탈북을 공개해 선거에 이용하려 했다고 해도 그 문제와 목숨 걸고 북한을 탈출한 사람들은 별개의 사안이다.
- 식당 종업원 20명이 함께 탈북하려 했지만 7명은 가족을 걱정해 빠졌다고. 민변과 북한은 강제 납치를 주장했다. 따라서 북의 가족을 온전하게 놔두고 있을 가능성이 있다.

요즘 한 방향으로 가는 문제 때문에 모든 사람이 걱정을 많이 하고 있다. 이러다가 남한도 공산주의 사회로 가는 것이 아니냐는 것이다. 이 나라가 어떻게 견뎌온 것인데 말이다. 거기에 경제 지표는 계속 하락하고 있다. 다른 나라는 경제지수가 상승해서 100을 넘기는데, 한국은 100 이하로 하락한다는 소식이다. 군산의 현대 조선이 망가졌고, 협력업체도 망가졌다. '탈 원전 쇼크'로 한전이 또 1200억대 적자라고 신문 헤드라인으로 나왔다.

정부의 탈 원전 정책 이후 값싼 원전 대신 비싼 액화천연가스(LNG) 발전 등을 늘리면서 발전 비용이 2조 원대 이상으로 급증, 한국 전력이 작년 4분기에 이어 올 1분기에도 적자를 기록했다. 한국의 정치가 거꾸로 가는 느낌이다. 그런데 국민은 현 정권을 지원한다며 언론이 계속 떠들고 있다. 나는 이제 어느 것이 진실인지 알 수가 없다. 이런 사실을 기록하다보면 몇 년 후 진실이 다시 나타날 것이기에 현재의 상황을 나타내려 했다.

*

1999년 1월 중순.

도서관에 갔다. 논문자료를 찾고 참고할 책을 읽었다. 내 논문에 적용할 논문집을 찾고 공부했다. 오후가 되니 머릿속에 복잡한 일들이 생각났다. 보험료 처리, 각종 세금 독촉문제…. 가슴이 답답하고 공부할 마음이 사라졌다. 글씨가 눈에서 벗어났다. 왠지 우울해졌다. 마음이 스산하고 명쾌하지 못했다. 이웃에 사는 아줌마 황 씨의 회색 언동이 불쾌했다. 그동안 십년지기로 서로 잘 살았는데, 이간질하는 다른 이웃 여자 때문에 황 씨의 마음이 달라졌다.

그러나 어쩌겠는가? 황 씨가 심리적으로 좋아하는 쪽으로 이동하여, 간사한 여자에게 붙은 지금이 좋다는 것을…. 황 씨가 그런 여자인 것을 몰랐던 내 잘못이었다. 옆집에서 십 년을 살았는데 그런 것을 알지 못한 내 탓인 것이다. 전부 내 덕이 부족한 것으로 생각하자. 아니면, 내 인덕이 모자라서 그렇다고. 전부 빨리 잊자. 나는 그냥 공부 열심히 하는 것에 집중하자. 이웃과 부딪히는 일이 없도록 조심하자.

새로운 마음으로 내 계획을 수행하고, 황 씨와의 관계는 전부 지워버리는 연습을 하자. 심리적인 정리로 나를 반성하고, 황 씨에 대한 마음 속 갈등을 깨끗하게 버리자. 그리고 나는 나임을 다시 한번 깨우치고 나를 위해 사는 것에 집중하겠다고 다짐했다. 다시 내가 쓰던 논문을 폈다. 나는 당장 십 페이지 이상의 논문을 작성하기 위해 집중하려 애썼다.

*

2018년 5월 18일, 국립박물관을 탐방 한다.

아침부터 한여름의 비처럼, 비가 폭포수같이 쏟아졌다. 나는 9시 30분경 삼호가든 사거리에서 3012번 시내버스를 아주 오랜만에 탔다. 버스정류장에서 기다렸다. 정류장의 스크린에서 곧 3012번 버스가 도착한다고 알렸다. 나는 버스를 탔다. 옛날에는 차에 오기를 무조건 기다렸고, 약속시간에 맞추지 못할까봐 조바심을 냈다. 차가 항상 나의 주인이었다. 그때 차장은 비좁은 차 속으로 나를 짐짝처럼 꾹꾹 눌러 밀어 넣었다. 그것도 학교시간 늦을까봐 고마워하며 차 속에서 숨죽이고 힘들게 이동했다.

지금 차 내부와 차의 공간은 큰 궁궐이었다. 차를 탈 때도 계단이 없이 차와 땅이 평행하여 차타기가 쉽다. 차비로 카드를 찍고 바로 앉을 곳을 찾는데, 앉을 의자는 널려 있다. 편안한 곳에 자리를 잡으면, 운전석 뒤에 부착된 대형 TV에서 드라마가 나온다.

- 아! 우리나라는 정말 잘 사는 나라구나!

그렇게 입에서 연발한다. 고속터미널을 거쳐, 신반포역, 구반포역를 지나 동작대교 구름 카페 정류장에서 하차한다. 다시 버스 502번을 갈아타고 두 개의 정류장을 지나 국립박물관에서 하차한다.

국립한글박물관 출입구로 들어간다. 거기서 길을 따라 국립중앙박물관을 향해 걷는다. 이집트 궁궐의 돌기둥처럼 입구에 사각 기둥이 웅장하게 서쪽으로 줄지어 서 있다. 장관이다. 주변은 큰 숲으로 정원을 이루었다. 가다보면 큰 연못과 팔각정이 있고, 그 건너에 대형 왕궁처럼, 현대 건축술로 만들어진 커다란 사각 구조물, 그 위에 둥근 원형조형물이 아름답게 디자인되어 그림처럼 서 있다. 고대와 현대가 어우러져 있어서 더 아름답다. 호수 위에 뜬 그것의 그림자 또한 아름답다. 하늘은 먹구름이 거친 회색 하늘이고, 그 옆의 계단 통로는 노란색 디모르포세카 꽃으로 길게 장식되어 나를 반긴다.

나는 금방 선녀가 되어 이름이 긴 디모르포세카를 부르며 꽃을 확인해본다. 꽃길을 따라, 긴 계단을 지나 박물관 본관으로 들어간다. 이미 사람들로 가득하다. 청소년, 할머니, 할아버지 등 많은 사람이 줄을 서서 입장한다. 이번 주는 박물관 기념행사라 입장료가 무료여서 사람이 많다. 나는 친구들을 만나 줄을 서서 입장했다. 이번 특별전의 제목은 '칸의 제국 몽골'이다. 한몽 공동 학술조사20주년 기념행사인 것이다.

- 제국의 여명 : 몽골에서 인류가 살기 시작한 것은 80만 년 전이었다. 구석기 시대, 중석기 시대, 청동기(기원전 3천 년기 후반), 기원전 1천 년기 초반부터 사용. 무덤에서 출토된 뼈 목걸이, 조개 팔찌, 청동 솥, 산양 칼자루 끝 장식등이 있다.
- 고대 유목 제국 : 기원전 3세기에 최초로 흉노가 국가를 세움. 6~9세기 말 돌궐, 위구르, 키르키즈 국가가 몽골 지역 지배. 10세기 초 거란이 등장. 흉노는 중국 진나라, 한나라와 세력 다툼. 동서 문명의 교류를 중계하는 역할. 돌궐은 아시아 대륙을 통합한 후 유목 제국으로 성장. 제사유적에 돌궐 문자가 기록됨. 카간의 금관, 금동 일산 살꼬지, 퀼 테킨의 두상 등의 유물 발견.
- 몽골제국과 칭기스칸의 후예들 : 13~14세기 태평양 연안에서 동유럽, 시베리아에서 남아시아까지 이르는 제국을 건설. 유물로 말 안장, 은제 주전자, 화려한 안장과 등자 등이 있다.
- 몽골 불교 : 몽골에서 불교는 몽골제국의 카안 쿠빌라이가 처음 국

교로 인정하였지만 이시기는 불교를 무속신앙과 함께 숭배했다. 몽골은 16세기 말부터 티베트 불교를 더욱 적극적으로 받아들였는데 라마교를 혁신한 황교가 흥성하여 몽골을 통합하는 기초가 되었다. 20세기 사회주의로 침체되다가 다시 1990년 종교의 자유가 인정되어 새롭게 조명받고 있다.

- 자나바자르 : 몽골의 화가이자 학자로서 조각, 회화, 시, 의료, 출판, 티베트 불교 등 다방면에 걸쳐 뛰어난 업적을 남겼다. 최초의 사원인 에르데니 주사원을 설계하였고 티베트의 불경을 금니로 필사하여 보급하였다. 그는 귀족 출신으로 티베트로 가서 달라이라마의 제자가 되었다.

- 몽골제국 연표 : 1162 - 태무진 출생. 1206 - 칭기스칸, 몽골초원 통합. 1227 - 우구데이 카안 즉위. 1247 - 구육 카안, 서방 원정 시작. 1258 - 바그다드 점령, 압바스왕조 멸망. 1271 - 쿠빌라이 카안, '대원'국호 반포, 마르코폴로 동방여행시작. 1276 - 남송 멸망. 1288 - 고려에 정동행성 설치. 1290-1293 - 쿠빌라이와 카이두, 카라코룸을 둘러싼 공방전. 1368 - 주원장, 명 건국1388 - 몽골제국 붕괴.
- 돌궐 연표 : 552 - 튀멘, 돌궐 건국. 563 - 돌궐, 동로마 비잔티움에 사신 파견. 581 - 양견, 수 건국. 582 - 돌궐제국, 동서분열. 618 - 이연, 당 건국. 630 - 동돌궐 멸망. 657 - 서돌궐 멸망. 676 - 신라, 삼국 통일.

- 흉노 연표 : 기원전 318 - 한, 조, 위, 연, 제, 5국과 함께 진 공격. 기원전 209 - 무특, 선우 즉위. 176 - 흉노, 둔황 치렌산 월지 토벌. 121 - 한의 곽거병, 치렌산에서 흉노 공격. 기원후 48 - 남흉노, 북흉노로 분열. 107 - 북흉노 서역 제국 재지배. 375 - 흉노의 침공과 유럽의 민족 대이동 시작.

우리는 칸의 제국 몽골을 해설사를 통해 공부했다. 그곳에서 이동하여 박물관내에 있는 경천사 십층석탑을 구경했다.

이 탑은 고려 충목왕 4년(1348)에 세운 십층 석탑으로 대리석으로 만들었다. 고려인이 생각한 불교세계를 입체적으로 표현한 석탑이다. 사면에 사자, 서유기, 나한 등을 조각했다. 이 탑은 1907년 일본 궁내대신 다나카가 일본으로 밀반출하였으나, 영국 언론인 E. 베델과 미국 언론인 H. 헐버트 등의 노력에 의해 1918년에 반환되었다. 1960년에 경복궁에 복원되었으나, 산성비와 풍화작용 등 보존상의 문제로 10년간 보존처리를 하여 2005년 이곳 용산으로 이전 복원하였다.

나는 그 탑이 모형으로 만들어 둔 탑으로 여겼는데, 그 탑에 시련이 있었음을 알았다. 세계의 언론인이 아니었다면, 이곳에 있을 수 없는 귀한 유물이었다. 다시 눈여겨보며, '너 힘들었구나.' 하고 탑을 향해 말했다.

우리는 박물관 주변을 산책했다. 보신각종을 구경하고, 숲 길을 걸었다. 미르 폭포인 분수대에 이르렀다. 미르는 용을 뜻하고, 이곳이 용산이니 용을 뜻하는 옛말로 미르 못, 미르 다리, 미르 폭포가 되었다. 여기저기 산책을 하고, 국립한글박물관에 들러 휴게소에서 우리가 싸간 김밥을 먹었다. 그리고 우리는 오후 내내 이바구를 하고 헤어졌다. 그날 뭔가 특별한 공부를 했기 때문에 기뻤다.

*

책을 읽었다.

삶의 강물은 누구도 예측할 수 없다. 일단 그대가 규칙에 따라서 살기 시작하면 그때는 어디로 흘러가는지 안다. 하지만 깊은 곳에서는 그 흐름은 정지되었다. 이제 그대는 단순히 죽어가고 있을 뿐이다. 왜냐하면 감옥에 갇혔기 때문이다. 그리고 그 감옥은 매우 미묘한 것이다. 깨어 있지 않고서는 그대는 그것을 볼 수 없을 것이다. 그것은 그대가 입고 있는, 보이지 않는 갑옷과 같다.

이 시대의 위대한 사상가 중 한 사람인 빌헬름 라이히(19세기 정신분석가이자 프로이트의 촉망받던 제자) 역시 보이지 않는 갑옷에 대해 이야기했다. 그러나 세상은 그를 미치광이라고 결론내려 정신병원에 가두었으며, 그는 그곳에서 생을 마쳤다. 그가 말하는 것은 진리였지만, 아무도 그의 말을 들으려고 하지 않았다.

빌헬름 라이히, 그는 장자가 경전에서 말하고 있는 것과 똑같은 사실을 깨달았다. 감옥에 갇힌 채 살아가는 인간의 모습을 꿰뚫어 보았다. 그는 마음의 병이 반드시 육체의 병을 가져온다는 사실을 발견했다. 마음의 병이 생기면 육체의 어느 부분도 병들고 굳어진다는 사실을. 그리고 육체의 그 부분이 치료되지 않고서는, 그 막힌 부분이 뚫리지 않고서는, 그리하여 육체 에너지가 자유롭게 흐르지 않고서는 정신이 자유로워지는 것이 불가능하다는 것을 발견했다. 감옥이 부서져야 하는 것이다. 갑옷이 벗겨져야 하는 것이다.

그렇다. 우리 모두는 자기의 생각 속에 갇혀서 갑옷처럼, 시멘트로 자신을 꽉꽉 묶은 채 살아간다. 그것은 관습이기도 하고, 제도, 아니면 부모에게 받은 그대로를 가지고 그것이 진리처럼 스스로 자신을 묶는 것이다. 나는 가끔 그런 것을 벗으려 애써본다. 나에게 극기훈련을 시도한다. 오랫동안 걷거나, 극한 산행을 시도한다. 몸이 힘들면 머릿속의 찌꺼기가 비워진다. 몸속에 쌓인 찌꺼기까지 전부 사라진다. 그때 갑옷이 벗겨지고 오롯이 나만이 존재할 때가 생기는 것이다.

그래서 사람들이 도를 닦을 때 순례길을 찾아나서는 것이 아닐까? 나는 나이가 들어서, 순례길을 찾는 마음의 준비는 하지 못했다. 그러나 마음의 한쪽에는 해보면 안 될까 하는 생각이 항상 존재한다.

*

여고동창모임으로 미술공부를 했다.

우리는 먼저 예술의 전당, 챔버 룸에서 전혁림, 박생광 비디오를 감상했다.

- 박생광 : 1904년~1985년, 경남, 진주. 1870년~1875년 일본 지방에서 활동했다. 처음에 화가로 알려지지 않았다. 그는 전통 회화를 그렸다. '진채화의 거장'으로 불린다. 단색조의 모노크롬이 주류를 형성하고 있던 민화를 비롯하여 불화, 무속화 등의 토속적인 그림으로 유명. 단청 색깔로 오방색을 썼다. '일본화'의 그늘에서 벗어나려 '한국화'의 방향 모색에 골몰했다. 단청 안료와 아교, 먹을 배합한 새로운 기법 창안.
- 죽은 명성왕후, 전봉준, 조선 민화, 불화, 고구려 벽화 등의 그림으로 유명. 처음에 박생광은 모란 그림을 그렸다. 화려한 꽃을 그림으로 그리는 것은 어렵다. 모란 그림의 일인자다. 자색모란은 꽃이 화려하니까 꽃색을 죽여서 나타냈다.
- 이영 미술관 관장은 미술품 수집가로 박생광의 그림을 사고 싶었다. 김이환 관장은 수유리 박생광의 집을 찾았다. 그는 너무나 가난했다. 화가는 74세, 관장은 44세. 관장은 그를 부모처럼 생각했다.

선생은 물었다. 물감을 사줄 수 있냐고. 그림 그리고 싶다고. 관장은 사줄 수 있다고 답했다. 물감은 비쌌다. 선생이 입으로 붓을 칠하고 하다가 납 성분 때문에 후두암으로 81세에 죽으면서 자신의 그림을 관장에게 맡겼다. 아들은 줄 수 없다고. 관장은 바로셀로니아로 가져가서 전시했다. 그곳에선 난리가 났다. 한국에 이런 그림이 있었냐면서. 그 후 관장은 그림 보는 내공이 쌓여서 10년 후, 전혁림의 그림을 통영에서 찾았다.

- 전혁림 화가는 2010년 96세까지 그림을 그렸다. 처음에 통영 여중에서 선생님을 하다가 그림을 그렸다. 선생을 할 때, 같은 교직원으로 유치환, 유치진, 김춘수, 윤이상 등 유명한 사람이 함께 있었다. 그는 일본이나 불란서에서 공부하지 않아야 자기만의 화풍을 이룩한다고 생각했다. 그래서 현대적 감각이 뛰어났다. 그는 한국 현대미술의 거장이 됐다. 푸른색이 짙은 통영항 작품이 유명하다. 그 작품은 같은 고향 사람인 노무현 대통령이 청와대 연회실에 걸었다. 물감이 비싸지만, 1억 5천만 원에 주문 제작해서 연회실에 걸었다.
- 전혁림은 1949년 제1회 미술전람회에 입선하면서 알려졌다. 그 후 중앙화단과 거리를 두고 고향 통영과 부산을 중심으로 작품 활동을 했다. 그는 '색채의 마술사' 또는 '바다의 화가'로 알려져 있다.

가난하고 힘들면 예술가가 빛난다. 그의 그림을 보면 감동이 온다.

전혁림은 '바다에 지다'라는 제목으로 다큐에 출현했다. 코발트빛이 유명하다. 경남의 통영 바다에, 푸른색 물감을 축제를 즐기듯 아름다움을 나타냈다. 그는 96세에 타계했다. 그는 한국의 전통색상인 오방색, 황, 청, 백, 적, 흑의 다섯 가지 색을 중시했다. 그는 오방색의 마술사였다. 그것을 현대적인 감각으로, 추상적 모티브로 삼아 그림을 그렸다. 그는 그림을 독학했다. 서양화가 중 마티스, 피카소의 기법을 좋아했다. 한국의 민화를 모티브로, 피카소의 영향을 받아 독자적인 화풍을 만들었다. 종교적이고 철학적인 것에 생명을 넣고, 한국적인 것으로 만들어 도예와, 회화를 선구적으로 이끌었다.

그는 국적이 뚜렷한 예술이 중요하다고 강조했다. 고구려 벽화와 민화, 한국적 전통을 중시했다. 어릴 때 팔이 부러져서 일본 선생이 붓을 주었고, 그림을 그리게 되었다. 일본인 화가가 그의 재능을 발견했다. 그는 바다, 희망, 자유를 일본 치하에서 갈망했다. 일본 놈의 문화에는 오류가 많았다. 일본 유학을 포기하고 전통에서 희망을 보았다. 불란서로 유학 갔으면, 이쪽저쪽의 영향을 받아서 안 좋았을 것이라고 그는 말했다.

다큐에서는 윤이상의 부인을 만났다. 그들은 피난 시절 같이 살았다. 음악가로. 화가로. 그들은 통영을 그리워했다. 그러나 그(윤이상)는 고향으로 돌아오지 못했다.

화가는 자기 세계에 강했다. 화단을 피했다. 부산 화단을 이끌었다. 화풍은 시공간을 앞질렀다. 화단에서는 잊힌 작가가 되었다.

부인은 가난하여, 구두를 팔아 한 달 동안 고구마로 밥을 먹었다. 그의 부인은 병들었다. 부인은 그를 원망하고 붓을 버리라고 했다. 부인이 죽을 때, 그는 눈물로 미안하다고. 그는 화가로서 열정이 있는 코발트 블루 바다를 그렸다. 그것은 그의 의지며, 존재이고, 의의가 있는 예술의 길이었다.

전혁림은 작가로서 재평가되었다. 70이 넘어서야 가난에서 벗어났다. 그림이 팔렸다. 그는 겸손했지만 당당했다. 그의 아내도 치유가 되었다. 80이 넘으면서 유물은 한국을 상징했다. 오방색이 정립되었고, 그는 확고히 최고의 원로가 됐다. 90이 넘어 그는 화단의 중심인물이 됐다. 그는 그때부터 원색을 사용했고, 모든 것을 단순화 해서 거장이 되었다. 처음에는 많은 색깔을 사용하다가 후에는 단순하게 몇 개의 색채로 그렸다. 새 전시회를 열면 그는 항상 두렵고 설렌다. 아들도 같은 화가의 길을 걷는다.

우리는 이영 미술관에서 전혁림의 통영 항과, 도자기, 오방색을 가진 작은 원형 도자기의 집합을 보았다. 그리고 특별기획전을 통해 젊은 작가의 그림을 감상했다.

- 김성호 : 책과 장난감, 피규어를 그린 그림. 책으로 이루어진 도시를 떠오르게 한다.
- 안소현 : 작품은 '희말라야산'으로, 작가 특유의 색감을 썼다. 작가는 인도 여행의 감흥을 표현했다. 그의 작품은 사람들을 매혹시키며 그 속에 빠지게 했다. 그리고 사람들을 치유했다.
- 김준 : 문신이 가득한 신체 이미지를 표현했다. 인간의 몸은 화려한 물건이 되어 마치 생명이 없는 장식품처럼 놓여 있다. 인간의 연약함과 불완전함을 가상의 피부로 표현했다.
- 김규리 : 작가는 주로 문자를 이용하여 드로잉 작업을 한다. 관객 앞에서 즉흥적으로 펼치는 라이브 드로잉 퍼포먼스 등 다양한 매체와 협업하며 대중과 소통한다.
- 이혜림 : 작가의 '크리스탈 도시' 시리즈는 드래곤인 '용'과 여성 캐릭터인 '토키'가 만나 환상의 세계를 여행하는 과정을 보여준다. '크리스탈 도시'는 작가가 이 시대 여성성의 새로운 반전을 꿈꾸는 장소이다.

우리는 이영 박물관을 관람하고 올해의 여고 동창 모임을 끝냈다. 예술을 관장하는 총무는 말했다. 우리가 더 나이들기 전에 이런 것들을 보고 배우자고. 동창들은 감사하다며 박수를 치고 헤어졌다.

*

마음을 신문에 빼앗겼다.

'예수님도 부처님도 버스 세 탕 뛰면 욕 나올걸요.'라는 제목이다. 이 기사는 버스 운전석에서 바라본 세상 이야기인 『나는 그냥 버스기사입니다』를 펴낸 허혁 씨에 대한 기사다.

(…전략…)

편한 사람은 글을 안 써요. 절박하면 글이 나옵니다. 가난을 선택했는데, 이건 뭐 사람도 아닌 거예요. 힘들어서 그렇지 대한민국에서 가장 성실한 직업군은 버스기사예요. 3년이 되어야 인격적으로 성숙해집니다. 운전하면 분노가 싸이고, 결국 손님한테 푸는거죠. 그리고 민원들어가고 CCTV로 내꼴보고, 벌금 5만원 내고, 친절교육 받지요. 저도 10번 들어갔어요. 선글라스로 표정관리 하고, 마스크는 욕을 막아줍니다. 라디오 볼륨은 일종의 소리 커튼입니다. 버스기사는 ×무시당하는 게 제일 서러워요. 운전석에 앉으면 감정이 널뛰기를 해요. 원래 나쁜 기사는 없어요.

저도 오전에는 선진국 기사, 오후에는 개발도상국 기사, 밤에는 후진국 기사가 돼요. 부인은 전주한옥마을의 문화해설사. 딸은 스타벅스의 장애인 바리스타, 아들은 싱어송 라이터를 꿈꾸는 대학생. 딸은 저산소증으로 태어나서 경계성 지적 장애가 있어요.

지금은 나에게 저녁이 있는 삶이죠. 글을 쓸 시간이 많아졌구요. 정직하게 노동하면서 바닥의 삶을 글로 옮기고 싶어요. 몸이 아니라 머리로 쓸 땐 펜도 꺾을 겁니다.

(…중략…)

정치하는 애들하고는 말을 안 섞어요. 감옥 갔다 온 걸 평생 우려먹으며, 시민단체 들락거리는 '입 진보'들. 생계에 대해 고민한 적 없고 무릎 끓고 빌어본 적도 없는 놈들이지요. '각시 그만 등쳐먹고, 세금 그만 축내라.'라고 말하고 싶어요. 저는 문학이 권력이라고 생각해요. 먹고 사느라 글을 쓸 수 없는 사람들의 이야기를 치열하게 써 나갈 겁니다."

이 글을 읽으며 서민적 마음의 응어리를 공감했다. 말해서는 안 되는 것을 늙은이가 말했다면, 그것은 젊은이들의 적이 되는 것이라고 작가는 쉽게 말했다. 그의 나이(53)는 정치적으로 중립일 수 있는 나이다. 위아래로 43세부터 63세까지 중심을 지키는 나이니까 말이다. 감옥 갔다 와서 평생을 시민단체에 서성대고, 국민을 충동질하며 나라를 긁어먹는 사람들. 그들을 충동질해서 촛불시위, 태극기시위하며, 정치적으로 나라를 팔아먹는 족속들. 그런 것들을 이야기했다는 것이다. 제발 좋은 에너지를 모든 국민이 모아서, 제대로 나라를 살리길 빌 뿐이다.

*

어느 날 사위가 사표를 냈다.

갑자기 나는 머리가 아파왔다. 어떡할 것인가? 무엇을 해 먹고 살 것인가? 우리의 문제가 제기되고 있었다. 나는 뒤를 돌아봤다. 남편의 구속게임이 끝난 지 3년이 되는 해였다.

그래, 다시 인생의 나쁜 게임이 시작되는구나. 시대적으로 국가는 최저임금체제(최저임금 1만 원과 재벌 체제 해체의 노동개혁을 대선의 기치로 내건 공약)로 온 나라가 흔들렸다. 빵집은 아르바이트생이 없어서 사장이 판매했고, 식당에는 종업원이 줄어서 음식이 늦었다. 직원을 쓰면 빵집이나 식당이 망했다. 최저임금을 실천할 수 없었다.

정치집단은 민주노총을 위한 정치여야 하고, 민주노총은 자신을 위한 시위가 국민을 위한 것이라 한다. 국민은 그들의 행동에 좌지우지되며 속을 태운다. 도대체 그들은 누구를 위한 정치를 하는지 우리는 모른다. 우리 속은 시꺼멓게 타고 있다. 과연 우리나라가 온전할 것인가? 전 대통령 중 두 사람은 감옥에 들어갔고, 정치인들은 매일 검찰과 법원에서 잔치를 하고 있다. 나는 그들의 말을 이해할 수 없다. 법의 잔치는 길고 길었다.

다른 나라는 나라를 살리는데 힘을 쓰고, 우리나라는 정치인을 살리는데 힘을 쓰고 있으니 평범한 국민만 죽어간다. 이제 사위는 무얼 해먹고 살 것인가? 그것이 문제였다. 사회 구조도 이상했다. 사위네 F회사는 망할 일이 없는 교육회사이다. 사회에서 인정받는 회사다. 그러나 설립자는 아들에게 물려주었다. 그 아들은 의사로 개업했지만 망하고 F회사를 물려받았다. 사장은 돈에 대한 탐욕이 강했다. 그는 회사를 줄여 갔다. 사업보다 부동산 쪽에 투자하기 시작했다. 부서를 줄이고 인원을 줄였다. 그는 뭐 하러 사업을 힘들게 하냐고 했다. 사업체를 팔아서 부동산을 매입하면 더 크게 배 뚜드리며 먹고 살 수 있는데. 그는 빠르게 회사를 정리했다.

사위는 그곳을 10년 동안 다녔다. 만년 대리로 과장 승진을 시키지 않고 스스로 퇴사하게 만들었다. 사위는 성실했다. 사위가 없으면 결재가 어려웠다. 사위는 그 회사의 모든 일의 집사여야 했다. 휴일에도 출판과 제작을 보살펴야 일이 순조로웠다. 사위는 그 회사의 머슴이었다. 사장은 사위에게 모든 것을 맡겼고, 결국 모든 것을 배워서 이제는 사위가 필요하지 않았다.

이제 그 회사가 사위를 버리려 했다. 모든 것을 없애야 회사가 편하고 자유로웠다. 회사에서 시달리던 사위는 스트레스로 몸이 망가졌다. 몸은 악을 불렀고 그 악은 병을 불렀다. 몸이 견딜 수 없어서 고통이 일어났다.

나는 사위에게 말했다.

- 네가 살아야 식구들이 살지 않겠냐?
- 그래도 가장인데 죽도록 회사를 다녀야지요.
- 그건 아니지. 어차피 회사가 사라지고 있는데. 하루라도 빨리 나오는 게 낫지.
- 네.

그러자 딸이 말했다.

- 걱정 마. 내가 아르바이트라도 해서 먹고 살고, 지금 집은 전세를 놓고 높은 전세 받아서 반은 빚을 갚고 우리는 저기 변두리 전세로 이사 가면 돼.
- 그래, 어떻게든 못살겠냐?
- 그런데 사위야, 너 무엇을 좋아하냐? 이 기회에 정말로 네가 좋아하는 일을 찾는 게 좋겠지? 너네는 100년을 산다면 아직 60년을 더 살아야 하잖니? 진짜로 좋아하는 것을 찾자고.
- 저는 한 번도 그런 것을 생각해본 적이 없어요.
- 그래?

나는 깜짝 놀랐다. 사십 년을 살면서 어떻게 자신이 좋아하는 일이 무엇인가를 생각해본 적이 없을까?

- 이제까지 부모가 하라는 대로만 하고 살았어요. 대학 가는 것도 부모님이 지시했고요. 모든 것을 부모님이 하라는 대로요. 부모님을 거역한 적이 없어요. 그런데 부모님이 계속 강압적으로 이 회사를 유지하라 하시는데, 내가 거역하는 거지요.
- 그래 너 훌륭하다. 그러나 넌 성공한 거다. 부모님 거역을 사십에 했으니 말이다. 네 장인은 칠순에 했으니까. 우리는 평생 부모에게 복종해서 집안이 어그러지고 힘들게 살았잖냐? 부모 말씀이 다가 아니야. 부모는 자식을 노예로 만드는 경우가 많아. 그래서 도를 공부하는 사람들은 부모와의 인연을 끊으라하지. 부모를 버리라고 강조해. 그래야 너희들이 자유롭고 독립심이 생겨나서 성장하는 것이라고. 네가 진정으로 좋아하는 것을 생각해 봐.
- 엄마, Y(사위)가 어른하고만 이야기를 못하지, 아이들과 친구들하고 이야기할 때는 굉장히 친화력이 있어요.
- 그거 좋은데? 원체 너 시아버지가 자라기를 부모가 없이 자라서, 성장한 자식을 이해하고 사랑하는 방법을 몰라. 그러나 부모 마음은 똑같은 거야.
- 정 할 일이 없으면 학원 강사 아르바이트를 해보고. 이번에 신문 기사에 났던 버스기사 이야기처럼, 네 성당 오빠처럼 버스회사에 들어가. 너희가 버스를 사서 버스기사로 출장 다니는 그런 일을 하는 거지. 뭐든 해서 자기가 좋아하는 일을 찾아보는 거야.
- 생물학적으로 뭔가를 좋아하는 DNA가 분명 있다고 하더라. 이 기회에 너희가 좋아하는 DNA가 무엇인가 생각해보자. 내가 읽은 책 중에 『나는 천국을 보았다』를 보면 7일 만에 뇌사에서 살아온 하버드 신경외과 의사가 죽음 이

후 세상을 증명하면서 말한 것이 있더라.

책의 저자는 대학시절 대학 스포츠 패러슈팅(스카이다이빙) 팀에 가입했고, 대학시절 총 365회의 낙하산 점프와 3시간 반 이상의 자유낙하를 기록하며 살았다. 그는 사실 좋은 의사 집안으로 입양되어 훌륭한 의사 아버지 밑에서 양 아버지처럼 의사가 된 사람이었다. 그런데 그는 항상 마음 속에 자기의 친부모를 생각했고, 그 부모들이 왜 자기를 버렸는가가 마음속에 잠재해 있었다. 언젠가 자기의 존재를 알아보고자 했다.

그는 자기를 입양시키는 단체를 알아냈고, 그곳에서 자기 친부모에 대해 물었다. 그러나 그곳에서는 입양시킬 때의 협약 때문에 친부모를 알려주지 않았다. 다시 그의 아들이 그런 사실을 알았고, 친 조부모를 물었다. 그러나 대답하지 못했다. 그의 머릿속에는 뇌사 상태에서 깨어났음에도 친부모가 왜 자기를 버렸는지에 대한 질문이 머물렀다. 그런 사실 때문에, 그는 뇌사 전에도 직업생활과 가정생활이 힘들었다. 그가 괴로워하는 사실은 친부모에게 거부당했다는 것이었다. 그는 다시 입양 협회의 사회복지사에게 편지를 썼다. 그리고 소식을 들었다.

그의 친동생과 연결이 되어 사실을 알게 되었다. 그의 친엄마가 고등학교 2학년 때 그를 낳았고, 외할아버지가 직업이 없어 가정형편이 어려워 애기를 어린이 입양협회에 보내 입양시켰다고. 학교를 졸업하고 시간이 지나서, 그의 친부모님은 결혼을 해서 잘 살았다. 그래서 그에게는 형제가 있으며, 친아버지는 나중에 팬아메리칸 항공과 델타 항공에서 조종사로 일했다고 했다. 삼촌도 비행 조종사라 했다. 그때 그 의사는 아버지의 DNA를 닮았음을 확인하고 기뻐했다고 한다.

- 그 책을 보고 '그래, DNA는 속일 수 없구나.' 했어. 그리고 다시 생각했어. 누구나 자신의 진짜 소질이 무엇인가를 죽을 때까지 생각해야 한다고. 그래서 정말 DNA도 맞고 내가 좋아하는 일을 하다가 죽는 것이 행복일 것이라 생각했다. 그나저나 야들아. 너무 늦었다. 난 이만 가야겠다. 잘 있어라.

나는 딸의 집을 나서 집으로 돌아왔다. 그리고 그날 한잠도 못 잤다. '애들은 과연 무얼 해서 먹고 살까?'라는 사실이, 나의 머릿속에 계속 남아 있었다.

*

마음의 근원을 이해한 사람은 해야 할 일이 없다.

오쇼의 『편견 없는 마음』에 나온 말이다. 아래는 내가 오쇼의 책을 읽고 감명 깊다 생각한 문구를 요약해놓은 것이다.

- 그는 단지 존재할 뿐이다. 존재하는 것이 그의 모든 행위이다. 그의 행위는 그를 기쁘게 한다. 그는 그것을 즐긴다. 화가에게 물어보라. 그가 진정한 화가라면 그림 그리는 자체를 좋아할 뿐 다른 결과를 기대하지 않는다. 결과는 있을 수도 있고 없을 수도 있다. 결과와는 상관이 없다.
- 누군가가 반 고흐에게 물었다. "당신의 그림 중에서 어떤 그림이 가장 좋습니까?" 그는 "지금 그리고 있는 이겁니다."라고 했다. 그가 살아있는 동안 그림은 한 점도 팔리지 않았다. 그리고 그는 굶어 죽었다. 그러나 그는 굶어 죽으면서도 행복해했다. 무엇이 그를 행복

하게 했는가? 바로 그림 그리는 행위였다.

- 기억하라. 만일 그대가 어떤 목적을 가지고 행동을 하고 그것을 통해 어딘가로 가려고 한다면, 행위는 업이 되고 속박이 된다. 그대의 행위가 그저 기쁨에서 나오는 것이라면, 목적이 없이 모래성을 만들어 즐기는 아이들 놀이와 같다면, 거기에는 업이 없다. 속박이 없다. 그때는 각각의 행위가 더욱더 자유를 가져다준다.
- 편견도 작위作爲도 없고 수행도 깨달음도 없으며….
- 마음의 법을 이해한 사람은 수행할 필요가 없다. 그의 이해가 곧 수행이다. 이해 그 자체로 본질적이고 내면적인 수행이 된다.

*

당황스런 일들은 갑자기 쏟아진다.

정권이 바뀌면서 경제가 추락하고 있다. 우리는 잘 사는 동네라고 신문에 수시로 올라가 있고 사람들도 알고 있다. 잘사는 것은 돈이 많다는 것이다. 그러나 나는 사실 돈이 없다. 삼십 년 전부터 살아왔고, 17평에서 전세 10년 살다가 분양받아서 상봉동 34평 아파트에 살다가 가족의 반란으로, 집값의 반을 담보로 냈다. 그리고 은행에서 빚을 내서 강남의 가장 허름하고 싸다는 아파트로 이사 왔다. 상봉동으로 이사를 갈 때는 화가 나서 갔다. 초등학교 때 강남으로 이사 가면, 아이들이 잘해서 모두 서울대나 연대, 고대를 가는 줄 알았다.

그러나 우리 아이들은 생각만큼 공부를 열심히 하지 않았고, 좋은 대학에 갈 노력도 하지 않았다. 그래서 나는 이렇게 대충 공부하는 자세라면, 비좁은 집에서 살면서 고생하느니 멀어도 숨을 쉬며 살 수 있는 공간의 아파트를 사는 것이 좋겠다고 생각했다. 그래서 청약 주택을 신청했다. 아파트 청약 주택을 신청하되, 당첨이 될 수 있는 곳에 넣어보기로 했다. 그래도 청약하는 아파트 비율은 무조건 셌다. 나는 고민했다. 비율이 더 약한 곳으로.

사람들이 관심 없는 곳만을 신청하려 애썼다. 그곳은 상봉동이라는 곳이었다. 나는 그곳이 어딘지 몰랐다. 강북의 끝 쪽 어디쯤이리라. 그곳은 사람들이 선호하지 않고, 좋아하지 않아 보였다. 청약 비율이 거의 없었다. 나는 무조건 전셋집을 벗어나기를 바랐다. 그리고 당첨이 됐다. 돈은 없었다. 주변 친구에게 청약금 2,800만 원을 얻었다. 이율이 36만 원으로, 남편 봉급이 70만원이라 반을 이자로 냈다. 청약금을 내야 자격이 주어졌다.

그렇게 집이 지어졌고, 작은딸이 고등학교 3학년 때 우리는 이사를 갔다. 어미의 속마음은 애들에 대한 반란이었다. 여기서 산다고 아이들이 좋은 대학 가지도 못하는데, 이사라도 가서 좀 큰 평수의 집에서 숨 좀 쉬고 살아보자는 마음이 컸다. 처음 그곳에서 이사 갈 때 나름 기뻤다. 각자에게 방을 하나씩 주고 남이 가진 침대도 설치해주었다. 집들이 할 때, 시골에서 동서들이 왔다. 함께 온 시어머니는 밤새워 속에서 끓탕을 가졌다. 당신의 방이 없다고. 그리고 시골로 내려갈 때 당신은 울며 내려갔다.

그러나 거기서 일 년을 살자 가족의 반란으로, 우리는 빚을 내서 다시 강남으로 이사 왔다. 이곳에서 이십 년을 살았고, 살 때 빚은 그대로 짊어지고 살았다. 우리가 사업을 해서 돈이 뭉텅이로 나오는 것은 아니잖은가? 그렇다고 해도 월급쟁이는 모두 빤하다. 들어가는 돈, 쓰는 돈이 정해져 있다. 얼마나 아껴서 어떻게 쓰며, 저축하는가도 정해졌다. 돈이 부족하면 집을 담보로 쓸 수밖에 없었다. 거기에 변두리에 있는, 자투리로 사놓은 집의 전세가가 하락했다. 나는 전세 기간을 채운 사람에게 다시 전세금을 반환해야 했다. 세입자가 나타나지 않아서 문제가 생겼다.

나는 아침 일찍 은행을 방문했다. 대기 번호표는 2001번으로, 한참을 기다렸다. 창구에서 2001번을 호출했다. 창구 의자에 앉았다.

- 우리 집을 담보로 대출을 받고 싶은데요.
- 아, 그러세요?

나는 통장을 주고 남편 주민번호를 불러주었다. 은행 직원은 컴퓨터를 두드렸다.

- 얼마를 받으실 건데요?
- 얼마를 받을 수 있나요? 전세금이 하락해서 우리 집을 담보로 물어줘야 해서요.
- 아, 네~.

그는 한참을 두드리고, 두드렸다.

- 다른 곳에 담보는 없나요?
- 남편 지금 집, 예전부터 있었던 것만 그대로 있는데요?
- 월급은요?
- 그냥 연금만 있어요. 공무원 연금이요.

- 그럼 안 되는데요?

직원은 난감해했다. 담보대출을 해주고 싶어도 현 정부에서 전부 차단했다고. 두꺼운 서류를 연필로 읽어보며 나에게 응답을 해준다. 나는 미친 정부라 했다. 돈줄을 쥐고 숨통을 막았다. 어쩌자고. 서민을 죽인다니. 수입이 없으면 대출이 금지된다는 것이 말이 되는가 말이다. 사람들의 재량에 맡겨야지 정부규칙에 서민을 맞추지 않으니 경제가 돌아가겠나? 최저임금제로 모든 업종의 가게가 문을 닫고 있는데…. 나는 정부를 욕할 수밖에 없었다. 그곳은 경제팀이 없다고 했다. 화가 나서 정부를 욕했다. 나이 든 사람들은 어디 가서 월급쟁이가 되란 말인가.

화가 나서 집으로 왔다. 현관문을 열었다. 그때 난리가 났다. 거실 천장에서 물이 폭포수처럼 주루룩 떨어졌다. 남편은 큰 양동이를 물이 많이 떨어지는 곳으로 옮겼고, 딸은 집안에 있는 그릇을 전부 동원해 물이 떨어지는 곳에 받쳤다. 거실, 화장실, 부엌 등, 온천지가 물바다였다. 나는 핸드폰으로 전기실과 기계실로 전화했다.

- 여기 212호인데요, 물이 떨어져요. 빨리 와주세요.
- 여기 212호인데요, 빨리 전기를 확인해 주세요.
- 313호죠? 여기 아래층에 물이 떨어져요.

나는 동영상을 찍어 보냈다.

- 아이고, 집을 나온 지 3분밖에 안 됐는데요.
- 어? 312호에다 전화한다는 것이 그만 313호에 전화를 하다니?

나는 문자를 보냈다.

- 정말 죄송해요. 착각했어요.
- 많이 놀라 택시타고 들어왔어요. 그래도 저희 집이 아니라 다행이라는 생각이드네요.
- 정말 미안해요. 저번에 차(313호 주인이 우리차를 박았다)로 서로 놀라듯이 우리가 그런 일이 생겨서 그러네요. 내가 정신없어서 312호를 313호로 문자를 보냈네요. 죄송해요.
- 그럴 수 있죠.
- 불편함 많으시겠네요. 제가 기관실 연락해 일단 312호 수도는 잠갔어요.
- 네, 감사합니다.

나는 다시 312호에 영상사진을 보냈다. 그리고 문자 보냈다.

- 우리 지금 큰일 났어요. 빨리 와주세요.

다시 동영상으로 거실 부엌 쪽, 화장실 쪽에서 물이 쭈르륵 흐르는 사진과 안방 침실 침대가 젖어 엉망이 된 사진을 312호 주인 여자에게 보냈다. 저번에 비가 올 때 우리 집 베란다로 물이 새서 베란다에 쌓인 물건이 다 젖었을 때 그 집을 방문했는데, 그 여자는 차가운 얼음처럼 냉기가 돌았다. 그 당시, 그 여자는 자기 책임이 아니라고 했다. 그리고 위층은 베란다 수리를 한 달 넘게 했다.

- 어이쿠, 네. 최대한 서두르겠습니다.
- 안방하고 목욕탕 입구에 지금 다시 쏟아집니다. 갑자기 생긴 재난이라 생각합니다. 기계실에서 조사한 결과, 화장실 비데에 문제 있

었다 하니 비데 설치자에게 이 사진을 증거로 비용청구를 하십시오. 지금 다시 거실물이 쏟아집니다. 모두 다 자료로 참고하셔요.

- 일단 수도관은 아닌듯하다 해서 수도를 잠궜다가 다시 틀었습니다. 문제없는 듯하면 내일은 오전 중에 난방을 다시 틀어보겠습니다. 정확한 원인을 찾아야 해서요. 불편드려 죄송합니다.
- 그러세요.

시간은 그래도 흘러갔다. 물은 줄어들고 우리 식구들은 천장에서 떨어지는 물을 두시간 이상 큰 고무다라로 받았다.

- 야, 우리 오늘 천운이다. 천운.
- 만약 우리가 골프가고, S가 학원 갔으면 이곳이 전부 물바다가 됐을 거 아닌가? 그러면 우리 집에 있는 책 전부 젖었을 거고, 가전제품, 전기코드 전부 물에 젖어서 그야말로 홍수가 나서 물에 떠내려 가거나 했을 거야. 정말 다행이다. 이제 나는 친구하고 밥 먹기로 한 약속, 가도 되죠?
- 응, 갔다 오소.

나는 보따리를 들고 집을 나섰다. 오늘 노래교실 가는 날이라 친구들과 점심을 함께 하기로 했다. 시간이 촉박했다. 나는 차를 타고 가서 주차시키고 뛰었다. 그리고 오천 원짜리 뷔페를 맛있게 먹었다. 우리는 후식으로, 작은 소형 맥주 캔으로 입가심을 했다. 친구들은 함께 노래교실로 갔다. 나는 불안해서 집으로 왔다. 물이 떨어졌던 천장에서 방울방울 계속 물이 떨어졌다. 천장은 부풀어서 둥근 볼따구 같았다. 딸아이는 천장에서 물이 언제 다시 크게 쏟아질지 몰라 걱정이 컸다. 나는 바늘로 찔러보사 했다.

남편은 부풀은 천장을 바늘로 찔렀다. 딸은 큰 고무다라를 받쳤다. 또다시 물이 쏟아졌다. 온 천장을 바늘로 쑤셨고, 부풀어 오른 물을 뺐다. 어느덧 시간은 흘러 어둠이 찾아왔다. 이런 때는 전부 잊고 소주를 마시는 것이 제일이라 했다. 우리는 양꼬치집으로 갔다. 거기서 딸은 소주를, 우리는 막걸리를 시켰다. 기본, 양념, 갈비 등 3가지 양꼬치를 시켜 숯불에 구워 먹으며 오늘의 고단한 하루를 끝마쳤다. 집으로 돌아오면서 남편에게 말했다. 우리는 월급쟁이가 끝나서 부동산 대출을 받을 수 없다고.

친구 시누이가 75살인데, 남편이 판사였고 젊어서 잘 나갔다. 어느 날 시누이가 카드 만기가 끝나는 것을 몰라 다시 신청했더니, 은행에서 해줄 수 없다해서 카드를 못 만들었다고.

재산이 있는데, 카드를 만들 수 없다니, 이곳은 분명 이상한 나라가 된 것이다.

*

축령산 산행을 갔다.

속이 시끄럽고, 머릿속이 어지러우면 나는 산행을 한다. 마음을 비우고 몸을 편안하게 하는 것으로는 그만이다. 올림픽대로가 막히기 전에 집을 나서야 했다. 서둘러 도시락을 쌌다. 아침도 기내식(자동차 내)으로 해결하도록 빵과 우유, 과일, 달걀, 커피 등을 준비했다. 아무리 빠르게 준비해도 늦는 것 같았다. 남편은 차를 빠르게 몰아 올림픽대로로 접어들었다. 차로 가득차 있었다. 이삼십 분을 직진하고 춘

천고속도로 진입했다. 차는 적당히 빠졌다. 그사이 우리는 기내식 식사를 하고 뜨거운 커피를 탔다. 전광판에 서종 1㎞ 정체라 적혀 있었다. 다행이었다.

우리는 서종IC에서 빠졌다. 시내의 대로에 접어들어 신호등에서 커피를 마셨다. 마석 큰길을 따라 수동 면사무소 쪽을 거쳐 축령산 입구로 올라갔다. 입구에서 티켓팅을 했다. 우리는 육십 오세 이상이지만, 신분증이 없으면 할인할 수 없었다. 우리는 추차장에 차를 주차시켰다. 이미 캠핑 족이 주말놀이로 와 있었다. 등산화로 갈아 신고, 배낭을 메고 산으로 갔다. 입구에 핀 오동나무 꽃이 화려했다. 하얀 잎이 7개. 그 안에 작은 붉은 싸개 속에 우뚝 솟은 꽃 망치. 그것의 이름을 모르겠다. 꽃 모양은 목련 같았다.

그런데 인터넷을 찾으니 오동나무꽃과 달랐다. 내가 본 것은 오동나무를 닮은 개오동꽃이란다. 여하튼 아름답다. 백일홍처럼 오래 피는 꽃일 게다. 이미 진 꽃이 많고, 지금 한창 피어있는 꽃과 아직 피지 않은 꽃망울이 많았다. 이 꽃도 백일홍처럼 피고 지고, 피고 지고를 오랫동안 하는 꽃인가 보다. 우리는 산 쪽 계곡을 타고 올라갔다. 물소리가 계곡 밑에서 우렁차게 올라왔다. 기분이 좋았다. 오랜만의 물소리였다. 거의 5~6 년 동안은 계곡의 물소리를 들은 적이 없었다.

비가 안 와서 근 몇 년 동안 저수지 바닥을 사람들이 걸어 다녔다. 한강 물줄기가 바닥을 맴돌았다. 그때는 마음이 슬펐다. 과연 물 부족을 잘 견뎌낼 수 있을까 걱정했다. 그렇게 몇 년을 가슴 졸이며 강과 산을 보며 살았다. 올해는 비가 많아 온 산천이 풍요로웠다. 수량이 많으니, 온 나라가 부자가 되는 것 같아 기뻤다. 가는 곳마다 물이 넘쳤다. 한강 수위가 높아져 다리 밑에까지 찼다. 저수지마다 물이 넘실댔다. 어디를 가나 맑은 물이 출렁거렸다. 나는 기뻤다. 차를 타고 가며.

- 아이고, 저 한강 좀 봐.
- 저기 저수지에 물이 꽉 찼네?
- 우리 물 부자가 됐네.
- 이렇게 비가 오면 저절로 물부 자가 되다니!

올해는 감탄을 하며 즐거웠다. 이곳 축령산계곡도 그랬다. 폭포수처럼 물소리가 컸다. 시원하게 노래를 불렀고, 이쪽 산과 저쪽 산에도 계곡의 물소리를 알렸다. 우리는 오른쪽 산으로 올라갔다. 이미 산은 숲이 됐다. 나뭇잎들이 한여름의 기운을 쏟아냈다. 푸르른 산 기운과 땅기운의 에너지가 나를 반겼다. 이거야, 이거. 우리가 즐길 수 있는 이 기운이 정말 우리를 보호하는 그 기운일 것이었다. 때마침 세입자에게 전화가 왔다.

- 기간이 됐으니 돈을 마련해 주세요.
- 나도 지금 최선을 하고 있습니다. 노력하고 있어요. 세가 안 나가니 내가 어쩌겠습니까?
- 저희도 이사 갈 집 돈을 주어야 해서 그럽니다.
- 나도 알지요. 그래서 우리 집을 담보로 은행에서 대출을 하려 했는데 퇴직자라 안 된다 합니다. 현재 월급타고 있는 사람들, 사업을 해서 현금이 나오는 사람들만 된다하더라고요. 내가 걱정이 되어 부적도 썼습니다. 인터넷에서 어느 사람이 십 년간 집을 뺄 수 없어서 부적을 썼더니 해결했다하더라고요. 나도 그 스님 부적을 썼어요. 이거저거 다 해보는 거지요. 부적이 오면 그 집

에 나도 붙여보려고요.

- 그래도 꼭 해주십시오.
- 최선을 해보지요.

세입자는 마땅찮아하면서 전화를 끊었다. 전날에도 이렇게 문자가 왔었다.

- 세입자입니다. 낮에도 통화했지만 답답하고 매우 불안한 마음에 문자를 보냅니다. 2018년 6월 25일에서 28일 사이로 보증금 반환날짜를 확정해 주시기를 요청합니다. 저 또한 제가 들어갈 집 세입자께서 보증금 날짜를 6월 초까지 지정하지 않으면 내용증명을 보내고 법적조치를 취하겠다는 연락을 좀 전에 받아서 매우 곤란하고 난처한 상태입니다. 집주인께서 마찬가지로 6월초까지 확정짓지 않으면, 저도 마찬가지로 조치를 취할 수밖에 없음을 문자로 알려드립니다. 그리고 이제부터는 남편이 직접 연락을 드릴겁니다. 남편에게 말씀해 주십시오.
- 나는 지금 최선을 다 하고 있습니다. 그러나 법대로 한다고 별 수 있겠습니까? 내가 안 주겠다는 것도 아니고, 시대가 이러니 그렇지요. 세입자들이 나가고 들어오고를 못하니까요. 법이 우리를 살리겠습니까? 우린 서로 법 때문에 죽겠지요.
- 네. 최선을 다해주시기 바랍니다. 저도 중간에서 너무 쪼이고 불안한 상태입니다.
- 네. 알겠습니다.

나는 다시 심호흡을 했다. 산을 올랐다. 산줄기 바닥은 물기로 촉촉했다. 바람은 살랑살랑 불었다. 작은 계곡의 바위를 타고 가다가 작은 바위 가마터에서 쉬어 물을 마셨다. 불편한 일은 전부 지나갈 것이다. 먼 산에 뿌연 안개가 꼈다. 열기가 솟아오르는 모습이다. 우리는 다시 올랐다. 몸에서 독기가 빠지듯이 땀이 났다. 몸이 가벼워졌다. 작은 산을 오르고, 큰 바위에 앉아 산천을 향해 기도했다. 모든 것이 잘 풀리기를…. 또 산줄기를 따라 오르고 오른다. 마음은 시간이 갈수록 가벼워진다. 산 정상에서 조금 못 미쳐, 그늘에 돗자리를 깔고 도시락을 먹었다. 사람들이 없어서 조용했다.

그곳에서 한참을 쉬었다가 정상에 있는 탑에서 기도하고 하산했다. 계곡과 폭포는 여전히 우렁찼다. 저 멀리 산에는 나무가 우거져 있었고, 나무 위는 파랬다. 그곳은 분명 신들이 잔치를 벌이는 곳일 것이다.

'그래. 하늘은 푸르고, 산과 숲은 짙은 녹색으로 치장하여 신을 부르는구나. 이렇게 신을 맞이하는 것이 자연이며, 신일 것이리라.'

나는 그들의 잔치에 함께할 수 있어서 즐거웠다. 그리고 모든 안 좋은 일은 지나가리라.

*

손자가 우리 집에 맡겨졌다.

전날에 큰딸은 나에게 전화했다.

- 엄마 애들 봐줄 수 있어요?

- 응.

- 그럼 봐주세요.

- 그래.

일요일 아침에 남편과 나는 뒷산인 몽마르트르 공원에 아이들을 데리고 가서 돗자리 깔고 밥을 먹자했다. 나는 일찍부터 찬 준비를 했다. 고기조림, 생선조림, 두부피자, 소시지볶음을 만들었다. 그리고 김치에 오이지를 싸서 밥과 함께 배낭에 넣었다. 작은 가방에 읽을 책과 물, 초콜릿, 사탕, 커피를 넣었다. 11시경 애들이 왔고, 우리는 애들을 데리고 뒷산으로 갔다. 처음에 큰 손자인 웅은 싫다고 했는데, 작은 놈인 예가 '나는 좋아.' 하며 따라가니 어쩔 수 없이 큰 놈도 따라왔다.

오빠는 뚱뚱하고 여동생은 가냘펐다. 오빠는 먹는 걸 좋아했고, 동생은 먹기는 먹되 즐기지 않았다. 오빠는 뭘 먹어도 입에 넣는 양이 컸고, 동생은 먹이 모양이 새 모이만큼 작게 입에 넣었다. 둘은 사이가 좋았다. 오빠는 9살, 동생은 6살. 둘이 손잡고 뒷산을 올랐다. 이제 우리는 늙었나 보다. 계단 오르는 것이 느렸다. 애들은 빨랐다. 우리가 몇 계단 오를 때 애들은 저만치 높이 올라서 우리가 오르기를 기다렸다. 애들이 기다리는 곳에 이르자 아이들은 다시 산을 올랐고, 곧 높은 계단이 끝나는 곳에서 애들이 우리를 기다렸다.

이제 애들은 빠르고 우리는 느렸다. 그렇게 세월이 흘러간 것이다. 애들을 뒤따랐다. 앞서가는 애들을 숨차게 따라갔다. 정상 정자에서 그들은 물을 찾았다. 배낭에서 물 한 컵씩을 먹이고 누에 다리를 건너 몽마르트르 공원 소나무 숲에 자리를 깔았다. 소나무 아래는 벌레가 없다고 TV의 헌터라는 프로에 나왔다. 대개 풀 위를 날아다니는 자잘한 풀벌레들이 사람 주위를 맴돌며 귀찮게 한다. 거기에 작은 손자는 벌레와 개미들이 무서워서 오금을 못 핀다. 그래서 소나무 아래 평평한 곳에 돗자리를 폈고, 애들은 풀밭 너머, 운동기구나 시설물을 사용해가며 함께 놀았다.

허리 돌리기, 팔 벌리기, 한 발 흔들기, 두 발 흔들기, 철봉, 덤블링 등 다양한 기구를 이용해서 다른 애들과 더불어 놀았다. 나는 몇 가지 반찬을 해서 힘이 들었던 것인지 피곤했다. 돗자리에서 쉬었다. 큰애는 살살 움직이는 운동을 하며 움직이고, 작은애는 덤블링에서 힘차게 뛰며 놀았다. 큰애는 움직이는 걸 싫어하고, 부드럽고 힘 안 드는 것을 즐겼다. 작은놈은 활동적이고 정열적인 놀이를 즐겨 머리와 얼굴에 땀이 송송 났다.

큰놈은 느리게 걷고 움직이며, 빙글빙글 앉아서 돌리는 기구를 즐겼다. 작은놈은 팔짝팔짝 뛰어서 걸어갔고, 하늘 높이 뛰어 오르는 덤블링을 즐겼다. 큰놈은 뚱뚱해서 몸집이 곰처럼 둥글고, 작은놈은 삐쩍 말라 날쌨다. 그들은 그곳에서 신나게 놀았다. 12시가 한참 넘어 배고프다 했다. 우리는 돗자리에서 밥을 먹고, 과일과 빵도 먹었다. 큰놈이 소나무 밑에 작은 홈을 파서 빵부스러기를 넣고 솔잎으로 덮었다. 개미들이 모이는 곳이라 했다. 작은놈은 개미 때문에 몸을 웅크리고 펴지를 못했다.

개미가 오면 '개미, 개미.' 하며 그 개미의 움직임 때문에 밥을 못 먹었다. 우리는 그 개미를 쫓아내며 즐겁게 밥을 먹었다. 애들은 다시 공원에 놀러 온 애들과 뒤섞여서 덤블링을 하며 놀았다. 운동 기구 옆에 있는 빨간 꽃밭이 아름다웠다. 사람들이 그 꽃밭에서 사진을 찍었다. 나는 멀리 보이는 그 빨간 꽃을 보고 남편에게 물었다.

- 아이고, 저 멀리 있는 꽃들 참 아름답다. 무슨 꽃일까요?

- 여기서 보면 꽃 봉우리가 목단 같은데?

- 글쎄, 어쩌면 함박꽃 같기도 하고. 노랑, 빨강, 샛노랑 장미 같기도 하고, 그런

데 꽃봉우리가 너무 크게 아름다우니 장미꽃 같지는 않고요.

나는 일어섰다. 꽃밭에 가서 사진을 찍었다. 참 아름답다고 말했다. 꽃은 장미과로 명칭란에 벨베데레와 퀸오브로즈라 적혀 있었다. 함박꽃과 모란꽃을 접목시킨 모양이었다. 꽃 모양이 크고 탐스러웠다. 작은 수박통 크기였다. 그냥 '아!' 소리만 났다. 아이들이 있는 쪽으로 갔다. 함께 덤블링을 하고 철봉을 하고 돗자리로 돌아왔다. 아이들이 토끼를 찾자고 했다. 우리는 소나무 숲 옆의 꽃나무가지 사이를 돌아다녔다. 집에서 가지고 온 당근을 손에 쥐고 토끼를 찾았다.

토끼는 없었다. 서쪽 중간쯤 꽃나무 가지 사이에 알록달록한 토끼를 찾았다. 토끼에게 당근을 주었다. 하지만 토끼가 끔쩍을 안 했다.

- 토끼가 잔다. 다른 토끼를 찾자.

우리는 계속 남쪽 소나무 숲과 이어진 꽃밭 쪽 어디쯤에서 토끼를 찾았다. 당근을 주었다. 토끼가 먹었다. 그리고 동쪽으로 이동하며 다른 토끼를 찾았다.

- 할미, 나 힘들어.
- 그래? 그럼 집으로 갈까?
- 응.
- 그럼 가자.

우리는 돗자리로 와서 짐을 싸서 집으로 돌아왔다. 오자마자 웅이는 TV채널을 돌려 동물농장을 봤다. 나는 뒷처리를 하고, 예는 스케치북을 꺼내 크레용으로 뭔가를 그렸다. 나는 예에게 줄을 치고 'ㄱ, ㄴ, ㄷ, ㄹ, ㅁ, ㅂ, ㅅ, ㅇ'을 써주고 글자를 쓰라 했다. 그리고 읽었다. 예는 잘 따라 했다.

- 아이고, 잘하네? 너무 잘하는구나.
- 웅이도 TV 그만보고 책 좀 읽자.

동화책을 주었다. 처음에는 읽기 싫어서 몸을 뒤틀었다. 하지만 이내 책을 폈다. 언젠가 읽다가 접어둔 곳이었다. 책 제목은 무서운 집게다리를 가진 가재였다. 웅은 소리를 내며 책을 읽었다.

- 쓰임새가 많은 작은 집게 ~ 가재는 작은 집게가 있는 걷는 다리로 몸을 청소하기도 합니다.
- 할미, 여기까지 읽으면 되는 거지요?
- 그래. 그럼 이제 할머니가 읽으면 쓰는 거야.

나는 책을 읽었다 웅이는 받아쓰기를 했다. 웅이는 '걷기만'을, '겄기만'으로, '헤엄'을, '해엄'으로, '이것은'을, '이겄은'으로 써서 자기가 잘못 쓴 것을 확인했다.

- 이제 다음에 네가 좋아하는 일, 하고 싶은 것이 무엇인가를 쓰는 거야. 예를 들어 엄마는 여행사하고, 아빠는 회사 다니고, 이모는 학원 선생하고. 이렇게 네가 하고 싶은 거를 여기에 쓰라고.

웅은 고개를 끄덕했다. 그리고 썼다.

- 1. 과학자. 2. 공룡학자. 3. 로봇조종사.

- 과학자는 과학을 잘 해야 할 테고, 공룡학자는 지금 공룡이 여기에 안 사니까 옛날에 공룡이 살았던 것을 돌 같은 것에서 찾아야겠다. 그리고 공룡이 뭘 먹고, 누구랑 싸우고, 새끼는 어떻게 낳고, 또 누구랑 친한가 등을 알아야겠다. 그리고 옛날 것들을 알아내는 거네. 그렇지?
- 응.
- 할머니, 나 배고파.
- 그래. 빵하고 우유 줄까? 달걀도 줄까?
- 응.

우리는 다시 간식을 먹었다. 그때 초인종이 울리고 딸이 들어왔다.

- 와! 엄마다.

그들은 그렇게 소리치고 제집으로 돌아갔다. 이렇게 손자를 보고 함께 사는 것도 행복이라 생각했다. 어느 친구가 그랬다. 미국에 사는 손자를 태어나서 한 번 보고 어쩌다 몇 년에 한번 보면 내 새끼가 아니라고. 성장 속도가 빨라서 이민족 같다 했다. 그래, 지지고 볶고 함께 하며 사는 것이 우리들의 삶인 것이다.

*

여고 동창과 골프 치러 가는 날이다.

총무님은 카톡으로 문자 보냈다.

- 우리 친구들 늘 사랑합니다. 세월이 갈수록 더욱 소중하게 다가옵니다. 28일 날씨가 좋다고 하니 굿샷 한번 날려봅시다.
- 썬 1조 a, b, c, d. 2조 e, f, g, h. 벨리 3조 i, j, k, l. 4조 m, n, o, p.

문자가 오면 우리는 소풍 준비를 한다. 친구들과 운동가는 날, 그날은 진짜 우리들의 소풍가는 날이 된다. 각자가 사연을 들고, 어려운 환경을 벗어나기도 하는 날이다.

그리고 전날부터 운동하면서 먹을 팥빵을 미리 사고, 방울토마토, 초콜릿, 우유, 삶은 달걀 등을 사서 작은 방에 넣어둔다. 총무는 다시 자동차를 타고 갈 4팀을 짜서, 카톡으로 보낸다. K가 비오는 날 넘어져서 물리치료 받고 간신이 팔을 쓸 수 있는 상태라 그 친구 대신 D가 운전하기로 했다. 동쪽은 강동팀으로 남쪽은 강남팀으로. 강북과 강서가 합쳐 만남의 광장을 정해서 각자 차를 따라 모였고 헤어졌다.

그런데 새벽에 초인종이 울렸다.

- 누구세요?
- 아, 네. 기계실에서 왔어요.

대문을 열었다. 기계실 아저씨가 현관문을 밀고 들어왔다. 다형도 실로 들어갔다. 수도꼭지에서 물이 떨어졌다. 물을 틀었다. 그러더니

- 여기 밑에 수도관이 터져서 아래층에 물이 샙니다.

나는 난감했다.

- 여기 수리를 해야 합니다.
- 아저씨, 저는 오늘 운동하기로 약속했는데 어쩌지요?
- 그럼 여기 물을 잠그고 내일 합시다.
- 그러셔요.

엊그제 천장이 새서 온 집안이 물난리를 겪었다. 아직 천장이 마르지 않았다. 전등을 켜지 못해서 캄캄하다. 그런데 이번엔 밑에 집으로 물이 새다니…. 모든 일이 갑자기 찾아오고 갑자기 겪는 일인 것이다. 대충 일을 멈추게 했다. 남편은 이미 새벽에 운동을 가버린 상태였다. 나는 서둘러 짐을 챙겼다. 옆에 사는 G를 데리고 우리는 만남의 광장으로 갔다.

거기서 우리 조인 S와 N을 만났다. S가 운전을 했다. 우리는 차를 타고 떠났다. 떠나면서 나는 그 친구들에게 내가 쓴 책을 주었다. 그 친구들은 말했다.

- 너, 대단하다. 이런 책을 쓰다니!
- 야, 그렇지 않아. 너네도 다 쓸 수 있다구. 다만 자기가 가진 것을 다 보여주기 싫어서 못 쓰는 거지. 자기 체면과 자기 허물을 보여줄 수 없어서 책을 안 쓰는 거라구. 오죽하면, 내 남편이 죽거들랑 출간하라고. 절대로 책을 만들지 말라했어. 그런데 내가 어거지로 우겨서 출간한 거라고. 우리 다들 죽어간다

고. 눈 아파서 책 못 읽는다고. 아무도 컴퓨터 치지 않는다고 했다니까.

- 그래도 이렇게 두껍게 책을 만든 것이 너 대단하다.
- 그래? 어쨌든 고마워. 그러나 너희 모두 글 쓸 수 있다고. 다만 시작을 안 했을 뿐이지.
- 어떻게 그렇게 기억을 할 수 있을까? 그러니까 책을 쓰지.
- 나는 약간 메모를 해. 이야기나 글을 읽었을 때, 내 생각이 일어날 때가 있어. 그때 기록을 대충 해놓아. 만약에 하지 않았고 잊어버리면 그때의 그 생각이 일어나지를 않아. 그냥 잊어버리고 지나가버리더라고. 그런데 우리 남편이 그러더라. 어떤 샘이 많은 친구가 있는데, 남편 말이 그 사람은 샘이 많지만 인내가 없어서 이렇게 쓸 수 없을 거라고. 우리 집 백수도 그래. 책만 파고드는 형이야. 그런데 글을 쓴다고 끄적거리다가 그만두고, 다시 쓰다 그만 두더라고. 한마디로 인내심이 없어. 그런데 엄마가 책을 냈다 하니까 갑자기 열이 붙었어. 그런데 언제 또 그만둘지도 모르지만.
- 너 국문과 나와서 책을 썼지?
- 아니야. 나는 원래 수학적이야. 수학과를 가려했는데 내가 가는 학교에서는 좀 후진과로 생각됐고, 영문과는 내가 어학력이 신통치 않고, 그중에서는 국문과가 나아서 원서 쓰고 들어간 거지. 그리고 원래 나는 수학적인 언어학을 전공했어. 언어학으로 석사, 박사를 한 거라고. 글과는 상관없어.
- 그래도 소질이 있어서 쓴 거야.
- 그저 나는 책을 좋아했을 뿐이야. 이 책, 저 책, 스토리가 있는 것을 좋아했어. 이번에 우리 외삼촌한테 책을 보냈더니 자기 고향을 어찌 그리 잘 썼는지 고향이 그립다고 전화했더라? 우리 사위가 내 책을 3번이나 읽었다고 해서 내가 놀랐다니까?
- 어제는 갑자기 인터폰이 온 거야. 경비가 1207호에서 연락을 해달라 했다고. 그래서 난 '잘 모르는데요?' 했지. 1207호 아저씨가 국방부에 있다가 퇴직한

사람이래. 나는 더 얼떨떨했지. 하여간 받아보래. 그래서 '여보세요.' 했지, 그랬더니 그 집 여자가 나를 보면 안대. 그러면서 자기가 가진 라켓을 주겠다는 거야. 그래서 그러라고. 10분 후에 갖다주겠대. 그러시라고. 그랬더니 남편이 그러는 거야. 지금 우리 집에 작은애가 쓰던 새 라켓도 많은데, 오래된 라켓 쓰지도 못할 거 뭐 하러 받느냐는 거야. 그래도 준다는데 고맙다고 받는 것이 예의지 무슨 소리냐고, 그랬어. 조금 있다가 그 여자가 왔어. 아파트 단지 내에서 서로 그냥 인사하던 여자였어. 고맙다하고 받았어 그런데 난 줄 게 없는 거야. 얼른 내가 쓴 책을 봉투에 담아주며, 내가 쓴 책이라고 주었어. 그랬더니 고맙다하고 갔어. 근데 우리 딸이 옆에서 그러는 거야. ' 엄마는 엄마 책을 무슨 삶은 고구마 나누어주듯이 준다고.' 가만히 생각하니, 내가 그렇더라고. 십년지기 파마 아줌마도 주고, 이십년지기 문방구 아줌마도 줬더라고. 1207호 여자는 '이 라켓은 남편이 딱 3번 썼는데, 이것으로 리그전을 해 올라가서 우승하고 안 쓴 거라 그냥 버리기가 아까워서 주는 것'이라 했어. 남편은 그것을 쥐어보고, 만져보더니 좋은 라켓이라고, 자기 손에 딱 맞아 좋다는 거야. 그래서 '그거 봐. 서로 좋은 게 좋은 거라니까?' 했다니까?

- 남자들은 좀 그런 구석이 있어.

어느덧 골프장에 다왔다. 우리는 이바구로 어떻게 왔는지도 몰랐다. 우리는 나무그늘 쪽을 찾았다. 잠시 쉬었다. 거기서 우리가 싸간 김밥으로 점심을 먹었다. 각자 가져온 과일 음료수, 떡 등을 펼치고 커피로 마무리를 했다. 그리고 골프장으로 갔다. 친구들은 나의 말을 잘 들어주었다. 그것은 고마운 일이었다. 몇몇 친구들은 소통하기가 어려웠다. 각자의 생각으로 자기 말만을 쏟아내기를 바랐다. 오늘 친구들은 내 말만 들어줬다. 나는 신나서 온갖 말을 다 했다.

그들은 내 말을 거부하지 않았다. 어떤 친구들은 자기 말과 자기 생각에 맞춰서 상대방을 제지하고, 자기식대로 말할 것을 요구했다. 그들은 자연스레 나오던 말을 쇠철로 막아버리듯 상대방의 말을 받아쳐서 상처를 주고, 언어적 권력을 가지려했다. 그러면 자연스런 말은 사그라들고, 더 이상 자유로운 언어가 아닌, 필요에 따라 말해야 하는 딱딱하고 서늘한 언어 공간을 만들었다. 그곳은 건조하고, 딱딱했다. 그들은 자기만 떠들어댔고, 자기가 주인공이야 했다.

오늘은 친구들이 내 말을 잘 들어줘서 고마웠다. 이렇게 나를 이해해주고 격려해주며, 내게 사랑을 주어 감사했다. 그들은 그동안 쌓였던 스트레스를 모두 날려주었다.

*

친구인 Z를 만났다.

Z는 삼십 년 전 이웃에 살던 친구다. 나보다 서너 살 아래인 친구다. 아이들이 초등학교에 다닐 때 만났다. 우리는 테니스장에서 함께 테니스를 시작했고, 테니스 멤버로 함께했으며, 그 결과 우리는 친구가 됐다. 멤버회원들은 가지각색의 빛깔을 냈다. 강열한 빨강색이 있었고, 질투를 가진 노랑색, 응큼한 검정색을 소유한 자 등 다양한 컬러로 제 모습을 담고 함께하는 회원으로서 공을 쳤다. Z는 성격이 강했다. 매사에 흑과 백을 갈랐다. 흑은 나쁜 것으로, 백은 좋은 것이라 말했다. 그의 성향이 그랬다.

주변 친구나 사람들은 그를 불편한 존재로 이해했다. 나는 그런 것에 크게 반응하지 않았다. 그가 옳지 않은 것을 옳지 않다고 소리치는 것을 나는 그렇다고 시인했다. 문제는 그는 그런 일을 그냥 넘어가지 못했다는 점이다. 무슨 일에 대해 지적을 하면 그것이 곧 시비가 되었다. 그의 말은 옳지만, 꼭 그렇게 시비를 걸어 흑백을 따지는 것은 안 좋은 습관이었다. 그것은 회원들이 그를 기피하는 이유가 되는 것이다. 그는 매사 반듯하고, 그의 말은 틀림이 없다. 그럼에도 사람들은 그를 피하는 것이다.

어느 날, 운동을 하고 그의 집으로 차를 마시러 들어갔을 때 아이들과 남편은 잠자리채를 가지고 잠자리를 잡았다.

- 아이고, 자기 남편 자상하시네요?

- 네, 애들이 좋아하는 찌개도 잘 끓여줘요.

- 그렇군요.

그네 집은 깔끔하고 정리정돈이 잘된 집이었다. 그곳에는 집이 작지만 행복이 넘쳐흘렀다.

그는 어느 날부터 기독교 신자가 되었다. 그리고 그곳으로 무섭게 빠져들었다. 그는 기도의 힘으로 반성하는 사람으로 변해갔다. 그리고 그는 남쪽 삼성병원 있는 곳으로 커다란 아파트를 분양받아 이사를 갔다. 그리고 그와 나는 몇 년에 한 번 만났다.

함께 동네에서 살던 어느 날, 그는 나를 초대했다. 당신 어머니의 고희연이었다. 연회 장소는 올림픽공원 호텔이었다. 그 호텔 연회장은 그야말로 화려했다. 앞에 프랜카드가 달려 있었다. '축 고희연, 볼링게임 우승자, 3,000만 원'이라 적혀 있었다. 그의 부모님은 훌륭하고 대단한 사람들이었다. 부모님은 S 대학을 나오셨고, 사회에서 인정받는 사람들이었다. 부모님은 사업을 하셔서 여유가 있었고, 좋아하는 볼링게임 축하연으로 3,000만 원을 기부하는 것이었다.

나는 그때까지 그렇게 화려한 연회장을 가본 일이 없었다. 더구나 고희연은 자식들이 돈을 모아 부모를 위해 간신히 식구끼리 밥을 먹는 정도였다. 이곳은 달랐다. 연예인 사회자가 나와서 모든 행사를 주관했다. 오빠는 의사였고, 그의 아들딸은 바이올린을 켜고 음악을 했다. Z네 오빠, 동생들은 모두 다복한 집안이었다. 거기서 사회자는 가족을 소개하고 초대가수들과 더불어 흥을 돋우며 잔치를 벌였다.

정말 방송에서만 보는 훌륭한 연회였다. 내 친구네는 그야말로 대단하며, 훌륭한 집안임을 확인했다. 나는 주변에 그런 집을 본적이 없었다. 나는 그 친구를 보며 뿌듯했다.

그 후 그는 남쪽으로 이사를 갔다. 나는 그곳으로 테니스를 치러갔고, 그네 집에서 쉬었다. 새로 분양받은 집은 컸고 좋았다. 분양금은 아마 친정 부모님이 주었을 것이다. 그러나 나는 살던 곳에서 7~8년을 더 살았다. 그 작은 아파트에서 살았다. 그 후 우리가 상봉동 아파트를 분양받아 이사 갔을 때, 그는 우리 집으로 와서 그 동네에서 함께 테니스를 쳤다. 그렇게 우리는 서로 왔다갔다 했다.

몇 년 후 다시 내가 살던 근처 강남으로 이사했고, 그는 우리 동네로 와서 오랜만에 함께 테니스를 쳤다. 그때 그만 탈이 생겼다. 그가 오랜만에 테니스를 쳤던 것인지, 발 뒤꿈치의 아킬레스건이 딱 소리를 내며 끊어졌다. 바로 정형외과로 가서 치료를 받았으나 오랫동안 힘들게 치료받아야 했다. 그 뒤로 그는 테니스를 칠 수 없었다.

그 뒤로 우리는 몇 년에 한 번 시간을 내서 만났다. 그는 계속 종교에 심취했다. 그는 신학대학에 가서 다시 공부를 했다. 그는 정열적으로 공부했다. 성경책을 열댓 번 읽었고, 그것을 몸으로 흡입했다. 성경책이 그의 삶이 되었다.

만날 때는 주로 종교 이야기가 많았다. 그는 하느님이 유일신임을 강조했다. 그는 하느님에 집착했고, 하느님만을 광적으로 말하게 됐다. 무당이나 점을 치는 사람은 귀신이고, 자기가 믿는 하느님만이 신이라 말했다. 그가 말하는 신은 성령으로 훌륭했고, 점쟁이가 말하는 신은 귀신으로 악이 되는 것이었다. 그러나 나에게는 전부 똑같아 보였다. 그는 꿈을 자주 꾸었다.

- 어느 날 박근혜가 꿈속에 나타났어요. 그런데 옷을 제대로 못 입고 허름했어요. 너무 추워보여서 내가 마후라를 목에 둘러주었어요. 그 후 세월호 사건이 터졌고, 결국 대통령직을 퇴출당하더군요. 또 어느 날은 전두환이 꿈속에 나타나서 나에게 많은 선물을 주더라고요. 그래서 나는 선물을 그만 달라고 했어요. 너무 많이 준다고. 이번에는 문재인 꿈을 꾸었어요. 문재인이 주변에 아무도 없이 쫓겨다니더라구요. 그리고 나에게 기대고 있더라고요. 나는 이상했어요. 문재인이 대통령되기 전에, 어느 점쟁이가 그랬대요. 문재인이 대통령은 되기는 하는데, 임기 중에 내려온다고 그랬대요. 어떤 것이 맞는지 살아보면 알겠지요.

이번에 내가 쓴 책을 주려고 주소록을 달라고 카톡을 보냈다. 그는 깜짝 놀라며 만나사 했다. 작년에 그의 아들 결혼식 때 만나고 처음이었다. 몇 번이나 만나려고 했는데 내가 시간이 맞지를 않았다. 이번에 필히 만나기로 했다. 우리는 만났다.

- 오랜만이요?

우리는 인사를 하고 백화점에서 먼 곳에 있는 음식점을 찾았다. 그리고 걸으며 말했다.

- 어떻게 책을 쓰게 되었어요?
- 삶이 여기까지 오니까, 제로라는 생각이 들더라구요. 누가 잘난 놈도 없고, 못난 놈도 없으며, 모두 똑같은 짐을 지고 있다는 생각을 했어요. 그래서 206호, 306호, 506호, 1006호 모두 똑같다고 생각했어요. 다만 모양이나 형태가 다를 뿐이라고.
- 모든 일을 기억할 수 없는데, 어떻게 했어요?
- 조금씩 기록은 했어요.
- 그럼 책을 쓸려고 작정을 했네요?
- 아니요. 기록은 그냥 심심해서 해놓은 거예요. 꼭 책을 내겠다는 마음은 한 번도 먹은 적이 없었어요.
- 이번에 책을 내고 이야기를 하다 보니 남편이 그러더라구요. 글을 쓰고 불이 붙은 시발점은 자기가 구속된 것이 아니냐고. 가만히 생각해보니 남편이 구속되면서 더 글을 열심히 썼고, 그것이 책을 내게 만든 원동력이라 생각하게 된 같았어요. 처음에 남편은 우리의 사생활이 다 보여서 안 된다고 출간을 말렸지요. 죽거들랑 출간하라 했어요. 그런데 내가 우리는 모두 죽어가고 있다고. 눈이 안 보인다고. 컴퓨터 치는 사람 없다면서 출간했지요.

우리는 식당으로 들어갔다. 나는 숯불에 고기를 굽는 집으로 갔다.

- 나는 이렇게 고기를 굽는 것이 오히려 진실하다는 생각이에요. 백화점 음식은 화려한데 가격도 비싸고 진실성이 떨어지더라구요. 그래서 나는 고기를 구워 상추쌈에 싸먹는 게 좋더라구요. 여기에 된장찌개와 밥을 곁들이면 더 좋구요.
- 맞아요. 저도 그래요.

우리는 신나게 식사를 하고 커피숍으로 이동했다. 안락한 곳에 자리를 잡았다. 그의 그리스도 예찬이 일어날 것이었다. 그러나 이번에는 달랐다.

- 우리 이사 갔어요. 강북의 안암동으로.
- 예? 어떻게?
- 글쎄, 그렇게 됐어요.

나는 황당했다. 그는 말했다.

- 부모가 물려준 돈 10억이 날아갔어요. 그러나 우리 집까지 날아갈 줄은 몰랐어요.
- 아니, 어떻게 말이에요?
- 남편이 투자를 해서, 뭔가 벌어서 먹겠다는데…. 그냥, 안 말렸죠. 내가 그동안 너무 강압적이라, 남편이 하고 싶은 것을 못하게 했으니 이번에는 하게 해주고 싶었어요. 그렇게 남편이 투자한 것들이 모자라면 담보를 냈고, 그 담보가 이자가 되고, 이자가 또 이자를 만들게 되더라구요. 결국 전부 사라지게 됐어요. 담보가 새로운 담보를 만들게 했고, 그것에 대한 이자가 늘어 투자가

망했어요. 거기에 건물이 팔리지 않아서 수습할 수가 없었어요.

나는 어떻게 말할 수 없었다. 그는 다시 말했다.

- 하느님을 원망하며 왜 나에게 이런 시련을 주시는지 물었어요. 하느님은 왜 그러냐고요. 왜, 나에게 그런 고난과 고통을 주시냐고 묻고 물었어요. 5년동안 날마다 그렇게 하느님을 원망하며 묻고 기도했어요. 우리는 살 수가 없었어요. 아침에 일어나 새벽 기도를 갔고 곧 전국을 떠돌면서 하느님을 찾았죠. 반항하며, 기도했고, 피눈물을 흘리면서, 전능하신 하느님의 처분을 원망하며 기도했죠. 밤 10시에 집으로 돌아와 잠자고, 다시 새벽기도를 하고…. 그런 생활을 5년 동안 했어요. 그리고 아들이 결혼 할 때 마지막 집을 팔고 빚을 청산하고, 안암동 재개발의 싼 전셋집을 얻었어요. 아들이 너무 허술하다고 안 된다는 것을 내가 괜찮다 하며 입주했어요. 아들 장가보내면서 살림집 챙겨줬고, 딸도 챙겨줘야 하니 최대한 아껴서 작은 집에서 살아요. 그 동네는 내가 살던 곳이었고, 딸의 직장이 가까워 그곳을 선택했어요.
- 그랬군요. 그래요. 삶이 쉽지 않아요. 지금이나 앞으로나 우리는 힘들게 살아가는 것이에요. 다만 몸 건강하고 남편이 옆에 존재해 주는 것으로 고맙게 생각해요. 그래야 남편이 힘들 때 거들어주고 도와주더라구요. 힘들 것들은 시간이 가면 전부 지나가더라구요.
- 맞아요. 맞아. 나도 그렇게 생각해요. 우리, 일 년에 한두 번은 만나요.
- 그래요. 그럽시다.

우리는 헤어졌다. 헤어지면서 Z는 나에게 무화과 잼을 만든 것을 주고 떠나갔다.

*

남편의 친구인 T 사장을 만났다.

그는 오랫동안 치료를 받고 있었다. 그의 부인은 생각보다 건강한 빛을 가졌고, T사장도 생각보다 빛나며, 밝았다. 우리는 서로 인사를 하며, 악수했다.

- 아이, 건강하신데요? 팔과 다리는 괜찮아요?
- 괜찮긴 한데, 아직은 힘들어요. 팔과 다리가 저립니다.
- 그렇게 대수술을 했는데요, 뭘. 그 이상 나빠지지 않으면 좋은 거예요.

그는 작년에 넘어져서 팔과 다리를 다쳤다. 팔을 움직일 수 없어서 팔과 관련된 신경계통을 다시 수술했다. 그러다보니 여기저기 연결된 곳을 찾게 됐고, 수술이 커졌다. 그는 종합병원에 6개월 이상 입원해 있었고 걸을 수도 없었다. 계속 물리치료 받으면서 걸을 수 있게 되었고, 팔도 움직일 수 있었다. 의사는 움직일 수 없는 사람들에게 초점을 맞췄고, T사장이 걷고 움직이는 것을 성공이라 말한다고 했다.

- 맞아요, 이렇게 움직이면 성공이지요. 이번에 동창이 뇌가 작아지는 병에 걸려서 오늘 내일하며 죽음을 기다린다고 카톡에 떴잖아요.
- 우리는 몸 관리를 잘해야 해요.
- 그래요.
- 이번에 친구들 이야기가 카톡에 떴는데, S가 경찰에 조사를 받아 고생을 많이 했다고 해요.

- 저도 봤어요. 작년에는 뭐냐, R을 경찰에서 조사하고 힘들게 했는데 말이에요.
- 정권 교체를 하면 정치적으로 몰아넣어야 하니까요. 그러니 박근혜와 이명박이 들어가서 이 정권이 바뀌지 않으면 나올 수 없잖아요.
- 여기 음식점 좀 봐요. 여기가 예약을 하지 않으면 올 수가 없는데, 이렇게 사람이 없잖아요. 지금 경제가 엉망이라 그래요. 서민들이 돈이 있어야 쓰지요. 기업을 죽이고, 북한 퍼주고, 국민 세금 파먹고 있으니 걱정이 크네요.
- 음식점도 지금 계속 쓰러지고 있고, 가로수길의 가게세도 내리는데, 빈 가게가 늘어난다잖아요. 나라가 어찌될는지 알 수가 없네요.
- 아이고, 지금 역전세가 일어나서 내가 지금 죽을 지경입니다. 우리 집 담보로 돈을 빌리려 하는데 퇴직자라 안 된다 하잖아요. 지금 법이 그렇대요. 어떻게 전세금을 출혈해야할지 모릅니다. 자금을 꽉꽉 막는 정치를 하는데 이게 무슨 정치랍니까?
- 그래도 남편이 이렇게 몸이 건강하게 온전한 것이 감사하지요. 박근혜와 이명박은 못 나오잖아요? 만약 남편을 거꾸로 털었을 때 오점이 나오면 절대 못 나오죠.
- 내가 감옥에 있을 때, 그 방은 경제 사범들만 있었어요. 약간의 배려를 해주는 거지요. 어느 건설사 사장이 시청에 돈을 주고 허가를 받았다고 걸려들어 왔어요. 그런데 그 사장은 안 줬다고. 검찰은 줬다고. 그런데 사실은 안 준 것이 드러났어요. 검찰은 약이 올랐는지 그 사장을 먼지까지 털었어요. 결국 비서와 요즘 말하는 미투에 걸렸어요. 그래서 못 나왔지요. 웃긴다니까요?
- 아이고, 그때 마지막 재판 판결할 때 문제가 있었어요. 재판장이 대충하기로 하면서 실형 1년 6개월을 부르려 했는데, 그 옆 판사가 그거 아니라고. 그래서 재판장이 다시 판결을 내려서 실형을 면했어요. 그리고 바로 구치소로 들어오면, 소파가 있어요. 그곳은 천당과 지옥이 됩니다. 실형이 떨어지면 바로 구속하고, 면한 사람은 그때부터 자유가 됩니다. 같이 버스를 타는데, 앞자리는 실형을 면한 자가, 뒷좌석은 실형을 받은 자들이 앉아요. 그리고 구치소로

가기 전에 면회실로 나오면 끝이나요. 재판이 끝났으니까요. 그놈들이 나를 엮으려고 했으니까 내가 아는 거지요. 결국 특검을 하려던 것은 우병우가 지시해서 그런 거지요.

- 거기서 며칠 있었지요?
- 108일 있었어요. 처음 감옥에 가면 공항장애가 나타나요. 우리는 경제사범이라 사장이 많아서 그나마 나아요. 폭력배는 따로 분류해요. 물론 생활은 똑같아요. 처음에 가서 내 혈압을 재니까 170이더라구요. 아마 스트레스를 받아서 그랬을 거에요. 내 죄목은 관피아로, 후배들 돈을 줬다. 특수부는 틀림없이 죄가 있다고 확신했죠. 노동부 잡아넣는다. 그것은 그들의 실적이 오르니까 협박하는 거지요. 후배들 돈 준 거 뻔히 안다고 확신했는데 그게 아니니까 당황한 거죠. 그러면 타협을 해오는 거죠. 후배 돈 줬다고 해라. 특수부가 오히려 나를 꼬신 거지요. 그럼 너는 내보내겠다는 투로. 누구를 좀 줬다고 하라고. 난 버텼죠. 난 돈 준 일이 없다. 너희가 바라는 그런 거 없다.

그들은 공소장 없이 남편을 불렀다. 그들은 남편을 방에 두고 아무 일도 안 했다고 했다. 하루 종일 책상에 앉혀두고 밤 10시경에 조사해서 편안했다고 남편은 물었다. 그들이 남편에게 물었다. 밤 10시쯤. '생각나십니까?' 하고 묻는다. 남편은 아무것도 없다고 대답했다고 했다.

- 뒤돌아보면 우병우가 집어넣으라 했고, 청와대 특수부에서 시켰음을 알았죠. 죄가 없으니까. 연구비로 썼다는 것만 강조했어요. 그리고 개인적으로 쓴 적도 없다고 되풀이 했죠. 결국 뇌물공여 없고, 연구비는 개인적으로 쓰지 않았으며, 국가 돈이 들어갔음을 변호사가 입증했기 때문에 나올 수 있었어요.

만약 단돈 만 원이라도 썼으면, 2~3년 옥살이를 살아야 했다. 변호사가 입증 못하면 다 당한다고. 신동빈은 박근혜에게 면세점 해달라지 않았다. 그런데도 지금 감옥에 들어가 있다. 김경수 하는 짓거리를 보면 공정한 게임이 아니다. 말이 안 된다. 정권 바뀌면 모두 들어가야 한다. 검찰청도 다 들어가야 한다. 지금 먹고 살기가 힘들다. 지금 정권 하는 짓거리가 공산당과 똑같다. 지금 경제가 망가지고 있다. 그것들이 삼성 못 잡아서 안달을 한다. 중국이 좋아하는 일만 하고 있다.

- 우리 동서, 우리가 김정은 비판하면 쓸데없이 유언비어 퍼트리지 말라고 해요. 그것을 보면 우리가 미친다고요.
- 사진 보면 웃겨요. 김여정은 뻣뻣하게 서 있고.,문재인은 고개 숙이고. 김여정과 시진핑에게 90도 허리 굽혀요. 문재인이 북한의 하수인이 되는 모습이잖아요. 우리 대통령 맞아요?
- ○○○는 쥐새끼 같은 놈이지요. 이해관계에 붙어서 여기저기 붙어서 먹고 살아요. 천안함 사건이 우리가 만든 것이래요. 이게 말이 되는 거요? 북한 놈이 한 게 아니라네요? 그러면서 국회의원을 하고 평생을 먹고 사니 미쳐죽지요. 귀신들은 이놈들 잡아가지 뭘 먹고 사는지 모르겠네요.

우리는 모여서 이바구를 하며 음식을 맛있게 먹었다. 그리고 시대에 대한 불만을 쏟아내며 분통을 치고, 서로의 마음을 위로하며 헤어졌다.

*

2018년 6월 초, 판교 임대아파트에 날벼락

이 떨어졌다.

〈LH 등 공공임대 1만 1,000여 가구 10년 만료 앞두고 '기막힌 청구서'〉

"나라 정책을 믿고 주택 구입 대신 공공임대를 택했습니다. 저 같은 서민들에게 '무리하지 말고 천천히 돈 모아서 집 사라.'면서 만든 제도였으니까요. 그런데 한 해도 안 거르고 보증금, 월세를 5%씩 올린 걸로도 부족해서, 애초 가격의 3배 가까이 내고 분양받거나 싫으면 나가라는 건 너무한 거 아닙니까?"

(…후략…)

〈한국은 혁신기술 개발해도… 의료법상 불법입니다〉

스마트 콘택트렌즈, AI 영상분석 등 산더미 규제에 막혀 못 써. 식약처 허가해도 심평원 심사 또 받아야 해 상용화에만 수 년.

전문가 "신기술 나와도 팔지를 못하는데, 누가 계발 나서겠나."

(…후략…)

〈중국, AI 의사와 스마트폰 상담… 원격진료 환자만 1억 명〉

중국, 지난해 AI도 의료기기로 인정해 일선 병원들 적극 활용. AI가 하루 환자 1만 명의 X선 영상분석… 폐암 진단 속도 확 앞당겨.

美 구글 인도서 '사진으로 당뇨성 실명 진단' 기술 등을 상용화

(…후략…)

중국, 일본, 미국 등 모든 나라가 AI를 활용하고, 정부가 모든 연구개발을 지원하는데 한국의 정치인들은 왜 관심이 없을까? 모든 것을 이념에만 두고 여당과 야당으로 나뉘어 당파싸움을 하듯 싸우는 것

으로만 보인다. 국민만 속을 태우고, 나라가 어찌 될까 어쩔 줄 모른다. 우리는 나이가 들었으니 지금 죽어도 여한이 없다. 그러나 나라가 올바르게 살아야 자손이 편안하지 않겠는가? 정치인들은 젊은이를 부추겨서 먹고 사는데 관심을 두게 하는 것이 아니라 자기네식 이론에 따르라고 부추겨 운동권을 조장하는 모습이 슬프다.

제발 국민이여. 깨어나서 자기 삶을 자기가 지키며 자기만의 것을 창조하고 자기 삶을 즐기며 살기를 바란다.

*

2018년 6월, 올해의 반이 지나가는 달이다.

전반기를 잘 마무리하면서 평화롭게 지나가는 세월이면 성공이라 생각했다. 어느 날 갑자기 남동생의 막내 딸 D에게 공황장애가 생겼다고 난리가 났다. 나는 그냥 어린애에게 생길 수 있는 것이라 쉽게 생각했다. D는 북경대학에 다녔다. 애가 야무졌다. 공부도 열심히 했다. 언니들을 D가 관장했다. 작은 언니(29)가 남자친구 생겼다고 우리 가족에게 말했다. 그때 D는 말했다.

- 그럼 뭔가 확실한 것을 그 남자에게 받아놓아. 그것이 확실하면 작은 언니는 빨리 시집 가버려. 입이라도 하나 빨리 줄이게. 아빠도 퇴직했잖아.
- 큰언니는 안 돼, 내가 대학 끝날 때까지 시집가면 안 된다고. 큰언니는 내 학비를 내줘야 하니까.

D는 야무지게 말을 했다. 식구들은 D를 보고 머리를 흔들며 웃긴다 했다.

그런 놈이 갑자기 공황장애가 생겼다고. 누군가 자기를 죽일 것 같은 일이 일어나서 그놈을 죽이겠다고 덤비고 싸웠던 것이다. D에게 극심한 공포가 일어나고 공황발작이 계속적으로 일어나는 것이다. 상하이에 있는 큰 언니가 D를 상하이에 있는 자기 집으로 데리고 왔다. 그러나 D는 언니를 출근할 수 없게 했다. D는 혼자 있는 것이 무서웠다. 언니는 아빠가 있는 한국으로 D를 보냈다. 그런데 한국에서 다시 그런 공황장애가 생겨 사단이 났던 것이다. 나는 남동생이 어미도 없이 D를 건사하는데 얼마나 힘들까 싶어 위로의 문자를 보냈다.

- 동생아, 너무 걱정하지 말아라. 내 생각에 네 딸 셋 중 하나가 어려운 과정을 겪어야 되나보다. 그렇게 생각해라. 어떻게 D를 물리적으로 치료를 할지 연구해보자. 네가 시간을 내서 우리와 함께 등산을 하고, D가 좋아하는 일을 찾고, 그 다음 테니스도 시켜보자.
- 우리 집 둘째가 너도 알다시피 알레르기가 얼마나 심했냐? 밤새 긁어서 잠을 못 잤잖아? 두 살 때부터 말이다. 피가 나서 멈추지도 못하게 밤새 긁었잖아. 그러면서 울고불고 하며 긁었고. 나는 한약, 양약 전부 먹였고, 병원에서 주는 약만 먹으면 애가 병든 닭처럼 잠만 잤지. 약은 완전히 애를 잠자게 하는 약인 거야. 나중에는 헌인 의원으로 가서 문둥병 약을 먹이면서 나을 것이라 생각하며, 고등학교까지 다녔잖아.
- 그래도 나는 자연 치유법을 찾았어. 애가 너무 잠만 자니까, 면역력을 회복하자는 느낌으로. 인간에게 필요한 자연적인 햇빛, 땅, 맑은 공기를 얻게 했지. 아이에게 도움이 되는 게 무엇인가를 생각하고. 그것을 치료하는 것으로 운

동이라는 생각해서 테니스를 시켰어. 스무 살이 넘어서부터 조금 나아지더니 삼십이 넘어서 알레르기가 다 나았어. 물론 지금은 동네 테니스 선수가 되었고.

- 삶은 그런 거야. 하나가 해결되면 또 하나가 생기는 거라고. 넌 지혜로워서 잘 해결할 거야. 일단 심리적인 안정을 취하고 잘 싸워 이기는 권투라도 시켜서 자기를 이기는 방법을 찾아보자고. 그런 게 인생이니까 우선 너부터 건강 챙기고 말이다. 네 딸을 지킬 이는 너니까 말이다.
- D는 고대병원 응급실에 입원했습니다. 정신과 병원에 절대로 가지 않겠다고 낮부터 난리를 쳤습니다. 밤 11시경 월경 통증이 심하니 고대 병원 응급실에 간다고 하여 얼른 입원시키고 의사와 협의하여 지금 응급처치 하였습니다. 방금 잠이 들었습니다. 오늘 중앙동에서 난리가 아니었습니다. 112, 119 전부 출동하고, 중앙동에 있는 모든 사람이 모여서 D의 또라이 행동을 동영상으로 찍었고, D는 SNS에 올려 우리 가족 좀 구해달라고 애걸복걸 하였습니다. 정신과 의사 선생님이 긴급 진단하였고, 결과는 조현증(정신분열증) 초기 단계라고. 앞으로 정식 상담까지 낮은 단계의 처방을 실시하고 상태를 보면서 처방함.
- 그래 힘들었구나. 교통사고로 일순간 죽었다 생각하자. 남자가 아니라 다행이다. 심리 치료를 받으면서 우선 돌보며 알아보자.
- 어느 날 매형이 감옥에 갔으니까….
- 어느 날 우리가 죽기도 할 테고…, 전부 지나갈 거야. 다만 우리가 겪어야 하는 거니까…. 편안하게 받아들이며 대처를 하자고.
- 아무래도 D가 중국에서 쇼크 받을 무엇인가 있었을지도 모르니까, 애를 잘 살펴보라고. 매형이 말하더라고. D가 그런 애가 아니라면서. 명랑하고, 쾌활하며, 야무진 아이인데. D의 어려움을 알아야 치유가 빠르고 문제가 해결될 텐데 말이다. 요즘 죽고 사는 일이 많은데, 잘 설득해서 치유하자고. 큰언니(D의 언니)한테 얘기 했더니, 언니도 D에게 뭔가 있는데 말을 안 하는 거 같다더라. '이 상

태는 최근 한 달 내에 일어난 거예요.' 라고 나에게 문자를 했더라고.

그 다음날 나와 여동생은 남동생네 가보자 했다. 그러나 남동생은 오지 말라했다. 그 다음 휴일에 여동생이 남동생이 사는 안산으로 갔다. 나는 물었다.

- D는 어떠냐?
- 멀쩡하고 괜찮아. 다만, 오빠가 집에만 있어야 하는 거지. 꼼짝을 못하게 하는 거야. 무섭다고. 그러니 일을 못해, 오빠가.
- 그렇구나.
- 언니, 지금은 D가 잠을 잘 자. 배고프다고 해서 집에서 뜯어온 상추에 고기쌈 잘 먹고 다시 잠자고 있어. 오빠가 쓰레기 버리러 가고, 먹을 것 사러 슈퍼 갔어. 오빠를 무섭다고 못 움직이게 하니까, 그게 걱정이라고. 누가 오로지 D만을 보냐고요.
- 정말 그렇구나. 네가 애 많이 쓰는구나.
- 그런데 4년 전에도 이런 일이 한 번 있었던 거야. 그래서 이런 경우를 겪은 거지. 그리고 그런 것을 무시해버렸던 것이 재발한 거라고. 그때 치료를 했어야 하는데….

한참 있다가 90 노인인 우리 어머니에게서 전화가 왔다. 노모가 아들을 가끔 부르고 자기 수발을 하라며 소리칠 때가 많아서, 나는 미리 어머니에게 말을 해두었다. 막내 손녀 D가 지금 정신적으로 아파서 아들이 고민하고 있으니 그런 줄을 알고 계시라 했다. 그리고 함부로 아들을 호출하지 말라고 당부했다.

- 얘야, D가 놀래서 그렇게 무서워하는 것이 아니냐? 그럴 수 있다. 거 뭐냐, 아무개가 그랬다. 무섬증이 나타나면 담벼락을 귀신 같이 넘어갔단다. 그런데 그 뭐냐, 돼지 쓸개를 엄청 먹어서 나았단다. 그래서 그것을 좀 먹여보려 하는데 네가 아들에게 말하지 말래서 못하는구나. 병원 약도 좋다지만, 사약도 괜찮으니라.
- 그래요. 내가 남동생에게 말해놓을게요.

그렇기도 했다는 생각이 들었다. 사람들은 사약을 미신적이라는 생각이 많고, 그것을 비과학적으로 생각한다. 그런데 어느 날, 나에게 어지럼증이 나타났다. 일어설 수도 없고 누워도 천장이 돌며, 어지러웠다. 눈을 감아도 머리가 어지러웠다. 병원에 가서 처방을 받았다. 약을 먹어도 쉽게 어지럼증이 사라지지 않았다. 그럴 때 친정어머니가 오셨다. 어머니는 재래시장에 가서 소의 지라를 사왔다. 그 지라를 콩고물에 묻혔다. 나에게 약 먹듯이 물로 넘기기만 하라고.

나는 못하겠다고 했지만, 그는 먹어야 한다고 했다. 우리는 한참 실랑이를 벌였고, 결국 물로 지라를 목구멍으로 넘겼다. 그 다음날, 어지럼증은 깨끗이 사라졌다. 아! 이거구나. 현대 의약이 만병통치약이 아니로구나. 이런 사약이 더 만병통치약이었다. 그 후, 나는 노인들의 지혜를 빌렸고 그들의 삶을 존중했다.

90 노모는 막내 손주의 병을 치유하면서 자기 생을 보낼 것이다. 그렇다. 우리의 삶은 편안함보다 끊임없는 도전 속에서 이어지는 것이었다.

*

현충일에 친정아버지와 시아버지의 묘소를 탐방했다.

전날 남편과 나, 막내딸이 함께 클럽에서 열심히 테니스를 쳤다. 땀을 뻘뻘 흘렸다. 집에서 샤워를 하고 남편은 함께 맥주를 마시자고 제안했다. 남편과 둘이서 잘가는 '마시큐 맥주집'을 딸과 함께 갔다. 그곳에서 맥주는 달았다. 숯불에 구운 치킨은 고소했다. 그 집은 음식이 진실했다. 사장과 음식이 닮았다. 거짓됨이 없어서 좋았다. 우리는 그곳을 우리의 아지트로 삼았다. 남편과 딸은 오랜만에 만났고 둘은 술을 물처럼 마셨다. 나는 한 잔만 하고 상가를 서성댔다. 그 둘은 시간이 걸릴 터였다.

나는 술자리가 길어지면 힘들었다. 그들은 길수록 즐겼다. 나는 계속 상가를 돌며 구경했다. 반찬 가게, 떡 가게, 빵집, 꽃가게, 옷가 등 다양한 상가를 구경했다. 시간이 늦었는데도 수선집 아저씨는 텔레비전을 보며 옷을 수선했다. 참 열심히 사는구나 생각했다. 식사는 하고 수선하는 걸까? 나는 빵집에서 빵을 샀다. 그리고 나는 남편과 딸을 재촉했다. 그만들 끝내자고. 그들은 끝을 냈다. 그리고 남편은 현충일 묘소를 탐방하겠다고. 딸이 가보고 싶다고. 그러라고 했다. 그러면 제물을 좀 사자고, 슈퍼로 갔다. 그 동네 슈퍼는 우리 동네 슈퍼보다 비쌌다. 나는 술과 안주를 사들고 집으로 갔다. 그곳은 우리 집에서 꽤 멀었다.

이튿날이 현충일이었다. 남편은 7시경에 가자고 했다. 나는 휴일이라 안 된다고. 새벽 4시에는 일어나서 준비하고 5시에 출발해야 차가 밀리지 않는다고. 그렇게 우리는 집으로 돌아왔다. 나는 산소 옆에 사는 친정어머니를 위해 약밥을 만드는 게 좋겠다고 생각했다. 나는 찹쌀에, 대추, 밤, 곶감, 잣, 건포도를 솔솔 뿌리고, 흑설탕, 꿀 조금, 간장, 참기름 등을 섞어 전기밥솥에 앉혔다. 그리고 잠을 잤다.

이튿날 일어나자마자 전기밥솥(일반)을 눌렀다. 15분 후 보온으로 돌아갔다. 아무래도 설익었을 것 같았다. 두어 번 스위치를 눌러 뜨거운 불기운을 주었다. 나는 솥뚜껑을 열었다. 고슬고슬하게 하려고 물을 적게 잡았다. 그것은 밥을 설익게 할 것이다. 나는 다시 압력솥에 삼발이를 넣고 삼베를 깔아 덜 익은 전기밥솥의 약밥을 삼베에 들어부었다. 그리고 20분을 더 쪘다. 약밥은 잘 익었다. 그것을 싸고, 기내식으로 먹을 음식도 싸서 우리는 새벽에 시골로 떠났다.

새벽의 경부고속도로는 시원했다. 수원까지 약 30㎞, 안성까지 다시 30㎞, 천안은 20㎞ 거리였다. 우리는 논산 쪽 호남 방향 길로 가는 곳을 지나야 차가 덜 막힌다고 해서 옥산휴게소에서 쉬자 했다. 옥산휴게소는 리모델링을 해서 깨끗했다. 화장실에 들러 그곳에서 우동을 시켜 먹었다. 별별 것을 다 파는 곳에서 휴대용 거치대를 샀고, 토시를 샀다. 다시 시골로 출발했다. 음악 방송이 안 나왔다. CD를 틀었다. 갑자기 뽕짝 노래 빠른 것이 나왔다.

그러나 그 노래는 시골 풍경과 어울렸다. 나무는 푸르고, 야트막한 산이 파도처럼 굴곡을 지어, 우리를 반겼다. 음악의 흐름은 인생의 흐름을 말했고. 우리의 마음도 리듬에 맞추어졌다. 그래, 인생이 뭐 별거인가? 잘난 사람은 잘난 대로 살고, 못난 사람은 못난 대로 사는 것. 그것이 바로 인생이라고 노랫말은 말했다. 결국 잘나나 못나나 인생은 그게 그거라 했다. 길가에 뾰족한 빌딩 숲은 없었다. 번쩍이는 광고판도 없었다. 마음은 평화로웠다. 이런 것이 마음의 치유였다.

즐거운 여행이 되었다. 옥천 IC를 빠져나왔다. 동쪽 샛길을 따라 들어갔다. 내가 어렸을 때는 논으로 가득 찼던 그곳은, 큰 길을 따라 집으로 가득 찼다. 건너편 산비탈에도 밭을 벗 삼아 집으로 가득 찼다. 그곳은 더 이상 시골이 아니었다. 하나의 마을이 되었다. 논은 없었다. 산 밑부터 한길까지 전부 집이 지어졌다. 새로 난 길을 따라 고개를 넘어 아버지 묘소를 찾아갔다. 도랑 건너 옛날 할머니네 자두밭도 마을로 변했다. 마을의 중심 연꽃밭은 주차장이 되었고, 개울가 위에 복개공사를 해서 그 위를 보건소가 차지했다. 그 옆에는 간이용 운동기구가…. 우리는 주차장에 차를 세웠다.

내가 알던 할머니네 동네가 아닌, 새롭게 단장한 친할머니네 동네가 됐다. 우리는 친할머니의 집에 사는 작은 아버지를 찾았다. 한창 포크레인을 동원해서 무너진 담장을 정리하고 있었다. 작은 아버지는 80세가 넘어서 꼬부라졌다. 그러나 목소리는 쇳소리가 났다. 나는 용돈을 드리고 아버지 산소를 뵈러 왔다고 말했다.

샛길을 따라 산길로 가다가 멈췄다. 동쪽 길로? 아니면 서쪽 길로? 우리는 서쪽 길을 선택했다. 내가 아는 아버지 밭에 고추가 줄지어 심어졌다. 그 땅은 아마 작은 아버지가 지금 사용 중일 터였다.

작은 아버지가 그 땅을 탐내서 어머니가 애를 태웠던 기억이 났다. 작은 아버지는 욕심쟁이였다. 당신이 사는 집도 맏형인 아버지 것이지만 당신이 차지했고, 할아버지 땅을 전부 당신 것으로 해버렸다. 간신히 작은 고추밭만 남동생에게 이전되었는데, 그것마저 뺏고 싶어 안달을 했다가, 서류 등기가 자동적으로 남동생에게 갔던 모양이다. 어디고 재산 싸움은 있기 마련인가 보다. 고추밭 건너 산 밑에 거대한 바위들이 있었다. 그런데 그 바위가 넝쿨식물로 바뀌어 있었다. 큰 바위를 넝쿨이 가득 차지해서, 그것들의 뿌리가 됐다. 대단했다. 바위가 사라지다니…. 어릴 때 그곳에서 소꿉놀이를 했는데. 흙과 나뭇잎을 벗 삼아 음식을 만들었는데. 근처 묘소에서 할아버지들이 시제를 올렸는데. 그런데 전부 사라졌다.

산 밑에 있는 밭 둘레는 산 짐승들 때문에 울타리를 쳤다. 우리는 밭두렁 길을 이용할 수 없었다. 산으로 올라갔다. 산은 험했다. 넝쿨과 가시돋인 잔가지들이 우리 몸을 할퀴었다. 땅은 덤불과 진흙이 섞였다. 발을 들고 내디딜 곳이 없었다.

쉽게 산을 오를 수 없고, 그렇다고 뒤로 물러설 수도 없었다. 땀이 비오듯 했다. 산비탈은 가팔랐다. 30분쯤 기어올랐다. 다시 내리막이 있고, 움푹 들어간 계곡 건너편 위에 아버지 산소가 있었다. 가시와 벌레가 괴롭혔고, 후미져서 뱀이 나올 것 같았다. 두려움이 몰려오는 습한 땅기운에 즐겁지 않았다. 남편은 앞서서 가시돋인 가지를 손으로 벌려서 우리를 그 사이로 통과하게 했다. 몇 번이나 굴러 떨어지고 넘어졌다. 고약한 길이었다. 움푹 패인 골을 지나 다시 오르막길이 나타났다.

힘이 들었다. 경사가 90도로 가팔랐다. 5분 후에 도착했다. 마을이 보이면서 편안해졌다. 묘소는 더 이상 묘소가 아니었다. 그냥 덤불로 덮인 숲이 되었다. 나는 편안했다. 이것이 자연스런 모습이라 생각했다. 아버지가 돌아가신 지 30년이 넘었다. 그 시절, 나는 결혼했고, 아이 둘은 어렸다. 나는 학교 다니느라 바빴다. 내 생활은 쪼들렸고, 동생들은 아직 학교에 다녔다. 아버지 묘소에 치장할 힘은 없었다. 암으로 간 남동생이 집 한 채 값은 먹고 갔을 것이고, 곧 이어 아버지 폐암으로 또 다시 집 한 채 값은 들었을 터였다. 그래서 아버지가 차지한 종묘는 이렇게 험악한 곳에 간신히 터를 잡았던 것이다.

어차피 자연으로 돌아가는데 무슨 화려한 비석이 필요하겠는가? 그것은 자연스럽지 못한 모습일 것이다. 시신을 화장해서 뿌리는 것이 빨리 자연으로 자연스럽게 가는 모습인데 말이다. 예전에 작은 아버지는 나를 욕했다. 아버지 묘소를 그렇게 내동댕이 쳐두고 있다고. 당신이 산소를 예쁘게 정리한다면서 나에게 돈 오백만 원을 내라고 했다. 또 누구누구 등 여러 사람에게 돈을 걷어 한 곳에다 조상님을 모시겠다 했다.

어머니는 나에게 절대 주지 말라고, 작은 아버지(후처의 소생)의 심보는 고약하다고 했다. 결국 당신 어머니 산소가 화려하고 잘났다 하더니만, 오늘 본 그 할머니(할아버지의 후처) 산소나 우리 아버지 산소나 그게 그거였다. 당신이 늙어 꼬부라지니 간수할 수 없는 것이었다. 그냥 흙으로 돌아가는 모습이 자연스러운 것이다. 나는 가끔 고관대작의 화려한 묘소로, 석상과 비석, 산소 둘레를 대리석으로 박은 것들을 보면, 자연과 산을 훼손하는 느낌이 났다.

집을 떠나면서 남편은 말했다.

내가 쓴 책을 꼭 아버지에게 보여주라고. 나는 묘소 위에 술잔을 놓았다. 그리고 그 옆에 책을 놓고 절했다. 우리는 다시 합동으로 절하며, 속으로 기도했다. 모든 일이 술술 잘 풀리게 해달라고. 그리고 하산을 해서 친정어머니와 만나고 그 옆에 있는 시아버지 산소를 들른 뒤 부지런히 서울로 올라왔다.

*

남동생에게 문자 보냈다.

- 어제 네 딸이 병원에 입원했는데 못 가서 미안하구나. 부동산 전세가가 떨어졌는데, 네 큰애 (그 아이가 상하이에서 직장을 다녀서 내가 그 애의 부동산을 관리하고 있다)의 전세가도 떨어져서 3천을 출혈해야 한다는구나. 우선 우리 집을 담보로 3천을 내려 했는데, 퇴직자라 안 된다하는구나. 그래서 간신히 매형 친구 부인에게 3천을 빌리기로 했구나. 거기에 우리 집 천장에서 물이 새서 물바다가 됐구나. 거실, 안방, 부엌에 전등을 제거해서 집안이 캄캄하구나. 열흘이 넘었는데도 물이 안 말라서 도배를 못하고 전등을 못 달았구나.
- 그런데 갑자기 새벽에 관리실과 기계실에서, 새벽 다섯 시에 다시 우리 집 초인종을 누르고 집 조사를 하더구나. 아랫집 다용도실에 물이 새서, 그 집이 엉망이 되었다는구나. 우리가 아랫집을 수리해 줘야 한다는구나. 현충일이라 S(내 작은딸)가 갑자기 외할아버지, 친할아버지 산소가 가보고 싶다고(거의 몇 년 동안 가보지 못함) 매형과 현충일에 가보자고 약속을 했다는구나. 이게 무슨 조화냐? 걔가 그런 애가 아니잖니? 매형도 또 가고 싶은 거구. 새벽 5시에 출발해서 아버지 묘소를 돌아보고, 작은 아버지 집도 들렸구나. 그리고 시아버지 산소를 들른 뒤 어머니 집도 들렸구나. 아버지에게 절하면서, 네 딸 D의 병인 공황장애를 소거해달라고 빌었느니라.
- 그리고 엄마 집에 들려 네 막내딸이 몸이 안 좋다고 말했느니라. 엄마에게 아들이 D 때문에 힘들어하니까 당신 아들을 찾지 말라고. 그럴 때가 아니라고 말했느니라. 그런데 엄마가 공황장애는 자꾸 헛것이 보이는 거라면서 무슨 사약을 먹여 보이자는구나.
- 노인들이 말하는 사약을 무조건 비과학적이라고 거부하는 것은 아닌 것 같더구나. 내가 한때 어지럼증으로 몸을 일으킬 수가 없어서 병원에서 처방을 받아 약을 먹고 있었지. 그런데 바로 낫지 않더구

나. 그 소리를 듣고 엄마가 재래시장에서 소의 지라를 사와서 그것을 잘게 썰어 콩고물에 묻혀서 나에게 주었고, 그것을 입에 넣고 약 먹듯이 물로 삼키라 하더구나. 먹을 수 없는 것을 물과 함께 먹으며 삼키고, 삼켰지. 이튿날 그 사약을 먹고 어지럼증이 바로 사라지더구나. 신기하더라. 병원 약은 한 달도 더 걸리는데.

- 오늘 도배하는데 내가 거들어야 할 것 같구나. 혹 괜찮으면, 네 딸 D를 우리 집에 맡겨보라고. 내 방과 S방은 도배를 하지 않으니까 말이다. 내가 D를 데리고 있어도 되니까. 너 사무실 출근할 때 데리고 오고, 퇴근할 때 데리고 가라. 연습으로 말이다.
- 내일 1시 30분에 진료예약 되어있습니다. 일단은 의사의 처방을 받고 어떻게 치료할 것인지 정해야 됩니다. 지금은 항상 누워서 잠자고 정신이 들면 간식 먹고 바로 눕고 하는 상태입니다. 응급실에서 처방받은 약을 오늘까지 먹고, 내일 정식 상담을 받은 후에 결정하려 합니다. 지금은 아무것도 못하고 밥 먹을 힘이 없어서 누워만 있는 상태입니다.
- 그래 알았어. 그러나 병원만 믿으면 안 된다. 그들은 잠만 재운다. 그렇게 애를 바보로만 만드는구나. 우리는 지혜롭게 겸용을 하여, 그 애 스스로 힘을 키우도록 도와줘야 한다구. 매형이랑 나랑 생각했지. S(내 막내딸)도 가려움증으로 고생할 때 병원에서 처방을 받았는데, 365일 잠만 재워서 애가 힘이 없었어. 거의 장애아로 만들더라고. 근본적인 해결책을 찾아야 해. 애 스스로 몸을 쓰고 에너지를 만들어야된다고. 에너지가 사그라들면, 사람을 피하고 숨고, 부작용이 많으니 에너지를 불어넣어 줘야한다고.

나는 이튿날 안산에 있는 동생의 집을 찾았다. D가 좋아하는 빵을 잔뜩 사가지고 갔다. 애는 멀쩡했다. 얼굴에 곱게 분칠을 했고, 눈 화장과 입술도 예쁘게 그렸다. 그런데 몸은 뼈만 남아 앙상했다. 나는 그에게 잔소리를 했다.

- 야, 넌 말이다. 지금 네 모습이 아름답다고 생각하니? 네 모습은 백치야. 백치! 그게 예뻐? 아름답냐고. 진정한 아름다움은 힘이 세고 포동 포동 한거라고. 넌 시든 사과 있지? 예쁜 사과인데 시들어서 쪼그라든 그런 모습이야. 진정한 아름다움은 사과가 싱싱해서 빨갛고 이슬이 맺혀 터질 것 같은 그런 모습이지. 그런 게 진정 아름다운 미인이라고. 넌 말이다, 백치미를 추구하고 있는 거야.
- 그러니까 뼈만 남아서 안 먹고, 길게 뻗어서 힘이 없어진 거야. 그러면 허깨비가 너한테 들어가고 이상한 생각이 일어난다고. 많이 먹고 씩씩하게 생활하면 그런 일이 없다고. 너 그러다가 병원에서 주는 약만 먹고 누워만 있는 바보가 되는 거야. 그러다가 병원에 갇혀서 평생 살다가 죽는다고. 너 그러고 싶냐? 다른 부모 같으면 너를 케어 못한다고 그냥 병원에 넣고 말걸? 네 아빠니까 널 책임지지. 다른 아빠였으면 벌써 널 버렸을 거다. 알고 있냐? 너 오늘부터 무조건 많이 먹고, 우리랑 산을 가자 매주 우리 따라 산을 가면 후딱 낫는다고. 목표는 산 100개에 올라보는 거야. 그럼 병이 사라지겠지. 그럴래?
- 응, 고모. 그럴게.
- 우리는 말이다. 88년부터 매달 주말마다 등산을 했으니, 한 달에 4개, 일 년에 약 50개야. 휴일까지 30년을 다녔으니 못해도 1500개의 산을 올라간 것이라고. 그러니까 이렇게 건강하게 사는 것이야. 그러려면 우선 맛있는 걸 먹자. 너 뭘 먹을래? 백치에서 벗어나서 싱싱한 미모를 만들려면, 맛있는 거를 먹어야 하는 거라구.
- 고모, 훠꺼 먹고 싶어요.
- 그래. 훠꺼가 어떻게 생겼나 먹어보자.

우리는 안산의 중국인 거리를 찾았다. 24시간 요리점이었다. 우선 자리를 차지했다. 훠꺼를 주문했다. 종업원은 한국말을 알아듣지 못했다. 나는 D를 쿡 찔렀다.

- 중국말로 해라, 알아듣지 못하니까.

둘은 금방 소통했고 주문을 받아서 음식이 나왔다. 큰 냄비가 불판 위에 놓였다. 냄비는 반으로 구분되어 있었다. 한쪽은 맑고 하얀 국물, 다른 쪽은 붉고 매운 국물이었다. 비릿한 양고기 냄새가 다른 테이블에서 났다. 나는 역겨워서 힘들었다. D가 중국어로 말했다. 고기가 나왔다.

- 이거는 양고기고요. 저거는 소고기에요. 제가 양념장을 해오겠습니다.

뷔페라 사람들은 이거저거 접시에 담아서 자기 테이블로 옮겼다. 나도 그들처럼 맛있게 생긴 것을 접시에 담았다. 내가 좋아하는 상추, 버섯, 새우, 어묵, 두부 말린 것 등을 접시에 가득 담아서 테이블로 왔다. D가 고모랑 고모부랑 먹을 양념장을 섞어서 갔다줬다. 칼칼하고 짭잘했다. 각자 알아서 고기를 냄비에 살짝 익혀서 양념장에 찍어 먹었다. 그리고 고량주를 한잔씩을 걸쳤다.

생각보다 먹을 만했다. 나는 D에게 많이 먹어야 병이 낫는다고 강조했다. 그는 많이 먹으려고 애썼다. 주식으로 고기와 야채를 먹은 뒤 후식으로 설탕에 졸인 감자와 땅콩, 그리고 아이스크림을 먹고 집으로 왔다. 그리고 그 다음 주 만나서 관악산을 가자고 했다. 그러자 동생은 안 된다고 했다. 그러나 나는 가보자고 했다. 병원 처방은 애를 잠만 재워서 무기력한 상태를 유지하게 만드니 안된다 했다. D는 가보겠다 했다. 그렇게 우리는 약속하고 헤어졌다.

그 다음 주, 우리는 관악산 입구에서 만났다. 나는 집에 있는 모든 반찬과 밥을 도시락처럼 4인분을 만들어서 관악산에 올랐다. 처음에 D는 힘들어했다. 우리는 천천히 D를 이끌며 산을 올랐다. 가다 쉬다 가다 쉬다를 반복했고, 나는 D에게 백치의 허점을 설명했다. D는 알았다고 했다. 산 중턱에 이르자 D의 발걸음이 빨라졌다. 우리는 그대로 내버려두었다. D는 빠르게 올라가서 삼분의 이 지점까지 올랐다. 거기서 돗자리를 깔았다. 점심식사를 하기로 했다. 갑자기 새끼 고양이가 우리 곁으로 와서 울었다.

- 야~ 옹~
- 야~ 옹~

새끼 고양이는 배고프다고 소리를 쳤다.

- 야, 이놈아 우리가 먹어야 주지.
- 야~ 옹, 야~ 옹
- 안 되겠다. 고등어 한토막 먼저 주자. 배고파 죽겠단다.
- D야, 밥은 주지 마. 야채도 주지 말고. 먹지 않는다.
- 옛다. 먹어라.

고양이는 귀신같이 먹었다. 그리고 또다시 달라고 소리를 쳤다. 우리가 먹은 가시를 손에 쥐고, 와서 먹으라했다. 고양이는 냉큼 내 손에서 빼어갔다. 나중에는 소고기 장조림을 주었다. 그것은 먹는 둥 마는 둥 했다.

- 고양이 배부르다. 그만 주어라. 남으면 쓰레기 된다. 정말 고양이는 생선을 더 좋아하는구나.

우리는 고양이와 함께 즐겁게 식사를 하고 다시 산행을 했다. 산꼭대기에서 인증샷을 찍고 하산했다. D는 귀신같이 빠르게 내려갔다. 우리는 따라갈 수 없었다.

- 야, D가 날아다닌다. 너, 약해서 안 된다며?
- 글쎄, 누나. 그럴 줄 몰랐다니까.
- 힘을 길러주면, 공황장애든 귀신이든 다 날아간다니까.

하산해서 우리는 다시 만났고, 헤어지면서 D에게 말했다.

- D야, 너 산을 100개 오르면 건강해진다는 걸 명심해라. 우리랑 같이 다니면 되는 거야. 이제 99개 남았다.
- 네, 고모. 그럴게요. 99개 남았어요.

그렇게 우리는 헤어져서 집으로 왔다. 나는 뿌듯했다. 공황장애를 앓고 있는 조카에게 힘을 주고 에너지를 주어서 즐거웠다.

*

2018년 6월 14일, 내가 보는 신문의 기사는 이랬다.

〈여당 압승… 지방권력까지 움켜쥐다〉

13일 실시된 제 7회 전국 동시 지방선거에서 더불어민주당이 압승을 거뒀다.

1995년 지방선거 부활 이후 한 정당이 광역단체 당 13곳을 휩쓴 것은 이번이 처음이다.

(…후략…)

〈김정은이 트럼프에 폐기 약속한 곳은 '동창리 ICBM 시험장'〉

'美본토 위험 없다' 깜짝 카드 꺼내어 CVID는 회담서 후순위로 밀어내.

WP "美北회담은 김정은의 승리"

미국 언론인들은 이번 회담에서 비핵화와 관련한 구체적 성과가 없다고 비판했다.

미북 정상회담이 소문난 잔치로 끝났다. 비핵화 원칙에는 합의했지만, 기대했던 북핵 폐기 로드맵은 찾아볼 수 없다.

(…후략…)

나는 신문을 보면서 나라를 생각했다. 과연 나라가 온전히 살아남을 것인가를…. 나는 모든 정치인이 자기를 위해서 행동한다고 생각한다. 트럼프 대통령은 미국을 위해서라며 자기의 실권을 쟁취하는 것으로, 김정은을 이용했다는 느낌이다. 우리나라를 위해서? 그것은 애초에 없었다. 자기 위치를 보존하고 세계에 자신을 드러내며, 자신이 얼마나 세계를 평화롭게 하고 있는가를 과시했을 뿐이다.

김정은 또한 북한을 위해서? 그것이 아니라 자기가 영원히 북한을 지배하기 위해서다. 미국 대통령을 세계 마당으로 끌어내어, 트럼프를 하늘 높이 들었다가 내려놓는 사람임을 보여주었다. 과연 문재인 대통령이 위대한 대한민국을 만들어줄 것인가? 그의 속마음은 어디에 있을까? 국가를 위해서? 그것보다 자신의 집권을 위해, 자신들의 정당을 오랫동안 유지하기 위해움직이는 것이지는 않을까? 그래서 더 힘을 모으고, 모션을 취하며, 나라를 쪼개고, 부를 가르는 것이다. 서민을 부자처럼 만들어주는 것이 국가를 위한 일이고 국민을 위한 일이라는 구호일 것이다. 결국 나라는 뒷전이고 권력의 집중으로 나라와 국민이 망해가는 꼴이 아닐는지….

나는 소시민일 뿐이고, 곧 사라질 사람이다. 국민들이여, 진실을 보라. 깨어나라. 이렇게 외치고 싶다. 우리를, 나라를 삼켜버려, 우리의 존재가 사라지지 않는 길을 선택하길 빌 뿐이다.

나는 잠시 마음을 돌려보았다. 공산당원이지만 중국의 주은래는 나라를 사랑했고, 결혼을 했음에도 자식을 낳지 않았다. 사심을 가지지 않으려고 노력했다. 베트남 사람들이 좋아하는 호치민 또한 공산당원이지만 독립선언서를 이렇게 낭독했다.

> 모든 인간은 평등하게 태어났다. 그들은 조물주로부터 누구에게도 양도할 수 없는 권리를 부여 받았다. 생존, 자유, 행복의 추구 등이 바로 그 권리이다.

그렇게 외친 그는 평생 결혼하지 않았으며, 베트남을 구했다. 그는 분명 베트남의 영웅이었다.

우리 세대는 서서히 죽어가는 사람들이다. 다만 나라가 살아나기를 바랄 뿐이다. 여당 정치인들은 북한을 빌미로 정권을 잡고, 권력에 집착하며, 권력을 휘두르고, 자신들의 입지에만 집착한다. 그들이 불리하면, 적폐청산을 주장하고 상대편을 죽인다. 이런 일에 왜 집중하는가? 모든 국민을 결집해서 나라 살리는 일에 집중해 대국들의 틈에서 벗어나는 길을 찾기를 빌 뿐이다. 우리 모두는 정치인들이 힘을 모아 나라를 살리는 일에 앞장서주기를 바랄 뿐이다.

*

부산 여행을 하다.

아침 9시 반 SRT를 친구가 예약했다. 나는 수서역으로 가야 했다. 집에서 8시 반경에 출발했다. 전철을 타려고 내가 가진 어르신카드를 찍었다. 그런데 찍히지 않았다. 이상했다. 자세히 보니 그 카드가 아니었다. 색이 같은 농협카드였다. 나는 난감했다. 전철카드기로 갔다. 거기에는 신분증을 놓으면 카드기에서 카드가 발급되는 곳이 있었다. 나는 신분증을 놓았다. 기기는 아무런 반응이 없었다.

나는 헬프를 눌렀다. 직원에게 신분증을 놓았는데 안 된다고 설명했다. 직원은 옆 기기로 옮기라고 했다. 그런데 옆 기기도 안 되고 그 옆 기기도 안 되고…. 나는 지갑을 열었다. 만 원짜리만 있었다. 교통

카드를 살 수는 없었다. 편의점으로 달려갔다. 적당한 것을 사고 거스름돈을 받았다. 전철 카드기기를 눌렀다. 그러자 초성을 누르라는 안내가 나왔다. 나는 'ㅅ(수서역)'을 눌렀다. 'ㅅ' 자로 시작하는 역은 많았는데, 수서역은 없었다. 난감했다. 어쩌다가 전철 노선도가 나왔다. 그러나 글씨가 작아서 수서역을 찾을 수 없었다. 나는 두어 번 두드리다가 간신히 수서역을 찾아 눌렀다.

곧 1950원이라는 안내가 나타났다. 나는 투입구에 2,000원을 넣었다. 카드가 나오고 50원짜리 동전이 나왔다. 이미 시간은 한참 흘렀다. 나는 달렸다. 카드를 찍고 전철 타는 곳으로 갔다. 줄은 빽빽했다. 맨 뒤에서 차례를 기다렸다. 전철이 오고 사람들이 탔다. 그러나 줄은 쉽게 줄지 않았다. 출근시간이라 바빴다. 그 다음 차도 통과해 버렸고, 결국 나는 그 다음 차를 탈 수 있었다. 마음은 조급했다. 20여 분도 안 남았다. 수서역에 도착했다. 나는 SRT역으로 달려 갔다. 화장실이 급했지만 참았다. 차는 이미 와 있었다. 친구들을 만났다. 그리고 우리 자리를 확인하고 앉았다. 곧 기차는 출발했다.

나는 자리를 잡고, 화장실을 찾았다. 닫힌 문을 여는 것도 쉽지 않았다. 화살표를 따라 눌렀다. 문이 열렸다. 화장실 표지가 나타나지 않았다. 여기쯤이겠거니 하고 문을 열려고 하는데 갑자기 문이 열리면서 남자가 튀어나왔다. 깜짝 놀란 뒤에 그곳으로 들어갔다. 화장실은 넓었다. 세면대도 컸다. 볼일을 보고 누름 표시를 확인하고 작동시켰다. 손을 닦고 나와서 내 자리로 돌아왔다. 이곳은 꼭 외국의 호텔 같았다. 어디가 어디인지 분간하기 어려웠다.

나는 외국에서처럼, 자동화된 곳을 누르고 확인하며 헤매었다. 처음으로 기계조작을 하려니 가슴이 떨렸다. 어떻게 조작해야 할지 몰랐다. 나는 전부 낯설었다. 내가 살아온 방식은 이랬다. 내 차를 운전하고, 힘들면 가다가 휴게소에서 쉬었다. 그곳 화장실은 항상 열려 있었고, 먹고 싶으면 먹고, 쉬고 싶으면 쉬었다. 그러나 이곳은 달랐다. 아침 내내 가슴을 조이며 카드 기기와 다툼을 했고, 카드로 문을 열고 들어왔으며, 다시 카드를 수서역 카드 기기에 반납하고 돈을 돌려받았다. 자동시스템은 정말 나에게 불편했다.

상하이 갈 때도 그랬다. 한국에서는 여권을 기계에 대고 자리를 배석 받았는데, 우리(남편과 나)는 컴퓨터 활용을 어려워해 행동이 굼떴고, 여권을 찍으면 이미 다른 사람들이 그 자리를 잡았다. 그리고 다시 처음부터 다시 해서 자리를 잡고자 하면 다른 사람이 더 빨리 찍었다. 우리는 기기 앞에서 한 시간 이상을 소비하고 나서야 제일 나쁜 좌석을 선택할 수 있었다. 가깝게 붙은 좌석도 아니었다. 그런데 상하이에서 한국으로 돌아올 때였다. 중국에서는 모든 것을 사람이 처리했다. 나는 그곳이 좋았다.

우리나라는 모든 것이 빨랐다. 몸이 느린 우리는 불편했다. 부산에는 금방 도착했다. 예전이면 대여섯 시간이 걸렸겠지만 지금은 두 시간 반이면 도착했다. 부산역은 공항 같았다. 넓은 공간, 간이식당, 커다란 TV, 넓직한 휴게소가 있고, 그 위에 열차 시간을 알리는 전광판이 붙어 있었다. 우리는 곧 부산에 사는 P를 만났다. P는 우리를 중국집으로 안내했다. 그곳에서 정식을 맛있게 먹었다. P는 우리를 통영 케이블카에 태워 통영 시가를 관광하게 도와주려 했는데, 그 날은 케이블카가 쉬는 날이었다.

P는 차를 몰아 거제도로 갔다. 바람의 언덕으로 갔다. 바다를 향한 언덕은 노랑 금계국으로 화려했다. 파란 바다와 아름다운 바위, 바위 위에 붙은 찔레꽃이 우리를 반겼다. 하늘은 구름으로 햇빛을 살짝 가렸다. 파도는 잔잔하고, 데이트 족은 드물게 왔다갔다. 나는 바다와 접한 너른 바위 쪽으로 내려갔다. 그곳은 바다와 가깝게 물이 닿고 부딪혔다. 파도 소리, 바람 소리. 넓은 바위에서, 나는 속으로 하늘을 향해 만세를 부르며 손을 뻗었다. 나는 지금 이 순간이 진정한 자유라고 외쳤다.

역시 여행은 좋구나. 모두를 용서할 수 있고, 전부 버릴 수 있어서 좋구나. 나는 거기서 한참을 거닐었다. 우리는 그곳에서 인증샷을 찍었고, 언덕으로 올라와 항구 쪽으로 이동했다. 아담한 항구는 예뻤다. 언덕 위의 작은 별장은 바다를 향해 서 있었다. 언덕길은 분홍 송엽국으로, 다른 한쪽은 페튜니아 꽃으로 길을 장식했다. 우리는 계단을 타고 마을을 따라 항구 쪽으로 내려갔다. 담장에는 도자기 그림으로 가득 했다. 고풍스러웠다. 항구를 따라 걷다가 풍차가 있는 언덕길로 올라갔다.

바다가 한눈에 훤히 보였다. 바람이 불어서 온몸을 날렸다. 아! 시원하다. 항구의 모든 정경이 한눈에 들어왔다. 이곳은 브라질의 리오 못지 않았다. 아름답구나! 주중이라 사람이 없어 더 좋구나. 그곳을 거닐고 계단을 올라 숲속으로 들어갔다. 빽빽한 동백나무가 실했다. 나무줄기가 탄탄했고 뻗친 가지가 용트림을 틀며 숲을 지켰다. 그 모습이 씩씩하고 웅장했다. 그곳은 강한 어둠의 숲이 됐다. 우리는 차를 타고 숙소인 콘도로 이동했다.

바닷가에 위치한 콘도는 환상적이었다. 넓은 로비, 아래층 계단 아래 멋진 카페. 그 카페를 통해 들어오는 바다는 우리를 반겼다. 그곳에도 바다가 있었구나. 도로를 따라 달렸을 때도 우리는 환호를 올렸는데…. 푸른 바다가 넘실댔고, 멀리 점점이 뿌려진 섬들이 한 폭의 그림이었다. 여행은 즐겁구나. 산은 산이라서 좋고, 바다는 바다라서 좋구나. 그렇게 즐기며 소리쳤는데.

숙소를 잡고 바다를 바라봤다. 세계 어느 나라 호텔 못지 않았다. 우리는 다시 유명한 식당을 찾았다. 싱싱한 회를 시키고, 맛있는 초밥을 먹었다. 금강산도 식후경이라던가? 우리는 즐겁게 식사를 하고 숙소로 와서 휴식했다. P의 환호를 듣고 케이크로 잔치를 했다.

이튿날 주변 산책로를 걸었다. 바다는 잔잔했다. 콘도에 설치된 김경민의 조각품 '아름다운 여행'을 사진으로 찍었다. 아빠는 만세를 부르는 애기를 어깨에 걸치고, 엄마는 손을 들고 기뻐하는 장면을 조각한 작품이었다. 여행자에게 깜찍하게 기쁨을 주는 작품이었다.

우리는 부산 태종대로 이동했다. 내비게이션이 말썽을 부려서 어려움을 겪었지만, P는 길을 잘 잡아줬다. 고마웠다. 태종대는 부산을 대표하는 암석 해안 명승지로, 최남단에 위치한다. 파도의 침식으로 형성된 100m에 달하는 암석 절벽의 태종대는 파도와 수풀이 절경을 이룬다. 신라 태종 무열왕이 삼국을 통일하고 이곳에 와서 활을 쏜 곳이라 하여 태종대라고. 우리는 둘레길을 따라 태종사에 갔다. 절은 아담했다. 수국과 각종 꽃들 특히 어성초꽃이 아름다웠다. 어성초 잎이 코에 닿았다. 비릿한 냄새는 코를 찔렀다.

산책로 길옆에서 코끼리 열차를 타고 주차장까지 내려왔다. 등대를 둘러보고, 송도로 이동해서, 케이블카를 탔다. 바다를 건너며, 주변의 풍광을 감상했다. 산꼭대기에 설치된 소원의 용을 감상했다. 예로부터 송도 앞바다에는 수호신인 용이 살고 있어서 간절히 바라는 한 가지 소원은 꼭 들어준다고. 그 설화를 현실로 재현한 작품이라고. 우리는 다시 케이블카를 타고 바다를 건너 주차장으로 이동했다. 그리고 시내 가까운 동아대학 주차장에 주차시켰다. 학교는 고풍스러웠다. 그 고풍스런 건물은 박물관으로, 옆에는 옛날 전차가 서 있었다. 나무 그늘 벤치에서 젊은 날의 대학 정취를 느껴보았다.

우리도 한때 저 학생들처럼 공부를 하며 바빴는데…. 다시 힘을 내서 시장으로 택시를 타고 이동했다. 한참 선거 운동을 하는 사람들이 건널목에서 인사를 했다. 우리는 부평 깡통 야시장으로 갔다. 거기서 P가 아는 미도 수제 어묵집에 들렀다. 깔끔한 인테리어가 맘에 들었다. 그곳에서 오뎅 국수를 주문했다. 짬뽕 국수, 이테리식 국수, 콩국수, 소바 국수, 떡볶이 국수 등 다양한 맛으로 다양하게 즐겼다.

다시 국제 시장으로 갔다. 그곳에서 가방, 옷, 티셔츠를 사고, 그 옆 자갈치시장에 들러 멸치를 사서 택배로 부쳤다. 금방 해가 졌다. 우리는 만월 식당에서 냉면으로 저녁 식사를 했다.

냉면이 11,000원? 비싸네. 고기도 돼지고기인데. 국물 맛은 내 맛도 아닌데. 면은 왜 그리 질겨? 여행하며 먹었던 것 중 제일 맛없는 음식이구나. 그런데 유명해서 많은 사람이 온다니. 허기사 각자가 취향이 다르니까.

우리는 P네 집으로 이동했다. 집은 컸다. 올드 스타일이었다.

- 야, 여기는 내 스타일이네. 네 모습이나 내 모습이나 같구나, 같아. 누구에게

보여 줄 것도 없고 말이다.

난 내가 편하면 되는 거고, 불편함이 없으면 그만이다. 깨끗하고 아름다움을 추구하는 것은 나 스스로를 피곤하게 하는 것이다. 냉장고를 열었다. 꽉 찼다. P는 열심히 사는 친구였다. 도마가 다섯 개 정도?

- 야, 넌 매일 파티 하냐? 그릇이 왜 그리 많아? 넌 파티만 하고 사나보다.
- 맛있는 술을 주시오.
- 여행 왔는데 즐거운 기분을 내줘야지?
- 없어. 아무것도. 이거(17년산 위스키) 먹어.
- 좋아, 좋아.

아무도 술을 먹지 못했다. 나와 P는 냉장고에 있는 토마토를 썰어서 잔과 함께 거실로 갔다. 식탁에 놓고 조금씩 홀짝거렸다. 열이 오르면서 기분이 고조되었다. 거실에 있는 운동기구로 허리를 돌렸다. 바닥에 있는 다리 흔들며, 몸체를 흔드는 기계에 내 발을 넣고 스위치를 돌렸다. 발끝에 열을 주었고, 발과 몸을 뒤흔들었다. 오늘의 피곤함을 기계가 내 몸을 흔들면서 풀어주었다. 한참 동안 풀고 샤워를 한 뒤 침대 속으로 들어갔다. 친구들은 오랫동안 잡담을 했고 잡담소리를 들으며, 나는 잠속으로 빠져들었다.

새벽에 눈을 떴다. 하늘과 바다가 희미하게 구름 속 경계로 사라져 분간이 가지 않았다. 저 바다 끝은 전부 회색이었다. 뿌연 안개만 가득 찼다. 나는 베란다로 갔다. 동쪽 바다는 작은 섬을 중심으로 고요했다. 그 바다는 작고 예뻤다. 아파트 사이에 보이는 풍경이 그랬다. 남쪽 바다의 반은 앞에 있는 아파트가 가렸고, 남은 반쪽 바다는 해수욕장이 차지했다. 해수욕장 너머로 흐려진 회색 바다가 저 건너 보였다. 그리고 넓은 회색 하늘은 조용히 나를 관찰했다.

우리는 서둘렀다. P가 말했다.

- 우리 빨리 가야 해. 늦으면 자리가 없어. 늦게 가면 먹을 음식도 없고, 직원들이 문을 닫는다고 그래.

우리는 빠르게 차를 타고 달렸다. 목적지는 해운대 THE WESTIN CHOSUN 호텔 뷔페였다. 7시경에 도착했다. 해변가의 전망 좋은 자리는 이미 다 찼기에 우리는 창가 끝 라인을 간신히 차지했다. 주변에는 비즈니스맨이 많았다. 창 너머 해변에는 아직 수영하기 이른 시기인데도 사람들이 바닷속에서 수영을 했다. 아침 조기 수영자로 보였다. 해송 위에는 새들이 까맣게 햇빛을 보며 모여 좌담을 했다. 파도는 밀려왔다가 밀려 나갔다.

해변가에는 빌딩이 바다를 향해 줄지어 섰다. 예전의 한적한 해운대가 아니었다. 모래와 바다는 도심 속의 작은 해수욕장이었다. 하늘로 치솟은 유리벽 빌딩은 파란 유리를 끼고 하늘을 향해 더 크게 자라고 있었다. 바다를 더 많이 보겠다는 빌딩과 해변을 좀먹는 빌딩은 서로 해변을 더 많이 차지하겠다고 쌈박질을 했다. 그곳에 인간이 설 곳은 좁았다. 숨이 막혔다. 빌딩의 존재가 인간을 압도했다. 숨이 막혔다. 그런 모습은 잘못이라 생각했다.

해변을 보며, 맛있는 것을 즐기는 것은 환상적이었다. 파란 파도, 시원한 바람, 노란 모래에 흰 거품이 몰려 오고, 파도를 타고 해변에 춤추러 오는 바다의 모습. 거기서 맛있는 음식을 즐기는 것은 행복 그 자체였다.

'그래. 우리가 아프지 않고, 친구들이랑 이렇게 행복을 누리다니. 우리 모두는 서로에게 감사해야겠구나. P야, 고마워. 우리를 이렇게 즐겁게 해줘서.'

나는 속으로 감사를 외쳤다.

식사 후 우리는 둘레길을 걸으며, 동백섬을 탐방했다. 해운대 석각이 보였다. 이 석각은 신라 말 시인이자 학자였던 고운 최치원 선생이 썼다고. 자연경관이 너무 아름다워 대를 쌓고, 바다. 구름, 달, 산을 음미하면서 해운대를 음각했다고.

우리는 2005년 APEC 제2차 정상회의장을 둘러보았다. 산과 바다가 아우러진 멋진 회의장이었다. 그곳에서 세계무역과 투자의 자유화를 향한 부산 선언문이 합의되었다고. 들어가니 십이장생도가 우리를 반겼다. 오래도록 살고 죽지 않는 10가지 물상을 나타내는 십장생을 응용하여 나전칠기로 장식한 작품이었다. 명장인 김규장 선생의 작품이다. 12장생은 해, 구름, 산, 바위, 물, 학, 사슴, 거북, 소나무, 불로초(이상십장생), 대나무, 천도복숭아를 일컬었다.

다음의 여정지는 용궁사였다. 입구에 띠(소, 돼지, 양…)를 장식한 석상부터 이미 다른 세계였다. 절로 통하는 어두운 굴을 지나면, 줄지어 선 석등이 계단을 장식했다. 왼쪽은 바다가 있고, 그 바다를 향해

절이 지어져 있었다. 절을 중심으로 온갖 부처가 바다를 향해 무언가를 회의하고 이야기했다. 절을 통하는 계곡물은 바다의 파도와 부딪히며 세차게 합쳐졌다. 바위 위에 황금불상이 바다를 향해 복을 빌며 웃고 있었다. 얼굴은 중국풍이었다. 절대로 한국적이지 않았다. 바다가 중국과 통해서일까?

경관을 바꿔서 절 풍경을 감상했다. 웅장한 절은 바위 위에 돌기둥을 세워 지은 것이다. 사람들은 멀리서 절을 향해 기도했고, 황금 불상을 향해 기도했다. 우리는 다시 이동했다. '꽃밭에서'라는 찻집으로 들어갔다. 그곳은 가수 정훈희와 김태화가 운영하는 찻집이었다. 아담한 찻집에서 시원한 바닷바람을 쐬며. 아메리카노와 자몽 주스를 마셨다. 바닷가에 모래를 퍼놓는 작업을 하는 포크레인이 있었다. 바다 주위에 모래를 깔아 해변을 만들 모양이었다.

우리는 친구 덕에 부산 관광을 마치고 서울로 돌아왔다. 즐거운 관광이었다.

*

나는 책을 읽었다

소크라테스가 죽음을 맞이하게 되었다. 그리고 장자에게 일어난 일이 그에게도 일어났다. 제자들은 장례식에 대해 걱정하고 있었다. 제자들이 소크라테스에게 물었다.

- 선생님의 장례식을 어떻게 준비하면 좋을까요?

- 나를 미워하는 자들이 나를 죽이기 위해 독약을 가져오고 있다. 그리고 그대들은 나를 파묻을 계획을 짜고 있다. 그러니 누가 나의 친구고 누가 나의 적인가? 그대들이나 나를 미워하는 자들이나 모두 나의 죽음에만 관심이 있다. 아무도 나의 삶에 관심을 갖지 않는 것 같다.

(…중략…)

장자 같은 도의 사람은 언제나 시대를 앞서간다. 수세기가 지나야 비로소 위대함이 드러나기 시작한다. 장자를 들을 때는 단지 들으라. 그대 쪽에서는 온전히 마음을 열고 받아들이는 일 외에 아무것도 필요하지 않다. 장자의 제자들은 장자를 알지 못했다. 장자를 놓치고 있는 것이다. 그리고 이 점을 이해해야 한다. 지혜로운 자는 언제나 존재에 관심을 두지만, 무지한 자는 언제나 행위에, 앞으로 행해야 할 것에 관심을 둔다.

(…중략…)

우리는 계획하는 것에 미쳐 있다. 계획을 통해 자연스러움이 사라진다. 존재의 환희가 멀어진다. 장자와 같은 도의 사람은 어떻게 '되는' 것이 아니라 지금 현재의 존재에 관심이 있다. 그는 행위에 대해선 관심이 없다. 미래에 관심 두지 않는다. 존재계가 그를 돌볼 것이다.

*

드루킹 옥중 편지 '김경수에 속았다'라는 문자가 신문에 보였다.

- 댓글 조작 혐의로 구속된 '드루킹' 김동원 씨가 옥중에서 변호인을 통해 편지를 보내왔다. 그는 김경수 의원의 승인을 받고 댓글 조작을 시작했던 것이다.
  '김경수는 매일 댓글 조작 목록을 보고받고 확인했으며, 베스트가 안 되면 왜 안 되냐고 되물었다. 김경수 측은 오사카 총영사를 줄 것처럼 시간을 끌며 7개월간 나를 농락했다.'

(…후략…)

그런데 그 김경수가 경상남도지사 선거에서 52.8%를 얻어 1위로(더불어민주당) 당선되었다.

경기도 지사 이재명은 형(이재선)을 정신병원에 강제 입원시키려 한 사실, 배우 김부선 씨를 농락한 사실, 성남 FC에 여러 기업이 광고비 명목으로 160억 원 이상을 지불하게 한 특가법상 뇌물죄, 형수 욕설 등으로 인물의 부적절함을 시사했다. 그리고 사람들은 그 사람의 됨됨이를 욕했다.

그런데 그는 56.4%를 얻어 경기지사로 당당히 당선됐다.

다른 정치 인물들에 대해, 나는 잘 모른다. 그들은 신문에 떠들고, 방송에서 시끄럽게 언급됐으며, 인터넷에 그들의 행적이 보였다. 다만 그들은 정치적이나 일반적으로나 부적절한 사람이라 생각했다. 그런데 그들은 당당히 정치적으로 성공해 정치인이 됐다. 나는 우리나라가 지금 올바르게 가고 있는 것인가를 생각했다. 부당하게 부적절한 방법으로 사람들을 밟고 올라서도 괜찮다는 나라가 되어가는 것이 무섭다.

〈대통령 만류에도… 교육부, 실무 공무원까지 '적폐몰이'〉

국정교과서 추진 17명 수사의뢰 과장급이하 실무자 6명도 포함 대입제도 등 本業은 하도급 주고 작년 하반기부터 적폐청산 매달려

교육부가 8일 박근혜 정부 당시 '역사 교과서 국정화' 정책을 추진한 전현직 공무원, 민간인 등 17명을 직권 남용 등의 혐의로 수사 의뢰하기로 했고, 공무원의 경우에는 징계하기로 했다. 현 정부는 전 정권의 적폐를 청산한다는 이유로 시민단체, 노동계 인사 등을 주축으로 위원회를 발족시켜 공무원들을 조사했다.

(…후략…)

정권 교체라는 것은 조용히 있는 듯 없는 듯하면서 나라를 살리자는데 뜻이 있었으면 좋겠다. 같은 공무원을 두고, 전 정권의 지시를 따랐다고 역적이 되고, 다시 현 정권을 따르라는 식의 강요는 적절해 보이지 않았다. 나이 든 사람들은 모두 걱정스럽다. 나라가 온전히 존재할 수 있을까 하는 생각에 말이다.

〈수백조 원 대북지원. 美는 돈 내지 않겠다는데…〉

트럼프 미 대통령은 1일 비핵화와 관련한 대북 경제 지원에 대해 "한국이 그것을 할 것이라고 생각한다."며 "중국과 일본도 도움을 줄 것으로 본다."고 말했다. 그는 김영철 북한 노동당 부위원장을 백악관에서 만난 뒤 '김정은과 회담에서 경제 원조를 제안할 계획이 있느냐.'라는 질문에 이같이 말하고 "미국은 돈을 써야 할 것이라 생각하지 않는다."라고 했다.

(…후략…)

미국만 적당히 물러서면 우리를 향한 북의 위협은 상관하지 않고

대북 지원으로 달려갈 가능성이 있다. 북핵 폐기와 그에 따른 경제적 부담에 대해 국민은 한 번도 설명을 들은 적이 없다.

〈어처구니없는 '최저임금 인상 긍정 90%' 靑 통계 방식〉

청와대 경제수석이 "최저임금 인상은 긍정적 효과가 90%"라는 대통령 발언의 근거라고 공개한 자료는 통계청 통계를 입맛에 맞게 뜯어고친 것에 불과했다.

지난 1분기 중에 최저임금에 민감한 도소매업과 음식, 숙박업 일자리가 7만 개 줄었고, 임시직, 일용직은 46만 개나 감소했다. 이 사람들을 빼고 일자리를 지킨 사람들만 따져서 '최저임금 인상으로 근로소득이 늘었다'고 하니 어이가 없다.

여태까지 정부에서 무리한 주장을 하지 않았던 적은 없으나, 이런 어처구니없는 강변은 처음 본다. 정권은 인기가 있다고 국민의 눈을 가리고 경제 현실을 왜곡하는 통계를 만들어도 된다고 생각하는가.

이 통계는 통계청이 아니라 노동과 복지 분야의 국책연구소 두 곳이 만들었다고 한다. 대통령이 이런 보고와 통계에 근거해서 국정을 운영한다면 심각한 결과로 이어질 수 있다.

〈대법원장이 '재판 거래'라는 거짓 선동에 편승하다니〉

김명수 대법원장이 31일 대국민 담화를 내고 이른바 '재판 거래 의혹' 파문에 대해 사과했다. 김 대법원장은 양승태 전 대법원장 시절 '판사 블랙리스트'가 있었다는 의혹에 대한 조사를 지시했고, 그 결과 블랙리스트는 없는 것으로 결론이 났다. 그럼에도 일부 판사가 '재판거래'를 기정사실화하고 관련자들에 대해 고발해달라고 선동하고 있다. 이 때문에 지난 29일 KTX 해고 승무원들이 대법원 점거 시위를 벌이면서 '양 전

대법원장 구속'을 외치는 일까지 벌어졌다.

(…후략…)

나는 신문을 보면 입맛이 없어졌다. 젊은이들은 신이 나서 온 세상이 축제일 것이다. 나는 늙어서일까? 아니, 우리 중에도 여당을 지원하며 박수를 치고 기뻐하는 사람들이 많다. 거기에 내 남편은 박 대통령 시절 그들의 권력 놀음으로 인해 감옥에 갔다. 그래서 박통 정권을 욕해야 하겠지만, 지금처럼 포퓰리즘으로 국민 세금을 온 나라에 뿌리고, 북한에 뿌려대서 나라가 통째로 사라지는 걱정은 하지 않았다. 그런데 요즘 신문을 보면 잠이 안 온다. 우리나라가 과연 온전할 수 있을까를 생각하면서….

왜 정치인들은 과거에 집착을 하는 걸까? 과거 역사에, 과거 판결에, 과거의 업적에 잘못을 드러내서 죽이면 나라가 온전해지겠는가? 우리가 어떻게 살아야 하는지에 대해 생각해도 모자라는 시기에 과거, 과거! 그래서 더 자기네 업적을 드러내겠다고…?

제발 정치인들이여, 나라를 살려주시오. 이제 그만 과거를 묻지 마세요. 대중가요도 있지 않소? 과거를 묻지 말라고. 모든 국민이 힘을 모아 나라를 살려보자고요.

나는 신문만 보면 답답했다. 여기 카톡을 보면 더욱 나라가 걱정된다.

이제 세상이 바뀌었다. 이제 세상이 바뀌었다.

김동길 박사

이제 세상이 바뀌었다.
아들이나 손자들은 데모꾼으로 키워야
대성하는 세상이 되었다.

죽도록 공부해 봤자
취직도 안 되고
항상 피지배적 위치를
탈피할 수가 없다.

평생을 데모꾼으로
살아온 백남기를 보라!

그 자식들은 미국으로 유학 보내고
외국여행을 옆집 다니듯
가볍게 살지 않았든가?

김일성을 찬양하고
미군 철수를 외치며
화염병 던지고
보도블럭 깨서 투석전하면
대통령 비서실장 되고…

국회의원 자리쯤은
따놓은 당상이다.
삐딱하게 정부에
비협조적이며
김정은 정책 및
전략 전술에 협조적이면
어느 날 갑자기 영웅이 된다는 사실을
우리는 기억해야 한다.

갑자기 소설 「꺼삐딴 리」가 떠오르네.

양손에 태극기와
인공기를 들고
어느 걸 흔들어야 될 건지를
잘 판단만 하면 된다.

이렇게 쉬운 인생을
우리는 왜 그렇게
어렵게 살아 왔던가?

나라를 지키다 죽으면
개죽음이다.

데모를 하다 죽으면
열사가 되고.

그 후대는 돈 걱정, 직장 걱정 없이
부귀와 영화를 누릴 수 있다.

국가와 민족을 위해 살아온 사람은 무조건
매국노 독재자라 외치고,
없는 사실도 만들어
음해와 모략으로 일관하면 성공한다.

이제 나는
김일성 배지를 만들고
인공기를 만들어
판매할 사업을 하면
대박이 나지 않을까하는 생각이 순간적으로

떠오른다.

이제 애국가 대신
김일성을 찬양하는
임을 위한 행진곡을
더 사랑해야지.

흘러간 세월 60년,
다가올 세월은 불만과 협잡으로 살아간다면
김대중 선생의 사진 옆에
내 사진도 걸리게 될까

아! 답답한 세상이여!

진실이 시궁창에서 목욕을 하고
거짓이 빛을 발하는
삼천리 금수강산!

결코, 빛이 어둠을
내몰지 못했도다.

억장이 무너집니다.

이 시를 읽으면 나도 「꺼삐딴 리」의 이인국이 생각난다. 작가 전광용은 카멜레온처럼 기회주의적인 철면피 인물을 만들어냈다. 시대적으로 이인국은 바로 '한국'이란 나라 자체가 아닌가? 일제에 36년 동안 지배당하고, 해방과 함께 소련과 미국에 영향을 받으면서 주체적 국민도 되지 못하고, 국가도 자립시키지 못하고, 현대화도 이루지 못한 오욕의 역사가 바로 한국의 현대사가 아닌가? 그러므로 이인국을 비웃는 것은 한국 현대사를 비웃는 일이기도 하다.

이인국은 풍자의 대상이지만, 또한 우리 자신이 속해 있는 사회의 비극적 과거를 그대로 표현한 인물이기도 하다. 그러면서 생각했다. 최근 정치적 혁명을 일으키는 프랑스 대통령 마크롱이 위대해 보인다고.

- 마크롱, 빈정대는 10대에게 "혁명 원하면 먼저 생계 책임질 줄 알아야 한다."
- 이병태 "우리나라였으면 철부지는 '개념 있다' 띄워주고 정치 지도자는 꼰대질로 매도했을 것"
- 10대 소년, 드골 기념식서 혁명가요 부르며 마크롱에 "잘지내요 마뉘?"
- 마크롱, 악수 멈추고 "오늘에 걸맞은 행동해야" 작심 충고
- 혁명 노래에 대해선 "혁명을 하고 싶으면 먼저 제대로 행동해야"

우리나라의 문제는 진실 쪽으로 가려 하지 않는다는 것이다. 어느 한쪽이라도 진실하려고 하는 노력이 보이지를 않는다. 정치는 정치대로, 국민은 국민대로, 언론은 언론대로 자기 목소리만을 높여서 자기가 옳다고 소리친다. 남의 이야기를 듣지 않는다. 자기만 옳고 남은 모두 틀리다고 소리친다. 중국이, 소련이, 미국이, 일본이 우리를 넘보고 깔봐서, 어떻게 하면 국제적으로 힘을 행사해서 한국을 집어 삼킬까 고민하고 있음을 왜 모르는 것일까?

그리고 그들에게 조공을 바치든, 뭣을 하든, 그들과의 주종관계를 만들어내는데 혈안이 되고 있음을 왜 모르는 것인가? 북한이 핵을 가지면 남한을 보호해준다는 식의 발언이 맞기나 하는 것인가? 일본이 한일합방 했을 때, 나라를 팔아먹었다고 역사적으로 기록된 이완용

을 기억하게 만든다. 지금 현 시국이 그렇다. 이완용이 고종을 협박하여 을사조약을 체결하고, 의정부 내각의 대신이 되어 순종을 즉위시켰다. 그 후 총리대신으로서 한일병합조약을 체결한 것이다. 그런데 현 국정이 그 시대로 되돌아가는 것처럼 보여서 걱정이다.

만약 트럼프가 한국에서 미군을 철수시키면 누가 좋을 것인가? 분명 베트남의 최후와 같지 않을까 한다. 그렇다. 우리는 이미 나이 들어 죽어가는 사람들이니 당장 죽어도 여한이 없다. 그러나 남겨진 자식들이나 후손들은 또 다시 피눈물 나는 시대를 겪어야 한다는 것이다.

〈베트남 전쟁과 종북 좌파의 최후〉
한국의 종북 좌파가 알아야 할 사실.
아무리 종북이라 한들이라도 적화되면 가장 먼저 제거될 집단임을 역사가 증명한다. 왜냐하면 그들은 가장 다루기 힘든 집단으로 인식되기 때문이다.

(…후략…)

그런데 지금 상황이 한국도 그렇다는 것이 문제다. 현 정권은 집권 20년을 위해 자기네 편익대로 사회주의 체제를 유지하기 위해 별짓을 다하는 것이다. 중국게이트 사건으로 인터넷을 이용하여 자기네 정당을 지지하는 중국 유학생을 이용하는 것이 그렇고, 중국을 끌어들여 한국에 중국회사 설립을 돕고, 국내 기업을 약화시려는 것이다. 집권당은 지금 한국 경제를 중국의 지배하에 두려고 안달을 하고 있다. 거기에 코로나 19 바이러스 통제를 중국으로부터 하지 않는 것도 시진핑의 방한을 추진하여, 현 집권 세력이 장기집권을 하기 위해 그들의 힘을 이용하려는 목적이 있기 때문이다.

현 정권은 계속 김정은의 방문과 시진핑의 방문에 목숨을 걸고 있다. 어리석은 국민은 그것이 최고의 가치처럼 찬양하고 있으니 대한민국의 자유와 독립이 존속할 수 있을 것인가가 걱정이다. 지금 한국은 자유주의와 공산주의 사이에서 존망의 기로에 서 있다.

2020년 총선 4월 15일. 모든 것이 판결될 것이다.

*

다시 돌아가서, 정훈희의 카페 건너에서는 다시마를 햇빛에 건조시켰다.

땅에 바닥을 깔고 두꺼운 다시마를 펴서 말렸다. 말리는 모습은 장관이었다. 겹겹이 말아서 반듯하게 줄을 지은 다시마를 햇빛과 해풍을 쏘이며 바닥에서 건조시켰다. 마치 다시마 공장처럼 보였다. 우리는 그곳을 방문했다. 직원들이 다시마를 건조하기 위해 뒤적였다. 우리는 그것을 관리하는 사장을 찾았다. 몸이 뚱뚱하고 몸집이 큰 위협적인 인물이었다. 그래도 말을 거니 서글서글하며 인심이 좋아보였다.

- 사장님 우리 다시마를 살 수 있을까요?

- 지금은 마른 상품이 없습니다.

- 아! 안 됐다. 맛있게 생겼는데…. 국물이 끝내줄 거 같은데.

- 내 한 번 찾아보겠습니다. 아, 여기 조금 남은 게 있네요.

- 야, 살 수 있구나. 좋구나.

우리는 그곳에서 각자 다시마를 사서 택배로 부쳤다. 그리고 차를 타고 이동했다. 내비는 우리를 괴롭혔다. 이쪽으로 가시오. 저쪽으로 가시오. 그럴 때마다 운전자는 이 길이 아닌 거 같다고 말했다. 우리는 우왕좌왕 하면서 길을 찾았다.

우리의 목적지는 간절곶 등대였다.

- 이곳은 우리나라에서 해가 가장 먼저 떠오르는 간절곶 등대.
- 간절곶 등대는 동해를 지나는 선박이 안전하게 항해할 수 있도록 도와주는 바다의 길잡이로 1920년 3월 처음 불을 지핀 후 하루도 쉬지 않고 바닷길을 비추고 있으며, 그 빛은 48㎞ 밖까지 도달합니다. 날씨가 나빠 시야가 흐릴 때는 무신호기로 소리를 내어 등대의 위치를 알려주어 선박들을 돕고 있습니다.

우리는 등대 쪽 땅 끝으로 나갔다. 바다는 바람이 불어서 파도가 거셌다. 주변은 노란꽃으로 장식되어 있었다. 사람들은 넓은 평원을 산책했다. 나는 바다의 끝없는 지평선을 바라봤다. 바다와 하늘이 만나는 경계선이 있었다. 하늘이 옅은 푸른색이라면 바다는 짙은 푸른색으로 하늘이 바다를 품고 있었다. 우리는 바다를 배경으로 사진을 찍으며 파이팅을 외쳤다. 그리고 그들이 내 소원을 들어주게 기도하자 했다.

- 그래, 고마워. 내 소원은 말이야. 내 딸 S가 더 늦기 전에 시집 가는 거다. 파이팅!!! S야 시집가거라!!!

우리는 모두 만만세를 부르며 시집가라고 소리치며 하늘을 향해 외쳤다. 그리고 그렇게 찍은 사진을 카톡으로 보냈다.

- S야, 이 사진은 아줌마들이 네가 빨리 시집가게 해달라는 파이팅! 사진이래!
- 기도빨 좋은 곳이라고
- 아줌마들이 그래줘야 한다고.
- 엄마, 나 시집 말고 자력갱생이나 빌어줘요.

우리는 간절곶 잔디광장의 이곳저곳을 구경했다. 카보다호카라는 표지판을 구경했다.

- 카보다호카는 포르투갈 리스본주의 신트라시에 있는 유럽 대륙 가장 서쪽 연안의 곶이다. 카보다호카에는 해넘이를 상징하는 돌탑이 세워져 있으며, 돌탑에는 카보다호카의 지리학적 위치와 신트라시의 상징 로고, 포르투갈의 국민 시인인 카몽이스의 서사시를 인용한 문구가 새겨져 있다.

  "여기… 대륙은 끝나고 바다가 시작되도다."

여기 간절곶 풍경도 그곳과 거의 비슷한 모양이었다. 이곳은 가장 동쪽 끝 간절곶이고, 포르투갈은 서쪽 가장 끝의 곶이라는 점만 달랐다. 주변 환경도 비슷했다. 나는 이미 그곳을 방문한 적이 있었다. 주변 환경이 정말 똑같았다. 서쪽 끝인 포르투갈 곶이 바다와 접한 경계가 좀 더 깊은 절벽 형태라는 점만 빼면 말이다.

우리는 다시 이동했다. 경관이 좋은 아난티코브 리조트로 향했다. 우리는 10층 맥퀸즈 카페로 갔다. 그곳은 부산 앞바다의 리아스식 해안으로, 길게 쭉 뻗어 있는 동해안과는 다른 멋스러움이 있었다. 실내에서도 바다가 한눈에 들어왔다. 실내는 은은한 조명을 중심으로, 천장을 향해 뻗은 하얀 기둥의 조각 장식이 장관이었다. 실외는 둥근 배 모양의 분수물이 철철 넘쳐 풍요로움을 알렸다. 환상적인 그 장소는 나의 착각을 불러일으켰다.

여기는 꼭 꼭대기에 수영장이 있는 싱가포르의 쌍둥이 호텔 같았다. 멋졌다. 우리는 경관이 좋은 멋진 곳을 찾아 앉았다. 그곳에서 맛있는 햄버거와 피자를 시켜 점심을 먹었다. 바다를 보고 하늘을 보며, 저 멀리 지나가는 배를 구경했다. 그래, 이런 것이 행복이구나. 그렇게 생각했다.

우리는 행복이라는 시간을 만들어서, 잠자고, 이바구하고, 맛있는 것을 즐기며 행복한 시간을 보냈다. 그리고 SRT를 타고 헤어졌다.

- 잘 있어 친구야. 우리를 이렇게 기쁘게 해줘서 고마워 친구야.

나는 수서역에서 전철로 갈아타려고 1구간 전철표를 끊었다. 그리고 우리 집 근처에서 내렸다. 그리고 표를 찍는 전철 카드기에 전철표를 찍었다. 그런데 카드기가 돈이 부족하다면서 통과를 거부했다. 난감했다. 나는 감옥에 갇힌 느낌을 받았다. 어찌할 수가 없었다. 나는 헬프벨을 눌렀다. 그러나 그 사람이 무슨 말을 하는지 들리지 않았다.

- 옆으로 가요.

- 옆으로.

나는 옆으로 가서 어떻게 하라는지를 알 수가 없었다. 다시 헬프벨을 눌렀다. 직원이 웅성웅성하며 소리를 질렀다. 그때 어떤 젊은 여자가 내 뒤에서 소리쳤다.

- 아저씨 전철 카드 다시 충전해야 해요.

그때 짐 들어가는 헬프 통과기가 철커덕 열렸다. 그 젊은 여자가 나갔다. 나도 얼른 뒤따라 나갔다. 그 여자는 나를 힐끔힐끔 쳐다보더니 빠르게 도망갔다. 그는 분명 도둑같이 행동했다. 나는 '별일을 다 보겠네.' 생각하며 전철표를 충전기 속에 다시 넣고 집으로 왔다. 분명 노인들은 카드 없이 전철 타기 힘들 것이다.

올 1월에 상하이에 사는 조카의 집을 방문했을 때도 그랬다. 국제공항에서 남편과 나는 공항 입국절차를 밟았다. 그런데 우리를 돕는 사람이 하나도 없었다. 우리는 스스로 기계에서 항공권을 발급받아야 했다. 기계에 여권을 넣고 순서대로 컴퓨터 자판기를 눌렀다. 빈 좌석이 나왔다. 남편이 좌석 두 개가 나란히 있는 빈 곳을 찍었다. 그런데 젊은이들이 재빠르게 찍어서 우리는 그 좌석을 차지 할 수 없었다. 그렇게 몇 번을 해도 좌석표를 얻을 수 없었다.

결국 남편은 앞쪽, 나는 맨 끝 쪽에 남은 좌석을 하나씩 차지해야만 했다. 나는 빠르게 가는 세상이 싫었다. 기계화된 나라도 싫었다. 도무지 사람 냄새가 나지 않았다. 비용 절감으로 사람을 줄이고, 사람이 기계와 말해야 하는 것이 불편했다. 나이 든 사람들은 소통하기가 힘들었다. 컴퓨터 조작을 할 때마다 오류가 나서 계속 되풀이 하는 것도 힘들었다. 그렇게 상하이를 방문했고, 다시 돌아올 때 중국은 달랐다. 그곳은 사람 냄새가 났다.

줄을 서서 기다리면, 사람들이 여권을 보고 비행기 표를 발급해 주었고, 곧 짐도 부쳐주었다. 우리들은 그런 것이 좋았다. 그곳은 분명 인간이 사는, 살맛 나는 곳이었다.

*

시외삼촌을 만났다.

십일월의 마지막 날이었다. 우리는 시외삼촌 부부를 모시고 강화도 구경을 시켜주기로 했다. 우리보다 한세대나 위이다. 외삼촌은 S대 체육과, 숙모는 Y대 사회교육과를 나와 둘 다 교직생활을 했고 퇴직했다. 둘 모두 연금자라 사람들이 부유하다고 했다. 외삼촌은 스스로 부르주아라 말했다.

- 우리 둘이 합해서 연금이 650만 원이야. 그중 나는 100만 원을 쓰고, 나머지 550만 원은 외숙모가 관리해. 나는 용돈 100만 원을 모아서 미국에서 1년에 한번 오는 딸에게 1,000만 원을 줘. 우리 딸이 어렸을 때는 아빠가 안 좋은 사람이라 생각했는데, 아빠가 최고라고 말해.

나는 속으로 말했다.

'당연하지요. 어떤 아빠가 자기 용돈을 모아 년마다 1,000만원씩 주겠어요. 그러니까 좋은 아빠지요. 나도 그런 아빠 있으면, 좋은 아빠

라 하겠네요.'

나는 외숙모에게 물었다.

- 미국 큰딸은 아직 공부가 끝나지 않았어요?
- 응, 아직 박사과정중이야.
- 나이가 40이 넘었는데요?
- 응.

그들(사위와 딸)은 평생을 외국에서 공부하며 살았다. 그들에게 공부는 취미생활로 보였다. 큰딸은 중국에서 고고학으로 박사 학위를 받았다.

- 아니, 큰딸이 박사인데 어디라도 들어갈 수 있지 않나요?
- 애기를 키우니까 그냥 지지부진 하네. 그들이 운동권이니까 지금 한국으로 오면 좋겠는데 그러지를 못하네.
- 작은딸 사위는 유한양행 다니고요?
- 응.
- 우리 친구 남편이 유한양행 다니다가 그만두고 약품 세일 하는데, 지금까지 (70세 넘어서) 하더라구요.

우리는 강화도 석모도로 갔다. 절을 한 바퀴 돌았다. 석굴 암자에서 기도했다. 외숙모는 부처님식대로 절을 열심히 했다. 다시 낙가산을 올랐다. 부처가 중턱에 있었는데, 그곳으로 오르는 길은 계단이 높았다. 게다가 길고 가팔랐다. 그런데 시외삼촌은 다리를 절었다. 남편이 우리에게 지팡이를 하나씩 나눠주었다. 우리는 천천히 바다를 벗삼아 오르고 올랐다. 바다는 저 멀리서 우리에게 다가왔다. 바닷물이 빠져서 갯벌이 넓게 펴져 있었다. 그 사이에 작은 통통배가 물길을 따라 들어오고 이동했다. 작아서 개미가 꿈틀거리는 느낌이었다.

우리는 낙가산 부처에게 절하고 시주했다. 다시 천천히 지팡이를 짚고 하산했다. 시외삼촌은 체구가 건장했고, 체육과를 다녀 씩씩한 면모를 지녔는데, 원체 술을 좋아하더니만 술로 몸이 망가진 듯했다. 술은 사람을 망가뜨리는 재주가 있었다. 술을 좋아하면 술이 사람을 먹는다는 말이 옳았다. 젊어서 사람들은 모른다. 그들은 무조건 즐기는데 집중한다. 나이가 들면, 그때는 심심해서 술을 즐기고, 술이 물이 되고, 사람이 술이 되어 결국은 죽어가는 것이다.

외삼촌도 그쪽으로 가는 느낌이 났다. 그는 사람들의 말을 무시했다. 자기말만 옳고 자기주장을 세웠다. 그도 시어머니와 똑같았다. 형제니까 그럴 것이었다.

우리는 식당으로 이동해서 식사를 주문했다. 외삼촌은 말했다.

- 예전에 처남에게 집을 사줬는데, 고마워하지를 않는다.
- 그런 얘기 그만 하시라우요.
- 외삼촌! 우리는 이제 살날이 많지 않으니까요, 좋은 얘기 즐거운 얘기만 하자구요.

모두 그리 말했지만 그는 아랑곳하지 않고 끊임없이 말했다. 과거 이야기를 주저리주저리 계속 말했다. 나는 그 이야기가 싫었다. 만날 때마다 수없이 들어온 이야기였다. 식탁에는 주문한 칼국수, 새우튀

김, 밴댕이 회, 비빔밥 등이 차려졌다. 외삼촌은 혼자 이야기를 계속 했다. 나는 외삼촌이 이제 말 좀 안 했으면 좋겠다는 생각이 들었다. 말은 계속 쏟아졌다. 다른 사람은 전부 식사를 마쳤다. 그런데 그는 밥보다 말이 더 중했다. 그는 말, 말, 말만 했다. 나는 말이 이렇게 사람을 힘들게 하는 것이라는 걸 처음 깨달았다.

- 외삼촌 식사 좀 하셔요.

그는 한입 먹고 다시 말을 쏟아냈다. 그동안 말할 사람이 없었던 것일까? 무슨 말이 그렇게 많은지 속에 있던 말이 터져 나왔다. 나는 계속 이거 드시고, 저것도 드시고. 서둘러서 먹는데 신경 쓰게 했다. 식사 후 젓갈시장에 들렀다. 젓갈과 새우를 사서 포장했다. 가져가기 좋게 만들었다. 그리고 차를 타고 작은 빌라인 우리 집에서 차를 마셨고, 서울로 돌아갔다. 돌아가면서 그는 계속 자기 말을 되풀이 했다.

- 내가 산 땅이 지금 40억이 되었어.
- 대단하네요. 외삼촌, 그 땅 팔아요.
- 왜 팔아?
- 팔아서 외삼촌 10억 쓰고 가셔요.
- 내가 지금 연금 나오는 돈도 다 못쓰는데 그걸 팔아서 어디에 쓰냐?
- 40억 땅 놓고 죽으면 슬프잖아요. 그 중 10억만 쓰고 가세요.
- 쓸 일이 없다니까.
- 그럼, 제가 도와줄게요. 우선 땅을 팔아요. 그 중 10억을 천장에 붙여놓고 쓰세요.

우리는 그렇게 실랑이를 하며 서울로 돌아왔다.

- 외삼촌, 나이가 들었어도 남을 배려하는 것이 멋있고 훌륭한 거잖아요.
- 난 그런 거 필요 없어. 나 멋대로 살 거야. 이 나이에 무슨 남을 생각해?
- 그럼, 외삼촌 조카 69잔치 때 외삼촌 못 데려가요. 하두 난리를 쳐서 시어머니도 59잔치 때 못 모시고 갔잖아요.
- 나는 내 멋대로 살아야지.

나는 머리가 아팠다. 저런 양반을 모시고 다니면서 여행할 수 있을까 싶었다. 점심 때도 그는 소주 1병을 시켰고, 큰 글라스에 소주를 따라 마셨다. 그는 무질서하고, 무경우해서 자기 멋대로의 사람이었다. 거기에 차 속에서 멋진 음악이 나오면 큰 소리로 노래를 불렀다.

오가며 그 집 앞을 지나노라면
그리워 나도 몰래 발이 머물고
오히려 눈에 뛸까 다시 걸어도
되오면 그 자리에 서졌습니다.

그는 그 노래만 되풀이하기 시작했다. 계속 그 노래만 불렀다. 그는 그 노래만 알고 있었던 것이다. 이 양반은 대학 가서 음악도 듣지 않았나? 왜 아는 노래가 없을까? 나는 사람마다 문화적인 차이가 있다는 걸 깨달았다. 사람을 만나서 서로 문화가 비슷해야 기쁨이 생기는 것을 알았다.

언젠가도 그랬다. 동창이나 친구들, 여하튼 여러 사람이 모일 때 누가 음악을 틀면 그 누군가 말했다.

- 아이고, 시끄러워, 무슨 음악을 틀고 그래?

이럴 때, 나는 어떻게 음악 없이 생활을 하는지 궁금했다. 하지만 그 말이 끝나는 즉시 음악은 사라졌다. 그런데 음악을 틀 수도 없는데, 장거리 여행을 대여섯 시간 이상 함께하는 일은 쉽지 않을 것이다. 자기가 아는 '그 집앞'을 계속 노래하는 걸 듣는 일도 결코 쉬운 것이 아니었다. 차라리 이 분은 단독으로 모시는 것이 낫겠다고, 모든 식구가 그로 인해서 괴로운 것은 결코 즐거운 여행일 수 없다고 생각했다. 그리고 나이가 들수록 더 순응하고 남을 배려해야 한다는 것을, 그래야 서로 공존하며 행복해 질 수 있음을 확인했다.

*

프랑스의 대표적인 야수파 화가 모리스 드 블라맹크 작품을 감상했다.

블라맹크(1876.4.4.~1958.10.11.)는 파리에서 태어났다. 부모는 음악가로 자유로운 분위기에서 어린 시절을 보냈다. 그는 독학으로 소묘를 배우고, 인상주의 화가를 연구했다. 화가를 지망하게 된 것은 1900년경 앙드레드랭을 만난 이후이다. 반 고흐의 회고전을 보고 매료되어 강렬한 색채와 휘몰아치는 붓놀림을 작품에 적용했다. 1905년 마티스의 권고로 '앙데팡당' 전시에 참여했다. 거기서 그는 굵고 빠른 필치, 두터운 채색, 캔버스에 직접 짠 순색 계열의 색채를 통해 자신의 충동적이고 격정적인 작품을 선보였다.

그는 정물화로 화려한 화병과 꽃을 그렸고, 세잔 시기에는 파랑과 흰색의 비중을 점차 늘렸다. 그는 시골로 가서 매우 화려하고 생생하게 바람이 부는 밀밭을 연작으로 그렸다. 그의 그림을 보면, 반 고흐가 말년에 그린 작품과 비교가 되었다. 그는 시골에서 동료들을 멀리 했다. 그곳에서 처음에는 화려한 색상으로 그림을 그렸고, 차츰 흰색과 어두운 색상을 사용하기 시작했다. 그리고 역사화에 대한 커다란 열정을 품었다. 세속적인 도시를 멀리한 블라맹크는 자신을 둘러싼 세상을 슬퍼하는 화가이기도 했다. 그러나 그는 매우 낭만적이라는 사실을 작품을 통해 알 수 있었다. 노란색, 보라색, 붉은색과 검은색을 혼합했고, 그곳에 초록색을 가미한 작품은 정말로 낭만적인 작품이었다.

세계 1차 세계 대전 시기에 그는 그림을 통해 나무들이 손상되어 세상이 흔들리는 작품을 창작했다. 휘갈겨진 나무들의 울림은 세상을 어지럽게 만들었다. 모든 것이 부서져가는 작품이었다. 그 후 블라맹크는 땅을 붉은색으로 화려하게 장식했고, 나무들은 검은색으로 땅 위에 강하게 버티고 서 있다는 모습을 그렸다. 그리고 나무 사이에 뻗은 지평선 너머 푸른 하늘 위에 하얀 하늘이 경계를 짓고, 그 위에 붉은 태양이 하늘을 장식하고 있는 작품을 그렸다.

그는 거기서 심장의 모든 느낌과 삶, 자연의 신비를 그림으로 나타냈다. 그리고 다시 지평선 너머는 희망으로 가득하다고 작품으로 설명했다. 그는 그 그림을 그리고 1년 후인 1956년에 유서를 썼다. 유서에 '작품은 삶에 대한 감사'라는 말을 했다. 그리고 묘지석에 심장의 모든 느낌과 삶, 자연의 신비를 그렸다 했다.

나는 블라맹크의 작품과 삶을 통해 나를 되돌아봤다. 그러나 나는 내가 누구인지 알 수 없을 터였다. 다만 그는 나에게 마지막으로 삶과 자연의 신비를 예찬한 작가였다. 그리고 희망과 꿈을 찬미한 화가임을 기억하고자 했다.

*

신문을 보면 나라가 걱정된다.

〈韓美 주요 군사훈련 무기연기〉

AFP보도. CNN "美, 이르면 오늘 UFG 중단 공식 발표" 文대통령, 美와 협의 지시. 北, 장성급회담서 "중단하라"

문재인 대통령은 14일 도널드 트럼프 미 대통령이 언급한 한미 연합훈련 중단과 관련, "대북 군사적 압박의 유연한 변화가 필요하다."며 "한미 연합훈련(중단)도 신중히 검토하겠다."고 했다. 이것은 사실상 한미 연합훈련을 중단하겠다는 뜻이다.

(…후략…)

〈일자리 정부서 일자리 참사〉

5월 신규 취업자 수 8년 4개월 만에 최저…. 김동연 '충격적' 실업자 12만 명 늘어 112만 명, 청년 실업률 10.5% '역대 최악' 美, 日은 되레 구인난. 유럽도 고용 호황… 우리만 역주행

올 들어 고용 상황이 급격히 악화하면서 '쇼크' 수준을 넘어 '참사' 수

준으로 치닫고 있다. 한국의 고용은 IMF 외환 위기나 글로벌 금융위기에 맞먹는 한파에 시달리고 있다.

(…후략…)

〈46, 37, 31세… 서구는 '젊은 리더십' 바람 〉

서른아홉에 佛 총리된 마크롱 등 EU 28개국 정상들 평균 나이 10년새 55세에서 50세로 낮아졌다.

이달 2일, 스페인에서 46세의 페드로산체스가 총리에 취임했고, 17일에는 콜롬비아에서 42세의 이반 두케가 대통령에 당선됐다. 지난 4월엔 코스타리카에서는 만 38세의 카를로스 알바라도가 대통령에 당선됐다.

(…후략…)

〈 소득주도성장 포기 않는 靑, 장하성에 한번 더 기회 줬다〉

소득주도성장 철회 신호 줄까봐… 경제 관련 수석들만 경질. 임종석 입지강화. 측근 승진하고, 박원순계 하승창은 떠나. 신임 윤종원 경제수석과 정태호 일자리 수석은 고교 선후배.

청와대 개편인사는 '실적 부진에 대한 문책이자 청와대 내 권력 지형이 반영된 인사'라는 평가가 나왔다. 그러면서 소득주도 성장 정책의 정책실장 장하성을 유임시켰다. 그를 교체하면 '소득주도성장론을 철회했다'는 메시지를 줄 수 있다는 관측 때문으로 보인다.

(…후략…)

〈與, 가덕도 신공항 띄우자… 野 노골적 TK(eorn 경북) 죽이기〉

PK, TK 갈등 다시 불붙여…. 文 대통령, 작년 동남권 신공항 공약 정치권 'PK를 여당의 새로운 텃밭을 만들려는 의도'

결국 한국당 원내 대표는 '여당이 노골적인 TK죽이기에 들어간 것 같다.'라고.

문 정권은 소득주도성장으로 근로자들의 임금을 강제로 올리면 소비가 촉진되고, 그에 힘입어 생산이 늘어나며, 생산이 늘어나면 근로자들의 소득이 증가한다는 말도 안 되는 가짜 이론이다. 이 경제이론을 바탕으로 한 정책으로 성공한 나라는 한 군데도 없다고 했다. 결국 이 이론은 궤변인 것이다. 문재인 정부는 역대 최악의 실업률이 경신되고 있음에도 눈속임을 위해 임시직, 비정규직도 취업률에 포함시켜 실업률을 낮추는 꼼수로 이 나라를 망치고 있는 것이다.

결국 소득주도성장 2년 반 동안 대한민국경제를 완전히 박살내고 말았다. 거기에 국민의 혈세를 올려받으면서 그 혈세를 고갈시키고, 외국에서 돈을 빌려와 국가 신용도가 떨어지면서 나라를 망치고 있는 정권을 보면 복장이 터진다. 하지만 가장 큰 문제는 국민이다. 그런 문 정권을 찬양하는 국민이 아직도 50% 이상이라는데….

이 나라는 어디까지 추락할 것인지. 나라가 온전히 존재할 수 있을지.

*

더 쓰고 싶은 것이 많았다.

나는 내가 체험하고, 보고, 듣는 것이 머릿속에서 쉽게 사라져 가는 게 안타까웠다. 내가 쓰고 싶은 것을 써놓았지만, 내 머릿속에서는 이미 모든 것이 사라졌다. 내가 써놓은 책을 보고 다시 기억해 내고, 나는 속으로 웃었다. 내가 써 놓고 다시 기억을 재생하는 역할을 한다고 생각하며. 그래, 이렇게 써놓은 것을 통해 내가 다시 기억하게 되는 게 고맙다고 생각했다.

첫 번째 책을 냈을 때 많은 번민이 생기고, 그로 인해 가까이 있었던 사람들이 부정적 이미지로 만들어졌던 것에 나는 죄책감을 느꼈다. 그러다가 나도 하나하나 잊어가는데, 그들 역시 잊어서 모를 것이라 생각했다.

컴퓨터로 3권을 거의 다 썼는데, 어느 날 컴퓨터 문서가 전부 사라졌다. 그 기억을 찾을 수 있을지는 미지수였다.

*

나는 신문을 읽었다.

그리고 몇 년 후 이 기사들은 어떻게 변화할 것인가를 확인하고 싶었다. 내가 살아있다면 말이다.

〈盧가 하려던 것, 盧와 다른 속도로〉

문재인 정부가 탈원전, 파리바게뜨 제빵 기사 5,300명 직접고용, 기초연금 인상 및 아동수당 신설 등을 너무 한꺼번에 밀어붙이는 것이 아닌가?

노무현 정권은 로드맵만 그리다가 5년 임기가 끝나버렸다. 이번에는 모든 정책에 시동을 걸 것이다.

(…후략…)

신문을 읽다보면 현 집권당이 요리한 잘못된 요리를 우리가 먹어야 한다는 것을 국민들이 모르고 있는 것 같다. 여론 조사에 현 정권이 잘하고 있다고 응답한 사람의 비율이 80% 이상이라며 자찬을 했다.

그러나 나는 이해할 수 없다. 아니 이해할 필요가 없다. 현실이 더 망가져서 삶이 힘들어져야 사람들은 깨어날 것이다. 우리는 그동안 너무 잘 살았다. 5,000년 역사 중 최고의 부국으로 존재했던 것이다.

이제 정권을 잡은 사람들은 삶을 유지하기 위해 돈을 벌었던 사람보다, 데모를 해서 세금을 축냈던 사람들이다. 그들은 그들만의 잔치를 벌이고 있다. 나라를 위해서가 아니라 국민의 사심을 이용하여 계속 정권을 유지하고 권력을 손에 쥐기 위해 혈안이 되어 있다. 공산주의를 지향한다고 모두 망가지는 것이 아닐지도 모른다. 그러나 나이 든 이들은 이미 6·25를 겪었고, 그래서 민주주의까지 오는 것이 쉽지 않았음을 안다. 그런데 그것을 찬양해서 국민을 좌파로 가는 것이 과연 옳을 것인가?

중국의 주은래나 등소평은 공산주의자지만 국가를 위해 헌신했다. 그들은 결혼했지만 아이를 가지지 않았다. 주은래는 죽은 뒤에 자기가 봉사한 중국 전체에 비행기로 하늘을 날면서 자신의 유골을 뿌려달라 했다. 등소평은 죽은 뒤에 상해 앞바다에 자신을 뿌려달라고 유언했다. 그들로 인해 중국은 부강한 나라로 탈바꿈했다.

베트남의 호치민 역시 훌륭하다. 그가 살던 집은 단순했다. 철기둥을 박아서 아래는 회의장으로 썼다. 그의 집에는 조그만 창문이 있을 뿐이었다. 위로 계단을 밟고 오르면 복도가 있고, 방 3개가 나란히 있다. 그곳에 서재가 있고, 접견실이 있다. 그가 살던 곳은 사실 옛날 프랑스 총독이 살던 대저택이었다. 그곳을 대통령궁으로 했지만, 그는 그 건물에 들어가지 않았다. 그 옆 모퉁이에 조그만 집을 지어 살았다. 그는 검소했다. 그는 결혼하지 않았다. 꼬마들은 그를 호 아저씨로, 호 할아버지로 불렀다. 그는 혁명가지만 사심이 없었다.

우리나라에서는 아직 그런 사람을 찾을 수 없다. 모두 권력에 집착하고 자기 보신을 위해 자기네 사람을 만들고, 국민을 자기 입맛에 맞게 요리할 뿐이다. 어리석은 국민은 그들에게 손을 들어 환호를 한다. 자기 입맛에 안 맞으면 데모하며 자기를 보호하라고 소리친다. 그들은 소리치는 국민을 향해 손을 흔들며, 너희가 옳고, 그대로 해주겠다고 약속한다. 그들은 경제인에게 욕하면서, 돈을 뿌리라고 소리친다. 경제인들이 죽어야 그들이 산다고 외친다. 그래서 지금 경제인들은 죽어가고 있다.

경제인이 망가져서 죽어야 하는 길이다. 그것은 결국 국가를 망치는 길임을 그들은 알지 못한다. 돈을 벌려는 것이 아니라 가진 자들의 돈을 세금으로 걷어서, 저소득층을 살리고, 북한에 뿌리고, 자기네도 나눠먹고, 시민 잔치를 해준다. 거기에 복지 잔치, 환경 잔치, 유아 잔치, 노인 잔치…. 정권 내내 잔치를 하다가 잔치로 끝을 내면 후손들은 그 잔치로 인한 빚을 갚아야함을 그들은 왜 모르는지?

나는 생각한다. 너희가 유능하다고 생각해 뽑은 집권당의 책임을 당연히 너희가 갚아야 한다고. 그렇다고 나는 야당을 칭찬하는 게 아니다. 야당 사람들은 지금 벌을 받고 있는 것이다. 집권을 했으면 진정으로 국가를 위해서, 미래를 위해서, 국가가 적어도 망가지지 않는 그런 정치를 했으면 좋겠다. 지금 권력자들은 자기네가 최고로 잘하고 있다 말할 것이다. 하지만 몇 년 후에는 진실이 보일 것이다. 이 나라의 모습이 말이다.

우리는 그 모습을 기다리기만 하면 된다. 그런데 벌써 차기 정권을 위해 자기네 편에서 누구를 쳐냈다느니, 누구를 세운다느니 하는 꼴을 보니, 또 다시 조선의 역사에 등장한 노론, 소론의 싸움을 보는 것 같아서 기분이 안 좋다.

제발 정치인들이여, 정신 좀 차리고 국가를 보살펴주시오.

*

다시 신문을 본다.

〈사람만 바꾸고 '소득주도' 계속한다는 靑, 문제의 본질을 못 보고 있다〉

소득주도 성장 정책이 성과를 내지 못했다는 의미가 있었다. 그런데 청와대는 소득주도성장 정책엔 변함이 없다는 입장이다. 결국 정책 기조는 아직도 문제의 본질을 보지 못하고 있다.

(…후략…)

제발…. 나라 경제를 실험 대상으로 삼는 일은 이제 그만해야 한다.

〈띵동… '2,000원 주셔야죠.' 공짜 배달 끝났다〉

최저임금 여파에 인건비 인상. '배달의 민족'도 배달비 유료화

문 정권의 정책 결과는 좋지 않았다. 소득주도성장은 최저 임금 폭등과 자영업자 도산을 불렀다. 알바생이 잘리고, 인건비 비중이 높아 도소매업과 요식업, 편의점, 숙박업 등의 부도로 경기침체를 가속화시키고 말았다.

*

나는 테니스 멤버와 생맥주를 즐겼다.

뜨거운 여름에, 우리 나이로 이렇게 테니스 게임을 하는 것은 축복이었다. 내가 젊은 시절, 아직 30대였을 때 60이 넘은 할머니가 테니스를 치면 우리는 그를 욕했다.

- 어? 저 할머니, 지금도 치는 거야?

- 잘 치신다. 으쌰으쌰!

- 저 할머니 다리가 로마의 군사 다리다.

그리고 우리가 그 할머니의 나이를 훌쩍 넘어버렸다. 그 시절 함께 했던 친구들은 많이 사라졌다. 무릎이 아프다고 수술하면 끝이었다. 지금 멤버 중에도 무릎이 아파서 무릎 보호대를 하고, 약을 먹으며 다니는 멤버들이 있다. 그래서 우리는 서로에게 건강을 챙겨야 한다고 말한다. 그래야 공을 오래 칠 수 있는 것이다.

남자 회원 중 공을 아주 잘치는, 선수급인 멤버가 있다. 그 사람은 싱싱한 젊은이들과 즐겁고 신나게 테니스 게임을 하다가 서서히 팔을 못 쓰게 됐다. 그리고 어느 날, 그 남자 회원은 쉬다 오겠다며 지리산으로 떠났다. 남성들은 나이 들고 퇴직하면 할 일이 없다. 그에 비해 나이든 여성들은 네트워크가 발달해서 할 일이 많았다. 친구 만나야지, 여성 동아리에 참가(영어, 중국어, 노래교실, 오카리나 등 배우기)해야지, 손자 돌봐야지, 청소나 빨래, 밥해야지, 노부모 보살펴야지…. 일에 끝이 없다. 그것도 자신이 건강할 때 그렇다. 만일 본인이 아프면,

그날로 모두는 끝이다.

나는 다행이다. 이렇게 건강해서 스스로 모든 걸 담당할 수 있어서 말이다. 거기에 내 좋아하는 테니스까지 시간이 나면 날마다 칠 수 있으니 얼마나 행복한 것인가. 나는 내 인생에 있어 최고의 선택은 테니스를 한 것이라 말할 수 있다. 테니스를 통해서 건강을 지킬 수 있었다. 테니스를 통해 나를 발견하고, 그것으로 인생을 동반할 수 있었다. 나에게 테니스는 친구이며, 가족이며, 기쁨이고, 희망이며, 행복이었다.

*

2018년 6월 29일, 밤에 잠을 잘 수가 없다.

계속 새벽 2시에 잠에서 깼다. 그러면 다시 잠들기 힘들었다. 그럴 때 나는 잡념이 생겼고, 더 잠을 쫓았다. 잠들 수 있도록 마음을 고요히 하면서 셈을 센다.

- 100. 99, 98. 97… 89, 87… 79, 78, 77… 6, 5, 3, 2, 1.

그렇게 반복해도 눈은 멀뚱거린다. 잡념은 계속된다. 작은딸 S는 인생의 낙오자가 될 것인가? 그것도 내가 순응해야 할 내 인생인 것인가? 왜 결혼에 대해 냉담한 반응을 보이는 것인가? 소개를 할 수도 없고 소개라는 말을 꺼내면 됐다는 말만 했다. 나는 냉담하는 반응 자체가 얄밉다. 나도 이제 S에 대해 말하고 싶지 않다.

남편은 소리가 없다. 그것도 얄밉다. S가 혼자 사는 것을 허용하고 묵인하자는 것인지 말이다. 뭔가 보조가 있어야 하는 게 아닌가? 한동안 S에 대한 생각이 머릿속에서 떠나 있었는데, 다시금 S에 대한 잡념이 머릿속을 채웠다.

어쩌다가 TV채널, 동물의 세계를 봤다. 거기에서 재규어과인 무슨 동물의 생활이 나왔다. 그 동물은 X라고 했다. X는 싱글이었다. X는 하이에나 무리에 끼어서 공조하며 살았다. X는 짝을 짓고 싶었다. 그러나 짝이 없었다. 같은 종을 만나려고 영역 표시도 했다. 냄새로 만나려면 수십 ㎞를 가야 했다. 어쩌다 동족 무리를 만나더라도 싸움을 해서 무리 속으로 들어가야 했다. 잘못하면 목숨이 위태로웠다. 그것을 아는 X는 눈치를 봐서 동족 무리를 만나는 위험을 피했다.

X는 짝짓기를 원했다. 그러나 암컷을 만나기가 어려웠다. X는 가족을 만들길 바랐다. 그러나 만들 수 없었다. X는 먹이를 찾을 때 함께 했던 하이에나의 새끼를 몰래 찾아서 자기가 돌봤다. 자기가 먹이를 찾아다가 하이에나 새끼 동굴을 지키며 먹였다. 그리고 그 새끼의 애미와 애비를 쫓아냈다. X는 먹이를 주며 새끼들과 즐겁게 놀았다. 멀리서 지켜보는 새끼의 애미와 애비는 애가 탔다. 새끼에게 가까이 가면 X는 그들이 오지 못하게 공격했다. 그러자 하이에나 새끼의 어미는 꾀를 내서 X가 없을 때 자기 새끼를 다른 곳으로 이동시켰다. 그렇게 자기 새끼를 찾았고 돌봤다.

나는 생각했다.

'그래. X같은 동물도 짝을 찾고, 가족을 이루기를 바란다. 그렇다면 인간도 짝을 만나고 가족을 이루는 것이 본능일 것이다. 그렇다면 내

딸의 본능은 도대체 뭘까?'

S는 항상 말한다.

- 난 이대로가 행복해. 그 지긋지긋한 삶이 싫어.

그 말을 듣고, 나는 속으로 '지가 살아봤나? 캥거루 가족이면서?'라고 생각했다. 하지만 S의 말은 거기서 끝이 아니었다.

- 난 언니 같이 안 살아.

나는 S의 태도를 보면 욕을 하고 싶다. 엄마 말 안 듣고 네 멋대로 사니까 행복하냐고 묻고 싶다. 그는 지금 홀로서기를 해보겠다고 열심히 뭔가를 찾고 있다. 그런 S에게 나는 내 후배의 이야기를 들려줬다.

- 야, 내 후배의 목표는 결혼 3번 하는 거라더라? 사십 대, 오십 대. 육십 대. 그런데 한 번 밖에 못해서, 육십 대에는 결혼을 다시 할 거라고 했더니 대학생 딸이 정우성하고 하라고 하더란다. 그러면서 공지영이 위대하다고 하더라. 3번이나 결혼하고도 잘산다고.

S는 냉담했다. 지가 신랑감을 찾아오겠다는 것인지, 아니면 전부 포기하는 것인지 알 수가 없다. 나이는 이제 꽉 차서 애기도 낳을 수 없을 텐데 말이다. 왜 그런 현상이 나오는 것일까? 삶에 자신이 없어서일까? 그는 매사에 교만하고, 모든 것에 자신이 있다. 그것도 얄밉다. 그리고 어미인 나를 이겨먹는다. 그렇게 당당히 어미를 공격하고, 물

리치면서 확실하게 제 뜻대로 살아간다. 결국 내게 빌붙어서 잘살고 있는 것이다. 그것이 얼마나 어리석고 시간을 죽이는 일인지 그가 모르고 있다는 사실이 나는 한심하다.

S는 헛똑똑이다. 책을 많이 읽어 모르는 게 없다. 이 세상을 쥐고 흔들듯이 모르는 게 없는 박사다. 그러나 할 줄 아는 게 없다는 것이 웃긴다. 제대로 운전할 줄도 모른다. 나는 운전을 배우게 하려고 애썼다. 그러나 운전을 거부했고, 그 결과 일어나는 부작용이 많았다. 오랫동안 시도를 했고, 결국 대형사고가 한 번 나서 때려치웠다. 스스로 노력하지 않으면 안 되는 것을 나는 그에게 가르치지 못했나 보다.

그의 말에 따르면, 자기는 하고 싶은 게 없단다. 그 말은 나를 미치게 하는 소리다. 젊은 시절의 나는 하고 싶은 게 너무 많았는데, 그는 그렇지 않단다. 나랑 달라도 너무 다르다. 나는 다시 나를 찾으려 애쓰면서 책을 읽어야 했다.

> 장자는 말한다.
>
> 자연 그대로의 것은 옳다. 그러나 이것이 옳고 저것이 그르다는 구분이 마음에 들어서면 그대는 결코 옳을 수가 없다. 그때 그대는 결코 휴식할 수가 없다. 결코 마음이 평화로울 수가 없다. 언제나 긴장 상태일 것이다. 그리고 그때 그대가 무엇을 행하든 잘못될 것이다. 그 구분이 혼란을 가져오기 때문이다.
>
> 삶 전체가 침묵이고 영상이다. 그런데 왜 그토록 많은 노력이 그대에게 필요한가? 구분하는 마음이 있기 때문이다.

그래. 무엇이 옳고 그른지는 알 수 없을지도 모른다. 그것이 필요해서 나타나는 현상일 것이다. 눈앞의 현상이 전부는 아닐 것이다. 당장은 좋지만 그것이 후에 나쁘게 변질될 수 있으니까 말이다. 우리는 삶 자체를 침묵하며, 명상을 하면서 순응하고 받아들이는 것이 최선일 것이다. 그런 마음으로 나는 삶속에 노력없이 순응하면 평화로울 것이다.

*

나는 요즘 나라가 걱정된다.

그것은 내가 바쁘지 않아서일지도 모른다. 내가 사회에서 일을 한다면 너무 바빠서 세상이 어떻게 돌아가는지도 몰랐을 텐데…. 시간의 여유가 있으니 날마다 보는 것은 신문이며, 책이었다.

〈또 울린 경제 경고음… 文대통령, 기로에 서다〉

29일, 한국경제의 추락 징후를 보여주는 경제 지표가 또 나왔다. 설비 투자는 3개월 연속, 소매 판매는 두 달 연속 마이너스(-)다.

문 정부는 새 정부 출범 1년 만에 총체적 위기를 맞고 있다.

(…후략…)

〈北에 '가장 위험한 순간'이 다가오고 있다〉

싱가포르 미북 정상회담과 그 이후 사태를 목도한 우리 국민의 심정은 착잡하다.

북한이 핵무기와 미사일을 감쪽같이 숨기면서 한미 연합훈련을 포기하게 하는 기만전술에 우리가 농락당하는 건 아닐까 하는 의심을 거둘 수 없다.

(…후략…)

〈'文心 이벤트' 전문가 탁현민 '맞지 않은 옷을 오래 입었다'며 사퇴 시사. 王 행정관 떠나면 靑 행사 누가 하나〉

신문을 읽다가 치치면, 나는 책을 읽었다.

〈나라 잃은 유랑의 후예로 뼈아픈 학대를 무릎 쓰고 피어난 망국민의 애처로운 역사 "파친코"〉

책 속에서 나타나는 제국의 속성이나 나라가 망국이 되어버려 일본인들의 노예로 살아가는 우리 국민을 보면서 나는 정치 지배자들을 증오한다.

일본에서 개목걸이는 1979년에도 했고, 지금도 하고 있는 것이다. 그곳에 밀항한 것이 아니라 전쟁 중에 끌려갔던 한국인이 있다. 탄광으로 끌려간 한국인이 있다. 전쟁이 끝난 뒤, 거기서 살던 한국인은 일본의 국민으로 받아들여지지 못했다. 거기서 태어난 사람들에게 개목걸이를 채웠으니 말이다.

그런데 한국 정부는 무엇을 했단 말인가? 저마다 자기 정권을, 자기 패권을 잡는데 집착할 뿐인 것이다. 더욱이 민주화를 위해 일본의 거주민이 돈을 모아 김대중 선생을 도왔다는데, 김대중이 한국 대통령에 되었다면 일본에 사는 한국인을 위해 적어도 개목걸이는 없애야 하지 않았을까?

이런 역사적 사실을 보면, 정치인이 국민을 가장 괴롭히는 족속이다. 그들이 나라를 망하게 해놓고, 국민을 일본인의 노예로 만들었다. 그 결과 일본 땅으로 끌려가 거기 살면서 개목걸이를 차게 했다. 그 결과 일본인이 조선인을 욕하며, 구별 짓게 만들었다. 아직도 정치인들은 자국민을 보호하지 못하고 그들을 내팽개쳐두고 있다. 하기사 천안함 사건도 남한에서 주도한 것이라 말하는 정치인들이니 할 말이 없다.

거기서 죽은 내 가족을 드러내지 못하게 하는 정치인들이니 그게 무슨 사람들이겠는가? 자기의 정치적 입지만 생각하는 매국노 같은 족속이 됐다. 그들은 나라가 망하면 제일 먼저 도망갈 놈들이리라. 그걸 좋다고 국민은 북치고 꽹가리 치며 촛불을 밝히니, 나라가 살아남을지 고민이다. 나는 진정한 사람들이 좋다. 식구를 먹여살리기 위해 땀 흘리는 사람들을 존경한다. 손바닥만 한 땅을 갈고 씨앗을 심어, 거기서 나는 농산물을 귀히 여기는 농부를 존경한다.

어쩌다가 먹물을 먹고, 데모에 합류해서 돈을 받는 그런 족속을 증오한다. 날마다 데모를 하며 잔치를 하는, 그리고 할 일은 하지 않고 국민의 세금을 제돈처럼 써대는 족속을 증오한다.

그런데, 왜 그런 꼴을 하는 사람들에게 국민이 동참하는지. 그것이 가장 속 터진다.

나는 어리석은 국민을 증오한다.

*

〈 새와 숲을 사랑한 巨木, 한 그루 나무 곁에 잠들다 〉

구본무 LG 회장 타계(1945~2018).

숲과 새와 나무를 사랑했던 구본무 LG 그룹 회장이 생전에 아끼던 나무 아래 묻힌다. 고인의 유해는 화장된 뒤 수목장으로 치러질 예정이다. 지석 등 인공 구조물 없이, 유해를 묻는 나무에 식별만 남기는 방식이어서 자연환경 훼손을 최소화할 수 있다.

가족장인만큼 장지 등 세부 내용은 공개하지 않는다고.

(…후략…)

모두 훌륭한 분들이다. 나라에 기여를 한 사람들이면서 죽음에도 영향을 미쳐 감사했다. 그에 비해 아직도 욕심 많은 정치인들은 자기네 가족묘를 만들었고, 자기를 드러내는 화려한 묘지를 만들었다.

〈아이슬란드 수비수 사이바르손의 본업〉

기적의 무승부를 연출한 건 다름 아닌 소금 공장 직원 비르키르 사이바르손이었다.

지난 5월 아이슬란드 대표팀 수비수 사이바르손이 수도 레이캬비크 한 소금 공장에서 라바 소금을 통에 옮겨 담는 모습과 16일 아르헨티나전에서 메시를 전담 마크해 무득점을 이끌어낸 그가 경기 후 팬들을 향해 박수치는 장면이 찍혔다.

(…중략…)

FIFA 랭킹 22위 아이슬란드와 5위 아르헨티나의 대결은 소위 계란과 바위치기였다. 아이슬란드 몸값 총액은 약 970억 원, 아르헨티나는 8,92 0억원으로 9분의 1도 되지 않았다. 게다가 인구는 약 35만 명으로 서울 도봉구 수준이다.

그들의 수비는 전반 18분에 선제 실점한 후 4분 만에 동점을 만들어낸 뒤 무실점으로 버텼다. 기적의 무승부였다. 그리고 기적을 이끈 주인공은 사이바르손 같은 '투잡 축구인'들이었다. 경기 최우수 선수인 골키퍼 하네스할도르손의 본업은 영화감독이다.

(…후략…)

나는 아이슬란드의 축구 선수들에게 배웠다. 그들처럼 한국의 정치인도 그들의 전문적인 직업을 가져야 좋은 정치인이 될 수 있을 것이라고. 그러면 정치인이 세금을 갉아먹는 사람이 되지는 않을 것이라고. 말하자면, 한국에서 정치는 일종의 봉사로 취급해 차비만 받는 게 좋겠다는 것이다. 그런 정치인이 되었으면 좋겠다. 그러면 정치를 이용해서, 혹은 정치를 통해 집단을 만들 필요가 없을 것이고, 정치로 돈을 벌고 권력을 사용하는 일이 생겨나지 않을 것이다. 그 결과 정치적으로 불합리한 문제가 생기지 않을 것이다.

*

글쓰기는 갈수록 나를 거부했다.

배고파서 음식을 먹듯 글을 먹고 싶어야 하는데, 나는 그러지를 못했다. 무엇이 문제일까? 그것은 내가 점점 나이 들어 열정이 사라지는 것과 같은 이치인 것인가? 어쨌든 열렬한 정열이 사라져가는 것이 나는 슬프다. 나이가 많은 예술가(90세 이상)들처럼 끝까지 자기 인생을 불태운 사람들을 나는 존경한다. 그들은 죽음 앞에서도 어떻게 자신을 불태울 수 있었을까?

갑자기 큰딸이 우리 집을 방문했다.

- 엄마.
- 응. 웬일?

큰딸은 누군가 양파를 한 박스 가져왔다며 비닐 주머니에 양파를 많이 가져왔다.

- 아이고, 양파가 실하구나.
- 예(손녀)가 어제부터 배탈이 나서 병원에 다녀요.
- 아이고, 딱하지.

나는 예(손녀)를 안아 거실로 왔다.

- 키가 많이 컸네? 더 말랐구나.
- 오빠가 살짝 배탈이 났는데, 예가 더 아파요.

큰딸은 서랍에 둔 테니스 레슨비를 가지고 집에 간다 했다. 나는 웅(손자)이에게 축구공(축구선수가 사인한 특별한 축구공)을 주려고 간직한 것을 주었다. 남편은 맛있는 거를 사먹으라고 예에게 오빠 거까지 용돈을 챙겨주었다. 그리고 큰딸은 예를 데리고 갔다. 현관문을 나서며 예는 우리에게 인사했다. 나는 가는 딸에게 말했다.

- 너희(큰딸, 작은딸)는 만나도 형제인데, 인사가 없냐?

나는 부엌으로 왔다, 우리집에 왔다가는 작은딸과. 큰딸, 예. 셋은 이렇게 부딪혀도 서로 못 본 체 했다. 이게 무슨 경우인 것일까? 나는 이 상황이 웃겼다.

- 너희 싸웠냐? 그래, 싸워서 말을 안 하냐?

그렇게 큰딸은 갔고, 작은딸은 말없이 제 방으로 들어갔다. 나는 평생 살아도 동생들과 싸운 일이 없었다. 나는 항상 동생들을 챙겨주려고 애썼다. 내 것보다 동생 것을 먼저 챙겼다. 필요하면 전부 주었다. 그런데 내 새끼들은 싸웠고, 말하지 않았다. 사십이 넘어가는 놈들을 두고 너희가 그럴 수가 있느냐며, 아귀다툼으로 악을 쓰며 잔소리하는 것도 지쳤다. 이제 너희 인생은 너희 것이지 내 것이 아니어야 했다.

이런 것도 내력인가 싶다. 남편 집은 생전 형님이라고 전화하는 법이 없다. 내가 알기로 십여 년 이상 거리를 두어도 전화가 없으니 말이다. 어쩌면 그렇게 사는 것도 사는 방법이라 이해했다. 내 친구 K도 그랬다. 여형제끼리 사이가 안 좋아 화목회를 만들어 기금을 마련해주고 엄마가 죽거들랑 만나라 했지만, 그들은 서로 외면했다. 그들은 자기네 친척인 이종사촌이나 고종사촌도 잘 알지 못했다. 그리고 K는 어느 날 암으로 죽었다.

또 다른 친구 L도 그랬다. 동생들과 화목하지 못했다. 만나면 싸우고 또 싸웠다. 가족잔치로 여행을 가서도 싸웠다. 그래서 그들은 결국 헤어졌다. 그 형제들은 만나지 않는 게 편했다. 내 후배 친구 애(여형제)들은 똑똑했다. 둘 다 S대를 나왔다. 그리고 둘 모두 법조계에 있었다. 그러나 그 둘은 결코 만나지 않았다. 동생은 언니를 싫어하고, 언니는 동생을 시기했다. 그들에게 있어 가족은 시기와 질투의 대상일 뿐이었다.

인간의 어리석음이 존재하는 것일까? 어째서 형제가 더 원수가 된다 말인가? 나는 집에서 일어나는 문제를 풀 수 없을 때 주변을 보며 인간이 만들어내는 상황을 보고 이해한다. 인간의 오묘한 심리상태는 참 어렵고 힘든 일인 것이다. 나는 기본적으로 어느 것이 더 자연스러운 것인가에 초점을 두고 일을 해석한다. 그리고 자연스럽게 풀려나갈 때까지 기다려보는 것이다. 그렇게 싸우다가도 언젠가는 서로 화합이 되면 금방 죽고 못 살 듯이 붙어서 낄낄거릴 때가 생겨나는 것이다.

*

A 친구네 부부와 골프를 쳤다.

골프는 재미있는 게임이지만, 각자의 스코어가 카드에 기록되었다. 기록된 카드의 스코어는 사람들을 순위로 구분했다. 나는 처음부터 A네를 이기고자 하는 마음은 없다. A네는 골프 마니아였다. 그들은 골프로 살았다. 우리 부부는 슬슬 즐기자는 주의이다. A네는 일주일에 2~3번씩 골프를 치고, 수시로 국내 전지훈련, 국외 전지훈련을 갔다. 그들은 골프에 인생을 건 사람들 같았다. 그들은 아직도 회사를 운영했다. 회사 운영을 통해 골프 치는 비용을 감당했다.

그들은 우리와 이십 년 지기 친구로 인생의 동반자가 되었다. 우리 사이에는 보이지 않는 갈등이 일어날 수 있었다. 그들과의 모든 관계는 평등하고, 매사에 공평해야 모두 편안해지는 것이었다. 그러나 모든 일에 그럴 수는 없었다. 골프게임이 그랬다. A네는 골프를 열심히 하며, 정열적이고, 자나 깨나 골프 생각만 하는 걸 안다. 날마다 골프 연습장에 가서 연습하고 레슨도 받는다. 그것이 놀이이고, 삶이며, 그들의 일이었다.

그런데 골프라는 것이 웃겨서 어쩌다가 첫 홀부터 계속 우리가 앞서 가게 되면 A네는 참을 수가 없어한다. 그 부인의 얼굴이 찌그러지면서 온몸이 경직되고, 자기가 자기를 잃어버린다. 나는 그 모습을 보면 골프 게임을 하기 싫어진다. 아니 그들과는 하고 싶지 않아진다. A 씨는 부인을 따라다니며 잔소리를 해댄다. 이렇게 서라, 저렇게 서라, 힘을 빼라, 끝까지 힘을 유지해라. 나는 그 모습도 못마땅하다. A 씨가 능숙해 그것을 지적하는 게 취미겠지만, 골프의 흐름을 깨는 것이 싫다.

연습장에서 해야 하는 것을 필드에서 하는 모습이 싫다. 푸른 잔디에서 자유롭게 공을 치며 즐기는 것이 얼마나 행복한가? 그걸 가지고 자기네 스코어를 더 좋게 하자고 주변 사람들은 신경 쓰지 않고 자기들끼리 잔소리하는 것은 정말 꼴불견이다. 진정으로 상대방이 리듬을 잃어서는 안 될 때, 그 상대방이 조언을 구하며 왜 자신의 샷이 안 되는 것인가를 물을 때 지도 해주면 그것만큼 고마운 일은 없는 것이다.

그들은 항상 우리를 이겨야 했다. 물론 그래야 마땅하다. 그들은 1년 12달 골프 연습장에서 연습을 했다. 주말마다 국내에서 골프치고, 수시로 국내 전지훈련 갔다. 그리고 해마다 해외 원정훈련을 갔다. 거기에 골프 호텔을 일억오천에 사기까지 했다. 10년 만기로 빌린 것이다. 나이 들어 더 즐겨보려고 골프텔을 샀던 것이다. 그렇다고 항상 스코어가 좋은 골프선수는 되지 못했다.

A네 부인은 욕심이 많았다. 그는 항상 나를 이겨야 했는데, 어쩌다가 나에게 뒤지면 참을 수 없어했다. 내가 그보다 점수가 낮아야 나

는 편하게 골프를 칠 수 있었다. 나는 그런 경쟁게임이 싫다. 그냥 편안하게 그들은 그들이고, 나는 나이기를 바랐다. 그들이 우리와 비교하면서 심리적인 갈등을 일으키는 것이 싫다.

인생이 그런 것인가 보다. 같은 형제도, 부모 자식 간에도 그런 현상이 나타났다. 그들은 자기들에게 이로운 방향으로 이끌기 위해 서로를 시기하고 질투하며 싸웠다. 그리고 헤어졌다가 다시 모이는 것이지 않는가? 가수 장윤정도 그가 번 돈을 어머니와 오빠가 탕진했고 빚을 넘겨줘서 싸웠다. 역사적인 인물로는 견훤이 있다. 그는 아들에게 쫓겨나서 고려로 가지 않았던가? 부모 자식마저 그런데, 형제와 더그 주변은 말할 것도 없을 것이다.

우리는 그런 거 저런 거를 어떻게 조화롭게 하면서, 불편한 것을 잘 융화하며 즐겁게 살아갈 수 있을까. 나를 중심으로 하는 것보다 남을 위해 배려하며 살면 그래도 좋아질 수 있을 것이다. 거기다 이제 나이가 들어 죽음의 시간이 빠르게 다가오고 있다. 이제는 집착을 버려야 살기가 편할 것이다. 못된 자기 집착 때문에 사람들은 서로 부대끼고 만나지 못한 채 죽어버리는 것이다.

나는 생각한다. 나를 용서하고, 상대방을 용서하며 받아들여줘야 한다고. 그것이 최선의 방법이라고. 상대방이 아무리 공격적이고, 상대방과 함께 하는 시간이 힘들더라도 내가 용서하고 받아들이면 모든 것이 해결되는 것이다. 문제는 내가 상대방을 용서할 수 없어서 내가 나를 감옥에 가두는 것이다. 그리고 상대방을 욕하며 감옥 속에서 빠져나오지 못한다는 것이다. 결국 스스로를 구속하고 자유를 박탈하고 사는 어리석은 사람이 되는 것이다.

나는 주장한다. 나를 감옥에 가두지 말라고. 나에게 자유를 주라고.

상대방이 갑자기 나를 계속 공격하고 비난했을 때, 나는 그것이 화가 나고 참을 수 없었다. 그것은 싸워도 해결할 수 있는 문제가 아니었다. 그럼에도 나는 계속 분노가 일어났고, 분노를 잠재울 수 없었다. 그때, 나를 잠재울 수 있는 방법을 찾았다. 치유강사는 말했다. 나를 함부로 칼로 파고 비틀지 말라고. 그럴 때는 눈을 감고, 마음속에 스위치를 달아서 얼른 꺼버리라고. 그것을 두세 번 반복하라고. 그것이 안 되면 얼른 눈을 뜨고 다른 행동을 취해서 그 상황을 벗어나라고. 그것도 안 되면 눈을 감고 지우개로 그 상황을 지우라고. 그것마저 안 되면 긴 호흡을 하며 크게 숨을 들이마시고 길게 내쉬는 호흡법을 하면서 일정 수치까지 셈을 하면서 나를 관찰하라 했다.

그러나 아직 그 방법을 써보지는 못했다. 그러나 내 분노가 일어나는 것을 스스로 알아챈 적은 있었다.

'왜 분노가 일어나지?'

나는 이렇듯 나 자신을 관찰하면서 스스로의 상태를 알아차릴 때가 가끔 있을 때가 있는 것이다.

*

요즘 세상은 흰색과 검은색을 가려내는 게임을 계속 진행하는 중이다.

그 게임이 과연 국민을 위한 게임인지 권력을 위한 게임인지 우리는 알 수가 없다. 권력 게임에서 이긴 편은 흰색을 말하고 진편은 검은색을 말했다. 흰색을 가진 사람은 온 천지를 흰색으로 칠했다. 흰색은 항상 옳다고 말했고, 나머지는 검정색으로 틀렸다고 말했다. 나는 그들에게 진실이 무엇인지 묻고 싶었다. 그 진실이 붉은색인지 푸른색인지 나는 알 수가 없었다. 시간은 계속 흘러가고 있었다. 흰색이 온 나라에 휘날리고 있었다.

나는 흰색이 휘날릴 때마다 불안했다. 마음의 병이 생겨났다. 친구들을 만나도 우리는 흰색이 무섭다고 말했다. 젊은이들은 흰색을 좋아하며 박수를 쳤다. 나이든 이들은 그들의 흰색을 보면 놀라서 뒷걸음질을 쳤다. 온 나라가 흰색 깃발로 잔치를 하는데, 맨 밑바닥 사람들은 흰색이 되지 못했다. 삶은 더 어려운 미궁으로 빠져들었다. 다른 나라는 취업 잔치에 환호를 부르는데, 우리는 그런 잔치를 넘보지도 못하고 있었다.

흰색 깃발은 계속 흰색 깃발을 꽂는데 전력을 쏟았다. 그것이 뭐라고. 그 깃발이 밥을 먹여줄 것인가? 흰색은 흰색일 뿐이다. 그것은 허깨비일 뿐이다. 그것은 세월을 낚고, 땅과 사람을 낚는 게임일 뿐이다. 검은색을 죽여 흰색만 살면 국가가 부강해지고, 모든 국민이 호강하며 산다는 것인가? 검은색의 자본을 통째로 뺏어버리면 모두가 흰색이 되어 모든 국민과 나라가 흰색이 되어 깨끗해서 좋다는 것인가?

나는 흰색이 무섭다. 그들은 하이에나 같다. 검은색을 뜯어먹으며 흰색을 주장하는 그들의 모습은 걱정스럽다. 그렇게 나라가 추락하는 모습이 불안하다. 이럴 때는 이민진의 장편소설 『파친코』가 생각난다.

이 책을 보면 한국의 근대사가 얼마나 비극적인가를 알 수 있다. 거기서 최대 피해자는 한국의 국민이지만, 국민이 당하는 고난을 책임지는 사람이 하나도 없었다. 나라를 잘못 운영해서 나라를 빼앗기고, 국민을 일본이나 중국이나 러시아로 떠나보낸 무능한 정치가들은 국민의 비참한 삶을 책임지지 않았다. 그 책을 보면 역사가 우리를 망치고, 정치가들이 나라를 망쳐도 국민은 고난을 극복하고 살아남는다. 결국 그 책의 궁극적인 메시지는 희망과 극복이다.

가난에 시달리다 먹을 게 없어서 신부 값을 받고 언청이에 절름발이인 남자와 결혼한 양진은 평생 동안 '여자의 인생은 고생길'이라는 말을 반복하며 산다. 그리고 남편 훈이와 함께 하숙집을 운영해 나가면서 유일한 정상인 자식인 딸 순자를 사랑으로 키운다. 그러나 안타깝게도 순자는 엄마 나이 또래의 생선 중매상 한수에게 빠져, 그가 유부남이라는 사실도 모른 채 아이를 임신한다. 그 아들이 노아이다. 그 후 목사 이삭과 결혼하고 모자수를 낳아 양진처럼 불평조차 하지 않고 고생스럽게 여자의 일생을 산다.

순자의 형님은 불임으로 애기를 낳지 못했다. 그는 남편에게 충실했고, 노아와 모자수, 동서의 늙은 어머니까지 보살피고, 병든 남편을 돌보며 불평없이 사는 형님이었다. 노아와 모자수는 일본에서 태어났지만, 일본인에게 놀림 받는 불행한 삶을 살았다. 노아는 가난한 조선계 일본인이라는 굴레를 벗어나려고 와세다대학에 입학한다. 후원자는 야쿠자로, 그가 친부라는 사실을 알게 된다. 와세다대학을 그만두고 나가노에서 일본인 행세를 하며 살다가 엄마나 한수가 자신을 찾아온 그날 생을 마감하겠다고 했다. 노아는 탈출구라고 믿었던 교육을 받았음에도 끝내 자신의 굴레에서 벗어나지 못했다.

반면 모자수는 조선계 일본인에 대한 경멸과 괄시에 폭력적으로 대

웅한다. 그는 학교를 그만두고 파친코 게임장에서 일하기 시작한다. 그는 부정적인 거래를 피하고 정직하게 파친코를 운영해 부자가 된다. 그러나 일본인은 그를 '더럽고 폭력적인 야쿠자'로 볼뿐이다. 모자수는 자기 아들 솔로만을 차별없는 세상에서 살게 하려고 외국 대학에 입학시킨 뒤 졸업까지 시킨다. 그러나 솔로몬 역시 3년마다 지문을 찍고 외국인 등록증을 갱신해야 한다. 솔로몬은 영국회사 트레비스에 입사하지만, 일본인 상사의 배신으로 부당해고를 당한다. 결국 모자수는 파친코에서 일하기로 한다. 4대에 걸친 고난의 세월 끝에 솔로몬이라는 빛나는 존재, 완성된 존재가 태어난 것 같다.

이 책은 순자가 이삭의 무덤을 찾아갔다가 아들 노아의 사진을 그 아래에 파묻고는 다시 일상으로 돌아가는 것으로 끝난다. 일본인에게는 재일외국인에 대한 뿌리 깊은 차별의식이 남아 있다. 우리나라에서도 외국인 노동자들이 차별받는 삶을 살아가고 있다. 이런 것은 옳지 않은 일이다. 나는 인간이 살아가는 곳이라면, 그곳이 어디이든지 차별없이 공정한 대우를 받아야 한다고 생각한다. 그런 세상이 되기를 빌 뿐이다.

*

2018년 7월 초, 스위스 여행을 했다.

나는 이십 년 전 융프라호 산악 열차를 타고 융프라호에 갔던 적이 있었다. 시골 동네에서 자전거 하이킹을 했고, 호수와 폭포를 구경한 기억이 희미하게 머릿속에 남아 있었다. 남편은 스위스를 방문한 적이 없었다. 그는 항상 스위스를 가고 싶어 했다. 스위스의 높은 산에 쌓인 눈을 동경했다. 산에 쌓인 흰눈은 그에게 신이었다. 언젠가 그 신은 없어질 것이라고 그는 항상 조바심 냈다. 그것은 뜨거운 지구의 열기 탓이었다.

나는 여행사를 따라 첫날, 대한항공 제2청사로 갔다. 예전에는 가이드가 우리 여권을 통해 비행기표를 발권했는데, 이번에는 스스로 기계에서 발권해야 했다. 단체에서 미리 해주지 않았다. 우리는 발권에 익숙하지 못했다. 다행히 발권을 도와주는 알바생이 우리 것을 발권해 주었다. 남편은 기대에 찼다. 산과, 눈, 신을 볼 수 있다고. 우리는 점심으로 간단히 요기를 하고 비행기를 탔다. 비행시간은 길었다. 기내에서 밤을 지내고 이튿날 저녁이 되어서야 이태리 밀라노에 도착할 것이었다.

나는 단단히 입을 것, 읽을 것 등을 챙겨 좌석에 앉았다. 에어컨이 썰렁해서 감기에 걸리기 쉬울 터였다. 밤을 새워 좌석에 앉아있는 것은 쉽지 않은데, 이번에는 시간이 금방 흘러갔다. 책 한 권을 읽고 몇 번 졸았더니 밀라노에 도착했다. 밀라노 공항은 붐볐다. 공항은 두 곳으로 갈렸다. 빠른 곳은 유로 국가의 여권 심사처, 느린 곳은 유로 국가가 아닌 사람들의 여권 심사처였다. 그곳은 별난 차별을 만들었다. 유로 가입국이 아닌 국민은 느리고, 힘들고, 불편함을 감수해야 했다. 여권심사는 길고 지루했다.

가이드는 여행자를 모았다. 밤 10시가 넘었다. 사람은 26명쯤 됐다. 우리는 버스를 타고 호텔로 이동했다. 호텔은 멋졌다. 그곳에서 잠자고, 아침에 산책을 했다. 잔디밭 옆에 'Itala Nostra'라는 박물관이 있었다. 그림을 보면 이곳이 저장창고로 곡물을 저장했다는 점, 마차들이 곡물을 운반해 와서 흙으로 만든 굴 속에 저장했다는 것을 이해할 수 있었다. 산책 후 조식을 하고 버스에 탑승해 티라노로 이동했다. 그곳에서 우리는 피자와 맥주로 점심식사를 했다.

티라노에서 베르니나 특급열차를 타고 생모리츠로 이동했다. 스위스에서 가장 높은 곳을 달리는 철도로 스위스와 이태리를 연결하는 호화로운 열차였다. 알프스를 북에서 남으로 가로지르는 고가도로를 건너 빙하를 지나간다. 해발 2,263m의 베르니나 고개를 올라갔다가 내려간다. 그곳의 풍경은 장관이었다. 산은 수림으로 가득 찼고, 군데군데, 아름다운 목장이 산비탈에 배치되어 있었다. 그 목장 하나하나에 아름다운 집과 꽃이 그림 같이 서 있었다. 마을의 텃밭은 모두 목초지로 가꾸었고, 농부들은 그 목초를 깎아 비닐에 넣어 삭혀서 동물의 겨울 먹이로 삼았다.

농부들은 부지런했다. 돌산 밑에 밭을 만들어 나무를 심었다. 그곳에 목초지를 조성했다. 혹은 벼랑 같은 비탈에 포도나무를 심어 포도를 재배했다. 그곳은 사람이 온전히 서 있을 수 없는 땅이었다. 우리 집 근처에 있는 관악산은 완전 바위산이었는데, 스위스의 산을 보고 관악산도 스위스의 산처럼 초지로 만들어, 농장과 포도밭으로 삼을 수 있음을 알았다. 스위스의 땅은 경사가 90도가 넘는 땅이 많았다. 거기에 산은 바위가 뾰족한 삐죽 산이었다.

현지 가이드는 설명했다. 스위스 땅은 사람들이 땅을 밀가루 반죽하듯 손으로 빚어 만든 땅이라고. 돌을 캐고, 고르고, 가루로 만들어서 만들어낸 땅이라고. 정말 그랬다. 바위인 뾰족한 돌 사이에 사람들이 나무 씨를 심어 돌산을 수림이 가득한 곳으로 만들었다. 그곳에는 잡목이 없었다. 사람이 심은 스기나무, 혹은 히노키 같은 나무로 계곡을 가득 채웠다. 그리고 그것을 목재로 사용했다. 스위스가 그냥 부국이 된 것이 아니었다.

기차는 우리를 산으로 데리고 갔다. 굽이 친 선로를 따라 가며 산과 호수, 마을을 보여주었고, 나를 힐링시켜주었다. 남편은 눈이 쌓인 산을 보고 감탄했다.

- 저기 눈 좀 봐.
- 야, 멋지구나.
- 저기 자기가 찾던 눈이요. 실컷 보시요. 눈이 자기 눈 속으로 박히게 말이요.

서서히 눈이 산을 덮었다. 희뿌연 푸른 호수가 구름을 받았다. 먹구름이 온 천지를 흐리게 했다. 우리는 계속 기차를 타고 산 속으로 들어갔다. 계곡물은 석회석이 섞여서 희뿌연 푸른색을 띤 채 폭포수처럼 흘렀고, 먹구름은 계곡 위 나무 사이로 스며들었다. 스위스, 오스트리아, 이태리가 산을 따라 이어졌다. 기차는 2,250m까지 올라갔다. 거기서 생모리츠역으로 향했다.

먹구름이 변하더니, 여지없이 비가 쏟아졌다.

생모리치라는 도시는 컸다. 골프대회가 많이 열렸던 도시였다. 1928년, 1948년에 동계올림픽을 개최하기도 했다. 일찍이 골프대회를 했는지 사진이 한가득 진열되어 있었다. 그 사진에는 여성들이 긴 주름치마를 입고 골프를 치고 있었다.

- 어? 저렇게 긴 치마를 입고 골프를 치다니?

- 글쎄, 그렇네?

- 정말 웃긴다. 저 치마 좀 봐.

- 1910년대에 여성 골퍼가 있었다니.

이곳은 중세 이래로 각종 질병에 치료 효과가 있는 광천수 온천과 겨울 스포츠의 중심지로 전 세계에 알려져 있었다. 우리는 대충 시가지를 돌아보고 버스를 타고 다보스로 이동했다.

다보스는 국제회의가 많은 도시였다. 우리는 힐튼 호텔에서 숙박했다. 모든 게 깔끔하고 완벽한 호텔이었다. 식사도 훌륭했다. 아침에 호텔 주변을 산책했다. 도시는 어수선했다. 도시를 정비하는 작업장이 많았다. 여름이 되면 도시를 정비하고 수리한다고 가이드가 설명한 적이 있었다. 그 말처럼 도시마다 작업 차량이 많았다. 겨울 내내 눈으로 도로가 파괴되고 집이 파괴되어 수리할 곳이 많다고 했다. 아침에는 청소 차량과 물 뿌리는 차량이 길을 막았다.

다행히 어제의 먹구름이 모두 가셨고, 투명한 가을 하늘처럼 흰 구름이 떠 있었다. 고추를 말리는 한국의 가을처럼 뜨거운 태양빛이 하늘에서 쏟아졌다. 살을 뚫을 기세로 햇살이 나를 파고들었다. 우리는 다시 마이엔 펠트로 이동했다.

하이디의 고향 마이엔 펠트는 평화롭고 한가한 농촌 마을이었다. 우리는 하이디 박물관이 있는 '하이디 마을'을 관광했다. 어미 소와 새끼 소, 또 다른 식구들이 한가로이 풀을 뜯고 있었다. 농장 주변은 얇은 전기줄을 통해 그들이 다른 곳으로 도망갈 수 없게 했다. 농장 뒤에는 높은 산이 그 마을을 지키고 있었다. 산은 신비로웠다. 온통 바위였고, 그 위를 이끼와 목초가 덮고 있어 마치 옷을 입은 듯했다. 산 아래는 그들이 심은 스기나무로 울창했다. 그 아래로 펼쳐진 목초 농장. 그리고 그 밑에 하이디를 창조한 작가의 집이 있었다.

작가의 집 1층으로 들어갔다. 바닥에는 작은 돌이 깔려 있고, 벽에는 동물들의 여물통, 물통, 그리고 동물들에게 필요한 도구와 농사도구 등이 진열되어 있었다. 나무계단을 밟고 2층으로 올라갔다. 그곳은 바닥이 마루바닥이었다. 벽에는 큰 화덕과 음식 만드는 나무밀대, 나무판, 나무망치, 커다란 소쿠리, 칼, 도마, 프라이팬, 도자기와 그릇, 냄비, 식탁 등이 있었다. 밖으로 난 계단을 따라가면, 마당이 있고, 계단에는 아름다운 꽃이 있었다.

3층에는 침실과 책, 작가인 Johanna Spyri(1827~1901)의 사진 등이 있다. 작가는 푸근한 할머니였다. 이곳은 분명 그 작가가 열심히 살았고 책을 쓴 곳이었다. 나는 그 작가를 생각했다. 그가 가진 아름다운 풍경과 산, 숲, 벌판을 둘러보며. 나는 그의 영감을 공유할 수 있기를 바랐다. 농장에 있는 뿔 염소가 여물통에서 물을 먹었고 여물통 둘레에 앉은 참새가 물을 먹었다. 그들은 싸우지 않고 잘 소통했다. 내가 가까이 가면 염소는 내게로 왔다. 분명 염소는 내가 적이 아님을 아는 것이다.

그 옆에 있는 땅에는 한국의 고추밭처럼 키가 작은 포도나무를 줄지어 심어두었다. 알알이 익은 포도가 나뭇가지 아래로 송이송이 매달려 있다. 사과나무는 무성하게 컸고, 작은 열매가 주렁주렁 매달렸다. 붉고 푸른 열매가 뒤섞여 있었다. 나는 산비탈이 이어지는 작은 길을 걸었다. 비탈은 칼날같이 가팔랐다. 그 뚝 같은 벼랑 둔턱의 풀을 사람들은 기계로 깎았고, 그것을 모아 비닐에 감싸서 삭혔다. 멀리 보이는 마을 풍경은 정말로 아름다웠다.

파란하늘에 뭉게구름이 있고, 그 아래 짙푸른 나무가 빼곡하게 박힌 둥근 산, 그 밑에 붉은 색과 회색이 섞인 작고 아담한 예쁜 집이 있었다. 예쁜 집의 마당에는 초목이 군데군데 모여서, 키 큰 나무가 울타리를 하고 있다. 그곳은 정말 그림 같은 풍경이었다.

다시 버스로 이동하여 아펜첼로 갔다. 그곳은 치즈 마을이었다. 스위스 전통이 깃든 마을로, 아름다운 가옥과 장인들이 만든 수공예품, 광장, 3대 치즈로 유명한 아펜첼 치즈 공장을 방문했다. 그곳에서 치즈를 시식했다. 맛있었다. 특히 청국장 냄새가 나는 시큼한 치즈가 나를 반겼다. 내가 진정으로 즐길 수 있는 맛이었다. 그날 점심 특식은 치즈를 삶아서 요리를 찍어먹는 것이었다. 치즈는 입에 짰다. 그러나 맛깔스러웠다.

다음은 스위스 섬유산업의 중심지 생갈렌으로 이동했다. 생갈렌주의 주도로, 약 16만 명이 생활하는 중심도시이다. 표고 700미터로 표고가 가장 높은 도시 중 하나이다. 주도인 구시가지를 구경했다. 중앙 시가지에 꽃과 나무로 장식된 분수대가 멋졌다. 그곳에서 성당과 시장을 탐방하고 자유시간을 즐겼다. 그날 숙소는 호수가 보이는 OBERWAID(KURHOTEL & PRIVATKSINIK)였다. 거기서 멋진 아침 식사를 하고 산책을 했다. 아담한 정원, 분수대, 조용히 기도할 수 있는 성모마리아상이 성스러웠다.

버스를 타고 샤프하우젠으로 이동했다. 그곳은 스위스 가장 북쪽 가장에 있는 도시로, 독일 국경과 접하고 있다. 우선 우리는 라인 폭포를 탐방했다. 그곳은 라인강의 유일한 폭포이며 '양의 집'이라는 뜻을 가졌다. 그곳은 폭포 때문에 배가 지나갈 수 없어서 해운업자들이 물건을 하역하는 장소였고, 그 때문에 이곳에 정박하는 배가 많아 사람들의 정착이 이루어졌다고 했다.

폭포는 장관이다. 물살이 세고 수량이 풍부해서 모든 사람이 이곳을 찾으면 환호했다. 하얀 거품이 일었고, 건너편 작은 바위섬에는 스위스 깃발이 펄럭였다.

우리는 다시 장미꽃 정원을 지나 구시가지 전경을 구경했다. 아름다운 강줄기가 구시가지 둘레를 돌아 흘렀다. 다리를 잇는 문을 막으면 그 시가지를 탐방할 수 없을 것이다. 시가지는 자동차와 전차가 다니는 길과 사람이 다니는 인도가 혼재되어 있었다. 중심가는 유럽 전통의 빌딩이 서 있었고, 그 빌딩은 상가로 채워졌다. 상가에는 푸른 깃발, 붉은 깃발이 꽂혀있는데, 주도의 깃발과 연방의 깃발이라 했다. 아이슈타인이 살던 곳도 아직 그곳에 있었다. 중심에는 여전히 교회가 있고, 그 지역에서 중요한 일을 한 사람들의 동상이 서 있었다. 시가지를 구경한 다음 현지 음식을 파는 'FALKEN'에서 점심 식사를 했다.

마침 전주에서 온 여행자가 우리 자리를 잡아주었다. 피자를 만드는 주방이 바로 유리 너머에 있었다. 둥근 손바닥만 한 크기의 밀가루 반죽을 손으로 밀어 넓은 판을 만들었다. 그것을 화덕에 구웠다. 익힌 반죽을 꺼내 그 위에 토마토소스를 얹었다. 다시 그 위에 햄, 하몽, 가지, 푸른 야채를 놓고, 치즈를 위에 골고루 뿌려 화덕에 다시 살짝 구웠다. 피자 만드는 할아버지는 달인이었다.

우리는 주문한 음식에 생맥주를 곁들이며 맛있게 먹었다. 함께 식사한 전주 팀은 오빠와 동생이었다. 둘은 결혼하지 않았다. 둘 모두 60을 넘긴 사람들이었다. 참 특이한 사람들이지만, 정신은 반듯했다.

- 어머니가 돌아가셨다면서요. 어떻게 돌아가셨어요? 집에서 돌아가셨을 때 무섭지 않았어요?
- 아니요.
- 다행이네요.
- 난 29살 동생이 죽었을 때 동생 방에 있는 물건만 봐도 무서웠는데. 그러나 아버지가 돌아가셨을 때는 안 무섭더라고요.
- 어머니 연세가?
- 87세. 어머니가 아프다고 하셔서 죽과 물을 일주일 먹고요, 그 다음부터는 일체 아무것도 안 먹었어요.
- 몸이 안 아프셨나요?
- 안 아프다 하시더라구요. 일체 안 먹으니까. 그리고 20일 만에 조용히 가셨어요.
- 안 드셔서 안 아픈 걸까요? 당신 어머니 대단하시네요. 보통은 나 죽는다. 병원 가자 해서, 링겔 꽂고, 뭐하고, 안 아프게 해달라하고, 그러다가 몇 년 걸려 죽음을 가지잖아요. 어머니가 정말 훌륭합니다.
- 외삼촌이 그렇게 돌아가시는 걸 보고 병원을 거절한 거 같아요.
- 그랬군요.

여행의 재미는 여행자들이 함께 만나 식사를 하고 정서가 맞는 사람이 만나서 이야기꽃을 피울 때이다. 물론 그렇지 못할 때가 더 많기도

하지만, 서로의 이야기가 통할 때 재미가 났다. 그 전주 팀은 산을 좋아했다. 외국의 산을 열심히 찾으며 산행하는 것을 즐겼다. 그래서 그들은 정신이 맑고 깨끗했으며, 산을 즐기는 우리와도 통하는 것이 많았다.

식사 후 취리히로 이동했다.

취리히는 스위스에서 가장 큰 도시였다. 금융, 경제, 상업 중심지였다. 시가지는 중세풍이고, 호수와 강이 합쳐져 아름다운 풍경을 선보였다. 도시인이 즐기는 요트가 호수 주변에 많았다. 우리는 중앙역을 거쳐 중심 쇼핑가를 관람하고, 커피숍에서 마카롱과 커피를 즐겼다. 다시 벼룩시장을 구경하고 호숫가에서 바람을 맞으며 음악을 듣고 요트장에서 가족이 즐기는 광경을 보았다.

작은 쪽배에 아버지와 어린 딸이 배를 접촉시키는 광경이 포착되었다. 아빠가 배를 몰고 오면서 밧줄을 던졌고 어린 딸이 배를 다른 배 쪽에 붙여보려 애썼다. 쉽지 않았다. 딸이 밧줄에 뒤집혔고, 아빠가 시정했다. 그들은 오랫동안 배를 대기 위해 애썼다. 힘겨워 보였다.

- 아이고, 우리는 나이 들어서 저 배 주어도 부릴 수 없겠네요.
- 함부로 배를 탈 일이 아니네요.
- 저렇게 배가 정박하다가 남자들 힘쓰면서 죽겠네요.

호텔에서 아침식사를 하고 루체른 탐방을 했다. 알프스와 피어발트슈테터 호수가 있어 매력적인 도시였다. 구시가지는 아름다운 벽화와 화려한 부티크로 가득했다. 거기에 아름다운 호수는 도시를 환상적으로 장식했다. 호수는 투명했고 햇빛에 빛났다. 물고기를 잡기 위해 물

속으로 잠수하는 황새와 청둥오리를 나는 계속 즐겁게 주시했다. 새들의 잠수 시간은 길었다. 정말 재주가 뛰어났다. 신기했다. 구시가지와 신시가지를 잇는 카펠교를 건넜다. 나무로 아름답게 만들어졌고 지붕이 씌워져 있었다. 그것은 14세기에 건설된 지붕식 목조 다리였다.

다리를 지나고 성벽을 돌아 구시가지를 한 바퀴 돌고, 루체른 호수에서 유람선을 탔다. 알프산이 호수를 따라 멀리 펼쳐져 있었다. 푸른 하늘은 뭉게구름을 머금고, 알프스산맥 밑으로 펼쳐진 멋진 별장과 호텔은 전부 한 폭의 그림 같았다. 우리는 아름다움에 환호를 지르며 힐링했다. 그래, 여기가 천국이구나. 모두에게 감사하자. 내가 이렇게 존재할 수 있음에.

다시 인터라켄으로 이동했다.

버스를 타고 산속으로 들어가서 케이블카를 탔다. 쉴트호른 정상에서 360도 회전하는 '피츠글로리아' 레스토랑에서 점심 식사를 하며 자매산인 아이거, 묀히, 융프라우요흐의 만년설을 감상했다. 이곳은 높이가 3천 미터가 넘었다. 나는 그곳에 도착하자마자 속이 울렁거렸다. 곧 머리가 아프고 뒷골이 땡겼다. 남편의 모습도 같았다. 나는 밥을 먹을 수 없었다. 빨리 이곳을 떠나 땅으로 내려가고 싶었다. 뒷골에 통증이 일어나면서 속이 계속 미식거렸다. 어떻게든 적응하려 애썼다. 고도가 높아서 고통이 느껴졌다. 일종의 고산병인 것이다.

그래도 남편은 꼭대기의 눈과 빙하를 보며 감탄했다. 자신이 보고 싶은 빙하를 볼 수 있는 것을 즐거워했다. 그런데 갑자기 산을 먹구름이 덮쳤다. 사람들은 아쉬워했다. 그래도 만년설을 봤다는 것에 감사하자고. 먹구름이 잠깐 가셨다가 다시 찾아왔다. 그날 먹구름은 사람들의 애를 태웠다. 우리는 하산했다.

베른으로 이동했다.

베른은 스위스의 수도이다. 역사가 있는 곳이다. 이곳은 곰이 있어서 지명이 베른이라고 한다. 유네스코에서 세계문화유산으로 지정한 도시이며, 베른주의 주도로 인구는 15만 명이다. 주민들은 독일어를 사용한다. 구시가지에는 기관차가 다닌다. 거리의 양쪽으로 중세시대 때의 아케이드를 볼 수 있다. 곰의 분수는 베른의 상징이다. 볼거리로는 시계탑과 곰 공원이 있다.

몽트뢰로 이동했다.

세계적인 고급휴양지로 유명하다. 레만 호수를 앞에 두고 15㎞ 정도의 산책로가 있다. 이곳은 헤밍웨이, 채플린, 바바라 헨드릭 같은 사람들이 살아서 유명하다. 또한재즈 페스티벌로도 유명하다. 근처에는 시옹성이 있다. 시옹성은 13세기에 지어진, 호수 위에 떠 있는 중세의 고성이다. 이 성은 외세의 침입을 막기 위해 자연 암벽을 이용하여 세운 곳이다. 내부는 방과 방을 잇는 비밀통로가 있다. '시옹의 죄수'에 나오는 지하 감옥도 견학할 수 있다.

로이커바트로 이동했다.

로이커바트는 로마시대부터 유명한 온천도시였다. 그곳은 겜미고개의 자락에 있다. 그곳은 깊은 산속으로 들어간 곳에 위치한 작은 마을이었다. 산세는 특별했다. 통바위가 마을을 지켰으며, 산은 산이 아니고 통바위가 하늘을 향한 자세였다. 그 바위는 웅장해서 보면 숨이 멎었다. 어찌 저런 바위산이 있을꼬? 참 기막힌 모습이었다. 마을은 예쁜 나무집으로 지은 호텔이 많았고, 온천이 많아 사람들에게는 휴양지로 알려졌다. 우리는 그 호텔의 온천장에서 수영을 했다.

시원한 공기를 마시고, 온천을 즐기며 수영하는 것은 최고의 즐거움을 선사했다. 그동안 쌓인 피로가 가셨다. 거기에 호텔에서 식사를 하며 맥주를 마시는 것은 더 없는 기쁨이 됐다.

그래, 이런 것이 행복이구나. 모두에게 감사하자고 마음을 다지기도 했다.

버스를 타고 태쉬로 이동했다.

전날 리조트까지 끝없는 계곡을 정말 아슬아슬하게 몇 시간 동안 올라갔는데, 그 길을 되돌아온다는 것은 쉽지 않을 것이다. 그 길은 지그재그인데다 좁아서 협곡을 보면 위협적이다.

태쉬에서 체르마트로 이동했다.

체르마트는 차량 출입이 불가능했다. 열차를 타야 했다. 체르마트는 4,478m 마테호른 정상이 보이는 계곡의 초입에 위치한 도시이다. 체르마트는 1,600m의 고도에 있는 도시로, 그 주변은 4,000m가 넘는 산으로 둘러싸여 있다. 그곳은 스키어들이 모이는 지상천국의 도시이다.

마테호른은 죽기 전에 가봐야 한다는 알프스 봉우리다. 우리 남편의 소원이 그랬다. 우리는 기차를 타고 고르너그라트로 갔다. 고르너그라트는 스위스에서 두 번째로 높은 전망대였다.

전망대의 고도는 3,100m이다. 모든 산을 한눈에 조망할 수 있다.

사진 속에 나타난 산봉우리는 Nordend 4,612m, Dufourspitze 4,638m, Ludwigshohe, Lysjoch 4,156m, Westgipfel 4,478m 등이었다. 나는 사진 속에 적힌 이름이 어느 봉우리를 가리키는지 알 수 없었다. 파란 하늘 아래, 회색 먹구름과 산봉우리는 서로 옷을 입었다. 구름이 산이었고 산이 구름이었다. 산 위에 있는 눈도 살이 되어 산에 붙었다. 산과 산 사이에 붙은 얼음은 산을 잡고 위협적으로 휘둘렀다. 언젠가 산이 얼음 속으로 녹아들 기세였다. 사람들은 빙하를 보며 환호했다.

- 오! 대단하다.
- 어찌 이럴 수가 있나? 정말 멋지다!
- 아이고, 여기서 저 빙하를 찍자고!
- 야호!
- 만만세!

사람들은 제각각 산을 부르고, 자연을 부르고, 신을 불렀다. 모두에게 환호의 기쁨이 넘쳐흘렀다. 나도 그들처럼 환희의 에너지를 받았다. 그래, 이것이 행복이고 축복이구나. 모든 것에 감사하고, 감사하자 다짐했다. 사람들은 인증사진을 찍었다. 그리고 다시 마테호른을 불렀다. 모두 마테호른을 보고 싶어 했다. 그러나 구름 속에 숨어 모습을 보여주지 않았다. 사람들은 조금만, 조금만 하면서 먹구름이 지나가기를 기다렸다. 나는 삼분의 일 정도인 북면을 보여주는 것에도 감사하라고 했다. 하나도 보여주지 않을 수도 있는데 일부나마 보여줬다 생각하자고.

여행자들은 전망대 커피숍에서 마테호른 모습이 나타나기를 몇 시간이나 기다렸다. 그러나 마테호른의 모습은 볼 수 없었다. 여행자들은 섭섭해하면서 마지막 기차를 타고 내려왔다. 호텔에서 잠자고 새벽녘에 일어났을 때였다. 갑자기 마테호른이 황금 뿔을 달았다. 꼭대기 끝 부분부터 서서히 붉은 옷을 입고 불타는 모습을 보여주었다.

아! 저런 것이 자연의 신비구나. 엊저녁 그렇게 애를 태우더니 말이다.

해가 중천에 떠올랐다. 마테호른은 파란 하늘에 눈을 입은 새하얀 흰 뿔이 되어, 그곳을 지키고 다시 우뚝 서 있었다. 과연 신비로구나. 신비여! 나는 마테호른의 찬란한 모습을 보며 오늘도 감사할 날이라고 다시 외치고 싶었다. 호텔로 돌아와서 옛날 책을 폈다. 100년 전의 마테호른과 주변 마을 사진을 보았다. 마테호른과 주변은 온통 눈으로 새하얬다. 산 밑에는 작은 교회와 작은 민가, 목조 건물 서너 채가 마을을 형성하고 있었다. 그런데 지금 이곳은 호텔과 상가, 여행자, 기차와 택시 등으로 가득한 화려한 대도시가 되었다.

우리는 안데르마트로 이동했다.

빙하특급열차를 탔다. 가장 느린 특급열차였다. 스위스의 가장 유명한 알프스를 구경했다. 터널과 다리를 통과하며 알프스의 아름다움을 만끽했다. 안데르마트에서 식사를 빨리했다. 다음 여행지까지 이동해야 하는데, 시간이 빠듯해서였다. 그날은 밀라노를 대충 구경했다. 밀라노는 이탈리아의 경제 중심지이고, 문화 중심지다. 패션, 음식, 오페라 등이 유명하다. 그리고 두오모 성당과 스칼라 극장, 미켈란젤로의 피에타도 유명하다. 중심가는 두오모 광장, 아름다운 쇼핑 거리, 갤러리, 카페, 부티크가 줄지어 있는 곳이다.

스칼라 극장은 1778년에 세워졌고, 2차 대전 때 파괴되어 1946년에 재건되었다. 19세기 이후로 푸치니, 로시니, 베르니 등이 초연되었다. 3,000명 수용할 수 있고, 오페라 시즌은 12월 초부터 이듬해 7월 초까지, 그리고 9월부터 11월까지는 콘서트와 발레가 공연된다. 두오모 대성당은 하얀 대리석으로, 거대한 조각군으로 장식되어 있어 장관이었다. 135개의 첨탑이 하늘로 치솟았다. 가장 높은 첨탑에는 도시를 수호하는 황금 마리아상이 세워졌다. 이 성당은 1386년 착공하여 19세기 초에 완공되었다. 정말로 대단한 건축물로 감탄사가 절로 나왔다.

비행기 시간이 촉박하여 밀라노를 바쁘게 빠져나와 비행기를 탔다. 십여 일을 바쁘게 여행하다보니 내 기억 속에서 혼란이 일어났다. 각각의 중심 시가지가 남쪽이 북쪽이 되고, 북쪽은 다시 동쪽이 되어 나타났다. 머리가 낡아서 그렇기도 하겠지만, 너무 바쁘게 여러 곳을 탐방하느라 소화를 못 시켰기 때문일 것이다. 그것이 너무 많이 먹어서 체하는 격이 되었다. 그러나 어쩌겠는가? 적당히 믹서가 된다고 해가 될 것이 무엇이겠는가?

스위스 여행한 것을 정리하고 기록하려고 애썼다. 그러나 잘 되지 않았다. 그냥 그 지역의 풍경과 그들의 삶, 혹은 문화를 조금 이해했을 뿐이다. 거기에 내 삶이 얼마나 행복한 가를 확인 할 수 있었다.

나는 집으로 오자마자 커다란 바가지에 오이를 채 썰고, 싱싱한 토마토를 채 썰어 넣었다. 그리고 싱싱한 상추를 씻어 손으로 대충 잘라 함께 넣고 올리브유를 뿌린 뒤 내가 만든 바나나 식초를 넣고 맛

소금을 넣어 젓가락으로 살살 비볐다. 거기에 나는 매콤한 신라면을 삶고, 남편 것은 냉소바를 만들었다. 식탁에 나물 바가지를 올려놓고 신 열무김치, 오이김치를 곁들였다. 우리는 금세 그것을 먹어치웠다. 생야채와 김치가 얼마나 그립던지 말이다.

스위스는 위대했다. 알프스산은 모두가 뾰족한 바위산이다. 그 나라 사람들은 그 바위를 손으로 눌러 부수어서 목초지로 만들었다. 거기에 초목 씨를 뿌렸다. 생 바위에 이끼가 생기게 하고, 초목이 살아나게 만들었다. 그리고 다시 나무 씨나 묘목을 군데군데 심어 바위나 흙이 떠내려가지 않도록 울타리 기능하는 나무를 자라게 했다. 그 나무들이 자라면 그들이 만든 목초지가 생겨서 목장이 이루어졌다. 목장은 경사가 90도 정도로 가팔랐다. 계곡을 수풀을 이루도록 나무를 빼곡이 심었고, 그것을 가꾸어 목재로 삼았다.

한 여름에는 동물들을 산꼭대기로 데려가서 풀을 뜯게 했다. 산 아래 평지나 낮은 경사면 초목은 경운기로 깎아 건초를 만들어서 동물들의 겨울 먹이로 삼았다. 스위스의 땅은 전부 바위산이었다. 어쩌다 나오는 계곡 속의 평지는 관광지로 조성했고, 그곳을 개발하여 국제회의나 부유한 사람들의 휴양지로 만들어 관광객을 불러들였다. 가이드는 말했다. 스위스 사람들은 해가 뜨면 일을 하고 해가 지면 잠을 잔다고. 그들의 손이 안 닿은 곳이 한 곳도 없다고. 조그만 경사면에도 포도밭을 촘촘히 심어 재배했다.

과일이 재배되는 땅은 땅이 아니었다. 물이 흐르는 경사면의 작은 뚝방이었다. 그런 곳에 사과나무와 포도나무를 줄지어 심었고, 땅에는 목초지를 만들어 건초를 만들었다. 우리나라를 그렇게 개간한다면 한국의 산은 꼭대기까지 전부 밭이 되고도 남을 것이었다. 그 나라와 비교하면 우리는 너무 편하게 잘살고 있는 것이었다. 나는 우리나라에게, 아니 우리 땅에게 고마웠다. 금수강산이 그냥 금수강산이 아니었다.

그 나라 국민의 GNP 지수는 9만 불이었다. 우리가 3만 불이라 했던가? 나는 스위스가 부럽지 않았다. 3만 불인 우리나라가 좋았다. 열무에 상추, 오이, 김치를 실컷 먹을 수 있는 우리나라를 사랑한다. 국민 소득 지수가 무슨 의미가 있는가? 그래, 힘을 내자. 우리도 다시 자각하여 열심히 살고, 성실히 일해서, 나라를 살리는 것에 힘써야 할 것이다. 스위스는 연방제 국가였다. 26개주의 연합체로, 각 주는 주도가 다스렸다. 주마다 언어도 달랐다.

가이드는 취리히에 살다가 샤프하우젠으로 이사를 갔다고 했다. 그런데 어느 날 샤프하우젠 시청에서 벌금 500달러가 날라 왔다고. 그는 시청에 가서 따졌다. 이게 맞는 일이냐고. 그러나 시청 직원은 어깨를 올리며 난 모른다고 했다. 그는 샤프하우젠주를 욕했다. 전 시장이 주 살림을 엉망으로 만들어서 다른 주 주민이 이사 오면 주민세를 걷는다고. 이사 온 주민이 자기네 주를 피해 입히지는 않는지, 가난한 주민은 아닌지를 심사했다고. 가이드는 이럴 수 없다며 시청 직원과 싸웠다고 했다. 스위스의 경우 어떤 주가 못 살면 그 옆 주로 편입된다고 한다. 그동안도 편입된 주가 많았다고.

우리나라도 경상도, 전라도, 충청도 하면서 투표하며 싸우고, 이념으로 싸우는데, 차라리 스위스처럼 연방제로 가는 게 낫지 않은가 생각했다. 대통령, 국회의원이 뭐가 필요한가? 쓸데없이 세금을 축내면서 나라를 흔들고 권력에 집착하는 꼴이 정말 꼴사납다. 한 사람의 국민으로서 정말 필요 없는 제도라 생각했다. 정치인들이 나라를 위해 하는 게 뭐가 있는지 생각했다. 세금을 걷어 자기들끼리 나누어 먹고, 맞지도 않는 이론을 가져와 자기네 이익을 극대화시키고 나라 살림을 거덜 내는 족속으로 여겨졌다.

이러다가 나라를 통째로 공산당에 바치고 충성하지 않을까 걱정스러웠다. 과연 우리나라가 온전히 살아남을까 생각했다. 한일 합방으로 나라가 통째로 일본에 넘어가서, 애국자들이 자살한 사건이 생각난다. 운악산 폭포 바위에서 일본 정부를 찬양하는 친일파들을 미워하고, 나라의 운명을 걱정하며 죽은 민영환이 생각났다.

*

2018년 7월 22일, 오늘 서울은 서프리카로 이름을 올렸다. 섭씨 38도라 했다. 체감 온도는 42℃란다. 나는 이런 날이 좋다. 날씨가 더워서 사람들은 사람을 부르지 않는다. 온 세상이 조용해서 좋다. 일요일이라 더욱 좋다. 이런 날은 나 혼자만의 시간을 가질 수 있어서 그런 것 같았다. 전화도 없고, 카톡도 울리지 않는다. 아침에 잠깐 볼 일을 보고 왔다. 집에 오니 12시가 넘었다. 나는 부지런히 점심을 준비했다. 하얀 쌀밥에 간고등어 튀김, 새우젓을 넣은 애호박 볶음, 짠 오이 장아찌에 찬물을 부어 국물 김치로 하고, 열무김치에 오이김치를 곁들여 상차림을 했다. 그리고 남편과 나는 조용히 맛있게 식사를 했다.

우리는 말이 없었다. 남편은 남편이고 나는 나 일 뿐이다. 다른 사람에게 우리는 이상하게 보일 것이다. 부부가 말이 없으니 말이다. 그런데 우리는 이런 게 편했다. 말이 없어서 더 편안했다. 부부라도 말이 많으면 싸울 일이 생겼다. 말이 없으면 조용하고, 마음의 갈등이 생기지 않아 좋았다. 선인이나 깨달은 사람들은 말없이 조용히 명상을 즐기고, 혼자이지만 심심하지 않게 인생을 즐기며, 행복한 삶을 산다고 했다.

그들처럼 될 수는 없더라도 마음의 갈등이 일어나지 않도록 말을 줄여볼 생각이다. 나는 왜 그리 내가 말하는 것을 좋아하는지 생각했다. 남편은 자주 나에게 말했다. 너무 말을 많이 한다고. 솔직한 것은 좋은데, 지나치게 솔직해서 안 해도 될 말을 해서 탈이 생긴다고. 옳은 말이었다. 나는 말을 줄여야 했다. 남편은 또 다시 나에게 말했다. 나처럼 하고 싶은 말을 다하고 사는 사람은 없다고. 대부분의 사람은 하고 싶은 말을 다하고 살지 못한다고. 그 말도 옳았다.

나는 자책했다. 반성하고, 또 반성해야 했다. 그러나 과연 내가 하고 싶은 말을 줄일 수 있을 것인가? 정말 나에게 힘든 일이 될 것이었다. 그래서일까? 나는 남편에게 화가 나서 협박을 했다.

- 지금 내가 말을 많이 해서 미안한데, 선인들의 길목을 찾아가는 과정이라 그럴지도 몰라. 밥을 많이 먹으면 먹고 싶지 않아서 그만 먹잖아. 말도 그럴 때가 있을 거야. 그때까지 내가 기다리다보면 말이 없어질 거야.
- 가끔은 누가 열심히 말하는데 그 말이 듣고 싶지 않고, 그 사람이 더 이상 말을 안 했으면 좋겠다고 느껴. 그리고 그가 하는 그런 말이 싫다고 느낄 때가 있더라고. 그럴 때 많이 반성한다고. 그럴 때 말 없음이 좋은 것이란 걸 느껴.

나는 말 없음이 좋아서, 행복하고 즐거워서 삶이 축제가 되는 날을 기다리는 중이야. 그러니까 나를 이해해 줬으면 좋겠어. 나는 지금 그런 길을 걷는 중이니까 말이요.

*

여름휴가를 갔다 와서 사건이 터졌다.

어느 날 후배 B에게 문자가 왔다. 그것은 'Future Adpro'라는 프로그램이었다. 그림은 AD팩 20팩, 투자금액 $1,000, 환율 1,100원 기준 110만 원, 1000팩 달성일 1,084일이라는 조건으로 시작하여 500팩에 $25,000까지 투자할 수 있는 프로그램이었다. 그리고 도표 아래 다음과 같이 기재가 되었다.

- 비트코인으로 결제하고 복리 수익을 창출하자. 하루 광고 10편 시청으로 월 300벌기.

프로그램에 대한 그림이 화려하게 장식되어 후배 모임 그룹 채팅방에 올라왔다. 나는 그룹 채팅 톡방으로 문자를 보냈다.

- B 씨야, 투자하고 싶어서? 난 땀 흘리고 일하는 것을 중요시합니다.
- 그냥 이익을 주어도 나는 싫습니다.
- 이거도 그냥 가만히 있어서 생기는 게 아녜요. 이따가 우리 모임 정산하고 간단히 설명 드릴게요.

우리는 후배들과 모였다. B는 열심히 설명했다. 그의 말대로라면 재미있을 듯했다. 그러나 나에게는 그 컴퓨터 시스템이 너무 복잡했다. 나는 그냥 스치고 지나갔다. 그날 나는 집에 와서 함께 식사하는 작은딸 S에게 B가 말하는 투자 프로그램을 말했다.

- B가 그것이 좋은 투자라고 말하더라. 만약 너도 그런 걸 하고 싶으면 B 아줌마에게 물어서 투자해봐.

그리고 나는 B의 전화번호를 알려줬다. 그 후 나는 외국으로 여행갔다. 그런데 카톡으로 딸이 문자를 보냈다.

- 엄마 나 B 아줌마한테 사기 당했어. 경찰서에 신고하러 가야 해.
- 엄마도 그 아줌마 연락 무조건 받지도 말고 피해.

다시 B에게 문자가 왔다.

- 교수님, 여행은 잘 다녀오셨는지요. 내일 서울에 도착하시면 꼭 만나 뵙고 상의드릴 게 있습니다. 피곤하시더라도 연락주시면 감사하겠습니다. 연락 기다리고 있겠습니다.

우리가 여행을 갔다가 돌아왔더니 딸인 S가 속사포처럼 떠들기 시작했다.

S는 B 아줌마와 만났다. B 아줌마가 비트코인 수익창출 프로그램에 대해 설명해주었다. S는 마음이 혹 했다. 그래서 투자하겠다고 했다. 그리고 B 아줌마에게 물었다. 투자 수익이 났다고 했는데 그 수익금 인출을 했느냐고. B 아줌마는 안 해봤다고 했단다. 수익이 커지는

데 할 필요가 없다고. 자기는 올 12월에 회사를 그만둘 거라고. 계속 수익이 나면 투자금, 수익금을 인출해서 캐나다로 애기 데리고 이민 가서 살 거라고 했다. 그리고는 S에게 계속 투자하고 수익금 받는 것이 좋지 않겠냐고 물었다고 한다. 학원 선생 해봐야 얼마 받느냐고. 이거하면 대박날 것이라고. 그 후 S는 집으로 돌아왔다. 그리고 자기의 피 같은 돈 120만 원을 투자했다.

B는 말했다. 농협 통장이 있어야 비트코인 투자 수익금으로 들어오는 달러를 한국 돈으로 받을 수 있다고. 그러면서 농협 통장을 개설하라고 지시했다. 그런데 비트코인이 불법이라 농협에서는 통장을 개설해주지 않는다고 했다. 그래서 수도 요금을 자동이체 하면 농협통장이 개설된다고.

S는 열심히 수도요금 용지를 찾았다. 그러나 없었다. 결국 개설하지 못했다. 그런데 S가 돈을 투자한 후, B의 태도가 달라졌다. 전처럼 친절하지도 않았고, 카톡에 대한 답장도 느렸다. 이상했다. 비트코인에 대해 설명하고 설득할 때는 그렇게 친절할 수가 없었는데, 투자금을 넣고 궁금한 점을 물으면 카톡이 오지 않았다. 그리고 의심이 시작되었다. S는 그때부터 비트코인에 대한 책을 찾고, 인터넷을 찾으며 공부하기 시작했다.

S는 사기집단에 걸린 것 같다고 판단했다. 그리고 공정거래위원회에 전화했다. 전화로 '퓨처넷'에 대해 물었고, 그 회사가 불량회사임을 확인했다. S는 B에게 왜 카톡을 안 하냐고 추궁했다. 그리고 막말하면서 B를 추궁했다.

- 돈을 넣었는데 왜 카톡이 안 오냐구요!

- 야! 왜 씹냐?
- 빨리 답장해!
- 내 돈 120만 원은 나한테 있어서 1억 2천만 원이야!
- 너네 회사부터 불질러버릴거야!!
- 너, 네 애기 예쁘지?
- 너 감옥에서 애기와 하이파이브 하고 싶어? 생각 잘해라?
- 나 무슨 짓을 할지 몰라. 우리 집 이상한 할머니도 나를 상또라이라고 해.

다음날 아침 9시에 120만 원은 S통장으로 입금되었다. 그리고 문자 왔다.

- 자기도 배운 만큼 배운 사람이야. 그런데 자기를 왜 이상한 사람처럼 취급을 하느냐? 네가 어찌 나이 많은 나를 그렇게 몰상식한 말로 대거리를 할 수 있느냐?

S는 돈을 받으면 그만이라 생각하고 얼른 카톡을 나가버렸다.

작은딸은 자기가 그 돈을 다시 회수하는데 땀을 질질 흘리면서 밤새웠다고. 살이 떨리고 숨을 제대로 쉴 수 없었다고. 경찰서에 가서도 정황을 설명했고, 어떻게 하면 그 돈을 회수할까 고민했다고. '어~?' 하다가 사기꾼에게 당한다고. 자기가 15일에 B를 만났고, 16일에 돈을 부쳤다. 그리고 17일에 다시 돈을 회수했다고. 자기가 돈에 대한 집착이 없으니까 그 집단이 사기집단인 것을 알고, 그런 것이 보였다고.

비트코인의 목적은 원래 세금 절세인데, 그것을 잘못 사용하고 있는 것이라고. B 아줌마가 투자만 하고 출금을 한 번도 안 했다는 것이 이상하더라고. 그것이 가장 중요한데.

- 3천을 투자하면 그 돈은 회사 측으로 가고, 다시 피라미드 조직 형태가 되는 거야. 내가 만일 6천을 투자하면 B가 나에게 150만 원을 주는 거야. 들어간 돈은 내 투자금이 되는 것이 아니고 지인이 이자를 주는 거야. 내 돈 6천은 생각 못하고 이자 150만 원의 이익이 들어온다고 생각하는 거라고. 돈 들어왔는데 왜 이자가 없냐고 하면 다시 가입한 사람이 없어서라고. 그러니 더 넣어야한다고. 결론적으로, 투자금을 넣으면 즉시 돈을 날리는 거라고. 완전히 사기 집단이라고. 돈을 넣으면 절대 못 돌려받는다고. 이미 물렸으니 더 큰 것을 요구한다고. 이 수법은 사이비 종교처럼 믿을 수밖에 없는 거야. 그 수법이 마치 공산당과 같아. 이게 전부 피라미드 다단계의 수법이라고.

S는 계속 우리에게 자기가 죽음의 시간을 가졌다고 했다. 남편은 딸에게 말했다.

- 야, 너 돈 받는데 탁월한 소질을 가졌구나. 너는 채권 수집이 딱이다야. 보이지 않은 소질이 있다니! 어디서 그런 DNA가 생겨났다냐? 너 인동 할머니(친할머니)와 꼭 닮았구나. 너 전생에 사채업자였나 봐. 그렇게 식겁한 말로 상대방의 약점을 잡아서 돈을 받아내다니! 너는 진화된 머리를 가졌구나. 상대방의 약점을 활용하는. 그렇지 않았으면 너 그 돈 못 받았을 걸?
- 그렇잖아도 오늘 신문에 난 비트코인 사기집단 실태를 B 아줌마에게 사진 찍어 보냈는데, 그 아줌마 완전히 빠져서 올인했더라구. 아무래도 그곳에서 못 나온다구요. 캐나다 가야 할 거라고.

후배인 B는 내가 아끼는 사람이었다. 그는 S여대를 나왔고, 생각이 반듯하며 매사 철저했다. 사람들에게 친절하고 상냥했다. 스튜어디스로 근무해서 국제적인 감각이 있고, 품격을 갖춘 인재였다. 우리는 10년 동안 공존하며 한결같은 우애를 가지고 가족처럼 살았다. 그런데 이번에 이 사단이 났던 것이다. 나는 그에게 문자를 보냈다.

- 오늘 여행에서 도착했어요. 그런데 S의 말을 들었고, 그동안 일들을 듣고 B 씨가 걱정되었소. 공정거래위원회에 '퓨처넷'에 대해 문의했더니 피라미드 조직인 나쁜 곳이라고 알려주었다더라고. 그 회사 대표 놈은 이미 작당했던 나쁜 놈으로, 다른 사람을 포장해서 다시 만든 회사라고. 지금 공정거래실에서 주시하고 있다고.
- 자기(S의 것) 공인사이트를 해킹당해서 자기 것을 쓸 수 없다더라고요. 다른 것은 모르겠고, B 씨도 얼른 그 집단에서 빨리 나와서 정리하세요. 그 회사 터지면 B 씨가 제일 먼저 경찰에 잡혀갈 수 있다는 거지요.
- 내 남편이 감옥에 가서 나올 때까지 집을 3채나 날렸소. 이 경우에는 그래도 못 나오지요. 박근혜, 이명박? 그 사람들은 죽어야 나올 수 있다고요.
- 인터넷 해킹해서 자기 거 못 들어가면 그것도 불법이랍니다.
- B 씨, 지금 그 회사를 국가에서 주시하고 있어요. 언제 나쁘게 터질지 모른다고. 그럼 지금 상황에서 B 씨가 제일 불리하고, 책임자들은 당신에게 덤태기 씌우고 사라질 거라고요.
- 우선 자기 돈을 먼저 회수해요. 출금해서 돈이 되어야 당신 돈이지, 출금하지 않았다가 회사가 망하면 그것으로 끝이라고요.
- 일단 그곳에서 멀어져야 당신이 산다고요. 그렇지 않으면 당신 감옥에 가야한다고요.
- 공정거래위원회에서 오늘 내일 한다니까 제발 빨리 돈 회수하고 떠나세요.

그러자 B로부터 답장이 왔다.

- 교수님 대단히 실망입니다.
- 제가 만나 뵙고 상의를 드려야겠다고 보내드린 문자를 보셨나요? 교수님 둘째가 제게 보낸 문자 내용을 보시고도 이런 문자를 보내신 거면 더더욱 실망이구요. 그동안 있었던 일에 대해 어떻게 들으셨는지 모르겠어요. 알고 싶지도 않지만요 제가 S한테 들은 대로 교수님한테도 똑같이 얘기해볼까요? 기절하실 걸요? 그동안 사악했던 허 총무는 정말 아무 것도 아니더라구요.
- 저에 대해 그동안 집에서 어떻게 얘기를 하셨기에 그런 식의 언행이 손쉽게 나올 수 있는지는 굳이 여쭤보지 않아도 될거 같다는 생각이 듭니다. 교수님이 부탁 안 하셨음 애초에 만나지도 않았을 거예요.
- 모든 자기 공인사이트 해킹당하고 전부 차단되어 자기 것을 쓸 수 없다는 것은 혹시 교수님 둘째 얘기 아닌가요?
- 제가 여러 가지로 정말 바쁩니다. 어떤 부분을 걱정했는지는 충분히 알겠는데 하도 피곤하게 막말을 하길래 상대도 하고 싶지 않아서 120만 원을 얼른 다시 입금해주고 대신 S의 계정을 관리해서 보내준 돈을 회수하겠다 했더니, 돈 받아먹고 본인이 스스로 계정을 삭제해 버려서 보내준 돈 회수도 못하게 해버리고, 그걸로도 부족해서 저한테 갖은 협박 공갈에 악담을 하더군요.
- S 씨한테 사기당한 돈은 예전에 제가 힘들 때 빌려주셨을 때 원금만 드린 것에 대한 이자라고 생각하기로 했습니다.
- 알고 지낸 시간이 아깝단 생각이 들지만, 차라리 잘 되었다는 생각입니다.
- 건강하세요.

나는 B가 걱정되어 다시 문자를 보냈다.

- B 씨가 문자 없는 것이 심각한 거 같소. 용인대 학생이 보이스 피싱

에게 걸린 거야. 그 학생 착하거든. 돈에 그냥 욕심이 있으니까 그 놈들이 돈 벌게 해준다고 이용한 거지. 그 학생은 그놈들이 이용만 했다고. 전화도 한 번 하지 않았다고. 다만 그놈들이 통장과 사무실을 그 학생의 명의로 했고, 그게 서류상으로 걸려서 6년 감옥행이 결정되었어. 변호사를 사서 간신히 4년 4개월로 낮추고 아직도 감옥에 있다고.

- B씨, 이거는 아니잖아요?
- 아직 인생이 길어요. 백 년이라구요. 전부 포기하라구요. 백종원이 17억 빚더미에 앉았을 때 4잡을(네 가지 일) 해서 갚았고 지금 성공했잖소?
- 그런 거 오늘 조선일보에 나왔어요. 그런데 B 씨네보다 더 나은 회사라고요. 그런 종류의 비트코인 사기단은 언젠가 터진다고요. 그걸 노리는 자도 있고요. 잘못이 빨리 터져야 그동안 쌓인 자금을 몽땅 털어가지요. 그 집단은 그 후 다시 유령회사를 만들어서 돈은 먹고 죄는 떠넘길 밥(착한 사람)을 찾는 거라구요.
- 지금 그런 자리에 당신이 서 있는 거라구요.
- 내 말을 알아들었으면 좋겠네요. 당신이 지금 이용당하는 것들을.

다행히 B로부터 답장이 왔다. 하지만, 긍정적인 내용은 아니었다.

- 교수님 대단히 실망입니다.
- 제가 만나 뵙고 상의를 드려야겠다고 보내드린 문자를 보셨나요? 교수님 둘째가 제게 보낸 문자 내용을 보시고도 이런 포인트를 비껴간 문자를 보내신 거라면 더더욱 실망이구요.

나는 결국 그에게 우려하는 목소리를 들려주면서 미래에 좋은 일만 가득하길 비는 것밖에 할 수 없었다.

- 우리 애가 막말해서 상처준 것은 미안해요. 그러나 그 애에게 송금한 돈 120만 원은 투자한 돈을 다시 받은 것이지 B 씨의 돈은 아니지요.
- B씨가 그 회사에서 무슨 역할을 하는지는 모르지만, 퓨처넷은 마샬 제도에 있는 페이퍼컴퍼니라고 공정거래에서 알려줬어요.
- 설립자 김 아무개가 첫 번째 회사를 차려 말아먹고, 그런 종류의 회사를 다시 설립해서 자금을 모아 도망가려고 하는 것이랍니다. 누군가 그 회사 때문에 피해 신고를 하면 끝장나는 회사라고 알려줬어요. 그 회사가 무슨 공제조합에 들고 세금을 낸 근거가 있어야 보상을 받을 수 있는데, 그 회사는 그렇지 못하니 2~3달 내에 끝날 것이라고 했어요. 설립자는 법적 책임이 없고, 결국 소개한 사람들만 사기죄로 법적 책임을 진답니다.
- 내 딸애가 어떤 악담으로 그 회사에서 돈을 받고 빠져나왔는지 이해할 수 있어요. 그렇지만 B 씨의 돈은 아니라는 것과 그 회사에 넣은 돈을 회수한 것이라는 건 분명히 해두고 싶네요.
- 제 말은 여기까지예요. B 씨는 똑똑하니 알아서 하세요.
- 부디 건강하고 행복하길 빕니다. 그리고 이번 일의 세무사비는 내가 직접 세무사 아들에게 송금하겠습니다.
- 다시 한번 강조합니다. 난 B 씨가 나와 헤어진다는 말을 이해할 수 있습니다. 우리 딸이 얼마나 당신에게 잔인하게 굴었을지 아니까요. 그 애는 우리 시어머니 DNA를 빼다박았거든요.
- 나는 B 씨의 편을 들고 싶을 뿐이고, B 씨가 행복하게 살기를 비는 사람입니다.
- 우리가 이별해도 어쩔 수 없겠지만, 그렇다고 우리들의 사업상(10년 전에 우리는 함께 조그만 투자를 단체로 한 적이 있었다) 생기는 돈 때문에 이런 말을 하는 거는 아닙니다. 만약 이익이 생겼다 해도, 나는 안 받아도 됩니다. 다만 반듯한 B 씨가 사기 집단에서 하루빨리 벗어나길 빌고 행복하길 빌 뿐입니다.
- 부디 건강하세요.

이렇게 십년지기 선후배 사이가 끝이 나고 말았다. 이것이 우리의 운명일지도 모른다. 운명의 만기? 여하튼 그 후배가 강력하게 끝을 내고자 하는데 내가 어쩔 수 없었다. 그러나 영화의 한장면처럼 운명의 장난으로 인해 어디서 다시 만나게 될지는 아무도 모르는 것이었다.

*

일본의 도쿄건강장수연구소가 최근 20년간의 의학 연구 성과를 바탕으로 '건강 장수 가이드라인'이라는 수칙을 만들었다.

- 오지랖을 넓히자. 사람들과 어울리고 길거리를 다니면 생기가 솟고, 길을 다니며 지역력을 키우면 주시 능력과 인지기능이 좋아진다. 여가 활동이 많을수록 기억력 감소가 적고 사람들과 대화를 많이 할수록 치매 발생률이 낮다.
- 음식 종류를 늘리자. 나이 들면 비만보다 저체중이 더 큰 문제다. 영양 공급이 충분히 이뤄지려면 매일 생선, 살코기, 우유, 녹황색 채소, 계란, 두부, 해조류, 과일 등 10가지 음식을 먹는 게 좋다.
- 보행 능력을 높이자. 걷는 속도가 느려지는 것은 근육량 감소와 노쇠의 징조다. 20분 이상 쉬지 않고 걸을 수 있어야 한다. 물 2리터를 2분간 들 수 있어야 한다. 최소 4,000보를 걸어야 한다.
- 노년에는 낙상과 화상에 주의해야 한다. 화장실, 목욕탕, 현관 등에서 넘어지면 후유증으로 인해 수명대로 살기 어렵다.
- 음식 먹을 때 사레 걸리지 않게 주의한다. 음식이 폐로 들어가서 생긴 염증으로 인한 죽음이 많다.
- 인생 말기에 어떻게 삶을 정리할지 미리 계획을 세우라. 자기 의지

로 결정하며, 자존감을 유지하는 것이 품위 있는 노화이자 건강 장수의 마침표이다.

이제 나도 죽음을 어떻게 맞이할 것인가를 생각하며 살아야 하는 나이가 되었다. 우선 지금의 건강을 어떻게 유지할 수 있는가를 생각해보기로 했다. 당장 나와 남편이 건강하지 못하면 병원에 입원해야 되고, 결과적으로 자식들의 도움을 받아야 하는 힘겨운 생활이 생길 테니 말이다. 일단 우리가 건강하도록 건강장수 연구소의 수칙대로 지킬 필요가 있었다.

나의 친정어머니의 나이는 90세다. 그는 독립심이 강하고 자기의 의지대로 살아가는 것을 좋아했다. 그는 젊어서 수시로 주변을 돌아다니고, 일거리를 만들고, 참견하는 것을 좋아했다. 생활력이 강해서 돈을 아끼고, 모았다. 그 모은 돈을 불리고, 불린 돈으로 시골 부모님 집 근처의 땅을 샀다. 중소도시에서는 자기 집을 사서 큰 집으로 바꾸었고, 덤으로 다른 집을 인수해서 세를 놓았다. 어쨌든 아버지의 월급을 저축했고, 당신이 하숙해서 버는 돈을 뭉쳐 목돈으로 만드는 것을 좋아했다.

그러나 버는 사람 따로 있고 쓰는 사람이 따로 있다고 하던가? 당신이 만든 돈은 큰아들이 죽으며 사라졌고, 아버지가 병으로 돌아가시면서 사라졌으며, 작은 아들이 사업한다면서 사라졌다. 이제 당신이 죽음에 임박함을 미리 알고 그동안 다시 조금씩 모았던 돈을 다시 퇴직한 아들의 사업자금으로 몽땅 털어넣었다.

- 나 몸이 아파서 중앙 병원에 입원했으니까 네가 알고 있어라. 내가 병원 절차 다 받았으니 걱정 말고.
- 어떻게, 많이 아파요?
- 괜찮아 그냥 아파서 내가 입원했다.

나는 그 때 외출중이라 어떻게 할 수가 없었다. 한참 후에 남동생과 여동생이 전화했다.

- 우리 지금 엄마한테 내려가고 있어요.
- 엄마가 병원에 입원하셨다던데?
- 누나, 시골병원에 노인이 찾아왔으니까 입원하라고 한 걸게 뻔해유. 걱정하지 말아요.

한참 후 다시 전화가 왔다.

- 언니, 걱정하지 마..
- 엄마가 병원에 그냥 입원시켜달라고 의사에게 말했대요. 우리가 냉장고에 엄마 먹을 거 다 챙겨 넣고 엄마 필요한 거 다 사 놓았어. 걱정하지 마, 언니. 엄마가 얼굴이 뽀얗게 좋아졌던데 뭘. 그리고 사진을 다 찍었는데 병이 하나도 없대.

남편은 옆에서 말했다.

- 날씨도 이렇게 더운데 시원한 병원에서 좀 쉬었다가 가시게 하면 되겠네.

나는 생각했다. 이 양반이 뭔 꿍꿍이로 병원에 가신 걸까? 아파서 가신 거는 맞는데, 사진 상으로는 병이 없다니. 90세에 안 아픈 거는 이상할 것일 테고…. 그동안도 돈이 아까워서 병원을 함부로 가는 양반이 아닌데…. 이제 마음이 변하신 것인가?

나는 다시 전화 했다.

- 엄마, 괜찮아요?
- 응, 괜찮아. 나 걱정 말고, 여기 병원도 오지 마. 너네나 걱정해라. 의사 선생 이 사진 찍었는데 병이 없단다. 애들이 여기 왔다 갔다.
- 알았어요.

나는 좀 화가 나려 했다. 엄마에게 병도 없다. 그런데 아프다. 그렇다고 뭐가 어떻지도 않단다. 이 양반이 애들을 부르고 싶은 것인가? 동생은 말했다. 엄마랑 둘이 있는 아줌마가 할머니는 자기가 돌봐줄 테니 그냥 가라 했다고. 큰 병이 아니라고. 그래서 돌아왔다고. 나는 엄마에 대해 말할 수 없었다. 나도 DNA가 똑같아서 더 늙으면 똑같아질 수밖에 없을 테니까 말이다. 그런데 하여간 이해하기 곤란한 기분이 들었다.

시어머니 같으면 아마 그 양반 그럴 줄 알았다면서 욕했겠지? 그러나 90세인 나의 엄마도 이제 시어머니와 같은 급이었다. 당신은 절대로 그런 사람이 아니라고 주장하겠지만, 속성은 똑 같았다. 그날 저녁 늦게 다시 전화가 왔다. 전파불량으로 제대로 연결되지 못하고 전화가 끊겼다. 잠자면서 생각했다. 이러다가 정말 엄마가 돌아가시려나? 그러면서 아침에 다시 전화했다.

- 엄마, 몸은 괜찮아요?
- 그럼, 병원에서 밥을 얼마나 맛있게 해주는데. 쌀도 북한산이라는데 찰찰하고 좋더라. 북한에서 온다는 참조기도 짭짤하고 맛있구나. 뜨거운 국도 그렇게 맛있고나.
- 그럼, 엄마 혼자 밥 해먹기도 힘들고 그러니까 요양원으로 가시든지.
- 아니야, 거기 가면 자유도 없고 싫어야. 여기 있다가 갈란다.
- 그럼, 병원비는 내가 낼게요.
- 아니 그런 게 아니고.
- 그럼 엄마가 낼 거유?
- 아니, 그런 것이 아니고.
- 그럼, 막내가? 아님 아들이?
- 그런 것도 아니고.
- 엄마도 아니고, 낼 사람이 없구만. 여하튼 퇴원할 때 간호사 연결해서 계좌번호로 지불할게요.
- 그래, 고맙구나.

시골 병원이든 서울 도심지든 푹푹 찌는 날은 계속되었다. 태양열과 아스팔트 복사열이 부딪혀서 온몸을 익혔다. 나는 목욕탕의 욕조 속에 찬물을 가득 받아 수시로 몸을 담그고 식혔다. 발바닥에는 언 페트병을 올려놓고 책을 읽었다. 그 책의 이 대목이 나는 마음에 들었다.

> 그대는 외부 세계의 광선 속에 머물러 있다. 그래서 그림자가 생긴다. 눈을 감으라. 그늘 속으로 들어가라. 눈을 감는 순간 외부의 태양은 더 이상 그곳에 없다.

(…중략…)

수레바퀴를 보라. 바퀴는 회전하고 있다. 하지만 바퀴의 중심은 고정되어 있다. 전혀 움직이지 않는다. 그대의 존재는 영원히 움직이지 않는다. 그러나 그대의 주변은 끊임없이 움직인다.